指差す標識の事例 上

イーアン・ペアーズ

1663年、クロムウェルが没してのち、王政復古によりチャールズ二世の統《す》べるイングランド。医学を学ぶヴェネツィア人のコーラは、訪れたオックスフォードで、大学教師の毒殺事件に遭遇する。誰が被害者の酒に砒素《ひそ》を混入させたのか？　犯人は貧しい雑役婦で、怨恨が動機の単純な殺人事件と目されたが——。衝撃的な結末で終わる第一の手記に続き、同じ事件を別の人物が語る第二の手記が始まると、物語はまったく異なる姿になり——。『薔薇の名前』とアガサ・クリスティの名作が融合したかのごとき至高の傑作！

登場人物

マルコ・ダ・コーラ……医学を学ぶヴェネツィア人
リチャード・ローワー……医師
ロバート・ボイル……化学者
ロバート・グローヴ……オックスフォード大学ニュー・カレッジ（セント・メアリー・カレッジ・オブ・ウィンチェスター）の教師
サラ・ブランディ……雑役婦
アン・ブランディ……サラの母
トマス・ケン……神学者
ジョン・ウォリス……オックスフォード大学の幾何《きか》学《がく》教授
マイケル・ウッドワード……ニュー・カレッジの学寮長
アントニー・ウッド……歴史学者
ペーター・シュタール……化学者

ジョン・サーロウ……………クロムウェル政権の国務大臣
ジャック・プレストコット……オックスフォード大学トリニティ・カレッジの法学徒
ジェイムズ・プレストコット……ジャックの父
ウィリアム・コンプトン……ジャックの後見人
ジョン・モーダント……チャールズ二世の復位を助けた名門貴族
ジョン・ラッセル……ジェイムズ・プレストコットの告発者
クラレンドン伯……大法官
キティ……娼婦
サミュエル・モーランド……発明家

指差す標識の事例　上

イーアン・ペアーズ
池・東江・宮脇・日暮訳

創元推理文庫

AN INSTANCE OF THE FINGERPOST

by

Iain Pears

目次

下巻　目次

指差す標識の事例　上

ルースへ

歴史は時代の証人、真実を照らす光、記憶の命、人生の師である。

キケロー『弁論家について』

優先権の問題

A Question of Precedence

宮脇孝雄訳

その幻像《イドラ》を、市場《いちば》の幻像《イドラ》と呼ぶ。人は言辞でつながっており、誤った言葉遣い、不適切な言葉遣いによって、理解は曲げられる。言葉とは、畢竟《ひっきょう》、理解を強《し》いるものである。ゆえに、言葉を過《あやま》てばすべての物事は混沌に至る。

フランシス・ベーコン『ノウム・オルガヌム』第二部　箴言《しんげん》六

第一章

ヴェネツィアの紳士《ジエントルマン》、マルコ・ダ・コーラが、ここに謹んでご挨拶を申し上げる。一六六三年、私はイングランドに赴いたが、これから語るのはその旅の顚末《てんまつ》であり、私が目撃した出来事や、私が出会った人々の話を、心ある人の参考に供することができれば幸いに思う。また、浅はかにも私が友人の中にかぞえていた者たちの嘘を暴くこともこの回想録の旨とするところである。だからといって、長広舌《ちょうこうぜつ》をふるい、わが身の潔白を訴えようとは思わないし、欺《あざむ》かれ、裏切られて、私に帰《き》せられるのが当然の名誉を著しく傷つけられた経緯を詳しく語るつもりもない。この先の記述の中で、真実はおのずと明らかになるであろう。

あえて省略する部分も多いが、重要なことは細大漏らさず述べるつもりでいる。かの国を巡る旅の大半は余人には関心のないことであろうから、ここでその詳細を述べるつもりはない。同じように、出会った人々の多くも本筋とは関係がないし、後年、私に害をなした人々のことは、当時の感情を活かして、そのまま述べることにする。念頭に置いていただきたいのは、あのころの私が、青二才とはいえないまでも、まだ世間をよく知らなかったことである。もしも私の言葉が愚かしく能天気に聞こえるとしたら、それは遠い昔の私がそういう若者であったと思っていただかなければならない。過去にさかのぼり、錯誤や不手際を隠すために潤色《じゅんしょく》を加えたり、うわべを飾ったりするつもりもない。他人を糾弾することも、論争に没頭することもやめよう。むしろ、ありのままに語りたい。それ以外のことは必要ないと確信する。

　わが父、ジョヴァンニ・ダ・コーラは貿易商を営み、晩年はイングランドにさまざまな贅沢品を輸入していた。イングランドはまだ遅れた国であったが、動乱後の荒廃からようやく立ち上がろうとしていた。チャールズ二世が復位したことは、ふたたび莫大な富を手に入れる機会が到来したことを意味する。抜け目なく遠くからそれを見て取った父は、石橋を叩いて渡るほかの貿易商に先んじてロンドンに進出し、狂信的な清教徒が長いあいだ禁じてきた奢侈《しゃし》の品をイングランドの富裕層に提供した。商売は栄え、ロンドンにはジョヴァンニ・ディ・ピエトロという信頼できる番頭格の人物が常駐して、イングランドの貿易商の一人と手を結び、利益は双方で分け合った。父の語ったところによれば、その提携関係はこちらが損をしないものであったという。ジョン・マンストンというイングランドの貿易商は、狡猾《こうかつ》で不誠実な人物でありながら、彼《か》の地の人々の趣味に関しては広範な知識を持っていた。そして、こちらのほうが大事なのだが、イングランドには荷を積んだ外国船が自国の港に入るのを禁じる法律があり、マンストンはその関門を通り抜けるための貴重な持ち駒でもあった。ディ・ピエトロが現地で収支決済に目を光らせているかぎり、不正が行われる恐れはほとんどない。父はそう信じていた。

みずから陣頭に立って商売を切り回すことをだいぶ前から疎《うと》んじるようになっていた父は、資産の一部をイタリア本土の土地に変え、貴族名鑑に名前が載る日に備えていた。自分は商人であっても、子供はジェントルマンの身分にするつもりでいたのである。したがって、私に対して家業を継げと迫ることもなかった。私のほうは商人になる気などなく、早くからそのことを見抜いていた父は、私が親の生き方に背を向け、反対の方角に歩み出すことを、これは父の徳を示すものだが、むしろ奨励してくれた。その父も察していたように、新婚の姉の結婚相手のほうが、のるかそるかの商売にはずっと向いていたという事情もある。

というわけで、家名を高め、蓄財をするのは父に任せ——母はすでになく、姉は家にとって有益な相手と結婚していたので、私は安んじてパドヴァに向かい、たとえかたちだけでも高尚な学問を学ぶことになった。わが公国における貴族の列に息子が加わることは父の本懐であったが、おおかたの貴族のように無学でいることはよしとしなかった。まもなく三十になろうという結構な年齢で、不意に私は情熱に囚《とら》われ、当時いわれていた〈学問の国〉の市民になる決意をした。今ではその熱もすっかり冷めてしまい、もはや思い出すこともないが、実験哲学という新しい分野には私を呪縛するだけの魅力があった。むろん、それは実利ではなく精神の問題である。ベロアルドゥスもいっている。〈私は医者ではないが、多少の医学の心得はある〉と。私はそのようなかたちで生計を立てようとは思わなかったし、その必要もなかった。しかし、恥を忍んで告白すれば、充分な仕送りをよこさないと、仕返しに医者になってやると、善良な父を、たまにではあるが、からかったこともある。

父のほうは、息子がそんなことをするはずはなく、魅惑と危険とが隣り合わせになった諸思想や師友にかぶれているだけだと、初めからわかっていたのだろう。そのためか、私がある教授のことを手紙に書いて送ったときも、いっこうに動じなかった。修辞学担当とは名ばかりで、暇さえあれば自然哲学の動向を追いかけているような人物だったが、万物の理《ことわり》を真剣に探求する学徒にとって、低地帯諸国《ロー・カントリーズ》やイングランドは決してあなどれない国になったというのが、旅の経験も豊富なその教授が熱く説くところであった。何か月にもわたって教えを受けるうちに、その熱意に染まった私は、もはやパドヴァに留まる理由はないと判断し、そうした国々に留学する許しを求めた。寛大なわが父は、一も二もなく賛成し、私がヴェネツィアの領土を離れる認可を取ったうえで、フランドルにある取引き先の銀行が使えるように信用保証状を送ってくれた。

家業を生かし、海路で目的地に向かうことも考えたが、そもそもが知識を求める旅であり、船を使えば、水夫《かこ》などを相手に、昼となく夜となく、三週間にわたって酒を呑みつづけることは明々白々だったので、見聞を広めるためにも馬車を利用するほうがいいと思い直した。ついでにいえば、私はひどく船に酔う性質《たち》で、そんな弱みがあることは誰にも知られたくなかったし、船酔いは魂の悲哀を癒すというゴメシウスの説にも賛成しかねていたのである。だが、旅が進むにつれて、私の気力は挫《くじ》け、しまいには精も根も尽き果てていた。ライデンへの旅程はわずか九週間にすぎなかったが、次から次へと災難が続き、何を見ても心はうわの空にあった。

アルプス越えの途中で泥濘《でいねい》に車輪を取られ、動きが取れなくなったときには、沛然《はいぜん》と雨が降り、馬の一頭は病に倒れ、私自身も熱病にあえぎ、道連れといえば獰猛《どうもう》そうな顔つきの兵士が一人いるだけ、というありさまで、失意のうちに、これならば大西洋の猛烈な嵐に揉まれたほうがまだ楽だったのではないか、とさえ思った。

だが、道のりはすでに半ばに達し、行くも地獄、戻るも地獄、屈辱に顔を伏せておめおめと故郷に引き返せば、蔑《さげす》みの視線が向けられるであろうことも充分に意識していた。そもそも恥辱とは人間の知るもっとも激しい感情ではないか。何につけ志を得ぬままに物事を断念するのは不名誉なことである。数々の大発見や大冒険も、そんな思いが根底にあって成し遂げられてきたのだ。そんなわけで、生まれ育った土地の慰安と温もりを焦がれつつ——イングランド人はこれを懐郷病《ノスタルジア》と名づけ、馴染みのない環境によってもたらされた精神の不均衡がその原因であると考えている——気分も体調もすぐれぬまま、私はライデンへの旅を続け、紳士として彼《か》の地の医学校に通いはじめた。

その学問の都については、すでに多くのことが語られているし、とりあえずこの記述とも関係がないので、非凡な学識を誇る二人の教授と出会い、解剖術や人体の摂理を学んだ、と述べるに留めよう。その間、低地帯諸国を巡って多くの友を得ることができたし、その中にはイングランド人もいて、言葉を学ぶ一助となった。私がライデンを離れることになったのは、あくまでもわが寛大な父の指示によるものであり、ほかに理由はない。書状によれば、ロンドンの出先で騒動が持ち上がり、その対策のために、至急、人を送りたいが、他人は信用できないので、誰か一族の者を向こうに差し向けたいという。貿易の実務には疎かったが、従順な息子である私がその任に当たることにして、まず召使いを解雇し、身辺を片づけ、アントワープから船に乗った。ロンドンに着いたのは、一六六三年の三月二十二日だった。そのとき、手持ちの現金は数ポンドしかなかった。教授の一人に支払った授業料が、思いのほか高額になったのである。しかし、案ずることはなかった。父の代理人が管理している出先の事務所は、港のすぐそばにある。そこまで行けば現金はいくらでも調達できる。いかにも私は愚かであった。事務所にディ・ピエトロの姿はなく、あの悪党、ジョン・マンストンは、私に門前払いを食らわせたのだ。マンストンはすでにこの世にない。その魂よ安かれ、と祈る気持ちはあるものの、私の本意を察した情け深い神が、当然の報いとして、長いあいだあの男を地獄の業火で焼いてくださるとしたら、それに越したことはないと思っている。

私は、一介の下僕に頭を下げ、事情を聞き出さなければならなかった。その若者によれば、父の代理人は数週間前に急死したという。しかも、非道なことに、マンストンは得意先や資産のすべてを横取りしたあげく、素知らぬ顔で、それが最初から自分のものであったかのように言い触らしているらしい。その主張を裏づけるため、マンストンは弁護士にしかるべき書類を各種提出していた(むろん偽造だろう)。いいかえれば、マンストンはわが一族を欺き、その財産を――少なくとも、父がイングランドで築いた分の財産を、すべて騙し取ってしまったのである。

これからどうすればいいのだろう、と尋ねても、残念なことに若者は戸惑うばかりだった。

裁判所に訴えることもできるが、証拠といえば私の確信だけなので、実を結ぶはずもない。弁護士に相談する手もあったが、イングランドとヴェネツィアには相違点が多々ある中で、一つだけ共通しているのは、揃いもそろって、弁護士がみな金銭への飽くなき愛情を持っていることである。私に欠けていたのはその金銭であった。

　ロンドンに長居をすると命に関わることもすぐにわかった。あの有名な疫病のことをいっているのではない。ペストが流行するのはまだ先のことだ。実は、まさにその夜、マンストンの手の者が私のところにやってきて、この町にいるかぎり命の安全は保障しないと、示威行動に出たのである。幸い、私は殺されずにすんだ。わが父が剣術の師範に指南料を払っていてくれたおかげで、修羅場をうまく切り抜けることができたのである。むしろ刺客の一人が負った傷のほうが、こちらの傷よりも深かったはずである。しかし、私はその警告を受け入れ、事を荒立てることなく、事情が好転するのを待つことにした。この件について多くを語るつもりはないが、私はやがて報復することをあきらめた。何か手を打とうとすると、失った財産に見合わないほどの出費を強《し》いられることがわかり、父も静観する気になったらしい。だが、泣き寝入りのかたちで二年が過ぎたとき、マンストンの船の一艘が、嵐を避けてトリエステの港に入ったという知らせを聞いて、わが一族はただちにその船を押収する手続きを取り——イングランドの司法がイングランド人に有利なように、ヴェネツィアの法律はヴェネツィア人の味方をしてくれるのである——船の本体と積荷とを手に入れて、損害のいくらかを取り戻すことになる。ただちに帰国せよという父の指示があったなら、私は小躍りせんばかりに喜んだだろう。ロンドンの気候は、どんな強い男にも惨《みじ》めな絶望をもたらす。晴れることのない霧と、小止みなく降りつづいて人を衰弊《すいへい》させる小糠雨《こぬかあめ》と、薄地の外套《がいとう》を吹き抜ける風の、骨身に染みとおるような寒さとで、私はすっかり参ってしまった。船着き場に行って、恥を忍んで頼み込めば、帰りの船に乗れないこともなかったが、そのときにはまだ、わが一族への義務を果たさねばという気持ちがあったので、思いとどまった。分別のある人間なら帰ることを考えただろうが、代わりに私は父への書状をしたため、ことの次第を書き送り、力を尽くして対策を講じるつもりであることを言明した。ただし、何をするにしても、先立つものがなければ身動きが取れないので、ここは父上の金庫を当てにするしかない、とも書き添えた。しかし、返事がくるのは何週間も先になる。それまで、五ポンドで生き延びなければならない。

ライデンでの恩師の一人は、親切なことに、自分が文通している二人の紳士宛ての紹介状を書き、私に持たせてくれた。とにかくイングランドで頼れる人間はその二人だけだったので、今はその慈悲にすがるしかない、と思った。ありがたいことに、両人とも住んでいる場所はロンドンではなかった。そこで、近いほうを選び、オックスフォード在住の紳士を頼ることにして、ただちに出発する決心をした。

イングランド人は、人が旅をすることを快く思っていないらしく、楽にできるはずの旅をわざわざ困難なものにする傾向がある。馬車の待合所に張り出してあった紙によると、オックスフォードへの六十マイルの旅には十八時間を要するという——さらに、神の思し召《おぼ》しがあれば、と、敬虔《けいけん》にも書き添えてあった。悲しいかな、その日は神の思し召しがなかったようで、降りしきる雨で街道はあらかた水をかぶり、御者《ぎょしゃ》は耕された畑そっくりの道に馬車を走らせなければならなかった。何時間かたったとき、車輪が一つ外れ、私の身のまわりの品を入れてあるトランクが外に転げ出て、蓋が壊れた。テームというみすぼらしい小さな町に差しかかったときには、馬の一頭が脚を折り、処分をする羽目になった。それに加えて、南イングランドの宿屋という宿屋にいちいち寄っていったので（宿屋の亭主が御者に袖の下を渡して立ち寄らせているのである）、結局、旅は二十五時間もかかり、オックスフォードの本通りにある宿屋の中庭に私が放り出されたとき、時刻は朝の七時になっていた。

第二章

イングランド人の話を聞くと、見聞の浅い旅人は甚《はなは》だしい誤解をするかもしれない。この国の人間が法螺《ほら》に近い自慢話を好んで口にする、という評判は伊達《だて》ではないのである。何しろ、イングランドには世界で一番立派な建物や、世界で一番大きな町があり、そこに住んでいる人人は最高級の料理を食べ、誰もが幸福で、ありあまるほどの富を持っているというのだから、恐れ入った話ではないか。私が受けた印象は大違いだった。ロンバルディアでも、トスカーナでも、ヴェネトでもいいが、そういった地方にある都市を見馴れていれば、イングランドの町には、しみったれた、せせこましい感じしか受けないだろう。おまけに、人が少ないため、集落もまばらで、人間の数より羊の数のほうが多いくらいだ。大陸の大都市と肩を並べることができるのは、英国《ブリタニア》の象徴、玉敷《たまし》きのロンドンの都だけで、ほかの町はどこも荒廃の極みにあり、物乞いが跋扈《ばっこ》する貧困の巷《ちまた》にすぎない。それもこれも近年の政治的混乱で商取引きが滞っていたせいである。オックスフォードにしても、大学関係にはいくつか立派な建物も見受けられたが、にぎやかな通りは二、三本だけで、東西南北どの方角に歩いても、ほんの十分ほどで町外れのだだっ広い野原に出る。

所番地《ところばんち》を頼りに訪ねていった先は、町の北側の大通りに面した狭い借家だった。すぐそばには町をぐるりと取り囲む城壁がある。そこに住んでいるのは外国の貿易商で、かつて私の父と取引きがあった人物だが、それにしても、なんともみすぼらしい家だった。通りをはさんで正面にある建物は取り壊しが進み、更地にして、新しい大学の施設が建てられるという。そのことは早くも町じゅうの話題になっていた。それを設計した建築家とは、のちに私も対面するのだが、会ってみれば傲岸不遜《ごうがんふそん》な若者で、のちには大火のあとロンドンの大聖堂を建て直し、さらに名声を得ることになる。その人物、クリストファー・レンは、評判ほどの建築家ではない。均斉《きんせい》を取る感覚に欠けているし、人の心を浮き立たせる建物を設計するには才能に不足がある。それはともかく、問題の新建築は、現代理論を応用したオックスフォード初の建物という触れ込みで、ものを知らない連中はそれだけでおおいに期待をかけていたらしい。

貿易商のファン・リーマンは温かい飲み物をふるまってくれたが、泊まっていただこうにも部屋がないのでこれ以上のお供応《もてなし》はできない、と申し訳なさそうにいった。私はますます憂鬱《ゆううつ》になったものの、ファン・リーマンはしばらくのあいだ話し相手になってくれたし、暖炉の前の椅子にすわらせてもらって体を温めたり、ふたたび往来に出ても人から怪しまれないように浴室を借りて身だしなみを整えたりすることもできた。さらに彼は、ひょんなことから私が訪れることになったこの国の実情をいろいろ教えてくれた。悲しいことに、私はあまりにも無知であった。私にはライデンで付き合っていたイングランド人から得た知識があるだけで、二十年にわたる内乱がついに終わったという以外のことはほとんど何も知らなかったのである。ファン・リーマンは、この国が安寧《あんねい》で平和な楽園に戻ったという妄信を正してくれた。たしかに王政は回復したが、国王はたちまち放蕩《ほうとう》に耽《ふけ》るようになり、世人の反感を買っているという。現国王の父君《ちちぎみ》が内戦から断頭台へと至る道を歩いたきっかけになったのと同じような紛争の種が、すでに蒔《ま》かれているらしいのである。見通しは暗い。居酒屋でも、暴動、反乱、陰謀の噂がささやかれない日は一日もなかった。

まあ、そんなことをいちいち気にかけるまでもありますまい、とファン・リーマンは安心させるようにいった。私のように邪心のない旅行者にとって、世界の新しい学問を代表する著名人が住んでいるオックスフォードはなかなか面白い町ではないか、というのである。私が持っている紹介状は、オナラブル（伯爵以下の貴族の子弟につける尊称）・ロバート・ボイルに宛てたものだったが、ファン・リーマンもその名前だけは知っているらしく、彼の知遇を得たければ本通りにあるティリャード氏のコーヒー・ハウスに行けばいい、と教えてくれた。そのコーヒー・ハウスでは数年前から化学倶楽部の集まりが開かれていて、温かい食べ物も供されるという。藁にもすがる思いで私は出発の準備をし、適当な宿が見つかるまで荷物を預かってもらうことだけをファン・リーマンに頼んで、いわれた方角へと歩きはじめた。

当時のイングランドでは、ユダヤ人の帰還によってもたらされたコーヒーが熱狂的に迎えられていた。むろん、あの苦い豆は私にとって目新しいものではなく、気鬱封じと消化のために愛飲していたが、これほどの人気を集め、なみなみと注がれたコーヒーを、法外な代金で呑ませる特別な珈琲屋までできているとは呆《あき》れた話である。ティリヤード氏の店は格式が高く、居心地もよさそうに見えた。中に入るだけで一ペニー取られたのには恐れ入ったが、けちけちすれば心根も貧しくなる、というのが父の教えだったので、ここで金を惜しむことはできなかった。表向きはにこやかに一ペニー払い、さらに二ペンス出して、図書室《ライブラリー》まで飲み物を運ばせることにした。

居酒屋には下層階級の多種多様な人間が集まるが、コーヒー・ハウスの客は自分が贔屓《ひいき》にする店を慎重に選ぶ。たとえば、ロンドンでは、イングランド教会や長老派など、宗派が違えば集まる店も違い、新聞記事や詩を書く三文文士が駄法螺《だぼら》のやりとりをする店もあれば、知識人が雰囲気を作り、無知蒙昧《むちもうまい》な輩《やから》の侮蔑的な言葉が飛んできたり、野卑《やひ》な人種に毒舌を浴びせられたりすることなく、一時間ほど会話を楽しんだり、本を読んだりすることができる店もある。というわけで、この店に私がいても、理論上、不都合はなかった。だが、実際上はいささか違っていたようである。常連らしい学者たちは、予想に反して、一斉に席を立ち、私を迎えるようなことはしなかった。部屋には四人の先客がいて、そのうちの一人――赤ら顔の巨漢で、目は充血し、艶《つや》のない、白髪まじりの髪をしていた――に会釈をしたところ、相手は私を頭から無視した。いかにも社交界人士然とした男が入ってきたのだから、一応、好奇の視線が向けられるのは当然だろう。だが、それを別にすれば、ほかの三人も私にはあまり関心がないようだった。

イングランドの社交界への第一歩を踏み出す試みは、どうやら失敗に終わったらしい。これ以上、ここにいるのは時間の無駄だ、と思ったが、しばらく留まることにしたのは、そこに新聞があったせいである。ロンドンで印刷された刊行物が、全国の各地に配達されるようになったのは、なかなかの新機軸ではないか。しかも、いろいろなことが開けっぴろげに書かれていて、国内情勢だけでなく、外国の出来事まで詳しく載っているところに、ひどく興味を惹かれた。しかし、あとで聞いた話によると、こうした新聞も、以前と比べたら水で割ったミルクのように味も素っ気もなくなったらしく、数年前は各党派が機関誌を発行し、自分たちの説を猛烈に主張して、それはそれは喧《かまびす》しかったという。王政に賛成。王政に反対。議会に賛成。軍隊に賛成。あれやこれやに賛成反対。こうした出版物は物事がわかったような錯覚を大衆に与えるにすぎない、と正しく判断して、最初はクロムウェルが、のちには帰ってきた国王チャールズが、少しでも秩序を回復させようと躍起になった。早い話が、そんなものを読んだところで、書き手が知らせようと思っていることを知らされ、先方の信念を勝手に吹き込まれるだけなのだ。実にもって馬鹿ばかしいかぎりである。そういう政治宣伝の文書を発行する薄汚い悪漢どもは、野放しにされているうちに、まるで一廉《ひとかど》の紳士にでもなったように、気取った足取りで町を歩きはじめる。イングランドのジャーナリストの誰か一人にでも会ったことがあるなら、それがどんなに滑稽《こっけい》なことかおわかりになるだろう（そもそも「ジャーナリスト」とは溝《どぶ》掘り人夫と同じで、日ごとに労賃をもらって暮らしているがゆえの呼び名ではないか）。

ともかく、私は、クレタ島で起こった戦争の記事に半時間ほど没頭していた。すると、階段を上がってくる足音が聞こえ、ドアが開いて、私の集中は妨げられた。ちらりとそちらを見たところ、年の頃なら十九、二十歳《はたち》の、中背ながら異様に瘦せた女の姿が目に入った。真の美が宿る肉づきのよさとは無縁の体つきである。医学を学んだ者として、私はふと思った。この女には肺病の気《け》があるのではないか、それなら毎晩パイプ・タバコを一服すれば効果があるのに、と。黒っぽい髪には生まれつきの巻き毛があるだけで、色の褪《さ》めた服（ただし清潔だ）を身にまとっている。顔立ちは整っているのに、どうもぱっとしない。とはいえ、この女には、一度見て視線を外したあと、もう一度目を向けたくなるような何かがあった。ことによると、瞳のせい——異様に大きな黒い瞳をしているせいかもしれなかった。だが、主たる要因は、女の立居振舞いにあるように思われた。その瘦せた女には女王の風格が備わっており、私の父がわざわざダンス教師に大金を払って妹に憶えさせようとしている優雅な身のこなしを、すでに会得しているようなのである。

見るともなしに見ていると、部屋の奥にいる目の充血した紳士のそばに、女がつかつかと歩み寄るのがわかった。別に聞き耳を立てていたわけではないが、「先生《ドクター》」と呼びかける声も耳に入った。女はいったん口をつぐみ、相手の出方を待った。そして、紳士が警戒するように顔を上げると、言葉を続けた。向こうまでの距離と、私の英語力と、女の声の低さとが災いして、何をしゃべっているのかほとんどわからなかったが、かろうじて耳に届いた二、三の言葉から判断すると、この紳士は医者で、女はその助力を仰いでいるらしい、と見当がついた。むろん、どう見ても下女にすぎない女が、じかに医者と交渉を持つのは異例としかいいようがない。だが、この国の事情に疎《うと》かった私は、これも御当地流なのだろう、と思った。

女の願いは聞き入れられなかった。私は不快になった。いかなる仔細があろうと、こういうときには分相応ということを教えなければならない。そう考えれば、紳士の反応は至極もっともなものである。高貴な生まれの者が、下賤《げせん》の輩に馴れなれしく話しかけられたときには、突《つ》っ慳貪《けんどん》な対応をするのが、むしろ当然だろう。しかし、男の顔に現れた、怒りや嫌悪に近い感情を見ているうちに、軽蔑心がむらむらと湧き起こってくるのを抑えられなくなっていた。かのキケロがいったように、紳士が譴責《けんせき》の言葉を口にするときには、痛惜の念を込めながらでなければならない。そこに驕《おご》りがあれば、相手の素行を正すどころか、自分の品格を貶《おとし》めることになる。

「何をしている」そういってから、紳士は、人目をはばかるように周囲を見まわした。「いいから、早く出ていけ」

女は低い声でまた何かいったが、私の耳には届かなかった。

「おまえの母親にしてやれることは何もない。それくらい知らないわけじゃあるまい。さあ、頼むからもう話しかけないでくれ」

女はわずかに声を上げた。「そんなことといっていいんですの。あたしだって、何もこんな……」相手の意志が固いことに気がついて、女は落胆に肩を落とし、戸口に向かって歩きはじめた。

なぜ私が立ち上がり、女のあとを追うように階段をおりて、外の通りで声をかけたのか、自分でもよくわからないが、もしかしたらリナルドやタンクレッドのような伝説の勇者にならって、騎士道精神を発揮しようという愚かな考えを抱いたのかもしれない。あるいは、この数日、世間の冷たさに押し潰されそうになっていたせいで、似たような仕打ちを受けている女につい同情してしまったのか。そうでなければ、体は冷えるし、疲れは溜まるし、難儀続きにほとほと嫌気がさして、私の心は、このような女に声をかけることさえ意に介さないような状態になっていたのだろう。よくわからないながらも、私は相手が遠くへ行かないうちに追いつき、礼を失しないように、まず咳払いをした。

女は振り返り、怒りの形相を浮かべると、吐いて捨てるようにいった。「うるさいわね、ほっといてよ」

私はまるで頬を張られたような反応を示したに違いない。少なくとも、下唇を嚙み、驚きのあまり、しどろもどろになったのを憶えている。「失礼いたしました、マダム」私は精一杯上等な英語を使って、ようやくそれだけを口にした。

故国でなら、私の応対も違っていただろう。乱暴な口を利くことはないと思うが、もう少し砕けた口調で、こちらのほうが身分が上だということをはっきりさせたはずである。しかし、そういう微妙なことを英語で伝えるのは、当然ながら、私の能力を超えていた。高貴な女性に話しかける言葉なら知っていたので、ここでもそれを使うことにしたが、生半可な教育しか受けていない痴《し》れ者のように思われるのは業腹《ごうはら》だったので（イングランド人は、自分たちの言語を解さない者がいると、よほどの馬鹿か、依怙地《いこじ》になっているか、そのどちらかだと考える）、どうせ丁寧な言葉を使うのだから、いっそのこと身振りまでそれに合わせよう、と思った。そうすれば、もともと礼儀正しい人物なのだ、と考えてもらえるはずである。言葉をかけながら、私が帽子を取り、頭を下げたのは、以上のような理由による。

父が偏愛する船舶関係の比喩を使えば、彼女の上げた帆はたちまち風を失った。私の意図したところではなかったが、売り言葉に買い言葉の怒鳴り合いが始まるのを覚悟していたときに、思いがけず相手が慇懃《いんぎん》な態度に出て、怒りもしぼんでしまったらしい。女は不思議そうに私を見た。わけがわからなくなったのか、鼻梁《びりょう》の上に軽くしわを寄せていたが、そんな様子はなかなか色っぽかった。

途中でやり方を変えるわけにもいかないので、私は同じ調子で続けることにした。「いきなり声をかけて、失礼の段は重々承知の上ですが、先ほどの話がつい耳に入りまして、なんでも医者をお探しとか」

「あなた、お医者さまですの？」

私はお辞儀をした。「ヴェネツィアのマルコ・ダ・コーラと申します」むろん、私は正式の医者ではなかったが、この女がいつも診察を仰いでいるに違いない藪医者や偽医者と比べても、腕に遜色《そんしょく》はないつもりだった。「で、そちらは？」

「サラ・ブランディです。名のある先生とお見受けいたしますが、年寄りが脚の骨を折っただけのことですから、かえってご迷惑でしょう。卑《いや》しい者の治療をしては、仲間の先生がたに笑われます」

せっかくの好意を受けようとしないのは、どうにも困ったものだった。「それでしたら、外科医を呼んだほうがいいかもしれませんね」と、私は譲歩した。「しかし私は、パドヴァ大学とライデン大学で解剖学を学んでおります。こちらには仲間もいないので、医学の知識を切り売りしたという誹《そし》りを受けることもないでしょう」

女はこちらを見て首を振った。「失礼ですが、勘違いをなさっているんじゃありませんか。もちろん、ご厚意には感謝します。でも、治療費が払えないんです。あたしにはお金がありませんから」

私は手を振り――その日、二度目のことだったが――金は思慮のほかだということを示した。「いや、とにかく診《み》てみましょう」と、私は続けた。「支払いの件はあとで相談する、ということにしても、こちらはいっこうにかまいませんので」

「そうですか」女の応対に、私はまた戸惑った。やがて女は、イングランド人お得意の、開けっぴろげというか、妙に天真爛漫《てんしんらんまん》な顔でこちらを見ると、肩をすくめた。

「では、患者のところに行きましょうか」と、私はいった。「怪我の様子は道々《みちみち》伺いましょう」

私は、相手の身分などおかまいなしに若い女の歓心を買おうとする十九、二十《はたち》の若者のように一生懸命になっていたが、その努力は報われなかった。私と比べても女は軽装で、薄いドレスの下には手足の肌が透けて見え、頭にしても、とりあえず礼儀にかなう程度の被《かぶ》り物で覆われているだけだったのに、なぜかちっとも寒そうにはしていなかった。ナイフのように私の肌を刺している風も気にならないらしい。しかも、私より二インチは背が低いのに、足取りは速かった。私は遅れまいと必死になった。話しかけても短い言葉しか返ってこないのは、母親の容態が気になって、ほかのことは考えられないせいだろう、と思った。

治療の道具を取ってくるため、私たちは、いったんファン・リーマン氏の家に戻った。ついでに、バーベットの外科医学書を拾い読みしたのは、手術の最中に参考書を覗いたりすると、患者が不安がるだろうと思ったからである。女の母親は、前の夜に転倒して、一晩じゅう動けなかったという。人里離れた豪邸に住んでいるようには見えなかったので、なぜ隣人や通行人に助けを求めなかったのか、と尋ねたが、はかばかしい返事は得られなかった。

「さっきあなたが話しかけた人物は何者なんです？」と、私は尋ねた。

それにも返事はなかった。

そこで、こちらもあまり親切に声をかけるのはやめることにして、肉屋横町《ブッチャーズ・ロウ》という卑しい通りを女と一緒に歩きはじめた。雨で血を洗い流すため、鉤《かぎ》に吊されたり、粗板の台に載せられたりして、悪臭を放つ肉塊が野ざらしにされていた。さらに進むと、城を取り囲む川筋の一本に沿って低い家並みが続く通りに出たが、あたりのたたずまいはいっそうみすぼらしくなった。不衛生の極みというか、川の流れは淀《よど》み、汚れ放題で、川面を覆う厚い氷のあいだから、ありとあらゆる塵芥が顔を出していた。むろん、ヴェネツィアには潮の満ち干（みひ）があるので、町の水路は海によって浄化される。イングランドの河川は、流れが詰まってもそのまま放置され、少し手入れをするだけできれいになるのに、誰もそんなことは考えない。

その地区の中でも飛び抜けて粗末な家に、サラ・ブランディとその母は住んでいた。ちっぽけな住居で、開き窓にはガラスがなく、代わりに板切れが打ちつけられ、穴だらけの屋根はぼろ布で修繕されている。玄関は簡素にして粗末。だが、中に入ると、湿気はひどいものの、きれいに掃除が行き届いて、塵《ちり》一つ落ちていなかった。人間というものは、いかにひどい境遇にあろうと、誇りは持ちつづけるものらしい。狭い炉床や床板は入念に磨き上げられ、脚がぐらついている背もたれのない二つの椅子もきれいに手入れされている。粗木の安物ながら、ベッドも同様であった。しかし、家具と呼べるのはそれくらいのもので、あとは鍋や食器がわずかにあるだけだ。最下層の貧乏人でも、炊事道具がなくては生きてゆけない。一つだけ、奇異なものが目に入った。棚に、書物が五、六冊、並んでいたのである。かつてこの家には教養のある人物が住んでいたらしい。

パドヴァの教授に教わったとおり、信頼感を得るために、私は努めて明るく切り出した。

「さて、患者はどこです?」

女はベッドを指さした。誰もいないと思っていたベッドには、薄い掛け布にくるまった小柄な老婆、どう見ても子供としか思えない、翼の折れた小鳥のような老婆がいた。私はそちらに近づき、掛け布をそっとめくった。

「ご機嫌はいかがですか」と、私はいった。「怪我をなさったそうですね。ちょっと見せてください」

かなりの重傷であることは私の目にも明らかだった。折れた骨の端が、羊皮紙のようにしなびた皮膚を突き破っている。血に染まった骨が見えているのだ。さらに悪いことに、どこかの愚か者がその骨を押し戻そうとして、傷口を広げていた。あげくの果てに、汚れた布でその傷口を縛っていたので、血の凝固した骨の先に繊維がへばりついて取れなくなっている。

「なんということだ。これはひどい」思わず私は悪態をついた。幸いなことに、イタリア語を使っていた。「誰がこんな布を巻いたんです」

「母が自分でしたんです」最後の問いを私が英語で繰り返したとき、女は静かに答えた。「一人きりだったもので、できることがあれば自分でやろうとしたんです」

とにかく、これではいけない。頑強な若者でも、これだけの怪我をすれば、体力はどんどん弱ってゆく。傷口の腐敗が始まっている恐れもあるし、骨にくっついた繊維のおかげで炎症が進むことも考えられる。そう思ったとき、全身に震えが走り、部屋がかなり寒いことに気がついた。

「すぐに火を焚いてください。患者の体を温めなければ」と、私はいった。

女はその場に突っ立ったまま動かなかった。

「聞こえなかったんですか。さあ、いうとおりにして」

「この家には薪がありません」と、女はいった。

では、どうすればいいのか？　決して名誉なことではないし、その地位にふさわしいことでもないが、医者には治療以外の仕事をやらなければならないときもある。私は、苛立《いらだ》ちを抑えながら、数ペンス分の硬貨をポケットから取り出した。「じゃあ、これで薪を買っていらっしゃい」と、私はいった。

女は、掌に押し込まれた硬貨を見て、感謝の言葉さえ口にしないまま、黙って部屋を出て、外の路地へと向かった。

「もうしばらくの辛抱ですよ」私は老婆のほうに向き直った。「じきに暖かくなります。それが肝心なことです。まず、脚の傷をきれいにしましょう」

こうして私は治療を始めた。幸い、女は薪を持って、ほどなく戻ってきた。燃えさしも借りてきたので、ただちに湯を沸かした。これからすぐに傷口を洗い、折れた骨の位置を元どおりにすることができれば――その途中、あまりの苦痛に絶命することも考えられたが――そして、あとで発熱したり、傷口が腐ったりすることもなく、暖かくして、食事も充分に摂っていれば、老婆は生き延びるかもしれない。だが、危険は多く、ちょっとしたことで命を落としかねないのも事実であった。

手当てをしてみると、患者の反応はよく、これは幸先がいいと思った。しかし、私の治療は患者に甚大な苦痛を与えるもので、たとえ死体でも自分がされていることを意識しただろう。老婆は、氷に滑ってひっくり返ったのだという。娘と同じように、最初のうちは話しかけてもろくに返事をしてくれなかったが、病人なのだから弁解の余地はある。

誇り高く、思慮深い者なら、治療費が払えないという女の話を聞いたときに、その場から立ち去っていたかもしれない。そもそも暖房がない部屋にいる患者を診る義務などないのだから、治してやろうなどと思わずに、最初からきっぱり断っていればよかったのだろう。もちろん、これは利己心《りこしん》からいっているのではなく、医術全般の信用に関わる問題なのだ。しかし、私はその正しい道を取ることができなかった。ときとして、紳士《ジエントルマン》と医者とは両立しがたいものであるらしい。

それだけでなく、問題はほかにもあった。私は傷口の洗浄法や接骨術は学んでいたものの、それを実践する機会にはこれまで巡り会ったことがなかったのである。講義を聞いたときにには簡単そうに見えたのだが、あの老婆には無用の苦痛を与えたのではないかと今でも心苦しく思っている。ともあれ、骨の位置は元に戻り、脚には包帯を巻くことができた。そして、なけなしの金をまた女に与え、膏薬《こうやく》の材料を買いにやらせた。女が戻ってくるまでのあいだに、私は薪を適当な長さに切り、それで患者の脚を固定して、運よく命を落とさなければ、将来、砕けた骨が正しくつながるように配慮した。

ここまでくると、さすがに私も機嫌が悪くなってきた。こんな卑しい田舎の裏町で、見ず知らずの無愛想な連中に囲まれて、自分はいったい何をしているのだろう。私が親しんできたすべてのものは遠い彼方にあり、心を通わせる肉親知友もここにはいない。はっきりいえば、寝泊まりする場所や食事を手配すべき現金がまもなく底を突くことは目に見えていた。そうなったら、どうすればいいのだろう。

絶望に取り憑かれた私は、すでに必要以上の義務は果たしたという思いから、患者のことはすっかり忘れ、気がつくと例のちっぽけな本棚を眺めていた。といっても、そこにある書物に興味を惹かれたわけではなく、今や私の不運の象徴となった哀れな老婆に背を向けるための方便としてそうしたにすぎない。その気持ちの裏には、治療の努力や女に渡した金が、結局は無駄になったのではないか、という思いも潜んでいた。経験のない未熟者の私にも、患者に死が迫っていることはわかっていたのである。私は死の息の臭いを鼻に感じ、死神によってもたらされた汗のぬめりを指の先に感じた。

「先生は、途方にくれていらっしゃる」ベッドに横たわった老婆が、弱々しい声でいった。

「厄介な患者を引き受けたものだと、さぞお困りでしょう」

「いやいや、そんなことはありません」不誠実な言葉にふさわしく、私の声には抑揚がなかった。

「お言葉はありがたいのですが、せっかく治療していただいても、わたしどもにはお金がございません。そのことは、娘ともどもよくわかっております。お見受けしたところ、ご立派な身なりではいらっしゃいますが、先生も当座のお金はあまりお持ちになっていないようで。どちらからいらっしゃいました？　このあたりにお住まいではございませんね」

数分もたたないうちに、私は背もたれのない不安定な椅子に腰をおろし、父のことや、金を持っていないこと、ロンドンで受けた仕打ちのこと、将来の希望や不安について、ベッドのわきでわが身の上を訴えていた。この年老いた女には親身になって話を聞いてくれそうな雰囲気があり、宗教も違う死にかけた貧しいイングランドの老婆に対してではなく、まるで実の母と話すように、私は心の内を洗いざらいぶちまけていた。

老婆はしきりにうなずき、信心深い慰めの言葉をかけてくれた。神は、かつてヨブを試したように、私たちに試練を与える。甘んじてそれを受けるのがわれわれの務めであり、試練を乗り越えるための方策はあらかじめ神によって与えられている。神のなさることに無意味なことはなく、すべてが善きことであるという信念を決して捨ててはいけない。実際的な面では、ボイル氏を訪ねることを勧められた。ボイル氏は信仰心の篤《あつ》い紳士であるという。

その清教徒風のお説教や余計な忠告を、いらぬお世話と切って捨てることは簡単であった。しかし、この老婆は自分なりの償《つぐな》いをしようとしていたのである。老婆は治療費を払うこともできなければ、働いて返すこともできない。この女にできるのは思いやりを示すことであり、それを私に惜しみなく与えようとしているのだ。

「もう、わたしは永くないのですね」私の苦労話が尽きるまで、長いあいだ聞き役に回っていた老婆は、話が終わると、そんなことをいいだした。

パドヴァ大学の教授からは、その手の質問には用心してかからねばならぬと、繰り返し注意を受けていたが、それは間違った診断を下す恐れがあるので気をつけろという意味ではない。教授によれば、そのような質問を医者にする権利は患者にはないというのである。診断が正しく、患者がすぐに死ぬとしても、苦しみ悩んで死に至る数日を送ることになる。神のもとへ召されるまでの短い時間を心穏やかに過ごす代わりに（それは悲しむべきことではなく、むしろ慶賀すべきことと思われる）、往々にして人はそのような神意が下されたことを恨めしく思う。さらにいえば、患者は医者の言葉を信じるもので、打ち明けた話、なぜそうなのか私にはよくわからないが、ともかく、もうじき死ぬと医者にいわれた患者は、それほど重篤な病気でなくても、なぜか従順に死んでしまうことが多いのである。

「誰でもいつかは死ぬものです」これで納得してもらえればいいが、と虚《むな》しい希望を抱きながら、私は重々しく答えた。

だが、老婆は簡単に騙せるような相手ではなかった。先ほどの質問を口にしたときも冷静だったし、真実と非真実とを見極める力は充分にあるようだ。

「そうおっしゃいますが、人より早く死ぬ者だっているのですよ」老婆は、かすかな笑みを浮かべながらいった。「もうじきわたしの番がくるのですね。違いますか？」

「本当に明言はできないのです。たぶん、傷口が膿《う》むことはないでしょう。その場合は、いずれ回復します。しかし、正直にいって、体力もだいぶ落ちていらっしゃるし」私ははっきり続けることができなかった。そうです、あなたはまもなく死ぬのです、と。だが、いいたいことは伝わったようだった。

老婆は穏やかにうなずいた。「わたしもそう思っていました。神のご意志に感謝しましょう。サラにはずっと迷惑をかけてきましたから」

火の中の黄金のように、かくして信仰は鍛えられる。娘を弁護したいとは思わなかったが、娘さんも喜んで義務を果たしてきたのです、という意味のことを私はつぶやいた。

「そのとおりです」と、老婆はいった。「娘はよくしてくれました」この老婆には教育や生まれを超越した徳が備わっている。たとえ氏素性《うじすじょう》が貧しくても優しさを身につけることは不可能ではないが、われわれは経験からそれがきわめてまれであることを知っている。精神の洗練に環境の洗練が不可欠なように、汚辱にまみれた野蛮な生活からはそれ相応の魂が形成されるだけである。しかし、極貧の暮らしを送ってきたはずの老婆の言葉からは、名家の人々にもめったに備わっていないような思いやりや気遣いが窺える。私はこの患者に異例の興味を覚え、自分でも気がつかないうちに、微妙に立場を変えて、手の施《ほどこ》しようのない重症者とは見なさなくなっていた。なるほど、死を欺《あざむ》くことはできないかもしれないが、死をさんざんに翻弄《ほんろう》することはできるだろう。

　そのとき、私が依頼した薬品の小さな包みを持って、娘が戻ってきた。そして、挑むようにこちらを見ながら、金が足りなかった、といいだした。薬種屋《やくしゅや》のクロス氏は、あとで私が払うという条件で、不足分の二ペンスをつけにしてくれたという。それを聞いて、私は怒りに言葉を失った。この女は、不充分な金しか持たせなかったことで、私を責めているようなのだ。しかし、私にはどうしようもなかった。金は支払われたのだし、患者は治療を待っている。ここで口論を始めるのは、私の品位に関わる。

　表向きは動じないふうを装《よそお》いながら、私は携帯用の乳鉢と乳棒を取り、薬の調合を始めた。粘りを出すために乳香を少々、硇砂《ろしゃ》を一粒、薫陸香《くんろくこう》を二本、皓礬《こうばん》を一ドラム（薬用の単位で八分の一オンス）、硝石と緑青《ろくしょう》を二粒ずつ。以上のものを擂り混ぜて滑らかに練ると、適量になるまで、一滴ずつ亜麻仁《あまに》油を加えた。

「地虫の粉はどこにあります？」袋を覗いて、最後の材料を探しながら、私は尋ねた。「店になかったのですか」

「ありましたわ」と、女はいった。「訊きませんでしたけど、たぶん、あったと思います。でも、どうせ役に立たないでしょうから、買わなかったんです。あなたのお金ですから、節約すれば喜ばれると思って」

ここで我慢も限度に達した。相手は若い女なのだから、つい傲慢《ごうまん》になるのはまだいいとしても、いやしくも医術の分野で技倆《ぎりょう》にけちをつけられたとなっては黙っているわけにはいかない。

「必要な薬だといったはずだ。あれがないとどうにもならない。きみは医者か？　世界最高の医学校で教育を受けたことがあるのか？　きみの助言を求めて、このあたりの医者がやってくるか？」私は皮肉を込めて居丈高《いたけだか》に問いただした。

「ええ、きますわ」と、女は冷静に答えた。

私は嘲笑《ちょうしょう》した。「話し相手として、嘘つきと馬鹿と、どちらが扱いやすいか、私には判断がつきかねる」

「同感です。いっておきますが、あたしは嘘つきでも馬鹿でもありませんよ。傷口に地虫の粉を擦り込んだりしたら、脚は腐り落ちて、命までなくすでしょう」

「きみはガレノス（二世紀のローマ最大の医学者）か。パラケルスス（十六世紀のスイスの医者・錬金術師）か。それとも、ヒポクラテスその人か」私は声を荒らげた。「素人の分際で、たわけたことをいうな。私が調合しているのは、何百年も前から使われている膏薬だ」

「でも、効き目はないんですのよ」

こうしたやりとりを続けながら、私は母親の傷に膏薬を塗り、改めて包帯を巻いた。材料が足りないのだから、真の効力は期待できないかもしれないが、しかるべき膏薬ができるまでの当座しのぎにはなるだろう。治療が終わり、背筋を伸ばしたとき、ついうっかりして、低い天井に頭をぶっつけた。女がくすくす笑ったのを見て、私の怒りはさらに高まった。

「一つだけいっておく」私は言葉に怒気を込めた。「きみのお母さんの治療には精一杯のことをした。そんなことをする義務はないにもかかわらず、だ。あとでまたここにくるつもりだが、そのときには眠り薬を調合したり傷を空気に当てたりしよう。もちろん、見返りがないことは承知のうえだ。例によって、きみの冷笑を浴びるだけのことだろう。ただし、私にはあざけりを受けるようなことをした憶えはないし、きみにだってそんな振舞いをする権利はないと思うがね」

女は膝を曲げ、腰をかがめて馬鹿丁寧にお辞儀をした。「何から何までありがとうございます。礼金のお支払いに関しては、どうかご心配なく。そちらからも支払いの件はあとで相談するとおっしゃっていただいたことですし、その問題はあとでなんとかすることにしましょう」

そのやりとりを最後に家を離れた私は、外の通りに出たあと、あきれ顔で首を振った。無分別にも私が迷い込んだのは、常識の通用しない奇人変人の国だったのである。

第三章

　私がまず二つの段階を経て歴程を重ねたことが、これでおわかりになったと思う。イングランドに到着し、オックスフォードにたどり着いたこと。そして、一人の患者と出会い、治してやろうと思ったばかりに悩みの種を背負い込んでしまったこと。サラ・ブランディという若い女については、何をかいわんやである。彼女の命数《めいすう》はすでにかぎられている。死神が手を伸ばし、今にも彼女を引き倒そうとしている。もう永くはないだろう。心得のある者ならすぐにわかる。顔を見ただけで、本をひもとくようにその運命を読むことができる。あの顔には、彼女の魂をつかんで放さない邪悪なものが影を落としている。やがて、その邪悪なものが彼女の命を奪うだろう。そう考えたのはあとのことで、あながち間違ってはいないと思う。だが、出会ってすぐのときは、顔立ちは整っているが傲慢《ごうまん》な女、階級が上の者には礼儀もへったくれもないくせに、自分の家族には尽くそうとする身勝手な女だと思っただけだった。

　続いてその後の経過を記さなければならないが、今度もまた偶然がおおいに作用して、しかもはるかに残酷な事態を迎えた。というのも、しばらくのあいだは、幸運の微笑みがまたこちらに向けられたかのように見えたからである。差し当たりやるべきことは、お節介にもあの女がこしらえた薬種屋《やくしゅや》のクロス氏への借金を清算することであった。医学の実践にたずさわる者なら、薬種屋との揉め事は極力避けなければならない。借金を踏み倒したら最後、注文には二度と応じてもらえなくなるし、仲間内の結束も強いので、近在のほかの店からも薬を買えなくなるのである。今の状態でそんなことになれば、それこそ身の破滅だった。たとえ手持ちの現金をすべて手放すことになっても、金銭にだらしない男という悪評をたずさえてイングランドの知識階級に参入する愚は避けなければならない。

そこで私は薬種屋の場所を尋ね、大通りをまた半分ほど進んで、店の正面にある木の扉を開き、暖かい店内に足を踏み入れた。イングランドのほかの店と同様に、こぎれいな店内には売り物が整然と並べられ、高級なシーダー材を使った帳場台があり、見た目も美しい最新式の真鍮《しんちゅう》の天秤が置いてあった。薬草や香辛料や薬剤の芳香に迎えられて、私はよく磨かれたオーク材の床を横切り、これ幸いとばかりに暖炉に近づいて、手彫りの模様が刻まれたマントルピースの前に立ち、燃えさかる炎で背中を炙《あぶ》った。

店主と思われる小太りの男は、五十がらみの年配で、気苦労もなく悠然と暮らしているように見えた。その店主が相手をしている先客は、別に急ぐ用事もないらしく、のんびりとテーブルに寄りかかり、他愛のないおしゃべりに興じていた。私より一、二歳年上だろうか。生彩に富んだ敏活な表情をして、湾曲した太い眉の下にある目は、いくらか皮肉っぽく、きらきら輝いていた。着ているものはやや地味で、禁欲と放縦とが両極端にあるとすれば、その中間くらいの服装だった。いいかえれば、仕立てはいいものの、色は冴えない茶色だったのである。のんびり構えている割には、どこか照れているようなところがあり、どうやら店主のクロス氏にからかわれているらしい、と見当がついた。

「冬には寒さしのぎになるね」薬種店主はそういって、にやりと笑った。

　客は身もだえしながら顔をしかめた。

「もちろん、春になったら網をかぶせておかなくちゃな。そうしないと小鳥が巣を作る」店主はおかしそうに身をよじった。

「やめてくれよ、クロス、もうわかったよ」そういうと、客は自分でも笑い出した。「十二マーク（当時のイングランドの貨幣単位）で買ったんだが……」

それを聞いて、クロス氏は痙攣的《けいれんてき》な笑いの発作に襲われた。二人は揃ってぷっと吹き出すと、まさに病的な興奮状態となって笑い崩れた。

「十二マークもしたのか！」苦しい息の下でそういうと、店主はふたたび笑い出した。

　この二人が何を話しているのか、さっぱりわからなかったが、気がつくと私も頬がゆるんでいた。無関係な者が他人の享楽に参加することが失礼に当たるのかどうか、それもわからないくらいイングランドの作法には疎《うと》かったが、そんなことはどうでもいいではないか、というのが私の本心だった。店内の暖かさに心が和み、帳場台をつかんで立っているのがやっとの状態で開けっぴろげに笑い転げている二人の様子を見ているうちに、私も大声で笑いたくなった。この国に到着して以来、初めて人間らしい社交の場に立ち会えたことを祝いたい気持ちもあった。そして、たちまち心が癒されるのを感じた。ゴメシウスもいっているではないか。享楽は心の病を癒す、と。

だが、私の口から漏れたかすかな笑い声を、二人は聞きとがめた。クロス氏は、薬種屋らしい威厳を取り戻そうと急に真面目な顔になった。先客も同じように態度を改め、二人揃って私のほうに視線を向けた。重苦しい沈黙が何秒か続いたあと、若いほうの男が私を指さし、その瞬間、二人はまた笑いの発作を起こした。

「あれはもっと高いぞ！」若い男は、私に向かって指を振り立てながらそういうと、握りこぶしでテーブルを叩いた。「安くても二十マークだ」

とりあえず私はそれをある種の自己紹介であると解釈し、いくらか警戒しながら、二人のほうにお辞儀をした。今度は私が失礼千万な笑いの種にされているのではないか、と疑う気持ちもないわけではなかった。イングランド人は外国の人間をからかうのが好きだ。外国人の存在そのものを、とてつもなく滑稽《こっけい》なことだと思うらしい。

同輩としての私のお辞儀――左の脚をうしろに引き、右の手を慇懃《いんぎん》に差し上げて、その脚と手の釣り合いにも気を配った完璧なお辞儀を見て、なぜか二人はまた笑い出したので、私は背筋を伸ばし、感情を殺して、その笑いが収まるのを冷静に待った。やがて、腹の底から込み上げてくる高笑いは鎮まり、涙を拭ったり、洟《はな》をかんだりしたあと、二人は文明人らしく見えるように精一杯の身繕《みづくろ》いをした。

「いや、どうも失礼しました」最初に言葉を取り戻し、礼儀正しいやりとりができるようになったのは、クロス氏のほうだった。「実は、ここにいる私の友人が、流行《はやり》の格好をする気になりましてな。そこで、藁葺き屋根を頭に載せて、人前に出てきたわけです。それが実によく似合っていると、さっきから褒めているところでして」クロス氏は、またくっくっと笑い出した。

すると、先客の若い男は、頭にかぶっていたかつらを床に投げ捨てた。

「ああ、これですっきりした」さばさばした顔でいうと、男は豊かな長髪を指で梳《と》かした。

「蒸れるね、こいつは」

ようやく私にも事情がわかってきた。かつらというのは、世界中のほとんどの町で、男性の優雅な身だしなみには必要不可欠なものだと考えられている。遅ればせながら、このオックスフォードでも、かつらをつける男が増えてきているらしい。私のかつらは、いわば大人の世界に参入したしるしとしてつけているものだった。

もちろん、笑われた理由も理解できたが、私はかえって優越感を覚えた。洗練された人間が田舎者に相対したときにこういう感情が生まれる。私自身、かつらに馴れるにはかなりの時間がかかったが、仲間たちの無言の圧力もあって、もうやめようという気持ちを抑えることができた。われわれの世界に突如漂着したトルコ人やインド人になったつもりで見れば、立派な自前の髪に恵まれた男が、それを剃って、わざわざ他人の髪を頭に載せるのは、なるほど、少し奇異に映るだろう。だが、流行というものは快適さを求めるためにあるのではなく、かつらはきわめて不快なものであるがゆえに、これぞ流行のいでたち、という充足感がある。

「失礼ながら」と、私はいった。「その髪をもう少し短くすると、具合がよくなると思いますよ。蒸れずにすみます」

「髪を短くする？　そういうものなんですか？」

「ええ、残念ながら。美の追究には犠牲がつきものなのです」

男は床に転がったかつらを足の先で乱暴に蹴って、「じゃあ、醜いままでいい」と、いいだした。「こんなのをつけて人前に出るのはまっぴらだ。このクロスがあんなに笑ったくらいだから、この町の学生が見たら何をされることか。命を落としたら元も子もない」

「よそではこれが流行なんですよ」と、私はいった。「オランダ人でさえつけているくらいです。時期を見てもう一度やってみることをお勧めしますよ。何か月かあとには――遅くても一年もすれば、かつらをつけていないと野次られたり石を投げられたりするようになるかもしれません」

「ふん。馬鹿な」そういったものの、男は床のかつらを拾い上げ、帳場台に置いた。

「こちらの紳士は、かつらの話をするためにいらっしゃったわけではないと思う」と、クロス氏はいった。「何か買いたいものがあっていらっしゃったんだ。顔にそう書いてある」

私は一礼した。「いや。実は支払いのために参りました。先ほど、若い女性に掛け売りの便宜を図っていただいたと思いますが」

「ああ、ブランディの娘ですな。話に出た紳士というのはあなたでしたか」

私はうなずいた。「あの娘は差し出たまねをしたようで、その借金を――まあ、私の借金でもあるわけですが、これからお支払いします」

クロス氏は低くうなった。「ですが、あなたはただ働きになりますよ。少なくとも、金で報酬が得られることはないでしょうな」

「そのようですね。しかし、もう遅いのです。母親の脚を治療したのですが、むしろ、こちらとしては勉強させてもらったと思っています。ライデン大学でいろいろと学んだことを、生身の人間で試したのは初めてでした」

「ライデン大学？」若い男は急に興味を示した。「じゃあ、シルヴィウスをご存じですか？」

「もちろんです」私は答えた。「解剖学の恩師ですよ。紹介状も書いてもらいました。ボイルという紳士に宛てた紹介状です」

「最初からそういえばよかったのに」若い男は店の奥の戸口に近づき、ドアを開けた。そこには通路があり、階段があった。

「おおい、ボイル！」と、男は叫んだ。「そこにいるかい？」

「大きな声を出しなさんな」と、クロス氏はいった。「代わりに私が答えてやろう。先生はいないよ。コーヒー・ハウスに行くといっていたが」

「ああ、それならそれでいい。ぼくたちも行ってみよう。ところで、きみの名前は？」

私は自己紹介した。一礼して、男も名乗った。「リチャード・ローワーだ。医者だよ。まだ見習いだがね」

私たちは改めてお辞儀をした。挨拶がすむと、ローワーは私の肩に手を置いた。「さあ、行こう。ボイルも歓迎してくれるだろう。この町にいると、時流に取り残されるようで、いささか不安に思っていたところなんだ」

ティリャード氏のコーヒー・ハウスまで短い距離を歩いて戻る道すがら、ローワーから聞かされた話によると、知識階級の活動は昔と違ってずいぶん低調になっているらしい。それもこれも王政が復活したせいだという。

「国王陛下は学問を愛する人物だと聞きましたが」と、私はいった。

「たしかにそのとおり。愛人たちのことも気になるらしいがね。その学問好きが問題なんだよ。クロムウェルの時代には、この町の知識人はみんな苦労して、細々と暮らしていたもんだ。代わりに、肉屋や魚屋が稼ぎのいい地位に就いて幅を利かせていた。国王が帰ってきて、やれありがたやと思っていたら、なんのことはない、国王の寛容にすがれる立場にあった連中はみんなロンドンに移り住んでしまった。残ったのは、ぼくたちみたいに要領の悪い者だけだ。近いうちに、ぼくもロンドンに出て名を揚げるつもりだがね」

「だから、かつらを?」

ローワーは顔をしかめた。「うん、まあね。ロンドンで頭角を現わすには、まず流行に敏感でなくちゃ。何週間か前に、レンがロンドンから帰ってきたときには——レンというのは、ぼくの友だちで、いいやつなんだが、その格好ときたら、孔雀みたいにめかしこんでたよ。もうじきフランスに行くそうだが、向こうの流行に染まって帰ってきたらどうなってるだろうね。まぶしくてまともに見てられないんじゃないかな」

「ボイルさんはどうするんです?」少し落胆しながら、私は尋ねた。「つまり、残るんでしょうか、オックスフォードに」

「とりあえずはね。でも、あいつは運がいいよ。金持ちだから、ぼくたちと違って、立身出世に目の色を変える必要がないんだ」

「ああ、そうだったんですか」私はおおいに安心した。

ローワーは、おまえの考えなどお見通しだ、といわんばかりの顔でこちらを見た。「ボイルの父君《ちちぎみ》はこの国有数の富豪で、前の国王の熱烈な支持者だったんだ。名前を出したついでに、前の国王には哀悼の意を表しておいたほうがいいだろうな。もちろん、ボイルがもらったとき、財産はずいぶん少なくなっていたに違いないが、普通の生活をするには困らないだろう」

「なるほど」

「付き合ってみれば、いいやつだよ。研究が専門だから、こっちも学問に心得がないといけないがね。そうでないと、けんもほろろの応対をされる」

「実は私もそれなりに学問を積んできました」控え目に私は打ち明けた。「もちろん、まだ駆け出しで、知っていること、わかっていることより、知らないことのほうが多いのですが」

ローワーはその言葉が気に入ったようだった。「だったら、いい仲間になれそうだな」そういって、にやりと笑った。「みんなの知恵を合わせたら、輝かしい無知にますます磨きがかかるわけだ。しかし、学問は奥が深い。さあ、着いたぞ」そういいながら、先に立ってあのコーヒー・ハウスに入っていった。ティリャード夫人が近づいてきて、私にまた一ペニー要求したが、ローワーは手を振ってそれをさえぎり、楽しそうに文句をいった。「こりゃ驚いた。この売春宿は、ぼくの友だちから金を取るのかい？」

すぐコーヒーを持ってくるように大声で命じてから、ローワーは無造作に階段を上がり、さっき私が迷い込んだのと同じ部屋に入った。嫌な予感に囚《とら》われたのはそのときである。ボイルとは、女を邪険に追い払ったあの不愉快な男ではないのか。

だが、ローワーがすたすた近づいていった先の、部屋の隅にすわっていたのは、あの男とは似ても似つかない人物であった。ここで私は少し横道にそれて、オナラブル・ロバート・ボイルのことを書いておきたい。この数百年のあいだに生を受けたどの学者よりも多くの賞賛と名誉に包まれている人物、それがボイルである。最初に気がついたのは、思いがけない若さだった。その名声を考えても、五十は過ぎているに違いないと予想していたが、実際には私より少し上といった程度の年配ではないかと思われた。長身痩躯《そうく》で、あまり健康ではないらしく、顔色は悪い。細面《ほそおもて》の顔の口もとには不思議な色気があり、椅子にすわっている姿は物静かで、いかにも無理がなく、一目で高貴な育ちだとわかった。だが、それほど好人物には見えず、むしろ偉そうに構えているような印象を受けた。自分が人よりも優れているのを充分に承知していて、他人にも分際をわきまえることを要求しているようなところがある。あとでわかったことだが、それはボイルの一面にすぎず、矜持《きょうじ》が高い分、寛容の精神も備えていたし、傲慢に見合うだけの謙虚さや、氏育《うじそだ》ちに負けない敬神の心、厳しさに匹敵する思いやりも持ち合わせていたのである。

とにかく、近づく際にはくれぐれも気をつけなければならない。実利さえあればどんな嫌な人間とも付き合ってくれるだろうが、山師や馬鹿の相手をするほど我慢強くはないだろう。短いあいだではあったが、この人物と親しく付き合えたことを、私は一生にそう何度もない誉《ほま》れであったと考えている。他人の悪意によってその交際が絶たれてしまったことは、まさしく痛恨の極みである。

ボイルは、富や名声や家柄に恵まれた人物でありながら、親しい知人が馴れなれしい態度を見せても意に介さないだけの修練を積んでいた。ローワーがその親しい知人の一人であることは間違いない。「おい、ボイル」私を従えて近づきながら、ローワーは声をかけた。「イタリアからやってきた旅の人が、おまえの祀堂《やしろ》にお参りしたいんだとさ」

ボイルは顔を上げ、眉を吊り上げると、ほんの一瞬だけ微笑を浮かべ、そっけなく応じた。

「こんにちは、ローワー」そのときにも思ったし、あとでまた別のときにも思ったことだが、ボイルとの付き合いにおいて、ローワーはボタンの掛け違いをしているようだ。学問の分野では同輩だと自負しているものの、身分の違いには劣等感を抱いていて、妙に馴れなれしい態度を取ったかと思うと、別に媚《こ》びているわけではないが、自信の欠如と不安から、極端な尊敬に走ったりする。

「ライデン大学のシルヴィウス博士が、くれぐれもよろしくとのことでした」と、私は切り出した。「イングランドに行くのならボイル氏を訪ねてみなさい、と博士に勧められて、こうしてやってきた次第です」

礼儀作法の中でも、初対面の儀礼は特に難しいものではないかと思う。もちろん、なくてはならないものだし、将来も廃《すた》れることはないだろう。しかるべき人物の後ろ盾を得て、人となりを保証してもらえるのなら話は別だが、そうでないかぎり、見知らぬ者がおいそれと受け入れられるはずはないのである。しかし、ほとんどの場合、紹介状が一通あればこと足りる。そして、その紹介状の内容が読まれるとしても、それは初対面の儀礼がすっかり終わったあとのことである。ボイルが化学の分野で有名であるように、シルヴィウス博士は医学の分野で名を知られている。その名前が功を奏することを私は願った。だが、私たちのあいだには深い溝があること、つまり、宗教的理由で付き合いを拒まれる恐れがあることも承知していた。イングランドはつい最近まで偏狭で排他的な宗派が牛耳っていた国である。その影響は今でも色濃く残っている。夜を徹してオックスフォード行きの馬車に乗っていたとき、同乗者たちが上機嫌で語ってくれたところによると、議会の圧力で国王が受け入れた新しい法律は、私たちの宗教に害をなすものであるという。

紹介状を受け取ったボイルは、いきなりそれを読みはじめた。そして、いちいち内容を口にして、注釈めいたことを付け加えるので、私はますます落ち着きを失うことになった。かなり長い書状だったし、シルヴィウス博士とは肝胆相照《かんたんあいて》らす仲というわけではなかった。もしかしたら、内容の大半は私に厳しいものになっているのではないか、という不安もあった。

その不安は的中した。「ううむ」と、ボイルはいった。「ローワー、ちょっと聞いてくれ。シルヴィウスによると、きみの友だちは、癇性《かんしょう》で、議論好きで、権威を疑う傾向があるそうだ。身の程知らずで、興味のあることに対しては食いついて離れない」

弁明しようとした私を、ローワーが手振りで黙らせた。「ヴェネツィアの豪商の一族か」と、ボイルは続けた。「じゃあ、ローマ・カトリックの信者だな」

万事休す、と思った。

「血を好むこと鬼畜の如し、とも書いてある」私を無視して、ボイルはさらに読みつづけた。

「バケツに溜めた血を始終もてあそんでいる。ただし、刃物の扱いは上手で、標本のデッサンもうまい。なるほどね」

　私はシルヴィウスを恨んだ。実験をしていたのに、もてあそんでいるとはどういうことか。怒りで体が熱くなるのを覚えた。私は自分なりに理性的な方法でこつこつと実験を続けるつもりだったのである。実のある結論が出る前に、父の事情でライデン大学を離れなければならなかったのは、別に私の責任ではない。

　ついでだから、ここではっきり書いておきたいが、私が血液に興味を抱いたのは昨日や今日の話ではなく、だいぶ前からの懸案だったのである。その問題に魅せられたのがいつのことだったのか、正確な記憶はないが、まだパドヴァにいたころ、ガレノス派の医者でもあった退屈な講師から血の話を聞いた次の日、血液循環に関するウィリアム・ハーヴェーの希代の名著を借りたことはよく憶えている。一読すれば、その明晰なこと。すっきり頭に入り、ここには真実が書かれているに違いないと思って、私は驚喜した。そんな体験は空前絶後であった。だが、私でさえ、その理論がまだ完全でないことに気がついた。ハーヴェーは、血液が心臓を発して体を循環し、出発点に戻ることを示している。ところが、なぜそうなるかは明らかにしていない。それがわからないかぎり理論は中途半端に終わるしかないし、その発見が治療上どんな役に立つかという言及もなかった。以後、パドヴァでの数か月と、ライデンでのほとんどの時間を費やして、その研究に没頭したのは、身の程知らずといわれればそれまでだが、私としては先達《せんだつ》を敬《うやま》う気持ちも充分に持ち合わせていたつもりである。父の意向でこの国に出向くことがなければ、今ごろは実験の成果も上がりはじめていたことだろう。

「わかった」やがてボイルはそういうと、丁寧に紹介状を折り畳み、ポケットに入れた。「歓迎しますよ。大歓迎だ。特にローワーくんは喜ぶんじゃないかな。内臓に興味津々の男だから、きみとは話が合うはずだ」

ローワーは私を見てにやりと笑い、ボイルが手紙を読んでいるあいだにすっかり冷めてしまったコーヒーを受け皿ごと差し出した。私は試されて、合格したらしい。安堵《あんど》のあまり、脱力感に襲われた。

「それにしても」と、コーヒーに大量の砂糖を入れながら、ボイルは続けた。「きみの行いには感心したよ。ぜひお近づきになりたいと思ったのは、そのせいもあるんだが」

「行い？」私は訊き返した。

「ブランディの娘を助けたじゃないか——彼女のことはきみも知ってるだろう、ローワーくん——あれはキリスト教の精神に則《のっと》った慈善行為だ」そういってから、ボイルは付け加えた。「あまり賢いとはいえないがね」

その言葉には驚いた。私の行為には誰も関心を払わなかったと思い込んでいたからである。私の判断は甘かったらしく、小さな町では些細なことも話題になって、あっという間に噂が広まるのだ。

「しかし、あの若い女は何者なんです?」と、私はいった。「あなたがたは二人ともご存じのようだが、どう見てもあれは貧乏人で、普通なら目に留まることはないはずです。それとも、共和政治のあいだに、身分制度など有名無実になってしまったのですか?」

ローワーは笑った。「いや、幸いそんなことはない。ありがたいことに、ブランディの娘のような人間は、われわれとは住む世界が違う。たしかに美人だが、一緒にいるところを人に見られるのはご免こうむりたいね。目に留まったのは、いわくつきの女だからだよ——父親のネッドは急進派の破壊活動分子だったし、娘のほうは自然療法の心得があるといわれている。ボイルもあの女に薬草のことで相談に乗ってもらったことがある。貧困層にはその階級にふさわしい薬を与えるべし、というのがボイルの持論でね」

「心得があるといわれている、というのはどういうことです」

「病気を治した実績があるんだよ。だから、ボイルもあの女の処方を自分の研究に取り入れようとしてるんだが、名誉なことなのに、向こうは拒んでいる。自分にはそんな知識はない、といってね。おそらく金が欲しいんだろう。もちろん、ボイルには金を払うつもりはない。金のやりとりをしたら、慈善にはならないからね」

少なくとも、あの娘が、私には出鱈目《でたらめ》としか思えないようなことを口にした理由はこれで明らかになった。「では、関わりを持つのがあまり賢いとはいえない、というのは、どういうことでしょう」

「あの階級の者に関わったところで、名誉にはならないんだよ」と、ボイルがいった。「しかも、あの女には節操がないらしい。一番困るのは、患者として金にならないことだがね」

「それはもう身に染みました」私は、あの女が勝手に金を使った話をした。

ボイルは少し驚いたようだった。「そんなことをしていたら、いつまでたっても金は貯まらない」そっけなく彼はいった。

「この町に医者は多いんですか。私にも患者がつくでしょうか?」

ローワーは顔をしかめ、オックスフォードの厄介なところは、すでに余るほど医者がいることだ、といった。そのこともあって、今の研究課題が終わり、クライスト・チャーチ学寮《コレッジ》から追い出されるときがきたら、ロンドンに行かざるをえないのだという。「ちゃんとした医者は少なくとも六人いる」と、ローワーはいった。「もぐりの医者やら、外科医やら、薬種屋やらを合わせたら、数はもっと増えるだろう。人口一万人の町にそれだけいるんだから、あきれた話だよ。とりあえず、学位なしに開業するのはやめたほうがいい。パドヴァで学位は取ったのか?」

取っていない、と私は答えた。もともと開業するつもりはなかったし、父でさえ息子に学位が必要だとは思っていなかったのだ。今、医学の知識を利用して生活費を稼ごうと考えているのは、必要に迫られたからにすぎない。ボイルは私の苦境を理解してくれたようだが、言い方が悪かったのか、ローワーは自分の職業を見下されたと思ったらしい。

「医者にならなきゃいけないくらい落ちぶれたというわけか。きみの経歴の汚点にならなければいいがね」と、ローワーは不機嫌そうにいった。

「そういう意味じゃないんです」私は急いで誤解を解こうとした。「むしろ、ありがたいくらいですよ。ひどい目にあいましたが、これは不幸中の幸いです。あなたと知り合いになれたし、ボイル氏の知遇も得たし、これほど嬉しいことはありません」

ローワーは機嫌を直し、また以前のように気さくな態度を取りはじめた。いずれにしても、一瞬ながら、私はローワーの裏の顔を覗いたことになる。表向きはものにこだわらない陽気な人物であるかのように装《よそお》っているが、実は結構自負心が強く、怒りっぽいところもあるらしい。しかし、その暗い面は、現れるのも早ければ、消えるのも早かった。ローワーの心をとらえることができたと思って、私は度が過ぎるくらいの喜びを感じた。

自分のことをもっとわかってもらうため、今の立場を短く説明し、ボイルの的確な問いに答えて、まもなく手持ちの現金が尽きること、そのためにも病人の治療で報酬を得られるようになりたいと思っていることを話した。ボイルは顔をしかめ、そもそもなぜきみはイングランドにきたのか、と尋ねた。

法律上、父の復権を図ることが、子たる者の義務ではないか、と私は答えた。そして、そのためには弁護士を雇わなければならない。

「弁護士を雇うためには金がいる、そのためには職に就く必要がある、というわけだね」と、ローワーがいった。「金がなくては始まらぬ《アブスクエ・アルゲント・オムニア・ヴァーナ》。どうする、ボイル先生、名案はないかね？」

「私のほうは願ったりかなったりだが、とりあえず、うちの実験室で働く気はないか？」と、親切にもボイルはいってくれた。「きみのような階級の人には不釣り合いな仕事で、私も心苦しく思うが、住むところなら、ここにいるローワーくんが昔使っていた下宿からめぼしいのを選んで紹介してくれるはずだし、次に診察で田舎を回るときにはたぶんきみも一緒に連れていってくれるだろう。どうだね、ローワー。仕事が多すぎるって、いつもこぼしてるじゃないか」

ローワーはうなずいた。ただし、あまり気乗りがしないようにも見えた。「手伝ってもらうのはありがたいし、話し相手ができるのも大歓迎だ。あと一週間で出かけるつもりだが、コーラくんさえよければ……」

ボイルは、もう話が決まったようにうなずいた。「よし。じゃあ、ロンドンのこともなんとかしよう。知り合いの弁護士がいるから、誰か紹介してもらえないか、手紙で問い合わせてみるよ」

その親切で寛大な申し出に、私は心からの謝意を述べた。ボイルは、それには及ばない、という顔をしていたが、内心はまんざらでもないようだった。私の感謝の思いに嘘偽りはなかった。手持ちの金は少なく、友だちもいない惨《みじ》めな状態であったのが、ヨーロッパ屈指の学者の庇護のもとに入ることができたのである。もしかしたら、サラ・ブランディにも感謝しなければならないのではないか、とさえ思った。その日の朝、ひょんなことから知り合ったあの女にしてやったことが、ボイルにいい印象を与えたらしいのだ。それがなければ、どんなふうに思われていたか、わかったものではない。

第四章

　こうして短いあいだに私は有力な知己《ちき》を得ることができたし、金が届くのを待つ絶好の態勢を整えることもできた。運がよければ、手紙が向こうに届くまで八週間、返事がくるのにはもう八週間かかる。ただし、金の手配に一週間は見ておかなければならないし、ロンドンで私が揉め事を処理するには数か月を必要とするだろう。つまり、少なくともイングランドには半年間滞在することになり、そのあいだに天候は悪くなる。故国に帰るときには、陸路を使うか、冬の海を渡る厄介な方法を取るか、どちらかを選ばなければならない。あるいは、この北国《ほっこく》でもう一冬をしのぎ、春になるのを待つというやり方もある。

　私は今度の暮らしがおおいに気に入っていた。ただし、新しい下宿の女主人、ミセス・ブルストロードは期待はずれだった。その女主人は料理がうまいという評判だったので、二日間まともなものを食べていなかった私は、空きっ腹を抱え、さぞ旨いものを食わせてもらえるのだろうと期待に胸をふくらませて、午後の四時ちょうどに食卓についた。

　ヴェネツィア人はイングランドの天候になかなか馴れることができないが、それ以上に食事に馴れることは難しい。その量で判断するなら、たしかにイングランドはこの地上で一番豊かな国である。あまり裕福でない者でも月に一度は肉を食べているし、フランス人と違って、筋っぽい肉質や不快な味を隠すためにソースをかける必要はないと豪語している。神の意図するように、ただ火で炙《あぶ》って食べればいいのだという。過剰な調理は罪悪であり、天界の住人たちも日曜の正餐《せいさん》にはロースト・ビーフを食べ、ビールを呑むと固く信じているのだ。

残念ながら、ほかには何も出ないことのほうが多い。当然、気候のせいで新鮮な果物はまず手に入らないし、保存食である砂糖漬けの果物でさえイングランド人は好まない。放屁が促され、おならが出ることによって体内の重要な熱が外に逃げると考えられているからである。同じように、新鮮な緑色野菜も食卓には並ばない。パンならよく食べる。それ以上に、ビールのかたちで穀物を大量に摂取する。いやはや、呑むこと呑むこと。妙齢の女性でさえ、強いビールを食事中に一クォートか二クォート平気で呑み干すし、赤ん坊でさえ揺りかごで寝ているころに早くも不摂生を学ぶ。私のような外国人が困るのは、ビールが強すぎることである。しかも、呑まないのは男らしくない（女性も同様だが）と見なされる。こんなことをくどくどと書いたのは、塩漬けにした赤身肉を茹でたものと、三クォートのビールに閉口したことをわかってもらいたかったからである。

したがって、食事のあとで患者の治療ができたことは、我ながら大したことだといわねばなるまい。鞄に道具を詰めて、あのみすぼらしいあばら屋までどうやって歩いていったか、記憶は途切れている。娘とは顔を合わせたくなかったので、ちょうど留守にしていたのは幸いだったが、その母親にとっては幸いとはいえなかった。容態はますます悪くなり、手厚い看護を必要としているのに、娘はいない。さきほど、老婆は娘をかばうようなことをいったが、こんなことではとても孝行娘とは呼べないのではないかと思った。

老婆はずっと眠っていたらしく、まだ眠気が覚めていなかった。娘が手製の民間薬を呑ませたようだ。素人の調合した薬でも効き目はあったらしい。しかし、患者の具合は悪そうだった。しかも、私が巻いた包帯のあいだから膿《うみ》が染み出し、固く乾いて傷口を覆っている。嫌な臭いが漂い、不吉な予感に襲われた。

包帯を外すのは長く辛い作業になったが、どうにか外し終えると、しばらく傷口を外気に当ててみようと思った。こういう場合、傷口をしっかり覆って暖めると、化膿を防ぐどころか、逆効果になるという説を読んだことがあったのである。その考え方は治療の常識に反するし、有毒な気がもうもうと立ちのぼるのを放置するのは無分別なことでもある。だが、のちの研究者の実験結果を見ると、このやり方には効果があるらしい。治療に専念していた私は、ドアの開く音にも気がつかなかったし、うしろから近づいてくる静かな足音も耳に入らなかった。そんなわけで、サラ・ブランディに声をかけられたとき、私はびっくりして飛び上がった。

「容態はどうでしょう?」

私は振り返った。相手の声は穏やかだったし、前と違って態度も礼儀にかなっていた。

「ちっともよくなっていない」私は率直にいった。「ちゃんと看病しないと駄目だ」

「家計が苦しくて、あたしが働かないといけないんです。母はもう稼げません。看病は人に頼んでおいたつもりですが、誰もこなかったようですね」

私は低くうめいた。その理由に思いが至らなかった自分を少し恥ずかしく思った。

「母は治りますか？」

「即断はできませんね。とりあえず傷を乾かして包帯を巻き直すつもりです。残念ながら、熱も出てきた。一時的なものでしょうが、不安はある。熱が上がっていないかどうか、三十分おきに調べてください。逆のことをいうようですが、お母さんの体を温めるのが肝心です」

相手はうなずいた。まるで理解できたような顔をしているが、できたとは思えなかった。

「つまりですね」と、私は解説した。「熱が出た場合に取るべき対処法は、勢いをつけるか、抑えるか、です。勢いをつけると、熱は最高潮に達したあと、そのまま患者の体から去ってゆく。一方、抑えるほうは、熱に対抗して、体を本来の機能に戻そうとする。つまり、発熱した患者には、氷や冷水で冷やすか、体をくるんで暖かくするか、どちらかの治療を行うわけです。あなたのお母さんは体がひどく弱っているから、後者でいきましょう。激しい治療をすると、効果が出る前に命取りになる恐れがありますので」

彼女はかがみ込み、患者の体を丁寧に毛布でくるむと、意外なほど優しい仕草を見せて、母親の乱れた髪を整えた。

「あたしもそうするつもりでしたわ」

「だったら、私の説明で理屈がわかったでしょう」

「ええ、あたし、本当に運がいいんですね」彼女は私の顔を見た。そして、目に浮かんだ不快の表情に気がついたのか、ふとにっこりした。「お許しください。皮肉をいうつもりはなかったんです。損得勘定抜きで手厚い治療をしてくださったことは、母から聞いています。母ともども、ご親切には心から感謝しています。生意気な口を利いたりして、本当にごめんなさい。母のことが心配でしたし、コーヒー・ハウスであんな扱いを受けたのも悔しくて」

私は、その素直な物言いに心を動かされ、「そんなことはいいんです」と、軽くいなすように手をひらひらさせた。「それにしても、あの男は何者なんです」

「以前、あのかたのところで働いていたことがあります」母親のほうに目を向けたまま、彼女はいった。「骨惜しみすることなく、一生懸命働いたつもりです。あんな仕打ちを受けるいわれはないと思います」

彼女は顔を上げ、微笑んだ。その温かい笑みに、私は心が溶けてゆくのを感じた。「あたしたち、知り合いに疎《うと》んじられて、見ず知らずのかたに助けられたことになりますわ。改めてお礼を申し上げます」

「礼をいわれると、かえって恐縮します。私に奇跡を期待しているのなら身に余る光栄ですが、それは無理でしょう」

一瞬、この不思議な娘と私とのあいだに、親しみに似た感情が通い合ったが、生じたときと同じように、それはたちまち消えていった。彼女は何かいおうとした。だが、束の間のためらいによってその言葉が口にされる機会は永遠に失われた。代わりに私たちは、これまでどおりの関係に戻るべくおたがいに努力をした。二人とも立ち上がっていた。

「身の程知らずといわれても、奇跡を祈ります」と、彼女はいった。「またきてくださいますか？」

「できたら明日また寄ってみます。容態が悪くなったら知らせてください。私はボイル氏のところにいる。手伝いをしているだけだがね。それから、支払いの件ですが」私は、その用件を手早く片づけようとした。

この小屋まで歩いてくる途中で、どう考えても報酬は得られそうもない、と覚悟を決めていた。同じただ働きなら、優雅に受け入れるべきである。仕方なくあきらめるのではなく、それを美徳に変えること。いいかえれば、報酬を受け取る権利をこちらから放棄するのだ。私自身、困窮しているだけに、そういうかたちで善をなすのはいっそう誇らしかった。もちろん、幸運の女神が私に微笑もうとしている今は、他人にもその幸運を分け与えるべきだろう。

悲しいかな、どういっていいかわからず、私の言葉はあとが続かなかった。彼女はこちらをにらんだ。目には激しい軽蔑の炎が燃えていた。

「あらそう。抜かりのない人だこと。今すぐのほうがいいわね。そうでしょう?」

「いや、それは」相手の態度が急に変わったことに、私は愕然とした。「つまり、その……」

私は最後まで言葉を並べることができなかった。娘はじめじめする小屋の奥に進み、薄汚れた狭い部屋まで私を連れていった。おそらくそこは彼女の寝床だろうが、動物のねぐらと見まごうばかりだった。湿った床に固そうな藁布団が敷かれている。窓はどこにもなく、部屋じゅうに饐《す》えたような臭いが漂っていた。

礼儀もへったくれもないぶっきらぼうな仕草で寝床に横になると、彼女は薄っぺらなスカートをめくった。

「さあ、いらっしゃいな、お医者さま」と、彼女はあざけるようにいった。「これで払ってあげるから」

私は思わずあとずさりした。ビールのおかげでその夜は頭の回転が鈍かったが、それでもようやく彼女のいわんとするところが理解できると、怒りで顔が真っ赤になった。ひょっとしたら、新しい友は、これが私の目当てだと思っているのかもしれない。そのことに気がついて、さらに動揺した。いや、それよりも何よりも、善行に泥を塗られたのが許せなかった。

「なんという汚らわしい女だ」言葉を取り戻し、私は冷ややかにいった。「よくもそんなまねができるものだ。こんな侮辱には耐えられない。もう帰らせてもらう。好きなように母親の看病をしたまえ。きみの顔を見たくないので、今後いっさいこの家には足を踏み入れないことにする。そのつもりでいてくれ。では、おやすみ」

私は相手に背を向け、大またで外に出ていった。出がけに薄い扉を叩きつけそうになったが、どうにか力を抑えることができた。

私は女性の魅力にあらがうことができないほうである。その点にかけては人並み以上だと私をからかう知人もいるし、若いころには機会があれば見逃さなかった。だが、今度の場合は話が違う。親切心から母親の治療をしたのに、その動機や意図を誤解されて気持ちを踏みにじられたのだ。我慢ならないことである。たとえそのような支払いを私が期待していたとしても、相手からあのようなことをいわれる筋合いはない。

怒りに震えながら、私は女の住処《すみか》からすたすたと離れていった。今でこそよくわかるが、あの女は、自分が住んでいる掘っ建て小屋と同じように、腐り果てて、悪臭を放っている。母親のほうも私の知ったことではない。どうせろくな女ではないだろう。ああいう化け物を産んだくらいだから。あのやせっぽちの売女《ばいた》め。内心、美人だと思っていたことは忘れて、私はそう毒づいた。たとえ彼女が美人でも、それがどうしたというのか。人間を堕落させるために、悪魔が美の化身になることだってあるというではないか。

その一方では、私を責める小さな声も、心の片隅から聞こえていた。おまえは娘に報復したい一心でその母親を見殺しにするのか？　立派なものだ。さぞ鼻が高いだろう。だったら、私はどうすればいいのか？　詫びを入れる？　聖ロッカならそういうこともできるだろう。だが、聖人と普通の人間とは違うのだ。

この段階における私の英語力は、日常の会話に困らない程度のものではあっても、それほど卓越していたわけではないはずだ、と薄々勘づいているみなさんは、これまでに私が再現した会話を読んで、こいつがこれほど流暢《りゅうちょう》に英語をしゃべるのはおかしいと思っていらっしゃることだろう。正直にいえば、当時の私には複雑なことを語る英語力はなかった。だが、そんなことは語らなくてもよかったのだ。ブランディの娘のような相手と話をするときには、たしかに必死で言葉を操らなければならなかった。しかし、相手の話し方自体がそれほど錯綜していないので、私にも普通のやりとりができたのである。ほかの者と話をするときには、必要に応じて、ラテン語が交じったり、フランス語が交じったりした。イングランドの知識人は語学が得意だという定評があり、外国の言葉でも簡単に習得できるらしく、ほかの国民――特にドイツ人などは、見習うべきだといわれている。

たとえば、ローワーはラテン語を完璧に使いこなし、聞き苦しくない程度のフランス語をしゃべる。ボイルはそれに加えてギリシャ語が達者で、趣味のいいイタリア語を話すこともできるし、ドイツ語も齧《かじ》っていた。われわれの〈学問の国〉にとっては残念なことに、このところラテン語はどんどん廃《すた》れてゆくようだ。学識のある人間が同輩と語り合う言葉を憶えようとしないでどうするのか。このままでは、国内の無知蒙昧《むちもうまい》な輩《やから》としか話せなくなってしまうのは目に見えていると思う。

その点、品性の劣る連中と違って偏見がない教養人の中にいる私は居心地がよかった。私がローマ・カトリックであっても、ときおりローワーが辛辣《しんらつ》な軽口を叩くだけだった。ふざけるのが好きなローワーは、つい冗談の度が過ぎて人を怒らせる傾向がある。だが、ボイルの口からはそういう言葉さえ出てこなかった。敬虔《けいけん》なボイルは、自分の信仰を大事にするのと同様に、ほかの宗教の立場も尊重していたのである。イスラム教徒であろうと、ヒンズー教徒であろうと、その者が信心深く、科学への興味を示しさえすれば、ボイルは同席を許しただろう。そのような態度はイングランドではまれなものであり、この国が抱えている数多くの欠点の中でも身の程知らずの自惚《うぬぼ》れと他国民への不信は深刻なものだった。幸い、私は最初からその被害を受けずにすんだことになる。もっとも、存在が知られるようになると、いわれのない侮辱を受けたり、石を投げつけられたりするようにもなったのだが。

私はローワーのことを友人だと思っていたが、他人とそういう関係になったのは成人して以来初めてのことであった。残念ながら、そのことに関して私はイングランド人を誤解していたようである。ヴェネツィア人は軽々には友人を作らない。そして、熟慮の末に選んだ友とは家族同様の付き合いをする。根底にあるのは、忠誠と寛容の心である。われわれは家族のために死ぬように、友人のために死ぬこともできる。ダンテがいったように、友なくして人生は完結しない。古人《いにしえびと》もそうした友情に正当な祝福を与えた。ホメロスはアキレウスとパトロクロスの絆を、プルタルコスはテセウスとペイリトオスの友情を、それぞれ褒め称えている。だが、ユダヤ人にはその伝統が欠けている。嘘だと思うのなら、旧約聖書をひもといてみるがいい。友情は少しも描かれていないではないか。例外はダビデとヨナタンの場合だが、それにしてもダビデがヨナタンの息子を殺さなかったのは義務というものを理解していないからだとしかいいようがない。同じ育ちの者なら誰でもそうであるように、子供のころには私にも遊び友だちがいた。だが、大人になって家族への義務を背負うようになると、ことごとく切り捨てた。家族への義務がきわめて重かったからである。イングランド人はそこのところがだいぶ違う。人生のどの段階においても友がいるし、友情に伴う義務と血の絆に伴う義務とを区別する。ローワーに心を預けた私は——自分と同じ気質を持ち、同じことに関心を抱く人間は、ほかに会ったことがなかったのだ——相手も同じことをしてくれるだろう、同じ義務を引き受けてくれるだろうと考える過ちを犯した。浅はかな期待をしたものだ。イングランド人は友を失いかねない国民である。

だが、当時はそんな悲しむべき認識は頭をかすめもせず、私は友人たちの親切に報いようと努力しながら、同時にボイルの実験を手伝い、昼も夜もローワーやその仲間たちと実りの多い対話を重ねて、知識の追求に励んだ。ボイルは真摯《しんし》な人柄であったが、その実験室には和やかな笑いがあふれていた。ただし、実験に取りかかると様子は一変する。実験は神の御業《みわざ》を発見することなので、敬神の念を込めて行わなければならない。ボイルはそう考えていた。実験が始まる前に、まず女が排除される。女の非理性的な性格が実験の結果に悪い影響を及ぼすのを避けるためである。そのあと、室内は極度の集中に包まれる。実験の経過を逐一記録すること。器具の設置を手伝うこと。それが私の仕事であり、莫大な研究費の流れを帳簿につけるのも私の役目だった。ボイルは特製のガラス瓶を使い——しかも、よく壊れた——革の管や、ポンプ、レンズなども高価なものだったので、実験にはかなりの費用がかかっていた。ロンドンや、遠くアムステルダムから取り寄せる薬品代も馬鹿にならなかった。ほんのわずかな結果を得るためにそれだけの資産を注ぎ込める者はめったにいないはずである。

ここではっきりさせておきたいが、みずから実験に手を下すのは科学の尊厳を損なうものだという一般の考えに、私は与《くみ》しない。とはいえ、金銭的な報酬を求めて行われる仕事と、人類の進歩のために行われる仕事とのあいだには、明確な区別がある。いいかえれば、医者としてのローワーが世間的に見て私より格が下だとしても、科学者としてのローワーは私と同じ場所に立っているのである。ある種の解剖学教授は、メスを手にすることを低級な行いであると考え、自分では執刀することなく、他人に切らせておいて、傍《はた》から注釈を加えるだけでよしとしているが、そんなやり方はずいぶんおかしなものだと思う。シルヴィウス博士なら、助手に解剖をさせておいて、自分は演壇にすわり、斯界《しかい》の権威が書いた学術書の一節を読み上げるような授業は考えもしなかっただろう――博士の授業はメスを手に持って行われたし、その着衣には血が飛び散っていた。ボイルも自分で実験を行い、あるときには私が立ち会っている前で鼠の解剖まで買って出たことがある。実験が終わったあとも、紳士としてのボイルの権威はいっこうに傷つかない。むしろそれがボイルの偉大さの証《あかし》ではないかと思われる。ボイルの中では謙譲の美徳と富と好奇心とが一体になり、世界の進歩に貢献していたのである。

午後遅くになってローワーが現れ、休憩を取ることにしたとき、ボイルはいった。「さて、そろそろコーラにも、私が支払っているわずかな報酬に見合うだけの働きをしてもらおうか」

私は警戒した。少なくとも二時間は一生懸命仕事をしていたのだ。何か気に入らないことでもあったのか、それともボイルは私を見ていなかったのだろうか、と思った。だが、そんなことではなかった。英語には「ご馳走のお返しに歌をうたう」という表現があるが、ボイルもそれを期待していたのである。私は学ぶためだけにそこにいたのではない。教えることも私の役割であった。私ごときに教えを乞おうというのだから、実に謙虚な人物であるといわざるをえない。

「血液だよ、コーラ」私の不安を取り除くように、ローワーがいった。「血液のことを教えてくれ。研究はどこまで進んだか。どんな実験からどんな結果が得られたか。いったい何がわかったんだ?」

「申し訳ないが、失望させてしまうかもしれない」相手が本気で知りたがっているのがわかり、ためらいがちに私は話しはじめた。「実は、研究はあまり進んでないんだ。血液はなんのためにあるのか。私はまずそれを知りたかった。血液が人間の体を巡っていることは三十年前から明らかになっている。きみたちの国のハーヴェーがそれを突き止めた。ご存じのように、動物から血を抜き取ればすぐに絶命する。血液に含まれる生命の素は、精神と運動機能との橋渡しをするもので、それによって動物は動くことが……」

そのとき、ローワーが指を立て、横に振った。「きみはヘルモント博士（ベルギーの医者・化学者。一五七九～一六四四）の影響を受けすぎているようだね。ぼくたちとは立場が違う」

「その説は受け入れがたいというのか」

「そうだ。でも、今はどうでもいい。続けてくれ」

私は気を取り直し、別の方向から話を組み立てることにした。「誰でも知っているように、血液は心臓による攪拌《かくはん》・発酵《はっこう》の熱を頭脳に伝え、われわれが生きるために必要な温もりを供給し、余った熱を肺に送り込んで外に出す。だが、それは本当だろうか。私の知るかぎり、その説は実験では証明されていない。もう一つ、単純な疑問がある。人はなぜ呼吸をするのか。体温を調節するため、冷たい空気を取り込んで血液の熱を冷ますため、というのが一応の定説だが、これもまた本当だろうか。体を動かすと呼吸の回数が増えるのはその説を裏づけているように見えるが、ほかの方法で血を冷やせば呼吸は必要ではないかというとそうではない。というのも、氷の上に鼠を置いて、鼻をふさいでみたところ、やはり死んでしまったからだ」

ボイルはうなずいた。ローワーは何か質問をしたかったようだが、私が一心不乱に説明していることに気がついて、話の腰を折るのを控えてくれた。

「もう一つ、私が不思議に思っているのは、血液が常に色を変えることだ。たとえば、肺を通過したあとで色が変わるんだが、気がついていたか？」

「いや、それは知らなかった」ローワーは考え込むように答えた。「もちろん、容器に入れると変色することには気がついてるがね。でも、その理由はわかっている。血液に含まれる黒胆《くろたん》汁質《じゅうしつ》の重い物質が下に沈んで、上半分が明るい色になり、下半分が黒ずむんだ」

「そうじゃない」と、私はいった。「容器に蓋をしてみたまえ。色は変わらないよ。肺でなぜ色が変わるか、その理由はまだ不明だが、とにかく肺を通った血液は――これは猫で確かめたが――肺に入る前と比べて、色はずっと鮮やかになり、黒ずみが取れるんだ」

「猫を解剖して調べてみよう。生きている猫を使ったんだね？」

「少なくとも、実験を始めたときには生きていたね。もしかしたら、濾過器《ろかき》にかけられるように、血液中の有害な成分が肺で取り除かれ、呼気として外に排出されるのかもしれない。色が鮮やかになるのは、純化されるからだ。呼気にしばしば悪臭が含まれることは周知の事実だしね」

「両方の血液を採って、重さが違うかどうか調べてみたか？」と、ボイルがいった。

私はかすかに赤面した。そこまでは考えつかなかったのだ。

「次の段階として、そこまでやったほうがいいだろう」と、ボイルは続けた。「むろん時間の無駄に終わるかもしれないが、確認しておくべきだ。小さなことだがね。じゃあ、続けてくれ」

もっと奇想天外なことを話そうとしていた私は、初歩的なことを見逃していたのを指摘されて、やや意欲をそがれる結果になった。「とにかく、説は二通りあるわけだ」と、私はいった。「そのどちらが正しいかを知るには、実験を行えばいい。つまり、血液は肺の中で何かを失っているのか、それとも何かを得ているのか、だ」

「同時に両方のことが行われるとも考えられるね」と、ローワーがいった。

「そのとおり」私は同意した。「実は、ある実験を思いついたんだが、ライデンにいたときには時間も器具もなくて実行に移せなかったんだ」

「というと……?」

「つまりだね」と、私はいくらか不安を覚えながら答えた。「もしも呼吸の目的が熱を発散させることと、発酵の副産物である有害な物質を排出することであるなら、空気自体はその目的とは関係がないことになる。それなら、真空の中に動物を置いて……」

「わかった」と、ボイルがいって、ちらっとローワーを見た。「きみは私の真空ポンプを使いたいんだね」

実をいうと、話しはじめる前はそんなことなど考えていなかったのである。妙な話だが、ボイルの真空ポンプはあまりにも有名すぎて、オックスフォード到着以来、かえって念頭に浮かぶことはなかったし、まして自分がそれを使えるようになるとは夢にも思っていなかった。かなりの資金を注ぎ込んで出来上がったといわれる洗練を極めたその大がかりな装置は、ヨーロッパじゅうの学究に知られていた。もちろん、今なら似たような装置はどこにでもあるが、当時はキリスト教世界に二台存在するかどうかといったところだった。しかし、性能がいいのは間違いなくボイルの考案による真空ポンプのほうで、誰も考えつかなかったような工夫が満載されたその装置を使って、ボイルは数々の成果を上げていた。当然ながら、操作には万全の注意を要する。動かすのはもちろん、見学さえめったなことでは許されないほどなので、使わせてくださいと自分から持ちかけるのは我ながら図々しい気がした。それに、ボイルの機嫌を損ねることも恐れていた。せっかく腹蔵なく物事を話し合える仲になったのに、こんなことで関係がこじれてはたまらないと思ったのである。

だが、案ずるまでもなかった。しばらく考えてから、ボイルはうなずいた。「で、どういうふうに実験を進めるつもりだ」

「家鼠か溝鼠《どぶねずみ》が一匹いればいい」私は答えた。「鳥も可だ。それを中に入れて、空気を抜く。呼吸の目的が老廃物の排出にあるのなら、真空中だと排気がしやすいので、呼吸はずっと楽になるはずだ。空気を血液中に取り込むのが呼吸の役割なら、真空に置かれた動物は体の具合が悪くなる」

ボイルは頭の中でそれを検討してうなずいた。「なるほど。それは名案だ。きみさえよければ、すぐにでも始めることができる。どうせなら今やろう。きたまえ。道具はいつでも使える。これからやってみよう」

ボイルは先頭に立って隣の部屋に入っていった。秀抜な実験が数多く行われた部屋である。

真空ポンプはテーブルに据えられていたが、これほど芸術的な機械はかつて目にしたことがなかった。ボイルの全集を見れば精密な図解が載っているので、馴染みのない読者はそちらを参照していただきたい。ここでは次のような説明に留めよう。すなわち、それは真鍮《しんちゅう》と革を複雑に組み合わせた器具で、鐘の形をしたガラスの容器に取っ手が一つ接続されており、ふいごによって吸排出される空気は、一連の弁の作用で一方向にしか動けないようになっている。この装置を使って目覚ましい実験を重ねてきたボイルは、自然は真空を嫌うというアリストテレスの説に反証を挙げていた。たしかに自然は真空を嫌うかもしれないが、無理に押し込めば付き合おうとしないわけではない、というのが、めったに冗談をいわないボイルが弄《ろう》した戯言《たわごと》の一つであった。真空とは充塡物が取り除かれた空間であり、人間の手でその状態を作り出すこともできるし、いろいろ奇妙な性質を持っている。真空ポンプを点検している私に、ボイルは説明した。鳴っている鐘をガラスの容器に入れ、真空状態にすると、鐘の音はだんだん聞こえなくなる。真空の純度が高まると、音も小さくなる。その現象を説明する理論も考えたそうだが、詳しい話は控えたいという。だが、今度の実験で、たとえほかの部分がうまくいかなくても、それだけはこの目と耳を使って確認することができるはずだった。

　実験には鳩を使った。ボイルは穏やかな声で鳴いている鳩を鳥籠から取り出し、ガラスの容器に入れた。準備が整い、ボイルが合図をすると、助手がふいごを動かしはじめた。力み声が響き、ふいごがしゅーしゅーと音を立て、装置から空気が抜かれていった。

「どのくらいかかる?」身を乗り出して、私は尋ねた。

しないか？」

「ほんの数分だよ」と、ローワーが答えた。「どうだ、鳩の鳴き声が小さくなったような気がしないか？」

私は興味を持って鳥を見つめた――なんだか苦しがっているようだ。「きみのいうとおりだ。しかし、鳥の意志で、もう鳴く気がしなくなった、というだけのことではないのだろうか」

私がそういった瞬間、数秒前まで好奇心に駆られてガラスの中を飛びまわり、触れることはできるが理解することはできない見えない壁に体を打ちつけていた鳩は、急にひっくり返り、くちばしを半開きにして、ビーズ玉のような目を剝《む》き、哀れにも脚を痙攣《けいれん》させはじめた。

「これは驚いた」と、私はいった。

ローワーはその言葉を聞き流した。「空気を入れてみようじゃないか。鳩がどうなるか、観察しよう」

弁がひねられると、これまで真空に近かった場所に音を立てて空気が入っていった。鳥は横たわったままぴくぴくしている。だが、明らかに生き返っていた。ほどなく起き上がり、羽を小刻みに震わせると、自由を求めてまた飛び立とうとした。

「われわれの仮説の一つは間違っていたようだね」と、私はいった。

ボイルはうなずき、助手に目で合図をして、もう一度やるように命じた。ここで指摘しておかなければならないのは、一度使った実験動物は同じ種類の実験には二度と使おうとしない、この優れた学者のまれに見る心遣いである。ボイルは、科学知識の探究に貢献した動物は一度で解放するし、苦痛を長引かせないために殺すこともある。

そのときまで私は、そういう態度で実験に臨む学者が自分以外にも存在するとは思っていなかった。同じ感情の傾きを持つ人物に出会えて、私は嬉しかった。実験を行うに当たって、躊《ちゅう》躇《ちょ》は禁物。それはたしかなことである。しかし、同僚たちがメスをふるうとき、その顔にはしばしば必要以上の喜びの表情が浮かんでいたし、知識の探究という目的を達成してもなお実験動物の苦痛を長引かせているような傾向が見られなくもなかった。パドヴァ大学で犬の生体解剖が行われたとき、今まさに切り裂かれようとする犬の哀れな悲鳴を聞くに忍びず、満場の学生の前で下女の一人がその犬を絞殺し、せっかくの見世物を台なしにされた学生たちの怒りや恨みの的になったことがある。そのときの学生の中で、女に同情し、その行為に感謝の気持ちを抱いたのは、たぶん私一人だったと思う。だが、同時に私はそんな軟弱な自分を恥じてもいた。少年時代の私にとって、神がお造りになったすべての動物や自然に敬意を表したアッシジの聖フランチェスコの伝記を読み聞かせてもらうのが無上の喜びだったが、そのことが私の人格形成に影響を与えたのではないかと思う。

ボイルも同じことを考えるようになったわけだが、例によって、その経緯は私の場合よりずっと厳格なものだったし、アッシジの田舎の記憶とも関係がない。紳士であれば自分より下の者にもその人格に応じてキリスト教徒らしく常に遜《へりくだ》って接しなければならないのと同じように、神の造りたもうた世界における紳士階級である人間なら、自分が支配している動物に対しても同様の敬意を払わなければならない、とボイルは信じているのである。人間でも動物でも、利用できるものはとことん利用するのがボイルのやり方だが、それでも虐待はするべきではないと考えている。その点において敬虔なカトリックと熱心なプロテスタントは軌を一《いつ》にする。私はいっそうボイルのことが気に入った。

　その日の午後は一羽の鳥しか使わなかった。注意深い観察によってわかったのは、空気の半分が抜き取られた状態ではなんの影響も現れず、三分の二がなくなったときになって初めて苦しみはじめ、四分の三がなくなると意識を失う、ということだった。結論。空気の存在は生命維持に必要である。ただし、ローワーがいったように、空気がどんな作用を及ぼしているかという問題はまだわからない。私個人は、火が燃えるには空気が必要であり、火にたとえられる生命も同じように空気を必要としている、と考えているが、類似のものを並べる論法に限界があることも認めなければならない。

　握りしめられた自然の手のうちからこうした秘密をもぎ取るのに使った鳩は、可愛い生き物であった。実験が終わりに近づき、どうしてもやらなければならない最終段階に差しかかったとき、いつものように私は一抹の悲しみに襲われた。結果はすでに予測がついていたが、学問は無慈悲なもので、すべてに矛盾がないことを要求する。最後に鳩に慰めの声をかけたのは私だった。ガラスの容器に鳥を戻した私が助手に合図をすると、ふたたびふいごが動きはじめた。鳩が倒れ、絶命したとき、私は優しい聖フランチェスコへのささやかな祈りを口にした。鳩の鳴き声は永遠に消えた。大きな目的のために、ときとして無垢《むく》なものが苦しみ、死んでゆくのは、神の思《おぼ》し召《め》しでもある。

第五章

この一件が片づいたあと、ローワーから夜の食事に誘われた。きみが知り合って損のない友人が何人かいるから、とのことだった。ありがたいことである。午後の実験のあいだボイルのそばにいることができて、ローワーは機嫌がよかった。しかし、彼には別の一面があるのではないか、生来の善良さとせめぎあう暗い側面もあるのではないか、と私は疑っていた。たとえば、私がボイルに自分の考えを開陳していたとき、ほんの一瞬ながら、ローワーの表情に不安な翳《かげ》が差したような気がしたのを憶えている。しかもローワーは、自説を発表したり、思いついたことを人に話したりすることはなく、何もかも自分の胸に秘めて口をつぐんでいるのである。

だが、私は別に気にしなかった。ローワーには、彼が世に出るのを助けてくれそうな上流階級の知人が何人かいる。その中でもっとも大切な縁故がボイルだったので、当然ながら、その支援が得られなくなることを恐れていた。それに対して、私の存在はローワーの立場を脅かすようなものではなく、したがって彼の敵意を招く恐れはない。そう信じて私は安閑としていたが、本当なら彼の不安の内実をもっと理解しておくべきだったのだ。ローワーが自分の立場に不安を抱いていたのは、環境の問題というより、むしろ性格の問題だったからである。

私は生まれ育ちのおかげで富貴貧賤《ふきひんせん》の区別なく誰とでも付き合えたし、ボイルを尊敬し、恩義を感じていたとはいえ、そもそも同等の相手だと思っていた。ところが、ローワーにはそういう割り切り方ができなかった。誰もが〈学問の国〉の平等な市民であるはずなのに、ときとして居心地の悪さを感じていたらしいのは、立派な階級の出身であるにもかかわらず、財産や人とのつながりに恵まれなかった自分の出自に負い目があったからだろう。さらにいえば、廷臣のように人のご機嫌取りをする才能にも欠けるところがあり、後年、王立協会に参加してからも、これといった業績のない者が高い役職に就く中、彼だけは冷遇的な地位に甘んじていた。ローワーのように野心があり、みずから恃《たの》むところの多い人間には辛いことだったと思うが、その内面の葛藤《かっとう》が表に出ることはめったになかったので、生来の人のよさで、オックスフォード滞在中の私を助けてくれたのだと思う。ローワーはすぐ人が好きになるくせに、自分より猜《さい》疑《ぎ》心《しん》の強い相手によって、その好意が踏みにじられたり、悪用されたりするのではないかという恐れを常に抱いていた。イングランドではしかるべき地位に就くのがきわめて難しいという事情も、ローワーをますます追いつめる結果になった。もちろんこれは歳月が私の傷を癒し、理解を深めた今だからこそいえることである。当時の私は何もわかっていなかった。

しかし、その日の午後、本通りを案内されて城郭の方角へと歩いていったとき、ローワーはとても親切だったし、研究熱心でもあった。

「ボイルの前では話したくなかったんだが」冷たい午後の風の中、連れ立ってきびきびと歩きながら、ローワーは内緒話をするように切り出した。「実は、もうじき死体が手に入るかもしれないんだ。ボイルは嫌がるけどね」

私は意外に思った。古い世代の医者には反対する者が多いし、今でも教会の反発はあるものの、イタリアでは医学研究に欠かせない実験として認められているものである。ボイルのような学者が反対するとはどういうことだろう。

「いやいや、解剖そのものはいいんだよ。でも、ぼくのやり方に尊厳を損なう傾向があるのを懸念してるんだ。それはそのとおりかもしれないが、前もって予約を取ってから死体を入手するにはこれしかやりようがないもんでね」

「どういうことだ。予約？　そもそも死体を調達するのはどんな人物なんだ」

「死体の当人だよ」

「死んでたら予約も何もないじゃないか」

「いや、死んでないんだ」と、ローワーは気安くいった。「今のところはね」

「じゃあ、病気なのか？」

「とんでもない。若くてぴんぴんしてるよ。でも、すぐ絞首刑になる。有罪が決まったらね。ある紳士を襲って、大怪我を負わせたんだ。複雑な背景はない。ナイフを手にしているところを逮捕された。どうだ、きみ、絞首刑の見物に行かないか？　打ち明けると、ぼくは行くつもりだ。学生が絞首刑になることはめったにないからね。たいがいの学生は聖職者になって聖職《リヴィ》禄《ング》をもらうのに……まあ、うまい言い回しが見つかったら、生《リヴィング》とかけた警句ができそうな話だな」

ボイルの気持ちもわかるような気がしたが、仕事に熱中すると反対意見など耳に入らなくなるローワーは、このごろ新しい死体を入手するのが難しくなっていることを力説し、その点、内乱の時代はよかった、と懐かしむようにいった。国王の軍勢がオックスフォードに本拠地を置いていたころは、死体など二束三文でいくらでも手に入ったという。そのころはまだ子供だったくせに、と思ったが、私は何もいわないことにした。

「死ぬのはたいがい病人だというのが困ったところでね」

「それこそ医者の出番じゃないか」私は自分にも機知があることを示そうとした。

「それはそうだ。とにかく、やりにくくて困る。健康な死体を検分できるのは、比較的ひどくない状況で突発死した人間がいるときだけだ。そういう死体の最良の提供もとは、なんといっても絞首台だね。しかし、厄介なことに、それも大学が独占している」

「どういうことだ?」私は虚を衝かれた。

「ここのしきたりだよ」と、ローワーは続けた。「町から二十マイル以内で絞首刑に処せられた死体は、大学のものになる。それに、近ごろの裁判所は手ぬるくていけない。面白そうな罪人が出ても、たいがいは鞭打《むちう》ちだけで放免される。絞首刑は年に五件か六件しかないんだ。おまけに、せっかく死体が手に入っても、上手に利用できないときてる。われわれの欽定講座の担任教授は、町の大工よりも不器用でね。この前なんか……いや、その話はやめよう」身震いしながら彼はいった。

私たちは城郭に着いていた。その陰鬱《いんうつ》な大建造物は、町を外敵から守ることも、町の人に避難の場所を提供することもできそうになかった。ただし、そのような目的で使われていたのは記憶の彼方のはるか昔のことで、今は巡回裁判で裁かれるのを待つ者が——そして、そのあとの刑罰を待つ者が収容される監獄になっていた。荒れ果てた不潔なところだった。私が嫌悪の目であたりを見まわす前で、ローワーは、小川のほとりの、塔の影の中にある小屋に近づき、その扉をノックした。

やがて死体になる男と会うのは意外なほど簡単だった。守衛に一ペニーの心づけを渡すだけでよかったのである。王党派の兵士であったためにこの仕事にありついたという足の悪い老守衛は、鍵の束をじゃらじゃら鳴らしながら、私たちの先に立って歩きはじめた。

外から見ても陰鬱な場所だったが、中に入るともっと暗かった。ただし、収容者には幸運なことに、外ほど不潔ではない。当然ながら貧しい者には条件の悪い小部屋があてがわれ、肉体と魂とを一つに保つこともできないような少量の食べ物しか与えられない。しかし、ローワーが指摘したように、そのうちの何人かはいずれ肉体と魂とを無理やりに分離させられるのだから、贅沢は意味がないともいえる。

ただし、比較的裕福な収容者は、もう少し健康的な部屋で過ごすことができるし、居酒屋に人をやって食べ物を取り寄せたり、洗濯の便宜を図ってもらったりすることもできる。しかも、ローワーがやったように、充分な心づけさえ渡せば、外部の人間と会うこともできるのである。

「さあ、こちらです」そういって、守衛は分厚い扉を開いた。内部の様子からすると、その部屋には中くらいの身分の収容者が暮らしているようだった。

ローワーが切り刻もうとしている人物は、小さなベッドに腰かけていた。入ってきた私たちをむしろ迷惑そうに見上げると、好奇心が湧いてきたのか、続いて仔細に眺めるようなそぶりを見せた。そして、鉄格子のはまった開いたままの窓から差し込む細い光の中にローワーが入ったとき、その素性に気がついたような表情を浮かべた。

「ローワー医師でしたね」男は抑揚の豊かな声でいった。

あとでローワーから聞いたところによると、この若者は没落した名家の出身だという。その没落は急であり、今さら身分の向上を図ることもできず、絞首台から救う手だては取られなかった。そして今、運命の時が近づこうとしている。イングランドでは裁判から刑の宣告までの期間がきわめて短いので、運が悪ければ、月曜日に死刑が決まった人物が翌朝すぐ絞首刑に処せられることも珍しくなかった。このジャック・プレストコットの場合、逮捕されてから巡回裁判がやってくるまで十数日の時間が空いたのは運がよかったというべきだろう。そのあいだに心の準備ができるのだから。ローワーによると、無罪放免や特赦の見込みはないという。

「プレストコットくん」と、ローワーは陽気にいった。「どうだ、元気だったかね」

プレストコットはうなずき、それなりに元気だったと答えた。

「遠回しな言い方はやめよう」と、ローワーは続けた。「実は、きみに頼みがあってきた」

こんな状態で頼み事をされるとは思っていなかったらしく、プレストコットは驚いたような顔をしたが、とにかく話を聞く気になったのか、うなずいて先を促した。そして、読みさしの本を置き、ローワーに顔を向けた。

「きみはかなり学問のある若者だ。教育係の評価も高かったと聞いている」と、ローワーは続けた。「それなのにきみは凶悪な罪を犯した」

「首吊りの縄から逃れられる方法を見つけてくれたんですか？　それならいいんですが」プレストコットは冷静だった。「でも、ほかに魂胆《こんたん》があるんでしょう。失礼、続けてください、先生《ドクター》。話の腰を折ってしまいました」

「きっときみは自分の罪に思いを致して、やがて訪れる運命に正義を見出したはずだ」そのローワーの口調はいやに気取って聞こえた。この場にふさわしいしゃべり方をしようとして、かえって不自然になってしまったらしい。

「そのとおりです」若者は重々しく応じた。「毎日ぼくは祈りを捧げて神に赦《ゆる》しを乞うています。身の程知らずの祈りだと思いますが」

「殊勝な心がけだ」と、ローワーはいった。「それでは、きみでも人類の進歩のためにおおいなる貢献をすることができる、その貢献によって、きみの名前が永遠に結びつけられるであろう残虐非道な行為をいくらかでも帳消しにすることができる、という話には興味を覚えるかね？　どうだい」

若者はおそるおそるうなずき、その貢献とは何か、と問うた。

ローワーは罪人の死体に関するしきたりを説明した。

「これでわかったと思うが」と、ローワーは続けた。プレストコットの顔色が心持ち蒼ざめたことには気がついていないようだった。「欽定講座の担任教授とその助手は、あきれるほど不器用だ。斧や、鋸《のこぎり》や、包丁を使って、死体をずたずたにするが、知識の面での成果はこれっぽっちも上げることができない。きみは、珍奇な見世物として、たまたま集まってきたにきび面の学生を楽しませるだけだろう。しかも、そんなに大勢が集まるわけではない。それに対して、私と、ここにいる友人、ヴェネツィアからきたシニョール・ダ・コーラは、全身全霊を傾けてきわめて高度な研究を行っている。われわれの実験が終われば、人体の機能について、計り知れないほど多くの知識を得ることができる。しかも、何も無駄にはしない。それだけは約束する」人差し指を振りながら、ローワーは調子に乗って続けた。

「教授の駄目なところは、昼食のための休憩を入れたら最後、それだけでもう興味を失ってしまうことなんだ。当然、昼食の席で教授はたくさん酒を呑む」秘密を打ち明けるように、ローワーはいった。「残骸は処分されるか、地下室の鼠に齧《かじ》られるかだ。私なら、きみを漬け汁に浸して……」

「漬け汁、ですか？」プレストコットは弱々しくいった。

「そう、漬け汁だ」ローワーは身を乗り出した。「最新の技術だよ。きみを大きく切り分けて、酒精の樽に入れておけば、何日でも保つ。ブランディを使うより長保ちする。そうしておけば、時間ができたときに樽から取り出して、解剖の続きをすることができる。素晴らしいだろう？それなら何も無駄にならない。そのために必要なのは、きみの委任状だけだ。刑罰を終えたあとの体は解剖のため私に譲る。死ぬ前にそう書くだけでいい」

理性のある人間なら拒みようのない提案であることを確信して、ローワーは壁に寄りかかり、相手に期待の目を向けた。

「いやです」と、プレストコットはいった。

「え?」

「いやだといったんです。ご免こうむります」

「私のいったことを聞いていなかったのか? どっちにしてもきみは解剖されるんだぞ。どうせならきちんとやってもらったほうがいいだろうが」

「そんなこと、されたくないんです。それどころか、されるはずがないと思っています」

「特赦があるとでもいうのか?」ローワーは興味を惹かれたようだった。「そりゃ無理だよ。残念ながら、きみが吊されるのは間違いない。それなりに地位のある人物を傷つけて、もう少しで殺すところだったんだからね。そもそもなぜその人物を襲ったんだ?」

「急いでいっておきますが、ぼくは死刑の宣告を受けたわけじゃないし、まだ有罪かどうかも決まってないんです。自分では、近いうちにまた自由の身になれると思っています。その考えが間違っていたときには、先ほどのお話を検討させてもらいます。ご期待に添えるかどうかはわかりませんがね。だいいち、母が猛反対するでしょう。うちの家族はもう充分に汚名を着せられているんです」

ローワーのことだから、きっと同じ話を蒸し返すだろうと思ったが、もうその熱意はないようだった。母親から見れば自分の息子が切り分けられて漬け汁に浸されるのは恥の上塗りになる、と気がついたのかもしれない。ローワーは残念そうにうなずくと、背筋を伸ばし、話を聞いてもらった礼を述べた。

　プレストコットは、礼をいわれるとかえって恐縮すると応じた。そして、こちらにできることがあればなんでもいってくれというローワーの申し出に対しては、元の教育係のグローヴ博士に会いたいので、ぜひ面会にきてくれるように伝言をお願いしたい、と答えた。プレストコットは霊的な慰めを必要としているのだという。もう一ガロン、ワインが欲しい、ともいった。ローワーはそれを請け合った。ワインは私が調達することにした。この若者が不憫《ふびん》に思えてきたからである。私はワインを手配しに行き、ローワーは新しい患者の診察に出かけた。

「結果はどうあれ、無駄ではなかったね」後刻、落ち合ったとき、ローワーは落胆したようにいった。拒絶されたことで、その日の朝から続いていた上機嫌はすっかり損なわれていた。

「家族が汚名を着せられた、というのはどういう意味だろう」

　自分の失敗を気にしてか、ローワーは考え込んでいたので、私の言葉など聞こえないようだった。「ん？　なんだって？」我に返り、出し抜けにローワーはいった。私は繰り返した。

「ああ、そのとおりの意味だよ。あの若者の父親は売国奴《ばいこくど》だった。捕まる前に、外国に逃げたんだ。本当なら、息子と同じように絞首刑だ」

「とんでもない家族だね」

「まったくだ。悲しいかな、息子は顔だけでなく、ほかのところも父親に似たらしい。それにしても、困ったよ、コーラ。ぼくは脳みそが欲しいんだ。何人分かの脳みそがね。それなのに、邪魔ばっかり入って、ぜんぜん手に入らない」そのあと、長い沈黙があって、サラ・ブランディの母親が助かる見込みはあるのか、と尋ねた。

馬鹿としかいいようがないが、私は、患者の病状や治療の詳細を知りたがっているのだろうと判断して、傷ができた要因を話し、接骨をして傷口をきれいにしたことや、使っている膏薬《こうやく》の種類を説明した。

「時間の無駄だね」と、ローワーは傲慢《ごうまん》にいった。「水銀チンキをつけとくだけでいいんだ」

「そう思うか？　なるほどね。でも、この場合は、金星の位置を考えると、より伝統的な療法にしたほうが……」

前述したわが友の暗黒面が深刻なかたちで初めて表に出たのは、そのときであった。私の話が終わるのも待たず、ローワーは天下の公道で怒りを爆発させ、どす黒く変色した顔で正面からこちらを見据えた。

「馬鹿なことをいうな！」と、彼は叫んだ。「金星の位置だと？　魔術師じゃあるまいし、戯《たわ》言《ごと》をいうな！　ぼくたちはエジプト人か？　なんでそんな出鱈目《でたらめ》に付き合わなきゃいけないんだ」

「でも、ガレノスが……」

「ガレノスがなんだ。パラケルススがなんだ。占星術を操る外国の魔術師のいうことなんか嘘八百に決まってる。あいつらはみんな詐欺師なんだ。それにかぶれたきみも同罪だぞ。きみなんかが病人の前に出ちゃいけない」

「だけど、ローワー……」

「より伝統的な療法か」ローワーは、私の言葉の訛《なま》りを残酷にまねた。「どうせわけのわからないことをいう神父《ぼうず》に教わったんだろうが、きみはいわれたことをそのまま実行するのか？　どうだ？　医学は大事な学問だ。きみみたいな金持ちのどら息子が、遊び半分に首を突っ込むようなものじゃない。きみなんか、折れた脚どころか、風邪だって治せやしないんだ。金の勘定をして、土地の広さでも測っているほうがきみには似合いだよ。大事なことは志のある人間に任せておいてくれ」

なんの前触れもなく激しい怒りをぶちまけたローワーに驚いて、私はまともな返事をする余裕もなく、これでも自分なりに精一杯のことをやっているのだ、たとえもっとふさわしい者がいるとしても、ほかには誰もあの患者を治療しようとはしないではないか、とだけ答えた。「消え失せろ！」恐るべき軽侮の念を込めて、ローワーはいった。「おまえの顔なんか二度と見たくない。医者のふりをした山師と付き合う暇はないんだ」

いきなり背を向けると、ローワーはすたすたと去っていった。残された私は、道沿いの商店主に絶好の娯楽を提供してしまったことを何よりも意識しながら、怒りと屈辱に顔を赤くして、通りの真ん中に突っ立っていた。

第六章

私は困惑しきって部屋に戻り、これからどうするべきか思案しながら、どうしてあんなに相手を怒らせてしまったのか、その原因を突き止めようとした。そもそも私は、過ちを犯す際には自分自身の中にその要因があると考える人間であり、イングランド人の習慣や考え方がよくわからないだけに不安もまた大きかったのである。それにしても、ローワーの怒り方は常軌を逸していた。ただし、今、この国の置かれた状況を考えれば、あらゆる意見が極端に走るのは致し方のないことかもしれない。

寒い部屋のちっぽけな暖炉の前にすわった私は、先日来、消えてなくなったと思っていた絶望と孤独に心が蝕《むしば》まれるのを感じた。こんなにも早く友人を失うことになったのか。あんなことがあった場合、イタリアならどんな関係でもすぐに断ち切られるだろうし、普通なら今ごろはおたがいに決闘の準備をしていることだろう。むろん、そんなことをするつもりはなかったが、しばらくはオックスフォードから出てゆくことも本気で考えた。だが、ボイルとの関係は耐えがたいものになるだろうし、そうなったらまた友人が一人もいなくなるのである。それならどこへ行けばいいのか？　ロンドンに戻っても仕方がないし、ここに居座るのもそれ以上に意味がない。どうすればいいのかわからず、にっちもさっちもいかなくなっていたとき、階段に足音が響き、重々しく扉を叩く音が聞こえて、私は陰鬱《いんうつ》な物思いから覚めた。

ローワーだった。思い詰めたような顔をして、決然と部屋に入ってきたローワーは、テーブルに二本の瓶を置いた。私は、また侮辱されるのだろうと思い、警戒して冷ややかに相手を見た。そして、自分から先に声をかけるのはやめよう、と思った。

ところが、ローワーは何もいわず床に両膝を突くと、手を組み合わせた。

「申し訳ないことをした」何やら厳粛な声だったが、かなり芝居がかっていることは否めなかった。「赦《ゆる》してくれといえた義理ではないが、さっきのぼくの態度は、そこいらの商人並みか、それ以下だ。不愛想で、不親切で、不公平で、まったく不作法だった。だから、こうやってひざまずいて、きみの赦しを乞う。赦す値打ちもないやつだと思われたかもしれないが、とにかく赦してくれ」

先ほどと同じように、今度もまた私はローワーの振舞いに面食らっていた。こういうふうに謝られると、どんな言葉をかけていいのかわからなかった。一時間ほど前に激怒したときと同じで、謝り方も度が過ぎている。

「赦してはもらえないんだね」私が黙っているのを見て、聞こえよがしにため息をつきながら、ローワーは続けた。「きみの気持ちはよくわかる。だったら、仕方がない。自殺してお詫びをするだけだ。ぼくの家族には、〈リチャード・ローワー、医師にして卑劣漢〉と墓碑銘を刻むように伝えてくれ」

ここで私はぷっと吹き出した。ローワーの態度があまりにも滑稽《こっけい》だったからである。私が心を開いたのを見て取って、ローワーもにやりと笑った。

「いや、ほんとに悪かったと思ってるよ」ローワーは普通の口調に戻った。「自分でもよくわからないんだが、ぼくはかっとなると見境がつかなくなるらしい。死体のことで不満が積もってたんだろうね。あんなに苦労したのに、まったく……。ぼくのお詫びを受け入れてくれるね？　同じ瓶の酒を呑んでくれるか？　きみが赦してくれるまで、絶対に眠らないつもりだ。ひげも剃らない。きみにしても、あごひげが足まで伸びたのはおまえのせいだっていわれるのは心外だろう？」

私は首を振り、「ローワー、きみのことが私にはよくわからない」と、率直にいった。「きみの国の人間にも理解しがたいところがある。この国に住む人の気質に関係があるんだな。それがわからないのは私が悪いんだろう。一緒に呑むとするか」

「ありがたい、感謝するよ」と、ローワーはいった。「自分が馬鹿だったおかげで、愚かにも貴重な友人をなくすところだった。やり直す機会を与えてもらったのは、きみが有徳の人物である証拠だ」

「しかし、説明してもらいたいもんだね。私のどこが気に入らなかったんだ？」

ローワーは手を振った。「きみは悪くないよ。ぼくの誤解だ。それに、プレストコットのことも癪《しゃく》に障ったしね。以前、といっても、そんなに昔のことじゃないんだが、占星術についてある男と大論争をしたことがある。医学院は占星術と結託してるんだ。ぼくが公然と占星術を誹謗《ひぼう》して、新しい医術を弁護したもんだから、その男、おまえなんかロンドンで医者の仕事ができないようにしてやる、といいだしてね。新知識と、今なお影響力を持つ過去の遺物との闘いだ。きみのいったことはそういう連中の言い分とは違うが、いかんせん、論争の記憶がまだ頭に残っていて、ほかならぬきみが、あいつらの肩を持つようなことをいったもんだから、我慢できなかったんだよ。それだけきみのことを高く評価しているわけだ。だからといって、赦してもらえるとは思わないがね」

侮辱をお世辞に変えるローワーの話術を、私は持て余していた。われわれヴェネツィア人には、人を褒めるのも上手、貶《けな》すのも上手という定評があるが、その賛辞にしろ侮辱にしろ一定の形式に則《のっと》っているので、どんな微妙な表現でも誤解の余地はほとんどない。それに対して、ローワーの言動には予測のつかないところがある。それはイングランド人一般にいえることで、要するに文明がまだ一定の水準に達していないのである。イングランド人の非凡な才能は、礼儀作法と同じで、きちんとした枠がはめられておらず、偉大な成果を生むこともあれば、収拾のつかない狂気に陥ることもある。外国人にこの国の人間のことが理解できるかどうか、あるいは、真の信頼を寄せることができるかどうか、私は心許なく思っている。だが、詫びは詫びであり、そういう絢爛《けんらん》たる詫びを入れられたのも初めての経験であった。私はローワーと握手した。厳粛な面持ちで一緒に頭を下げ、乾杯をして、口論に正式な決着をつけた。

「プレストコットの死体を急いで必要としているのには、何か理由があるのかい」

「脳みそなんだよ、コーラ、どうしても脳が欲しいんだ」ローワーは大仰に嘆息した。「ぼくは、機会があるたびに解剖をしてきたし、スケッチも描いてきた。その研究がもうじき完成するんだ。何年もかけて続けてきた仕事だ。最後までやり遂げたら、ぼくの名前はみんなに知られるようになるだろう。特に、脊髄《せきずい》なんだよ。脊髄の研究は、実に面白い。ところが、実験材料がないと研究は進まないし、研究が進まないと発表することができない。おまけに、同じようなことをやっているフランス人がいるんだ。めそめそしたカトリック野郎なんかに負けるわけには……」

ローワーは口をつぐんだ。失言に気がついたのだろう。「すまん、謝る。とにかく、大事な研究なんだ。こんな馬鹿げた事情で頓挫《とんざ》するのは断腸《だんちょう》の思いだ」

二本目の瓶を開けたローワーは、ラッパ飲みすると、こちらに瓶をよこした。「そんなときに、きみのあの言葉を聞いたわけだ。察してくれよ、不作法なことをするのも無理はないだろう？　もともとぼくはつむじ曲がりだから、余計にかちんときたんだよ。要するに、疳《かん》の虫だな」

「疳の虫とは、伝統的な医術を見下している男がいうことかい」

ローワーは苦笑した。「一本取られたな。要するに、言葉の綾だ」

「占星術嫌いは本心かい？　くだらないと思ってるのか？」

ローワーは肩をすくめた。「さあ、どうだろうね。実は、よくわからないんだ。ぼくたちの体は宇宙の縮図なのか？　宇宙の現象を研究することで、肉体の機能も理解できるのか？　たぶん、できるんだろう。たしかに理屈には合っていると思う。だけど、実際にどうやって研究すればいいか、反論の余地のない方法を示してくれた者は一人もいない。天文学者の天体観測、ありゃどうしようもないね。あいつらが口にすることは、わけのわからない独りよがりばかりだ。望遠鏡を使えば、これからも新しい天体がどんどん見つかるだろう。面白いことは認めるよ。ところが、天文学者は観測には熱心だが、そもそもなぜそんなことをしているかという理由をすっかり忘れている。でも、反論はやめてくれよ。一日に二回も癇癪《かんしゃく》を起こすことになるからな。じゃあ、話題を変えようか」

「どんな話題がいい」

「きみの患者、あの妙な後家さん、アン・ブランディのことを聞きたい。ちゃんと聞くから心配しないでくれ。あとで何かいうにしても、絶対に批判めいたことはいわないから安心しろ」

そういわれても、私はまだ不安だったので、話そうかどうしようか迷った。すると、ローワーはため息をつき、これ見よがしに、また土下座をしそうなそぶりを見せた。

「わかったよ」私は両手を上げて相手を制した。笑いが込み上げてくるのを今度も我慢した。「きみには降参だ」

「ありがたい」と、ローワーはいった。「床にひざまずいてばかりいると、年を取ってからリューマチになる。で、患者のことだが、たしか傷口がなかなか癒えないとかいってたね」

「そのとおりだ。しかも、膿《う》んでいる」

「傷口を包帯でくるむのはやめて外気に当ててみる、というのはもうやったんだね」

「ああ、やってみたが、効果はなかった」

「熱は？」

「意外なことに、平熱だ。しかし、そのうちきっと高熱を出すようになる」

「食欲は？」

「ないようだ。娘が無理にお粥を食べさせている」

「尿は？」

「水っぽいね。レモン系の匂いがあって、舌にぴりっとくる味がある」

「ううむ。よくないな。きみの見立てどおりだ。病状は決してよくない」

「このままだと死んでしまう。そうならないように助けたいんだ。少なくとも、いっときはそう思っていた。しかし、娘のことが、どうにも腹に据えかねて」

その最後の言葉を、ローワーは聞き流した。「壊疽《えそ》の徴候は？」

私は、今のところ見当たらないが、いずれそういう症状も出るだろう、と答えた。

「その患者に、もしや科学の進歩に協力する気は……？」

「ないだろうね」私は即座に否定した。

「娘はどうだろう。遺体を一ポンドで買うといったら？」

「あの娘とは会ったことがあるんだろう？」

ローワーはうなずき、大きくため息をついた。「ほんとに参ってるんだよ、コーラ。ぼくが明日死んだら、好きなように死体を解剖してもらってもいい。それだけのことなのに、どうしてみんな嫌がるんだろう。どうせみんな土の中に埋められちまうんだ。そうだろう？　だったら体が七つに分かれてようが八つに分かれてようが同じことじゃないか。死ぬときに神の祝福さえ受けてれば問題ないわけだろう？　最後の審判のときには、神さまが一つにつなぎ合わせてくれるんだ。それとも、そんなことさえできないくらい不器用だと思われてるんだろうか」

　ヴェネツィアでも事情は同じだ、と私は答えた。どういうわけか、生きているときでも、死んだあとでも、人は自分の体を切られるのを嫌がる。

「あの女、どうするつもりだ」と、ローワーは尋ねた。「死ぬのを待つだけか？」

　ある考えが浮かんだのはそのときだった。そして、即座に私はそれを打ち明けることにした。人を信じやすい性格だったので、黙っているほうがいいとは思わなかったのである。

「よし、もう一度、その酒瓶を回してくれ」と、私はいった。「呑んでから話そう。できるならやってみたいことがあるんだ」

　ローワーはいわれたとおりにした。一瞬、私は、勢いでこんなことをしていいのだろうか、と自省めいた思いに囚《とら》われた。侮辱されておおいに憤慨《ふんがい》したり、謝罪を受け入れて一安心したり、心の状態が平静であるとはいえなかったので、均整の取れた判断ができるはずはなかった。今にして思えば、ローワーの忠誠心や友情をいったん疑うことがなければ、大事なことを打ち明けようという気持ちにもならなかったはずである。疑ったからこそ、相手を喜ばせたい、私の真摯《しんし》な部分を見せてやりたいという思いが先に立って、警戒を忘れてしまったのだ。

「稚拙な表現をするかもしれないが、許してくれ」私が使っている脚輪つきの寝台にローワーがもたれかかり、寛《くつろ》いだ姿勢になったのを見て、私は切り出した。「真空ポンプに入った鳩を見ていたときに考えたんだ。血液のことだがね。血液は栄養分を運んでいるわけだが、その量が不足したらいったいどういうことになるんだろう。血が足りなくなると、心臓の余分な熱を外に排出できなくなるんだろうか。それが発熱の原因じゃないんだろうか。それからもう一つ、何年か前から疑問に思っていたことだが、われわれの肉体が老いると、血も老いるんだろうか。濁り水の溜まった運河みたいなもので、水路が詰まると何もかも死ぬんだろうか」

「血がなくなったら死ぬことはたしかだね」

「でも、なぜだ。飢えて死ぬわけではないし、高熱で死ぬわけでもない。そういうことじゃないんだ。実は、血の中にある生命の霊液が失われたり不足したりすることによって死がもたらされるんだよ。私は確信しているが、血液自体は、その霊液を運ぶ道具にすぎない。その霊液が衰えることによって、人は老いてゆく。少なくとも、それが私の理論だ。そう考えると、きみの忌《い》み嫌う伝統的な知恵と、きみの褒め称える科学的な学問の両方を満足させることができると思う」

「その理論をきみの患者に適用してみたい、というんだね。具体的にはどうするんだ」

「単純に考えれば、やることは決まっている。空腹になれば食事を摂る。寒ければ火に近づく。それと同じで、体液のバランスが崩れているときには、分量を調節して均衡を取る」

「そんな与太を信じている者はそう考えるだろうな」

「そう、信じている者はね」と、私はいった。「それを信じていない者、代わりに元素説を信じている者は、三つの元素のうち一番弱いものを補強することで肉体の均衡を取り戻そうとするだろう。均衡を保つこと。古かろうが新しかろうが、それが医学の基本だ。私の患者の場合、瀉血《しゃけつ》をしたり、蛭《ひる》を使ったりして血を抜いても、容態は悪くなるばかりだ。生命の霊液が足りなくなっているんだったら、血を減らすのは逆効果になる。それがシルヴィウス博士の理論で、私もそれは正しいと思う。論理的にいえば、唯一の解決策は、血を抜くのではなく……」

「注ぎ込むことだ」ローワーは不意に熱心になり、身を乗り出すと、言葉をはさんだ。話の道筋が見えてきたのだ。

私は大きくうなずいた。「そのとおり。まさしくそのとおりだ。しかも、ただ注ぎ込むだけでなく、若い血、新鮮で流れが詰まっていない新しい血を使いたい。そんな血には若者の生命力のエキスが入ってるんだ。そうすると、老人の肉体に、傷を癒す力がよみがえるかもしれない。ひょっとしたら」私は思わず興奮していた。「それこそ、不老不死の霊薬そのものかもしれない。よくいうじゃないか、年配の人間でも子供と同衾《どうきん》するだけで体の調子がよくなるってね。まして血液なんだから、どんな効果があることか」

ローワーはまた寝台にもたれかかり、私の言葉の意味を考えながら、ぐびりとエールを呑んだ。そして、独り言をつぶやくように唇を動かしながら、さまざまな可能性を頭の中で検討していた。「きみはムッシュ・デカルトの影響を受けてるんじゃないのか?」やがて、ローワーはいった。

「なぜそう思う?」

「きみはまず理論を組み立てた。そして、それを実践に移そうとした。しかし、うまくいくという確証は何一つない。おまけに、こういっちゃなんだが、きみの理論は混乱している。きみは類推によって議論を進めたね。自分では信じていない体液説を引き合いに出して、最後には欠損を埋めることが解決策だという結論を下した。つまり、生命の霊液を加えること。ところが、その生命の霊液自体、一つの仮説にすぎない」

「しかし、きみも反論はしなかったじゃないか」

「そう、そのとおりだ」

「私の理論はおかしいといいたいのか？」

「そのつもりはない」

「じゃあ、私が正しいかどうかを知るには、実際に試してみて結果を見るしかないだろう。それが経験哲学の根本じゃないのか？」

「たしかにムッシュ・デカルトはそう主張してるね」と、ローワーはいった。「ぼくの理解が間違っていなければ、の話だが。まず理論を組み立て、しかるのちに証拠を集めて、それが正しいかどうかを確かめる。それに対して、われらがベーコン卿は、まず証拠を集めてから、すべてに説明がつく理論を組み立てることを推奨している」

こうした会話は、旅行中いつも私が持ち歩いていたノートにせっせと記録してあったものだが、久しぶりに読み返し、今になってそのあらましを振り返ってみると、当時、理解できなかったことがいろいろ見えてくる。イングランド人は外国の人間を軽蔑しているので、学問の進歩や新発見を目《ま》の当たりにしても、方法が間違っているといって無視し、そのあげく、このきわめて自負心の強い国民は、ありとあらゆる発見を自国の人間の功績に帰《き》するのである。間違った前提のもとになされた発見は、発見の名に値しない。すべての外国の人間は、デカルトの間違った前提を採用している。しまいには私は仮説を作らない、と主張するのである。ニュートン氏が、学説を盗んだといってライプニッツを攻撃したときも、同じラッパを吹いたのではなかったか。だが、当時の私は、イングランド人の友を見て、知識を深めるためだけに議論をしているのだと思い込んでいた。

「そういうふうに要約すると、ムッシュ・デカルトがかわいそうだと思うが」と、私はいった。「でも、それはもういい。聞きたいのは、きみだったらこれからどうするか、ということだ」

「まず、動物の血を入れ替える。同じ種類の、若いのと年を取ったのを使ってね。そのあと、違う種類の動物でもやってみる。動物の血管に水を注入して、同じ反応が導き出されるかどうかも観察する。続いて、すべての結果を比較検討して、血液注入の効果を正しく把握する。いよいよ納得がいくと、最後にミセス・ブランディで試す」

「それまでミセス・ブランディは生きていないよ」

ローワーはにやりと笑った。「きみの目はこの方法の弱点を正確に見抜いている」

「じゃあ、やめたほうがいいというのか？」

「そうじゃない。面白い研究になるはずだ。気になっているのは、根拠が弱い点だね。しかも、醜聞になるのは目に見えている。したがって、おおっぴらに話し合うのは避けたほうがいい」

「だったら、別の言い方をしよう。私に協力してくれ」

「もちろん、喜んで協力する。ぼくは問題点を整理していただけだ。で、どういうふうに進める？」

「まだ迷ってるんだ」と、私はいった。「最初は牡牛を考えた。元気のある強い動物だからね。しかし、よく考えてみると、使えそうもない。血液は凝固する性質を持っている。ある種類の動物から、別の種類の動物に血を移すときには、間を置かず、ただちに作業をしなければならない。家の中に牡牛を連れてくるのは無理だ。しかも、血液には獣《けもの》の精が含まれているから、牡牛の獣性を人間に注ぎ込むことになって、ちょっとまずいと思う。われわれを動物より高い場所に置いてくださった神の御心に反することだ」

「じゃあ、きみ自身の血液を使うか」

「駄目だよ。実験を行う当人なんだから」

「悩むことはないよ。簡単に見つかると思う。一番いいのは」と、ローワーは続けた。「ミセス・ブランディの娘だろう。母親のためなら喜んで協力してくれるはずだ。それに彼女なら、他人《ひと》にしゃべらないように因果を含めることができる」

娘のことをすっかり忘れていた。私が嫌な顔をするのを見て、ローワーは、どうしたのだ、と尋ねた。「最後に会ったとき、彼女のせいできわめて不快な思いをして、あの家に二度と足を踏み入れないことを誓ったんだ」

「自尊心を傷つけられたわけか」

「高慢なやつだと思われるかもしれないが、わかってくれ。妥協はできないんだ。彼女のほうがこちらにきて、ひざまずいてくれたら、考え直してもいい」

「その問題はとりあえず棚上げにしておこう。仮に、だね、仮にきみがこの実験をやるとして、どの程度の量の血液が必要になるだろう」

　私はかぶりを振った。「十五オンスかな。いや、二十か。その程度なら、人から抜き取っても、深刻な事態を招く恐れはない。あとの段階ではもっと必要になるかもしれない。しかし、どうやって血を移せばいいか、実際の方法はまだ考えていないんだ。ふと思ったんだが、一人の体から血を抜き、もう一人の体に入れる――そのとき、抜く場所と入れる場所は同じでないといけないような気がする。つまり、静脈から静脈へ、動脈から動脈へ、だ。頸静脈《けいじょうみゃく》を切り裂けばいいと思うが、いったん切ってしまうと、出血を止めるのは恐ろしく難しい。母親は助かるかもしれないが、娘は出血死だ。とすると、腕にある太い静脈を使うのが無難だろう。帯を腕に巻けば、血管は盛り上がる。それは簡単だ。心配なのは、血を移す手順だね」

　ローワーは立ち上がり、部屋をうろうろ歩きながら、ポケットを探った。

「注射というものを聞いたことがあるか？」やがて、ローワーはいった。

　私は首を振った。

「新機軸なんだよ。われわれはしばらく前から研究を続けている」

「われわれ？」

「ぼくと、ウィリス博士と、友人のレン。その三人だ。きみの思いつきと似たところがあってね。先が鋭く尖った器具を静脈に差し込み、胃袋を経由することなく、液体をじかに血液に注入する、という研究なんだ」

私は眉をひそめた。「前代未聞だね。どういうことになる?」

ローワーはいいよどみ、「結果はまちまちでね」と、白状した。「一回目は見事に効果があったよ。八分の一カップのワインを犬に注射してみたんだ。普通なら犬が酔っぱらう量じゃないんだが、そのときはぐでんぐでんになってね」ローワーは思い出し笑いをした。「いやあ、押さえつけるのが大変だったよ。テーブルから飛び降りて走りまわったあげく、食器棚にぶつかってひっくり返る始末で、みんな腹を抱えたよ。あのボイルでさえ微笑《わら》ったくらいだ。大事なのは、注射した酒には、同じ量を胃から摂ったとき以上の効き目がある、ということだ。そこで、今度は、疥癬《かいせん》病みの老犬を連れてきて、疥癬の薬であるサルアンモニアクを注射してみた」

「で、どうなった?」

「死んだよ。それも、かなり苦しんでね。解体してみると、心臓がかなり爛《ただ》れていた。三回目は、ミルクを注射して、食事を摂る必要がなくなるかどうか、調べてみることにした。そのときは、残念ながら、凝固物で静脈が詰まってしまった」

「また死んだのか?」

ローワーはうなずいた。「どうも量が多すぎたらしい。今度は少なくしてみよう」

「その実験に立ち会わせてもらえないか。興味津々だ」

「いいとも。要するに、きみが血液を移すときにも、同じ手段が使えるんじゃないかと思ったんだ。血液が空気に触れると、すぐに凝固するので、よろしくない。それを避けるために、鳩の羽根ペンを用意して、細く、鋭く尖らせるんだ。その先に穴を開けて、サラの静脈に挿し込む。羽根ペンには径の細い銀の管がつながっている。続いて、母親の静脈にも羽根ペンを挿し、血が出てくるのを待つ。そのあと、切り口の上で静脈を押さえ、母親のペンから流れる血を止める。そうしておいて、銀の管で二つのペンをつなぐんだ。あとは数をかぞえて待てばいい。どのくらい血が出るかは、残念ながら推測するしかない。数秒のあいだ皿に血を受けて、出血の速さを確かめたほうがいいかもしれないね」

私は感心してうなずいた。「素晴らしい案だ。私は吸角法（吸角と呼ばれるガラスの器具を利用して皮膚から血や膿を吸い出す治療法）を考えていたんだが、そっちのほうがはるかに適切だ」

ローワーはにっこり笑い、手を差し出した。「コーラくんがここにいることを神に感謝したいね。きみは理想の友人だ。それが嘘偽りのない感想だよ。さて、プレストコットの件に戻れば、あいつの元の教育係、グローヴ博士に会わなくちゃいけないが、ぼくが行こうか、それともきみが行ってくれるか？」

第七章

一つの体からもう一つの体へ血液を移動させる手段に関して、ローワーの功績が大であったことは私も認める。彼の発案がなければ輸血の実現もなかったであろう。ただし、そのきっかけは私の言葉であり、理論づけをしたのも私なら、のちに実験を行ったのも私であった。それまでのローワーは薬品を血液中に注ぎ込むことしか考えておらず、血液そのものを注入することの可能性や将来性にはまったく気がついていなかったのである。

しかし、それは私の話の後半に属することであり、ここでは、これまでどおり、実際に起こったことを順序立てて書き記すように努めよう。そのときの私は、プレストコットに成り代ってグローヴ博士と面会することだけを考えていた。自分が立ち入ることを許された小集団の中に知人が増えれば、それだけ益するところも多くなるのではないかと、性懲《しょうこ》りもなく算盤《そろばん》をはじいていたのである。もちろん、グローヴ博士は役に立ちそうな人物ではない。ローワーによれば博士は私との会見を歓迎しているらしく、その理由は、わざわざ獄中に出向いてあの頭の悪い男と面談するのを避けられるのなら万々歳だ、というものだった。博士は自分が新知識への反対者であることを高らかに宣言し、つい二週間ほど前にもセント・メアリーで辛辣《しんらつ》な講義を行って、経験的知識は神の御言葉と矛盾し、陰険なやり方で権威を傷つけるものであり、目的にも手段にも誤りがある、と厳しい攻撃をした。

「この町には同じ意見の人が多いのか？」私は尋ねた。

「いやあ、そうなんだよ。医者は自分の特権が奪われるのを、聖職者は権力の座から引きずりおろされるのを恐れているし、その他大勢の無知な連中は新しいものが大嫌いだ。われわれの立場は危うい。だから、ブランディの未亡人のことも用心しないとな」

私はうなずき、イタリアでも事情は同じだ、と答えた。

「それだったら、グローヴのような男の扱い方も知ってるはずだ」ローワーはにやりと笑った。

「とにかく、話してみるといい。この先どういうふうに用心すればいいか、参考になると思う。あの先生も馬鹿じゃない――といっても、学問は間違ってるし、正直な話、かなり退屈な人物だがね」

悪趣味にも〈ニュー・コレッジ〉と呼ばれることもあるオックスフォードのセント・メアリー・コレッジ・オブ・ウィンチェスターは、町の東側にある、壁やテニス・コートに囲まれた、みすぼらしい大きな建物だった。資金は潤沢《じゅんたく》にあるそうだが、学問的にはきわめて旧弊《きゅうへい》だといわれていた。行ってみると、人影はほとんど見当たらず、わざわざ訪ねていった人物がどこにいるか、探す手がかりさえ見つからなかった。そこで、たまたま出会った男に訊いてみると、グローヴ博士は数日前から体調がすぐれず、訪問者はあまり歓迎されないだろうという。私は、本来ならこのまま帰るべきだが、事情があってぜひともお目にかからなければならないのだ、と応じた。すると、その相手、髪の毛の黒い小男は、ぎこちなくお辞儀をしてトマス・ケンと名乗ったあと、階段のところまで私を案内してくれた。

グローヴ博士の部屋の前に立つと、分厚いオーク材の扉――イングランド人は良質の木材をこのように浪費する――は固く閉ざされていた。私は扉を叩いた。返事は期待していなかったが、衣擦れのようなかすかな音が聞こえたので、もう一度叩いてみた。声が聞こえたような気がした。何をいっているのかわからなかったが、入ることを促している、と考えるのが常識的な判断だった。

「帰れといってるだろう」私が部屋に入ると、苛立《いらだ》たしげな声が襲いかかってきた。「おまえには耳がないのか」

「それは失礼しました」私は答え、次の瞬間、言葉を失った。私が訪ねてきたこの人物は、何日か前、サラ・ブランディの訴えをにべもなくはねつけたのと同じ人物だったのである。まさかそんな、と思いながら見ていると、相手のほうもこちらを見た。明らかに私と前に会ったことを思い出したのだ。

「もう一度謝ります」気を取り直して、私はいった。「申し訳ありませんでした。声がよく聞こえなかったんです」

「こちらは三度《みたび》繰り返すが、帰れといってるんだ。体の調子が悪くてね」

五十代か、もっと上くらいの年配の男だった。肩幅は広いが、どんな頑強な神の被造物にも必ず訪れ、誰もが神の法則に従わなければならないことを思い知らされる、あの衰退という全能の神の思《おぼ》し召《め》しが、この男の身にも降りかかろうとしていた。

「それは大変ですね」私は戸口に立ったまま動かなかった。「ひょっとしたら、目を患《わずら》っていらっしゃるのですか」

これは誰にでもわかることである。博士の左目は充血し、目やにが溜まっていた。何度も擦《こす》ったせいで、炎症を起こしているのだろう。ここにきた本来の目的とは別に、その目の様子に私は興味をそそられていた。

「おっしゃるとおり、目だ」博士はぶっきらぼうに答えた。「まさに地獄の苦しみとはこのことだ」

　私は部屋の中に二、三歩足を踏み出し、もっとよく見えるように相手の前に出た。「これはかなりひどい。炎症も粘液の分泌も進んでいる。ぜひ適切な治療を受けてください。しかし、深刻な病気ではないと思います」

「なんだと？」信じがたいことを耳にしたように、博士は問い返した。「深刻な病気ではないというのかね？　では、この苦しみはなんなのだ。私にはやるべきことがたくさんある。きみは医者か。そんなものは必要ない。私は最高の治療法を知っている」

　私は自己紹介した。「偉い先生にお言葉を返すわけではありませんが、私にはどうもそのようには見えないのです。たとえば、拝見したところ、目蓋のまわりに茶色の膿《うみ》がこびりついていますね。その患部には薬が必要ではないかと愚考するのですが」

「きみは馬鹿か。私のいう治療法というのは薬のことだ。自分で調合したんだ」

「どういう材料をお使いですか」

「乾燥させた犬の糞だ」

「え？」

「医者のベイトからもらったよ。きみも知ってるだろうが、ベイトは国王の侍医で、良家の出身だ。この治療法なら間違いない。昔から効力は証明されている。しかも、血統書つきの犬の糞だ。学寮長が飼っている犬でね」

「犬の糞、ですか」

「そうだ。日に当てて乾かしてから、粉にして目に吹きつける。これはあらゆる眼病に効く療法だ」

だからこそこんなに悪化しているのだ、と私は合点がいった。当然のことながら、昔から伝えられてきた治療法は、今でもその多くが使われており、その中には今の医者が処方する薬と同じ効験を現すものもある。しかし、それにしてもこれはひどい。これからは、ローワーが夢中になっている無機質の薬品が民間療法を駆逐してゆくであろうことに、私は疑いを入れない。古い療法の理屈もわかっているつもりである。この療法は、自然界では似たもの同士が惹きつけ合う、という説に基づいている。つまり、粉にした犬の糞は体内の毒素と同類であり、それに引かれて体の外に毒が出てくるのである。もっとも、この目の状態を見ると、実際にそうなるかどうかは疑問だが。

「僭越《せんえつ》ながらお伺いしますが、本当に効き目はあるのですか?」と、私はいった。

「きみは疑っているのか」

「いいえ、違います」私は慎重になった。「場合によっては効くこともあるでしょう。その目はいつから患っていらっしゃるのですか」

「十日ほど前からだ」

「で、この治療をお始めになったのは――?」

「一週間くらい前からだよ」

「そのあいだに、症状はよくなりましたか、悪くなりましたか」

「よくはなっていない」と、相手は譲歩した。「しかし、治療しなければ、もっと悪くなっていたかもしれん」

「別の治療をすればよくなっていたとも考えられます」と、私はいった。「仮に、ですが、仮に私が別の治療をして、それが功を奏すれば……」

「そのときは、最初の治療法がようやく効いてきたこと、きみのやり方などなんの役にも立たなかったことが証明されるだけだ」

「とにかく、少しでも早く目を治すのが先決です。もしも一つの治療法を試してみて、一定の期間間に症状がよくならなければ、そのあいだ効果はまったくなかったことになります。その一週間後に効いた、二週間後に効いた、三年後に効いた、というのは意味がありません」

グローヴ博士は口を開いてその理屈に反駁《はんばく》を加えようとしたが、その瞬間、目にまた痛みが走ったらしく、猛烈な勢いで目の縁を擦りはじめた。

相手の歓心を買うちょうどいい機会でもあるし、うまくいけば生計の足しに治療費までもらえるかもしれない、と思って、私は、温水を用意してください、と申し出た。そして、これだけでも症状は奇跡的に好転するはずだ、と思いながら、ただちに目のまわりの汚穢《おわい》を洗い落とす作業に取りかかった。それが終わったとき、痛めつけられていた目はふたたび開くようになり、多少、痛みは残っていたようだが、だいぶよくなった、と博士も嬉しそうに語った。好都合にも、博士は、私が秘薬を使ったせいだ、と思い込んでいた。

「じゃあ、次はこれだな」といって、グローヴは袖をまくり上げた。「五オンスでいいと思うが、どうだ」

瀉血《しゃけつ》をするつもりらしかったが、その必要はない、と私は答えた。誰にとっても瀉血はそんなに効果のあるものではない、というのが私の持論だったが、せっかく勝ち取った信頼に傷がつくかもしれないので、何もいわなかった。代わりに私は、体の調和を取り戻すため、食後に軽く吐くことを推奨した。一回や二回、食事を抜いても、悪い影響が出るような体格ではない、と見て取ったからである。

治療が終わると、ワインを一緒にどうかと誘われたが、このところ呑み過ぎなので断った。そのあと、来意の説明を始めた。コーヒー・ハウスでの出来事については、向こうが持ち出さないかぎり何もいわないほうがいいと思った。あのときの私は博士の言動に批判的だったが、あの娘のことをよく知った今、彼があああいう態度を取ったのは仕方のないことだと思っていた。「実は、昨日会った若者のことでお話がありまして」と、私はいった。「プレストコットという若者ですが」

その名前を聞いてグローヴ博士は眉をひそめ、監獄に収容されている人間とどうやって会ったのか、と尋ねた。

「友人のドクター・ローワーに連れていってもらったのです」と、私は答えた。「プレストコットに……相談したいことがあったそうで」

「あいつのことだから、死体が欲しいという相談だろう」と、グローヴ博士はいった。「私が重病になったら、故郷《いなか》のノースハンプトンに帰るつもりだ。そうでもしないと、物欲しげに目を光らせて、枕もとにローワーがやってくる。で、プレストコットはどうした？」

彼がにべもなく断ったことを告げると、グローヴはうなずいた。「それでいいんだ。もともと分別のある若者だよ。ただし、あんな末路をたどったこともわかる。強情で、むら気なところがあるんだよ」

「しかし、今は罪を悔いているようですよ」と、私はいった。「プレストコットは魂の安らぎを求めています。あなたと会いたいそうです。会って、宗教的な慰藉《いしゃ》を得たいそうです」

グローヴはそれを好ましく思っているようでもあったし、意外に思っているようでもあった。「首吊りの縄はあなどれんね。あれがあるおかげで、どんな罪深い人間でも、最後には神の慈悲を求めたくなるらしい」満足げに彼はいった。「では、今夜、訪ねてみよう」

それを聞いて私はグローヴも悪い人間ではないと思った。ぞんざいで、知識も旧弊だが、親切なところもあり、人が自分と違う意見を持つことを何よりも喜びとしているらしい。あとでローワーが語ったところによると、グローヴにはいろいろ欠点があるものの、真摯《しんし》な反論には決して腹を立てることなく、その代わり、徹底的に闘う人物であるという。そのため、あまり人に好かれる男ではないが、親愛の情を寄せる朋友もいるらしい。

「できるだけ早くあなたと話したいそうです」と、私はいった。「しかし、一日か二日待ったほうがいいでしょう。今は北から風が吹いています。北風は眼病に悪い」

「それはそうかもしれんが」と、グローヴはいった。「私としてはすぐに行ってやりたいんだ。向こうがきてくれといわないかぎり、金輪際《こんりんざい》、行くつもりはなかったんだが、そういう話ならすぐにでも駆けつけたい。きみの助力に感謝する」

「一つ、お伺いしますが」と、私は相手の目を見ながら尋ねた。「プレストコットは何をしたんでしょう。小耳にはさんだところによると、尋常な事件ではないようですが」

グローヴはうなずいた。「そう、あれは尋常ではない。だが、これも運命だろう。家庭に問題がある。父親も強情でむら気な男だった。おまけに、連れあいにも恵まれなかった」

「プレストコットの父親は細君とうまくいっていなかったのですか？」私は尋ねた。

グローヴは眉をひそめた。「いや、もっと悪い。あの男は愛のために結婚したのだ。魅力的な女性だったという話だが、双方の親が反対して、絶対に許さないといっていた。さもありなん、だがね」

ここで私は首を振った。商人の家で生まれた私は、結婚相手を決めるに際して、感情によって判断が曇らされることの愚を充分に承知している。わが父が前にいったように、もしも愛のために結婚するのが神の御心であるのなら、なぜ神は愛人なるものを造りたもうたのか。むろん、父がその方面の発展家であったというわけではない。父と母は献身的におたがいを支え合う間柄であったからである。

「内乱のとき、プレストコットの父親は国王の側について、剛胆に戦い、すべてを失ったが、忠誠心は変わることなく、共和国（クロムウェル時代の英国）転覆の謀略に知恵を絞った。だが、悲しいかな、謀略を好む心が、やがて君主への愛をしのぐようになった。王を裏切って、クロムウェルについたのだ。その結果、とんでもないことが起こる瀬戸際までいった。イスカリオテのユダが主《しゅ》を裏切ったとき以来、最大の罪を犯したわけだ」

グローヴは哲人ぶって自分の言葉に大きくうなずいた。その話は面白かったものの、プレストコットが獄舎につながれるようになったいきさつはいっこうにわからなかった。

「裏も表もない、見たとおりの事情だよ」私の問いに、グローヴは答えた。「プレストコットは暴力的で安定を欠く性格の持ち主だ。父祖の罪が受け継がれてきたのだろう。子供のころはわがままで手に負えない悪戯《いたずら》っ子だったし、長じて家族のもとを離れると、いよいよ正道を踏み外すようになった。そのあげく、父親の不始末以来、親身になって面倒を見てくれていた後見人に当たる人物を半殺しの目にあわせたんだ。しかも、伯父の一人から訴えがあって、最近、その家を訪れた際に、金庫を荒らした容疑もかかっている。去年は追い剝《は》ぎの罪で大学生が絞首刑に処せられた。今年はプレストコットだ。残念ながら、これで最後ではあるまい。〈死に当たる罪、国に満ち、暴虐、町に満ちたり〉」グローヴは言葉を切り、引用の典拠を私に当てさせようとした。見当もつかず、私は肩をすくめた。

「エゼキエル書第七章二十三節だ」咎《とが》めるように彼はいった。「おおいに国が乱れたおかげで、こういう若い連中が増えてきたわけだ。さて、ご苦労さまといって、ここで駄賃を渡せば、きみを侮辱することになる。代わりに、コレッジで一緒に食事でもどうかね。まずまずの料理と結構なワインと素晴らしい話し相手を保証しよう」

私はかすかに微笑み、喜んで、と答えた。

「そりゃよかった」と、彼はいった。「私も嬉しいよ。五時ではどうだ」

私は同意し、思いつくかぎりの感謝の言葉を述べて、別れの挨拶をした。

その感謝の言葉を、グローヴは軽くいなした。食事に招かれ、私がひどく恐縮したと思ったらしい。「最後にちょっと訊いてもいいかね」私が扉を開けたとき、グローヴはいった。「よくなりそうか、あの娘の母親は」

私は思わず立ちすくんだ。意外なときにあの話を持ち出されて、面食らったのである。「病状はかなり進んでいます」私は答えた。「もう永くないでしょう」

グローヴは深刻な顔でうなずいたが、その本心は読めなかった。「なるほど」と、彼はいった。「すべては神の御心だね」

私は退出し、下宿に戻ると、ミセス・ブルストロードに今夜の夕食はいらないことを伝えた。そのあと、最後の義務を果たすため、監獄のプレストコットにワイン一ガロンを届けた。

第八章

ニュー・コレッジでの晩餐《ばんさん》はお粗末なかぎりであった。私を招いてくれた側の同席者は、誰もが教養のある紳士で、聖職者も多く、これなら楽しいゆうべが過ごせるだろうと期待していたが、食事が出された部屋は隙間風の吹く大広間で、大荒れの日の浜辺のように、私たちのあいだを寒風が吹き抜けていった。それを予期して防寒のいでたちを整えていたグローヴは、自分がどんな下着を重ね着しているか、微細に語ってくれた。それがわかっていれば、私も同じ準備をしてきただろう。だが、何を着ていても、この寒さには耐えられそうもなかった。イングランド人は寒冷な気候に馴れているようだが、私が育ったのは風も暖かい温暖な地中海地方なのである。とにかく、陋巷《ろうこう》の居酒屋でも、この広間ほど寒くはなかっただろう。寒気は衣服に染みとおり、肌を刺し、骨さえもちくちく疼《うず》くようになる。

だが、たとえ寒くても、上等な食事やワインがあり、楽しい話し相手に恵まれていれば、そんなことは気にならなかったと思う。この町のコレッジには、全員が同じ部屋で同じ食事を摂るという修道院の習慣が残っていた。ただし、人よりも飛び抜けて裕福な者は別で、その場合は特別に金を払い、自分の部屋に食事を運ばせることもできる。一段高くなった壇上には古参の理事が並び、あとの者はみんな広間のほかの場所に並ぶ。食事自体、動物の餌に似ていたので、みんなが野獣のような振舞いをするのも意外ではなかった。食器は木皿。テーブルの中央には巨大な木の深皿があり、そこに骨を投げ込むことになっているのだが、同席者を目がけて投げつけている者もいる。食事が終わるころ、私の頭や体には食べかすがたくさんこびりついていた。理事たちが口に食べ物を詰め込んだままおしゃべりをして、どろどろになったパンや固い筋を吐きちらしていたからである。

ワインはとても呑めたものではなかったので、酔っぱらってすべてを忘れることもできなかった。そこで、素面《しらふ》のまま耳を傾けていたが、飛び交う言葉は学者の会話とも思えないような下卑《げび》たものであった。最初にボイルやローワーと知り合うことによって、オックスフォードに対しても、イングランド人に対しても、私は好印象を抱いていた。しかし、どうやらそれは間違いではなかったか。薄々私はそのことに気がつきはじめていた。ここに集まっている人たちは、最新の学問や知識にはこれっぽっちの関心も示さず、これこれこういう地位に誰それが就きそうだとか、どこそこの主任司祭が某信徒教区長にこういったとか、くだらないことばかりしゃべっている。ふと見ると、私以外にも客人が一人いた。相当な地位にありそうな人物で、まわりの人々が媚《こ》びへつらうような態度を取っていることから判断すると、どこかのコレッジの後援者に名を連ねている紳士か何かのようだった。だが、彼はほとんど口を利かなかったし、私とは席が離れていたので話しかけることもできなかった。

　私のほうはおおむね誰からも無視される格好で、正直にいうと、自尊心はかなり傷つけられた。ライデンやパドヴァで学問を修めてきたばかりの私なのだから、たちまち注目の的になるものとばかり思っていたが、とんでもない話だった。この町に住んでいないことや、教会の組織にいる人間ではないことを話すと、痘瘡《とうそう》に罹った者を避けるように、誰も近づいてこなくなってしまったのである。そのうち、私がカトリックであることが明らかになったとき、二人が広間から出ていき、少なくとも一人が私のそばから遠くへ席を移した。私はこの国の人々が好きになりはじめていたので認めたくはなかったが、あらゆる点においてオックスフォードの人間はパドヴァやヴェネツィアの学者に劣り、宗教や言葉の違いは別にして、醜聞好きのイタリアの聖職者たちを連れてきてごっそり入れ替えても、気がつく者はほとんどいないだろう。

　しかし、たとえ注目は浴びなかったとしても、失礼なことをいわれたのは一度だけだったし、誰も関心を示さなかっただけで、傷つけられたわけではなかった。それでも、悔しい思いをしたのは、私が手放しで敬愛するある紳士に冷たくされたからである。その紳士とはジョン・ウォリス博士のことで、できることならお近づきになりたいと思っていた。かねてから噂を聞き、その数学の才能に敬服して、彼こそはヨーロッパ一の数学者であると思っていたし、メルセンヌと文通し、フェルマーやデカルトと数学論争を行ったほどの人物だから、よく練れた人格者だろうと期待していたのだが、その期待は無惨にも裏切られた。私とウォリスとを引き合わせたグローヴ博士は、顔に泥を塗られた格好になった。ウォリスの態度は非礼きわまりなかったからである。爬虫類を思わせる蒼白く冷たい目でこちらをじっと見つめるだけで、ウォリスは私がお辞儀をしても無視し、そのままこちらに背を向けたのだ。さらにひどいことに、そのあと私が礼を尽くして交遊談話の機会を持ちたいと懇願しても、不作法にはねつけるだけだった。

ウォリスに無視されたのは、食事のために着席したばかりのときで、同僚によって引き起こされた気まずさを糊塗するためか、グローヴはことさら陽気にふるまい、議論を吹っかけてきた。

「きみも自分の立場をはっきり主張したほうがいい。この席に新知識の唱道者が顔を見せるのは珍しい。きみはローワーと親しいそうだから、向こうの陣営に属しているはずだ」

自分はそんな立派なものではなく、浅学非才の若造にすぎない、と私は答えた。

「しかし、きみは古めかしい学問を否定して、新知識を旗揚げしようと考えているんだろう？」

価値のある意見なら尊重するにやぶさかでない、と私は答えた。

「アリストテレスは尊重するのかね？」挑むようにグローヴは訊いてきた。「ヒポクラテスは？　ガレノスは？」

三人とも偉人ではあるが、多くの点で誤りを証明することもできる、と私は答えた。グローヴはそれを鼻であしらった。

「そんな考えのどこに進歩がある？　きみたち革新派が偉そうなことをいっても、昔から実践されてきたことに新しい理屈をつけただけの話だし、何かにちょっと変わった作用があることを示しても、要するにどうでもいいことばかりじゃないか」

「それは違います。絶対に違います」と、私はいった。「気圧計のことや望遠鏡のことを考えてください」

グローヴは軽蔑するように手を振った。「そんな道具を研究に利用する連中は、どういうわけかみんな違う結論を出す。そもそも、望遠鏡を使ってどんな発見があったというんだね。あいうおもちゃは理性の代わりにはならないんだよ。理性を働かせてこそ、計り知れないものを解き明かすことができるんだ」

「しかし、学問の進歩は、人に驚異の念を抱かせるような成果を生むことができる――私はそう確信しています」

「その気配はまだないようだね」

「いずれわかります」私は少し激していた。「今は噂にすぎないものも、後世の人々には現実になっているはずです。われわれがアメリカへ行くのと同じように、月への旅行が可能になる時代もくるでしょう。将来は、われわれが手紙を出すように、インドにいる者とじかに話すのがごく普通のことになっているかもしれません。文字が発明されるまでは、死後に自分の意志を伝えるのは単なる妄想だと思われていたんですよ。船を操るときに鉱物の力を借りて正しい方位を知る、といっても、磁石を知らなかった古代人にはなんのことかわからなかったでしょう」

「これはまた華麗な論理だね」グローヴの口調は辛辣《しんらつ》だった。「しかし、その修辞は間違っている。対照法の前段をなす語句と後段をなす語句とのあいだに矛盾があるね。要するに、事実誤認だ。古代文明人は磁石を知っていたんだよ。知識階級の者なら誰でも知っているように、ディオドロスがはっきりそう書いている。われわれは磁石の新しい利用法を発見しただけだ。私がいいたいのはそのことだよ。すべての知識は古代の文書に書かれている。正しい読み方を知らなければわからないだろうがね。それは錬金術でも医術でも同じだ」

「同意できません」我ながらよくがんばっていると思いながら、私はいった。「たとえば、急な腹痛のことを考えてみてください。どんな治療をします？」

「砒素《ひそ》だ」私たちの話を聞いていたらしく、少し離れたところにいる男がそう答えた。「微量の砒素を水に溶かして、吐剤《とざい》として用いる。私も九月に呑んだよ」

「効きましたか？」

「初めのうちは痛みがひどくなる。効き目は瀉血《しやけつ》のほうが上かもしれないと思ったくらいだ。しかし、吐剤としてはともかく、下剤としての効果は抜群だね。あんな短時間にあれほどの量の大便を出したのは初めてだった」

「パドヴァ大学の私の恩師は、何度か実験をして、砒素に頼るのは愚かな誤りだという結論を出しました。その治療法は、デウシンギウスがアラビア語からラテン語に翻訳した医学書に載っています。しかし、それには誤訳があったんです。原著には、darsini《ダーシニ》が腹痛に効くとあったんですが、それを〈砒素〉と訳したわけですね。ところが、砒素に当たるアラビア語は、zarnich《ザーニク》なんです」

「じゃあ、何を使えばいいんだね」

「肉桂《シナモン》だそうです。さて、これをどう弁護します？　誤訳にすぎないものが古来の伝統だと思われてきたんですよ」

話に割り込んできた男は、ここでのけぞるように笑い出した。途中まで嚙み砕かれた食物が、優雅な放物線を描いてテーブルに散らばった。「きみは古典の書物に真理があることを証明しただけじゃないか」と、彼はいった。「それだけのことだ。そんなことを口実にして、数千年の知識を放逐し、自分たちのお粗末な学問を王座に据えようというのは無茶だよ」

「自分の学問がお粗末なものであることはよくわかっています」この場で一番礼儀正しいのは私だった。「別にそれが一番だといっているわけではありません。仮説を受け入れる前に、まず吟味をする──そういう態度を取っているだけです。アリストテレスもいってますよね、われわれの考えは、あるがままの体験に合致しなければならない、と」

残念ながら、このとき、私は怒りに顔を染めていたかもしれない。相手の男は、理性がそれなりの役を演じる議論には、とんと興味がないように見えたからである。グローヴのほうは反論するときにも礼儀正しいのに、この男は口調も態度も不愉快きわまりなかった。

「そのあとどうする」

「え？」

「アリストテレスが正しいかどうか吟味して、そのあとどうするか、と訊いてるんだよ。どうせきみは、アリストテレスのあら探しをするつもりだろう。そのあとどうする？　今度は王制を俎上《そじょう》に載せるか。それとも教会批判か。あるいは、われらの救い主、イエス・キリストその人を糾弾するか。そういう考え方は危険なんだよ。探究の結果、無神論に到達することもある。神の言葉を疑うのではなく、その正しさを証明したいと望む者の手に科学がしっかり握られていないと、そういうことになるのは目に見えている」

ここで彼は言葉を切り、同僚の支持を求めるように周囲を見まわした。心強いことに、熱心な賛意を示している顔は見当たらなかったが、一応うなずいている者はかなりいた。

「泥塊《つちくれ》は陶器《すえもの》つくりに向かいて汝何《なんじ》を作るかというべけんや」グローヴが独り言のようにつぶやいた。

だが、その言葉に、一人の若者が反応を示した。その日の朝、私にグローヴの部屋を教えてくれた男——トマス・ケンと名乗った小男だった。「イザヤ書第四十五章の九ですね」と、若者はいった。そして、「知恵を得《う》るは真珠を得るに勝《まさ》る」と、静かに付け加えた。議論に参加するにはまだ若輩すぎるし、地位も低いようだったが、先輩の発言に一言いわずにはいられなかったのである。この若者は、これまでにも何度か会話に参加しようと試みていたが、口を開くたびにグローヴがさえぎり、彼のことなど無視して話を進めていた。「ヨブ記第二十八章の十八だね」若者の出しゃばりに苛立《いらだ》って、グローヴは逆襲した。「知恵を増す者は憂患《うれい》を増す」

「伝道の書第一章の十八」と、トマス・ケンはいった。彼もまた興奮しはじめていた。どうやらこの二人には個人的な遺恨があるらしく、この応酬は、私のことや実験のこととは関係がないように思われた。「嘲笑者《あざけるもの》はあざけりを楽しみ、愚かなる者は知識を憎む」

「箴言《しんげん》第一章の二十二だ。汝の知識《かしこき》と汝の聡明《さとき》とは汝を惑わせたり」

この最後のやりとりで、ケンは敗北を喫した。引用の出典を指摘できないのを悟って、公衆の面前で恥をかいたことに赤面しながら、いうべき言葉を探しているようだった。

「イザヤ書第四十七章の十だ」ケンの負けを誰もが認めたとき、グローヴは勝ち誇るようにいった。

ケンはけたたましい音を立ててナイフを投げ出し、手を震わせながら立ち上がると、テーブルから離れようとした。取っ組み合いの喧嘩でも始まるのではないかと思ったが、要するに芝居気《しばいぎ》がすぎただけのことらしい。「ロマ書第八章の十三」と、ケンはつぶやいた。そして、冷ややかに、ゆっくり背を向けると、足音を響かせながら広間から出ていった。その最後の言葉を聞いたのは、私だけだったはずである。だが、私にはなんの意味もなかった。プロテスタントがよく聖書の引用をして競い合うのはどう考えても馬鹿ばかしいことだったし、場合によっては神への冒瀆《ぼうとく》に当たるのではないか、とさえ思っている。それはともかく、グローヴには聞こえなかったようだった。議論に勝ったのを喜んで、満足げな顔をしている。

沈黙を破ろうとする者が一人もいないようだったので、私がその役を買って出ることにした。外国人であり、裏の事情にも通じていない私なら、何をいっても角は立つまいと思ったのである。「私は神学者でも聖職者でもありませんが」議論を理性の領域に戻そうとして、私はそう切り出した。「自分なりに医術を学んできたつもりです。その結果わかったのは、医者は、病気を治すより、患者を殺すことのほうが多いということです。その原因を探って、患者の役に立つ治療をすること。それが私の義務だと思います。それは別に神をないがしろにすることではないはずです」

「過去の偉人と違うことをきみがいいだした場合、その言葉を信用できると思うかね。偉人たちには権威がある。きみの権威はどこにある？」

「たしかに、大した権威はありませんし、私もまた偉人たちを敬《うやま》っています。しかし、ダンテはアリストテレスを批判しましたよね。別に私は、みんなもそうすべきだといっているわけではありません。要するに、実験の結果を尊重してもらいたいと思っているだけなんです」

「うん、実験か」グローヴは不敵な笑みを浮かべた。「きみは、コペルニクスの地動説に賛同するかね」

「ええ、もちろん」

「じゃあ、きみは、自分で実験をやってみたのか？　観察を重ねて、何度も計算をして、自分自身の努力の結果、そのとおりだと納得したのか？」

「いいえ。悲しいかな、数学の知識がないのです」

「つまり、あの説は真実だと思っているだけで、実際にはよくわからない。ということは、コペルニクスのいうことを鵜呑《うの》みにしているわけだね」

「まあ、そうです。コペルニクスの説を受け入れている専門家の言葉も額面どおりに受け取っていいと思います」

「こういってはなんだが、きみも権威や伝統に束縛されているように見えるね。アリストテレスやプトレマイオスを盲信する者と同じじゃないか。いろいろごたくを並べてくれたが、きみの科学は結局、信仰の問題であって、きみが軽蔑する古い知識と区別がつかない」

「結果を見て判断すればいいんですよ」私は陽気に答えた。明らかにグローヴは娯楽のつもりでこの議論に臨んでおり、ここで怒ってせっかくの楽しみをぶちこわすのは無粋《ぶすい》なことだと思ったからである。「実験によって目覚ましい成果が上がっている、という事実を見れば、何が正しいかわかると思いますよ」

「つまり、その実験とやらが、新しい医学の核心だというんだね」

私はうなずいた。

「それなら、きみたち医者があんなにも尊重しているヒポクラテスの意見とどう折り合いをつけるんだ」

「その必要はありませんよ」私はいった。「別に矛盾しているわけではありませんから」

「それはおかしい」グローヴは意外なことを耳にしたように反論を始めた。「きみは、古来より受け継がれてきた治療法をやめて、新しいやり方を採用する、といっているわけだが、その新しいやり方は優れている場合もあるだろうし、逆効果になる場合もある。そこで、いきなりそれを試すのではなく、まず患者で実験をして、結果を見る。つまり、治療は二の次で、知識を得るために患者を利用しているだけだ。それは罪悪だよ。バルトロメウス・デ・カイミスが『告白録』でそういっているし、権威ある多くの学者がそれに賛同している」

「見事な論証ですが、真実ではありません」と、私はいった。「実験は、すべての患者によりよい治療を施《ほどこ》すためにあるのです」

「しかし、私が病を得てきみの治療を受ける場合、ほかの患者のことなど考える余裕はないんだよ。ほかの患者を治す方法が見つかるのはいいことだが、一つの治療法が役に立たないことを証明するために私が死ぬのはまっぴらだ。私は健康でありたいと願っている。ところがきみは、その私の願いよりも知識の獲得を大事にしたいといっているわけだ」

「そういうことはいっていません。患者の命を危うくすることなく行える実験もたくさんあります」

「それでもきみはヒポクラテスの教えを無視しているといわざるをえない。効果があるかどうかわからない治療を施そうというんだから、医者の誓いを破ることになる」

「それだったら、手の施しようがない患者のことを考えてください。患者は間違いなく死ぬ。その場合、何もしないでいるよりは、回復の見込みがある実験を行ったほうがいいはずです」

「いや、違うね。実験によって死を早める恐れがある。それは誓いを破るだけでなく、神の御心にも背《そむ》くことだ。世俗の法を破ることにもなりかねない。つまり、殺人だ」

「すると、医学の進歩は許されないとおっしゃるんですか。先駆者から引き継いだものだけを後生大事にして、それ以上の知識は欲しがってはいけないんですか」

「きみ自身認めたように、実験は信頼性に欠けるといっているだけだ」

だんだん腹が立ってきたが、私は礼を尽くそうとした。「そうかもしれません。ですが、今日、私の手当てで、あなたの病気はだいぶよくなったはずです。治療の根拠にはご不満があるかもしれませんが、結果には満足なさっているのではありませんか」

グローヴは笑い出し、愉快そうに手を叩いた。やはり彼は、私の我慢の限界を探り、挑発することを楽しんでいただけなのだ。「いや、まったくそのとおりだ。私の目はずいぶんよくなったよ。それに関しては新知識に感謝している。きみが危険視する物質があれば、その言葉を信じて私もそれを避けるようにしよう。しかし」と、グローヴはワインのグラスが空《から》になっていることを確かめ、ため息をつきながら続けた。「食事はもう終わりだ。議論もこれで終わりにしよう。残念だがね。この件については、きみがこの町に滞在しているあいだに、ぜひもう一度話し合いたいものだ。先のことは誰にもわからないんだよ。ひょっとしたら、私の意見を受け入れて、きみも自分の過ちを認めるかもしれない」

「逆に、あなたが過ちを認めることだってあるでしょう」

「それはどうかな。私を論破した者はまだ一人もいないんだ。しかし、きみとなら喜んで議論しよう」

やがて、全員が立ち上がり、一人の若い学者が神への祈りを読み上げた。食物を与えてくださったことに対する感謝の言葉だったが、誰も怪我をしないで無事に食事を終えられたことを感謝する言葉であったのかもしれない。それが終わると、みんなぞろぞろ部屋を出た。グローヴは中庭の向こう側まで私を送ってくれた。その途中、自分の部屋に続く階段の下で立ち止まると、そこにあった酒の瓶を取り上げた。「ありがたい」瓶を胸に押し当てながら彼はいった。「寒い夜はこれにかぎるよ」

私は、歓待に対して謝意を述べた。「失礼なことを申し上げたかもしれませんが、どうかお許しください。同僚のウォリス博士も、気を悪くなさったのでなければいいのですが」

グローヴは手を振った。「私ならいっこうにかまわんよ。ウォリスのことも心配は無用だ。あいつはもともと癇癪《かんしやく》持ちでね。きみはウォリスに嫌われたようだが、気にすることはない。あいつに好かれる人間なんて一人もいないんだからね。といっても、悪い男じゃない。さっきは、私の代わりに、プレストコットと会ってこようかと申し出てくれた。目の具合が悪くて、外出できないからね。あの男にも親切なところがあるんだよ。さあ、コーラさん、ここでお別れだ」と、グローヴはいった。「では、おやすみ」

一礼すると、グローヴはくるりと背を向け、酒を手に、さっさと部屋へ戻っていった。あまりにも唐突だったので、私は一瞬、その場に突っ立ったまま、グローヴの後ろ姿を見つめていた。ヴェネツィアの人間なら名残《なごり》を惜しんで長々と別れの挨拶を述べるところだが、五月に北風の吹くこの国では、悠長な礼儀作法など無視してかかるに越したことはないのだろう。

第九章

すべてが破局への道をたどりつつあることに気がついたのは、その翌朝であった。それから昼近くまで、私はローワーに慰めの言葉をかけていた。もはや死体が手に入らなくなったのが明らかだったからである。

ローワーはさほど落胆していなかった。最初からそんなにうまくゆくはずはないと思っていたようだし、プレストコットの死体を大学が手に入れることもなくなったので、少しはあきらめがつくという。それに、ローワーはプレストコットに悪感情を抱いていなかった。むろん、ウォリス博士に対するプレストコットの仕打ちは理不尽なもので、同僚たちと同じく、ローワーもそれには眉をひそめていた。

大勢の話をつなぎ合わせて、私もようやくその概略を知ることができたが、手短かにいえば、ジャック・プレストコットは監獄から脱走したのである。それは私の責任でもあった。プレストコットが人と会いたがっているという伝言を伝えたのは私だし、夕食の席で私に無礼な態度を取ったウォリス博士がグローヴの代わりに監獄まで面会に出かけたのは、医学の心得のある者として私がグローヴに安静を勧めたからでもある。グローヴにもプレストコットにもよかれと思ってやったことだが、その結果を他人事《ひとごと》のように楽しんでいる自分に、私は忸怩《じくじ》たるものを感じずにはいられなかった。

ウォリスは、祈りの姿勢を取るのが楽になるように囚人の手枷《てかせ》を外すことを要求し、二人だけで話をしたいと申し出た。約一時間後、厚地の黒いガウンと大仰な防寒用の帽子をかぶったまま、ウォリスは独房の外に出てきた。うら若い命がまもなく処刑台に散ることを悼《いた》んでか、極端に口数が少なくなっていたウォリスは、守衛に二ペンスの心づけを渡し、一晩ぐっすり眠れるように、プレストコットはそのままにしてやってくれ、と頼んだ。手枷は朝になってかければいい。

守衛はその言い付けを守り、朝の五時まで独房に近づかなかった。この不手際で、守衛は職を失うだろう。寝台に横たわっていたのは、プレストコットではなく、縛られて猿轡《さるぐつわ》を嚙まされたウォリスだったのである。ウォリスによると、獄中の若者が急に襲いかかってきて、身ぐるみを剝《は》がされ、縛り上げられたのだという。夜のうちに監獄から出ていったのはプレストコットであり、追っ手がかかったのはそれから十時間近くたってからのことであった。

この出来事への反響には驚かされた。もちろん、厳粛な司法の裏をかき、脱獄に成功した者が現れたことを痛快に思う声がその大半を占めていたが、死刑見物の楽しみが奪われたことを嘆く声も交じっていた。全体を眺めると、落胆よりも賞賛のほうが多かったように思われる。ただちに追跡が始まったが、なんの収穫もなしに追っ手が戻ってきたとき、その成り行きやいかにと見守っていた人々は、むしろほっとしたのではないだろうか。

私はグローヴの侍医の役を引き受けていたので、当然ながら、その目の容態を診《み》てきたらどうか、とローワーは私をたきつけた。ついでに噂話を仕入れてこい、というのである。だが、グローヴの部屋に通じるオーク材の分厚い扉には錠がおり、固く閉ざされていた。ステッキの先でノックしても、今度はなんの返事もなかった。

「グローヴ博士の所在をご存じか」私は下女に尋ねた。

「部屋にいらっしゃいます」

「返事がないんだよ」

「まだお寝《やす》みなんでしょう」

今はもう十時近くだし、先生がたは礼拝式に参加するため起きているはずだ、と私はいった。まだ寝ているのはおかしいのではないか。

仏頂面《ぶっちょうづら》をした無愛想な女だったので、私は、中庭の反対側を歩いていたケン氏の助力を仰ぐことにした。ケン氏は心配そうな顔をした。グローヴは礼拝式で出席を取り、遅刻者に嫌味をいうのを無上の楽しみにしているのだという。ひょっとして、病状が悪くなったのでは……。

「片方の目が炎症を起こしているだけですよ」と、私はいった。「昨晩も、元気に食事を摂っていました」

「きみはどんな薬を処方したんです？　その薬のせいじゃないですか」

仮にグローヴが病の床にあるとしても、私がその原因だといわれるのは心外だった。しかし、実験医学の優越を示す例としてゆうべ引き合いに出した私の薬が、オーデコロンを入れた水にすぎなかったことを認めるのは気が進まなかった。

「そんなことはないと思います。でも、心配ですね。この扉を開ける方法はないんですか」

ケン氏は下僕と話をして、合鍵を探しにいった。そのあいだに私はもう一度扉を叩き、寝ているものなら起こそうとした。

何度目かに扉を叩いていると、鍵を持ってケンが戻ってきた。

「扉の向こうに鍵が差し込んであると、こんなものは役に立ちませんがね」そういうと、ケンは腰を落とし、鍵穴を覗いた。「外出中だったら、戻ってきたときに怒り狂うかもしれない」

その可能性もあると考えたのか、ケンは急に腰が引けたようだった。

「じゃあ、もうやめますか」私はいった。

「いや、そういうわけじゃなくて」その言葉は歯切れが悪かった。「きみも気がついたと思うが、私たちはうまくいっていなくてね。しかし、キリスト教徒として、病気の人間を放っておくことはできない」

「ウォリス博士のことは聞きましたか」

ケンの唇が歪《ゆが》み、皮肉な笑みが浮かびそうになったが、かろうじてそれを抑えると、真顔に戻って彼は答えた。「ええ、聞きましたよ。びっくりですね。教会に属する人間があんな屈辱的な仕打ちを受けるとは」

鍵が外れ、扉が開いた。その瞬間、ウォリス博士のことは私たちの念頭を去っていた。

グローヴ博士が「心なき肉体《コルプス・シネ・ペクトレ》」になったことに議論の余地はなかった。しかも、かなり苦しんで死んだことは明らかだった。床の真ん中に仰向けに倒れて、顔を歪め、口を開け、その片側から乾いた涎《よだれ》のあとが下に垂れていた。いまわの際に、胃の中身が空っぽになるまで嘔吐を繰り返したのだろう。部屋には耐えられないほどの悪臭がこもっていた。握りしめられた手は人間の手より猛禽《もうきん》の鉤爪《かぎづめ》に似ており、一方の手は床に伸ばされ、もう一方の手は自分で自分の息の根を止めようとしたように喉もとを押さえている。部屋の中もめちゃめちゃになっていた。床に投げ出された本、散らばった書類。末期《まつご》の苦しさに、のたうちまわったのかもしれない。

こんな悲惨な状態で知人が死んでいるのを見て、決して心は穏やかではなかったが、幸いなことに、私は死体を見馴れていた。しかし、ケンのほうは恐怖にすくんでいるようだった。思わず十字を切ろうとして、その非礼に気がつき、手を止めた——そんな印象さえ受けた。

「神よ、悲しみのときにわれらを守りたまえ」倒れた死体を見ながら、震える声でケンはいった。そして、下僕のほうを向くと、「おい、きみ、大至急、学寮長を呼んできてくれ。それにしても、コーラくん、これはいったいどういうことでしょう」

「私にも見当がつきません。普通に考えれば、発作を起こした、ということになるでしょうが、握りしめた手や苦悶《くもん》の表情を見ると、単なる発作とは思えませんね。非常に苦しんだように見えます。部屋の様子もそれを示唆しているのではないでしょうか」

私たちは無言で故人の亡骸《なきがら》を見つめていたが、木の階段に足音が響くのを耳にして我に返った。マイケル・ウッドワードという学寮長は機敏そうな小男で、室内にあるものを見たときもしっかり自制心を保っていた。鼻の下にも、あごの下にもひげを蓄えているところは、かつての王党派のように見えたが、実際には議会派の一員だったという。それでもこの地位を保つことができたのは、優れた学者であったからではなく――このコレッジではそんなことなど評価されない――経済的な才能に恵まれていたからだった。学者の一人から聞いたが、この学寮長の手にかかれば、豚の死骸でさえ恒久的な収入源になり、そんなことからコレッジの尊敬を集めているらしい。

「手続きを進める前に、きちんと確認しておこう」ケンと私の話を聞いたあと、学寮長はいった。「メアリー」学寮長が声をかけたのは、近くをうろつきながら耳をそばだてていたさっきの下女だった。「本通りのベイト医師を呼んできてくれないか。緊急の事態だといってくれ。すぐにきてもらえるとありがたい」

ここで私は言葉をはさもうとしたが、結局、何もいわなかった。こちらにも医学の心得があるのに、あっさり無視されたのは業腹《ごうはら》だったが、ここはじっと我慢するしかない。私としては、お引き取りを願いたい、といわれることだけが心配だった。医者としては認めてもらえず、しかもこれは大学内の出来事なので、この興味深い出来事の現場から退出を命じられることも考えられたのである。結末まで見届けることなく追い出されたら、ローワーはきっと悔しがって、私に辛く当たるだろう。

「どうやら間違いはないようだね」私たちが医者の到着を待っていたとき、学寮長は反論を許さない断固たる声でいった。「これは心臓の発作だ。ほかには考えられん。むろん、確認を待つ必要はあるが、最後にはそういうことになると思う」

教会組織内の人間らしく、自分より地位の高い者に媚《こ》びへつらう傾向があるケン氏は、大きくうなずいた。二人とも、何がなんでも結論をそこに導こうとしているように見えたが、私はあえて反論することにした。自尊心を傷つけられて癪《しゃく》に障っていたせいだと思う。

「失礼ですが」と、ためらいがちに私は切り出した。「そういう結論を出す前に、もう少し詳しく調べたほうがよろしいのではありませんか」

二人が不本意そうにこちらを向いたのを見て、私は続けた。「たとえば、この人物は過去にどんな病気に罹ったか。ひょっとして、前夜、呑みすぎたのではないか。心臓に負担がかかるような激しい運動をしたのではないか」

「きみは何をいいたいのかね」ウッドワードは、石のように冷たい顔で正面からこちらを見据えた。私の言葉に、ケンも蒼ざめていた。

「いや、別に」

「きみは悪意に満ちた人間だ」学寮長は、まったく意外なことをいいだした。「きみの言い分にはなんの根拠もない。こんなときにそんなことを持ち出すのは不穏当だ」

「私は自分の主張を通そうとしているわけではありませんし、不穏当なことを持ち出したつもりもありません」と、私は答えた。イングランド人の言動は予測がつかない。その実例をまた見ることができて、内心、私は面白く思っていた。「まったく悪気はありませんから、どうか落ち着いてください。ただ私は……」

「この私から見ても明らかだといっているのだ」ウッドワードは激烈な口調で続けた。「死因はただの心臓発作だ。しかも、これは学内の問題だ。きみの協力には感謝しているが、ずるずるここに引き留めるのは本意ではない。悪《あ》しからず」

明らかに、それは帰れという意味だった。かなり失礼な言い方だとも思った。そこで私も相手と同じ程度に礼儀作法を無視し、その場から立ち去った。

第十章

ことの次第を伝える私の話が佳境に入ったとき、コーヒー・ハウスに集まった面々は興味津津で耳を傾けていた。これほど人を興奮させる出来事はクロムウェル軍との包囲戦以来であり、登場人物全員が聞き手たちの顔見知りであったことも手伝って、いやがうえにも興味は増したわけである。ローワーはさっそく、この手で死体の検分ができないものだろうか、といいだした。

グローヴ博士を解剖したいと思っているのなら、いくらなんでも無理な話だ、と私たちがいうのを受けて、いや、ぼくは別に解剖したいといってるわけじゃない、と弁明を始めたローワーは、ふと私のうしろを見上げ、かすかな笑みを浮かべた。

「おやおや」と、ローワーはいった。「いったいなんの用だ」

振り返ると、サラ・ブランディが立っていた。顔色は蒼く、疲労が滲《にじ》んでいる。続いて、テイリャード夫人も上がってきて、サラの不作法を咎《とが》めた。腕をつかまれ、サラは腹立たしげにふりほどいた。

私に用があってきたのは明らかだったので、つけあがらせないためにも相手に冷たい目を向け、用件を切り出すのを待った。だが、予想はついていた。ローワーが彼女に話をして、母親の命に値段をつけたのだろう。自分の行状を詫びにきたのか、母親が死んだか、どちらかだ。いずれにしても、私のやったことはあまり報われなかったわけである。

彼女はしおらしく目を伏せた――この女は愛らしい目をしている。意志に反して私はそう思った。やがて、彼女は低い声でおずおずと切り出した。「コーラさん、あたし、お詫びをしたいと思って」

私は沈黙を保ったまま、冷ややかに相手を見た。

「母が死にそうなんです。お願いですから……」

あの老婆の命を救うことになったのは、グローヴ博士であったといえるかもしれない。なぜなら、私は、数日前、この同じ部屋で、グローヴ博士が彼女を邪険に扱ったのを思い出していたからである。あのことを思い出さなければ、私は背を向けていただろうし、ティリャードはサラを叩き出していただろう。とはいえ、すぐに甘い顔をするわけにはいかなかった。

「あんな失礼なことをしておいて、母親を助けてくれとは、ずいぶん勝手な言い草じゃないか。助けてくださいといったら、私が喜んでそのとおりにするとでも思っていたのか？」

彼女は力なく首を振った。長い黒髪が肩で揺れた。「いいえ」蚊の鳴くような声で、彼女はいった。

「じゃあ、なぜやってきた」私は嵩《かさ》にかかった。

「母のためなんです。それに、あなたはいい人だから、あたしが失礼なことをしても母を見捨てるはずはないと思ったんです」

えらく見込まれたものだ、と私は皮肉に思い、もう少し相手を待たせて、はらはらさせることにした。やがて、冷ややかにこちらを見るボイルの視線に気がついたので、大きくため息をつき、立ち上がった。「よし。わかった。きみの母親はなかなか立派な人だ。見捨てるわけにはいくまい。こんな娘を持って、いいかげん苦労してるんだしね」

ローワーがしたり顔でにやにやしているのをにらみつけて、私はテーブルを離れた。私たちは、ほとんど言葉を交わすこともなく町を歩いた。頬をゆるめてはいけない、と思いながらも、喜びが込み上げてくるのを禁じ得なかった。だが、それは、ささやかな意地の張り合いに勝ったからではなく、いよいよ実験に着手することができる、それによってうまくいけば人ひとりの命を救うことができる、と思ったからであった。

あばら屋に着くと、娘のことはたちまち念頭を去った。老婆は蒼白になり、意識が朦朧《もうろう》とした状態にあって、落ち着きなく寝返りを繰り返していた。恐ろしいほどに体力を消耗し、熱もあった。だが、傷口の状態は悪くなっていなかった。つまり、最悪の予想は外れたことになる。とはいえ、傷が癒えているわけでもなく、この段階に差しかかると自然の治癒力による改善の兆《きざ》しが少しは見られてもいいはずなのに、皮膚と肉と骨はまだ一つにまとまろうとしていなかった。骨にはまだ添え木が当たり、きちんと固定されていたが、体力を消耗した体が自分で自分を支えられなくなっているのなら、どんなに骨がしっかりしていても意味がない。体が嫌がっているのだから、いくら私でも手の打ちようがなかった。

私は一歩退《しりぞ》き、眉根を寄せ、あごの先を撫でながら、薬を呑ませるにしろ、膏薬《こうやく》を塗るにしろ、これまで世に行われてきた通例のやり方でこの老婆を救う手だてはないものか、いろいろなやり方を検討した。だが、頭は空っぽで、何も思い浮かばなかった。ここでぜひ理解していただきたいのだが、私は実験的な治療などしなくてもすむように、ありとあらゆる可能性を俎《そ》上《じょう》に載せ、すべてを検討の対象にしたのである。決して無謀なことをやろうとしたわけではない。まず最初に動物で試してみたほうがいい、とローワーはいった。それはそのとおりだと思うが、私には時間がなかったのだ。しかも、ほかには取るべき手段が見つからなかった。その点に関しては、ローワーがここにいても、同じ結論に達しただろう。

そして、私と同じように、女のほうも打つ手がないことに気がついたようだった。暖炉の前にうずくまり、あごの先を両手で包んで、冷静に、じっとこちらを見つめている。私が行き詰まってしまったことを悟ったらしく、その顔には初めて深刻な同情の表情が浮かんでいた。

「きてもらう前から、助かる見込みはなかったんです」彼女は静かに口を開いた。「腕のいいお医者さまに親切にしていただいたおかげで、ここまで生きていられたんだと思います。ほんとに感謝しています。以前から母も覚悟はしていました。どうかご自分を責めないでください。神の御心に逆らうことはできないんですから」

女が話をしているあいだ、私はその顔をつぶさに観察していた。無礼千万な言葉を口にする女なので、もしや皮肉や嫌味のつもりではないか、と疑ったのである。しかし、その気配はなく、本当に穏やかな気持ちでしゃべっているらしい。妙な話ではないか、と私は思った。この女は、母親が死にかけているのに、医者を慰めようとしている。

「神の御心がどこにあるか、われわれには知りようがない。きみの話もわかるが、私は違うことを教わってきた。きみのお母さんを救う手だてを考えること。それが私の務めなのかもしれない」

「それでしたら、そうしてください」彼女はそっけなく答えた。

私の心には葛藤《かっとう》があった。この女はこれから私が提案することなど何一つ理解できないだろうが、それでも口が重くなり、憂鬱《ゆううつ》になった。

「おっしゃってください」私の不決断とためらいを見て取ったように、彼女はいった。

「実は、だいぶ前から考えていた治療法があるんだが」と、私は切り出した。「効果があるかどうか、まだわからない。きみのお母さんに試したら、処刑人の刃よりも素早く命を奪うことになるかもしれない。私は、救い主になるか、人殺しになるか、そのどちらかだ」

「母の救い主になる必要はありません」真顔で彼女はいった。「救い主はイエスさま一人で充分です。それに、人殺しとおっしゃいましたが、それは違います。どんな結果になったとしても、母を助けようとしてくれる人はみんな恩人です。気持ちが大事なんです」

「年を取れば取るだけ、傷を癒す力も弱ってくる」彼女の考え方が意外にまっとうなものであることに驚き、前夜グローヴにもこういう説明をすればよかった、と思いながら、私は言葉を継いだ。「子供ならほんの数日で治る傷でも、老人には命取りになりかねない。肉体がくたびれると、回復力を失って、やがて死に至る。そして、その肉体に宿っていた魂を解放する」

女はうずくまったまま平然と私を見ていた。落ち着きなく身じろぎする様子もなく、話が理解できないことを訴えるそぶりも見せなかったので、私は続けた。

「あるいは、常に血管の中を巡りつづけていることで血液の老化が進み、本来の力を失ってしまうのがいけないのかもしれない。つまり、心臓に滋養分を運ぶ働きが弱まって、生命力を掻《か》きたてることができなくなるんだ」

当たり前のことを耳にしたように、娘はうなずいた。私の話は近来の新発見をさらに押し進め、従来の枠を大きくはみ出した解釈を加えたもので、当たり前どころか、諸先達《しょせんだつ》の不興を買ってきた理論だったのである。

「私の話がわかるのかね」

「わかります」彼女は答えた。「変ですか？」

「血液が体を巡っているという話にはびっくりしただろう」

「そんなことにびっくりするのはお医者さまだけです」と、彼女はいった。「農夫なら誰でも知ってることですわ」

「どういう意味だ」

「豚の血を抜くときには、首筋の太い血管を切ります。血が抜けて死んだ豚は、肉が白くて柔らかいんです。一か所切っただけで、血がなくなるのは、みんなつながってるからでしょう？　それに、水をポンプで汲み出すみたいに、血はひとりでに出てきます。だから、中でぐるぐる回ってるに違いないと思ってました。誰にでもわかることじゃありません？」

私は目をしばたたき、相手を見つめた。医術の実践者が二千年近くかかって発見した驚くべき事実を、この娘は最初から知っていたというのだ。数日前の私なら、その傲岸不遜《ごうがんふそん》な言い分に激怒していたことだろう。だが、そのときの私は、ほかにどんなことを知っているのだろう、と思っただけだった。この娘にしても、彼女がいう農場の働き手にしても、訊きさえすればいろいろなことを教えてくれるのかもしれない。

「なるほど。そのとおりだ。よく見てるね」と、私はいった。話の筋を見失い、自分が何をしゃべっていたか、わからなくなっていた。真顔で相手を見て、私は深呼吸した。「とにかく私は、きみのお母さんに生きのいい新しい血を与えて、何十歳も若い女性と同じような回復力をつけさせようと思っている。これまで誰もやったことのない治療法だし、私の知るかぎり、こんなことを思いついた者もいない。とても危険なやり方だ。人に知られたら根も葉もない噂を立てられる。はっきりいうが、きみのお母さんがこの世で生きつづけようと思ったら、私のいう方法に頼るしかない」

かわいそうに、女はその言葉を聞いて衝撃を受けたようだった。表情に緊張と不安が広がった。

「さあ、どうする」

「お医者さまはあなたです。お任せしますわ」

私は大きく息を吸った。実はこの娘が今度もまた私を罵倒するのではないかと、半ば本気で期待していたのである。神の法を踏みにじるつもりか、などと詰め寄られたら、私にはかえって好都合で、今度のことから手を引く口実になる。騎士道精神を発揮して首を突っ込んだのはいいものの、いささか重荷に感じていたのである。だが、そう簡単には逃げられなかった。下手をすれば、信頼に傷がつき、医術の技倆《ぎりょう》を疑われ、言葉に信《しん》のない人間だと誹《そし》られるだろう。もう後戻りはできないのだ。

「きみとお母さんをしばらく二人きりにすることになるが、これから私はローワーのところへ行ってくる。どうしても相談したいことがあるんだ。なるべく早く戻ってくるから、待っていてくれ」

私がそのあばら屋を出るとき、サラ・ブランディは母親のベッドのわきにひざまずき、老婆の髪を撫でながら、柔らかな低い声で歌を口ずさんでいた。心が穏やかになる優しい歌だった。私が病気のとき、母もこんな歌をうたい、同じように髪を撫でてくれた。病床の私がおおいに励まされたように、老婆もまた慰められんことを、私は神に祈った。

第十一章

ローワーは一心不乱に脳を解剖しているところだった。このような作業に彼は日夜を費やし──その成果はのちに『心臓論』として世に問われることになるのだが──たくさんの精密な写生図を描き溜めていた。私が駆け込んで協力を頼んだとき、ローワーはあまりいい顔をしなかった。またしても私は不機嫌なローワーを目《ま》の当たりにすることになった。

「待てないのかい、コーラ」と、彼はいった。

「急ぐんだよ。少なくとも、ぐずぐずしていると、具合の悪いことになる。その代わり、面白い実験ができると思う」

「ぼくは面白半分に実験をやってるわけじゃないんだ」手厳しくローワーはいった。

私はその表情を窺った。ローワーは作業台に身をかがめている。その顔を見ると、黒い髪が一房、片方の目の上に垂れていた。口もとや頬のあたりがこわばっているのは、またあの不機嫌に取り憑かれているせいではないか、と不安を覚えた。

「これは神の御心にかなう人助けなんだよ。頼むから来てくれ。ぜひともきみの力を借りたいんだ。きみのように冷静で知識のある人物が立ち会ってくれると安心する。お願いだから怒らないでくれ。きみの親切は、あとで十倍にして返すから。さっきまでブランディ未亡人のところにいたんだが、もう時間がない」

おだてたのが利いたのか、ローワーは苦笑すると、渋々ながらメスを置き、私のほうに向き直った。

「娘がいったように、危ないのか?」

「そうだ。何か手を打たないかぎり、もういくらも保たないだろう。実験だ、実験をやろう。新しい血液を足すんだ。暦《こよみ》を調べたら、太陽は今、山羊座に入っている。血液には絶好の星まわりだ。明日だと遅すぎる。細かい点で、きみがまだ納得していないのはわかっているが、私はあえて危険を冒すつもりでいる」

ローワーは腹立たしげにこちらをにらみつけた。逃げ口上は通用しないこと、私が本気になっていることを悟ったのだろう。

「しかし、ほんとにいいのか」

「どうせ死ぬ患者なんだよ」

「たしかに何をしても死ぬ率は高い」

「だったら、どう転んでも失うものはないだろう」

「きみの場合はそれでいいだろうが、ぼくには大問題だ。だいいち、出世のさまたげになる。どうしてもロンドンに出ないと、家族を養えないんだ」

「どこが問題なのかわからないね」

ローワーは前垂れでメスを拭い、手を洗った。「いいか、コーラ」手を洗い終えると、正面からこちらを向き、彼はいった。「きみもしばらくこの町にいるんだから、ぼくたちに反対する勢力のことはわかってるだろう。ゆうべだってそうだ。ニュー・コレッジの夕食の席で新しい治療法の話をしたら、能なしのグローヴが食ってかかってきたんだろう？ 悔しいが、あいつのいうことにも一理あるんだ。おまけに、もっと程度の低い連中が高い地位に就いていて、ぼくを狙い撃ちにしようと機会を窺っている。手術に参加して、患者が死んで、そのことがおおやけになったら、まだ大した業績も上げないうちに、ぼくの医者としての評判は台なしになる」

「じゃあ、私がやろうとしている実験に、まだ納得がいかないのか」私は攻め方を変えてみた。

「ああ、いかないね。きみだって、納得してないことがたくさんあるはずだ。理屈としては見事に首尾一貫しているが、その理屈を実践した際に、はたして患者の命が保証されるかどうか、その点はおおいに疑問が残るね。しかし」と、ためらいながらローワーは切り出した。その様子を見て、私は自分が勝ったことを確信した。「正直にいうと、たしかに魅力のある実験ではある」

「実験の顚末《てんまつ》は決して公表されない。それが保証されたら、きみはどうする……?」

「その場合は、喜んで協力する」

「娘に沈黙を誓わせればいいだけのことだ」

「それはそうだが、きみにも沈黙を誓ってもらわないといけない。きみがヴェネツィアに戻っても気は抜けない。よほどうまくやってもらわないと、ヴェネツィアで誰かに手紙を書いて、この一件を打ち明けただけで、ぼくは苦境に立たされるんだ」

私はローワーの背中を軽く叩いた。「心配ご無用。私はそれほど口の軽い男じゃない。きみがいいといわないかぎり、このことは絶対に口外しないつもりだ」

ローワーは鼻の頭を掻《か》きながらじっくり考えていた。この決断に伴う危険に思いを馳《は》せたのか、だんだん厳しい顔になり、やがて彼はうなずいた。「よし、わかった」と、ローワーはいった。「やってみようじゃないか」

ことの次第はかくのごとし。今でも私はローワーの動機に不純なものがあったとは思いたくない。そのときのローワーは純粋に自己の利益を追求していただけであって、のちに王立協会の同僚たちの甘言に誘われ、道義と友情を捨て、名声と出世を選んだローワーとは同じではない。心変わりしてからのローワーは、私の誠意や信頼を下劣きわまりないかたちで踏みにじり、私の沈黙を私利私欲のために利用したのである。

だが、そのときの私は、危険を買って出てくれたローワーの義侠心を喜び、感謝するばかりだった。

正直にいうと、どうせ実験をするのなら、もっとちゃんとしたところ、見学者がいて、私たちのやっていることを逐一メモに取っているようなところでやりたかった。しかし、そんなことが望める状況ではなかった。ブランディ未亡人を動かすことはできなかったし、しかるべき人物を探してきて立ち会ってもらうには、ローワーの不安もさることながら、時間がかかりすぎた。そんなわけで、ローワーと私は二人だけであの狭いあばら屋まで歩き、病の床に伏した女とその娘のところに戻った。

「いいかい、きみ」相手を不安がらせないためか、ローワーは親しげに呼びかけた。「ぼくの同僚がいったことは、ちゃんと理解したんだろうね。きみも危険だし、きみのお母さんも危険だ。それはわかってるね？　きみたちの魂も、生命も、一つの糸で結ばれることになる。その一方が息絶えれば、もう一方は壊滅的な影響を受ける」

彼女はうなずいた。「あたしたち、最初から母と娘の強い絆で結ばれてるんです。母にも説明しましたが、どこまで理解してくれたかはわかりません。自分の命なんかどうなってもいいと思ってる人ですから、やめてくれというかもしれませんが、聞き流してください」

ローワーは低くうめいた。「きみはどうなんだ、コーラ。続けるか？」

「実をいうと、やりたくない」いよいよそのときがきて、私は躊躇《ちゅうちょ》した。「しかし、やらなくてはいけないと思う」

ローワーは患者をざっと診察し、表情を曇らせた。「たしかにきみの診断のとおりだ。こりゃ重態だな。よし。じゃあ、やるか。サラ、袖をまくって、こちらにすわってくれ」

ローワーは、ベッドのわきに置いてある小さな腰かけを身振りで示した。サラが腰をおろすと、私はその腕に帯状の布を巻いた。ローワーは、骨と皮ばかりになった母親の腕を剝《む》き出《だ》しにし、もう一枚の布――こちらは赤い布で、その色は私の心に焼きついた――で上腕部を縛った。

そのあと、ローワーは銀の管と二本の羽根ペンとを取り出し、息を通して詰まっていないことを確かめた。「準備はいいか」と、彼はいった。私たちは顔を見合わせ、神妙にうなずき合った。ローワーは、てきぱきした熟練の手つきで鋭いメスをふるい、娘の血管を切って、その傷口に羽根ペンの一本を差し込んだ。ペンの先は血液の流れを受ける方向に差し込まれているので、もう一方の端からは血が滴《したた》っていた。ローワーはそれをカップに受け、血液を溜めた。

私たちの予想を裏切って、その暗い真紅色の流れはかなり速かった。

ローワーはゆっくり数をかぞえた。「このカップには二分の一ジル（約七〇cc）の容量がある」と、彼はいった。「どれくらいたったら、これが一杯になるか、時間を計ろう。そうすると、血を抜き取るときの目安になる」

カップはたちまち一杯になり、あふれた血が床に飛び散った。「一分と七秒だ」ローワーは叫んだ。「急げ、コーラ！　管だ！」

サラの〈命の水〉がそのまま床にこぼれる中、私は銀の管をローワーに渡し、続いて母親の血管に羽根ペンを差し込んだ。先端の向きはサラのときとは逆で、注入される新しい血の流れと本来の血の流れとがぶつかり合わず、同じ方向になるようにした。やがて、娘の血が管の先からどくどく流れるのを横目で見ながら、ローワーは意外なほど優しく彼女の体の向きを変え、母親の腕から突き出ている羽根ペンの端とその管とをつないだ。

接合部を仔細に点検してから、彼はいった。「こりゃうまくいってるようだぞ」予想外のことが起こった驚きを隠しきれないようだった。「血が凝固している様子もない。きみの計算では、どれくらい待てばいい？」

「だいたい十八オンスでいいとして……」ローワーが数をかぞえているあいだに、私は急いで暗算した。「そう、十四分ぐらいだね。いや、十五分にしよう」

そのあと、部屋は静まり返った。ローワーがじっと数をかぞえるわきで、サラは不安げに唇を噛んでいた。彼女は勇敢にがんばったと私は思う。最初から最後まで、不満や恐れはいっさい口にしなかったのである。私のほうは、どういう結果になるか心配で、気が気ではなかった。最初のうちはどちらの被験者にも変化がなかった。「……五十九、六十……」やがて、ローワーはいった。「よし、ここまでだ」彼は管を抜き、床に置いてから、母親の血管にうまく指の先を這わせ、羽根ペンを引き抜いた。私も娘のほうに同じことをした。そのあと、私たちは母娘の腕に包帯を巻き、血を止めることに専念した。

「終わったな」満足げにローワーはいって、娘に声をかけた。「気分はどうだね」

彼女は首を振り、一、二度、大きく息を吸い込んだ。「ちょっと頭がくらくらします」力なく彼女はいった。

「よし。じゃあ、ゆっくり立ち上がってくれ」そのあと、ローワーは母親のほうに注意を移した。「変化はないようだな」「でも、大丈夫です」

私は首を振った。「よくはなっていないようだな」と、彼はいった。「きみはどう思う?」

「よくはなっていないが、悪くもなっていない。しかし、若い血の効果が現れるには時間がかかるかもしれない」

「どういう効果か、まだわからないがね」と、ローワーはいった。「こういう場合は強力な吐剤《と ざい》を呑ませるのが普通だが、現状ではそれが懸命なやり方とは思えない。こうなったら、じっと待つしかないようだね。あとは希望を捨てずに祈るだけだ。きみの治療は、効くか効かないか、二つに一つ。それだけのことだ。引き返すには遅すぎるね」

「娘を見ろ」私は、大きく口を開けてしきりにあくびをする娘を指さした。娘の顔色は蒼く、さっきも頭がくらくらすると訴えていた。

「血が減るとこうなるんだ。霊液が抜かれたんだから、くたびれるのも当たり前だ。ほら、お母さんの横に寝るといい。しばらく眠りなさい」

「眠ってなんかいられません。母の看病をしないと」

「そのことなら心配するな。ここにいるコーラがちゃんと看ていてくれる。あとで知り合いをここにこさせて、予後を知らせてもらう。だからきみは、心配しないでお母さんと寝てなさい。それにしても、コーラ、今日はなんという一日だ。最初はグローヴ博士、次はこれ。さすがにくたびれたよ」

「なんとおっしゃいました？」と、サラがいった。「グローヴ博士ですって？」

「うん？　ああ、そうか。きみも顔見知りだったんだね。忘れてたよ。亡くなったんだ。コーラが今朝、部屋で博士を見つけたんだよ」

血を抜かれても、母親が死にかけていても、平然としていた彼女が、その話を聞いて初めて動揺していた。もともと蒼ざめていた顔からは、さらに血の気が引いていた。そして、驚いたことに、私たちが見ている前で、悲しげに首を振ると、両手で顔を覆った。その心情を忖度《そんたく》すれば、意外でもあり、哀れでもあったが、同時に私は妙なことにも気がついていた。これだけ悲しみながら、彼女は博士の身に何が起こったか、詳しいことを訊こうともしなかったのである。

ローワーと私は顔を見合わせ、私たちには手の打ちようがないことを無言で確認した。血液を抜かれたことで体力が失われたあげく、飢餓状態になった子宮が人の気質をつかさどる体液を外にこぼして、ヒステリーの症状が起こったのだろう。

軽薄そうな見かけからは想像もつかない思いやりや腕の冴えを発揮して、わが友は見事に仕事を成し遂げた。こんな好人物が何かの拍子に理不尽な怒りを爆発させるのだから、余計にわけがわからない。充分な食糧があり、暖炉の火も当分燃えつづけるであろうことを確認して、患者に暖かい布団を与えると、ほかにはもうすることがなかった。私たちはサラに声をかけてから外に出た。数時間後に戻ってきて覗いてみると、母親も娘もぐっすり眠っていた。不思議なことに、母親の寝顔のほうが穏やかだった。

第十二章

その夜、マザー・ジーンのところで落ち合ったとき、ローワーはだいぶ機嫌がよくなっていた。マザー・ジーンは本通りから少し引っ込んだところで賄《まかな》いの店をやっている女で、どうにか口にできる食べ物をごく安く食べさせてくれる。

「患者の具合はどうだい」私が混雑した狭い店に入ると、テーブルについているローワーが声をかけてきた。店内には学生もいたが、貧乏な教師の顔もちらほら見えた。

「あんまり変化はないね」と、私は答えた。ローワーは、学生を一人押しのけ、私のすわる場所をこしらえてくれた。「まだ眠っているんだが、呼吸は楽になったようだし、顔にも血の気が戻ってきた」

「まあ、そうなって当然だな」と、ローワーはいった。「しかし、その話はあとだ。ぼくの親友をきみに紹介してもいいかい。医学と実験哲学の分野でぼくの同僚でもある男だ。ダ・コーラくん、紹介しよう、ジョン・ロックくんだ」

私と同年配の、鼻の長い、うらなり顔の男が、人を小馬鹿にしたような表情で、皿からひょいと目を上げると、何事か小声でつぶやき、また食事に戻った。

「彼は座談の名手でね」と、ローワーは続けた。「こんなに大食いのくせに、こんなに痩せているのは、造化《ぞうか》の謎の一つだ。死んだあと、死体を調べてもいいという許可は取ってある。それはともかく、食おうじゃないか。豚の頭はお気に召すかね。たったの二ペンスなのに、キャベツは食い放題だ。半ペニーでビールがつく。もうじきなくなりそうだ。早い者勝ちだぞ」

「それは、どんなふうに料理してあるんだね」腹ぺこだったので、私は身を乗り出すようにして尋ねた。いろいろあって、食事をすることなどすっかり忘れていたのである。期待はふくらんだ。豚の頭とはありがたい。リンゴと蒸留酒で風味をつけ、天火でこんがり焼いた豚の頭に、小エビなどが添えられているところを思い描いて、よだれが出そうになった。

「茹でてあるんだよ」と、ローワーはいった。「酢《ヴィネガー》でね。ほかに食べ方があるのか？」

私はため息をついた。「なるほど、そのとおりだ。じゃあ、それをもらおう」

ローワーはマザー・ジーンを呼び、私の代わりに料理を注文すると、自分の大ジョッキから取っ手つきのカップにビールを注ぎ分けてくれた。

「どうしたというんだ、ローワー。なんだか楽しそうじゃないか」

ローワーは指を立て、唇に当てた。「内緒内緒」と、彼はいった。「おおいなる秘密だ。きみ、今夜はどうだ。何か用事はあるか」

「私にどんな用事があるというんだ。どうせ暇だよ」

「それはよかった。実は、きみの仕事を手伝わせてもらったお返しをしたいんだ。手を貸してくれ。ある仕事を委託されてね」

「どんな仕事だ」

「ぼくの鞄を覗いてみろ」

私はいわれたとおりにした。「ブランディが一本入っている」と、私はいった。「ありがたい。これは好きな酒だ。一番好きなのはもちろんワインだがね」

「呑みたいか？」

「そりゃもう。煮崩れた豚の脳みその味を口から洗い流してくれるだろうからね」

「たしかに味は感じなくなるかもしれないな。もっとよく見るんだ」

「半分、空《から》になっている」

「なかなか鋭い。今度は瓶をよく見てくれ」

私はいわれたとおりにした。「沈殿物がある」

「そのとおり。しかし、ワインに沈殿物があるのならわかるが、ブランディには普通そんなものはない。おまけに、この沈殿物はざらざらした物質のように見える。なんだと思う？」

「さあ、なんだろうね。それがどうかしたのか」

「このブランディは、グローヴ博士の部屋にあったものだ」

私は眉をひそめた。「グローヴ博士の部屋に行ったのか？」

「見立てを頼まれてね。ウッドワード学寮長は、ボイルの遠い親戚に当たるから――きみにもそのうちわかるだろうが、ここではみんながボイルの遠い親戚だ。それはともかく、その親戚に当たるボイルに、学寮長は意見を求めた。しかし、自分の得意な領分ではないという理由で、ボイルは協力を断った。それで、こちらにお鉢が回ってきたわけだ。当然、ぼくは嬉しかったよ。ウッドワードは影響力のある人物だからね」

私は首を振った。このあとどうなるかは、すでに明らかだった。かわいそうなグローヴ博士は、ノースハンプトンの故郷に帰ることができなかったのである。「学寮長は別の医者を呼んだんじゃなかったのか。たしか、ベイトという名前を下女に告げていたが」

ローワーは軽くいなすように指をひらひらさせた。「ベイトの爺《じじい》か？　火星が上昇宮にあると思ったら、布団をかぶって外出を控えるような爺さんだよ。治療法は、蛭《ひる》に血を吸わせて、薬草を燃やすことしか知らない。全知識を動員して、グローヴが死んだことをやっと確認できる程度の腕前だよ。ウッドワードだって馬鹿じゃない。もっとしっかりした医者の意見を聞きたいんだ」

「それで、きみの意見は……」

「よくぞ聞いてくれた」待ってましたとばかりに、ローワーは答えた。「現場でざっと死体を検分したんだが、その結果、もっと詳しく調べるべきだ、ということになってね。それを今夜やるんだ。学寮長の厨房でね。きみも立ち会いたいだろう。ロックもくるそうだから、ウッドワードがワインでも出してくれたら、みんなで有意義な時間を過ごすことができると思う」

「それは楽しみだね」と、私はいった。「でも、私が顔を出していいんだろうか。ウッドワード学寮長には、むしろ毛嫌いされているような気がするが」

ローワーは否定するように手を振った。「心配することはない。出会った場所が悪かっただけだよ」

「それにしても、変ないいがかりをつけられたよ」と、私はいった。「私が不穏当な中傷を口にしたというんだ」

「へえ。で、きみはどういったんだ」

「どうもこうもないよ。故人は心臓に負担がかかるような激しい運動をしたのではないかといっただけだ。ところが、そのとたん、ウッドワードは顔を赤黒くして怒りはじめた」

ローワーはあごを撫で、したり顔でにやりとした。「なるほど。じゃあ、噂は本当だったのかな」

「噂?」

「ちょっとした醜聞があってね」そういって話に割り込んできたのは、先ほど紹介されたロックという男だった。ようやく食事を終え、ほかのことに関心を向ける余裕が出てきたのだろう。

「埒《らち》もない話だが、グローヴは召使いの女と情交があるという噂があってね。そもそもウッドが広めた噂なんだから、私は根も葉もないことだと思っている」

「というと？」

ロックは、言葉を慎むべきだと気がついたように肩をすくめた。だが、ローワーには遠慮というものがなかった。

「その召使いというのがサラ・ブランディなんだよ」

「グローヴは、ああいう女の手練手管《てれんてくだ》についふらっとなるような、芯の弱い人間ではなかったと思う」と、ロックはいった。「おまけに、噂の出所《でどころ》はあのウッドなんだから、信用できるわけがない」

「そのウッドというのは何者です？」

「アントニー・ウッド。古いラテン名みたいに、アントニー・アウッドと名乗るのがお好きなようだがね。会ったことないか？　まあ、そのうち会えるだろう。向こうのほうから近づいてきて、きみのことを根掘り葉掘り聞き出そうとするはずだ。古いことばかりほじくり返している執念深い男だよ」

「それはないだろう」と、ローワーはいった。「不公平にならないようにいっておくが、故事研究の分野では第一人者なんだ」

「そうかもしれないが、あいつは救いようのない金棒引《かなぼうひ》きだ。しかも、嫌になるくらい嫉妬深くて、自分以外の者は実力もないのに縁故だけで偉くなった愚物ばかりだと決めつけている。

あいつにいわせると、イエス・キリストにあれだけのことができたのも親の七光りだということになる」

その不謹慎な冗談にローワーはぷっと吹き出し、私はひそかに十字を切った。

「ほら、ロック。ローマ・カトリック教徒であらせられるわれらの友人がむっとしてるじゃないか」そういって、ローワーはにやりと笑った。「要するにだな、本と原稿に埋もれて修道僧のような生活を送ってきたウッドが、あの娘にちょっと惚れたわけだよ。サラはウッドの母親に雇われて召使いをやっていたからね。かわいそうに、ウッドは自分が裏切られたと思ったんだな」

ロックは微笑した。「実際に何かあったわけじゃないんだから、裏切られたというのはおかしいが、そういうことで見境をなくすのは、ウッドの面目躍如《めんもくやくじょ》といったところだね」と、彼はいった。「ところが、そのあと、娘はグローヴのところで働きはじめた。それを邪推して、ウッドは何かあるに違いないと考えて、もともと邪心を起こしやすい男だから、町じゅうに噂を広めた。その結果、グローヴは、自分の名誉を守るために娘を解雇することになった」

そのとき、ローワーがロックの腕を突っついた。「おい、やめろ。噂の主がやってきたぞ。あいつは、人の噂になるのが大嫌いだ」

「こりゃたまらん」と、ロックはいった。「とても我慢できそうにない。食事の席に、なんということだ。私は退散しよう。では、コールさん、また」

「コーラです」

「コーラさんか。あとでまたお目にかかれるはずだ。では、みなさん、今夜はこれで」

ロックは席を立ち、素早くお辞儀をすると、こちらに近づいてくる途方もなく汚らしい男に会釈をして、礼を失するほどの速さで去っていった。

「お久しぶりです、ウッドさん」と、ローワーは礼儀正しく声をかけた。「こちらにいらっしゃいませんか。ヴェネツィアからきた友人のコーラを紹介しましょう」

誘われなくてもウッドはこちらにすわるつもりでいたらしく、私の隣に体を押し込んできた。そのとたん、ほとんど洗ったことがないらしい衣服から、猛烈な異臭が漂ってきた。無視しようとしても、絶対に無視できない臭いだった。

「こんばんは。いや、どうもどうも」

ロックがなぜ慌てて帰っていったか、やがて私も納得することになった。ひどい臭いや、図書館にいるわけでもないのに公共の場で眼鏡をかけつづけている節制《たしなみ》のなさは論外にしても、この男がきただけで、さっきまで楽しかった食卓が、たちまち暗くなってしまったのである。

「あなたは歴史を研究なさっているそうですね」無視するのも失礼なので、私はそう話しかけた。

「そうです」

「なかなか興味深い研究ですね。では、大学の一員でいらっしゃるわけですか？」

「いや」

またしても長い沈黙があり、やがて、その沈黙を破るように、ローワーが椅子を引いて立ち上がった。「準備があるので、これで失礼する」一人でこのウッド氏の相手をするのは嫌だ、と動揺しながら私は目で訴えたが、ローワーは無視した。「タール通りのシュタール氏の家にいるから、三十分くらいたったらきてくれないか……」

そして、私に悪戯《いたずら》を仕掛けていることを窺わせる顔で意味ありげに笑うと、ウッド氏を私一人に押しつけ、ローワーは去っていった。しばらく見ていたが、このウッドという男は、料理を何も注文しなかった。その代わり、人の皿を集めてきて、脂肪や煮凝った肉の滓《かす》を指ですくい取ったり、恥ずかしい音を立てて骨をしゃぶったりしていた。この男はひどく貧乏なのだろう、と思った。

「私に関して、よからぬ噂を吹き込まれたのではありませんか」ウッドがそういったので、慌てて否定しようとすると、向こうは手を上げて制した。「どうかお気遣いなく。何をいわれているか、自分でもよくわかっていますから」

「あまり気にしていらっしゃらないようですね」私は言葉を選んだ。

「いや、気になりますよ。誰だって他人からはよく思われたいものだ。そうでしょう?」

「別の人物に関して、もっとひどい悪口を聞かされたこともあります」

ウッドは低くうめき、ローワーの皿を手もとに引き寄せた。調理法を聞いて食欲をなくしていたので、私は食べ残しの皿をウッドに差し出した。

「こりゃご親切に」と、彼はいった。「いや、申し訳ない」

「あなたはローワーのことをうわべだけの友人だと思っているかもしれませんが」と、私はいった。「ローワーのほうはあなたの研究を高く評価していましたよ。ちなみに、どんな研究をなさっているのですか」

ウッドはまた低くうめいた。栄養分を摂取したおかげで、この男はおしゃべりになるのではないか、と私はひそかに恐れた。「あなたはヴェネツィアの医者ですな。噂は聞いています」

答える代わりに、彼は質問をした。

「たしかにヴェネツィアからきましたが、正式な医者ではありません」

「ローマ・カトリックですね」

「そうです」私はウッドの出方を警戒したが、侮蔑的な言辞を連ねるつもりはなさそうだった。

「異教徒は焼かれるべきだと思いますか?」

「は?」私は不意を衝かれた格好になった。この男の話はどうも飛躍が多い。

「あなたが信じている宗派でも、ほかの宗派でもかまいませんが、唯一無二の教会があって、それを信じていた者が、誘惑に負けて邪教に走った場合、焼かれても仕方がないとお考えかどうか、そのことを尋ねておるのです」

「そこまでする必要はないと思います」できるだけ間を置かずに答えたほうがいい、と私は思った。こうして一般論をさせておけば、私の個人的な事柄にずかずかと踏み込んでくることもないだろう。いかなるものであれ、私は噂話を嫌悪する。「そういう者は命を絶たれて当然かもしれません。通貨の偽造者は殺されるのに、信仰の偽造者が殺されないのはおかしい、とアキナスもいってますね。しかし、プロテスタントのみなさんにはいろいろな話が届いているかもしれませんが、そういう考え方は、今では珍しい部類に属します」

「私は、地獄の火に焼かれるべきかどうか、という話をしているのです」

「ああ、そうでしたか」

「もしも私が異教の聖職者から洗礼を受けたら、アダムの罪は軽くなるのか」考え込むような顔で、ウッドは続けた。「異教の聖職者が結婚の儀式を執り行った場合、その結婚によって生まれた子供は私生児と見なされるのか。秘跡の効力は人効的《エクス・オペレ・オペランティス》に決定される、つまり、執行者にその資格がなければ効力はない、とキプリアヌスはいっています。その理屈でいえば、異教徒から受けた洗礼は洗礼でもなんでもないということになりますな」

「しかし、教皇ステファヌスはそれに反論して、秘跡の効力は事効的《エクス・オペレ・オペラート》に決定される、といっています」と、私はいった。「問題は、秘跡が正しく執行されたかどうかであって、誰がそれを執り行ったか、ではないのです。まあ、おたがいに善意があれば、地獄に堕ちる心配はないでしょう」

ウッドは洟《はな》をすすり、口を拭った。

「で、それがどうかしましたか？」と、私はいった。

「あなたたちカトリックは、大罪を犯したら地獄に堕ちると信じている」どこかうわの空で、ウッドは続けた。「やりきれない教義ですな」

「あなたがたの予定説と比べたらずいぶん救いがありますよ。神はなんでも赦《ゆる》すことができる。たとえ地獄の大罪であっても赦してくださることがある。私はそう信じています。あなたがたの説は、人が永遠の魂を得るかどうかはその人が生まれる前から決まっていて、神にもそれを変えることはできない、というんでしょう？　それでは神も形無しだ」

ウッドはまた低くうめいたが、これ以上、論争をする気はなさそうだった。そもそもウッドのほうから吹っかけてきた議論なのに、おかしな話だ、と思った。

「もしかしたら、カトリックに改宗するつもりがおありですか？」こんな議論になったのは、社交性のなさや話題の選び方が下手なせいだけではないかもしれない、と気がついて、私は尋ねた。「だから、こんな話を切り出したんじゃありませんか？　それだったら、私ではなく、もっと学識のある人と話をしたほうがいい。私は普通の信者で、あまり信仰心が篤《あつ》いほうではありません」

ウッドは笑い声を上げた。私の話術が功を奏して、どこか陰にこもっていた彼が、やっとまともな反応を示したのだ。これはありがたい変化だった。というのも、陰にこもったプロテスタントほど執拗なものはないからである。「なるほど、おっしゃるとおりだ」と、ウッドはいった。「実は、この前の日曜日に、あなたがローワーと一緒に教会に入っていくのを見かけましたよ。あなたから見れば、ここの教会は異教の礼拝堂なのに、なんとまあ大胆なと思いました」

「たしかにローワーと一緒にセント・メアリーの礼拝に出ました。しかし、聖体拝領には参加しませんでしたよ。参加しても問題はないと思いますがね」

「こりゃ驚いた。それはどういう理屈です」

「コリント人は、異教の偶像に捧げられた肉を食べても害はないと考えていました。彼らから見れば、そういう異教の神々は存在しないからです」と、私はいった。「コリント人はいろいろ過ちも犯していますが、その考えには賛成しますね。そういう行為は無害です。問題は、意図して誤った信念にしがみつくことです」

「真実を差し出されているのに、自分の目と耳とを信じないで、拒絶する。たとえば、そういうことですか」

「ええ。それは罪だと思いませんか」

「たとえその真実が、これまで受け入れられてきたあらゆる言説に反していても、ですか」

「キリストを信じることも、かつてはそれまで受け入れられてきた言説に反していたんです。しかし、何が真実か、簡単に見分けがつくものではありません。だから、伝統に磨かれてきた信念は——たとえ内心では批判していても、簡単に見限ってはいけないんですね」

ウッドは鼻の先で笑った。「まるでイエズス会士が口にする詭弁《きべん》のように聞こえますな。それでは、私があなたの教会の礼拝に参加するのは拒まないわけですね」

「歓迎しますよ。むろん、人を受け入れたり拒んだりする権利が私にあるわけではありませんが」

「あなたは細かいことにこだわらない気楽な人ですな。感心しました。それにしても、われわれのイングランド教会が異端であると判断する理由はどこにあるんでしょうか」

「これまでの話でおわかりだと思います。だいいち、教皇がそう判断しています」

「なるほど。それなら、ある命題が明らかに異端であるのに、まだ異端の判断が下されていない場合はどうなります。あなたならその命題を支持しますか？」

「それは、各命題の性質によりますね」また会話が弾まなくなってきたので、私はなんとかして打ち切りたいと思い、そのきっかけを探していた。だが、相手は執拗な性格で、しかも、かわいそうなことに除《の》け者にされているようだったので、いくら私でも冷酷にはねつけることはできなかった。「よろしければ、一つ例を挙げてみましょう。数年前、教会の歴史を調べていたときに、ある異端の運動が、初期の教会史を揺るがしていたことを知りました。もちろん、あなたもご存じでしょう。その異端の提唱者はフリギアのモンタヌスです。新しく現れた預言者は主《しゅ》の言葉に自分の言葉を付け加えることができる――モンタヌスはそう主張しました」

「ヒッポリュトスが反駁《はんばく》した説ですな」

「しかし、テルトゥリアヌスは支持しました。エピファニオスも好意的な見解を述べています。それはそれとして、私がいいたいのは別のことです。先ほど申し上げたように、数年前に書物をひもといて初めて知ったのですが、モンタヌスにはプリスカという女性の賛同者がいたのです。私の知るかぎり、プリスカの主張は異端と見なされていません。まあ、ほとんど知られていない説ではありますがね」

「どういう説を唱えたのです」

「救世主による贖《あがな》いは永遠に繰り返されるものであり、それぞれの世代ごとに新しい救世主が生まれる。そして、その救世主は裏切られ、死に追いやられて、また復活する。人間が悪に背を向け、罪を犯すことがなくなるまで、それが幾度となく反復されるというのです。ほかにも似たようなことをいろいろ主張しています」

「その説はほとんど人の目に留まらなかったとおっしゃったが」と、ウッドはいった。不思議なことに、彼はこの例にひどく興味を持ったらしく、まさに身を乗り出さんばかりにしていた。私が食べ物を譲ったときに強い反応を見せて以来のことである。「まあ、それも当然でしょうな。その説はオリゲネスの粗雑な焼き直しにすぎない。われわれが罪を犯すたびにキリストは十字架にかけられる、とオリゲネスはいいました。その比喩を文字どおりに解釈したわけですな」

「私がいいたいのは、プリスカの説は正式に異端の烙印《らくいん》を押されたわけではないのに、カトリックの信者は、異教を退《しりぞ》けるように、その説を当然のように退けている、ということです。われわれの教義と典礼は明確に定められているので、そこに含まれていない事例は許されないものだという判断を下されたのと同じなんです」

ウッドは苦笑した。「あなたたちは信じろといわれたものを信じるだけで、反抗するつもりはないんですか」

「しょっちゅう反抗していますよ」私は陽気にいった。「もちろん、教義に反抗するわけじゃありませんよ。その必要はないからです。どこを見ても正しい教義ですからね。お仲間のボイル氏もいってるでしょう。科学と宗教が対立したときには、科学のほうに誤りがある、と。要するに、教会の考えと個人の考えとが齟齬《そご》をきたした場合、その個人は自分の過ちがどこにあるかを検証すべきである、というのと同じですよ」

どうやらウッドは私以上にこの会話を楽しんでいるようだった。このまま放っておけば、場所を変えてどこかで呑みながら興味津々の会話を続けよう、といいかねなかった。それだけはご免こうむりたいと思い、誘いを断る気まずい状況に追い込まれる前に、急いで私は席を立った。

「まことに申し訳ありませんが、ウッドさん、これからローワーとの約束があるのです。実は、もう約束の時間に遅れてましてね」

ウッドは落胆して顔を曇らせた。私は同情を禁じ得なかった。善意もあり、熱意もあるこの男が、人と交流する際に相手からいつも距離を置かれるのは、さぞ辛いことだろう。時間さえあれば私ももう少し礼を尽くすところだったが、堅苦しく学者風を吹かすところや愚鈍な話の運びにはさすがに閉口した。だが、幸いなことに、嘘を口実にしてその場を離れる必要はなかった。本当にもっと大事な用事が待っていたのである。私が残した料理を最後まで食べようとするウッドをその場に残して、私は店を出た。仲間同士楽しげに笑いさざめく客たちの中で、ウッドはただ一人ぽつねんと席につき、黙々と食べ物を口に運んでいた。

ローワーの相談役になったペーター・シュタールという人物は、錬金術に詳しい魔術師という触れ込みのドイツ人だった。ほろ酔い気分のときには、哲学者の石について、永遠の生命について、劣位の元素を黄金に変える方法について、すこぶる面白い話を聞かせてくれた。そして、これは今でも思っていることだが、たしかにその話は人を惹きつけたものの、実演になるといささか心許ないものがあり、もったいぶった言い回しや自信たっぷりの口上とは裏腹に、蜘蛛《くも》一匹にさえ永遠の命を与えることはできなかった。とりたてて裕福でもなかったので、何かを黄金に変える術《すべ》を会得していたわけでもないようだ。しかし、あるとき、シュタール本人がいったように、これまで実現しなかったというだけで、実現不可能だと決めつけるのは間違っている。一つの物質が持つ形質は不変であると証明できれば、錬金術など不可能だということを認めてもよい、とシュタールはいう。だが、この世界に、劣位の物質が高位の元素に変化する例はいくらでもある。そもそも海水を塩に変えることができるのだから——わかりやすいたとえである——正しい方法さえ見つかれば石を黄金に変えることもできるはずなのに、きみたち懐疑家はなぜ鼻で笑うのか。同じように、あらゆる医術は病や老齢や衰えと闘うことを目指し、ある分野では成功もしている。それならば、病を永遠に追放することができる秘薬がどこかにあると考えることもできるのではないか。古代の偉大な思想家はそう信じていたし、聖書にその例もある。創世記によれば、アダムは九百三十歳まで、セツは九百十二歳まで、メトセラは九百六十九歳まで生きたのではなかったか。

シュタールは扱いにくい男だから気をつけたほうがいい、とローワーはいった。シュタールの機嫌を取ることができるのはボイルだけだという。才能に恵まれた男だが、種々の悪徳にも手を染めていた。たとえば彼は悪意と偏見に満ちた狷介《けんかい》な男色家で、対話の相手にとことん嫌な思いをさせるのを無上の快楽にしている。あのころのシュタールは四十数歳で、悪徳のもたらす衰えが、早くもその兆候を見せはじめていた。きつく結ばれた口のまわりには深いしわが刻まれ、歯はぼろぼろになり、常に背を丸めてあたりを睥睨《へいげい》しているところは、世間に対する嫌悪と疑念の現れであるかのように思われた。相手の地位や業績や人柄には関係なく、誰に対しても自分のほうが優れていると思いたがる人間はどこにでもいるが、シュタールもその一人だった。いかなる王族も彼以上にうまく国を治める術を持たず、どの主教も神学の知識は彼以下で、彼と比べたら弁護士はみんな能なしなのである。不思議なことに、唯一、彼の傲慢《ごうまん》が及ばないのは、本来なら得意なはずの分野、化学実験であった。

もう一つ、この人物の面白いところは、他人を軽蔑しきっているにもかかわらず、いったん好奇心を刺激されると、時間と労力を惜しまず仕事に邁進する点である。人間を相手にするのはまっぴらご免らしいが、何か課題を出されると、精根尽きるまでそれに熱中する。私から見れば嫌悪しか感じないはずの男だったが、条件つきながら、いくばくかの敬意は抱いていた。

今、シュタールに報酬を払っているのはボイルであり、ローワーはそのボイルの友人だったが、シュタールの協力を取りつけるのは一苦労だった。手足を広げて椅子にすわったシュタールは、仔細を述べる私たちに冷ややかな視線を投げていた。

「それがどうした。そいつは死んだんだろう？」シュタールは訛《なま》りの強いラテン語でいった。そのラテン語は、強勢のつけ方と発音の仕方が古風で、イタリアの専門家なら駄目だというようなものだったが、この点については、イングランドやその他の国の人々がいまだに熱烈な議論をしていると聞く。「今さら死に方を調べて、それが何かの役に立つのか？」

「立つんだよ」と、ローワーは答えた。

「どんなふうに?」

「真実の追究はどんな場合でも大切だ」

「調べれば真実がわかるというんだね」

「そのとおり」

シュタールは嘲笑《ちょうしょう》した。「じゃあ、きみは私以上の楽天家だ」

「だったら、これまで自分のやってきたことはなんなんだ。真実の追究じゃないのかい?」

「いってみれば、先生がたのご機嫌取りだな」嫌な感じの口調で、シュタールはいった。「緑《ろく》青《しょう》と硝酸油とを混ぜたらどうなるか。先生にそういわれたら、いわれたとおり混ぜてみる。それを熱したらどうなるか、といわれたら、今度はそれを熱する」

「そのあと、なぜそんな反応が起こるかを調べるんだろう?」

シュタールは、とんでもない、といわんばかりに手を振った。「馬鹿な。そんなことはせんよ。いかにしてそれが起こったかを調べるだけだ。なぜ起こったか、ではなくてね」

「違いがあるのか?」

「大違いだよ。危険なほど違う。〈いかにして〉と〈なぜ〉の違いには、これまでさんざん悩まされてきたよ。きみは悩まなかったのか? ほう、それは不思議だ。世の中がひっくり返るほどの違いなのにな」シュタールは洟をかみ、嫌悪の顔で私を見た。「さて」と、彼は続けた。

「私は忙しいんだ。きみたちは困ったことがあってここにきた。その困ったことというのは化学の問題だろう。そうでなければ、こうしてやってきて、わざわざ私に頭を下げるはずはない。違うかね」

「きみの才能は高く評価してるんだ」と、ローワーは抗弁した。「これまでにもその評価を目に見えるかたちで示してきたはずだ。だいぶ前から教えを受けるたびに礼金を払ってるしね」

「いや、それはわかるがね。しかし、社交を目的にここを訪ねてくる者はめったにいない。もちろん、訪ねてきてもらいたい、といってるわけじゃないんだよ。くだらないおしゃべりをする暇があったら、ほかにやりたいことがある。だから、頼み事があるなら、さっさといってくれ。用事がすんだら帰ってもらいたい」

ローワーはこういうやりとりになれているようだった。私だったらとっくに腹を立てて帰っているところだが、ローワーは少しも気にすることなく、ブランディの瓶を平然と鞄から取り出すと、テーブルに置いた。シュタールは目を細くしてじっとそれを見つめた――どうやら近眼らしく、眼鏡をかけたほうがよさそうだった。

「で？　これはなんだ」

「ブランディが入った瓶だよ。底のほうに、泥漿状《でいしょうじょう》の妙なものが溜まっている。きみにもちゃんと見えているはずだ。視力が弱いふりをしても駄目だよ。これが何か調べてもらいたい」

「なるほど、そういうことか。グローヴ博士は酒によって死んだのか、それとも毒によって殺されたのか。その葡萄酒は蛇の毒のごとく、蝮《まむし》の悪《あ》しき毒のごとし、か」

ローワーはため息をつき、「申命記の三十二章三十三節だね」と、即座に答え、「とにかく、そういうわけなんだよ」と、いってから、相手の反応が返ってくるのを辛抱強く待った。

シュタールは、しばらくのあいだ、わざとらしく考え込むふりをしていた。「さて、どう検査したものか。ブランディで沈殿物が変質しているのは間違いないし」そういって、ドイツ人はさらに考えた。「それはそうと、あばずれの召使いに手を焼いてるんだったら、いっそこのブランディを呑ませてみたらどうだね。一石二鳥じゃないか」

ローワーは、それはあまりいい考えではないと答え、仮に成功しても、実験を再現できなければ学問的に意味はないのだ、と続けた。「で、どうなんだ。協力してくれるのか、くれないのか」

シュタールはにやりと笑った。めくれた唇の隙間から口の中が見え、折れた歯の根が黒ずんだり黄ばんだりして何本も並んでいるのがわかった。ひょっとすると、これが不機嫌の原因なのかもしれない。「もちろん、協力するよ」と、彼はいった。「なかなか面白そうな問題だ。再現可能な検査を何度も繰り返して、その回数を重ねたら、成分は特定できる。しかし、その前にこの沈殿物を取り出して、実験に使えるようにする必要がある」シュタールは瓶を指さした。

「今日のところはこれで帰って、二、三日したらまたきてくれ。私は急《せ》かされるのは嫌いだ」

「では、承知してもらえたと思っていいんだね」

シュタールはため息をつき、肩をすくめて立ち上がった。「ああ、承知したよ。きみたちを追い払うためなら、なんでもするよ」そういうと、棚に近づき、先に薄いガラスの口がついた柔らかい管を取り出した。続いて、テーブルにあるブランディの瓶にそのガラスの管を差し込み、しゃがみ込んで、管の反対側の端を吸った。そして、一歩退き、勢いよく管から流れはじめた液体を下に置いた容器で受けた。

「ほら、どうだ、面白いもんだろう」と、シュタールはいった。「しかも、役に立つ。まあ、よくある実験だが、つい見入ってしまうことに変わりはない。この管は、折れ曲がった部分で二つに分かれていると見ることができる。その長さを比べて、先のほうが長ければ、液体はどんどん流れ出る。なぜかというと、下に落ちる液体のほうが、上にあがる液体よりも重いからだ。そうでなければ、管の中に真空ができるし、真空を維持するのは不可能だ。そう考えていくと、実に興味深いのは、仮にこれが……」

「おいおい、沈殿物がみんな吸い出されるぞ」ローワーはシュタールの話の腰を折った。ブランディはどんどん少なくなり、もうしばらくすると底が見えそうになっていた。

「わかってる、わかってるよ」シュタールは、ガラスの管を急いでブランディの瓶から引き抜いた。

「これからどうするんだ」

「次は、この沈殿物を取り出し、洗浄して、乾かすことになる。だいぶ時間がかかるよ。きみたち二人がここにいても仕方がない」

「段取りだけでいいから教えてくれ」

「簡単なことだよ。ここにあるのは、ブランディと沈殿物とが混ざったものだ。まず、これをゆっくり熱して、液体を蒸発させる。そのあと、新しい雨水で洗い、ふたたび沈殿するのを待つ。そして、もう一度、水分を蒸発させ、洗浄し、改めて乾かす。そうすると、かなり純化されるはずだ。まあ、三日はかかるだろうね。それ以上、早くするのは無理だ。もし途中できみたちがやってきても、口は利かんから、そのつもりで」

そんな次第で、私はローワーと一緒にニュー・コレッジに戻り、学寮長の公舎に向かった。公舎は中庭の西壁を覆い尽くすように並んだ建物であった。使用人に案内され、私たちはウッドワード学寮長が客を接待する部屋に通された。そこにはすでにロックがいて、あたかも自宅で寛《くつろ》ぐように、暖炉の前で会話を楽しんでいた。この人物には、権力者を籠絡《ろうらく》して、その懐に飛び込む才能があるようだ。どうしてそんなことができたのか、今もって私にはわからない。どちらかといえば気難しいところがあるし、一緒にいて楽しい男でもないが、自分の益になると思った相手には痒《かゆ》いところに手が届くような心尽くしを見せ、そんなときにはめったにない好人物に見える。しかも、自分は希代の秀才であるという噂をみずから率先して広めるという演出も抜かりないので、その庇護者になった者はロックが自分を頼ってくれたことに感謝する。後年、彼は哲学書として通用しそうな本を何冊か書くが、ざっと読んでみたところ、形而上学《けいじじょうがく》の分野においても彼の追従癖は健在で、どの本も自分の庇護者たちが権力の座に就いていることを正当化するものにすぎなかった。私はロック氏が好きではない。

ウッドワード学寮長の前で平然と自信たっぷりにふるまっているロックと比べて、わが友ローワーは、ただおたおたするばかりだった。自分よりはるかに立場が上の者と接するときには、相手に敬意を表し、お世辞の一つくらいは口にするのが筋である。そう思うと、かわいそうな男だった。人に好かれたいくせに、柄でもない阿諛追従《あゆついしよう》は苦手で、そういう不器用なところが誤解され、失礼な人間だと思われる。ロックはただの立会人で、グローヴの遺体を検分するのがここにきた目的だったが、五分もたたないうちに、その本来の用件は置き去りにされる格好になった。会話はもっぱら、話のくどい哲学者と学寮長とのあいだで交わされ、居心地悪そうにそばにすわっているローワーは無様《ぶざま》にも沈黙を強《し》いられていた。

私のほうは、発言しなくていいのがむしろありがたかった。何かいえばまたウッドワードの不興を買う恐れがあった。そして、私を救ってくれたのは——公平を期すためにいえば——ロックであった。

「こちらのコーラさんは、学寮長の譴責《けんせき》を受けたのがよほど堪《こた》えたようですよ」と、ロックはいった。「まあ、大目に見てやってください。彼は学内の人間ではないし、ここの事情にも暗いんです。彼が何をいったにせよ、まったく悪気はなかったんです」

ウッドワードはうなずき、私のほうを見た。「申し訳ないことをした」と、彼はいった。「動揺していたものだから、つい口が滑ってね。もっと言葉に気をつけるべきだった。昨夜、苦情の申し立てがあったものだから、きみの発言を誤解したんだよ」

「どういう苦情があったんです?」

「グローヴ博士を受禄聖職者に任じようという動きがあって、九分九厘決まりかけていたのだが、ふしだらな生活を送っているあんな人物をその職に就けてはならぬという苦情が届いてね」

「ああ、あのブランディとかいう娘のことですね」ロックは、いかにも世慣れた様子で、無関心そうにいった。

「なんでそんなことを知ってるんだ」

ロックは肩をすくめた。「酒場の噂になってますよ。むろん、だからといって事実だとはかぎりませんがね。立ち入ったことを伺いますが、その苦情はどこからきたんです?」

「学内からだよ」と、ウッドワードはいった。

「学内のどこからです?」

「それは大学の問題だ」

「苦情を申し立てた人物はその根拠を示しましたか」

「その人物によると、噂の娘は、昨日の夜グローヴ博士の部屋にいたらしい。中に入るところを目撃したそうだ。そんなところを部外者が見たら、大学の評判に傷がつく。だから、そうならないように、あえて苦情を申し立てた、ということだった」

「本当に博士の部屋にいたんでしょうか」

「今朝グローヴ博士本人を問いただしてみるつもりだったが」

「要するに、ゆうべあの娘が部屋にいて、今朝グローヴ博士の死体が見つかった、というわけですね」と、ロックはいった。「ううむ、なるほど……」

「きみは、その娘が博士を殺《あや》めたといいたいのかね」

「いいえ、とんでもない」と、ロックは答えた。「しかし、ある種の状況において、肉体を極限まで酷使すれば、発作が起こる場合もあります。それは、こちらのコーラさんが今朝いみじくも指摘したとおりです。そう考えるのが一番理屈に合っているような気がしますね。それなら、きちんと調べて、はっきりさせておくべきでしょう。悪い事態は考えなくてもよさそうです。ローワーさんによれば、博士の死を知らされて、娘は本当に動揺していたそうですから」

学寮長は低くうなった。「それを聞いて安心したよ。では、そろそろ始めようか。とりあえず、遺体は書斎に置いてあるが、作業にはどの部屋を使えばいいだろう」

「大きなテーブルが必要です」ぶっきらぼうにローワーがいった。「厨房を使うのが一番いいと思います。使用人がそばにいると駄目ですが」

ウッドワードは人払いのため厨房に行った。そのあいだに私たちは隣室で死体を調べた。使用人がいなくなると、廊下に死体を出し、家事労働が行われる一角に運んだ。グローヴの亡骸《なきがら》はすでに洗浄され、いつ棺に入れてもいい状態になっていたので、死体を洗う不愉快な作業に手間を取られることはなかった。

「さて、そろそろ始めようか」厨房のテーブルから夕食の食器を片づけながら、ローワーはいった。私たちはグローヴの衣類を取り、神によって創造されたときのままの姿にして、上半身を持ち上げた。ローワーは鋸《のこぎり》を取り、ナイフの刃を研いで、袖をまくった。ウッドワードは、とても見ていられない、と宣言し、部屋を出ていった。「ぼくは筆記用具を取ってくるから、きみは髪を剃っておいてくれないか」と、ローワーはいった。

私は快諾し、使用人の一人が自分の洗面道具を仕舞ってあるクローゼットを探して、剃刀《かみそり》を取ってきた。

「外科医にして理髪師か」ローワーはそういうと、死体の頭部をざっと絵に描いた。やはり頭や脳のことが気になるのだろう、と私は思った。そのあと、ローワーは紙を片づけると、一歩うしろに下がり、気合いを入れるように間を置いた。心の準備ができたのか、やがて彼はナイフと槌《つち》と鋸とを手に取った。私たちは、神の創造物を蹂躙《じゅうりん》しようとしている者にふさわしい祈りの言葉を、めいめいが口にした。

「皮膚は黒ずんでいないね」世間話でもするようにロックがいった。祈りを捧げ終え、ローワーは黄色い脂肪を切り裂いて胸郭を開こうとしていた。「心臓の実験をするのか?」

ローワーはうなずいた。「後学のためだよ。毒によって命を落とした犠牲者の心臓は火で炙《あぶ》られても燃え残るという説には納得がいかないんだ。まあ、すぐにわかるだろう」ぷちっと音がして、脂肪の層はついに切り捌《さば》かれた。「肥満体は厄介だね」

ローワーは一息入れ、横隔膜を切開して、その四隅をテーブルに釘で留めた。

それが終わると、体腔《たいこう》がよく見えるようになった。「心臓を先に乾かすべきかどうか、困ったことに、ぼくが参考にした本には載っていない。しかし、コーラ、よく見てくれ。ロックがいったように、皮膚は黒ずんでいないだろう。つまり、死因が毒だと考えるのは無理がありそうだ。その一方で、ところどころ赤い斑点が浮いている。わかるかい。背中や太股を見てくれ。大事な意味があるのかもしれない。とはいえ、性急に結論を出さないほうがいいだろう。グローヴは死ぬ前に嘔吐したんだろうか」

「ひどく吐いたようだ。それがどうかしたのか」

「気の毒だが、胃も取り出そう。念には念を入れろというからね。すまんが、そこの瓶を取ってくれ」

ローワーは、まさしく専門家の手つきで、体腔に溜まった、悪臭を放つ、どろりとした血まみれの液体を瓶に移した。「コーラ、ちょっと窓を開けてくれないか」と、彼はいった。「臭いが染みついたら、学寮長のお屋敷に人が住めなくなる」

「普通、毒を盛られた人は嘔吐するね」私は、パドヴァで教えを受けた教授が、その筋の許可を得て犯罪者に毒を呑ませたときのことを思い出した。不運な被験者は、相当に苦しみながら死んでいったが、もともとは生きたまま四肢を切り取られ、引きずり出された臓物を火で炙られる刑に処せられることになっていたので、最期までわが教授に対する感謝の念を口にしていた。「しかし、胃の中身をみんな吐き出す例はまれだと思う」

作業が佳境に入り、ここで会話は途切れた。ローワーは、胃や脾臓《ひぞう》や腎臓や肝臓を切り取り、一つひとつ前に掲げて、私のために講釈めいたことを述べてから、ガラスの瓶に移していった。

「この陰茎は、ちょっと色が薄いね」腑《ふ》分けを続けるうちに、ローワーはだんだん機嫌がよくなってきた。

「胃と腸は、外側が妙に茶色がかっている。肺には黒い斑点がある。肝臓と脾臓はだいぶ変色しているね。それにしても、この肝臓は——どういったらいいだろう」

私は、その奇妙な形をした臓器を見た。「さあ、よくわからないが、なんだか茹でてあるように見えるね」

ローワーは含み笑いを漏らした。「なるほど、きみのいうとおりだ。さて、次は胆汁《たんじゅう》だが、いやはや、だらだらと垂れること垂れること。あたり一面、汚らしい薄茶色だ。ちょっと異常だね。十二指腸は赤く腫《は》れて、爛《ただ》れているが、病気ではないらしい。胃も同じだ」

そのとき、ふと気がつくと、ローワーは、前垂れで血まみれの手を拭いながら、物思わしげにじっと死体を見つめていた。

「そこまでだ」私は声をかけた。

「え?」

「きみと知り合って、そんなに時間がたっているわけじゃないが、きみの考えてることはよくわかるよ。頭蓋骨を開けて、脳みそを取り出したいんだろう? 頼むから、それだけはやめてくれ。われわれの仕事は、グローヴ博士の死因を突き止めることだ。死体を切り刻んで、あれやこれや調べようというのは、趣旨に反する」

「葬儀の前に死体が公開されることも忘れてもらっちゃ困るね」と、ロックがいった。「頭を二つに割ったら、隠しようがない。剃ってあることがばれないようにするだけでも大変だ」

明らかにローワーは反論をする気になっていたが、あきらめたらしく、やがて肩をすくめた。

「ぼくが良心に恥じる行動を取らないように気を遣ってくれたわけか。わかったよ。ただし、きみたちの道徳的立場が医学の進歩を妨げる結果になるかもしれないがね」

「かといって、永遠に妨げられるわけではないと思うがね。さて、総仕上げといくか」

それを合図に、私たちは後始末に取りかかった。細く裂いた亜麻布を腹腔に詰め込み、見かけを元どおりにして、切ったあとを縫い合わせ、念のために包帯を巻いた。こうしておけば、体液が染み出して葬儀用の衣服が汚れるのを避けられる。

「ここだけの話だが、生きていたときよりも立派に見える」と、ローワーはいった。グローヴは一番いい服を着せられ、楽そうな姿勢で隅の椅子に腰を載せていた。足もとには、臓器の入った容器がいくつも並んでいる。ローワーもこれだけは持って帰るつもりらしい。「さあ、最後の検査だ」

ローワーは心臓を取り、焜炉に載っている陶器の小鉢に入れて、四分の一パイントのブランディを注いだ。そのあと、木の切れ端を手にして、焜炉で火をつけると、小鉢に炎を近づけた。

「クリスマスのプラム・プディングを食べるときにもこうするね」ブランディが一気に燃え上がると、ローワーは悪趣味なことをいった。焜炉のまわりに立って見守っている私たちの目の前で、ブランディの火はだんだん弱まっていった。きわめて不愉快な臭いがあたりに漂っていた。

「どう思う?」

私はグローヴ博士の心臓を仔細に調べ、肩をすくめた。「表面の膜が少し焦げている」と、私はいった。「しかし、たとえ一部分にしても、これでは燃えたとはいえないね」

「ぼくもそう思う」満足そうにローワーはいった。「毒の存在を示す最初の証拠だ。面白いもんだね」

「毒で死んだのではないことがはっきりしている被験者の心臓でこの実験をやった者はいるのか?」私は尋ねた。

ローワーは首を振った。「いや、ぼくの知るかぎり、まだいないはずだ。次に死体が手に入ったときにやってみよう。プレストコット青年があれほどわがままでなかったら、比較できたはずなんだがね」ローワーは厨房を見まわした。「少し掃除したほうがいいな。明日の朝、使用人がきたとき、ぎょっとして逃げ出すかもしれない」

ローワーは雑巾と水で拭き掃除を始めた。ロックは手伝おうともしなかった。

無言の時間が何分も過ぎ、ローワーは汚れを拭き取り、私は道具を片づけ、ロックはパイプを吹かしていた。やがて、ローワーはいった。「さてと。きみ、学寮長を呼んできてくれないか。グローヴの遺体をお返ししよう。でも、その前にきみの意見を聞かせてくれ」

「グローヴは死んでいる」そっけなくロックは答えた。

「死因は?」

「確言するだけの根拠がない」

「相変わらず慎重だな。きみはどうだ、コーラ」

「これまでにわかったことを考慮に入れると、これが自然死以外の何かであると断定することはできないように思う」

「きみはどうなんだ、ローワー」と、ロックが尋ねた。

「もう少し証拠が手に入るまで、判断は控えたほうがいいだろう」

当たり障りのないその結論を伝えると、ウッドワード学寮長は、手のつけられない醜聞が広まる恐れがあるので、今夜のことは誰にも話さないように、と慎重に口止めをしてから、私たちに謝辞を述べた。その顔には、安堵《あんど》の表情がありありと浮かんでいた。ローワーからシュタールのことを聞いていなかったので、学寮長はこれで一件落着したと思っていたのである。

第十三章

習慣的にイングランド人はなるだけ早く死者を葬ろうする。絞首刑執行も早ければ、埋葬も早い。通例ならばグローヴ博士はすでにニュー・コレッジの修道院に埋葬されているはずだった。しかし、学寮長は何かと口実をつけて丸々二日間葬儀を延期していた。ローワーはそのあいだにシュタールの作業を急がせようとした。ボイルがロンドンへ出かけていたので、私のほうは比較的暇だった。仲のいい妹がロンドンに移って以来、ボイルは何かにつけてすぐそちらに行くようになっていた。

その日は患者の診察と実験結果の確認に費やされた。向こうの家に着いてすぐ、患者が順調に回復し、実験もうまくいっていることがわかって、私は一安心した。ミセス・ブランディは起きていて、意識もはっきりしている。しかも、薄いスープを少し呑んだのがわかった。熱は下がっていたし、尿に苦みがあるのは具合がよくなっている証拠だ。しかし、もっと意外だったのは、傷が癒えようとする最初の兆しが見えていたことである。あくまでも兆《きざ》しでしかないが、容態が上向きになったのは初めてのことだった。

私はおおいに喜び、聞き分けのいい患者に医者が浮かべる会心の笑みを浮かべた。「これは大したものだ」診察を終え、膏薬《こうやく》を塗り足して、脚のぐらぐらする腰掛けにすわってから、私はいった。「どうやら死の顎《あぎと》から逃れられたらしいね。気分はどうだ」

「少しよくなりました。神に感謝しなければ」と、相手はいった。「まだ仕事はできないようです。それだけが気がかりで。ローワー先生とあなたには、とてもよくしていただいてるんですが、わたしが食い扶持《ぶち》を稼がないと、娘もわたしも生きていけないんです」

「娘さんの稼ぎは少ないのかね」

「ええ、とても借金は返せません。奉公先でいつも揉め事を起こすし、すぐかっとなる性質《たち》で、人のいうことを聞かないんです。まったく困ったものです。あんないい娘はいないのに」

「その権利もないのに、ずけずけものをいうからいけないんだよ」

「それは違います。自分の立場もわきまえず、ずけずけものをいうからいけないんです」

何をいいたいのか、すぐにはわからなかったが、弱々しかった声が急に大きくなり、挑むような調子でミセス・ブランディはいった。

「どう違うんだ?」と、私は尋ねた。

「サラは男と女の権利にほとんど差がない環境で育ちました。自分にしていけないことがあるという考えを受け入れることができないのです」

思わず冷笑を浮かべそうになったが、相手が自分の患者であることを思い出し、調子を合わせることにした。それに、私は見聞や知識を深めるために旅をしているのであり、たとえこの経験から学ぶものがなくても、心の広い私はそれに耐えることができる。

「その問題に関しては、立派なご亭主と巡り会えば、知るべきことは一つ残らず教えてもらえるだろう」と、私はいった。「はたして巡り会えるかどうかが難しいところだがね」

「あの子が納得できる人物を探すのは厄介だと思います」

今度は私も笑い声を上げげた。「先方から望まれたら、とにかく承知したほうがいいと思うがね。彼女のほうから差し出せるものはほとんどないじゃないか」

「そうです、身一つで嫁ぐしかありません。でも、それで充分じゃありませんか。ときどき、かわいそうな育て方をしたんじゃないかと思うこともあります。考えていたようにはいきませんでした。今、あの子は何から何まで自分一人でやらなくちゃいけません。親はどちらもあの子を助けるどころか、重荷になっているだけです」

「では、父親も健在なんだね」

「いえ、もういませんが、父親への誹謗《そしり》があの子にものしかかっているのです。あなたもご存じではありませんか、そのことは」

「いや、ほとんど知らない。それに、悪い噂はとりあえず疑ってかかること、という教訓をだいぶ前に学んだのでね」

「珍しいおかたですのね」と、沈んだ声で女はいった。「ネッドは夫としても父親としても立派な人で、生涯をかけてこの残酷な世の中に義を通そうとしてきました。でも、もうあの人はいないし、わたしもまもなく死んでしまいます」

「娘さんは本当に天涯孤独、無一文なのかね。たとえば、後見人はいないのか？」

「一人もいません。ネッドはリンカンシャーの出身で、わたしの実家《さと》はケントです。そのケントの親類は死に絶えて、ネッドの親兄弟も沼地《フェンズ》の干拓が始まってから散りぢりになりました。一銭ももらえずに土地を取り上げられたんです。だから、サラには親類が一人もいません。悪い噂で将来の希望はなくなったし、爪に灯をともすようにして貯めたお金はわたしの病気で使い果たしてしまいました。わたしがいなくなったあと、あの子にいいことがあるとすれば、自由になれる、それだけです」

「しかし、なんとかなるよ」私は陽気にいった。「サラは若くて健康なんだ。それにしても、きみの言い草はちょっと失礼じゃないか。きみが生きていられるように、私は努力している。少しは成果も上がっているしね」

「新しい治療の効き目があって、さぞお喜びでしょう。不思議なことに、わたしも生きていたくなりました」

「患者に喜んでもらえると、私も嬉しい。たぶん私たちは、きわめて重要な治療法を発見したのだと思う。協力者がサラしかいなかったのは残念だ。もう少し時間があれば、鍛冶屋《かじ》か誰かを呼んでくることもできただろうに。考えてみたまえ。屈強この上ない男の血を注ぎ込んでいたら、今ごろはきみも元気に歩きまわっていたかもしれない。残念なことに、女の血に含まれる生命のエキスが弱くて、脚の治りも遅いのかもしれない。一、二週間後に、もう一度、同じことをやってみようか……」

女は微笑み、先生がいいと思うことならなんでもする、といった。というわけで、立ち去るときの私は、上機嫌で鼻高々だった。

その直後、外の泥濘《でいねい》を歩いてやってくるサラとばったり出会った。火を焚くための薪や小枝を抱えている。彼女にも私は機嫌よく声をかけた。すると、驚いたことに、彼女のほうからも愛想のいい言葉が返ってきた。

「お母さんは順調だ」と、私はいった。「私も嬉しいよ」

サラはごく自然に笑みを浮かべた。そんな表情を見るのは初めてだった。「神さまが先生を通してあたしたちに微笑んでくださったんです」と、彼女はいった。「ほんとに感謝していまず」

「いや、そんなことはいいんだ」相手の素直さが伝染して、私は謙遜《けんそん》した。「こちらこそいい経験をさせてもらったよ。ともかく、お母さんはまだ完全によくなったわけではない。体力は衰えている。自分で思っている以上にね。もう一度、治療をしたほうがいいだろう。お母さんが無茶をしないように、きみも気をつけていてくれ。そうでないと、治療ができなくなる。あのお母さんのことだから、じっとしているのを嫌がるかもしれないが」

「ほんとにそうですわ。母は働き者なんです」

雪解けが近づき、この国は長く暗い冬から少しずつ抜け出そうとしていたが、風はまだめっぽう冷たく、身を切るような寒気に私は震えていた。「その治療のことで話をしたいんだが」と、私はいった。「どこか適当な場所はないだろうか」

サラは、角を曲がったところに酒場があり、そこなら部屋の隅に火が燃えている、と答えた。私のほうが先に行き、彼女は家の暖炉をともして、母親が暖かく寝《やす》めるようにしてからくることになった。

サラが指定した酒場は、ティリャード氏のコーヒー・ハウスのような、広さにゆとりのある優雅な店ではなく、馬車の乗客を受け入れるために発達した宿屋のたぐいとも違っていた。はっきりいえば下層階級向けの店で、売り物は暖炉の火だけだった。店主は老婆で、体を温めるためにやってきた近所の客に自家製のビールを売る。そのとき、客は私だけだった。どうやら紳士の身分に属する者がやってきたのは初めてであったらしく、ドアを開けて中に入ったとき、私は親しみのない好奇の目で迎えられた。だが、頓着せず暖炉のそばにすわり、待つことにした。

数分後、サラがやってきて、常連らしく老婆に挨拶をした。私は歓迎されなかったが、彼女は違った。「あのお婆さん、戦いに参加したんです」

それだけいえばわかる、とサラは思ったらしい。私は訊き返さなかった。

「気分はどうだ」と、私は尋ねた。血をもらった者だけではなく、提供した者の容態も気にかかっていた。

「なんだかくたびれました。でも、自分の母親が元気になるんだったら、これくらい、なんでもありません」

「お母さんもきみのことを心配していたよ」と、私は答えた。「余計な心配は体に障る。お母さんの前では明るくふるまうようにするんだね」

「そのつもりです。ときどき地が出るかもしれませんけど。ほんとに感謝します、あなたやローワー先生に、とても優しくしていただいて」

「仕事はあるかい」

「ええ、どうにか。昼間は、またウッドさんのところに行っています。夜はときどき手袋屋の仕事があります。針仕事は得意なんですよ。革を縫うのは大変ですけど」

「グローヴ博士のことにはびっくりしたか?」

その瞬間、警戒が顔に現れて、表情が読めなくなった。また感情を爆発させるのではないか、と私は恐れた。そこで、手を上げて制することにした。

「悪意があって訊くのだとは思わないでくれ。ちゃんと理由があるんだ。グローヴ博士の死に関しては、いろいろ懸念が持たれている。しかも、当夜、きみの姿をコレッジで見かけた者がいるようだ」

私を見つめるサラの顔は相変わらず無表情だった。そこで、なぜこんなお節介を焼くのだろう、と自分でもあきれながら、私は続けた。「ひょっとしたら、同じことを誰かに訊かれるかもしれないよ」

「懸念とはどういうことでしょう」

「わずかだが、毒で死んだ可能性もあるんだ」

それを聞いてサラは蒼白になり、うつむいて考え込んでいたが、ほどなく顔を上げると、うつろな表情で私の目をじっと見つめた。「それ、ほんとですか?」

「私の聞いたところによると、グローヴ博士はきみを雇っていて、最近、首にしたそうだね」

「そうです。正当な理由もなしに放り出されたんです」

「それを恨んでいるのか?」

「ええ、もちろん、恨んでいます。誰だってそうじゃありません? グローヴ博士のために、身を粉《こ》にして、きちんと仕事をしてきたんです。こんな目にあわされる憶えはありません」

「きみはコーヒー・ハウスでグローヴ博士に話しかけたね。なぜだ?」

「ひょっとしたら母を助けてもらえるかもしれないと思ったんです。お金を借りるつもりでした」サラは怒った顔で私を見た。憐《あわ》れむなり非難するなり、好きなようにしろ、といっているようだった。

「しかし、断られたんだね」

「それはごらんになったとおりです」

「グローヴ博士が亡くなった夜、きみは部屋に行ったのか」

「誰かがそういったんですか」

「そうだ」

「誰です、そんなことをいったのは」

「それは知らない。質問に答えてくれ。大事なことなんだ。きみはどこにいた?」

「どこだっていいでしょう。あなたには関係のないことです」

どうやら私たちは袋小路に入り込んだようだった。もしも私がしつこく訊けば、サラはこの場から立ち去ってしまうだろう。私の好奇心は満たされないままになる。サラが率直に話さないのは、どんなわけがあってのことだろう。どのようなかたちであるにせよ、疑惑を招いてまで沈黙を保つに値することがあるのだろうか。しかも、サラは、私が味方であることをすでに知っているはずなのだ。最後にもう一度やってみたが、防御は堅かった。

「いろいろ噂があるが、それは本当なのか」

「噂なんて知りません。それより、先生、グローヴ博士が亡くなったのは殺人だと誰かがいってるんですか?」

私は首を振った。「いや、そういうことはないと思う。今のところ、そう考える根拠はないし、今日の夕方には葬儀が行われることになっている。いずれにしても、埋葬されたら何をいっても仕方がなくなる。少なくとも、学寮長は疑惑はないと考えているようだ」

「あなたはどうなんです? どう思うんです?」

私は肩をすくめた。「グローヴ博士と同じ年ごろの健啖家が発作で急死するのはよくあることだ。とにかく、私にはあまり興味のないことだよ。気になるのは、きみのお母さんの容態やあの治療法のことだ。お母さんの便通はあったかね?」

サラは首を振った。

「もしあったら、捨てないで保存しておくこと」と、私は続けた。「便は大事で、見ればいろいろなことがわかる。お母さんは安静にしておくんだよ。体を洗うのは厳禁だ。とにかく、体を冷やさないように。もしも容態が変わったら、すぐに知らせてくれ」

第十四章

グローヴの葬儀は、日没の直後、厳《おごそ》かに粛然と執り行われた。コレッジの庭師が礼拝堂の隣にある中庭に穴を掘り、少年聖歌隊が賛美歌の練習をし、ウッドワード学寮長が追悼の辞を用意して、といった準備は、朝から進んでいたと思う。たぶん反対する者はいないんじゃないか、とローワーにいわれて、私は葬儀に列席する気になった。なんといっても、グローヴはこの町における数少ない知人の一人だったのである。私は、ぜひ一緒に来てくれとローワーを誘った。段取りのわからない宗教儀礼に参加することほど心細いものはない。

結局、誘いには応じてくれたが、最初はローワーも難色を示していた。ニュー・コレッジのお偉方のことがあまり好きではないらしいのである。葬儀が始まると――礼拝堂は人であふれ、祭服をまとった司祭の姿が何人も見受けられた――ローワーの言葉から、私はその理由を窺い知ることができた。「説明してもらいたいんだが」と、祭祀のあいまに、私はローワーの耳もとでささやいた。「きみたちの教会と、私の教会とは、どこが違うんだ。あまり違いはないように見えるが」

ローワーは顔をしかめた。「違いなんてありゃしないよ。どうせなら、バビロンの淫婦に従いますと、正直にいえばいいのに――おっと失礼。とにかく、なぜそうしないのか、ぼくには理解できないね。あの無頼漢たちは、みんなそうしたいと思ってるんだ」

ローワーと同じ信念の持ち主は七、八人いるようだったが、誰もがローワーのようにお行儀よくしているわけではなかった。夕食の席でグローヴと論争したトマス・ケンは、葬儀のあいだじゅう尊大な態度で目立っていたが、死者のためのミサが始まると、今度は大声でおしゃべりを始めた。前に私に非礼を働いたウォリス博士は、腕を組んですわり、聖職にある者がよく見せる苦虫を嚙み潰したような仏頂面《ぶっちょうづら》をさらしている。ことさら厳粛な場面で笑い声を上げた者も何人かいて、ほかの参列者からにらまれていた。この儀式がおおっぴらに喧嘩へと発展しないで終わることができたら、と、ある段階で私は思った。それこそ幸運というものだろう。

だが、かろうじて、醜聞めいたことは起こらずに終わりを迎え、参列者のあいだにも安堵《あんど》の思いが広がったような気がした。ウッドワードは最後の祝福を口にし、片手に白い杖を持って、みんなを引きつれ、礼拝堂を出て、中庭をまわり、掘られた墓へと向かった。口を開けた穴の上に遺体が運ばれ、四人の研究員がそれを支えた。ウッドワードが最後の祈りの準備をしていたとき、うしろから小競《こぜ》り合《あ》いの音が聞こえてきた。

私はローワーに目配せをした。二人とも確信していた。緊張がついに極限まで高まり、この地上におけるグローヴの最後のひとときが、教義上の論争によって穢《けが》されてしまったのだ。何人かが憤慨《ふんがい》して、怒りの表情で振り返った。参列者のあいだにざわめきが広がり、人垣が二つに押し分けられて、そのあいだから恰幅のいい、灰色の頰ひげを蓄えた男が現れた。分厚い外《がい》套《とう》を着て、恐縮の至りのような表情を浮かべている。

「どういうことです?」ウッドワードがいって、墓に背を向け、侵入者と向き合った。

「この葬儀、ここまでにしていただきたい」男はいった。

私はローワーを肘で突っついて、その耳もとにささやきかけた。「あれは何者だ。どうしたんだろう」

ローワーは不承不承こちらに視線を戻して、小声でいった。「治安判事のサー・ジョン・フルグローヴだよ」そして、黙っているように私に釘をさした。

「あなたの権限はこの場所には及ばない」ウッドワードはいった。

「違法行為が疑われる場合はそのかぎりではない」

「そんなものはない」

「ないかもしれませんが、立場上、それを確かめる義務があります。殺人が行われたかもしれないという連絡が、正式に入っておりましてな。捜査をしないわけにはいかんのです。そのあたりのことはあなたにもおわかりでしょう、学寮長」

殺人という言葉が発せられた瞬間、参列者のあいだにどよめきが走った。ウッドワードは、治安判事から遺体を守るように、墓の前に立ちはだかった。いや、むしろ自分のコレッジを守っていたのだ。

「殺人など論外です。これは確言できます」

治安判事はひるんだが、一歩も引かないと決心したようだった。「ご承知のように、通報があれば、きちんと調べなければなりません。死体が転がっていたのがこのコレッジの中であっても、そういう事実を私が考慮する必要はない。あなたにはそこまでの特権はありません。私を排除することはできないし、令状に異を唱えることもできない。私がいいというまで、葬儀を中止することを命じます」

コレッジの仲間の視線と、相当数の大学当局者の視線を浴びながら、ウッドワードは左右に体を揺らし、このあからさまな挑戦にどう応じるべきか考えていた。いつもなら瞬時の迷いもない男だったが、今度ばかりは手間取っていた。

「そういう職権など、私は絶対に認めません」やがて、学寮長はいった。「私の同意なしに、この場所に立ち入る権利は、あなたにはない。コレッジの行事を邪魔する権利もない。あなたがここにいる正当な理由はいっさいありません。したがって、法に則《のっと》って、あなたを退去させることもできます」

集まった人々はその宣言に満足したようだったが、サー・ジョンは反《そ》り返って怒りをあらわにした。ウッドワードは、このようにして自分に期待されている規範を守り、原則は決して曲げないことを広く知らしめたわけだが、そのあと、ある意味で、歩み寄りを見せた。「しかしですな、あなたのもとには、私の知らない訴えが届いているという。もしも違法行為が行われたのなら、その真相を知るのはコレッジの義務でもある。まず、あなたの言い分を聞いて、そのあと埋葬をする、ということにしましょうか。筋が通らなければ、葬儀は再開しますよ。そちらがどうおっしゃろうとも」

あちらこちらから賞賛のささやき声が上がった。あとでローワーから聞いたところによると、反論不可能なところまで追いつめられたあと、よくぞ防衛的な退却を果たした、という思いがあったらしい。その声がまだ収まらぬうちに、ウッドワードは礼拝堂に遺体を戻すように命じた。そのあと、治安判事を伴い、学寮長公舎に向かうべく中庭に向かった。

「さてさて」と、ローワーは声を潜めた。治安判事と学寮長は、中庭へと通じる狭い拱道《きょうどう》の向こうに消えたところだった。「黒幕は誰かな」

「どういうことだ」

「治安判事が動けるのは、犯罪があったと誰かが申し立てたときだけだ。その申し立てが正しいかどうかを決めるため、治安判事は捜査を始める。それなら、誰が申し立てたか？　ウッドワードであるはずはない。では、ほかに誰が？　ぼくの知るかぎり、グローヴに妻子はいない」

私は身震いした。「ここに二人で立っていても、その答えは見つからないぞ」私はいった。

「うん、そのとおりだ。じゃあ、クライスト・チャーチのぼくの部屋に行くか。酒が一本あるし、二人で考えたら何かわかるかもしれない」

あまり進展はなかった。繰り返し議論をして、さんざんワインを呑んだあげく、誰が治安判事に申し立てをしたかという問題は結論が出ず、そのまま朝が来て、目を覚ました私たちは二ユー・コレッジを離れた。明らかになったのは、イングランド人が好むカナリア諸島産のワインは、翌朝、ひどく体に堪《こた》えることだけだった。

私はローワーの部屋で寝た。議論が終わるころには、足もとがふらついて自分のベッドまで戻ることができなかったのだ――グローヴ関連の話はすぐに終わり、好奇心の赴くまま話の種は多岐にわたった。とりわけローワーは繰り返し魂を話題にして、その実在は研究で立証できるだろうか、と問うた。私の輸血の研究にとっても重要な論点である。

「もしかしたら」と、彼は思案に沈みながらいった。「血液中に生ける魂が宿っているというきみの説は、亡霊の存在から立証できるかもしれない。亡霊というのは、肉体から解放された魂にほかならないからね。ぼくは亡霊の存在を疑うことができない。実は、見たことがあるんだ」

「本当か？　いつ見た？」私はいった。

「つい数か月前のことだ」彼はいった。「ぼくはまさにこの部屋にいた。すると、扉の向こうで、何か音が聞こえた。客が来ることになっていたので、扉を開けてみると、若い男が一人立っていた。ビロードの変な服を着て、金髪を長く伸ばし、絹のロープを持っていた。声をかけると、振り向いてこちらを見た。返事はしなかったが、その代わり悲しそうな笑みを浮かべ、そのまま階段をおりていった。そのときは深く考えず、ぼくは部屋に戻った。一分ほどして、客がやってきた。妙な若者を見なかったか訊いてみたが、絶対にすれ違ったはずなのに、見なかったという。階段には誰もいなかったらしい。あとになって学生監から聞いたが、一五六〇年に自殺した若者がいたそうだ。自分の部屋を出ると、今ぼくが使っているのと同じ階段を使って、コレッジの反対側にある地下室までおりていき、絹のロープで首を吊ったらしい」

「ううむ」

「疑うのも無理はないね。ぼくはただ、優れた学説と実際的な観察とがうまく一致したまれな例を挙げただけで、他意はない。きみの演繹的《えんえきてき》な考え方を却下する気になれないのはそのせいだ。もっとも、ブランディ未亡人の容態がよくなったことには別の解釈も可能だと思う。そのことを否定するつもりもない」

「自分の思いついた解釈を否定して、まだ思いついてもいない解釈を優位に置くのは、馬鹿げたことだと思う」私はいった。「しかし、ここで指摘しておきたいが、きみはこう考えているわけだね。生命を保ってくれる魂は、肉体が生命を失ったあとも存在する、と」

　彼はため息をついた。「そういうことになるな。魂とはいかなるものか、それを突き止めるためにどんな実験をすればいいか、あのボイルでさえ答えを出せないでいる。魂が物理的に存在する、というのが前提だがね」

「神学者と大論争になるだろうな」私はいった。「ボイルは神学者たちとなるべく友好的な関係を保っていたいと考えているようだが」

「遅かれ早かれ論争になるのは避けられん」わが友は答えた。「避けようと思ったら、われわれ科学者は物理現象のみを研究の対象にすればいいわけだが、それでは進歩がない。ともかく、きみのいうとおりだ。ボイルは危険を避けようとするだろう。それがあの人の欠点だと考えざるを得ない。それをいうなら、きみの国のガリレオ氏は、教会の怒りを買う危険を冒したわけだね。きみは彼のことをどう思う？」

むろん、あの名高い事件はローワーも聞き及んでいる。私がパドヴァにいたときにも侃々諤々《かんかんがく》諤《がく》の議論の対象になっていた。ガリレオはヴェネツィアで教職に就いていたが、メディチ家の栄華に惹かれてフィレンツェに移り、そこで多くの敵を作った。そのことも災いし、地球は太陽のまわりを巡っているという発言によって窮地に立たされた。ガリレオが没落したとき、私はまだ生まれるか生まれないかぐらいだったが、当時の知識人は脅えて、よほど考えてからでなければ口を開かないようになった。しかし、ローワーがそんなことをいいだすとは、実に腹立たしかった。彼がどう思っているかは明白であり、事実をねじ曲げて私の教会を攻撃しようとしているのは明らかだった。

「いうまでもなく、心から尊敬している」私はいった。「教会の件は実に残念だ。私は科学者であり、教会の真の息子だとも思っている。ボイル氏のいうとおり、私もまた、科学は真の宗教と決して矛盾するものではないと考えている。食い違っているように見えたとしたら、それはこちらの側がどこかで間違った理解をしているからだと思う。神はわれわれに聖書を持たせ、その創造の実例をお示しになるため、自然を与えてくださった。神の自己矛盾を想定するのは馬鹿げている。間違っているものがいるとしたら、それは人間だ」

「ガリレオ氏の場合は誰かが間違っているわけだね」ローワーはいった。

「明らかにそうだ」私は答えた。「誰だって、本当は教皇の顧問役が心得違いをしたと思っている。しかし、シニョール・ガリレオも悪い。教会側よりもっと悪いかもしれない。彼は狷介《けんかい》かつ傲慢《ごうまん》な人物で、自分の説が教理と整合することを示す努力を怠った。実際、私は矛盾があるとは思わない。理解が足りなかったんだ。それが重大な結果につながった」

「きみたちの教会の不寛容のせいではないというんだね」

「そのとおり。これははっきりいえるが、科学に関しては、カトリック教会のほうが、プロテスタント教会より、より広く門戸を開いている。重要な科学者はみんなカトリック教会で育っている。コペルニクス、ヴェサリウス、トリチェリ、パスカル、デカルト……」

「わが国のハーヴェー氏は敬虔《けいけん》なイングランド教会の信者だった」ローワーは反論したが、私の見たところ、少し無理があった。

「そのとおり。しかし、彼はパドヴァで教育を受けたし、自説の着想を得たのもパドヴァにいたときだ」

ローワーは低くうなって、私の返事に乾杯するようにグラスを上げた。「そのうちきみは枢機卿になるよ」彼はいった。「思慮分別のある政治的返答だな。きみは、科学は自分が正しいかどうか、みずから証《あかし》を立てなければならないと考えているんだね」

「まさしく。そうでなければ、科学は宗教の下僕ではなく、同等の存在になってしまう。その結果、何が起こるか、考えるのも畏《おそ》れおおいことだ」

「きみの物言いは、だんだんグローヴ博士に似てきたな」

「それは違う。彼はわれわれをペテン師呼ばわりして、実験の有用性に疑問を呈した。私は実験の威力と将来性を恐れる。あまりにも威力があるので、人間が傲慢にならないように、しっかり監視すべきだと思っている」

ローワーのいうことに腹を立ててもよかったが、口論は避けたかったし、ローワーにしても私を挑発しようと思っているわけではないだろう。「とにかく」と、彼はいった。「われわれの教会にもグローヴのような人物が何人もいる。よその国のことをとやかくいう資格はない。揉め事を起こそうにも、きみたちの枢機卿と比べたら、与えられている権力はかぎられている。ただ、充分な力があったら、絶対に悪辣《あくらつ》なことをやりはじめるはずだ」彼は手を振り、もう飽きてしまったのか、話題を変えようとした。「ところで、きみの患者はどうだ？　自分の両肩に載せられた、きみの理論の重みにちゃんと耐えているか？」

私は満足して微笑を浮かべた。「ああ、あの女《ひと》は見事に耐えているよ」私はいった。「はっきりと回復の兆《きざ》しが見られるし、転倒して以来、これほど気分がいいのは初めてだといっている」

「それなら、ムッシュ・デカルトに乾杯しよう」そういって、ローワーはグラスを上げた。

「そして、その弟子、卓越したダ・コーラ博士にも乾杯」

「ありがとう」私はいった。「はっきりいうが、きみはたぶん、自分で認める以上に、デカルト学説に心酔しているはずだ」

ローワーは人差し指を唇に当てた。「しっ！」彼はいった。「興味を持って著書を拝見したし、得るところも多かった。しかし、デカルト派を名乗るくらいなら、カトリックになったほうがいいと思っている」

そんな台詞《せりふ》で会話が終わるのはおかしなことだったが、事実、そうだったから仕方がない。あくび一つもしないで、ローワーは寝返りを打ち――一枚しかない薄い毛布を横取りしたので、私のほうは震えるしかなかった――すぐに眠り込んだ。私はとりとめのないことをしばらく考えていたが、やがて気がつかないうちに、同じように私も〈忘却《レーテー》〉の抱擁の中へと落ちていった。

二人ともまだ眠っているうちに、シュタールの使いが伝言を持ってきた。準備が整ったので、実験に立ち会いたいのなら、なるべく早くきてもらいたい、という。実をいうと、二日酔いの気分がすぐれない状態で、あの癇癪《かんしやく》持ちのドイツ人と会うのは気が進まなかったが、最善を尽くすのがわれわれの義務だと、ローワーは渋々結論づけた。

「行きたくないなあ」ローワーはそういうと、口をすすぎ、身なりを整えてから、朝食のパンにかぶりつき、ワインを一杯呑んだ。「しかし、治安判事がしゃしゃり出てくるのなら、こちらもきちんと調べておいたほうがいい。いずれにしても、われわれの言い分に治安判事が耳を傾けるとは思えないが」

「どうしてだ?」私は少し気になった。「ヴェネツィアでは、だいたい医者の意見が珍重されるぞ」

「イングランドでも同じだよ。『判事殿、私の意見によれば、この男は死んでいます。背中にナイフが刺さっているところから判断すると、自然死ではありません』面倒な意見さえいわなければ、すべては丸く収まる」コートのポケットに改めてパンを詰め込み、ローワーはドアを開け、そのまま待った。「さあ、きみだってこの機会を逃したくないだろう」

意外なことに、私たちを迎えたシュタールは上機嫌といってもよかった。二人で足を引きずりながら階段を上がり、タール通りにあるシュタールの狭苦しい部屋に着いたのは、十五分後のことだった。自分の才気と手際のよさを、見る目のある見学者の前で実証できると思うと、嬉しくてたまらないのだろう。ただし、シュタールは自分を気難しく見せようと精一杯努めていた。準備はすっかり整っている。ろうそく、深皿、各種の液体が入った瓶、六つの小山に分けた粉末——例の瓶から抽出したものだ——それと、あらかじめローワーが買い求めて届けておいた薬品類。

「さて、お行儀よく見学してくれよ。くだらない話をして、私の時間を無駄にしないでくれ」シュタールににらみつけられて、ローワーはなるべく静かに見ていることを約束した——もちろん、ローワーもシュタールも、そんな言葉は一瞬たりとも信じていない。

下準備が終わり、シュタールは作業に取りかかった。化学的手法のお手本であり、見ていると思わず引き込まれた。シュタールがしゃべりつづける一方で、気がつくと私の嫌悪感は消え、その巧みな手さばきや秩序立ったやり方に賞賛の念を抱くようになっていた。粉末の小山に向かって手を振りながら、彼はいった。問題はきわめて単純。ブランディの瓶から採取したこの沈殿物の正体を、いかにして突き止めるか。見た目で判断しようとしても、それだけでは何もわからない。粉末にできる白い物質はたくさんあるからだ。重さを量ることはできるが、不純物の量を考えに入れないといけないので、答えは出しにくい。なめてみて、ほかの物質の味と比較することもできるが、そのやり方は――危険を伴うことはいうに及ばず――唯一無二の識別可能な味を持っている物質でなければ通用しない。単に視覚的特徴から判断するかぎり、この沈殿物は白っぽい粉末であるとしかいいようがない。

そんなわけで、と彼は続けた。いよいよ本題に入ろうというのだ。われわれはほんの少し突っ込んだ検査をする必要がある。たとえば、少量のアンモニウム塩の溶液に溶かせば、何通りかの反応が現れるかもしれない。色が変わるとか、発熱するとか、気泡を出すとか。粉末は完全に溶けることもあるだろうし、浮かんだり、固形のまま溶液の底に沈んだりするかもしれない。ほかの物質で同じ実験をして、似たような反応が見られたら、その二つは同一の物質といえるのではないか?

私は、そのとおり、と答えようとしたが、それより早くシュタールは私たちに向かって指を振った。違う、と彼はいった。実はそうではない。もしも違う反応を見せたら、二つの物質は同一ではないと結論づけてもいいだろう。しかし、同じ反応を示した場合は、二つの物質が、アンモニア塩と混じり合って、同じように反応した、といえるだけだ。

私たちがその理屈を理解するあいだ、シュタールは黙っていた。そして、また話しはじめた。さて、きみたちはこう考えているだろう、と彼はいった。ではどうすればこの物質の正体を突き止められるのか、と。その答えは簡単だ。突き止めることはできない。先週もいったように確実な答えはない。われわれにできるのは、積み重ねた証拠によって、それはかくかくしかじかの物質である可能性が高い、ということだけだ。

私はまだイングランドの裁判に不案内だったが、もしもシュタールのような者がヴェネツィアの法廷に立って、今のような話し方をすれば、彼が代弁している側はすべての希望を捨てることになるだろう。

「さて、ではどうすればいいか？」修辞疑問のかたちで彼は問いかけ、宙に向かって指を振り立てた。「実験を何度も何度も繰り返して、そのたびに二つの物質が同じ反応を示したら、そのときは次のように結論づけてもいいだろう。すなわち、その二つが同じではないという確率は、その二つが違うという主張が理にかなわないと思える程度まで少なくなる。どうだ、ちゃんと論理の筋を追えているか？」

私はうなずいた。ローワーのほうはうなずこうともしなかった。

「よろしい」シュタールはいった。「さて、ここ数日、私は十数種の物質を使って実験を繰り返し、その結果、私なりの結論を得た。それを具体的に見せようと思って、こんな準備をした。くどくど説明している時間はないんだよ。ここに五種類の違う物質を入れた容器がある。その五種類に、例の粉末を、一つひとつ順番に入れていく。そのあと、試薬を使った結果と比較検討する。さて、最初はアンモニア塩の溶液だ」——話しながら、粉末をひとつまみ入れた——「二つ目のグラスには、酒石《しゅせき》の浸出液が入っている。三つ目は硫酸、四つ目はただの塩をアルコールに溶かしたもの、最後はスミレ・シロップだ。ここには焼けた鉄片も一つある。ローワー博士、これを使って何をするか、理屈はわかるね」

ローワーはうなずいた。

「では、きみの友人に説明してやってくれないか」

ローワーはため息をついた。「これは授業じゃないんだぞ」

「私は実験的手法のなんたるかを人に理解させたい。医者はみんなわかっとらん。薬を処方するときでも、どういう理屈でそれが効くか、考えようともせん」

ローワーは低くうなり、結局、シュタールに合わせた。「この実験の目的は」と、彼はいった。「あの粉末を、あらゆる種類の物質と混ぜ合わせてみることだ。ご承知のように、自然における基本元素は、受動的な性格を持つ塩と土、能動的な性格を持つ水とアルコールと油、その五つ。彼が選んだ液体は、五つの元素を網羅していて、物質というものの多様性が一覧できるようになっている。熱も試しているようだが、これはちょっと筋が通らないね。シュタールは炎を自然元素の一つとは考えていないんだから」

シュタールはにやりとした。「そのとおり。すべての物質には一定量の炎が含まれていて、熱することによってそれが解放される、という考え方は、見当違いだと思う。それはそれとして、立派な解説だったよ。きみの友人が、そのちっちゃな頭に今の話を詰め込んだら、いよいよ実験の開始だ」

シュタールは私たちをじっと見て、よそ見していないことを確かめてから、揉み手をして、最初の深皿を取り上げ、私たちにもよく見えるように、光にかざした。

「まずアンモニア塩だ。ごらんのとおり、白っぽい沈殿物ができているだけで、ほかに変化はない。どうだ」

渡されたものを調べてみて、もう一つの容器も同じ状態になっているのを確認した。

「次は、酒石の浸出液。液の中央に雲のようなものができていて、底と表面のあいだに浮かんでいる」

今度も別の容器に同じものができていた。

「硫酸。グラスの片側に、固い結晶ができている。もう一方も同じ。

塩」言葉を切り、彼は深皿を慎重に調べた。「クリーム状の沈殿物がほんの少しできている。微量なので、気がつかないかもしれない。

スミレ・シロップ。きれいなものだね。薄緑に着色している。実に魅力的だ。二つともそうなっている。私が選んだ試薬は、どれも同じ状態になった。どうだ、納得がいったか」

彼は満足そうに鼻の先を鳴らしてから、小山に分かれた粉末をひとつまみずつ赤く焼けた鉄にふりかけた。私たちが見ていると、じゅっと音がして、濃い白煙が上がった。シュタールはその臭いを嗅ぎ、また鼻の先を鳴らした。「いずれも炎は出ない。かすかな臭いがあるだけだ。この臭いは――そう、にんにくに似ている」

そのあと、鉄に水をかけて冷ますと、平然と窓の外に放り投げた。地面に投げ出せば、毒があってもわれわれに影響が及ぶことはない。「まあ、こういうことだ。これ以上、時間を無駄にすることはない。これで六回の実験を行って、きみたちがブランディの瓶に入れて持ってきた物質は、ここにある試薬とすべて同じ反応を示した。さて、諸君、化学実験の専門家として、私は意見を述べることにする。瓶に入っていた物質は、試薬に使った物質と同じではないとは考えにくい」

「それはわかったよ、もうわかった」ローワーはいった。もう我慢の限界にきているようだ。

「その試薬というのは何なんだ？」

「うん」シュタールはいった。「それが肝心だ。いや、芝居がかったまねをして、すまなかった。これは白砒《はくひ》と呼ばれている物質だ。女性の中で、愚かにして虚栄心の強い者が、以前は白粉《おしろい》として使っていた。大量に使うと、命に関わるよ。そのことも証明できる。今度のとは別に検査をやってみたからな。

ちなみに、記録はちゃんと取ってある」そういうと、シュタールは紙の容器を二つ開けた。「猫が二匹」彼はいって、尻尾をつかみ、それを取り出した。「黒猫と白猫だ。昨夜、捕まえたときには、二匹とも生きていた。一匹には、瓶に入っていた粉末を二グレイン与え、もう一匹には同じ量の白砒を与えた。少量のミルクに混ぜて呑ませたんだ。ごらんのとおり、二匹とも死んでいる。

二匹とも持っていきたまえ」シュタールは続けた。「きみはグローヴ博士の内臓を調べているようだから、この猫の内臓も調べたくなるかもしれない。念には念を入れてということもある」

私たちはシュタールの好意に甚大なる感謝の言葉を述べた。ローワーは、尻尾を握って両手にそれぞれ猫をぶら下げ、解剖のため、研究室へとぶらぶら戻りはじめた。

「きみはどう思う?」クライスト・チャーチに向かって本通りを歩きながら、彼は尋ねた。瓶に入っていたのが砒素《ひそ》だとわかり――いや、正確にいうと、一貫して砒素のようにふるまい、砒素でないもののようにはふるまわなかったので、砒素のようなものであると合理的にいえる物質だとわかり――それを与えられた猫も、砒素を与えられた猫とよく似た死に方をしたので、私たちは恐ろしい結論まであと一歩のところまできていた。

「素晴らしいよ」私はいった。「実に見事だ。方法論としても、それを具体化する手法としても、まったく文句のつけようがない。しかし、猫の解剖結果が出るまで、最終的な意見を述べるのは差し控えよう。きみが考えているはずの三段論法には、まだ欠落部分があるはずだ」

「砒素を仕込まれた瓶があり、グローヴは死んだ。だが、グローヴは砒素によって死んだのか? そう、きみのいうとおりだ。とはいえ、猫を解剖して何がわかるか、きみだって察しがついているだろう」

私はうなずいた。

「グローヴは殺された。すべての証拠はそのことを示している。ただし、その説が成立するために必要な条件があと一つだけ欠けている」

「というと?」私はいった。私たちは、コレッジの、まだ完成していない不似合いな門をくぐり、同じくまだ完成していない広い中庭を抜けようとしていた。

「動機がわからない。一番大事なのはそれだ。こういってよければ、なぜ、いかにして、という問題が、シュタールのやり方では解明されない。なぜがわからないかぎり、いかにしてを追求しても意味がない。どういう犯罪であったのか、その動機は何か。それを突き止めないと話にならん。あとは枝葉末節にすぎない。悪事により利を得る者はそれをなせる者なり」

「オヴィディウスか？」

「セネカだよ」

「おい」と、少し苛立《いらだ》って、私はいった。「いいたいことがあるんなら、はっきりいえ」

「じゃあ、いおう。化学物質が混じるとどうなるかは、シュタールの得意とするところだ。しかし、動機を突き止めるのは畑違い。それはぼくたちの仕事だ。グローヴがどんなふうに死んだかはもうわかっている。だが、なぜ死ななければならなかったかはまだわからない。こんな手の込んだことをしてまで彼を殺そうと考えたのは何者か？」

「カウサ・ラテト・ウィス・エスト・ノーティッシマ」今度は私が引用をした。ローワーの困った顔を見て、溜飲を下げた。

「『原因は隠されてある……』か？　スエトニウスの言葉か？」

「『だが、結果は明らかなり』オヴィディウスだよ。きみも意外にものを知らないね。猫の解剖結果が予想どおりだとすれば、われわれはすでに事実をつかんでいる。これから先はわれわれの専門外だ」

彼はうなずいた。「きみの血液に関する論理の組み立て方を考えると、その意見は異色だね。いうことが逆じゃないか。一方では、仮説が第一で、それに先立つ証拠は必要ないという。それなのに今度は、証拠があるから仮説は必要ないといっている」

「たぶんきみだって同じように考えたと思う。それに、私は、説明をする必要がないとはいっていない。それはわれわれの任ではないといっているだけだ」

「うん、一理あるね」ローワーは譲歩した。「ぼくが感じている不満は虚栄の一種だろう。でもね、ぼくたちの自然哲学がこういう大事な問題に答えを出せないとなると、進歩がない。なぜといいかにしての両方を突き止めるんだ。いかにして、だけに狙いを定めると、この先、誰からもまともに相手をしてもらえなくなる。猫の解剖にきみも立ち会うか?」

私は首を振った。「できれば立ち会いたいが、患者の様子を見てこないといけない」

「いいだろう。じゃあ、きみの用事が終わったら、ボイルの部屋で落ち合おう。今夜は奢《おご》るぞ。実験ばかりだと、荷が重くなるだけだ。たまには羽目を外さんとな。ところで、ひとつ頼みがある」

「どんな頼みだ」

「ぼくは定期的に地方の村を回っている。きみがやってきたばかりのとき、ボイルが話したはずだが、憶えてるか? 町で医療の業務ができないものだから、外に出て少しでも稼がないといけない。今は手持ちが少なくなってきた。キリスト教徒としての慈善行為だよ。しかも、かなり儲けになる。慈善と儲け、結構な組み合わせじゃないか。市《いち》が立つ日に部屋を借りて、そこを診察室にして、看板を出す。すると、待っているだけで、金が転がり込んでくる。出発は明日だ。エイルズベリのほうで公開処刑があってね。死体を競《せ》り落《お》としたいと思っている。きみも一緒にくるか? 二人がかりでも裁ききれないほどの患者が集まるだろう。一週間、馬を借りるといい。ついでに田舎を見てまわってもいいじゃないか。ところで、歯は抜けるか？」

私はむっとして胸を張った。「それほど落ちぶれちゃいない」と、私はいった。

「駄目か？　簡単だぞ。ぼくはやっとこを持っていく。よかったら、練習してみろ」

「そういう意味でいったんじゃない。私は床屋外科《バーバー》とは違うんだ。こんなことをいって恐縮だが、もしも床屋なんぞのまねをしたら、父から怒りの鉄槌《てっつい》が下されるだろう。私にだってこれ以上堕ちたくないという意地がある」

意外にも、ローワーは怒らなかった。「まったく使い物にならないやつだ」ローワーは面白そうにいった。「まあ、聞いてくれ。ぼくが行くのは、数百人しか住んでいない町ばかりだ。近隣の村から人が大勢集まってくるし、誰もがちゃんとした治療を受けたがっている。瀉血《しゃけつ》をしたり、下剤を呑ませたり、膿《うみ》を切開したり、いぼ痔を揉んだり、歯を抜いたりする治療だ。ここはヴェネツィアじゃない。ヴェネツィアなら隣の床屋外科を紹介すればことは足りる。あのあたりでは、今度の機会を逃したら、正規の教育を受けた医者に診《み》てもらえるのは一年後だ。諸国を巡る偽医者が通りかかることはあるだろうがね。だから、その意地とやらを忘れて、一緒にきてくれないか。ぼくだって面目にこだわったりしない。誰にもばれないだろうし、きみの父上にも内緒にしておく。歯を抜きたいといわれたら、やっとこを手に取ってくれ。きみだってきっと悪い気はしないだろう。あんなに感謝してくれる患者には二度と会えないかもしれないぞ」

「私の患者はどうする？　戻ってきたら死んでいた、などというのはご免だ」

ローワーは眉をひそめた。「それは考えていなかったな。でも、つきっきりで世話をしなくてもいい患者だろう? このまま生きていられるかどうか、様子を見るしかない。それに、また治療をしたら、せっかくの実験が台なしになるかもしれない」

「それもそうだ」

「ロックに頼んで、ときどき様子を見にいってもらおう。きみはあいつをあまり高く買っていないようだが、本当はいいやつだし、医者としての腕もたしかだ。この町を空けるのは、ほんの五、六日だよ」

私はまだ決めかねていたし、ロックのような男に自分の研究を知られるのは嫌だったが、ローワーが高く評価しているようなので、そのことは口にしなかった。「もう少し考えさせてくれ」私はいった。「今夜、返事をしよう」

「よかろう。さあ、猫たちがお待ちかねだ。あとで、治安判事に会って、話を伝えておいたほうがいいだろうな。もちろん、向こうはあまり興味がないだろうがね」

こうして、三時間後、私たちはホリウェルにある治安判事の家に行き、医者二人の意見として、ロバート・グローヴ博士の死因が砒素中毒であることを伝えた。猫の胃腸にも、その痕跡がはっきり残っていた。二匹とも同じ異状を示しており、ついでにいえば、グローヴにあったのときわめてよく似た胃の爛《ただ》れも認められた。ベーコン卿であれ、ムッシュ・デカルトであれ、いかなる理論家が考察しても同じ結論に達することは間違いない。

サー・ジョン・フルグローヴは、ほんの少し待っただけで現れた。私たちが通されたのは書斎として使われている部屋で、軽い訴えを裁くときには即席の法廷にもなるという。心配事が多そうな人物に見えたが、さもありなんである。ウッドワードのような人間を相手にすると、たいがいの官吏は不愉快な思いばかりするだろうし、たとえ治安判事であってもウッドワードの怒りを買うことになる。人の死を調べるのは、殺人を立証するのと同等の行為で、サー・ジョンは検視の際に事件の全容を納得のいくかたちで提示しなければならない。そのためには、告発すべき人物が必要になる。

私たちの調査報告を聞きながら、サー・ジョンは椅子にすわったまま身を乗り出し、話の内容を理解しようと躍起になっていた。その姿には同情を禁じ得なかった。そう簡単にわかるような話ではなかったからだ。サー・ジョンの名誉のためにいっておけば、われわれの実験手法や、結論へと至る論理について、彼は詳細な質問を繰り返し、込み入った手順を何度も訊き返して、ついに正しい理解に達した。

「つまり、きみたち二人は、グローヴ博士がブランディに溶けた砒素を呑んで死んだことを確信している。そういうことだね？」

一人で説明役を務めたローワーはうなずいた。「そのとおりです」

「しかし、なぜ瓶に砒素が入ったかはわからんのか？　博士が自分で入れた可能性はないか？」

「それはないでしょう。砒素については、当夜、話に出たばかりでしたし、もう二度と使わないともいっていたそうです。瓶については、ここにいるコーラ氏がよく知っています」

そこで私は、グローヴに中庭の先まで送ってもらう途中で、階段の下にあった瓶を彼が取り上げたことを話した。ただし、問題の瓶と同じものだったかは不明だし、すでに毒が入っていたかどうかもわからない。

「その毒物は、医薬品でもあるのだね？　コールくん、きみは博士の治療をしたのか？」

「コーラです」

ローワーが、時と場合によって砒素は医薬品にもなるが、決してこれほど大量に使うことはない、と説明した。私のほうは、治療といっても博士の目から博士が使っていた薬を洗い流しただけで、そうすれば目は自然に治る、と話した。

「きみは博士の治療をして、その晩、一緒に食事をした。おそらく博士が死ぬ前、最後に会ったのもきみだ。そういうことだね？」

おそらくそうだろう、と私は冷静に答えた。治安判事は低くうなった。「その砒素だが」と、彼は続けた。「正確にいって、どういうものなんだ？」

「粉末です」ローワーが答えた。「硫黄と苛性塩を含む鉱物から作ります。高価でもあるし、めったに手に入らない薬品でもあります。ドイツの銀山から取り寄せます。石黄《せきおう》を塩類で昇華させて作ることもできます。別の言い方をすれば……」

「もう結構」治安判事はそういうと、両手を前に伸ばして、ローワーの講義をさえぎった。

「礼をいうよ。私が聞きたかったのは、どこで手に入るか、だ。たとえば、薬種屋《やくしゅや》で売っているのか？　医者が使う医薬品《マテリア・メディカ》か？」

「ああ、そういうことですか。一般に、医者が身のまわりに置いておくようなものではありません。使う機会はめったにありませんし、先ほどもいったように、値段が高いのです。普通は、必要になったときに薬種屋から取り寄せます」

「重ねて礼をいう」治安判事は眉根に深いしわを寄せ、考え込んだ。私たちから聞いた話を反芻《はんすう》しているのだ。「きみたちの話はたしかに貴重なものだが、この件が裁判になったとき、どういうふうに役立てればいいか、それがよくわからない。重要な話だが、陪審員もそう思うだろうか。あいつらのことは、きみもよく知っているだろう。こういう根拠薄弱な案件が裁判になったら、われわれが誰を告発しようと、無罪にするに決まっている」

ローワーは不満そうだったが、サー・ジョンの言い分が正しいことを認めた。

「それはそうと、コールくん……」

「コーラです」

「コーラか。きみはイタリア人だろう?」

私はそうだといった。

「きみも医者か?」

医学の勉強はしたが、資格は取っていないし、医療を生業《なりわい》にするつもりもない、と私は答えた。そして、父がそれを望まず……と、続けた。

「では、砒素にも詳しいな」

この質問がどこにつながるか疑いもせず、私はむしろ得意になって、たしかに詳しい、と答えた。「生きているグローヴ博士と会った最後の人間が自分であることは認めるね?」

「ええ、おそらく」

「では――推測でものをいって申し訳ないが――たとえば、きみが瓶に毒を入れて、夕食にやってきた博士に渡したとしても、きみが違うといえばそれで通るわけだね」

「サー・ジョン、何かお忘れではありませんか?」ローワーが穏やかに反論した。「その行為に及んだ動機を明らかにしないかぎり、下手人扱いすることはできませんよ。論理的に考えて、そういう動機は存在しません。コーラ氏はオックスフォードにきて、いや、それどころかイングランドにきて、まだ数週間しかたっていないのです。あの夜の前にグローヴと会ったのも一度しかありません。はっきりいいますが、コーラ氏が清廉潔白《せいれんけっぱく》な人物であることは、このぼくが喜んで保証します。もしもこの場にオナラブル・ロバート・ボイルがいれば、彼もまた保証してくれるでしょう」

それを聞いて、ありがたいことに、治安判事はおのれの浅はかさに気がついたらしい。ただし、彼に対する私の評価は下がったままだった。「失礼の段、お詫び申し上げる。悪気があっていったのではない。調べるのが私の職務でね。当然、関係者にはいろいろ訊いておきたいことがある」

「お察しします。謝罪など必要ありませんよ」とはいったものの、決して本心からではなかった。彼の言葉にはかなり動揺したので、その論理の誤りを突いてやろうかとも思った――生きたグローヴと会った最後の人間は私だというが、はたしてそうか。誰かがサラ・ブランディを見かけたようだし、私が中庭の先でグローヴと別れたあと、彼女がグローヴの部屋に入るのを見たともいうではないか。

しかし、私は気がついていた。イタリア人のカトリック信者が殺人犯の候補にふさわしいのなら、独立派信徒の娘で、道徳的にだらしがなく、激しい気性を持っている女も充分その代わりを務めることができる。自分に容疑が降りかかるのをかわすために、彼女を犯人に仕立てるのは私の望むところではない。彼女なら、と私は思った。ああいうこともできるはずだが、醜聞を別にすれば、関与をほのめかす証拠はほとんどない。状況が変わるまで、余計なことはいわないほうがいいだろう。

やがて、治安判事はそれ以上、追求するのをあきらめ、椅子から立ち上がった。「これで失礼する。検死官と会って、今の話を伝えないといけない。そのあと、何人か尋問して、ウッドワード学寮長の怒りも解いておかなくては。ローワー先生、これから学寮長のところへ行って、私に話したことを伝えてくれないか。私が大学を攻撃しているのは悪意からではないとわかってもらえたら、それに越したことはない」

ローワーは不承不承うなずくと、義務を果たしにいった。残された私は、夜まで好きなことができた。

心しておかなければならないのは、グローヴ博士の死という波乱はあったものの、それは本来の務めからすれば単なる寄り道にすぎなかったということである。一族の利益を守るのが私の務めなのだ。この記述ではほとんど触れなかったが、私は東奔西走して対策を講じ、ありがたいことにボイル氏も手を尽くしてくれた。しかし、その結果はまったくの期待はずれで、私の努力は骨折り損に終わった。約束どおり、ボイルはロンドン在住の知り合いの弁護士に問い合わせてくれた。これ以上やっても時間の無駄だ、というのがその弁護士の意見だった。会社の半分が父のものであることを示すたしかな書類がないかぎり、裁判に訴えても資産は戻ってこないというのである。最初からなかったものとしてあきらめたほうがいい。これ以上、金を注ぎ込んで、訴訟を起こしても無駄だ。

そこで、私はただちに父に手紙を書き、ヴェネツィアにしかるべき書類が残っていれば別だが、そうでない場合、金は戻ってこないようだ、私もそちらに帰ることを検討している、と伝えることにした。手紙を書き終えると、封をして、王立郵便で発送した（役人に読まれてもいいと思っていたので、郵送料の高い私設郵便ではなく、こちらのほうを利用した）。そのあと、クロス氏の店に戻り、世間話をしながら時間を潰して、薬の詰め合わせを一袋買うことにした。ローワーと一緒に地方へ行くときのことを考えてそうしたのだが、行くかどうかはまだ決めかねていた。

「行きたくはないんだが、とりあえず、明日の朝までに用意しておいてもらえないだろうか……」

クロスは薬一覧を受け取ると帳簿を手に取り、私の購買記録があるページを開いた。「集めておくよ」彼はいった。「珍しいものや、高価なものはないようだから、手間はかからんだろう」

そのあと、何か不審に思ったのか、物問いたげにちらっと顔を上げたが、思い直したらしく、また帳簿に目をやった。

「勘定を踏み倒すんじゃないかと思ったのなら、心配はご無用」私はいった。「ローワーが保証人だ。場合によっては、あのボイル氏も保証してくれるだろう」

「うん、そりゃそうだ。それは間違いない」

「だったら、何を気にしている。話してくれ」

彼はまた考え込み、水薬の入った小瓶を帳場に並べ直し、そのあとようやく決心したようだった。「少し前にローワーと話をしたんだよ」彼は話しはじめた。「グローヴ博士のことで、いろいろ実験をしたんだってね」

「ああ、そうだよ」私はいった。たぶん、ほかの客と世間話をするときのために、関係者からいろいろ聞き出そうとしているのだろう、と思った。「すごい人だよ、シュタールという人は。取っつきにくいところはあるがね」

「彼のいうことは正しいと思うか？」

「少なくともやり方は間違っていない」私は答えた。「それに、あれだけ世間から評価されている。どうかしたのか？」

「砒素だってね。砒素で死んだんだって？」

「それを疑う理由はない。違うと思うのか？」

「いやいや、そうじゃない。ただ、気になるんだよ、コーラさん……」

ここでまた言葉を濁した。「どうした。いいたいことがあるなら、いってみろ」背中を押すように、私はいった。「きみの心には雲がかかってるぞ。話せばすっきりする」

彼は話しかけて、また気が変わり、首を横に振った。「いや、なんでもないんだ」彼は答えた。「別に大したことじゃない。その砒素はどこで手に入れたんだろうと思ってね。うちの店からだったら後味が悪い」

「そんなことは突き止めようがないと思う」私はいった。「それに、調べるのは治安判事の仕事だそうだし、いずれにしてもきみが責められることはないはずだ。私だってあれこれいうつもりはない」

彼はうなずいた。「そうだな。あんたのいうとおりだ」

そのとき、ドアが開いて、ローワーの姿が見えた。残念なことに、ロックを同伴していた。二人は勢いよく店に入ってきた。二人とも、一番いい服装をしている。ローワーは大胆にもまたかつらをつけていた。私は双方に向かってお辞儀をした。

「パリを離れて以来、こんな伊達男《だておとこ》を二人も見るのは初めてだ」私はいった。

ローワーはにやりと笑い、お辞儀を返した。動きが滑らかでなかったのは、馴れないかつらを片手で押さえていたからだった。

「芝居だよ、コーラくん、芝居だ！」

「芝居？」

「前に話しただろう。いや、いい忘れたか？　奢るといっただろう。支度はできたか？　わくわくしてないのか？　町じゅうの人が集まるぞ。さあ、行こう。あと一時間で開演だ。急がないと、いい席は取れない」

上機嫌な様子で、そう急《せ》かされると、私の心から懸念は吹き飛んだ。クロス氏はまだ何か気にしているようだが、そんなことは忘れた。私はクロス氏に別れを告げ、友人と一緒に町に繰り出した。


イングランドで芝居を見ること。洗練されたイタリアやフランスの演劇を見馴れている感受性豊かな観客にとって、それはある種の衝撃である。要するに、この島国に住む連中は、つい最近まで野蛮人の暮らしをしていたのだと思い知らされる。

行儀が悪いという話ではない。ただし、観客の中に不作法者がいて、最初から最後までしゃべりつづけていたし、育ちのいい連中の中にもうるさい者はいた。そうではなく、むしろ劇団員の張り切りようが度を超しているせいだった。芝居の上演がまた許されるようになったのはほんの数年前のことで、物珍しさも手伝い、町じゅうが熱狂している。学生たちでさえ、本を売り、毛布を売って、切符を手に入れようとしていた。法外なほど高価な切符だった。

芝居そのものもそんなにひどくはなかった。ただし、垢抜けないこと甚《はなは》だしく、演劇というより謝肉祭の道化芝居に近かった。いや、ひょっとしたらイングランド人は、自分たちがどんなに粗野で暴力的な人間かということを描いている、こんな芝居を好んでいるのかもしれない。芝居の作者は、オックスフォードからさほど離れていないところにかつて住んでいた人物で、悲しいかな、広く旅をしたり、古典から学んだりした形跡はなく、技巧は稚拙で、筋運びはへた、どう見ても演劇作法などちっともわかっていない。

たとえば、アリストテレスがわれわれに教えてくれた真理である三一致の法則によって、芝居は首尾一貫したものになるが、私が見た演目では、最初の場面からそれはほとんど無視されていた。決まった一つの場所で事件が起こるのではなく、まず城で（と思う）始まり、どこかの荒野に移って、戦場を転々としたあと、最後には国じゅうのどの町を舞台にしようかと、ためらうような感じで終わる。誤りを重ねるように、時の一致も無視されている——場と場のあいだに流れる時間は、一分であったり、一時間であったり、一か月であったり、（私の解釈が正しければ）十五年であったりするが、観客にそれが知らされることはない。さらには、筋の一致も見られない。主筋は長いあいだほったらかしにされ、別の挿話がいくつもはさまれる。まるで作者は、五、六作の芝居のページをばらばらにして、宙に投げ、地面に落ちた順に綴《と》じ合わせていったようだった。

もっとひどいのは台詞だった。役者たちに朗読法《デクラマチオーン》の心得がないのか、友人が集まった部屋か居酒屋でしゃべっているようで、聞き取れない台詞も多かった。もちろん、役者として正しいやり方は、直立不動の姿勢で、正面から観客と向き合い、修辞的技巧のかぎりを尽くした美しい台詞で観客の心をとらえることだが、それも成り立たない。美しい台詞がどこにもないからである。代わりに飛び交うのは、あっけに取られるほど下品な台詞ばかり。ある場面では、高貴な生まれらしい人物が、狂気を装《よそお》い、だだっ広い荒野で雨に打たれながら浮かれ騒ぎ、同じく狂気に冒された王と出会って、その髪に花を飾る（私は冗談をいっているのではない）。観客席の貴婦人たちは夫に守られて外に出ていくのではないかと思った。ところが、みんな楽しそうに席についたままだった。ただ一つ、あっと驚いたのは、女の役者が何人も舞台に立っていることだった。女の役者など誰も見たことがないはずだ。

荒っぽい場面も実に多かった。いったい何人の登場人物が死んだことか。私見だが、イングランド人の悪名高い暴力性はこのことからもわかるだろう。こんな胸くその悪くなるような出し物が、娯楽として提供されているのである。イングランド人が暴力的でないはずはない。たとえば、貴族が一人、舞台の上で片目を抉《えぐ》り取られる。観客にはそれがよく見えるようになっているし、あとは想像力に任せますという演出でもない。このまったく無意味な甚だしい残虐性にどんな意味があるというのか。観客を侮辱して、度肝を抜くのが目的だとしか思えない。

結局、芝居に出かけて役に立ったのはただ一つ――芝居は延々と続いたので、幸いなことに、最後の場面は暗がりの中で演じられた――この町の社交界の様子を一望の下に見渡せる機会を得たことだった。有名人士のほぼ全員が、誘惑に負けて、この汚らしい芝居を覗きにきている。噂話の好きなウッド氏。ウッドワード学寮長と厳格で冷酷なウォリス博士。トマス・ケンもいて、クロスや、ロックや、シュタールや、マザー・ジーンの店で見かけた常連たちもいた。それだけではなく、学生はいうに及ばず、私自身、会ったことがない、知り合いの知り合いもたくさんきていた。たとえば、上演中、何度もあった休憩のときに、瘦身《そうしん》のやつれた男が一人、ウォリス博士に話しかけようとするのを見た。ウォリス博士は怒りと困惑の表情を浮かべ、ぷいと顔を背《そむ》けた。

「ほほう」面白そうにそれを見ながら、ローワーはいった。「時代は変わったね」

私は説明を懇願した。

「え？　ああ、きみは知らないだろうな」目の前で繰り広げられている場面にじっと目を向けたまま、ローワーはいった。「知っているはずがない。ところで、あの小男を見て、きみはどう思う？　観相学で性格を読み取ることはできるか？」

「できると思う」私はいった。「そうでなければ、肖像画家の仕事は時間の無駄で、みんなわれわれに嘘をついていることになる」

「じゃあ、解釈してみろ。観相学が役に立つかどうかの実験だ。きみの技倆《ぎりよう》を試すことにもなるな」

「さて」私はいって、その男をふたたび観察した。男はしおらしく自分の席に戻り、文句もいわずに腰をおろした。「私は画家ではないし、その方面の修行を積んでいるわけでもないが、あの男は四十代後半の年格好で、人に仕え、従うことを本性として生まれてきたように思える。権威や権力の座に就いたことはないだろう。幸運の女神には愛されていないらしいが、かといって貧しくもない。紳士だが、階級は低い」

「まあ、とりあえず、そんなところだろう」ローワーは感想めいたことをいった。「続けたまえ」

「あまり押し出しの強いほうではないな。肩で風を切って歩いていたような物腰や立ち姿でもない。むしろ、逆だ。いつも無視されて、不遇をかこってきたように見える」

「ほほう。ほかには？」

「いつも他人に頼って生きてきた男」と、私はいった。だんだん調子が出てきたのを感じた。「相手に近づいていって、拒絶されたときの様子を見てもわかる。明らかにそういう仕打ちに馴れているのだ」

ローワーはうなずいた。「お見事」彼はいった。「実に役に立つ実験だったよ」

「正解だったか？」

「なかなか興味深い考察だった、とだけいっておこう。おや。また芝居が始まるぞ。楽しみだな」

内心、私は不満の声を上げた。ローワーのいうとおり、役者たちがまた舞台に上がろうとしている。ありがたいことに、ようやく大団円を迎えるようだ。私が台本を書いたほうがもっと名作になるだろう。道徳的に満足のゆく結末をつけるわけでもなく、王と娘は死んでしまう。道理のわかる劇作家なら、ここで二人を生かしておくだろう。そうしなければ芝居に教訓を仕込むことさえできない。とはいえ、ほかの登場人物はみんな死んでいる。舞台はまるで納骨堂だ。王と娘は、話しかけるべき相手もいなくなって、たぶん、みんなと同じ道を選ぶことにしたのだろう。

終わってみると、めまいがしていた。こんなにたくさんの血を見たのは、グローヴ博士を解剖したとき以来だった。ありがたいことに、すぐあとローワーが居酒屋に誘ってくれた。かなり強い酒を呑まなければ立ち直れないところだったので、ロックとウッドが同席することになっても異議は唱えなかった。理想の相手とはいえないが、あんな代物《しろもの》を見せられたあとでは、必要とあらばカルヴァンとでも酒席を共にできそうだった。

町の反対側まで歩いて、〈白百合《フルールドリス》〉亭に腰を落ち着けたとき、ローワーは、さっきの男の性格について私が話したことをロックに伝えた。ロックは冷笑を浮かべただけだった。

「私が間違っていたのなら、どこが違うか教えてくれ」私は中っ腹になっていった。こんなふうに暇つぶしの種にされるのは嫌だった。「あれは何者なんだ?」

「教えてやれよ、ウッド。きみは噂話の宝庫だ。適任だよ」

ここに同席させてもらえたことを喜んでいるらしく、注目を浴びたことを楽しみながら、ウッドは酒を一口呑み、配膳口に向かって、パイプを持ってこいと声をかけた。ローワーも同じことを頼み、私は断った。煙草をつけるのは嫌いではなかったし、特に満腹したあとの煙草は旨いものだったが、居酒屋に置いてあるパイプは客が何度も使っていることが多く、饐《す》えた唾液の味がした。だいたい誰もそんなことは気にしない。しかし、私には不快で、煙草を吸うときには自分のパイプを使うことにしていた。

「実は」と、ウッドは衒学的《げんがくてき》な雰囲気で話しはじめた。エールで腹を満たし、パイプに火をつけると、いつもこんなふうになる。「人生の敗残者で、人に仕えることを本性とし、いつも他人に頼って生きてきたあの小男は、ジョン・サーロウだ」

ここでウッドは芝居がかった間を置いて、どうだ、驚いたか、という顔をした。私は厳密にいえば必要以上に口調を尖らせ、ジョン・サーロウとは何者か、と尋ねた。

「聞いたことがないのか？」驚いたようだった。「ヴェネツィアでも知られた名前だ。ヨーロッパじゅうどこへ行っても知られている。十年近くのあいだ、あの男は人を殺し、物を盗み、賄賂《わいろ》を送り、拷問をして、この国やほかの国で生き延びてきた。ある時期には――それほど遠い昔のことではないが――イングランドの命運をその手で握り、王族や政治家を操り人形のように動かしていた」

彼はまた言葉を切った。そして、遠回しな言い方は通じないと気がついたらしい。「クロムウェルの国務大臣だった男だよ」まるで子供に話すように、そう説明した。本当に癪《しゃく》に障る男だ。「クロムウェルが作った間諜組織の取りまとめ役。共和国を維持し、クロムウェルの命を守ることがその任務だ。実にうまくやったといえるね。クロムウェルはベッドで死ねたんだからな。ジョン・サーロウの在任中は、いかなる暗殺者といえどもクロムウェルに近づけなかった。いたるところに間諜を潜り込ませていた。王党派の陰謀があれば、当人たちも知らないうちにジョン・サーロウの耳に入った。聞いた話によると、ときにはその陰謀をでっち上げたりもしたそうだ。相手を潰すのが面白かったんだろう。クロムウェルの信頼を得ているかぎり、あいつはなんでも好きなようにできた。やれないことはなかったんだ。噂によると、ジャック・プレストコットの父親をそそのかして、王を裏切るように仕向けたのもサーロウだったらしい」

「あの小男が？」私は驚愕していた。「もしそれが本当なら、なんだってまた芝居なんかを見にきていたんだ。まともな政府なら、そういう男はできるだけ早く絞首刑にするのが当然だろう」

ウッドは肩をすくめた。「自分にも知らないことがあるのを認めたくなかったのだ。「国家というものの謎の部分だな。とにかく、あいつは、ここからあまり遠くないところで、静かに暮らしている。誰にも会わないし、政府も事を荒立てたくないようだ。当然ながら、権力の座にあったときにはまわりに群がっていた連中も、今ではもうあいつの名前さえ憶えていない」

「ジョン・ウォリスも含めて、だね」

「そのとおり」ウッドはいって、目を輝かせた。「ウォリスも含めてだ。ウォリス博士は権力志向が強い。権力の臭いを嗅ぎつけることができる。ジョン・ウォリスに相手にされなくなったら、この政治家も長くないな、とわかるくらいだ」

陰惨な裏話は誰でも好むところで、私もその例外ではない。ウッドから聞いたサーロウの話は、この王国に対する一つの見方を教えてくれた。帰ってきた王は、身の安全を確信していて、ああいう人物を自由にさせておいても怖くないのだろうか。それとも、立場が弱くて、裁けないのか。ヴェネツィアだとそうはいかない。サーロウのような人物は、とっくの昔にアドリア海の魚の餌食《えじき》になっていただろう。

「それにしても、ウォリスというのはどういう男なんだ？　気になって……」

だが、話はそこまでだった。治安判事の下僕である若い男がわれわれの席にやってきて、直立不動の姿勢で立ち尽くした。やがてローワーが声をかけて、若い男の苦境を救った。

「コーラ氏とローワー先生を探しています」

私たちは名乗りを上げた。

「サー・ジョンがお呼びです。ただちにホリウェルまでお越しください」

「今すぐにか?」ローワーはいった。「二人揃ってか? もう九時を過ぎているのに、食事もまだなんだが」

「一刻の猶予もできないそうです。ただちにおいでください」

「人を絞首刑にする権限を持った男を待たせちゃまずいぞ」ロックが勇気づけるようにいった。「早く行ったほうがいい」

ホリウェルにある判事の家は暖かく快適そうに見えた。そこに着いて、玄関ホールで待っていると、またあの部屋に招き入れられた。平炉で火が赤々と燃えていて、私はその前で体を温めた。改めてこの国の冬は寒いと思った。私の下宿にはろくな暖房もない。気がつくと、ひどく腹もすいていた。

治安判事は午前中と比べて明らかに緊張していた。挨拶がすむと、私たちは狭い部屋に招かれ、椅子を勧められた。

「遅くまでお仕事ですか、サー・ジョン」ローワーが愛想よくいった。

「やむを得ぬ事情があってね」彼は答えた。「一刻を争うのだ」

「では、よほど大事な用件なんですね」

「そのとおり。クロス氏のことだ。午後、クロス氏が会いにきたんだが、信頼できる人物かどうか確かめたい。あらゆる面であてにできる人物であるらしいが、何しろジェントルマンの階級ではないのでね」

「わかりました。何を知りたいんです？　私見ですが、あいつは善良な男で、薬の分量はごくたまにしかごまかさないし、それも一見《いちげん》の客がきたときだけです」

「彼は店から通帳を持ってきた」と、治安判事はいった。「それによると、四か月前、かなりの量の砒素を買っていった人物がいる。この町の雑役婦、サラ・ブランディだ」

「なるほど」

「その同じ日、ブランディは素行不良でグローヴから首にされている」治安判事は続けた。「その女は、暴力的な家系の出身らしいな」

「失礼ですが、一言お伺いしてもよろしいでしょうか」ローワーはいった。「彼女とはじかに話したのですか？　ちゃんとした理由があって買ったのかもしれません」

「話したよ。クロス氏と話をしたあと、すぐに行ってみた。彼女によると、グローヴ博士にいわれて買ったのだそうだ」

「そのとおりだったのかもしれません。そうでないといいきるのは難しいと思います」

「たぶんな。私はグローヴ博士が帳簿をつけていたかどうか調べてみようと思った。薬品の代金は一シリング近い。それだけ高額なものは帳簿につけてあるかもしれない。クロスの信用は保証できるか？　善良な人間で、悪意から人を陥れるようなことはしないか？」

「ええ、間違いありません。それでしたら、完全に信用できます。あの女が砒素を買ったというのなら、本当に買ったのでしょう」ローワーはいった。

「彼女に面と向かって問いただしたのですか？」私はいった。

「いや」サー・ジョンは答えた。「まだその段階ではない」

「彼女がやった可能性があるとお考えですか？」

「そうかもしれん。ところで、ひとつ訊いておきたいが、彼女があの夜グローヴ博士の部屋に入っていったという話を、きみたちは一言も口にしなかったな。それはなぜだ？」

「噂話を伝えるのはぼくの任ではありません」ローワーはきっぱりといった。「あなたも噂を広めるようなことはなさらないでいただきたい」

「そういうことではない」サー・ジョンは応じた。「ウッドワード学寮長から聞いたんだよ。ケン氏を呼んでもらって、証言を取った」

「ケン？」私はいった。「彼が本当のことをいっているとお思いですか？」

「疑う理由はない。ケン氏は、グローヴ博士とはあまりうまくいっていなかったそうだが、そういう大事なことで嘘をつくとは思えん」

「女はどういっているんです？」

「もちろん、否定したよ。しかし、そのときどこにいたか訊いても、口を閉ざしていた」

そういえば、私にもいってくれなかった。それを思い出して、初めて私は嫌な予感を覚えた。たとえどんなに恐ろしい背徳行為に及んでいたのであっても、こういう疑惑から身を守るためなら、正直に打ち明けるものではないか。罪を逃れるために嘘をついているのではないとしたら、あの女はいったい何をしていたのだろう。

「それなら、彼女の証言が正しいか、ケンの証言が正しいかという問題になりますね」ローワーはいった。

「彼の証言のほうが重いのは当然だ」治安判事は指摘した。「私が聞いた噂によると、あの女にはそういうことをする理由があるというではないか。おぞましいことだがね。コールくん、きみはあの女の母親の治療に当たっているそうだね」

私はうなずいた。

「それはすぐにやめたまえ。あの女とはなるべく関わりを持たないほうがいい」

「彼女に罪があるというのはあくまでもあなたの推測です」私はいった。話がとんでもない方向に進んで、警戒していた。

「事件の発端をつかんだという自信はある。しかし、ありがたいことに、人に罪があるかどうかを決めるのは私の仕事ではない」

「母親にはまだ治療が必要なんです」私はいった。実験のためにも付き添っている必要があるが、そのことはいわなかった。

「ほかの医者に任せておけばいいだろう。無理強《むりじ》いはできないが、よく考えてくれ。きっとまずいことになる。もしもきみがあの女に会えば、必ずグローヴ博士の話が出る――彼女が下手人なら、捜査状況を知りたがるだろうし、きみが疑っているかどうか、探りを入れてくるだろう。立場上きみは嘘をつくことになるかもしれない。それはきみの威厳に関わることだ。そうでなければ、きみがつい口を滑らせた結果、あの女は逃げようとするかもしれない」

少なくとも、その道理は私にもわかっていた。「しかし、急に治療をやめても、同じように怪しまれるのではないでしょうか」

「それだったら」と、ローワーが楽しそうに話に入ってきた。「ぼくと一緒に地方に行けばいいだろう。この件から手を引くことができるし、きみがいなくても彼女に怪しまれることはない」

「戻ってきてもらえるのなら、こちらにも異存はない。ローワーくん、この友人の保証人になってくれるか？　必ずオックスフォードに戻ってくるように、見張っていてくれ」

ローワーはなんのためらいもなく同意した。そこを出るときには、私の意志とは関わりなく、すっかり話がついていた。翌日、私は旅に出る。ローワーがロックを説得して、私の患者を任せる。病状が変われば、ロックにそれを記録してもらう。そのためには、私たちがやってきたことをロックに打ち明けなければならない。不安だったが、ほかにはどうしようもなかった。ローワーはロックを探しに行き、私は気も重く、事態の展開を案じながら、下宿へと戻っていった。

第十五章

最初こそ暗雲が漂っていたものの、そのあと一週間あまりに及んだ治療の旅は、動揺していた私の心をおおいに鎮めてくれるものになった。そのとき気がついたのだが、ほんの短いあいだに私はオックスフォードの雰囲気にすっかり染まり、あそこの住人によくある憂鬱症《ゆううつしょう》に罹患していたようだ。あの町はどこかおかしい。じっとり湿った空気に気が鬱《ふさ》ぎ、その重みで魂が押し潰されそうになる。以前から私は気候についての仮説を考えていて、もしも神がお許しになるなら、いつか極めてみたいと思っていた。湿度の高さと、くる日もくる日も続く曇天のおかげで、イングランド人はいつまでも世界の大舞台に打って出ることができないでいる。なんとかしたいのなら、島を捨て、もっと暖かいところに行くしかないだろう。アメリカ大陸かインド諸国に移り住めば、性格が一変し、世界を支配することができるようになるかもしれない。これはいつまでも今のような状態でいれば、倦怠《けんたい》の底へと沈み込む運命しか残されていない。これは私個人の体験からもいえることで、もともとはからっとした気質の持ち主だったのに、あそこで暮らしたことによってすっかり湿ってしまったのである。

それはともかく、馬上の人となった私は、長く辛い冬を経てやっと春が訪れた最初の日であろうかとも思えるその日、セント・メアリー・モードレン・コレッジを出てすぐのところにある古い、いかにも危なそうな橋を渡った瞬間から広がる田園風景の中を進みながら、これはまさしく強壮剤を呑んだようなものだと思っていた。さらに、北から吹いていた風はついに西風に変わり、何よりも人の意欲をそぐ有害な北風の影響は一掃されていた。付け加えれば、サラ・ブランディとも、ロバート・グローヴの死体とも、しばらくは関わらなくていいという気安さも手伝っていたのではないかと思う。

ローワーは前もって細かいところまで旅の計画を立てていたので、第一日目のその朝、とにかく急ぐことにして、馬を駆り立て、午後遅くには隣の州のエイルズベリに到着した。われわれは宿に入り、翌朝の処刑に備えて体を休めた。そういう見世物には興味がなかったので、私は行かなかったが、ローワーは足を運んだ。彼によると、女は浅ましくも無実を訴え、群衆の同情を失ったという。いろいろ裏がありそうな事件で、町の人々も女の罪を確信していたわけではない。自分を手籠《てご》めにした男を殺したというのが女の主張だったが、陪審はそれは嘘であると判断した。女は妊娠したが、行為に快感を覚えなければ妊娠するはずはないからである。通例の場合、そういう事情であれば絞首台は免れるはずだが、あいにく赤ん坊を流産し、それによって絞首人のためらいもなくなった。不幸な結末である。だが、女の有罪を信じている者には、それこそが神の摂理であった。

ローワーは、どうしてもその場にいなければならなかったのだという。絞首刑は無惨なものだが、ローワーの興味の的は、死が訪れる瞬間にあった。鳩を真空ポンプに入れるわれわれの実験とも直接の関係があった。絞首された者の大半は、ロープにぶら下がって、ゆっくり窒息する。ローワーにとって——あるいは医学全般にとって——その「ゆっくり」というのが大事で、魂が肉体から抜け出すのにどのくらいの時間がかかるか検証できるのである。その研究に関して自分はかなりの経験を積んでいる、とローワーは豪語した。だからこそ、彼は縛り首の木のすぐ横に陣取って、覚え書きをしたためていた。

役人に心づけを渡し、罪人の家族に一ポンド払って、ローワーは死体も手に入れた。知り合いの薬種屋《やくしゆや》にそれを運び、ローワーはローワーなりに、私は私なりにお祈りをしたあと、われわれは作業に取りかかった。簡単な解剖である——私は心臓を取り出し、ローワーは頭蓋骨をかち割って、わくわくするような頭脳のスケッチを描いた——そのあと、共同作業に移り、酒精の大樽をいくつか用意して、各部位をそれに漬け、薬種屋に頼んでクロスの店まで運んでもらうことにした。ローワーはボイルに手紙も書いて、大樽を送るがくれぐれも蓋を開けないようにと伝えた。

「ボイルが喜ぶかどうかわからんが」と、手を洗ったあと、ローワーはいった。われわれは宿に戻り、食事と酒を楽しんでいた。「ほかに送るあてもなかったんでね。わが同僚は身のまわりに死体を置くのは嫌だと公言している。かといって、よそに送ったら、ぼくが戻る前に実験材料にしてしまうかもしれん。こういうことに関しては、恥知らずが結構いるんだよ」

その後の旅の様子を事細かに書き記しても意味はない。旅の途中、いろいろな宿屋に立ち寄ると、大勢の患者が押し寄せてきた。十日後、帰ってきたとき、私の財産は六十五シリング増えていた。通常の治療費は四ペンス、七ペンス以上払った者は一人もいない。おまけに、鴨や家鴨や鶏で払った者もいて、村の業者に安値で引き取ってもらったこともあった（鴨一羽は自分たちで食べたものの、農場の家禽類《かきんるい》展示場のようなものをぞろぞろと引きつれてオックスフォードに戻るわけにもいかないではないか）。それを考えれば、いかに多くの患者を診《み》たか、察しがつこうというものだ。

ここである日の出来事を述べておきたい。重要な意味を持つと思われるからである。それは、オックスフォードの東にあるグレイト・ミルトンという小さな集落での出来事で、そこに立ち寄ったのはボイルの遠縁に当たる者が屋敷を構えていたからだった。一夜の快適な寝床を提供してもらえるとのことで、これまでの旅で体にたかっていたシラミも退治できるかもしれなかった。朝の七時ごろに到着したわれわれは、とりあえず近くの宿屋で別々の部屋を取った。宿の亭主は人を使い、われわれがきたことを村に触れまわった。まだ準備もろくにできないうちに最初の患者がきて、その治療が終わったころには（尻にできた腫《は》れ物をローワーがメスで切り裂いたのだが、珍しく男は文句もいわずにその治療を受けた）戸口にかなりの行列ができていた。

昼までに私は四本の歯を取り、数ガロンの血を抜き（効果のありそうな奇抜な治療法はこの国では通用せず、患者はとにかく血を抜いてくれと、そればかりいう）、傷口をガーゼでふさぎ、小便をなめ、膏薬《こうやく》を塗り、七シリングを受け取った。小休止して昼食を摂り、また始めた。腫れ物を切開し、膿汁《のうじゅう》を拭い、骨接《ほねつ》ぎをし、十一シリングと八ペンスを受け取った。ローワーの考える新医学の大理論は端《はな》から問題にされなかった。患者たちは医療化学派の薬の効果には無関心で、新しいものを嫌っていた。そんなわけで、われわれは念入りに調合された水銀とアンチモンの薬を処方する代わりに、狭量なガレノス派医術の信奉者のように四体液の釣り合いを取り、パラケルススその人のように熱心に星の巡り合わせを調べた。効果のありそうなことはなんでもやってみたのだ。新しい治療法を考える暇はなかったし、そんなことをやらせてもらえるほどの名声もなかった。

二人ともしまいにはくたびれ果てていた。それでも順番持ちの患者が列をなしていたので、宿屋の裏口からこっそり立ち去るはめになった。くだんの屋敷に住む老夫婦は、まだ日が高いうちに顔見せにいったとき、熱い風呂を用意しておきますよ、といってくれた。私にはそれが楽しみだった。この前の秋以来、熱い湯に浸かったことがなかったので、冷え性の私の体にもいいだろうし、士気もおおいに高まるはずだった。最初に私が入り、退屈しのぎにブランディを一瓶たずさえて湯に体を浸した。ローワーのほうは私よりも入浴に関心がないようだったが、シラミによる皮膚の掻痒《そうよう》に悩んでいたので、思い切って入ることにしたらしい。ローワーが湯に浸かっているあいだ、私は椅子にすわって体を伸ばし、うとうとしていた。するとそこに召使いのミセス・フェントンがやってきて、伝言が届いているという。近隣の小修道院から、従僕がそれをたずさえてきたらしい。

私はうめき声を上げた。いつもこうなるのだ。紳士階級やその上の階級に属する人々は、医者が近くにきたと聞くと、治療を受けたがるのだ。当然ながら、下賤《げせん》の者と一緒に順番を待つのは沽券《こけん》に関わると思っている。だから、伝言をよこして、われわれを呼びつける。向こうがやってくるのではなく、こちらから出向いて治療に当たり、代わりに高額な治療費をいただく。いつもはローワーがこの役目を引き受けていた。イングランド人であり、将来への顔つなぎにもなるので、無理からぬことだった。私のほうも喜んで彼にその仕事を譲っていた。

しかし、そのときにかぎって、ローワーは入浴中だったし、どういうわけか従僕ははっきりと私を指名した。私は自尊心をくすぐられ、田舎にこういう噂が広まるのは早いものだと驚きつつ、急いで鞄を取ってきた。ローワーには、ちょっと出かけてくると伝言を残した。

「きみの主人は何者かね?」何か話しかけねば失礼に当たると思って、私はそう尋ねた。村の大通りまで歩いて戻り、そこから左にある細い道を進んだ。わが師たちはよくこういうやり方を勧めてくれたものだ。あらかじめ従僕から根掘り葉掘り話を聞いておくと、往々にして患者を診る前に病名をぴたりと当てることができる。こうして驚くべき名医だとの評判を得るのである。

だが、そのときはこの技も出番がなかった。老人ながら、きわめて体格のいい従僕は、私が何を訊いてもまったく返事をしなかったのである。それどころか、一言も口を利かず、やがてわれわれは村はずれにあるそこそこの大きさの家にたどりつき、大きな扉をくぐった。案内されたところはイングランド人がパーラーと呼ぶところだった。客の相手をするときに使う公的な用途を持つ部屋のことである。そこで従僕は沈黙を破り、私に椅子を勧めて、姿を消した。

いわれたとおりに腰をおろし、辛抱強く待っていると、やがてドアが開き、ヨーロッパ中に悪名を轟《とどろ》かせた殺人者がそこに立っていた。少なくとも、ウッド氏の話では、そういうことになっている。

「こんばんは、ドクター」ジョン・サーロウは、耳に心地よい静かな声でそういうと、部屋に入ってきた。「わざわざお越しいただいて申し訳ない」

この男を間近でしげしげと眺めたのは初めてだったが、この前の最初の印象が覆されることはなかった。いろいろな噂を知った今でも、私には極悪非道な独裁者には見えなかったのである。目には涙が浮かび、明かりに馴れていないように瞬《まばた》きを繰り返していたし、その柔和な表情は優しく扱ってくれと必死で訴えているようだった。あえてたとえるなら、高位にあった心優しい聖職者が、教会のお偉方から忘れられ、貧しい教会区に隠遁して、尊厳を失わず、静かに暮らしているのに似ていた。

しかし、ウッドの話が心に刺さっていたので、気がつくと私ははっと息を呑み、畏敬《いけい》の念に打たれていた。

「あなたはコーラ医師だね」私が何もいわなかったので、彼は続けた。ようやく私は言葉を見つけ、そうだと答えて、どこが悪いのか尋ねた。

「いやいや、体の問題でお呼びたてしたのではない」サーロウはかすかな笑みを浮かべた。「むしろ、魂の問題といったほうがいいかもしれない」

おそるおそる私は、それは専門外だ、と答えた。

「それはそうだろうが、あなたなら力を貸していただけるに違いないと思いましてな。率直に申し上げてもよろしいか?」

私は、ええ、どうぞという意味で両手を広げた。

「よろしい。実は、客人が一人いてね。非常に困っている人物だ。はたして迎え入れてよかったかどうか、迷っているところだが、人をもてなすのは悪いことではない。その男は同輩との付き合いからしばらく離れていて、しかも、私が話し相手では不足だと思っている。彼を責めるつもりはないよ。私は座談の名手でもなんでもないからね。ところで、私のことはご存じか？」

「人から教えてもらいました。クロムウェル卿の国務大臣、サーロウ氏とお見受けします」

「そのとおり。ともかく、その客人は、私には提供できない、あることを知りたがっている。彼によると、あなたならそれを知っているかもしれないという」

もちろん、なんのことかさっぱりわからなかった。そこで私は、お役に立てることならなんなりと協力いたしますが、そもそもこのグレイト・ミルトンは文明から切り離された辺境の地というわけではありませんよね、といってみた。それに対して、サーロウから直接の返事はなかった。

「ロバート・グローヴという紳士がいる。ニュー・コレッジの教師で、ついこのあいだ亡くなった。きみも知っているだろう？」

サーロウまでその話が届いていたとは驚きだったが、たしかによく知っている、と私は答えた。

「彼の死には疑問が投げかけられているようだね。どういう状況か、よかったら話してもらえないか」

断る理由はなかったので、私は、ローワーの調査から、サラ・ブランディが私や治安判事に話したことまで、起こったことをかいつまんで話した。そのあいだ、サーロウはなんの反応もなく椅子にすわったままだった。身じろぎもせず、静謐《せいひつ》そのものの雰囲気を漂わせているところは、話を聞いているふうではなく、はたして起きているかどうかさえ怪しかった。

「なるほど」私が話し終えると、彼はいった。「私の理解が正しければ、きみがオックスフォードを出発するとき、治安判事はそのブランディという娘を尋問したが、それ以上のことはしなかった、というんだね」

私はうなずいた。

「その娘は二日前、グローヴ博士を殺害した容疑で逮捕された。今は拘置所で巡回裁判が始まるのを待っている。そう聞いたら、意外に思うかね？」

「意外どころか、びっくりしました」私は答えた。「イングランドの法律がそれほど迅速に機能するとは」

「その娘は有罪だと思うか？」

なんという質問だろう。私自身、旅の途中で、何度も自問してきた問題だった。

「わかりません。それは理性ではなく、法の問題です」

それを聞いて、私が辛辣《しんらつ》な意見を吐いたかのように、彼は苦笑した。あとでローワーから聞いたところによると、このサーロウという男はもともと法律家で、何年も実務を積んだあと、反乱軍に担ぎ上げられて公職に就いたのだという。

「では、理性の問題として訊こう。きみの意見を聞かせてくれ」

「サラ・ブランディはグローヴ博士を殺したと仮定しましょう。どんな証拠があるでしょう？まず、動機はあります。博士はサラ・ブランディを首にした。ただし、仕事を首になる召使いはたくさんいますが、幸いなことにそういうかたちで復讐をする者はめったにいません。首になった当日、彼女は砒素《ひそ》を買った。グローヴ博士が死んだ夜、彼女はニュー・コレッジにいたのに、なかなかそれを認めようとしなかった。間違いなく、証拠は仮説を裏づけています」

「ただし、きみの論理には弱点がある。きみはすべての証拠を挙げたわけではない。仮定を裏づける証拠を挙げただけだ。私が理解しているところでは、別の説を支持する事実もある。たとえば、きみが彼を殺したのかもしれない。生きている彼を見た最後の人間がきみだからだ。しかも、きみなら毒物を手に入れるのは容易で、彼を殺したければ殺せる」

「それはそうですが、私は自分が殺したのではないことを知っています。そうする理由もない。ウォリス博士や、ローワーや、ボイルに動機がないのと同じです」

彼はその理屈――なんで彼にそんな話をしているのか、自分でもよくわからなかったが――を認め、うなずいた。「つまり、きみが重視しているのは、性質の違う事実がうまく符合するところだね。それできみは彼女が有罪だと結論づけた」

「違います」私は答えた。「まだためらいがあるのです」

サーロウは驚いたふりをした。「しかし、それは科学的思考に反するのではないかね？ほかの仮説を提示できなければ、認めるしかない」

「可能性としては認めますが、もっと強固な仮説にならないかぎり、心から信用する気になれません」

彼はゆっくり立ち上がった。関節が硬くなった老人たちがするような仕草だった。「勝手にワインでもやってくれ。少ししたら、また戻ってくるから、そのときに議論の続きをしよう」

グラスにワインを注ぎながら、私はサーロウの人となりを見直していた。いくら穏やかな口調で発せられようと、命令は命令である。つまり、サーロウが優しそうに見えたのは、それ以外の態度を取る必要がなかったからにすぎない。ローワーが私の帰りを待っているとか、実は空腹であるとか、そちらの都合で長々と待たされるいわれはないとか、そんな言葉を口にすることに思いは至らなかった。私はおとなしく待ちつづけ、三十分ほどして彼は戻ってきた。戻ってきたとき、そのかたわらにはジャック・プレストコットがいた。監獄で手《て》枷《かせ》をつけられていたのは今や遠い思い出か、照れくさそうににやにやと笑いながら、サーロウに続いて部屋に入ってきた。

「おや」プレストコットは明るくいった。私のほうはびっくり仰天して彼を見つめていた。まさか再会できるとは思ってもいなかったのだ。しかも、こんなところで。「イタリア人の解剖の先生か。ご機嫌いかがですか、先生」

サーロウは私たち二人に悲しげな微笑を向け、そのあとお辞儀をした。「議論はきみたち二人に任せよう」と、彼はいった。「何かあったら、心置きなく私を呼んでくれ」

彼は出ていき、残された私は馬鹿みたいにぽかんと口を開けていた。プレストコットは記憶にある姿よりたくましく見え、最後に会ったときよりはるかに顔色も明るかった。彼は手を擂《す》り合わせ、棚にあった水差しを取ってグラスにエールを注ぎ、正面の席にすわると、私の顔をじっと見つめ、危険な兆候が浮かんでいないか調べた。

「びっくりしたでしょう。そいつは結構。ぼくも嬉しいよ。正直にいって、ここは絶好の隠れ家だと思わないか？　ぼくを探している連中も、まさかここまではやってこないだろう」

明らかに機嫌がいい。捕まれば絞首刑になるかもしれない男ではなく、世の中になんの悩みもない楽天家のようだった。それにしても、サーロウのような人物の家で、いったい何をしているのか？　と私は疑問を口にした。

「単純な話だよ」彼はいった。「うちの親父とサーロウとは、いわば旧知の仲。そこで、彼の慈悲に身をゆだねたわけだ。嫌われ者同士、仲良くしないとね」

「目的はなんだ？　こうして姿を見せたからには、危険は承知だと思うが、どういうつもりだ？」

「すぐにわかるよ。きみの話はサーロウから聞いたが、もう一度、繰り返してくれないか？」

「繰り返すって、何を？」

「グローヴ博士の話だよ。オックスフォードでただ一人、ぼくが親愛の情を抱いていた人物だ。あんなことになったと聞いて、ほんとに悲しかったよ」

「きみが脱獄した晩、博士が牢獄を訪ねていたら、きっと迷惑をかけたはずだ。そう思うと、きみの言葉は信じられんね」

「ああ、それか」彼は軽蔑するようにいった。「ウォリスは縛ったが、傷つけたわけじゃない。グローヴ先生にも怪我はさせなかったはずだよ。ああいうとき、人はどうする？　不作法な振舞いをしたくないがために、絞首台の露と消えるか？　ぼくは脱獄するしかなかったんだよ。ほかにはどうしようもなかったんだ。きみならどうした？」

「私ならそもそも人を襲ったりしない」

彼は私のいったことを一蹴した。「ちょっと考えてくれ。サーロウから聞いたが、たとえ一瞬とはいえ、治安判事は不気味にきみを狙っていたそうじゃないか。もしきみが鉄の手枷をかけられていたらどうした？　ありえないとはいえないよ。カトリック教徒は人身御供《ひとみごくう》としてうってつけだからね。そうなったら、きみはどうした？　じっとすわったまま、陪審の良識を信じるか？　それとも、陪審なんてろくでなしの酔っぱらい揃いで、楽しみのためだけに人を吊すような連中だと見極めをつけるか？　ぼくは逃亡犯かもしれない。でも、生きてるんだ。ただ気がかりは、グローヴが死んだことだ。できることなら、ぼくも役に立ちたい。博士には親切にしてもらったことがあるし、博士との思い出は大事にしている。だから、教えてくれ、いったいどうなってるんだ？」

ふたたび私は話をした。聞き手としてはプレストコットのほうが好ましかった。椅子にすわったまま身をよじったり、立ち上がってお代わりを注ぎにいったり、話の途中で、否定するにせよ肯定するにせよ、声を上げて合いの手を入れたりしてくれたのだ。やがて、私はまた話を締めくくった。

「さあ、プレストコットくん、今度はきみの番だ」私は断固たる口調でいった。「いったいどういうことなのか聞かせてもらおうじゃないか」

「どういうことかって？」彼はいった。「ついさっきまでと違って、いろいろなことがわかったよ。問題は、これからどうするかだ」

「きみの思惑が見えないかぎり、助言はできない」

プレストコットは深いため息をつき、まっすぐ私の目を見た。「あのブランディという娘が博士に金で体を売っていたのは知っているか？」

噂は聞いたことがある、と私は答えたが、娘のほうは認めなかった、とも付け加えた。

「そりゃ認めないだろう。でも、噂は本当だ。なぜわかるかというと、ぼくも去年、少しのあいだ彼女と付き合っていたからだ。そのあとで本性がわかった。あいつはグローヴに乗り換えて、かわいそうな老人を誘惑し、手中に収めた。やろうと思えば簡単にできる。博士は美人に弱かったし、あの女はその気になればいくらでも従順な女を演じることができる。解雇されて、あいつは激怒した。そのすぐあとで会ったことがあるんだが、あんな恐ろしい人の顔を見たのは生まれて初めてだったよ、嘘じゃない。悪魔の形相だった。しかも、獣《けもの》のように吠えたり、唾を吐いたりしていた。借りは返してもらうわ、といっていたな。高い代償を払ってもらう、と」

「その意味は？」

彼は肩をすくめた。「そのときは女がよく口にする大げさな言葉だと思っただけだよ。とにかく、そのすぐあと、ぼくは悔やまれる体験をして監獄に放り込まれた。娑婆《しゃば》とのつながりはそれっきり切れてしまった。それから脱獄だ。城から出たときには何をするあてもなかったよ。金もない。まともな服も着ていない。でも、追っ手がかかったときのために、どこかに隠れたほうがいいと思った。そこで思いついたのがブランディ親子の家だ。前にも行ったことがあって、勝手はわかっていた」

彼は泥濘《でいねい》の路地を歩いて、サラの家の扉にそっと近づき、窓から覗いたという。中はかなり暗く、誰もいないのがわかった。そこで、何か食べ物はないかと家探《やさが》しをして、パン切れを齧《かじ》っていたとき、サラが戻ってきた。

「彼女はとても機嫌がよくて、こっちはちょっとぎょっとしたよ」と、彼はいった。「もちろん、ぼくに気がついて驚いていたが、傷つけるようなことはしない、長居もしないといったら、安心したようだった。小さな袋を持っていたので、中に食い物が入ってるかもしれないと思って、頂戴した」

「素直に渡してくれたのか?」

「実は違う。引ったくった」

「しかし、食べ物はなかった、という落ちだろう」

「たしかになかった。代わりに金があった。指輪も一つあった。グローヴの認印つきの指輪だ」そういうと、言葉を切り、ポケットに手を突っ込んだ。そして、中からくしゃくしゃに丸めた紙を取り出し、丁寧にその紙を広げた。そこには、彫り物をした青い石が中央についた指輪があった。

「こいつのことはよく憶えている」私が手に取って調べていると、彼は続けた。「博士が指にはめているのを、何回も何回も、数え切れないほど見たもんだ。しかも、絶対に外したことがない。サラ・ブランディがそんなものをどうやって手に入れたか不思議だったよ。彼女が答えなかったので、何度も引っぱたいてやった。すると、あんたには関係ないだろう、どっちみちグローヴにはもう無用の長物さ、といいだしたんだ」

「本当にそういったのか、『グローヴにはもう無用の長物』だと」

「そうだ」プレストコットはいった。「そのときはほかに心配事があったもんだから、深く考えなかったが、もちろん、今では重要な証言になると思っている。問題は、どうするかだ。話したいことがあります、と訴え出るわけにはいかない。治安判事は心から礼をいって、そのあとぼくを縛り首にするだろう。だから、この指輪を見せて、ぼくの話を聞いてもらって、きみがどう思うか知りたかったんだ。オックスフォードに戻ってサー・ジョン・フルグローヴにぼくのことを話しても、もう遅いよ。そのころには、ぼくはここからとっくにいなくなっている。運がよければだけどね」

私は、指輪を手にしてじっくり考えてみた。今、聞かされた話を、私は信じたくなかった。その拒絶の度合いの激しさに、私は驚愕していた。「誓っていえるね、きみの話は真実だと」

「ああ、間違いなく真実だ」彼は即座に平然と返事をした。

「信じたいところだが、あいにくきみも暴力的性向の持ち主だ」

「それは違う」彼はいった。少し気色《けしき》ばんで、声を荒らげた。「今の発言はけしからん。ぼくの場合は、自分の名誉と家族の名誉を守るためにやったことだ。比較するのが間違っている。ぼくの事件は名誉の問題、彼女の事件は売春と盗みだ。サラ・ブランディはまた同じことをやるぞ。嘘じゃない。法律なんて気にしない、捕まっても平気、という女だからな。きみはサラ・ブランディとか、その同類のことを知らない。だが、ぼくは知っている」

「たしかに手に負えない女だが」と、私は認めた。「礼儀正しく従順な振舞いをしているところも見たことがある」

「そのほうが得だと思ったらそうするんだ」彼は切って捨てた。「目上の者を敬《うやま》う気持ちはこれっぽっちもない。もうきみにもわかってると思うがね」

私はうなずいた。それはたしかにそのとおりだ。そのあと、私は例の仮説をもう一度考えてみた。あとは文句のつけようのない証拠や証言がほかにあれば、と思っていたのだが、どうやらそれが手に入ったらしい。プレストコットは自分の得にはならないことを承知の上で、こうして姿をさらしている。いや、むしろ損をすることのほうが多いだろう。となれば、信じないわけにはいかないし、熱のこもった話しぶりから見ても、真実以外のことを語っているとは信じがたい。

「治安判事と話してみよう」私はいった。「きみの居場所は教えずに、話だけ伝える。判事は信頼できる人物だと思う。この件を早く幕引きにしたいと思っているはずだ。大学の関係者には治安判事が首を突っ込んできたことを快く思っていない者が多い。きみの証言は判事の役に立つだろう。これがきっかけで、きみの処遇も見直そうと思ってくれるかもしれない。もちろん、今後きみがどうするかはサーロウ氏の意見を聞いて決めるべきだが、私だったら、早まるな、これ以上逃げるな、といいたいね」

プレストコットは熟慮した。「うん、わかった。だけどね、くれぐれも用心してくれよ。ぼくは怖いんだ。もしローワーのようなやつがぼくの居所を知ったら、届け出るに違いない。それがあいつの義務だからね」

私は、気は進まなかったものの、きみのことは誰にもいわないと約束した。そして、後述するような理由でその約束を破ったとしても、プレストコットにはなんの害も及ばなかった。少なくとも、それだけはいうことができる。

沈黙を守る努力をしたのはいいが、その結果、ローワーとの関係に亀裂が入ることになった。投宿した家を私が空け、富に結びつく貴重な患者の相手をしたと思い込んで、ふたたび嫉妬深い性向が表に現われてきたのである。そんな反応を見せる者には何人も会ってきたが、ローワーは特別だった。なんの前触れもなく瞬時に機嫌が悪くなり、そこには正当なる道理もなかった。

ローワーはこれまでにも二度暴言を吐き、当たり散らしたが、友情ゆえに私は耐えてきた。だが、三度目のそのときこそ最悪だった。イングランド人のご多分に漏れず、彼も大量に酒を呑んだ。私がいないあいだにも大酒を呑んだらしく、帰ってみると、おおいに荒れていた。私が戻ったとき、ローワーは暖炉のそばにすわり、寒くもないのに体に腕を回し、剣呑《けんのん》な目でこちらを見た。そして、まるで親の仇《かたき》にでも会ったように、こう吐き捨てた。

「いったいどこをほっつき歩いてたんだ？」

すべてを話したいのはやまやまだったが、患者に呼ばれて出かけていた、とだけ答えた。

「約束を破ったのか。そんな患者はぼくが診ることになってただろうが」

「約束した憶えはないぞ」私は仰天していった。「もちろん、そんな患者がいたら、喜んできみに任せる。ただ、きみが入浴中だったもんだから――」

「体を乾かせば外出できる」

「しかし、きみの役には立たない患者だったんだよ」

「役に立つかどうかはぼくが決める」

「わかった。じゃあ決めてみろ。私を呼んだのはジョン・サーロウだ。おまけに、私が見たところ、まったくの健康体だった」

ローワーは侮蔑するように鼻の先を鳴らした。「きみは上手な嘘もつけないのか。まったくもう、きみにはうんざりだよ。よそ者のやり方を押し通すし、上品ぶった話し方も鼻につく。いつ故国《くに》に帰るんだ？　喜んで送り出してやるよ」

「ローワー、きみはいったいどうしたんだ」

「人のことを心配しているふりなんかしなくていい。きみは自分にしか興味がない男なんだ。

ぼくは本当の友だちだと思ってきみと付き合ってきた。右も左もわからないきみの面倒を見てやったし、実力者にも紹介したし、ぼくが考えた学説も教えてやった。そのお返しがこれか?」

「きみには感謝している」と、私はいった。こっちもだんだん腹が立ってきた。「本当に感謝している。いろいろよくしてもらったので、それにふさわしい人間になろうと努力してきた。だがね、私だって自分が考えた学説をきみに教えただろう?」

「きみの学説か!」軽蔑しきった様子で彼はいった。「あんなのは学説じゃない。ただの妄想だ。なんの根拠もない暇つぶしのたわごとだ。自分が面白がるために思いついた夢物語だ」

「それは不当ないいがかりだ。自分でもわかっていってるんだろう。きみの怒りを買うようなことはした憶えがない」

だが、私の抗議は通じなかった。この前のときと同じように、何をいっても効果はなく、嵐が吹き荒れたら自然にやむのを待つしかなかった。大嵐に揉まれる一本の木が何もできないように、彼の怒りを鎮めるのは無理だった。だが、そのときは、なんとかなだめようと思う前に、自分でも怒り心頭に発していたので、その不当な言い草がなおのこと気に入らず、怒りには怒りで応じた。

そのやりとりを再現するのはやめておこう。私はいいすぎた、と書くだけで充分だろう。ローワーはますます怒り狂い、その怒りの原因がわからなかった私も、同じくらい熱くなった。今度ばかりは負けてなるものかと、固く決心していた。それだけは今でも憶えている。その私の決心が、ローワーの怒りの火に油を注ぐ結果となった。ローワーは悪口雑言《あっこうぞうごん》を並べ立てた。

おまえは泥棒だ、偽医者だ、痴《し》れ者だ、カトリックだ、嘘つきだ、信頼できない詐欺師だ。外国人はみんなそうだが、おまえも正直者のふりをして人を裏切ろうとしている。おまえはロンドンに腰を据えて医者を開業するつもりだろう、と彼がいったので、そんなことはない、できるだけ早くイングランドを離れるつもりだとしつこく反論したところ、手がつけられないほど彼は荒れ狂った。

こんなとき、時と場合によっては決闘を申し込むのが名誉ある作法とされているので、私もそうしたが、呆《あき》れたような軽蔑の笑いが返ってきただけだった。あきらめて私は寝室に入ることにした。何しろくたびれていたし、口論を中断して食事を摂る気にもなれなかったので、空腹にも悩まされていたのである。ベッドについたときには、深い悲しみしかなかった。彼には好意を寄せていたが、もうこれで友情は永遠に終わったと思った。彼との交際が、さまざまな実益につながったのは間違いのないところだが、そのために大きすぎるほどの代償を払うことになったのも事実である。わが父に手紙を送れば、必ずや帰国を許可してくれるだろうし、今はその許可を待つのが最善の策だろう。しかし、私はミセス・ブランディを使って始めた実験を完成させたかったし、もしも彼女が死なずにすみ、その効験を天下に知らしめることができたなら、イングランド滞在も嫌なことばかりではなく、それなりの成果を上げたことになるのである。

第十六章

翌朝、当然ながらローワーは深く悔いて詫びを入れてきた。しかし、今度ばかりは、もうどうにもならなかった。われらが友情にはもはや修復できないひびが入ってしまったのである。プーブリリウス・シュルスもいっている。「信頼は立ち去った場所に戻らない《フィデース・ウンデ・アビイット・エオ・ヌンカム・レディイット》」私はもう帰国することに決めたので、和解の際に必要な調停書をしたためる気にもならず、ローワーの謝罪は受け入れたものの、心の中ではいまだに赦《ゆる》していなかった。

彼にもわかっていたのではないかと思う。オックスフォードに帰る道すがら、われわれは黙りがちで、会話も気まずかった。気楽に言葉を交わしていたころが懐かしかったが、もはや僚友同士には戻れない。ローワーはみずからを恥じていたと思う。赦しがたい過ちを犯したのは自分でもわかっていたのだ。そのためか、些細なことであれこれと気を遣い、私の歓心を得ようとしていたが、努力が無駄に終わると、むっつり鬱《ふさ》ぎこんだ。

ただ、名誉にかけてもやっておかなければならないことが一つあった。プレストコットとあんな約束をしたものの、ローワーへの義務を果たすほうがもっと大事だと考えた。法律のことはほとんど知らない私だが、サーロウ氏の家で起こったことは私の口から話しておかなければならない。治安判事から聞いたり、酒場の噂話で知ったりするのは、ローワーに対して不義理を働いたことになる。ローワーは真剣な顔で私の話に聞き入っていた。

「これまでどうして話してくれなかったんだ。自分が何をしたか、きみはわかっているのか？」

「何をしたというんだ」

「これできみも同罪になったんだよ。プレストコットが捕まったら、きみも絞首台送りになるかもしれない。そんなこともわからなかったのか？」

「じゃあ、どうすればよかったんだ」

彼は考え込んだ。「それはぼくにもわからない。ただ、治安判事がプレストコットの出頭を望んで、それなのに逃げられたとなったら、きみは困った立場に置かれるだろう。あいつの言葉は信じられるか？」

「疑う理由はない。なんの得にもならないのに、わざわざ姿を現したんだ。もしも呼ばれなかったら、私だってあいつを見つけることはできなかったよ。それに、グローヴ博士の指輪もある。サラ・ブランディは、どうやってそれを手に入れたか、申し開きをしないといけない」

「博士の指輪だということは間違いないのか？」

「いや、それはわからないが、もし本当にそうなら、しかるべき人物がそう証言してくれるはずだ。きみはどう思う？」

ローワーは考えた。「ぼくの意見をいわせてもらえば」しばらくして、彼は口を開いた。「もしも指輪が博士のもので、何か手段を講じてプレストコットに証言をさせることができたら、あの娘は絞首刑だな」

「彼女は有罪だと思うか?」

「博士の部屋に彼女がいて、砒素《ひそ》を酒瓶に入れるところを実際にぼくが見たんだったら、自信を持ってそういえるだろうね。あるいは、彼女の自白を聞いたとしたら、だ。シュタールの言い草ではないが、世の中に確実ということはない。ただ、彼女がやった可能性はあると思っている」

そのあと、二人とも黙り込んだ。また親しげに会話を交わしていることに、同時に気がついたからだ。たちまち気まずさが戻ってきた。そのとき、私の心はすでに決まっていた。もう二度とローワーに気安く話しかけることはないだろう。また暴言を吐かれたらたまったものではない。私の考えていることはローワーにもわかったらしく、泥道をとことこ歩く馬にまたがったまま、彼はむっつりと黙り込んだ。もう手の打ちようがないと感じていたのだと思う。口をついて出てしまった言葉に対して謝罪はしたものの、まだ口にしていない暴言に対しては謝りようがないからである。

私がイングランドの演劇をそれほど高く評価していないことはすでに述べた。筋立ては退屈で、演技は拙劣、発声は貧弱。だが、裁判はそうでもなかった。そこには劇場になかった華麗なドラマがあり、演出も巧みで、表現も真に迫っていた。

巡回裁判は、大陸には匹敵するものがないほどの見世物だった。何かにつけて仰々しいことを好むフランス人でさえ、司法をあのように荘厳な興行仕立てにすることはない。何が素晴らしいかというと、裁判を行う場所が移動することだ。微罪ならば治安判事が裁くが、重罪になると一定の期間を置いてロンドンから派遣される国王の代理人に委ねられる。そうした一行が全国を巡回し、町々で物々しい歓迎を受ける。町外れで町長が出迎え、地主たちは馬車を繰り出して行列の後尾に並び、街路には町の人々が一列に並んで、馬車の列が裁判所に入るのを見届ける。中に入れば、回りくどい宣言書が読み上げられ、犯罪者は好きなだけ絞首刑にしてもよいというお墨付きが判事に与えられる。

イングランド人がその種のことをどのように取り扱うか、ここで説明しておいたほうがいいかもしれない。この国におけるほかの手続きと同じで、実に風変わりなやり方をするからである。他国のように、学識ある判事が一人いれば、それで充分であろうと思われるのに、ここでは違う。そのような判事を任命したあとで、その判事が持っているはずの権力を、任意に選出された、法律にはまるで不案内な、十二人の素人に分け与えるのである。しかも、イングランド人は、この奇怪至極な制度に不埒《ふらち》なまでの誇りを抱いており、この十二人の陪審団こそ特権的自由の基盤であると崇《あが》め奉《たてまつ》っている。その十二人は法廷での議論に耳を傾け、評決を下す。通常、裁判の場に案件を提出するのは告発する側の人物で、殺人事件の場合は遺族、あるいは国王の代理人としての治安判事がそれを行う。今度の場合、グローヴには家族がいなかったので、治安判事が税金を使って訴訟の準備をすることになった。

巡回裁判の前に準備すべきことは多く、かなりの費用もかかる。そのため、われわれが戻ってきたとき、大通りは人でごった返していた。私はその眺めに魅せられたが、ローワーは機嫌が悪くなっただけだった。もう午後も遅く、二人とも食事がまだだったので、とりあえず腹に何か入れるか、それともホリウェルにあるサー・ジョン・フルグローヴの家に直行するか迷っていた。後者を選んだのは、何よりもミセス・ブランディのことを案じていたからだった。娘が何をしでかしたにせよ、ミセス・ブランディは今でも私の患者であるし、名声を得るための希望に満ちた実験材料でもあった。おまけに、ローワーのそばからできるだけ早く離れたかったのである。

サー・ジョンはすぐに会ってくれた――イングランドの司法で私が賛嘆してやまないのはこういうところである。ヴェネツィアの治安判事とはあいにくお付き合いがないが、私も承知しているように、何をやるにも不便なほうがいいというのが、あの連中の考える法の威光にほかならない。サー・ジョンは私の話も聞いてくれたが、感謝の言葉はほとんどなかった。それどころか、私が旅に出ているあいだに、その態度はがらりと変わり、以前のような感じのいい丁寧な応対はしてもらえなかった。

「そういうことがあったなら、義務として、ただちに通報してもらいたかったね」と、サー・ジョンはいった。「サーロウは国賊だ。何年も前に絞首刑になっていてもおかしくない。それなのに、今、やつは逃亡犯をかくまっているというのか？　まったく、あの男は法律より自分のほうが偉いと思っているようだな」

「私の聞いたところによると」私は静かにいった。「そう思っているはずです」

サー・ジョンは眉をひそめた。「もう黙って見ているわけにはいかん。こんなことがいつまでも続いていいわけがない。やつは公然と国家に叛逆《はんぎやく》している。それなのに、政府はなんの手も打っていない」

「私も彼を弁護するつもりはありません」と、私はいった。「これまで聞いた話に半分でも真実が含まれているのなら、即刻、絞首刑に処すべき男です。しかし、今度のことにかぎってい えば、プレストコット氏には犯罪の容疑がかけられているが、実は真の意味で有罪とはいえない、と考えて彼をかくまったようです。そのことが役に立ちそうだとは思いませんか。プレストコット氏はグローヴ博士の事件の重要証人かもしれないんですよ」

治安判事はうめいた。

「これは取るに足りない話でしょうか?」私はいった。

「いや、もちろん違う」

「あの娘は裁判にかけられますか?」

「そうなるはずだ。巡回裁判の最後の日に申し開きをすることになっている」

「どんな容疑で?」

「軽叛逆罪だ」

「なんですか、それは」

「グローヴはあの女の雇い主だった。解雇されたそうだが、それは関係ない。グローヴは彼女の雇い主として死んだのだ。したがって、叛逆罪に当たる。雇い主は、子供にとっての親と同じ、国民にとっての国王と同じだ。犯罪は数あるが、これがもっとも卑劣な、殺人よりもなお深刻な犯罪だ。刑罰もはるかに厳しい。もしも彼女が有罪なら、火あぶりの刑に処せられる」

「有罪ではないかもしれないとお思いですか？」

「まさか、それはない。捜査の結果、実に不潔な、浅ましい女であることがわかったよ。これまでその正体が暴かれなかったのが不思議なくらいだ」

「自白はしましたか？」

「いや、していない。何もかも否定している」

「私は自分が知っていることを伝えました。これからどうするおつもりです？」

「やるべきことは決まっている」と、彼はいった。「何人か兵士を従えて、馬でミルトンに直行する。プレストコットとその庇護者に手枷《てかせ》をつけて、二人ともまた監獄に放り込む。今度もまたサーロウ氏が法律の網から逃れることができるか、お手並み拝見といこうじゃないか。これで失礼する。急ぐもんでね」


ひやひやしながらその義務を果たし、大通りに戻ったとき、ボイル氏がロンドンの妹宅で病に倒れ、あと数日滞在を延ばすという話を人から聞いた。そのあと、ティリヤード氏の店に出向き、胃袋を満たしつつ、いろいろと新しい話を仕入れようと思った。ロックもきていて、私を見つけて、ひどく嬉しそうな顔をした。私のほうはそこまで嬉しくはなかった。

「今度、患者ができたときにはだな、コーラくん」私が席につくと、すぐに彼はいった。「決して人まかせにしちゃいかんぞ。あのご婦人には苦労したよ。きみが出かけてから、容態が悪くなってね」

「それは残念だ。原因はなんだ？」

彼は肩をすくめた。「さっぱりわからん。だが、少し弱っているのは間違いない。娘が逮捕された日から、そんなことになったんだよ」

彼は進んで詳細を話してくれた。なんでも、ちょうど現場にいたという。執行吏が家にやってきて、母親の目の前でサラに手枷をかけ、連行しようとしたらしい。サラもおとなしく連れていかれるような女ではない。叫んだり、引っ掻《か》いたり、嚙みついたりしたので、とうとう床に組み伏せられ、縛られてしまった。それでもわめきつづけたので、猿轡《さるぐつわ》もされたらしい。母親は寝床から起きようとしたが、ロックは全力を振り絞り、必死でそれを抑えたという。

「かわいそうに、叫びどおしだったよ。うちの娘は何もしていないんだ、娘には手を出すな、とね。しかし、娘のあの暴れっぷりを見たときには、こりゃ人を殺していてもおかしくないと思ったな。あんなふうに人が変わるのを見たのは初めてだ。物静かで穏やかだった女が、次の瞬間には怒り狂って絶叫する怪物になるんだもんな。見ててぞっとしたね。それに、あの力ときたら！　大の男が三人がかりで押さえつけないと、手枷もはめられなかったんだぞ」

私はうなった。「母親はどうしてた？」

「寝台に横たわったまま、体を丸めて泣きはじめたよ。当然のことだがな。そのあと、体力が衰えて、苛立《いらだ》ちやすくなった」彼は言葉を切り、あっけらかんと私を見た。「私も手を打ったが、効果はなかったよ。すまん、すまん」

「これから向こうに行ってくる」私はいった。「逮捕のことを聞いたときから、ずっと気にかかっていたんだ。心配なことだが、母親の容態はこの先どんどん悪くなるはずだ。その前に思い切った治療をしないといけない」

「原因はなんだろう?」

「血液注入だよ、ロックくん。血液注入だ。考えてみたまえ。これまでは確信が持てなかったが、私は、娘の状態が母親の状態に影響を与えているのではないかと疑っていたんだ。今や、二人の魂が母親の体の中で絡み合っている。サラだったら、疑いもなく、その葛藤《かっとう》に耐えることができる。ところが、母親のほうは加齢が進んでいるし、体力もない。容態が悪くなっているのは、そのせいだと思うんだ」

ロックは椅子にもたれかかった。眉を吊り上げ、傲然《ごうぜん》と人を小馬鹿にするような表情を浮かべているが、これはどうやら沈思黙考中の顔つきなのである。「面白いね」やがて、彼はいった。「きみの研究は応用が利く。それで、どうするつもりだ?」

私は悄然《しょうぜん》と首を振った。「さて、どうしたものか。まったく思いつかないんだ。とにかく、失礼する。一刻も早く様子を見にいかないと」

私はそうした。行ってみると、最悪の予感が的中した。女は本当に弱っており、これまで傷が治りつつあったとしても、今や治癒は見込めず、病の臭気が暗く狭い部屋に充満していた。泣きたくなるくらいだった。だが、女に意識はあり、取り返しがつかないほど悪化しているわけではなかった。問い詰めると、二日近く何も口にしていないという。面倒を見させようと口ーワーが雇っていた女は、サラが逮捕されたときに、人殺しの家に留まることはできないといって職を投げ出していた。当然ながら、前払いの給金はそのまま持ち逃げしていた。

こういう状態になったのは空腹のせいもあるだろう。死にたくなければ、定期的にしっかり食事を摂らなければならない。そこで、とりあえず私は食べ物屋に走り、パンとスープを調達した。それを私みずから、ひとさじずつ食べさせてから、傷を調べ、包帯を巻き直した。怖れていたほど膿《う》んではいない。ロックもそれなりによくやってくれたようだ。

だが、それにしても、ここまで悪化しているのは解せなかった。飢えと、娘が官憲の手に落ちるのを見た絶望とで、活力を失ったのはたしかだが、私の見たところ――というより、わが理論が正しいか否かはすべてそこにかかっているが――女の血と娘の血とが血管の中で混じり合い、遠隔感応で影響を及ぼし合っていることに疑問の余地はなかった。鼠の巣くう牢獄に入れられただけでこんなふうになるのなら、この先、もっとひどいことになるのは目に見えていた。

「教えてください、親切なお医者さま」とりあえず手当てがすむと、女はいった。「サラはどうしているのでしょう。何かご存じですか?」

私は首を振った。「田舎廻りから戻ったばかりでね。私にもよくわからない。ただ、裁判にかけられるという話だけは聞いた。こちらに何か伝言はなかったのか?」

「いいえ。わたしは向こうに行けない、娘は家に帰れない。伝言を持っていってくれるような人もいない。ご親切に甘えるつもりはありませんが……」

私は意気消沈した。次に何を頼まれるか予想がついたのだ。引き受けたくないことだった。

「……あなたは娘のことを少しはご存じですし、本当にあんなことをやったとは思っていらっしゃらないと思います。あの子は生まれてからずっと人を傷つけたことなどないんです。それどころか、自分から進んで人助けをするような子なんです。ボイルさんだってそのことは知っています。あなたにおすがりしても、娘を取り返せるわけではありませんが、せめて会いにいっていただけないでしょうか。母は大丈夫だから心配するなと伝えていただけないでしょうか」

なんとしてでも断りたかった。これ以上あの娘とは関わり合いになりたくない。だが、すげなく断る勇気もなかった。そんなことをしたら、いいかげん弱っている体がますます衰弱するはずだ。私の理論が正しければ、娘が元気になると、母親のほうもそれだけ回復するはずだった。そこで、私は引き受けた。監獄を訪ね、もしも中に入ることが許されたら、伝言を伝えよう。

私は正しい人生を歩んできたつもりであるし、神もご存じであろうが、永遠の責め苦を受けることがないように戒律を厳しく守ってきた。地獄というのはそれほど恐ろしいところだが、巡回裁判前日のイングランドの独房はその二倍も悪魔的な場所であった。城郭の狭い前庭は、以前きたときよりもはるかに混雑していて、囚人たちに差し入れしようと駆けつけた男女や、新しい囚人がくるのをあわよくばその目で見たいと思って集まってくる人々でごった返していた。判事たちが町にやってくると、命運の尽きた悪党どもが広い範囲からはるばる連れてこられる。そして、順番が回ってくれば、運命の宣告を受ける。最後に行ったときにはほとんど空っぽだった監獄も今や大入りで、人の体臭でむせかえり、病んだ者や、寒さに震える者や、絶望した者の嘆きが痛ましく響きわたっていた。おおかたは身から出た錆《さび》でこんなところに閉じ込められているとはいえ、私はその連中に同情を禁じ得なかった。そして、ほんの一瞬だが、根拠のない不安に駆られた。もしかしたら私も囚人と間違われて、用がすんだあとも永遠にここから出られなくなるのではないか。

　むろん、男女は別々にされていたが、分け方はいいかげんで、大きな部屋二つに適当に放り込まれていた。家具と呼べるものはなく、あるのは藁布団だけで、囚人はそれに横たわっている。できるだけ楽な姿勢を取ろうと囚人たちが無益に寝返りを打っているので、鉄鎖の音が重重しく響いている。大勢の人間が転がる中、その響きを背景にして私は進んでいった。部屋は、城のまわりに巡らされた古い濠の水位とほぼ同じ位置にあるので、極端に寒く、何世紀にもわたって湿気が壁にへばりついていた。数か所にある窓から入ってくる光が唯一の明かりだが、高い窓なので鳥でなければ近づけそうになかった。すぐに裁判が開かれるのはかえってよかった、と私は思った。そうでなければ、サラ・ブランディのような栄養の足りない薄着の娘は、絞首人が仕事をする前に、監獄熱に感染して死んでしまうだろう。

　しばらくしてから、ようやく彼女を見つけることができた。腰をおろし、両脚を腕に抱き、深々と首を垂れて、べとべとする冷たい壁にもたれかかっていたので、黒っぽい長い髪しか見えなかったからである。一人で静かに歌をうたっていた。悲しみに沈んだ調べが陰鬱《いんうつ》な部屋にこもっている。自由に空を飛んでいたときのことを思い出しながら籠の鳥が口ずさむ哀感に満ちた嘆きの歌だ。声をかけると、しばらくして、ようやく顔を上げた。おかしな話だが、その変わりようを目にして、私は驚き悲しんだ。傲岸不遜《ごうがんふそん》な態度は消え失せ、しょんぼり萎《しお》れている。ボイルの真空ポンプに入れられた鳩ではないが、まるで必要な空気を抜かれてしまったようだった。私が体調を気遣っても、彼女は答えようともせず、ただ肩をすくめ、温まろうとするように自分の胸を抱きかかえただけだった。

「悪いが何も持ってきてやれなかった」私はいった。「こんなところにいるのがわかっていたら、毛布と食べ物を差し入れたんだが」

「ご親切に」彼女は答えた。「食べ物でしたら、大丈夫です。大学の慈善基金があって、雇い主のウッドさんの奥さんが毎日食事を運んでやろうといってくれました。でも、着るものは欲しかったです。母の様子は？」

私は頭を掻《か》いた。「その件でここにきたんだ。お母さんからの伝言がある。自分は大丈夫だから、心配するな、とのことだ。それについて、私も一つ忠告しておきたい。きみが心配すると、お母さんの体に障る。害を及ぼすかもしれない」

彼女はじっと私を見つめた。言葉の裏を覗いて、私の顔に浮かんだ懸念を見据えていた。

「母はあまりよくないんですね？」抑揚のない声で彼女はいった。「本当のことをいってください、先生」

「よくないんだよ」私は率直に答えた。「思っていたより治りが遅い。とても心配だ」恐ろしいことに、彼女はふたたび両手に顔を埋めた。体が震えているのがわかり、悲しみに満ちたすすり泣きが聞こえてきた。

「しっかりするんだ」私はいった。「何も泣くようなことじゃない。よく一進一退というが、その一退の時期なんだよ。まだ生きているし、私やローワーがついている。ロック氏もだ。三人とも、きみのお母さんがよくなるように、一生懸命、努力をしている。だから、くよくよ悩むんじゃない。お母さんを助けようと必死でがんばっている人たちに失礼だと思わないか」

そんなふうになだめたりすかしたりしているうちに、やっと説き伏せることができて、彼女は顔を上げた。泣きはらして目は赤くなり、剝《む》き出《だ》しの腕で鼻水を拭っていた。

「私は、きみを安心させるため、ここにきたんだ。だから、どうか気をしっかり持ってくれ。自分のことと裁判のことだけを考えろ。それだけで気が紛れる。お母さんのことはわれわれに任せてくれ。どっちにしても、今の段階できみにできることは何もない」

「あとのことはどうなるんです?」

「あとのこと?」

「あたしが吊されたあとのことです」

「おいおい、いくらなんでもそれは飛躍のしすぎだよ」私は、明るく笑い飛ばそうとしたが、少し無理があった。「まだ首に縄も巻きついていないのに」単なる絞首刑よりもさらに悲惨な最期が待ち構えているかもしれないのだが、それはいわなかった。

「みんな、もう、そうするつもりでいるんです」彼女は静かにいった。「自白しろと迫ったときに、治安判事はいいましたよ。陪審の評決は有罪、判事の判決は絞首刑、そう決まってるんだって。あたしみたいな女のいうこと、誰が信じます？　自分で無実を証明できればいいのに、それもできないんですよ。母はどうなると思います？　どうやって生きていけばいいんです？　誰が面倒を見るんです？　ほかには家族も肉親もいないんです。支えてくれる人は一人もいないんです」

「お母さんがまた健康になったら」と、私は憂鬱《ゆううつ》な気分でいった。「きっと自分に合った仕事が見つかるよ」

「夫は狂信者、娘は人殺しなのに？　仕事を世話してくれる人なんているもんですか。あなたにだってわかってますよね。母が働けるようになるとしても、まだ何か月も先のことでしょう？」

きみはどうせ一週間もたたないうちに死ぬのだから、そんなことで悩んでも仕方がないのだよ、とはさすがにいえなかったが、神よ、赦したまえ、ほかに慰めの言葉は思いつかなかった。

「コーラさん、ひとつお伺いしてもいいかしら。ローワー先生はいくらで買うんです？」

虚を衝かれたかたちになったが、やがて意味がわかった。「つまり、その……」

「ローワー先生は死体を買ってくれるんでしょう？」彼女はいった。恐ろしいほど冷静になっている。「いくら出して買うんです？　あたし、遺言を残しておいて、自分の死体をただで先生に譲ってもいいと思っています。その代わり、母の面倒を見てください。そんな困ったような顔はなさらないで。あたしの売り物はそれしかありません。どうせ自分で使えるものでもないし」あっけらかんとして、そう話を結んだ。

「い、い、いや、それはわからない。買い値は、そ、そ、その状態によって――」

「ローワー先生に談判してくださいません？　生きているときから体を売ったと思われている女ですから、死んだあとで売っても醜聞にはなりませんよ」

この会話には、ローワーでも戸惑ったに違いない。私はまったくのお手上げだった。火あぶりに処せられた焼死体など、ローワーでさえ欲しがらないだろうが、面と向かってそんなことがいえるだろうか？　私は言葉につかえながら、ローワーに話してみるといったが、本心では一刻も早く話題を変えたいと思っていた。

「望みを捨ててはいけないよ」私はいった。「裁判ではどんな主張をするつもりだ？」

「そんなのわかりません」彼女はいった。「自分がどんな罪状で裁かれるかも知らないんですから、どういう人が出てきて、何をいうか、見当もつきません。味方はいないんです。先生のような人が、そんなに悪い女ではない、と証言してくれるんだったら、嬉しいんですけど」

私は一瞬、口ごもった。彼女にはそれで充分だった。「ほらね」彼女はいった。「わかったでしょう？　誰もあたしを助けてくれないんです」

彼女はじっと私を見つめながら、返答を迫った。巻き込まれたくはなかったし、そもそも自分の意志でここにきたわけではないのだが、なぜか私は抗しきれなかった。「困ったもんだね」私はいった。「助けてやりたいのはやまやまだが、グローヴ博士の指輪のことは私にも説明がつかない」

「指輪って？」

「亡くなった博士から盗まれた指輪だよ。見つけたのはジャック・プレストコットだ。話はプレストコットから聞いたよ」

その言葉の意味は相手にも通じた。その瞬間、なんの疑いの余地もなく、私の疑念の正しさが証明されたと思った。治安判事はきちんと仕事をしている。この女がグローヴを殺したのだ。私のいわんとするところを悟ると、彼女の顔から血の気が引いていった。ほかのことならのらりくらりと言い逃れができても、これだけはまともに答えることができないのである。

「どうだ、サラ」急に黙りこくった相手に、私はいった。

「あたし、もう逃げられないんですね。あなたにも見捨てられて」あきらめに満ちた悲痛な声、自分の容疑が完全に立証されたことを悟った者の最後の台詞《せりふ》だった。

「私の疑問に答えないつもりか。今、答えなくても、法廷では返答を迫られる。きみは復讐のためにグローヴを殺した。そのあと、床に倒れている死体から指輪を盗んだ。そんな容疑をかけられて、どう反論する？」

そのあと私を襲った旋風のような暴力は、わが生涯最大の衝撃であった。ついさっきまで従順なふりをしていた娘が、とうとう本性を現したのだ。憎悪と失意のわめき声を上げながら飛びかかってくると、狂気の光を目に宿し、彼女は私の顔を爪で引き裂こうとした。幸いなことに手と足を鎖でつながれていたので大事には至らなかったが、そうでなければ私は目を抉《えぐ》られていただろう。思わず私はそばで寝ていた悪臭の漂う老婆の上に背中から倒れた。すると、さっそく老婆は私のコートに手を突っ込み、財布のありかを探ろうとした。大声で人を呼ぶと、獄卒が一人、救助に駆けつけてくれた。囚人たちを蹴散らし、サラをおとなしくさせるため警棒を振り下ろした。彼女は藁布団に倒れ、絶叫すると、私もこれまで聞いたことがないような声で激しく泣き出した。

私は、その怪物のような女を呆然《ぼうぜん》と見おろしていたが、すぐに気を取り直し、心配そうな獄卒に、大丈夫だ、頬を引っかかれただけで怪我はないと告げて、安全なところまで下がり、乱れた息を整えるため深呼吸して、饐《す》えた空気を吸い込んだ。

「いろいろ疑問に思うこともあったが」と、私はいった。「これでもうはっきりした。さっきの話はローワーに伝えておく。きみのお母さんのためだ。しかし、それ以上、私がきみのためにしてやれることはない」

私は背を向け、悪鬼どもが潜む地獄のような場所を出ていった。これで一安心と思ったので、近くの居酒屋に立ち寄って厄落としをすることにした。三十分たっても私の手の震えは止まらなかった。

あの娘が本当にやったかどうか、もう迷うことはなくなり、私の心も落ち着いたが、それで何もかも安心かといわれると、実はそうでもなかった。むしろ、不安は高まったのである。あのような悪の存在を目の当《ま》たりにすると、人は決して冷静ではいられない。その悪が私の目の前であんなふうに発現されたのだから、容易に忘れることはできなかった。居酒屋を出たときには話し相手が欲しくなっていた。人と話をして、あの光景やあの声を忘れたかった。ローワーとの関係がこんなにぎくしゃくしていなければ、あの飾らない人柄でおおいに癒されたことだろう。しかし、彼には絶対に会いたくなかった。とはいうものの、娘からの頼まれ事があったことを思い出し、患者のために、そして、約束を守るために、詮ないことかもしれないが、一応話をしてみるのが義務であると思い直した。

だが、ローワーはいつも立ち寄る場所にはきていなかったし、クライスト・チャーチの部屋にもいなかった。尋ねてまわると、やがて事情を知っている者に行き当たった。一時間ほど前、ローワーがロックや数学者のクリストファー・レンと一緒にいるところを見たという。レンは今でもウォダム・コレッジに部屋を持っているので、そこに行ってみようと思った。

どちらにしても、滞在中にいろいろな噂を聞いていたので、その若者には会ってみたいと思っていたのである。コレッジに行って、レンがどこにいるか、客はきているか、門番に訊いてみた。友人がきていて、ほかの面会客はお断りするようにいわれている、と門番は答えた。もちろん、それは門番の決まり台詞なので、警告には従わず、レンが住んでいるという門楼の部屋まで階段をのぼり、ノックをしてから中に入った。

そのときの慌てぶりは見ものだった。背が低く、巻き毛を垂らし、それなりに見栄えのする顔をしたレンは、私が部屋に入ってきて、目の前の光景を凝視しながら立ち止まったとき、むっとしたように渋面《じゅうめん》を作った。ロックは、悪だくみを見つかった悪戯坊主《いたずらぼうず》のように照れ笑いを浮かべていた。ただし、自分の悪戯が世間に知られるのは歓迎しているらしい。わが友、わが腹心の友、リチャード・ローワーは、少なくとも良心を持ち合わせているらしく、こんなかたちで自分の悪行が暴かれたことに恥じ入って、ばつの悪い思いをしているようだった。私が見ても、ここで何が行われているかは一目瞭然だったのである。

大きな樅材《もみ》のテーブルの上に、一匹の犬が紐で結わえつけられていて、哀れな声で鳴きながら、不安そうに目をきょろきょろさせ、自由になろうともがいていた。横にもう一匹いたが、そちらのほうは自分に対して行われている拷問を甘んじて受け入れようと達観しているようだった。細く長い管が一匹の首から出て、もう一匹の首につながっている。管を挿すときに切開した首から飛び散った血が、ロックの前垂れと床を汚していた。

輸血をしているのだ。私の実験をこっそり再現していたのだ。私には内緒で。こういうことをする場合には真っ先に知らせるべき私を無視して。こんな裏切り行為はとうてい信じることなどできなかった。

最初に驚きから覚めたのはローワーだった。「諸君、ちょっと失礼する」私をレンに紹介しようともせず、彼はいった。「しばらく席を外したい」

前垂れを取り、床に投げ捨てると、ローワーは庭に行こうと私を誘った。甚《はなは》だしく私の気分を害したその光景から視線を引きはがし、私は憤然とローワーに続いて階段をおりていった。

私たちは庭に出て、箱形の四角い生け垣や芝草のあいだをしばらく出鱈目《でたらめ》に歩きまわった。そのかん、私は黙ったまま、ローワーの釈明を待った。

「あれをやろうといいだしたのは、ぼくじゃないんだ、コーラ」長い沈黙のあと、彼はいった。

「頼むから謝罪を受け入れてくれ。あんなことをして、自分でも赦されないと思っている」

衝撃は去らず、私にはいうべき言葉が見つからなかった。

「ロックだよ、ロックがレンに実験のことを話したんだ。ぼくたちが——いや、きみがミセス・ブランディのために考案したあの実験のことをね。するとレンは興奮して、ぜひ同じことをやってみたいといいだした。これはきみの実験の成果を微塵《みじん》も損なうものではない。きみの後塵《こうじん》を拝して、ちょっとやってみようと思っただけなんだ。先生のまねをする生徒と同じだ」

彼はおどおどとした笑みを浮かべ、謝罪の効果を確かめるべくこちらを見た。私はあくまでも冷厳な態度を貫こうとした。

「きみたちに道義心というものがひとかけらでもあれば、立ち会わせろとはいわない、嫌だったらそれでいい、しかし、せめて知らせてくれてもよかったはずだ」

笑みが消え、表情が歪《ゆが》んだ。「もっともだ」彼はいった。「心から申し訳なく思っている。実際、きみを探したんだよ。でも、どこにいるかわからなかった。レンは午後にはロンドンに戻らないといけなかったし、だから……」

「だから、友人を裏切り、別の友人の歓心を買おうとしたわけか」私は冷たくさえぎった。

この正当な反論がよほど堪《こた》えたらしく、彼は怒りが込み上げてきたふりをした。「裏切りだと？　誰かが何かを思いついたとき、その着想は最初の考案者がいつまでも独占すべきものではない。ぼくたちはきみの業績を否定するつもりはないし、内緒であんなことをやろうと思ったわけでもない。きみの居場所がわからなかった——問題はそれだけだ。レンがあんなに熱心になるとは思わなかったし、レンと会ったのは今日の朝のことで、そのときに話をしたら、こうなったんだ」

縷々《るる》と述べるローワーの様子に、疑念がだんだん治まっていくのを感じた。最初から信じたい気持ちはあり、今でも腹心の友だと思いたかったので、裏切られたという悔しさにいつまでもしがみついていることはできなかった。だが、私があの部屋に踏み込んだとき、ローワーの顔に浮かんだ表情は、忘れようとしても忘れられなかった。あれは悪事がばれて驚愕した者の顔、罪を自白したのと同じだった。サラ・ブランディの顔にもそんな表情が浮かんでいた。

「仮にこのことを世間に公表するとしても、必ずきみに連絡して、許可を取る」私の決心が固いと見て取って、彼は続けた。「きみも認めざるをえないだろうが、こういうやり方のほうが丸く収まる。もしもわれわれが――いや、きみが、研究成果を発表するときに、最初はある女性を使って血液注入の実験をしました、などといったら、無謀な危険人物と見なされて、取り合ってもらえないかもしれない。ところが、犬から犬への血液注入ということにしたら、反感もだいぶ少なくなる」

「きみたちはそれをやっていたのか?」

「もちろんだ」私の怒りが和らいだのを見て、彼はいった。「前にも話したが、このことが早い段階で世間に広まるのはまずいと思う。だから、あんなやり方をした。善は急げだ。きみに立ち会ってもらえなかったのは、申し訳ないと思っている――本当にすまない。ぼくの心からの謝罪を受け入れてくれ。ロックやレンに成り代わって、謝っておく。あの二人にも非礼を働くつもりはなかったんだ」

彼は謝罪した。帽子をかぶっていなかったので、かつらを取って、深々と頭を下げた。その滑稽《こっけい》な格好に、思わず破顔しそうになり、硬い顔にほんの一筋、笑みが入ったが、今度ばかりはそんな芝居を見せられて妥協する気にはなれなかった。

「どうなんだ」私の反応に落胆して、彼はいった。「赦してくれるのか？」

私はうなずいた。「いいだろう」感情を込めずにそういったが、これは私が生涯でついた最大の嘘だった。まだ彼には助けてもらわないといけないことがあったし、そのためには少なくとも表向きは良好な関係を保っておかねばならず、たとえ友情乞食と誹《そし》られようとも、嘘をつくしかなかったのである。「もうこの話はやめよう。また口論になる」

「それにしても、きみはどこに行ってたんだ？」彼は尋ねた。「あっちこっち探したんだよ」

「ミセス・ブランディの家だ。容態はどんどん悪くなっているね。そのあと、その娘のところに行った」

「城まで行ったのか？」

私はうなずいた。「行きたくはなかったんだが、母親に泣きつかれてね。だが、行ってすっきりした。この世に人を殺せる人間がいるとしたら、それはあの娘だ。おそらく彼女は殺人を否定するだろうし、自白してくれたほうがこっちも気が楽だが、やったのは間違いない。たぶん、こういうことだろう。あの日の朝、ティリャードの店で、彼女は母親のためにグローヴに金をせびって、断られた。そこで、彼を殺し、部屋にあったものを盗んで、その金を手に入れようとした。親を大切にするのは人の務めとはいえ、こんな歪んだ堕落行為に及ぶとは、恐ろしいものだね」

ローワーはうなずいた。「彼女から聞いたのか？」

「いや、違う」私はいった。「自分では何も認めないだろう。しかし、彼女は、一つだけ善行をしたがっている。たぶん自責の念に駆られたのだろう。そうとしか考えられない」

手短かに私は、母親の治療や介護と引き替えに、自分の死体を提供したいとサラがいいだしたことをローワーに伝えた。ローワーは驚いたような顔をした。そして――癪《しゃく》に障るが――棚からぼた餅のこの話を、ぜひ進めたいと思っているようだった。

「母親の病状は？」

「きみが面倒を見ることになっても、金銭的負担が長く続くことはないと思うよ」私はいった。「そのことも話しておきたかったんだ。母親はどんどん弱っている。そんなときに、娘が死んだらどうなるか。片方の魂が滅したら、もう一方に致命的な影響を及ぼすはずだ」

考え込む彼を前にして、私は不安を語り、自分が考える唯一の解決策を説明した。「もう一度、血液注入をするんだよ、ローワー」と、私はいった。「今度は違う人物からね。体力がある健康な人物の血を入れると、最初に入った娘の魂を中和してくれる。しかも、早いほうがいい。サラが明日裁判にかけられるなら、あさってには死ぬだろう。もう時間がない」

「そんなことをして大丈夫か？」

「自信がある。娘の気分が落ち込むにつれて、母親の容態は悪くなっている。相関関係は明らかだ。私にはほかの原因は考えられない」

彼はうなった。「ということは、今日やるんだな」

「そうだ。彼女のために、そして、われらの友情のために、私はきみに最後の助力を乞う」

私たちはまた庭を一回りした。人が見れば、友だち同士に見えただろう。ローワーは私の考えを頭の中で検証していた。

「きみのいうとおりかもしれない」ようやく彼は口を開いた。「ただし、まだわからないことがある」

「わからなければ検討のしようがない」私は指摘した。

またうめき声が上がり、彼は大きく深呼吸した。これは決断を下したときの癖だった。「わかった」彼はいった。「今晩やろう。コレッジの庭師を一人連れてく。口が堅いことで有名な男だ」

「なぜ午後にしない？」

「ぼくもあの娘に会っておきたいんだよ。もしも彼女をもらえるのなら、本人と証人が署名した委任状がいる。作成には結構時間がかかるし、裁判が始まる前にやっておかないといけない。火あぶりになることは知ってるか？」

「治安判事から聞いたよ」

「使い途はあまりないかもしれんな。サー・ジョンに頼んで、裏から判事に手を回してもらったら話は別だが」彼はお辞儀をした。「まあ、心配するな。間に合うよ。夕食後に〈エンジェル〉で会おう。そのあと、母親の件に取りかかろう」

それからは夕方まで手紙を書いたり、憂鬱な気分に浸ったりして過ごした。義務を果たしたら帰国すると決めた以上、出発は早ければ早いほどよかった。ブランディの後家だけが私をこの地に留めていた。私が治療をしなければどうなるか、すでに体験から知っていたからである。サラ・ブランディの運命を考えると気が重いだけだし、その母親もほとんど楽観できない状態で、友への信頼も失いかけている。忠誠を誓った友を信じたい気持ちはあり、実際に信じてきたのだが、疑惑の種はすでに蒔《ま》かれ、わが魂は乱れに乱れていた。

自慢するつもりはないが、私は名誉と忠誠を何よりも大事にしている。ローワーはレンの要求に屈し、私の権利をないがしろにすることで、その名誉と忠誠に泥を塗ろうとした。過ちは認めたものの、私の心の傷は消えるわけもなく、例の怒りの発作によって生じた疑いは確信へと変わっていった。

いいかえれば、〈エンジェル〉で待っていたときの私は暗い気分に沈んでいて、そこにローワーが足取りも軽くやってきた。うしろには痩せこけた生気のない男を従えていた。ローワーのコレッジで庭師の下働きをしている男で、一シリングもらい、ミセス・ブランディに血を売ることになったという。

「こんなんじゃ駄目だ！」私は叫んだ。「見てみろよ。こいつはまるで病人だ。ミセス・ブランディより重症でもおかしくない。彼女からこいつに血を移したほうがいいくらいだ。もっと力持ちで、生命力のあるやつはいなかったのか」

「こいつはすごい力持ちだぞ。そうだろう？」ローワーは初めてその男に話しかけた。話しかけられたほうは、ローワーが自分のほうを見ていることに気がついて、にやっと笑い、歯の抜けた口を見せて、馬がいななくような声を出した。

「この男のいいところはな」陶器に入った一クォートのエールを男ががぶがぶ呑むのを見ながら、ローワーはいった。「耳が聞こえなくて、言葉が不自由なところだ。ウォリス博士はこの男に言葉を教えようとしたが、無駄だった。字も書けない。要するに、秘密は守り通せるということだ。それが大事なところだからな。あの家族はもう世間の爪弾《つまはじ》きだ。その上、母親があんな方法で生きながらえていることが知れたら、娘と一緒に火あぶりになってもおかしくない。ほら、おまえ。もう一杯どうだ」

ローワーが手を上げてお代わりを頼むと、哀れな男の前にすぐエールが出た。「少しぐらい酔っぱらってもらったほうがいい」彼はいった。「自分が何をされるかわかったら、逃げ出すかもしれんからな」

私は不満だったが、ローワーのいわんとするところはわかった。しかし、それは私の方針が変わったことも意味している。実験のいきさつを証言できない者を使うのは、これまでの私なら却下していたはずである。

「監獄には行ったか？」

ローワーは天を仰いだ。「ああ、行ったとも」と、彼はいった。「とんでもない一日になったよ」

「あの娘が嫌だといいだしたのか？」

「とんでもない。ちゃんと委任状もできたし――彼女、きみやぼくと同じで読み書きができるんだが、知ってたか？　あれは意外だったな――証人の署名ももらった。そこまではうまくいった。問題は治安判事だ」

「反対されたんだね。なぜだ？」

「説得に失敗して、あの娘とは債務関係にあるわけではないから、自分の一存ではどうにもならんといわれた。まったく、困ったもんだ」

「じゃあ、駄目か。死体は手に入らないんだね？」

彼は捨て鉢な目で私を見た。「もし払い下げてもらっても、用事がすんだら、火あぶりの場所に返せといわれたよ。一時的所有権しか認めんというのが治安判事の言い分だ。まあ、それでも、ないよりはましだろうな。あとでまた会って、説得できるかどうか、改めて話し合うつもりだ」

ローワーは庭師のほうをちらりと見た。男はすでに三クォート目のエールを呑みはじめていた。「さあ、行くか。こいつが酔いつぶれる前に片づけよう。ここだけの話だが」二人で男を抱き起こしながら、彼はいった。「ぼくはあの母子には本当にうんざりしてるんだ。二人とも早く死んでもらったほうがいい。うわ、このくそったれめ！　すまん、コーラ、言葉には気をつけないとな」

彼の罵《ののし》り言葉と謝罪は正当なものだった。というのも、その薄のろはローワーがここに連れてくる前から酒を呑んでいたらしく、われわれが話しているあいだにも三クォート呑んだので、ついに限度を超えてしまったらしい。顔にへばりついていた馬鹿げた薄笑いが急に真顔に戻ったかと思うと、男は床に滑り落ち、ローワーの靴の上に嘔吐してしまったのである。ローワーは飛《と》び退《の》くと、嫌悪の顔で男を見ながら、その体を蹴とばして、もう意識がないことを確認した。

「これからどうしよう?」

「こいつは使えないぞ」私はいった。「二人で担いでいくわけにもいかんだろう。相手の協力がないと無理だ」

「コレッジを出るときには素面《しらふ》に見えたんだが」

私は残念な思いで首を振った。「これはきみの失態だぞ、ローワー。どんなに大事なことかわかっていたはずなのに、きみは私を失望させた」

「だから謝っただろう」

「謝ってもらったところで、なんの役にも立たん。治療は明日まで延期だ。それまで彼女が生きていてくれるといいんだがね。一日の遅れが命取りになるかもしれん」

「どっちみち、ぼくは、きみの治療が命取りになると思っている」彼は冷たくいった。

「じゃあ、なぜもっと早くそういわなかった?」

「訊かれなかったもんでね」

私は一言返そうと口を開けたが、あきらめた。そんなことをしてなんになるだろう？ 私には計り知れない理由から、たがいの口から出る言葉は中傷や侮辱として相手に突き刺さるようになっている。ローワーはそのわけを語らないし、私のほうは自分にはなんの落ち度もないと思っている。したがって、私にできることは何もなかった。

「きみと口論する気はない」私はいった。「きみは血を調達することを約束してくれて、私はそれをあてにしていた。こうなった以上、私たちの関係は終わりにしてもいい。明らかにきみもそう望んでいるようだ。この男を明日連れてきてくれ。裁判のあとにな。いいか？」

彼はしゃちこばってお辞儀をした。そして、もう二度と失望させないと約束した。裁判が終わったら、私はミセス・ブランディの家に行って彼を待つ。彼はこの庭師を連れてくる。そのあと、二人で治療を行う。時間は充分にあった。

第十七章

翌日の午後一時、オックスフォードの巡回裁判所において、ロバート・グローヴ博士殺害の容疑でサラ・ブランディの裁判が始まった。見物人たちの期待はいやがうえにも高まっていた。もともと裁判は不道徳な愉しみを提供する娯楽だが、前日に絞首刑の判決が一件も出ず、血で汚れていないことを示す白い手袋をつけて判事がその日の審理を締めくくり、決して黒い帽子をかぶらなかったことが期待を煽《あお》る結果につながっていた。そのような慈悲は危険な行為と見なされる。なぜなら法律の執行者の大部分は犠牲者を必要としているからである。一度も死刑判決の出なかった開廷期のことをなぜか「処女開廷期」と呼ぶらしいが、それが一回だけなら慈悲であると見なされ、二回続くと優柔不断の印象を与える。しかも、根気よく裁判の傍聴を続けているウッドと顔を合わせて短い立ち話をしたとき（われわれは押し合いへし合いする群衆に流されてすぐ離ればなれになったのだが）、彼はいっていた。判事もそれは承知していて、今日は誰かが必ず死刑になるだろう、と。誰が死刑になるか、二人とも予想はついていた。

期待に満ちたささやき声が広がる中、恐ろしいまでに蒼い顔をしたサラが法廷に引き出された。群衆と向かい合わせに立たされたサラは、朗々と読み上げられる告発状にじっと聞き入っていた。被告人、サラ・ブランディは、神をも恐れぬ不埒《ふらち》な性向により、悪魔の誘いにそそのかされ、迷わされて、われらが国王陛下在位十五年目の年に、国王の勅許を得た特別な自治体であるオックスフォードのニュー・コレッジにおいて、元雇い主である学寮教師のロバート・グローヴに対し、法に背《そむ》き、故意に、叛逆的《はんぎやくてき》に、害をくわえしものなり。同人《どうにん》サラ・ブランディは法に背き、故意に、叛逆的に、しかも悪意をもって砒素《ひそ》を瓶に投入し、同人ロバート・グローヴにそれを呑ましめて、同人ロバート・グローヴを毒による死に至らしめた。ゆえに同人サラ・ブランディは前述のやり方で、法に背き、故意に、叛逆的に、しかも殺意をもって、尊厳に満ちたわれらが国王陛下の泰平に反する殺人の罪を犯したものとして告発する。

告発状が読み上げられるのを聞いた群衆から、賞賛のざわめきが広がり、判事は顔を上げ、警告するようににらみつけた。秩序が回復するまでしばらく時間がかかった——とはいえ、イングランドの法廷がいつも静かだというわけではない。そのあと、判事は——それほど怖そうに見えない人物だったが——サラのほうを向いて、抗弁を求めた。

彼女は答えず、うなだれたまま立ち尽くしていた。

「さあ」と、判事は促した。「申し開きをしなさい。罪があろうがなかろうが、私には同じことだ。とにかく何か発言しなさい。黙っていると、きみに不利な展開になるぞ」

それでも彼女は黙っていたので、期待感あふれる沈黙が法廷内に満ちた。群衆の視線の先には、突っ立ったままうなだれて恐怖と恥辱を隠しているサラがいる。私は同情心が湧き起こるのを感じた。恐るべき司法の力とたった一人で向き合って、こんなふうに言葉を失わない者がいるだろうか?

「では、こうしよう」判事はいった。裁判の進行が妨げられることを懸念するような表情が浮かんでいた。「告発された理由と、きみに不利な証拠とを、これからこちらで読み上げることにする。それを聞いて、はたしてきみが司法の手から逃れられるかどうか、自分で判断しなさい。これでどうかね。担当のかた、準備はよろしいか?」

こんなときのために雇われた訴追者は陽気そうな男だったが、立ち上がると卑屈なお辞儀をした。「裁判長閣下のお心の広さは評判どおりであると感服いたしました」彼がそういうと、群衆はその皮肉めいた言葉に同意して大きな拍手を送った。

私の隣の男、ぎゅうぎゅう詰めで、呼吸をするのがわかるくらい近くにいる男が、こちらを向いて、たしかにそのとおりだよ、と耳もとでささやいた。本当なら、抗弁を拒んで法の権威を傷つけた者には、厳しい報復が待っている。鎖で体を縛り、その上に重い石を載せるのだ。その結果、重さに耐えかねて口を開くか、胸を圧迫されたあげく死を迎えるかする。そんな拷問めいたことを好む者はいないが、法への反抗をやめさせるにはそうするしかない。今度の場合は、いわば再挑戦の機会が与えられたのだから、たしかにこの判事はきわめて慈悲深い人物である。隣の男は——明らかに何度も裁判に足を運んでいる愛好家だ——こんな親切な判事は初めてだ、といった。

　訴追者は自分の側に立った陳述を始めた。まず最初に、自分は犯罪の被害者ではない、殺人であるから被害者は当然ながら法廷には出られない、だから自分が今ここにいる、と説明した。これは決して面倒な事件ではありません。この忌《い》まわしい行為に及んだのは誰か、容易に判断できるでしょう。

　私の見たところ、と彼は続けた。陪審のみなさんはなんの苦労もなく正しい評決を出せるはずです。すでに明らかなように——わざわざ蒸し返さなくても、町の人なら誰でもご存じでしょうが——サラ・ブランディは酒呑みの粗暴な男を父に持つ売春婦であります。分際もわきまえず、ろくな教育も受けず、道徳や礼儀を守る気もない、そんな女ですから、人殺しを思いついても、ごく平然としていたのです。親が神から顔を背けたとき、国家が正当なる国王から顔を背けたとき、こういう怪物が生まれるのであります。

　判事は、明らかに残酷な人間ではなく、几帳面なまでに公明正大を旨としているようで、訴追者の言葉をさえぎり、礼をいってから、続きを促した。演説をしたいなら、うまく裁判が進めば、最後にその場を用意する予定だという。

「さて、それでは、彼女が売春婦であるということに関してですが、これはすでに立証されているとおり、グローヴ博士を誘惑して、意のままに操っていたことがわかっています。これにはメアリー・フラートンという証人がいます」（ここで群衆の中にいた若い女性が満面の笑みを浮かべ、化粧を直しはじめた）「その証言によると、ある日、グローヴ博士の部屋に食べ物を届けに行ったところ、博士は彼女をブランディと間違え、いかにも手馴れた様子で抱き寄せて、淫らな愛撫を始めたそうです」

そのとき、サラは顔を上げ、不機嫌な顔でメアリー・フラートンをにらみつけた。その視線を感じて、メアリーの顔から笑みが消えた。

「第二に、これも証人がいますが、グローヴ博士は噂が広まったのを知って、サラ・ブランディを解雇し、誘惑から身を遠ざけて品行方正な生活に戻ろうとしました。そのことを彼女は何よりも恨んでいたのです。

第三に、これは薬種屋《やくしゆや》のクロス氏の証言がありますが、解雇された当日、サラ・ブランディはクロス氏の店で砒素を買いました。グローヴ博士に頼まれたといったそうですが、グローヴ博士の帳簿のどこを見てもそのような支出は記されておりません。

第四に、ここにシニョール・マルコ・ダ・コーラの証言があります。イタリアの紳士にして、文句のつけようのない高潔な人物であります。それによると、氏がその粉の危険性を伝えると、そのときにグローヴ博士は二度とそれを使うつもりはないといったそうです――その数時間後に博士は死にました」

サラも含めて全員の目が私に向けられた。彼女の目に浮かんだ悲しみを見るのが嫌で、私は顔を伏せた。判事のいうことは何から何まで真実だった。だが、そのときの私は、嘘であればいいのに、と切に願っていた。

「次に、神学者のトマス・ケン氏の証言があります。まさに当夜、サラ・ブランディの姿がニュー・コレッジで目撃されたのです。いずれおわかりになるでしょうが、彼女はそれを否定しています。しかし、ではどこにいたのかと訊かれても答えようとはせず、彼女がほかのところにいたことを証言する者も名乗り出ませんでした。

最後に、疑う余地のない証拠があります。大学の若き紳士、ジャック・プレストコット氏の証言です。彼によると、まさにあの所業がなされた夜、サラ・ブランディはそれを告白し、死体から奪った指輪を見せました。すでに確認されていますが、その指輪はグローヴ博士が持っていた認印つきの指輪そのものでした」

そのとき、部屋全体が息を呑んだようだった。そのようなことに関する紳士の証言に反論の余地がないことを誰もが知っていたのである。サラにもそれがわかったらしく、彼女は深々とうなだれ、まるですべての希望を捨てたように、がっくり肩を落とした。

「しかしながら」と、訴追者は続けた。「被告人の動機、人格、身分を考察することも、証言を吟味するのと同じくらい大事なことです。この点をかんがみても、私は断言することができます。この娘がどんな申し開きをしようと――あるいは、申し開きをしなくても――結論は微《み》塵《じん》も揺るがないのであります」

訴追者はにんまりして左右に顔を向け、拍手に応えた。そして、堂々とした態度で手を振ると、着席した。判事は部屋が静まるのを待ってからサラのほうに向き直った。

「さて、どうかね？　何かいいたいことはあるか？　きみが何を口にするかによって結果が違ってくるので、心して発言するように」

サラは今にも気を失いそうに見えた。すでに私の同情はあらかた失われていたが、そこに椅子があるのは彼女に対するせめてもの親切だと思った。

「ほらほら、どうした」群衆の中から誰かが叫んだ。「しゃべれよ。舌がなくなっちまったのかい？」

「お静かに」と、判事の声が轟《とどろ》いた。「で、どうだ？」

サラは顔を上げた。そのときになって初めて私は彼女が憐《あわ》れむべき状態にあることを正しく見て取った。目は赤く泣きはらし、顔には血の気がなく、髪の毛は監獄暮らしで張りを失い、汚れきっていた。頬に大きな痣《あざ》があって、青黒く変色しているのは、彼女が私を襲ったときに獄卒から警棒で殴られた痕だった。口が震え、彼女は話そうとした。

「何？　どうした？」判事はいって、身を乗り出し、片手を椀の形にして耳にあてがった。

「もっと大きな声で話してくれないか」

「罪を認めます」ささやくような声でそういうと、彼女は気を失って床に倒れた。せっかくの楽しみを台なしにされた群衆は、野次と口笛で不満を表明した。私はそちらに近づこうとしたが、押し戻されたり、突き飛ばされたりして、進むことができなかった。

「お静かに」判事はまた叫んだ。「みなさんご静粛に」

やがてまた静かになると、判事はあたりを見まわした。「被告人は罪を認めた」と、彼はいった。「これは実に喜ばしいことだ。裁判の進行が早くなる。陪審団の諸君、異存はあるかね？」

陪審員は厳粛な面持ちで揃って首を振った。

「ほかに誰か発言したい者はいないか？」

衣擦れの音をさせて群衆はきょろきょろした。誰かしゃべる者がいないか、確かめようとしているのだ。見ると、ウッドが立ち上がっていた。自分でも向こう見ずなことをしていると思ったのか、顔が赤くなっている。そして、自分を迎えた野次にうろたえていた。

「静粛に」判事はいった。「落ち着いてください。さあ、どうぞ話してください」

かわいそうなウッド。彼は弁護士ではないし、ロックとはいわず、ローワー程度の自信の持ち合わせもなかった。それでもただ一人、あの娘の弁護に立って、彼女に利することを述べようとした。失敗するのは目に見えている。デモステネスの熱弁をもってしてもうまくいくはずはなかった。今、思うに、ウッドは無実を信じていたのではなく、寛容の精神から一肌脱ごうとしたのだろう。だが、うまくいくはずもなく、群衆からにわかに注目を浴びて動揺したのか、言葉はしどろもどろになり、ただそこに突っ立って、誰にも聞こえないようなうわずった声でわけのわからないことをつぶやくだけだった。たちまち群衆から待ての声がかかった。うしろのほうで不満の声が上がったかと思うと、あちらこちらから口笛が響き、いかなる雄弁家が声を張り上げても話が通らないほどの騒ぎになったのである。この醜態に幕を引いたのはロックではなかったかと思う。ロックは意外なほど優しくウッドの袖を引っ張り、着席を促した。かわいそうに、ウッドの顔からは惨《みじ》めな敗北感と失意とが窺えた。わたしは彼の不名誉に心を痛めながら、それが終わったことにほっとしていた。

「見事な演説に感謝します」恥知らずにも群衆に迎合して、判事はいった。そして、誘惑に抗しきれず、こう追い打ちをかけた。「貴重な証言は参考にさせていただきます」

そのあと、判事は黒いフェルト帽を取り出し、頭にかぶった。それを見て、期待に満ちたざわめきが群衆のあいだに広がった。同情の雰囲気はすでになく、そこにはどす黒い悪意の塊があるだけだった。「吊せ」うしろのほうから、声が一つ上がった。

「お静かに」判事はいったが、もう遅かった。図に乗った群衆は、一人、また一人と、次々に声を上げていった。やがてそれは部屋じゅうに広がった。血に飢えたその声は、戦いに臨む兵士、あるいは獲物を目《ま》の当たりにした狩人の声だった。「吊せ、殺せ」声に抑揚をつけてそう叫ぶ一方で、足を踏み鳴らしたり、口笛を吹いたりする者もいる。判事が何度も静粛を命じて、ようやく静かになったのは数分後のことだった。

「こんなことは二度と許さん」判事は断固たる口調でいった。「被告人は意識が戻ったか？話を聞くことができるか？」判事は廷吏に尋ねた。廷吏は自分の席を譲り、そこにサラを寝かせていた。

「気がついたようです」と、廷吏は答えたが、サラは手を添えなければ起き上がっていられないような状態で、気付け薬の代わりに廷吏は何度か彼女の頰を引っぱたいた。

「よろしい。サラ・ブランディ、よく聞きなさい。おまえは極悪非道な犯罪を犯した。そのような叛逆的な殺人を犯した女に、法が罰を与えることは避けられない。おまえを火あぶりの刑に処する」

判事は言葉を切り、法廷内を見まわして、言葉の意味が浸透するのを待った。だが、今ひとつ反応は鈍かった。こういう刑が必要なことは重々承知していても、イングランド人は火あぶりをあまり愉しまないのである。期待はずれの雰囲気が法廷に漂った。

「しかしながら」と、判事は続けた。「おまえはみずからの罪を認めた。おかげで裁判もおおいにはかどったので、ここで慈悲を施《ほどこ》すことにする。おまえには、火あぶりの前に絞首刑の恩恵を与える。これで苦しみも少なくなるはずだ。それが判決である。魂に神の恵みがあらんことを」

判事は立ち上がり、閉廷を命じた。短時間で満足のゆく結果が出たことを喜んでいるようだった。群衆は、楽しい夢から覚めたようにため息をつくと、ぶるっと体を震わせ、ぞろぞろ法廷から出ていった。廷吏が二人、またもや気を失ったサラを抱きかかえ、部屋を出て城郭へと戻っていった。裁判は一時間もかからなかった。

第十八章

憂鬱《ゆううつ》な気分が輪をかけて憂鬱になったのは、数時間後、ミセス・ブランディを見たときのことだった。私の目の前で戦いが繰り広げられ、たちまち負け戦《いくさ》の様相を呈してきたからである。「すみませんね、先生」その声はこれまで以上に弱々しくなっていた。というより、ほとんど声になっていなかった。それほどまでに痛みに蝕《むしば》まれているのだ。だが、彼女は勇敢に立ち向かい、苦しんでいるところを見せまいとしていた。見せれば私の努力にけちをつけることになる。

「謝りたいのはこっちのほうだ」私はいった。ざっと診察して、相当にひどいことがわかった。「長いこと一人にしておいたのが間違いだった」

「サラはどうでした?」彼女は尋ねた。怖れていた質問だった。有罪になっただけではなく、みずからも罪を認めたのだが、本当のことを話すのはやめようと前もって決めていた。

「元気だったよ」私はいった。「何も心配することはない」

「裁判はいつ始まるんです?」

私は安堵《あんど》のため息をついた。彼女は時間の感覚をなくし、今日が何日なのか忘れているのだ。これで私の仕事はだいぶやりやすくなった。

「すぐに始まる」と、私はいった。「きっといい結果になるだろう。自分の病気を治すことに専念しなさい。それが娘さんのためでもある。娘さんだって、気がかりなことがあると、裁判に集中できないだろうからね」

少なくとも、それを聞いて安心したようだった。そのとき、私は生まれて初めて思った。ときとして嘘は真実よりも尊い。ご多分に洩れず、私もまた幼少期から、真実を尊重することが基本的な紳士の条件であると叩き込まれてきた。だが、それは違う。ときには義務として嘘をつかねばならぬこともある。その結果、わが身に何が降りかかろうとも。私の嘘に、彼女は慰められた。真実を話していたら、彼女は苦しみもがきながら最期の時を迎えることになっただろう。今でも私は自分の嘘を誇りに思っている。

ほかには誰もいなかったので、私はなんでも一人でやらなければならなかった。どうせならもっと早くくるようにローワーにいっておけばよかったのだ。それなら、前もって仕事を片づけることもできただろう。すでにローワーは遅れていて、不安が募った。これは辛く不快な仕事だ。傷口を洗浄し、膿《うみ》を拭い、食事を与える。それはすべて見せかけだけの作業で、避けられない運命が手招きするまでの一時しのぎである。あらゆる点でより強力な娘の魂が、母親を奈落に引きずり込もうとしている。彼女の顔は土気色で、関節に痛みがあり、急なさしこみも起こっている。全身に震えが走り、火照《ほて》った体は短い時間に熱くなったり寒くなったりを繰り返していた。

治療が終わったときには、寒さの発作に見舞われていた。暖炉に火をつけたので、いつも寒かった部屋はほとんど初めて暖まっていたが、彼女はベッドに寝たまま体を丸め、がたがた歯を鳴らしていた。

これからどうすればいいのか？　とりあえず、ローワーを見つけて、約束はちゃんと守れと諭してやろうと思った。そして、いったん帰ろうとしたとき、ここにきて以来、初めて彼女が体を動かし、意外なほどの力を込めて私の手をつかんだ。行くなというのだ。

「ここにいてください」ぶるぶる震えながら、彼女はささやいた。「怖いんです。一人で死にたくないんです」

これで、帰れなくなった。もちろん、こんなところに残るのは気が進まなかったし、ローワーがいないと何もできないのはわかっていた。私の実験がいかに素晴らしいものであったとしても、将来へ希望をつなぐものであったとしても、ローワーとあの娘が台なしにしてしまった。娘はさらに責任を負うことになる。一人を殺し、これから二人目を殺そうとしているのだから。

こうして、私は家に残った。今、ローワーの助けを必要としているのに、彼はまた私を裏切ったのだ。思うまいとしても、そんな考えが浮かんできて、やがてそれは確信に近づいた。もう一度、暖炉の火を掻《か》き立て、ブランディ母子がこれまでの六か月で使ったのと同じ量の薪を一晩でくべて、私は外套《がいとう》にくるまり、床に寝た。ミセス・ブランディは譫妄《せんもう》状態にあったかと思うと、また覚めて、ゆっくりそれを繰り返していた。

意識がはっきりしているときに夫や娘のことを話したが、まさに錯乱しているとしかいえなかった。回想、冒瀆《ぼうとく》、敬神、嘘。それが混じり合い、区別さえつかなくなっていた。私は聞くまいと思い、彼女の言葉を責めたくなっても必死に気持ちを抑えた。われわれにはみんな悪魔の見張りがついており、こんなときに悪魔どもはここぞとばかりに攻め込んで、われわれの口を使って言葉を発するのである。自分で自分を律することができていれば、絶対に口にしないような言葉である。臨終の秘跡はそのためにあって、こうした悪魔を魂から追い払い、肉体を清らかにする。プロテスタントの教えが残酷なのは、こんなところからも窺える。そういう最期の親切を信者に受けさせないからである。

あの母のことも、娘のことも、私はいまだに理解できなかった。優しいようで天《あま》の邪鬼《じゃく》。そんな組み合わせにお目にかかったのは、空前にして絶後であった。それがまだ理解できないまま、彼女のうわごとを聞くのに疲れ、密閉された暑いほどの部屋で、最初に老婆が、次に私が眠りに落ちた。夢にわが友人が現れた。ときおり夜の中で物音が聞こえると、やっときたのか、と目を覚ましたが、そのたびに、ふくろうや、犬猫や、暖炉で爆《は》ぜる薪が音を立てたのにすぎない、と気がついた。

目覚めたとき、あたりはまだ暗かった。六時ごろではなかったかと思う。それより遅くはなかった。暖炉の火はすっかり消え、部屋はまた寒くなっていた。なるだけ火を熾《おこ》そうとしているうちに、眠りでこわばっていた関節がゆるんできた。そのときになって初めて患者の様子を調べた。ほとんど変わっていないが、ほんの少しよくなっているようだ。しかし、新しい緊張には耐えられそうもない。

もう信頼はほとんど失っていたが、ここにローワーがいれば助言と助力を期待できたのに、と思った。しかし、いくら私でも、裏切られたという思いは隠しようがなかった。一人でやるしかない。しかも、時間はあまり残されていなかった。決心がつかないまま、どのくらいそこに突っ立っていたのか、私にはわからない。一つだけ代案があったが、それをやらずにすむ方法はないものかと、それればかり考えていた。長いあいだ迷いすぎたのだ。私の頭は正常に働いていなかったのだろう。ぼんやり患者を眺めているうちに、家の外の遠くからざわめきが聞こえてくるのに気がついて、ふと目が覚めた。これはいかん、と身震いして、行動に移った。ざわめきの正体に気がついたからである。人の声、それも大勢の声が、次第に大きくなっていく。ドアを開けたが、確かめるまでもなく私にはわかっていた。ざわめきは城から聞こえてくるのだ。見物人が集まりはじめている。空には夜明けが最初の細い指を伸ばそうとしていた。時間が迫っている。やるべきことは一つだけ。一刻も早く取りかからねば。

まず器具を用意してから、ミセス・ブランディを起こすことにした。羽根ペンと、リボンと、長い銀の管は、片手で扱えるように並べた。上着を脱いだ私は、袖をまくり上げ、最適の位置に腰掛けを置いた。

そのあと、彼女を起こした。「ほら」私はいった。「始めるぞ。聞こえるか？」

彼女は天井を見つめ、うなずいた。「聞こえていますよ、先生。お好きなようになさってください。お友だちはいらっしゃらないのですか？　姿が見えないようですが」

「彼抜きでやることになった。大したい違いはない。とにかく、血を注入しよう。今すぐに。どこから血を調達するかは問題ではない。さあ、腕を出して」

最初のときよりもずっと難しかった。患者が痩せ衰えているので適当な血管がなかなか見つからず、探り当てるまでに時間はどんどん過ぎていった。そのあと、羽根ペンも五、六度、挿し直した。彼女はよく耐えた。何が起こっているのか、わかっていなかったのかもしれない。気が急いていたので、ずいぶん痛い目にあわせたはずだが、まったくの無反応だった。続いて、自分の準備を始めた。皮膚を切り、できるだけ素早く羽根ペンを挿した。患者の腕からはすでに血が滴《したた》り落ちている。

腕から潤沢《じゅんたく》に血が流れるようになると、私は姿勢を正し、銀の管を手に取って、羽根ペンの軸につないだ。血流はたちまち管を通り抜け、その先端から噴き出して、シーツに飛び散った。赤く熱い噴流であった。私はその管の端を手に取り、患者の腕に挿した羽根ペンの軸につないだ。

これでおしまいだった。結合が完成し、流れをさえぎる物もないとわかったので、私は数の勘定を始めた。十五分ほどかぞえよう、そう思いながら、私はどうにか笑顔を作り、老婆のほうを見た。「もうすぐ終わる」私はいった。「そのうちによくなるぞ」

微笑みが返ってこなかったので、私は数の勘定を続けた。自分の体から血が抜けていくのを感じ、頭がくらくらしてきたが、腕を動かさないように我慢していた。外から聞こえる城のざわめきは、刻一刻と大きくなっていく。十分近く数をかぞえつづけたとき、急に大きな歓声が上がった。そして、ざわめきは途絶えた。私は二人の腕から羽根ペンを抜き、傷口に包帯を巻いて、血の流れを止めた。それがなかなか難しかった。私の場合は、太い血管を切開していたので、包帯を巻き終えるまでに、さらに血を失うこととなった。そのあとも包帯に血が滲《にじ》み、大きな染みができた。ここまできてようやく私は成功を確信した。

　これで終わり。もう私にできることはない。めまいを鎮めるために深呼吸を一つすると、器具類を鞄にしまい、間に合ってくれ、と祈った。そのとき、城のあたりがまた騒がしくなり、振り返って患者を見た。唇がうっすら蒼くなっている。遠くで太鼓の連打が始まったとき、手を取ってみると、指にも同じような変色が始まっていた。太鼓がさらに速く連打されると、患者は震えはじめた。そして、耐えがたい激痛に苦しむような叫び声を上げ、呼吸が苦しいのか、ぱくぱくと口を開け、必死になって息を吸おうとしていた。野次馬たちの歓声がさらに高まり、耳を聾《ろう》するばかりの大音声《だいおんじょう》になったとき、彼女は仰向けになったまま大きくのけぞり、力強い、はっきりした声、苦しみなどまったく感じられない声で、こう叫んだ。「サラ！　ああ、神さま！　お慈悲を」

　そして、沈黙。城からの歓声も途絶え、女の細い喉から漏れていた、息が詰まったような、ごろごろいう音も止まり、気がつくと私は死人の手を握っていた。突然鳴り響いた凄まじい雷鳴、そして、急に降り出した豪雨が屋根を打つ音、私の相手《つれ》はその二つだけだった。

　間に合わなかった。患者の肉体から娘の魂を引きはがしたとき、かくも弱った肉体はその力と衝撃に耐えられなかったのだ。娘の魂が抜ける拍子に、母親の生命も剝《は》ぎ取っていたのだ。私の血液が彼女に力を与えるはずだったのに、そのための時間が足りなかった。私の不決断とローワーの裏切りが、これまでの私の努力を台なしにしてしまった。

いったいどのくらいの時間がたったのか、もはや記憶にないが、私は彼女の手を握り、死んだと思ったのは勘違いで、実は発作で気を失っただけだと思い込もうとしていた。また城のあたりが騒がしくなったのは、なんとなく感じていたが、もう注意を払うこともなかった。私は彼女の目蓋を閉じ、髪を梳《と》かし、粗末な寝具をできるだけきれいに整えた。彼女とは宗派を異にするので、こんな行いは鼻で笑われるかもしれないが、私はベッドのわきにひざまずき、二人の魂のために祈りを捧げた。自分のためにも祈ったのではないかと思う。


その惨《みじ》めな家から私が永遠に立ち去ったのは、それから一時間ほどあとのことだった。ローワーを叱責する気にもなれず、その代わり、絶望とないまぜになった、恐ろしいまでの圧倒的な空腹を覚えていたので、居酒屋に立ち寄り、丸一日ぶりで食事をすることにした。席についたままわが身の不運を嘆き、物思いに沈んでいると、あちらこちらの席で交わされる会話がぼんやり聞こえてきた。お祭り気分の陽気な会話は、そのときの私の気持ちにはまったくそぐわないものだった。自分が異邦の地にいることを嫌でも思い知らされた。

そのとき、私はイングランド人を憎んだ。これは異端の所業ではないか。絞首刑をお祭りにして、しかも、商人たちの儲けになるように、わざわざ市《いち》の立つ日を選んで処刑を行っている。その頑迷固陋《がんめいころう》なところを憎み、自分が正しいと信じて疑わないところを憎んだ。すぐに癇癪《かんしゃく》を起こすローワー、私を蔑《さげす》み、ないがしろにし、見捨てたローワーを憎んだ。そして、そのとき、その場所で、ただちにこの恐ろしいちっぽけな町を離れ、この陰惨で残酷な国を去る決心をした。私にできることはもう何もなかった。患者を得たが、死なせてしまった。父に託された仕事があったが、頓挫《とんざ》した。友人も何人かできたが、今や明らかなように、友という名に値する人物はただの一人もいなかった。だからもうここにいても仕方がない。

そう決めると、気が楽になった。必要とあらば、荷物をまとめて出ていくのに一日もかからない。だが、その前に、ミセス・ブランディの死を誰かに伝えなければならない。彼女の亡骸《なきがら》がどんな扱いを受けるか、私には知るよしもなかったが、とにかく貧者の共同墓地に投げ捨てるのだけはやめさせなければならない。最後の頼みとしてローワーに後始末を依頼しよう。手持ちの金をいくらか渡し、彼女にふさわしい厳粛な埋葬をしてもらおう。

そこまで考えたところで、ふと我に返った。いや、食事と酒でいつもの自分を取り戻したのかもしれない。顔を上げたとき、まわりの様子に改めて目がいった。気がつくと、誰もが絞首刑の話をしていた。

何があったのかそのときはよくわからなかったが、とにかく番狂わせめいた珍事が起こったことは間違いない。遠くの隅にウッド氏の姿が見えたので、私は挨拶をし、何があったのか尋ねてみた。

これまで私たちは数回しか会ったことがなく、こうやって声をかけるのは疑いもなく礼儀作法に反することだったが、私はどうしても聞きたかったし、それ以上にウッドは話したがっていた。

彼は私をそばに招き、醜聞の喜びに目を輝かせ、こともあろうに興奮を押し殺した楽しげな態度で、一部始終を話してやろうといった。

「処刑は終わったんだね？」私はいった。まだ早い時間だったが、ウッドはしばらく前から酒を呑んでいるようだった。そのためか、私の問いに節操もなく笑い声を上げた。「ああ、そうだとも」彼はいった。「終わったよ。サラは死んだ」

「きみにも気の毒なことになったね」私はいった。「彼女はきみの家で働いていたんだろう？　痛ましいことだ」

彼はうなずいた。「そうさ。主にうちの母の用事をしていた。だがね、裁きは裁きだ。だから、ちゃんと裁かれた」彼はまた笑った。その心ない態度を見て、殴ってやりたくなった。

「彼女は楽に死ねただろうか？　話してくれないか」と、私はいった。「私も少々動揺している。サラの母親が、ついさっき死んだんだよ。最期を看取ったのは私だ」

不思議なことに、それを聞いて彼は狼狽《ろうばい》した。自分の召使いが絞首刑に処せられたことより、その母親が死んだことのほうに衝撃を受けている。「それは残念だ」急に素面《しらふ》になって、彼は静かにいった。「彼女のことはよく知っている。人に好かれる、優しい人だった」

「話してくれないか」私は繰り返した。「何があった？」

ウッドは話しはじめた。すでに潤《じゅんしょく》　色が加えられているとはいえ、恐ろしい話であることに変わりはない。関係者全員が恥ずべき行いをする中、サラ・ブランディだけは例外で、ただ一人、尊厳に満ちた正しい行動を取ったという。ウッドの言葉を借りれば、ほかの者は全員が醜態をさらした。

ウッドが城の前庭に出向いたのは四時を少し過ぎたころで、処刑の様子がよく見える場所を取るのが目的だった。ただし、一番乗りではなく、すでに大勢が集まっており、あと三十分ほど遅れていたら、肝心の見世物はあらかた見逃していただろう。儀式の始まるはるか前から庭は人でごった返し、誰もが大真面目な、陰に籠った顔をして、すでに一本の太い枝からロープがぶら下がり、梯子が立てかけられている木の前に集まっていた。数十ヤード先には獄卒たちが控えていて、死んだあと娘の死体が焼かれることになっている火あぶりの場から野次馬を追い払っていた。火あぶりに使う薪を、記念に持って帰る者が跡を絶たないのである。自宅の暖炉で燃やすために持って帰る者もいた。過去に何度か火あぶりが延期されたのは、薪が持ち去られたあげく、人を焼き尽くすだけの火を燃やすことができなくなったからだった。

やがて曙光《しょこう》が初めて空を染めた瞬間、小さな扉が開いて、重い鎖につながれ、薄い木綿のドレスをまとって震えながら、髪を引っ詰めにしたサラ・ブランディが処刑人に連れられて外に出てきた。それを見て、群衆は静まり返ったという。誰が見てもサラは美しく、そんな繊細な美貌の持ち主が、このような刑に値する罪を犯したとはとうてい信じられなかったのである。

そのときローワーが進み出て、処刑人の耳もとで何事かつぶやいたあと、引かれてゆく娘に儀式張ったお辞儀をした。

「彼女は何かいったか?」私は尋ねた。「改めて罪を認めたか?」そのときの私は、不思議な話だが、本当に彼女は人を殺したのだと、誰かにいってもらいたくて仕方がなかった。法廷で彼女が認めるのを聞いたときには、それで納得していた。あの言葉こそ決定的な証言だった。あれほどの大罪を自白したからには、本当に罪を犯したに違いない。自白したということは、生きる望みを捨てたということだ。それはもっとも重い罪、罪の中の罪である自殺に等しい。

「何もいわなかったようだな」ウッドはいった。「しかし、いったことがみんな聞こえたわけじゃない。声が小さくて、そばにきたときだって、よく聞こえなかったんだ。ただ、自分は最低最悪の罪人《つみびと》だ、自分が赦《ゆる》しに値しないことはわかっているが、赦しを求めて祈った、とはいったな。短い演説だったが、受けはよかったよ。そのあと、牧師が一緒に祈ろうといったが、あいつは断り、牧師の祈りはいらないといった。王が任命した新しい牧師の一人で、サラたちとはまるで考え方が違うんだ。もちろん、みんなはどよめいて、顔をしかめた者もいる。しかし、かなりの者は――荒っぽい連中が多かったが、なかなか勇気のある女だと感心していた」

それはそんなに異常なことではないという。こういうときにしゃしゃり出てくるのが教会の仕事で、当然、死刑囚の中には、嫌なら嫌で――どっちみち、失うものは何もないのだから――最期に教会を拒絶する者もいる。サラは泥の中にひざまずき、一人で祈った。その物静かで端正な姿を見て、群衆からは同情のつぶやきが上がった。そのあと、彼女は立ち上がり、処刑人に向かってうなずいた。手を縛られていたので、処刑人に助けられて梯子をのぼる。やがて、ロープの位置に首がきた。

処刑人はその位置に彼女を留め、輪縄をかけはじめた。

なるべく苦しくないように彼女は首を動かした。これですべての準備は整った。彼女が頭に頭巾をかぶせることも目隠しをすることも断ると、群衆はしんと静まった。見ると、彼女は目を閉じ、唇を動かしている。最後の瞬間に神の御名《みな》を口にしようと思っているのだ。鼓手が太鼓を連打しはじめた。それが終わると、処刑人は身を乗り出し、ごく当たり前のことをするように、梯子から彼女を突き飛ばした。

雷雨が到来したのはそのときだった。瞬時にすべては泥水に流された。あまりの土砂降りに視界はさえぎられ、何が起こっているのかさえわからなかった。

ここでウッドは言葉を切り、もう一杯、エールを呑んだ。「絞首刑は嫌だな」そういうと、袖で口を拭った。「もちろん、見物には出かけるが、ほんとに嫌なもんだ。好きだというやつなんか一人もいない。いたって、一度見りゃ嫌になる。顔が歪《ゆが》み、舌が突き出て、そりゃ不気味なもんだ。普通だったら、死刑囚の頭に何かをかぶせたくなるのもよくわかるな。臭いだってひどい。手足が痙攣《けいれん》して、ぴくぴく動くのも見ちゃいられない」彼は身震いした。「その話はもうよそう。あっという間に片がついたんだからな。終わったら、ローワーが死体を引き取りにきた。あいつが死体を買ったのを知ってたか？　どこから手を回したのか知らんが、判事と話をつけて、あいつが引き取ることになったんだ。教授じゃなくてな」

私はうなずいた。あいつのやりそうなことだと思った。

「それからが実にみっともないことになった。大学がその話を聞きつけて、優先権が侵害されたと、欽定《きんてい》講座の担任教授がいいだしたんだ。その教授本人が駆けつけてきて、自分の権利を主張した。泥の中で大喧嘩が始まったよ。信じられるか？　知識人二人が、死体の奪い合いをしたんだぞ。ローワーの連れてきた知り合い、五、六人が仲裁に入って、そのあとロックと一緒にローワーが死体を引き取り、外に運んでいった。騒動を知った者はそんなに多くなかったと思うが、気がついた連中は腹を立てて石を投げはじめた。今にも暴動が起こるかと思ったよ。ただ、大雨が降ってきて、みんなぞろぞろ帰っていったから、騒ぎにはならなくてすんだがね」

ローワーとの友情の絆は、これで本当に切れたと思った。彼が何をいうか、私にはわかっている。死体は死体だ。そういうに違いない。しかし、彼がやったことはあまりにも無神経で、私は大きく傷ついた。なぜ傷ついたかというと、それは彼が自分の出世のために私を裏切ったからだと思う。私を手伝って母親を治療するか、それとも娘の死体を受け取りに行くか、その二つを天秤にかけて、後者を選んだのである。これであいつも念願だった脳の本が書けるだろう、と私は暗澹《あんたん》たる気持ちで思った。せいぜい儲けるがいい。

「ローワーは目的を達したんだね」

「いや、そういうわけでもない。死体はボイルの部屋に運んでいったんだが、そこで身動きが取れなくなっている。大学に渡さないんだったら、誰にも渡すなと、大学側が治安判事に訴えたらしい。治安判事は気が変わって、ローワーに死体の返還を求めているが、今のところ、ローワーは拒否している」

「なぜだろう？」

「たぶん時間稼ぎをして、そのあいだに死体を調べようとしてるんだろう」

「ボイル氏はどうしている?」

「幸いロンドン滞在中でね。心ならずもこんなことに巻き込まれたと知ったら愕然とするだろうな」彼は立ち上がった。「さて、帰るとするか。じゃあ、これで」

私もしっかり外套にくるまり、雨の降る中、大通りを歩いて薬種屋《やくしゅや》に向かった。クロス氏は店員の少年と一緒に薬の調合をしていた。そして、私の前に立ちはだかって、通せんぼをした。ローワーの許可がないかぎり、何人《なんぴと》たりとも立入は禁止だという。私でも駄目なのだ。信じられないことに、クロスは片手を突き出し、私の胸を押し返すような格好をして、首を振った。

「ほんとにすまんな、コーラさん」彼はいった。「ローワーは一度いいだしたら聞かないんだ。あんたがきても、ほかのみなさんがきても、決して部屋に入れるなと申し渡されている。作業の邪魔をされたくないんだそうだ」

「馬鹿ばかしい」私は声を荒らげた。「いったい何があったんだ?」

クロスは肩をすくめた。「ローワーさんは処刑人に死体を返すことにしたそうだ。これで裁判所の命令どおり火あぶりができる。ただし、引き取りにくるまで少し間があるので、そのあいだにやれるだけのことはやってしまおうというわけだ。とにかく時間がないから、邪魔されたくないんだろう。あんなことにならなかったら、ローワーさんもきっとあんたを誘ったと思うよ」そのあと、残念そうに付け加えたところによると、私たちの諍《いさか》いの話は、クロスの耳にも届いているが、それでも自分はきみの友人だという。思いやりのある言葉だった。

そんなわけで、心ある市民ならそうするように、私もローワーのお楽しみが終わるのを突っ立ったまま待つことにした。クロスはせめてもの親切で店の中に入れてくれた。外で待たされたら、寒さで足踏みをしていたはずだ。そのあと、処刑人が戦利品を引き取りにやってきた。ローワーがおりてきた。なんだかくたびれきっているように見えた。作業の直後だったので、両手も前垂れもまだ血に染まっていた。そんな格好でおりてきたものだから、店内にかすかな動揺が走った。

「治安判事の命令に従う準備はできたか？」処刑人は尋ねた。

ローワーはうなずいた。そして、助手たちを連れて上にあがろうとした処刑人の片袖をつかんだ。

「ちょっと待ってくれ。勝手なまねをしてすまんが、死体を入れる箱を注文してある」ローワーはいった。「今のあの格好で、外に運び出すのは、いくらなんでも本人に申し訳がない。すぐ届くから、待っていてくれ」

処刑人は、それならご心配なく、これまで何度も身の毛もよだつような光景を見てきた経験がある、といった。「そうじゃなくて、野次馬が集まってるだろう」ローワーはいって、階段の上に消えた。処刑人がそれに続き、誰も止めなかったので、私も続いた。

一目見て処刑人は先ほどの言葉を撤回したくなったようだった。ご心配なく、どころか、顔はたちまち蒼白になった。ローワーはいつもなら丁寧に解剖をすることで知られているが、今度ばかりはそうもいかなかったらしい。一刻も早く研究に必要な臓器を取り出そうと、死体を四分割し、乱暴に切り裂いていたのである。頭部を切断し、鋸《のこぎり》で頭蓋骨を切って、脳を取り出すときも、よほど急いだのか、顔の皮膚まで引きちぎり、ひとまとめにして床に敷いた油布に捨ててあった。初めて会ったとき私を魅了したあの美しい瞳も、眼窩《がんか》から抉《えぐ》り出されている。腕の先から腱や筋肉が垂れているところは、まるで野獣に襲われたようだ。血まみれのナイフや鋸が、いたるところに落ちていた。黒光りする長い髪が散らばっているのは、頭蓋骨と格闘しているときにばっさり切ったのだろう。どこを見ても血、血、血。部屋には血の臭いが満ちている。片隅には、抜き取った血の入ったバケツがあり、その横にガラスの瓶が並んでいた。戦利品がそれに入っているのである。瓶は名状しがたい臭気を発していた。別の片隅に放り出されているのは、彼女が着ていた木綿のドレスだった。最期にあんな試練を受けたのだから汚れきっていた。

「こりゃひどい」処刑人はそういうと、脅えた目でローワーを見た。「これを運び出して、野次馬たちに見てもらおう。そのあと、死体と一緒におまえも火あぶりにしてやる。それだけのことを、おまえはやらかしたんだ」

くたびれきった様子のローワーは、無関心そうに肩をすくめた。「これは公益のためにやったことだ」彼はいった。「あんたにも、ほかの誰にも、謝罪する必要はないと思っている。謝らないといけないのは、あんただよ、あの無知な治安判事だよ。ぼくじゃない。くそ、もっと時間があったら……」

部屋の隅に立っていた私は、涙が込み上げてくるのを感じた。私の希望と信念のすべてが砕け散ったのだ。徒労感と悲しみしかなかった。かつて私の友人であったこの男が、これほどまでに残酷無惨な行為に及び、誰の目からもうまく隠してきた一面をさらけ出したのである。魂が去ったあとの肉体に私は拘泥《こうでい》するものではない。科学の目的のために使われるのは、魂の抜け殻にふさわしい名誉あることだと思っている。しかし、あくまでもそれは謙虚に行われなければならない。神がみずからの姿に似せてお造りになったものを相手にしている自覚がなければならない。それなのに、出世のため、ローワーは、とんでもないことをやってしまったのである。

「おや」初めて私のほうを見て、彼はいった。「こんなところできみは何をしてる?」

「母親も死んだよ」私はいった。

「それは残念だな」

「きみも心が痛むだろう。きみのせいで死んだんだからな。ゆうべはどこにいた? なぜこなかった?」

「あんなことをしても無駄だったんだよ」

「無駄じゃない」私はいった。「ちゃんとできていれば、娘の魂に打ち勝つだけの活力が生まれたはずだ。自分の娘が絞首刑になった瞬間に、彼女は死んだよ」

「馬鹿ばかしい。そんなのは非科学的な迷信にすぎない」彼はいった。動揺しているように見えるのは、彼の行為を追及する確乎《かっこ》たる私の態度にたじろいだからだろう。「ぼくにはわかるんだ」

「いや、きみにはわかっていない。あんなふうに考えないかぎり、説明はつかないんだ。彼女を殺したのはきみだ。私はきみを赦すことができない」

「じゃあ、それでもいい」彼はぶっきらぼうにいった。「これからも自分の説を通すんだな。ぼくのことは好きなように思ってくれ。しかし、今は邪魔をするな」

「なぜこんなことをしたか理由を説明しろ」

「出ていけ」彼はいった。「きみには何も話すつもりはない。言い訳もしない。きみはもうここでは歓迎されていないんだ。さあ、出ていくんだ。クロスさん、この外国の紳士をお見送りしてくれ」

二人のやりとりはあと少し続いたが、事実上、これがローワーの最後の言葉だった。それ以来、彼からはなんの連絡もない。いまだに私はわからないでいる。なぜ友情が悪意に変わったのか、あんなに親切だったのに、なぜ悪辣《あくらつ》きわまりない裏切り行為に及んだのか。それほどまでに見返りが大きかったのだろうか？　自分の行いに嫌悪感を抱くあまり、私に非難の矛先《ほこさき》を向けて、自分の失態を認めまいとしたのか？　やがて私は一つのことに確信を抱くようになった。ミセス・ブランディの輸血を手伝いにこなかったのは、不可抗力ではなく、意図的にそうしたのである。彼は私の実験が失敗するように仕向けたのだ。私からその功績を奪うために。

今だからこそはっきりわかるが、彼は最初から計画を立てていたのである。もしかしたらすでに論文を書きはじめていたのかもしれない。その論文は、一年後、王立協会の会報に掲載された。題名は「輸血に関する一考察」、筆者はリチャード・ローワー。レンと共同で行った犬を使った実験のことが詳細に述べられていた。続いて発表した論文では、人間同士の血の交換が取り上げられていた。寛大にも彼はレンの協力に感謝を述べていた。ロックの貢献にも謝意を表明していた。さすがに紳士である。

だが、私の名前はどこにもなかった。最初からローワーは私に感謝するつもりなどなかったのだと今は思う。過去に彼が口にしたこと、みんなに出し抜かれるのは嫌だとか、外国人は嫌いだとか、そんな意味の言葉が記憶によみがえってきた。私ほどお人好しでなければ、誰でもあの男のことを警戒していたはずなのだ。

今でも腹の虫が治まらないのは、私から名声を奪おうと、あの男が抜かりなく手を打っていたことである。私が異議を申し立ててもまともに取り合ってもらえないように、私の醜聞を知人にばらまいていたのだ。偽医者であるとか、泥棒であるとか、もっとひどいこともいっていたようだ。思いつきを盗まれそうになったが、危ういところで気がついて、まったくの偶然から盗用を阻止することができたとか、本当は逆なのだが、そんなこともいい触らしていた。

その日のうちに私はオックスフォードを離れ、ロンドンまで行って、一週間そこで過ごしたあと、イングランドのある商船に乗ってアントワープに向かい、そこで別の船に乗り換えて、リヴォルノにたどり着いた。六月には家に帰っていた。以後、祖国を離れたことはなく、学問はとうに捨て、より紳士にふさわしい尊敬すべき務めを果たしている。たとえ記憶の中であっても、あの暗く不本意な日々に立ち戻ると、今でも心が痛む。

しかし、イングランドを去るとき、一つだけやったことがある。ローワーには頼めなかったので、まだ私を受け入れてくれるウッドを頼った。その日の午後、荷造りをしている私に、ウッドはいった。サラの亡骸は燃やされ、すべては終わった。火あぶりの場に立ち会ったのは、ウッドと処刑人だけだった。亡骸は猛然と炎を上げた。それを見るのは辛かったが、立ち会うのは自分の義務だと思ったという。

その彼に一ポンドを渡し、ミセス・ブランディの葬儀を執り行ってもらうように頼んだ。貧者の共同墓地に投げ込まれるのは避けたかったからである。

ウッドは引き受けてくれたが、約束を守ったかどうか、私にはわからない。

大いなる信頼

The Great Trust

東江一紀訳

洞窟の観念は、あらゆる個々人の観念である。人はみな、それぞれの巣穴を持ち、それが天然の光をゆがめ、よごす。偏見もしくは先入見に侵された頭の中で起こる感興の相違ゆえに。

フランシス・ベーコン『ノウム・オルガヌム』第二部　箴言《しんげん》五

第一章

ほとんど覚えのない顔や出来事が、あたかも亡霊の群れのごとく、古《いにしえ》の闇の中からよみがえるのは、いわば不意打ちのようなもの、空恥ずかしい経験でさえある。リチャード・ローワーから最近送られてきたヴェネツィアの遊民マルコ・ダ・コーラの手記を通読した際、わたしが味わわされたのはそういう思いだった。あの男の記憶力が、多少の偏《かたよ》りこそあれ、ここまで確かだとは夢にも思わなかった。おそらく、帰国してから郷里の仲間を楽しませようと、道中折々に書き留めておいたのだろう。わが国ではその種の旅行記がもてはやされており、ヴェネツィアにおいて同様の需要があったとしてもなんら不思議はない。ただし、かの地の住民は性質偏狭にして、おのが街の半径十リーグより外で起こることにはとんと興味を示さぬと聞くが……。

とまれ、この手記は、内容もさることながら、手もとに届いたこと自体、不意打ちだった。ローワーとは、長いあいだ音信が途絶えていたからだ。ともにロンドンにあって栄達を求めていた時代には、繁く行き来していたが、その後、歩む道は大きく分かれた。わたしは妻に恵まれて資産を大いに増やし、高位のお歴々とお付き合い願える身となった。ローワーのほうは、奮闘むなしく、有力人士の知遇を得るには至らなかった。なぜそうなのかは、よくわからない。ローワーは確かに、おおよそ医者らしからぬ癇癪《かんしやく》持ちで、自分の考えかたに固執しすぎるところがあり、そのうえ、世間に名を売るだけの財力を欠いていた。しかし、わたしとしては、長年の友情と寛恕《かんじょ》の心に鑑《かんが》みて、彼を今なおプレストコット家の主治医と仰ぐことにやぶさかではない。

ローワーはどうやら、コーラの手記をウォリスにも送り、今や視力を失ったあの老泰斗《たいと》からの意見を、日々心待ちにしているらしい。それがどういうものになるか、わたしには想像がつく。ウォリス一流の凱歌《がいか》か、その変奏曲だろう。わたしがあえて事の真相を綴《つづ》ろうという気になったのは、ひとえに風説の誤謬《ごびゅう》を正さんがためである。しばしば職務による中断があるので、取り留めない話になると思うが、自分なりに最善を尽くしたい。

最初に言っておかなくてはならないが、わたしはコーラを大いに好もしく思っていた。容貌には恵まれないながらも、洒落者を気取って、短いオックスフォード滞在のあいだ、そのけばけばしい身なりと香水の残り香で慰みの種を供してくれた。なべてヴェネツィア人というものは、荘重な歴史と文化を鼻にかけ、英国人の快活さを見下しがちなところがあるようだが、この男は別で、絶えず人の顔色をうかがい、頭を下げ、珍妙なお世辞を振りまいていた。コーラとローワーとのいさかいについて、したり顔に語ることはすまい。ああいう些細なことで反目し合う心性は、わたしの理解の範囲を超えている。ふたりの紳士が、互いに相手より敏腕に見られようと争うなど、まことに見苦しいさまと言うほかないだろう。この件に関して、ローワーの口からは何も聞かなかったので、果たして恥じる気持ちがあるのかどうか、わたしには判断がつかない。しかし、激しくも愚かしいその泥仕合を別にすれば、かのヴェネツィア人には称揚すべき点も数多くあり、もっと気楽な環境で出会えなかったのが悔やまれる。今、もしコーラと直接話せたなら、わたしにはききたいことが山ほどある。何よりもまず、手記の中で、わたしの父と知り合いだったという事実に、なぜひと言も触れなかったのか。はなはだしい遺漏というべきだろう。会うとよく父の話をしたものだし、コーラの口ぶりには格別の好意すら感じられたのだから、どうにも解せない。

というところが、わたしがかのヴェネツィア人との付き合いから得た感想だ。ウォリス博士は、また違った肖像を描くことだろう。あの高徳の士が、なぜあれほどまでにコーラを毛嫌いしたのか、わたしにはよくわからないが、おそらく、たいした理由などなかったのだ。ウォリスには、妙な強迫観念と、当然ながらカトリック教徒すべてに対する根深い嫌悪感があったが、単なる勘違いということも多かった。コーラとの一件も、そのひとつだったように思われる。

広く知られるように、ニュートン氏が台頭する以前には、ウォリス博士はわが国が生んだ最高の数学者と見なされており、その評判が、政府顧問としての奇矯《ききょう》なふるまいや性格的な陰湿さを覆い隠してきた。正直な話、わたしはどちらの学者の業績に関しても、それほどすばらしいものだと実感したことがない。資産をきちんと管理するための足し算引き算ができて、馬に金を賭けたり、配当を計算したりする頭があれば、それ以上何を知る必要があるというのか。一度、ある人がニュートン氏の理論とやらを解説してくれたが、ほとんど意味がわからなかった。物体が落下することを証明した、だとか……。ちょうどその前日、わたしは馬から落ちたばかりだったので、そんな証明なら背中の痛みだけでじゅうぶんだと言ってやった。物が落ちるのはあたりまえで、それは神が物に重みを与えたからだ。

しかし、そういう学問の領域でどれほど才知縦横に立ち回ったにせよ、ウォリスは人品骨柄《じんぴんこつがら》を見る目に恵まれず、幾度となくたいへんな見当違いを犯してきた。コーラのことも、おそらくはその一例だ。コーラはカトリック教徒であり、また必死に他人に取り入ろうとするところがあったから、ウォリスの目には、邪《よこしま》な下心を持っているように映ったのだろう。わたしはといえば、他者をありのままに受け入れるたちで、コーラから害を被《こうむ》ったことは一度もなかった。それに、カトリック教徒であろうとなかろうと、わたしにはどうでもいいことだ。本人が地獄の業火に身を灼かれたいというのなら、あえて救いの手を差しのべる必要もあるまい。

ただ、わたしの見るところ、いかに好人物とはいえ、コーラは多くの愚かしい面を持っており、それは学識と世知の違いを示すひとつの実例だとも言えた。わたしは常々、過ぎたる学問は精神の均衡を損なうと考えている。知識を詰め込むことに汲々とすれば、常識を収める場所が足りなくなる。例えばローワーなど、頗《すこぶ》る付きの俊才でありながら、なんの地位も得られなかった。それに引き換え、わたしは、特筆すべき教育を受けていないにもかかわらず、大いに身を立てて、治安判事を拝命し、英国議会にも席を占めている。わたしのために建てられたこの広大な館で、召使いたちに囲まれて起き伏しし、唯々として命を差し出す者までかかえている身分だ。運悪く無一文でこの世に生を受け、かつてサラ・ブランディの魔手をかろうじて逃れた人間としては、かなりの上首尾だと自負していいだろう。

かの若き娘は、美貌と奇矯な物腰でコーラをすっかり虜《とりこ》にしたが、実体は身持ちの悪い魔性の女だった。かく言うわたしも、齢《よわい》を重ねて神の御許《みもと》に近づきつつある今、あのような女と親交を結び、魂を危険にさらしたおのれの軽率さに驚き入っている。それでも、義人たる者の務めとして、ここで曇りない真実を述べておかなくてはなるまい。サラ・ブランディがほかにどんな罪を犯したにせよ、そして、どれほど極刑にふさわしかったにせよ、ロバート・グローヴ博士を殺したのはあの女ではない。わたしがこれを事実と断言してはばからないのは、殺害の真犯人を知っているからだ。コーラがもっと聖書を重んじる人間だったなら、みずから人々の言葉を記録するため持ち歩いていた備忘録の中に、確たる証拠がしたためられていることに気づいただろう。コーラの手記には、ニュー・カレッジでの晩餐《ばんさん》の折、グローヴとトマス・ケンのあいだに口論が起こり、トマスが腹を立てて、「ロマ書第八章の十三」とつぶやきながら退室するくだりがある。コーラはその言葉を覚えていて、わざわざ書き留めたくせに、言葉の重要性を完全に見落としている。それどころか、あの晩餐自体の重要性を見落とし、そもそも自分がそこに招かれた理由すら、理解しきれていないようだ。件《くだん》の一節は、何を意味するのか？

コーラと違って、わたしは調べる労を厭《いと》わず、おかげで、長く抱き続けてきたひとつの考えの裏づけを得た。〈なぜなら、もし肉に従って生きるなら、あなたがたは死ぬほかはないからである〉わが友トマスがグローヴのことを肉欲に生きる輩《やから》だと難じ、その数時間後にグローヴが死んだのだ。わたしがもし事情に通暁《つうぎよう》していなかったら、これを驚くべき予言と呼んだことだろう。

グローヴの人柄や欠陥を知り尽くしているわたしは、いびり抜かれたトマスが、隠忍に隠忍を重ねたあげく挙に及んだという推理を、たやすく巡らすことができる。グローヴはその昔、ウィリアム・コンプトン卿のもとで、わたしの教育係を務めたことがあり、わたしは子ども心にその辛辣《しんらつ》さの棘《とげ》を味わわされた。長い付き合いなので、狷介《けんかい》な外面の奥にひそむ美質も知らないわけではないが（といっても、それは、たいへん腕っぷしの強いグローヴに折檻《せつかん》を受ける心配がないぐらい成長してからの話だ）、あの毒舌の与える痛みはわたしの骨身にしみている。正直者で要領の悪い哀れなトマスは、心ない皮肉のまさに格好の標的だった。わが友が浴びた罵詈《ばり》讒謗《ざんぼう》のすさまじさ、執拗さを思えば、グローヴはみずから非運を招き寄せたと言っても過言ではなかろう。

さて、わたし自身の命運は？　わたしは自分の道行きを、それもひとつではなくいくつもの旅程を語らなくてはならない。そのすべては、同じ時期に、僥倖《ぎようこう》と（あえて言うなら）救済とを求めて行なわれたものだ。中には、すでに周知の事実となった話もある。また一方、わたしだけが知っていて、無神論者や冷笑主義者たちを大いに驚愕させそうな話もある。博学の徒はわたしの言を蔑《さげす》み、書かれた内容をあざ笑って、そこにある真実から目を背《そむ》けようとすることだろう。それは受け止める側の勝手で、わたしとしては、誰にどう思われようと、ひたすらありのままを語るまでだ。

第二章

手記を綴《つづ》るにあたって、わたしは明晰を旨とし、なおかつ、物書きと称するやつばらが虚名を得んとして犯すあまたの愚にはつかぬよう心したい。金銭のために本を上梓したり、わが一族の者がかような行為でおのれを卑《いや》しめたりするような恥辱は、断じて避けるべきだろう。誰に読まれるとも知れないではないか。利得目当てに、優れた本が書かれたためしはない。時折、夕べの暇つぶしに朗読を聞かされることがあるが、おしなべて中身は笑止千万。やたらに飾り立てた文や、意味ありげな言い回しだらけだ。言うべきことを言ったら、あとは口をつぐめ、というのがわたしのモットーであり、もっと多くの人間がこの助言に耳を傾けてくれれば、書物の質は向上する——そして、うんと薄くなる——だろう。農耕や狩猟について書かれた程よい厚さの本には、学者の手になる最も狡猾《こうかつ》な本より豊かな叡智《えいち》が含まれている。かなうことなら、あの学者連中をひとからげにして、早暁《そうぎょう》、裸馬の背に載せ、田舎道を一時間ほど駆け回らせてやりたいものだ。ごみの詰まった頭の中が攪拌《かくはん》され、少しは風通しがよくなることだろう。

というわけで、わたしは平明かつ率直にみずからを語るつもりだし、その口ぶりにわが品性が露呈しようと、なんら恥じるところはない。わたしはかつて、オックスフォードで法律を学んでいた。法学を志したのは、プレストコット家の長子でありひとり息子であったにもかかわらず、家門が没落の憂《う》き目にあい、みずから生計を立てざるを得ない境遇に置かれていたからだ。プレストコット家はたいそう古い家柄だが、少なからず戦乱のあおりを食らった。父ジェイムズ・プレストコット卿は、一六四二年、かの気高き王がノッティンガムで挙兵した折、その軍に加わり、最後まで勇敢に戦い抜いた。自腹を切って騎兵一個中隊の戦費をまかなったので、莫大な出費となり、ほどなく土地を担保に資金を調達するに至ったが、それは将来のための堅実な投資だと信じ切っていた。戦いの初めのころ、勝利以外の結末が待っていることを本気で憂慮する者はひとりもいなかった。しかし、父を含め多くの同志たちは、融通のきかない国王の姿勢や、議会軍側における狂信派の影響力増大などの要素を見落としていた。内乱は続き、国土は荒廃し、父はますます困窮した。

災厄きわまったのは、一家の財産の大部分があったリンカンシャーがそっくり円頂党の手に落ちたときだ。母は短期間ながら投獄され、収入のおおかたが差し押さえられた。それでも父の決意は揺るがなかったが、一六四七年、王が捕えられるに至って、もはや大義は失われたことを悟り、この国の新しい支配層とできるかぎりの和睦を試みた。父の見解によれば、チャールズ一世は愚考と過ちの末にみずからの王国を委棄したのであり、ほかに打つべき手はなかった。父は実質上の清貧に甘んじることになったが、少なくとも栄誉を保って争乱から身を引き、心穏やかに余生を迎えた。

それも、しかし、国王処刑までのこと。わたしは当時まだ七歳だったが、一六四九年のきびしい冬の日に届いたあの知らせのことは、今でも覚えている。はやし立てる群衆の面前で国王が斬首されたと聞かされた瞬間に、自分が何をしていたか、同時代を生きたすべての英国人がまざまざと思い出せるのではないだろうか。昨今、何にも増して歳月の移ろいを痛感させられるのは、あの知らせがもたらした驚愕を最も強烈な思い出として想起しえない成人男子に出会うことだ。全世界の歴史上、あれほどの大罪が犯されたことは一度たりともなく、わたしの脳《のう》裡《り》には、天の怒りが地上に放たれて、空はかき曇り、大地は震撼《しんかん》したあの模様が、深く鮮明に刻まれている。爾来《じらい》、数日にわたって雨は降り止まず、あたかも天空みずからが人間の罪深さに号泣しているようだった。

世間の見かたと同様、そういうことが起こるはずはないと父は信じ切っていた。読みを誤ったわけだ。前々から、父は朋輩を買いかぶるところがあり、それが身の破滅を招いたのだろう。国王暗殺なら、ありえた。それは、厄難に類することだ。しかし、裁判とは……。正義の名において、正義の源である人物を処刑するとは……。神の選ばれし者を罪人《つみびと》まがいに断頭台へ送るとは……。そこまで不敬な、摂理を愚弄《ぐろう》する冒瀆《ぼうとく》行為は、イエス・キリスト御みずからが十字架にかけられて以来、絶えてなかった。英国は地に堕ちた。ああして底の底まで沈み込もうなどとは、最も陰惨な悪夢の中でさえ、誰ひとり思い描けなかったことだ。父は、知らせを受けたまさにその瞬間、若きチャールズ二世に忠節を尽くし、王政復古のために命を捧げることを誓ったのだった。

これは、父が初めて国外へ逃れる間際、そして、わたしが修養のため他家へ預けられる以前の話だ。わたしは父の部屋に呼ばれて、内心びくびくしながら赴いた。日ごろ要用に忙殺され、あまり子どもにかまけない父だけに、わたしは自分が何かしでかして、叱られるのに違いないと身構えていたのだ。ところが、父はわたしを優しく迎えたばかりか、椅子に坐らせ、世の一大事について話してくれた。

「われらが栄華を取り戻すべく、わたしはしばらく、国を離れることになった。そこで、おまえの母はおまえの身柄を、わたしの友人であるウィリアム・コンプトン卿に預け、家庭教師たちの指導を受けられるようにして、みずからは実家に帰るという決断を固めた。

ひとつ、肝に銘じておきなさい、ジャック。神はこの国を君主国としてお造りになった。その道をはずれたら、われわれは神の御心に背《そむ》くことになる。王に、新しい王にお仕えするのは、国と神とに等しくお仕えすることだ。そのためには、命を投げ出すことも厭《いと》うてはならん。富を投げ出すことは、言わずもがな。だが、名誉は、投げ出すでないぞ。それはそもそも、おまえのものではない。この世に与えられた居場所と同じく、名誉は主《しゅ》からの賜り物だ。わたしはおまえの名誉を預かっているし、おまえはその名誉を、おまえの子どものために守っていかなくてはならん」

七歳だとはいえ、かつてないほど真摯《しんし》な口調で父から話をされて、わたしは、子どもなりに精いっぱい厳粛な面持ちを繕《つくろ》い、父の誇れるような息子になることを誓った。どうにか涙を見せずにすんだが、思い返してみても、それは最大限の努力を要することだった。面妖な話だ。なにせ、父とは、それに母とも、めったに顔を合わせることがなかったのに、父が旅立つと聞いて、わたしは大いなる落胆を覚えた。その三日後、父もわたしも家を離れ、主《あるじ》としてそこへ戻ることはついになかった。われわれをいつも見守っているという守護天使たちは、おそらくその定めを知っていて、もの悲しい音楽を奏《かな》で、わたしの魂を嘆きの旋律で満たしたのだろう。

それから八年のあいだ、父にはさしてなすべきことがなかった。大義は消え失せ、そうでなくとも、貧苦のため参画できない状況だった。やがて、他の多くの王党派の紳士たちと同様、故国を離れ、傭兵として生計を立てざるを得なくなった。まずオランダへ赴き、そののちヴェネツィアに仕えて、クレタ島のカンディアで長く過酷なオスマン帝国軍の攻囲攻撃にさらされた。しかし、一六五七年に英国へ帰るとすぐ、のちに〝封印されし絆《シールド・ノット》〟と呼ばれる愛国者集団の中軸となり、亡命中のチャールズ二世を復位させようとたゆみない努力を続けた。死を賭しての活動だったが、嬉々として従事した。たとえ命を落とすことになっても、最も非道な敵からさえ、自分は剛毅清廉《ごうきせいれん》の士と呼ばれるだろうと、父は言っていた。

悲しいかな、善良なるわが父の予測ははずれた。後年、内通という最も賤《いや》しい罪を着せられ、終生その濡れ衣を晴らせないままだったのだ。告発した者の正体も、自分の罪状すらも知らされず、従って、わが身を守ることはおろか、申し立てに反駁《はんばく》することもできなかった。結局、口さがない者たちの悪意に満ちた声に追われ、ふたたび英国を離れて、汚名を雪《そそ》ぐことかなわず、悲嘆のうちに世を去った。わたしはかつて、領地内で、凜々《りり》しく気高い一頭の馬が、執拗にまとわりつく蠅《はえ》の群れに悩まされる光景を見たことがある。拷問者から逃れようと走るのだが、そもそも相手の所在がわからない。尻尾で一匹を振り払えば、すぐに新たな十匹がたかってくる。広い草原の端から端まで駆け回った末に、馬は転倒し、前肢の骨を折って、わたしの目の前で、悲しげな馬丁の手で永遠に苦しみから解放される仕儀となった。高貴で偉大なものが賤しく小さいものに滅ぼされる一例だろうか。

わたしが十八になったばかりのころ、父は追放の孤独な身のまま天に召され、わたしの人生に消えない傷跡を残した。貧民の墓地に葬られたことを告げる書状を受け取った日、わたしは慨嘆にくずおれ、やがて激しい憤《いきどお》りに胸をかきむしられた。貧民の墓地！　なんたることか。今でも、この言葉を思い浮かべると、全身に寒気が走る。勇猛なる兵士、英国人の中の英国人である父が、朋輩に背を向けられ、親族に見捨てられて葬儀代の支払いすら拒まれ、かつて身をなげうってまで尽くした相手に虚仮《こけ》にされたまま生涯を閉じたという事実は、わたしにはとても享受できるものではなかった。のちのち、わたしは精いっぱいのことをした。埋葬場所が突き止められず、亡骸《なきがら》を取り戻すことはできなかったが、わが礼拝堂の中に英国一の慰霊碑を建立し、父の非運に思いを馳《は》せに訪れる人々を、誰彼の区別なく受け入れている。莫大な資金を要したが、一ペニーたりとも出費を惜しまなかった。

さて、プレストコット家の零落《れいらく》著しいことは承知しながら、その窮乏のほどをじゅうぶんに把握していなかったわたしは、二十一歳の誕生日を迎えれば、さまざまな法的手段によって政府の魔手から守られているはずの領地の所有権を完全に手に入れられるものとばかり思っていた。むろん、地所が巨額の借金の抵当に入れられていることは知っていたから、家名をふたたび確立するのに数年はかかると踏んでいたが、それは自分の課題として喜んで受け入れるつもりだった。必要とあらば、巷《ちまた》の弁護士たちがいともたやすく手にしている富の分け前にあずかるべく、何年かは法廷に立つ覚悟さえ決めていた。少なくとも、父の名は後世に残るだろう。人の命は死によって幕を引かれるものであり、それは時が至れば誰の身にも訪れる。そして、幸いなことに、われわれの名前と栄誉は死後も語り継がれる。しかし、不動産権の消滅は真の終焉《しゅうえん》にほかならない。土地を持たない家族は無に等しいのだから。

若さとは純朴なもので、事のあるべき姿しか思い描けない。成熟するということは、ひとつには、神の摂理が安易な理解を拒むという現実を受け入れることだ。父の落魄《らくはく》のもたらしたものがわたしの目にも明らかになったのは、家庭という待避の場を離れてのちのことだった。心晴れぬ日々を過ごしたとはいえ、家庭は少なくとも、世間の荒波からわたしを守ってくれていた。ウィリアム卿の屋敷での生活のあと、伯父の家に引き取られたわたしは、オックスフォードのトリニティ・カレッジに進んだ。父の母校ケンブリッジには快く迎えてもらえないだろうという、伯父の判断によるものだ。せっかくのこの配慮も、わたしの嘆きの種を減じてはくれず、家柄ゆえに一方の学舎で受けたはずの拒絶と蔑視を、こちらでも同等に受けることとなった。学生たちは残酷なふるまいを抑制できず、わたしはわたしで侮辱に甘んじるたちではなかったので、友人はいなかった。さらに、高額の授業料を納める特別自費生《ジェントルマン・コモナー》でありながら、吝嗇家《りんしょくか》の伯父からは微々たる仕送りしかなく、校僕《こうぼく》として教授連の下働きを務めることでどうにか糊口《ここう》をしのぐありさまだったから、同じ階層の仲間と交わることもかなわなかった。そればかりか、まったく自由を与えられず、特別自費生の中でただひとり、わずかな持ち金をそっくり指導教授に管理されて、使いたいときにはいちいち懇願する必要があった。一般学生と同じ規律を課されて、許可なしでは町を出ることもできず、また特別自費生には免除されている授業にまで出席を義務づけられた。

現在の挙措《きょそ》からわたしを野人と見なす向きは多いと思うが、事実はそれとほど遠い。当時の体験から、わたしは欲望や憎悪を隠蔽することを学んだ。何年ものあいだ、屈辱と孤独に耐えなくてはならないこと、形勢を変える力が自分にはないことを、すばやく悟った。改まる望みのない状況に対して、いたずらに憤りをぶつけるのは、わたしの流儀ではない。それでも、情なき輩《ともがら》の名を心に刻み、いずれその下劣な品性の付けを払わせることを胸に誓った。そして、多くの者に付けを払わせた。

いずれにせよ、社交の機会の乏しかったことを、わたしが無念に感じていたかというと、それは疑わしい。昔も今も、わたしの意識は家族に向けられているし、うわべだけの交誼《こうぎ》に心傾けるような育ちはしてこなかった。世間からは、無愛想で気むずかしい人間と目されており、その風評が広まるにつれて、わたしはいっそう孤絶に引きこもり、殻を破るのは、時折ひそかに市中へ出向くときだけだった。巧みに変装を施《ほどこ》し、大学のガウンを脱ぎ捨てて、堂々と市民に紛れたので、学生監に見とがめられたことは一度もなかった。

しかし、こうした遠出にも制約はあって、信用状代わりのガウンを脱ぎ捨てたからには、遊興の費用は現金で支払わなくてはならなかった。幸い、憂さ晴らしの衝動に駆られることは稀だった。ほとんどの時間は学業に没頭し、より高遠な課題をあたうかぎり研究考察することでみずからを慰めていた。しかしながら、金銭を稼ぐだけの知識をすぐにも修得できるという期待は、大きく裏切られた。大学で学んだのは、おおよそ法律とは縁のない事柄ばかりで、俗な期待を抱くこと自体が同級生の嘲笑《ちょうしょう》を買った。法学の裾野は広大で、わたしは、教会法やらアクィナスやアリストテレスの思想にどっぷりと浸り、ユスティニアヌス法典をかじり、論争術のごときものを身につけた。けれど、大法院での訴訟の起こしかたや、遺言書無効の申し立て、遺言執行者への審問条項など、わたしが求めていた知識は少しも得られなかった。

　勉学にいそしむ一方で、わたしは、父のなしえなかったもっと直接的な報復を果たすことを決意した。父の魂がそれを求めていたばかりではなく、家族の物質的な問題を解決するうえで、それがすこぶる手っ取り早い策だと考えたからだ。父の潔白を国王に得心させることができれば、必ずや息子に償《つぐな》いがなされるだろう。当初、事は容易に運ぶかと思われた。父が逃亡前、王党派内に自分への誹謗《ひぼう》を広め、不和の種を蒔《ま》いたのは、クロムウェルの国務大臣ジョン・サーロウだという見解を言い残しており、わたしはいささかもそれを疑わなかった。あの陰険で腹黒い男、正面切っての名誉ある戦いより背中に隠し持ったナイフを好む卑劣漢に、いかにもふさわしいふるまいではないか。しかし、まだ若輩者のわたしがたいした行動を起こせるわけがなく、それに、早晩サーロウは裁きの場に引き出されて、真実が明るみに出ると楽観していた。返す返すも、若さは愚かしく、信じすぎる心は蒙昧《もうまい》だ。

　というのも、サーロウは裁判にはかけられず、国外へ逃亡するはめにもならず、不正利得の一ペニーたりとも剝奪されずにすんだ。裏切りの所産と忠義への返報の落差は、あまりにも歴

然としていた。一六六二年も押し詰まったあの日、裁判が行なわれないという公式決定を聞い

たわたしは、仇討《あだう》ちをみずからの手で果たすしかないと悟った。クロムウェル配下の悪の天才

は、法の網を逃れることはできても、正義の鉄槌《てっつい》を逃れることはできない。堕落し、腐敗しき

ったこの国にも、まだ名誉のなんたるかを知る人間がいることを、わたしは天下に示してやろ

うと思った。若さゆえの無垢《むく》が、こうした気高く素朴な思考を可能ならしめる。人生経験は明

快さを奪い、人はみな、その損失によって賤しくなっていくのだ。

第三章

その日を皮切りに、以後九か月のあいだ、わたしは全身全霊を傾けて作戦行動を展開し、ついにはこの上なく完全な雪冤《せつえん》の証《あかし》を手にすることになる。ほとんど誰の助けも得られぬまま、ひとり東奔西走して、必要な証拠を捜し回った結果、事の真相を突き止め、反撃の態勢を整えることができたのだった。わたしの主張を信じない者たち、あるいは故あってわたしの責務に横槍を入れようとする者たちからは、罵倒され、侮辱された。それでもなお、与えられた使命と、比類なく高潔な父から受けた愛を支えに、わたしは真実を追い続けた。今日に至るまで、権力の亡者たちの底なしの堕落ぶりを見せつけられてきたわたしは、ひとたび家門重視の原則がぐらつけば、善政のただひとつの礎《いしずえ》というべき公平無私の精神もたちまち深手を被《こうむ》りかね

ないことを得心している。権力が万人に手の届くものとなるなら、衆みなこぞってそれを得ようとし、まつりごとは単なる争いの場と化して、徳義は私益に踏みにじられる。廉直《れんちょく》の士がその汚濁《おだく》を避け、最も愚昧《ぐまい》な輩《やから》が世にはびこるのも、必然の成り行き。わたしが手にしたものは、せいぜい、負けの決まった戦《いくさ》でのささやかな勝利に過ぎなかった。

そういう思念は、当時のわたしのはるか及ばぬところにあった。道を歩いていても、授業や礼拝に列席していても、あるいは夜半、寝床で目を凝らして、指導教授と部屋をともにするほかの三人の学生のいびきや寝息を聞いていても、わたしの胸は、ただひとつの思いにふさがれていた。遠からずこの手でジョン・サーロウの胸ぐらをつかみ、その喉を掻《か》き切ってやるという決意に……。ただし、単なる仇討《あだう》ちでは足りないという強い思いも、一方にはあった。法学の授業で得た学識が徐々に血肉になってきていたのか、それとも、徳義を重んじる父の高邁な意識が知らずこの身に受け継がれていたのか。父なら、どうしていただろう？　父なら、何を望んだだろう？　その問いが、常にわたしにつきまとっていた。確証を突きつけずして敵を屠《ほふ》るのは、あるべき復讐の形ではない。父はきっと、ひとり息子が下賤《げせん》な罪人と同様、絞首刑に処されて、家名に新たな疵《きず》をつけることを望みはしないだろう。サーロウの権勢はまだまだ盛んだったから、じかに刃を振るうのは無謀に過ぎる。狡知《こうち》にたけた鹿に忍び寄る狩人よろしく、かの男の周辺を巡りつつ隙をうかがい、機熟して必殺の一撃を加えるよりほかにない。

思考を明晰に保ちたくて、わたしは何かにつけ自分の問題をトマス・ケンと論じ合った。トマスは当時のわたしにとって、数少ない友人のひとり——唯一のと言っていいかもしれない

――であり、彼には全幅の信頼を寄せていた。話し相手として退屈な面もあったが、わたしたちは互いを必要とし、互いに粗《あら》を補い合った。トマスがウィンチェスターに進学し、その後、聖職に就くためニュー・カレッジへやってくるそれ以前から、わたしたちは親同士のつながりを介して面識があった。内乱の前、強欲なロンドンのもぐり商人《インターローパー》たちが沼沢地の干拓をもくろんで押し寄せたとき、わたしの父は、みずからの権益と、先祖代々そこを牧草地として使用してきた何世帯もの人々の権利を守るため、干拓事業を阻もうと、弁護士であるトマスの父親にたびたび相談を持ちかけた。他人の土地を奪おうとする吸血鬼もどきの盗人たちは、法の庇護のもとで動いていたから、父は苦戦を強《し》いられた。法律家と渡り合えるのは法律家だけだと承知していたので、事あるごとにヘンリー・ケンの意見を求め、常に的確で誠意ある助言を得ていた。ひとりの男の不断の努力ともうひとりの男の専門技術が、生計を脅かされた農民や牧人たちのたゆまぬ抵抗と結びついて、干拓事業の進捗は鈍り、費用はかさみ、利潤は目算を大きく割り込む結果となった。

そういう背景があって、トマスとわたしはごく自然に相親しんだ。リンカンシャーの男たちは、ひとたび忠節と報恩の契《ちぎ》りを結んだら、終生その忠義を破ることはない。とはいえ、わたしたちの取り合わせが奇異なものであったことは否めまい。トマスは厳格で、聖職者らしい気性の持ち主であり、めったに酒を飲まず、けっして祈りを欠かさず、常に救われるべき魂を捜し求めていた。寛容を旨とし、今でこそ志操堅固な国教徒で、それが揺らいだことはないと言い立てているが、あの当時は反逆の宗派へ心傾いていたことをわたしは知っている。ならば当然、憎悪がどこで不屈の精神と見誤られ、狭量さがどこで忠誠の証に格上げされるのか、トマスは疑念に駆られたことだろう。いささかの羞恥を忍んで白状するなら、わたしはこの友を当惑させることに無上の喜びを感じており、彼が祈れば祈るほど高らかに笑い、彼が勉学に励めば励むほど多くの酒壜を空《から》にして、トマスの頬が染まるのを楽しんだ。じつのところは、わたしが真夜中にじわじわ襲いくる敬虔《けいけん》な恐れの念を締め出すのに難渋していたのと同様、トマスのほうも、酒や女の誘惑と闘っていたに違いない。そして時折、彼がほとばしらせる憤怒《ふんぬ》の中に、あるいは言葉のはしばしにちらりとのぞく冷酷さの中に、注意深い観察者なら、彼の親切心や温厚な人柄が神からの賜り物ではなく、魂の奥底に横たわる暗黒との苦闘の末に得られたものであるという証左を見出すだろう。言ってみれば、グローヴの不運は、トマスをいたぶり抜いたがゆえに、ある晩、彼をその苦闘における束の間の敗北へ導いてしまったところにある。

それでも、わたしの見るトマスは、常に辛抱強く、思慮深い人間であり、相反する性格の者同士がときとしてそうであるように、わたしたちは互いにとって有用な存在だった。トマスの神学上の迷妄に対して、わたしはよく助言を与えた。彼が今、主教の座にあることを思えば、それは良識ある教示だったと言えよう。そして、トマスのほうも大いなる忍耐力を発揮して、わたしがいかにしてジョン・サーロウを捕え、喉頸《のどくび》を掻き切るか、五十度《たび》にもわたって語るのを、じっと聞いてくれた。

わたしに異を唱えようとするとき、トマスは決まって、聞こえるほどに大きく息をついた。「赦《ゆる》しの心は神からの賜り物であり、慈愛は弱さではなく強さだということを、きみに思い出させなくてはなるまいね」

「よしてくれ。おれは、誰だろうと赦すつもりはないし、慈愛などつゆほども持ち合わせていない。やつが生き長らえている理由はただひとつ、おれがまだ、殺人の罪を免れるだけの証拠を手にしていないからだ」そのあと、わたしは、いつもの話を最初から語り始める。そして、こう締めくくった。「問題は、何をしたらいいのか、わからないことだ。どう思う?」

「ぼくの親身の意見が欲しいのかい?」

「もちろん」

「神の御心を受け入れ、学業に邁進して、弁護士になるんだね」

「そういう意味じゃない。証拠を見つけるために、何をしたらいいかということだ。友だちなら、つまらないお説教はしばしわきに置いて、助けになるようなことを言ってくれ」

「きみの言いたいことはわかっている。きみは悪い助言が欲しいんだ。魂をただ危険にさらすばかりの」

「ご明察。それこそ、おれの望みだよ」

トマスがため息をつく。「それで、証拠が見つかったとして、そのあと、どうするんだい? 待ってましたと、殺人を犯す?」

「証拠しだいだな。でも、理想を言えばそうだ。サーロウを殺す。やつが父を殺したように」

「お父上は、殺されたわけじゃない」

「言葉の綾だ」

「きみは、お父上が裏切られ、いわれのない汚名を着せられたと主張している。裁きはなされなかった。ならば、今度こそ真っ当な裁きを受けることで、その誤りを正すほうが良策ではないのか？」

「人を告訴するのにどれほど金がかかるか、きみも知っているだろう。どうやってまかなえというんだ？」

「ひとつの可能性として言ってみただけだよ。もし可能なら、自分の手で始末をつけようとするより、法の裁きに委ねる道を選ぶと約束してくれないか」

「そういう状況になるとは考えにくいが、ああ、もし可能なら、そうするとしよう」

「よかった」トマスが安堵《あんど》の声をあげた。「それだったら、きみの作戦立案に喜んで手を貸すよ。むろん、すでに作戦が練られているのなら、話は別だ。ねえ、ジャック、きみが今まで、こういう質問を寄せつけないような態度だったから、あえて尋ねなかったけど、この際、聞かせてくれないか。お父上は、どんな反逆行為を働いたと思われているんだい？」

「わからない。情けない話だが、突き止められなかった。わが後見人のウィリアム・コンプトン卿は、あれ以来、話もしてくれないし、伯父は、父の名を口にするのもはばかる始末だ。母は悲しげに首を振るばかりで、どんなにざっくばらんな質問にも答えてくれない」

この愚直な告白に、トマスが目をすぼめる。「罪人の名を挙げながら、その人が具体的にどんな罪を犯したのか、知らないというのかい？　法学の徒としては、いささか理不尽な立場に身を置いてはいないだろうかね」

「かもしれん。だが、今は理不尽な時代だからな。父の無実は、おれにとっての大前提だ。子として、当然のことだろう？　それに、法的にも、信仰のうえでも、ほかにとるべき道はない。父がそういう卑劣なふるまいのできる人間ではないという、おれの中の主観的な事実はまったく別にしてもだ」

「でも、その事実を出発点にせざるを得ないことは認めるよ」

「ついでに、国務大臣だったジョン・サーロウこそ、クロムウェルの地位を脅かそうとした者を誰彼構わず破滅させた責任者であることも、認めるだろう？」

「うん」

「だとすれば、サーロウの有罪は動かない」

「じゃあ、どうして証拠が必要なんだい？　法的に、そこまで論理が固まっているんなら」

「それは、世の中がゆがんでいるからだよ。法律が権力者の道具に成り下がり、連中が悪事の罰を受けなくてすむようねじ曲げられた。だから、法には頼れない。おまけに、父の人物像は大いに損なわれて、明白なものさえ人の目には映らなくなっている」

　トマスがうめいた。法に無知なるがゆえに、法と正義のあいだには何かしらつながりがあると信じ込んでいるのだ。法を学び始める前は、わたし自身もそうだった。

「法廷において勝利を収めようとするなら」と、わたしは続けた。「人を裏切ることができなかったという父の人物像を確立する必要がある。目下のところ、父は裏切り者の役を割り振られている。誰が、どういう目的でその筋書きを作ったのか、探り当てなくてはならない。そこまでして初めて、法廷が耳を傾けてくれるんだ」

「どうやって、探り当てるつもりだい？　誰がきみに話してくれる？」

「心当たりは多くないし、そのほとんどが宮中の人間だ。参内《さんだい》するような財力のない身としては、ここで早くも壁にぶち当たる」

心優しいトマスが、同情を込めてうなずく。「よければ、ぼくに援助させてくれないか」

「ばかなことを言うなよ。きみはおれ以上に貧乏だ。気持ちはたいへんありがたいが、必要な資金の額は、きみの財布ではとてもまかなえない」

トマスが首を振って、顎の先端を掻いた。打ち明け話をするときに必ず見せるしぐさだ。

「友よ、どうか案じないでくれ。ぼくの先行きは明るいし、今、それがもっと明るくなりつつある。イーストン・パーヴァの小教区が、九か月後に、メイナード男爵の権能に委ねられるんだ。メイナード男爵は学寮長と十三名の上級評議員に候補者の推薦を求めていて、学寮長ははやばやと、ぼくが教義への完全なる忠誠を明らかにできさえすれば、優に候補者の資格を満たすというようなことをほのめかした。職務はかなり骨だろうけど、歯を食いしばって務めるつもりだよ。そうなったら、年八十ポンドの禄を手にすることができる。ただし、その前にグローヴ博士を振り落とさなくてはならないが」

「誰だって？」わたしは驚いて尋ねた。

「ロバート・グローヴ博士。知っているのかい？」

「知っているも何も……。思い出すと、今でも胸がうずくくらいさ。おれがウィリアム・コンプトン卿のもとに預けられていたとき、グローヴは領主館付きの副牧師だった。長年、おれの教育係も務めてくれたよ。おれの知識は、あのころ授かったものだ。その博士が、きみの聖職となんの関係があるんだ?」

「グローヴは今、ニュー・カレッジの評議員に返り咲いて、ぼくの聖職禄を欲しがっている。その地位を要求するなんの権利もなく、ただ単に、今まで一度もありつけなかったという理由でね。率直に言って、ぼくのほうがずっと司祭にふさわしい。小教区には、若くて健康な牧師が必要だ。グローヴは愚鈍な老人で、過去に受けた不当な処遇とやらを蒸し返すときだけ、威勢がよくなる」

わたしは笑った。「おれなら、グローヴ博士が欲しがるものの前に立ちはだかる役は、ご免被るな」

「あの人に対して、格別含むところがあるわけではない」まるで念押しする必要があるとでもいうように、トマスが言う。「のんびりと快適な田舎暮らしを楽しみたいというのなら、そうさせてやりたいよ。司祭の座がふたつあればね。でも、ひとつしかないんだから、どうしようもない。切実さにおいて、グローヴよりぼくのほうが上だ。ジャック、打ち明け話をしてもいいかな?」

「別に、止めはしない」

「結婚したいと思っているんだ」

「ははあ、そういうことか。で、そのお嬢さんの持参金は？」

「年七十五ポンド。それと、ダービーシャーの荘園」

「たいしたもんだ。でも、相手の父親の承諾を得るのに、聖職禄が要る、と。問題点が見えてきたよ」

「それだけじゃない」その口調には苦渋がありありとうかがえた。「カレッジの評議員でいるかぎり、当然ながら結婚は許されないし、評議員でいることをやめるには聖職禄を手にするしかない。さらに問題なのは」と、沈痛な声。「ぼくがその娘を好もしく思っていることだ」

「それはおあいにく様。どこの娘だ？」

「叔母のいとこの娘だよ。父親はブラミッジの毛織物商で、どこから見ても確かな人物だ。それに、娘のほうも、素直で、控えめで、働き者で、体つきはふっくらしている」

「妻女となる条件、すべて満たせり、か。歯も丈夫なんだろうな」

「まあ、ほとんどの条件は満たしている。疱瘡《ほうそう》の痕もない。娘とはうまくやれそうだし、父親も反対しているわけではない。ただ、こちらに持参金に見合うだけの稼ぎがなかったら、この縁組みを認めることはできないと、はっきり意思表示された。つまりは、聖職禄だよ。それも、ほかにつてはないから、直接にしろ間接にしろニュー・カレッジが提供してくれるものにかぎられる。そして、向こう三年以内に空きが出そうなのは、イーストン・パーヴァだけなんだ」

「なるほど。きびしい時代だからな。働きかけはしているのか？」

「精いっぱいのことはやってきたよ。全評議員と話してみて、よい感触を得られた。支持の気持ちを伝えてくれる人も多かった。結果には、自信を持っている。現に、ロンドンの金細工師たちが資金を先貸しさせてくれるという事実が、ぼくの自信もあながち的はずれではないことを示している」

「で、決定が下されるのは、いつだ？」

「来年の三月か四月」

「だったら、万が一に備えて、これから礼拝堂で起居することだな。寝ているあいだも、三十九箇条を暗唱する。ワインを口にするたび、カンタベリー大主教と国王を褒めたたえる。国教会への非難など、おくびにも出してはいけない」

トマスがため息をつく。「気骨《きぼね》が折れるね。国や教会のためを思わなくては、とてもできないことだ」

その義務感に、わたしは拍手を送った。身勝手な人間だと思われるかもしれないが、トマスが件《くだん》の職位を勝ち取ること、いや、せめて、できるだけ長く有力候補の地位にとどまっていられることを、わたしは心から願っていた。ひとたび聖職禄を得られそうにないという噂が流れようものなら、金貸しはたちまち金庫の扉を閉ざし、トマス本人ばかりか、わたしまで窮乏にあえぐことになってしまう。

「では、きみが頗《すこぶ》る付きの幸運に恵まれることを祈ろう。それから、くれぐれも慎重にふるまうよう、重ねて助言しておくよ。きみは思ったことをつい口に出してしまいがちだが、教会内での栄達を求める人間にとって、それ以上に危険な習癖はないからな」

トマスはうなずいて、ポケットに手を伸ばした。「さあ、よき友として、これを受け取ってくれ」

それは財布で、三ポンド入っていた。どう言い表わしたものだろう？ わたしは、トマスの気前のよさに対する感謝の念と同じくらい、その財力の乏しさに対する失望の念に打ちひしがれた。手始めにその十倍の金が必要で、三十倍あっても使い道に困りはしなかったろう。とはいえ、心優しきトマスは、所持金のすべてを投げ出し、みずからの先行きをわたしへの贈り物に賭したのだ。わたしがこの友にどれだけ多くを負うているか、おわかりだろうか？ これを重要な事実として、銘記していただきたい。わたしは恩義というものを、体の傷と同様、真摯《しんし》に受け止める男だ。

「いくら感謝してもし足りないよ。金銭だけではなく、おれの言うことをまともに聞いてくれるのは、きみひとりだからな」

トマスは謙虚に、肩をすくめて、謝辞を受け流した。「もっとたくさんあればよかったんだけどね。それより、作戦のことに戻ろう。誰のところへ行って、お父上の受難について話を聞くつもりだい？」

「何かを知っていると思われる人間は、ほんのひと握りだ。ジョン・ラッセル卿も、そのひとり。エドワード・ヴィラーズも……。それから、モーダント卿がいる。現国王の復位を助けた手柄で、褒美の一部として、ウィンザーに男爵領と実入りのいい無任所聖職禄をせしめた御仁《ごじん》だ。そして、もちろん、ウィリアム・コンプトン卿にも、いずれ、折り入って話を聞こうと思っている」

「ウィンザーはそう遠くない。せいぜい一日の旅程だ。歩いても、二、三日。モーダント卿がもし領地にいるのなら、まずはそこを訪れるのが、いちばん無駄が少ない」

「会ってもらえなかったら？」

「頼み込むしかないだろう。前もって書状で知らせないことを勧めるよ。礼を失することにはなるけど、相手を警戒させてしまう事態は避けられる。直接出向いて、会うんだ。そのあとで、次にどうするかを決めよう」

すっかり、共謀者の口ぶりだ。聖職者然とした容貌の奥には、やはり、わずかばかりのパンとワインからは得られない類の興奮にあこがれる益荒男《ますらお》が息づいているらしい。

第四章

実践するに如《し》くはなし。しかし、ウィンザーへ赴く前に、わたしは、コーラの手記の中であれほど大きな役割を演じているブランディ母娘と面識を持った。それがために、一連の出来事に巻き込まれ、最も恐ろしい敵を、知恵と力のかぎりを尽くして打ち破るべき敵をかかえることになったのだ。

このつたない告白を誰が読むかは知らない。もしかすると、ローワー以外の者の目には触れずにすむのかもしれないが、われながらけっして胸を張れないような所業のいくつかが、ここに記されることになるのは確かだ。謝罪の必要を感じない所業もあれば、今となっては正しようのないものも、弁解ぐらいはできそうなものもある。サラ・ブランディとの関わりは、わたしの無垢《むく》と、若くて人を信じやすい心性から発した過ちであって、そうでなければ、むざむざとあの女の罠に掛かり、あやうく身を滅ぼしかけることなどなかっただろう。この点については、幼少期の育ちに咎《とが》を負わさざるを得ない。六歳になる前の一時期、わたしは母方の大叔母のもとに預けられた。この大叔母は気立てのよい婦人だが、典型的な田舎者で、薬草を栽培し、煎じ、村じゅうに供給することを生業《なりわい》としていた。自身の祖母から受け継いだという上質皮紙の秘伝書を持っており、手垢で黒ずんだその頁《ページ》に記された処方に従って、薬草を調合しては、貴賤《きせん》を問わず求める者に分け与えたのだった。魔術の大いなる信奉者であった大叔母は、自明の真理をあざ笑う今どきの説教師（エリザベス女王がまだ典麗な容姿を誇っていた時代に生まれた大叔母にすれば、それが牧師の真っ当な呼び名だった）どもを見下していた。わたしは、皺《しわ》だらけの紙や、雲占いや、聖句による易断などに囲まれて育った。

高位の聖職者たちがどういう説を垂れようと、わたしはいまだかつて、精霊の存在をまったく信じない人間や、人心に及ぼすその深甚な影響を認めない人間に、お目にかかったことがない。寝つかれぬ夜など、誰しも霊気の過ぎゆく音を耳朶《じだ》にするはずだし、人は常に悪《あ》しき者にそそのかされ、多くの場合、この世界を取り巻いて天国と接している心霊界の善き住人たちによって救われるものだ。渋面《じゅうめん》の聖職者たちは、みずから説く摂理に背《そむ》いていることすら気づかないらしいが、彼らの拠り所である聖書に、そういう被造物の存在がはっきりと記されている。聖パウロは、自発的に行なわれる天使崇拝について語ってはいないか（コロサイ人書二章十八節）？　キリストがガダラの豚の中へ追い込んだものの正体を、彼らはなんと心得ているのか？

むろん、天使と悪霊を見分けるのはむずかしい。悪霊は偽装に長じていて、しばしば男たちの（いわんや女たちの）目を欺《あざむ》き、本来の姿とは別物だと信じ込ませてしまうからだ。そういう霊と接するときには、最大限の注意を払わなくてはならない。善悪を問わず、霊なるものは、何かしら貸しを作ることで人間の心を手中に収め、貢租《こうそ》を取り立てる領主のごとく専横につきまとう。わたしは、母親のほうのブランディに近づいたがために、みずから危険を招き寄せた。大人の世知を備えた今であれば、そういう道は避けて通るところだろう。当時のわたしは、あまりに軽率、あまりに性急で、慎重さを欠いていた。

母親のほうのブランディは洗濯女で、悪賢いとの世評があり、魔女だと断ずる者さえいた。ただ、近くにいても硫黄のにおいなどしなかったから、魔女説は疑わしい。以前、本物の魔女と言われて一六五四年に近くで焚刑に処された女と会ったことがあるが、これは紛れもなく異臭の漂う老婆だった。その哀れな女も、今にして思えば、おそらくは無実の罪で火にあぶられたのだ。狡猾《こうかつ》な悪魔は、みずからの僕《しもべ》を容易に正体の知れない姿に仕立てる。若く、美しく、魅惑的で、いかにも気立てのよさそうな女を前にして、どんな男がその奥にひそむ魔性を見抜けるだろうか。例えば、サラ・ブランディのような女を。

とはいえ、母親のほうはまさに奇怪な老女であり、コーラの筆で描かれた像とは大いに趣《おもむき》を異にしていた。むろん、コーラと会ったとき、あの女は本領を発揮できる状態にはなかったわけだが、コーラの語るような思いやりの深さも、穏やかさや優しさも、わたしはついぞ目にしたことがない。あの女は、ただただわたしを質問攻めにした。こちらが知りたいのはごく単純なことなのに……。誰が父を裏切ったのか？　それを突き止めるのを、手伝ってくれるのか、くれないのか。

わたし次第だというのが、老女の答えだった。わたしの中に、疑いの気持ちがありはしないか。それによって、何をするかが決まる。何をしないかも。

わたしはもっと詳しい説明を求めた。老女は、格段に力の強い霊を呼び出すのはたいへんな業《わざ》なのだと告げた。できないことはないが、危険だ、と。わたしはどんな危険も厭《いと》わない旨を伝えたが、老女の言っているのは魂の危険ではないという。降霊術を施《ほどこ》した罪で縄目にかかることを恐れているのだ。なにせ、わたしが何者なのかがわからない。治安判事の回し者でないという保証がどこにあるだろう。

わたしがいくら潔白を言い立てても、老女は頑として受け入れず、質問をくり返すばかりだった。目当ての人物の氏素性《うじすじよう》を知っているのかどうか。たとえぼんやりとでも……。わたしは知らないと答えた。

「ならば、水中に名を響かせることはできません。のぞき込むよりほかはない」

「水晶球か？」わたしは鼻を鳴らした。その手の子どもだましについて風評は聞いていたので、かつがれまいと身構えた。

「いいや」と、真剣な声。「あんなものは、いかさま師が使うおもちゃです。硝子玉には、なんの効力もありません。碗に満たした水があれば、それでじゅうぶん。お始めになりますか？」

わたしはぶっきらぼうにうなずいた。老女が足を引きずりながら外の井戸まで水を汲みに行ったあいだに、テーブルに金を置く。汗ばんだてのひらがちくちくとうずいた。

この種の霊能者が好むまじないめいた儀式は一切なかった。部屋の明かりを消すことも、呪文を唱えたり薬草を燃やしたりすることもない。ただ碗をテーブルに置き、わたしをその前に坐らせて、目を閉じさせた。碗に水が注がれる音がして、ペテロとパウロに捧げる祈りの声が聞こえる。カトリックの言葉も、この老女の唇から洩れると奇異に響いた。

「さあ、若い人」祈りを終えて、わたしの耳もとでささやく。「目をあけて、真実を見つめなさい。機会は二度と巡ってこないかもしれないのだから、ためらわず、勇気を持って。碗の中をのぞき込むのです」

全身に汗を噴き出させながら、わたしはゆっくりと目をあけ、上体を乗り出して、静止した穏やかな水面に見入った。水がかすかに、何かの動きにかき乱されたかのように揺れたが、何も見えなかった。やがて、水の色が濃くなり、カーテンか掛け布のような質感を帯びる。そして、その覆いの下から、おぼろげに何かが浮かび上がってきた。それは金髪の若い男で、一度も会ったことがないのに、なぜか懐かしいものを感じた。一瞬ののちに、その姿が水面から消える。しかし、それでじゅうぶんだった。顔の造作はくっきりと脳裡《のうり》に焼き付いていた。

それから、水のカーテンがふたたび揺らぎ、別の人物の姿が現われる。今度は年老いた男で、加齢と心労のせいか、肌は土気色、腰は曲がり、その悲しげなようすは、見ていて胸を締めつけられた。片手がぼやけた顔を覆い、まるで亡霊が絶望しきって頬をこすっているように見える。もっと見たい一心で、わたしは息を詰めた。少しずつ像が結ばれて、ゆっくりと片手が取り払われる。そして現われた失意の老人は、なんとわたしの父だった。

わたしは苦悶《くもん》の叫びをあげ、激憤に駆られて、テーブルから碗を払い落とした。碗が部屋の隅まで転がり、じめついた壁にぶつかって粉々に割れる。がばと立ち上がると、老女に侮蔑の唾を吐きかけ、おぞましい陋屋《ろうおく》を飛び出して、わき目もふらずに走った。

そのあと、わたしが平常に復するまで、三日の時間と、親身も及ばぬトマスの介抱と、幾本かの酒を要した。

こう言うと、軽信の徒と見なされそうだが、この不可思議な邂逅《かいこう》こそが、父にまみえた最後の機会だった。父の霊が確かにそこに降りてきたこと、そして、わたしの引き起こした騒ぎが以後の出来事に大きく影を落としたことを、わたしは今も固く信じている。父のことは、あまりよく覚えていない。六歳を過ぎてから、ほんの数回しか顔を合わせていないからだ。戦時だったので、わたしはまず前述した大叔母に預けられ、そのあと、ウォリックシャーのウィリアム・コンプトン卿のもとに身を寄せて、グローヴ博士の薫陶を受けた。

息子の成長ぶりを確かめるため、父は会いに来ようと努めたが、任務が忙しすぎてなかなか果たせなかった。二日続けていっしょにいられたのは、たった一度、父が二度目の、そして最後の亡命生活に追いやられる直前に訪ねてきたときだけだ。父は、子どもが父親に求めうるすべてを備えた人物だった。厳格にして堅忍不抜《けんにんふばつ》、家長と嫡子とのあいだに存する責務を十全に心得ていた。直接授けられた知識はごく少ないものの、わたしがもし臣下として父の半分ほども有能であるなら、国王は（復権なった暁《あかつき》には）必ずや、わたしを忠実なる精鋭のひとりに加えてくださるはずだと思えた。

郷士《ジェントリー》の風上にも置けぬ昨今の柔弱な廷臣どもとは異なり、父はけっして宮中をこれ見よがしに気取って歩くことなどしなかった。華美な服装は慎み（ただし、しかるべき折には隆《りゅう》とした身なりをした）、書物に信を置かなかった。また、実践すべき事柄を差し置いて、空疎な弁舌にうつつを抜かす口巧者でもなかった。要するに、父は兵士であり、突撃の先頭に立たせれば、比類なき剛勇ぶりを発揮した。けれど、中傷と陰謀の渦巻く宮仕えの世界で、父に居場所はなかった。正直すぎてうわべを繕《つくろ》うことができず、誇りが高すぎて人に取り入ることができない。そこが父の父たるゆえんで、たとえ命取りの瑕疵《かし》であったとしても、それがために名誉が損なわれたなどということはないだろう。妻に対する貞潔は詩人の想像力をしのぐほどだったし、勇猛さはすべての軍人の鑑《かがみ》とされた。父にとっては、リンカンシャーに構えたプレストコット家の本邸ハーランド館にいるときが至福のときであり、そこを去る際の嘆きようは、あたかも妻を亡くしたかのようだった。それもそのはず、ハーランド・ワイトのこの土地は、代代受け継がれてきた世襲財産で、父は家族の一員に接するように、隅々まで知り尽くし、慈《いつく》しんでいたのである。

　悲嘆に暮れる父の霊を目にしたことで、わたしは新たに、みずからの務めに対する情熱をかき立てられた。父の憂いの源が、いまだ正されない不当な処遇にあることは明らかだったからだ。そこで、じゅうぶんに気力が回復するとすぐ、わたしは叔母の病という口実をでっちあげ、思惑どおり指導教授から町を離れる許可を得て、ある晴れた朝、ウィンザーへと旅立った。レディングまでは、街道の独占権を大学が握っておらず、馬車代も手ごろだったので馬車を利用し、残りの二十数キロは徒歩で行った。まだしのげないほどの寒さではなかったし、無用な出費は避けたかったから、野宿をしたが、朝食はウィンザー城下の旅籠《はたご》で取り、その場所を借りて、服のほこりを払い、顔を拭い、しかるべく身繕いをした。旅籠の主人の話では、モーダント卿――驕奢《きょうしゃ》を嫌う人柄ゆえ町の民にひどく疎《うと》まれているらしい――は確かに城代として城に住み込んでおり、つい三日前にタンブリッジウェルズから戻ったところだという。

　ぐずぐずしていても始まらない。ここまで出向いてきて、ためらうのは愚の骨頂というものだ。トマスの言っていたとおり、最悪の場合でも、面会を拒まれるだけの話ではないか。わたしは勇躍、城へ赴き、謁見《えっけん》の願い出が従僕から従僕へ果てしなく申し送られていくのを、控えの間で三時間待った。

　朝食を食べてきたのが幸いだった。優に正餐《せいさん》の時刻を過ぎるまで、なんの返答もなかったのだ。謁見という名の施しを待って、控えの間をうろうろしながら、わたしは、いつか運が開けて、自分のもとに引き立てを求める人が集まってくるようになったら、けっしてこのような応対はすまいと胸に誓っていた。ちなみに、その誓いは、のちに果たす機会が訪れた最初のときに破られた。そのころまでには、こういうあしらいの目的がわたしにも理解できるようになっていたからだ。待たせることで、相手の反応に差異が生じ、さまざまな愛顧の願いがふるいにかけられて、（すこぶる現実的な形で）切実な意図を持つ者だけが目通りを許されるという利点がある。さて、わたしの辛抱はついに報われ、従僕のひとりが前よりも慇懃《いんぎん》な態度で扉をあけて、モーダント卿がお会いになりますと告げた。どうぞ、こちらへ……。

少なくとも好奇心に訴えて、こういう反応を引き出せないものかと念じていたので、当て込んだとおりになったことをうれしく思った。おそらく、わたしのようなやりかたで貴人の門を叩く無礼な輩《やから》は、そうそう多くはなかったろう。

はるばる足を運んできながら、わたしはこれから会う人物について、ごくわずかなことしか知らなかった。いずれ政府の要職に、それも国務長官クラレンドン伯の覚えがめでたく、近々大法官以上の地位に就くものと周囲から嘱望される存在であること。わが国随一の権力を持つ大法官クラレンドン伯の覚えがめでたく、近々男爵から伯爵に昇進すると目されていること。国王側近の果敢なる策士であるモーダント卿は、国内屈指の名門に生まれた大資産家で、貞淑の誉《ほま》れ高い妻を持ち、いかにも高い地位にふさわしい美貌を備えていた。モーダント家が内乱への関与を極力避け、巧みに旗幟《きし》をぼやけさせることで資産を守り通した経緯を考えると、この人物の忠君ぶりはなおさら驚嘆に値する。モーダント本人は、忠言に際しては慎重だが必要とあらば豪胆《ごうたん》になり、派閥や些細な諍《いさか》いを嫌うたちだと言われていた。少なくとも、傍目《はため》にはそう映るようだった。ただひとつの弱点は気が短いことで、無能と見なした相手にはけんもほろろの応対をする。これは、大きな瑕疵だった。宮中には無能な廷臣が大勢いるうえ、さらに大勢の廷臣が、クラレンドンの息のかかった人間に災いあれかしと願っていたからだ。

いくつもの部屋を通り抜けた末に、わたしはようやく、モーダント卿の前にまかり出た。荘重な、そしてなんとも仰々しい手続きを踏むものだと思った。それでも、最後にたどり着いた部屋は、小さく機能的な造りで、事務机には書類が山と積まれ、本棚は本で埋まっていた。わたしは丁重に腰をかがめて、言葉をかけられるのを待った。

「ジェイムズ・プレストコット卿のご子息かと見受けられるが、そうかね?」

わたしはうなずいた。モーダント卿は中背で、不釣り合いに小さい鼻を除けば完璧と言える顔立ちをしていた。容姿端麗、とりわけ脚の線が美しく、身ごなしは優雅だった。そして、話し始めたそのとたん、ここに至るまでのよそよそしさの障壁を取り払って、じつに打ち解けた態度をとり、この人物の矜持《きょうじ》や高慢さについての風評が偽りであることを身をもって示した。わたしはすっかり、その明敏さに感じ入った。父にとってモーダント卿はよき戦友だったに違いなく、ふたりが信義と友愛で相等しく互いを讃え合っていたことを確信させられた。サーロウのような奸物《かんぶつ》とは、まさに月鼈《げつべつ》の差。かたや痩軀《そうく》精悍《せいかん》で、性《さが》は鷹揚、物腰は古代ローマ人《びと》のごとく、かたや体は萎《しな》びて、性根はねじくれ、陰で動いて白日を好まず、言動は常に欺瞞《ぎまん》に満ちている。

「不作法すれすれの、尋常ならざる訪問のしかただ」手きびしい口調で、卿が言った。「それだけの理由があってのことだろうね」

「致しかたなかったのです、閣下。ご迷惑をおかけして、たいへん心苦しく思っておりますが、ほかに頼るべきあてもなく……。力になっていただけそうなのは、閣下だけなのです。お返しに差し出せるものは何もありませんが、わたしの願い事はごくささやかです。少しばかりのお時間をいただけないでしょうか」

「きみは、官位の斡旋《あっせん》を願い出るほどあさはかではあるまいね。そういう力添えはできかねるよ」

「父を知っていた人たちに、話を聞きたいのです。父の汚名を雪《そそ》ぐために」

卿はとくと考え込み、わたしの要望の含みをすべて咀嚼《そしゃく》したうえで、穏やかに、けれど用心深く答えた。「嫡男として見上げた心根であると思うし、父の名誉回復に命運を賭ける子の気持ちも理解に難くない。だが、かなり苦しい闘いになるだろう」

過去のわたしの性情をもってすれば、こういう評言に対しては、客気《かっき》を炸裂させ、罵詈《ばり》雑言《ぞうごん》で反撃を試みるところだ。幼いころ、目の周りに痣《あざ》をこしらえ、鼻血を流しながら帰宅したことが幾たびもあった。しかし、ここでは鼻っ柱の強さがなんの益ももたらさないことを承知していた。わたしは助けを必要としていて、その助けは礼節と服従によってしか得られない。だから、怒りをぐっと呑み下して、何食わぬ顔を装《よそお》った。

「わたしにとって、避けては通れない闘いです。わたしは父があらゆる面で潔白だと信じていますが、そもそもどういう咎を受けたのかさえ知りません。それを知るのはわたしの権利であり、咎を晴らすのはわたしの義務です」

「そういう話なら、ご家族が……」

「家族はわずかなことしか知りませんし、そのわずかなことすら教えてくれません。ご迷惑は承知のうえで、当事者の口からじかに話を聞く必要があります。あなたは国王陛下の信任厚い重鎮でいらしたし、公正なお人柄で知られるおかたですから、まず最初にお会いしようと考えたしだいです」

さりげなく忍ばせた世辞は、往々にして会話の流れをなめらかにする。相手にそれと悟られた場合にも、恩義を感じていることの証《あかし》と受け取られるものだ。ひとつだけ留意すべきは、節度を保ち、受け手の耳に障るほど大仰にならないようにすること。

「父が罪を犯したとお考えですか？」

モーダント卿は、じっくりと問いを頭に巡らした。顔には、なぜこういう問答が始まってしまったのかと、かすかにいぶかるような表情が浮かんでいる。あまりの長考に、わたしはかえって、相手の懐の深さに対する謝意を募らせた。やがて、卿が椅子に腰を沈め、わたしにも身ぶりで椅子を勧める。

「お父上が罪を犯したと考えるか？」嚙み締めるように、卿が質問をくり返した。「ああ、残念ながら、わたしはそう考える。かつて、懸命に無実を信じようとした。めったに意見を同じくすることがなかったにもかかわらず、わたしがそう努めたというのも、お父上が勇敢な同志であったればこそだ。わたし自身の口から、お父上を叛徒《はんと》と名指したことは一度もない。当時、われわれがどのように活動していたか、知っているかね？　お父上から聞いているだろうか？」

わたしは、まったくの手探り状態である旨を告げた。そういう事柄を理解できる年齢に達したころには、父とはほとんど顔を合わせなくなっていたし、父は元来、他人に対するのと同様、家族に対しても寡黙なたちだった。敵兵がいつわたしたちのもとを訪れるやも知れず、父としては、家族とわが身を守るためにも、できるかぎり消息を伏せておこうとしたのだろう。

モーダント卿はうなずき、しばし言葉を練った。「わたしとしても、きわめて不本意ながら、お父上が裏切り者であるという結論を下すに至ったことを、きみに汲んでもらわなくてはならない」反論しようと膝を乗り出したわたしを、片手を上げて制する。「どうか、最後まで聞いてくれたまえ。こちらの考え違いが明らかになるなら、わたしとてうれしくないわけではない。お父上にはいつも善良な人柄を感じていたから、それがまやかしだったと考えることに、わたしは大きなとまどいを覚えた。顔は魂の鏡であり、心に描いていることがそこに映し出されると言われる。お父上の場合は、違った。わたしの読みが誤っていた。だから、真相がそうではなかったことをきみがもし証明できれば、わたしはきみに借りを作ることになる」

寛《ひろ》い心ばえが、ありがたかった。これほどまで謙虚に義を求める精神を、わたしは初めて目《ま》の当たりにした。この相手を得心させることができれば、道は開けるだろうと思えた。この人物なら、不当な裁定を下すこともあるまい。

「ところで」モーダント卿が言葉を継いだ。「具体的に、事をどう進めていくつもりかね？」

自分がどう答えたか、正確な言葉は覚えていないが、哀れなまでに青臭い言い草だったのではないだろうか。真の裏切り者を見つけ出して、泥を吐かせてやる、というような……。さらには、黒幕がジョン・サーロウであることは確かで、証拠をつかみしだい仇《あだ》を討つつもりだと付け加えた。聞いていたモーダント卿の口から、小さなため息が洩れた。

「それで、きみ自身はどうやって、絞首刑を免れようというのかね？」

「父の嫌疑を裏づけた証拠を覆すことで」

「きみが言っているのは、どの証拠のことだ？」

縉《こうべ》いようもなく、わたしは頭を垂れて、大いなる無知を吐露した。「わかりません」

モーダント卿は、同情とも侮蔑ともつかないまなざしをわたしに向け、おもむろに言った。

「当時のことなり、わたしの聞き知ったことなりを話せば、あるいはきみの助けになるかもしれないね。ただし、きみの言い分を認めたから話すのではなく、きみには事のありようを知る権利があると思うからだ」

「恩に着ます、閣下」わたしは素直に言った。誇張も飾りもない、心底からの気持ちだった。

「幼かったきみは多くを覚えていないだろうし、出来事の意味を理解する力もなかったと思うが、最後の最後に至るまで、この国における王政復古の動きは、ついえる宿命にあるものと見えた。少数の有志が、クロムウェルの専制政治に戦いを挑み続けたが、それもあくまで大義に沿ってのもので、いささかなりとも勝算があるわけではなかった。独裁政府に不満を募らせる者の数は年々増えていたものの、決然と起《た》つまでの武勇と旗振り役を欠いていた。その旗振り役を買って出たのが、ひと握りの忠臣たちで、きみのお父上もその中にいた。同志と国王への愛で固く結ばれたこの一団は、〝封印されし絆《シールド・ノット》〟と呼ばれた。

何ひとつ成就したわけではなく、ただ人々の心に希望の灯をともし続けただけだった。いや、活動は盛んだったよ。企《くわだ》てのひとつやふたつなしに月が替わることはなかった。こちらで蜂起、あちらで暗殺……。そうした試みが実を結んでいたなら、クロムウェルはベッドで息を引き取る前に、十数回は命を落としたことだろう。だが、世を揺るがすほどの大事は起こらず、クロムウェルの軍勢は常に広大無辺な壁として、変革を求める者たちの眼前に立ちはだかっていた。この壁を打ち破らないかぎり、王政復古への道は永遠に閉ざされたままだ。そして、単なる希望と子どもだましの剣術ごっこでは、天下に冠たるこの軍勢を倒せるはずもなかった」

わたしはどうやら、孤立無援の勇者たちとその奮闘ぶりに対する辛口の評言に眉をひそめたらしく、それに気づいたモーダント卿が慨嘆《しんし》気味に口もとをゆるめた。「けなしているのではない。事実を述べたまでだ。きみの意図が真摯なものであるなら、あらゆる情報が必要だろう。耳に快いことばかりでなく」

「申し訳ありません。おっしゃるとおりです」

「〝封印されし絆〟には資金がなかった。国王が無一文だったからだ。金貨は忠義を買えるが、忠義はそれのみでは武器を買えない。フランスとスペインは、亡命中の国王陛下に、ぎりぎり暮らせる財源のみを許し、事を起こす資金は与えなかった。それでも、われわれは希望に燃えていた。そして、一朝事《いっちょうこと》あらばただちに行動に移れるよう、イングランドに残る王党派の志士をまとめる役を、わたしが仰せつかった。内乱時に従軍年齢に満たなかったわたしは、サヴォイアで学問を修めていたから、サーロウの当局に顔を知られていないはずだった。ところが、あっという間に正体が割れてしまった。密告があったのだ。その密告者はわたしの任務を知っていたわけだから、〝絆〟の一員だとしか考えられない。わたしが多くの仲間とともに、動かぬ証拠となる書類を手にしているところへ、サーロウの部下たちが踏み込んできて、全員を検挙した」

「すみませんが」不興を買うのは承知のうえで、わたしはふたたび相手の話をさえぎった。「それは、いつのことでしょう？」

「一六五八年だ。こまごました話できみを煩《わずら》わせるつもりはないが、友人たちが、愛する妻を中心として、有り金掻《か》き集《あつ》めて敵方を賄賂《わいろ》漬けにし、取り調べを行なっていた判事団を混乱に陥れて、わたしを釈放させた。向こうがその過ちの大きさに気がつく前に、わたしは行方をくらましたよ。ほかの仲間たちは、それほどの幸運に恵まれず、拷問を受けて、絞首刑に処された。もっと重大なのは、国王の大義のためにわたしが重ねてきた苦労が、すべて水泡に帰したことだ。わたしが挺身《ていしん》して作りあげた新組織は、動き出しもしないうちに打ち壊されてしまったのだ」

モーダント卿はいったん言葉を切ると、わざわざ従僕を呼んで、わたしのために菓子とワインを持ってくるよう言いつけ、それから、この話を聞いたことがあるかとわたしに尋ねた。聞いたことがなかったので、わたしはそう返事をした。ついでに、危険と情熱に満ちた往事の秘話を聞かせてもらうのは、煩わしいどころか胸躍る経験だと、言い足したい衝動に駆られた。

もっと早くに生まれて、いっしょにその危難に立ち向かいたかった、と。今思えば、言い足さずによかった。子どもじみた感想だと思われただろうし、実際、子どもじみていた。その代わりに、わたしは語られた事の重大さに意識を集中させ、その凶事に関して卿が疑惑を抱かなかったかどうかを尋ねた。

「疑惑は持たなかったね。単に、とてつもない不運に見舞われたのだと思っていた。わが身を襲った災いが人為的なものかもしれないなどとは、考えもしなかったよ。いずれにせよ、その件にまつわる思案も、数か月後にはすっかり消し飛んだ。クロムウェル死去という格別の朗報を受け取ったときにね。それは、きみも覚えているだろう?」

わたしは頬をゆるめた。「ええ、それはもう。忘れる者などいるでしょうか。わが生涯最良の日でした。この国の輝かしい未来を思って、希望に胸をふくらませましたよ」

モーダント卿がうなずく。「誰もがそうだった。あれは、神からの賜り物だ。ようやく摂理が示された観があった。クロムウェルの息子リチャードの護国卿就任が宣言されたにもかかわらず、われわれの士気はみるみる高まり、活動意欲は再燃した。そして、誰かが命じるまでもなく、自然発生的に、最低でも政権に揺さぶりをかけようとする新たな計画が持ち上がった。国内数か所で、無視できない規模の反乱を同時に起こすというものだ。これを鎮圧するため、共和国軍が兵力を分散せざるを得なくなった隙に、願わくは、手薄になったケントに国王の軍勢を速やかに上陸させ、急行軍でロンドンまで兵を進めようと図った。

もくろみどおりに行けば、大願を成就できただろうか？　それは無理だったかもしれないが、関わったすべての人間が最善を尽くしたことは断言できる。この日のために長年備蓄されていた武器弾薬が隠し場所から運び出され、あらゆる身分職業の男たちが進撃に加わる心づもりを秘密裏に表明した。貴賤の別なく、誰もが土地を抵当に入れ、銀器を熔かして、われわれに資金を提供してくれた。意気は大いに揚がり、期待は募りに募って、最後まで煮えきらなかった者たちまで熱に浮かされ、ついに救済のときが訪れたと考えるに至った。

そして、またしても、われわれは裏切られた。蜂起を予定していた地点のすべてに、突如、敵勢が現われたのだ。まるで魔法を使ったかのように、共和国兵は武器の置き場も資金の隠し場所も把握していた。将校に任じられた者の名も、計画の全貌と兵員の配置を知る者の名も筒抜けだった。一年近くかけて実現にこぎ着けた念入りな企てが、一週間足らずのうちに、まるごと地にたたきつけられ、踏みにじられた。迅速に対応できたのは、一地方だけだった。チェシャーのジョージ・ブース卿が麾下《きか》の部隊を繰り出して、任務を遂行したのだが、まさに孤立無援の状態で、クロムウェルに次ぐ高位の将官が率いる大軍の猛攻に立ち向かわなくてはならなかった。結果は大量殺戮《さつりく》。残虐さにおいても、壊滅の度合においても、文句のつけようのない大敗だった」

話が終わったあと、静寂が部屋を満たし、わたしはその中で、茫然自失して坐っていた。じつのところ、これほど衝撃的な事実は想像していなかった。ジョージ・ブース卿の蜂起が不首尾に終わったことはむろん知っていたが、その原因が裏切りにあったとは夢にも思わなかった。さらには、それを父の咎と結びつけようなどと、考えもしなかった。父がもしそういう大罪を犯したのだとしたら、わたしは自分の手で絞首台に送り込んだだろう。しかし、父の関与を示すような手がかりは、まだ話のどこにも出てきていない。

「われわれは急いで誰かに罪を着せようとはしなかった」わたしの指摘に答えて、モーダント卿が話を続けた。「やがて、きみのお父上が、内通者探しに乗り出した。その悲憤慷慨《ひふんこうがい》ぶりたるや、端《はた》で見ていられないほどだった。ところが、それは二心《ふたごころ》ある行動だったらしい。ある日、お父上こそ内通者であることを示す明々白々たる文書が、政府内部から届いた。一六六〇年の初め、その証拠を突きつけられて、お父上は国外へ逃亡した」

「では、その件は落着していないのですね？　父には反証の機会が与えられなかったわけだから」

「反証の機会はいくらでもあった。イングランドにとどまっていればね」かすかにうたぐるようなわたしの口調に、モーダント卿は顔をしかめながら言った。「だが、その文書の示す事実には、疑いの余地がなかった。お父上だけが使っていた暗号で書かれた書状が何通も入っていたのだ。それは、政府高官たちとの会合の覚書で、取り交わされた話の内容とともに、お父上しか知りようのない情報が記されてあった。支払いの記録も……」

「うそだ！」わたしは叫びに近い声をあげた。「そんなことは信じません。父が金と引き換えに同志を売ったと、そうおっしゃるつもりですか？」

「わたしは、あるがままを述べているだけだ。明白な事柄をね」そのきつい声音から、わたしは自分が礼節の垣根を踏み越えてしまったことを悟った。今や、相手の好意は、細い糸一本でつなぎとめられている。わたしは急いで、非礼を詫びた。

「それでも、父に対する告発は、主として政府の側からなされたわけですよね？　そのことに、不審な点はなかったのでしょうか？」

「政府の文書ではあるが、政府から提供されたものではない。間諜を放っていたのは、ジョン・サーロウのほうだけではなかったのだ」

「その文書があなたの手に渡るよう、故意に仕組まれていたとは、お考えにならなかったのですか？　不和の種を蒔《ま》くため、敵方が容疑を捏造《ねつぞう》したのだとは……」

「むろん、考えた」モーダント卿のすげない物言いは、この会話にうんざりしかけていることを告げていた。「われわれは慎重の上にも慎重を重ねた。わたしの言葉が信じられないなら、ほかの同志にも尋ねてみることだね。包み隠さず話してくれるだろう」

「そうしてみます。どこへ行けば、その人たちに会えるでしょう？」

モーダント卿はとがめるような目つきでわたしを見た。「手引きが必要だね。ロンドンだよ。あるいは、この時期なら、タンブリッジウェルズか。あの温泉地で、せっせと猟官運動を繰り広げていることだろう」

「こちらへ、またお邪魔していいでしょうか？」

「だめだ。それに、きみがここへ来たことも、わたしとしては知られたくない。どうか、思慮分別を働かせて、話す相手も慎重に選んでくれたまえ。この一件は、苦々しい記憶を伴うから、今でも扱いがむずかしい。忘れ去られるべき古傷をきみがつつき回すのに、手を貸したなどと思われては、わたしの評判にも関わる。きょう、きみと話したのも、お父上のよき時代の記憶があったればこそだ。きみには、その見返りを求める」

「わたしの力の及ぶことなら、なんなりと」


「わたしは、きみのお父上が言語道断の罪を犯したと思っている。それが思い違いであるという証拠を見つけたなら、ただちに知らせてもらいたい。わたしとしても、できるかぎりの助力をしよう」

わたしはうなずいた。

「そして、きみがもし、わたしの下した結論の正当性を肯《がえ》んずるに至った場合も、やはり知らせてもらいたい。そうすれば、わたしも心を安らがせることができる。善良なる人間が冤罪《えんざい》を被《こうむ》ったかもしれないという恐れは、絶えず身をさいなむ宿痾《しゅくあ》のようなものだ。きみがお父上の罪を認めるのなら、わたしもそれを受け入れよう。そうでなければ……」

「そうでなければ？」

「善良なる人間が苦しみ、罪深い人間が罰を逃れたことになる。それは絶たれるべき禍根《かこん》だ」

第五章

タンブリッジウェルズへは、ロンドン市内を通らずに迂回したため、徒歩四日を要したが、事態の速やかな進展を希う身でありながら、わたしは道中の一刻たりとも惜しみはしなかった。夜気はまだ暖かく、孤独な旅は、かつて味わったことのない静謐《せいひつ》さで心を満たしてくれた。モーダント卿の話を反芻《はんすう》してみて、自分の探究がいくばくかの進展を見たことを改めて得心した。父の受けた嫌疑と、その嫌疑が知れ渡った経緯――サーロウの当局内から出た偽造文書――が明らかになった今、件《くだん》の文書を見つけ出すこともわたしの責務に加わった。しかし、それより重要なのは、極秘の情報を握った内通者が王党派の中枢に確かにいたという事実だ。それが父でないとしたら、疑いを向けるべき対象はかぎられてくる。一六五九年の蜂起において、あれほど手ひどい裏切りをやってのけられたのは、ごく信頼の厚いひと握りの臣下のうちの誰かだろう。わたしは、ブランディ夫人の碗の中に、その人物の顔を見た。今度は、名前を突き止めなくてはならない。謀《はかりごと》がなぜ、どのようになされたかがわかったのだから、運に恵まれれば、誰によってなされたかも明らかになるはずだ。

旅人の多くがそうであるように、わたしはともすると道連れを得そうになったが、努めてあらゆる誘いから身を遠ざけ、夜は毛布にくるまってひとり森で眠り、食べ物は沿道の村や小さな町で気の向くままに買い求めた。孤独を求めるその気分は、タンブリッジウェルズの町はずれに着くまで続き、大小とりどりの馬車の走り回る音に気づくとともに霧散した。目路《めじ》のかぎり連なる荷馬車には、廷臣たちの需要をつつがなく満たすための農産物が積まれ、しだいに数を増す行商人や旅回りの楽士、渡りの奉公人らは、おのおのの業《わざ》を売ってひと稼ぎしようと町をめざしていた。旅の最後の二日間、わたしは意に反して連れを作ってしまった。キティという名の若い娼婦がすり寄ってきて、身を差し出す代わりに守ってくれとせがんだのだ。ロンドンからの旅の途次にあったキティは、その前日、暴漢に襲われ、幸い青あざをこしらえた程度の害ですんだものの、二度とそういう怖い目にあいたくないと願っていた。歯の一本も失ったら、あるいは、鼻の骨でも折られたら、稼ぎに大きく響くだろうし、商売替えしようにもあてがない。

わたしが用心棒役を引き受けたのは、この娘に妙に惹かれるところがあったからだ。田舎育ちのわたしにとって、こういう都会の頽廃《たいはい》の産物と接するのは初めての経験だった。キティは、それまでわたしが耳にした厭《いと》わしい話から思い浮かぶ娼婦の像と、趣《おもむき》を異にしていた。それどころか、のちの人生でわたしがまみえた多くの貴婦人たちよりよほど礼節をわきまえていたし、貞淑さにおいても、おそらく引けを取らなかっただろう。年の頃はわたしと同じ。兵士の子を宿した母親が、懲罰を恐れて産み捨てた私生児だった。どう育ってきたのかは知らないが、その生い立ちゆえに人並み以上の世知と狡猾《こうかつ》さを備えていた。廉直《れんちょく》という観念は微塵《みじん》もなく、その倫理観はひたすら義理に根ざしたものだった。助けてもらえば、恩に着る。傷つけられれば、傷をもって返す。それがキティの道徳律のすべてであり、キリスト教の理念に照らして欠けている部分は、実用性において十二分に補っていた。キティにとって、最低限遵守しうる素朴な法典のようなものだった。

ここで言明しておくが、タンブリッジウェルズに到着する前夜、キティが警護料として申し出たもてなしを、わたしは受け取らなかった。淋病への恐れと、翌日なすべきことへの重責感に、気をそがれてしまったのだ。それでも、わたしたちはともに食べ、話し、そのあと同じ毛布の下で眠った。キティはわたしをからかいこそしたものの、この成り行きにはすこぶる満足していたことと思う。いっしょにいるところを人に見られないよう、町の入口で気持ちよく別れて、キティを先に行かせた。

父と同様、わたしも宮廷やその流儀にまったくなじめず、今日に至るまで、そういう交わりに染みついた悪弊に近づかないよう努めてきた。わたしは清教徒ではないが、紳士たるもの、持するべき礼があるはずだ。当時の宮廷では、文明国の矜持《きょうじ》たるその底堅い規範が急速に崩れ、誰も体裁すら繕《つくろ》おうとしなくなっていた。わたしがタンブリッジウェルズで受けた衝撃の大きさは計り知れない。女官たちが顔も覆わず公の場に現われたり、鬘《かつら》や香水や化粧でけばけばしく飾り立てたりするぐらいのことは、イングランド全土をすばしこく飛び交う噂から重々予期していたが、近衛騎兵らまでがそういうものを身にまとっているのにはあいた口がふさがらなかった。

しかし、いずれも、わたしにはほとんど関わりのないことだった。この町まで来たのは、伊達《だて》を競うためでも、決闘するためでも、舌鋒鋭く議論を制するためでも、はたまた取り入って官位を射止めるためでもない。第一、そういう活動を繰り広げる元手とてなかった。わたしの友人の中には、年俸五十ポンドの地位が欲しさに、方々《ほうぼう》から金を借りまくり、七百五十ポンドを賄賂《わいろ》につぎ込んだあげく、政府から二百ポンド以上詐取して、どうにかこうにかまともな暮らしを手に入れ、借金を返済した男がいる。当時のわたしの持ち金では、国王陛下の鼠捕獲人の職を買うのが精いっぱいで、胸を張れるような社会的地位など望むべくもなかった。おまけに、あの父の子という烙印《らくいん》を背に負っていては、世界じゅうの財貨を掻《か》き集《あつ》めても、最下級の官位すら得られはしなかっただろう。

到着はしたものの、宿賃が高すぎて、街なかに泊まることはできなかった。土地の者たちは、町の人気が一過性のもので、宮廷の気まぐれな関心がすぐによそへ移ってしまうことを承知していた。タンブリッジウェルズは、あか抜けない小さな開拓地で、名物といえば鉱泉ぐらいのものだが、その鉱泉がその年の流行《ア・ラ・モード》なのだった。至るところから洒落者や愚か者が集まってきて、ひどい味のする飲用の濁り湯が効いたの効かないのと無駄口をたたきながら、実力者たちに近づこうと押し合いへし合いしていた。その周りには商人たちが蠅《はえ》のごとくたかって、財布の中身を搾り取ろうとする。買うほうも売るほうも同じ穴の狢《むじな》で、愚劣の度においてどちらが上とも知れず、見ていて胸が悪くなるばかりだった。宿賃は法外な額だが、国王陛下のおそばにいるためなら喜んで大枚はたく宮廷人のおかげで、部屋はやすやすと埋まり、近くの公園に天幕をしつらえる者までいた。わたしは、短い滞在のあいだ、国王のお目の届く場所へは近づきもしなかった。謁見式《えっけんしき》に出るには、あまりにみすぼらしいなりをしていたし、名を知れようものなら嘲罵《ちょうば》を浴びる恐れがあったからだ。わたしには果たすべき務めがあり、どこかの洒落者の剣で命を縮めるわけにはいかなかった。衆人環視のもとで愚弄《ぐろう》されれば、決闘を挑まずにはいられないだろうし、そうなったら、十中八九、負けを見ることは予測がついた。

そこで、わたしは流行《はや》りの盛り場やそういう場所に集《つど》う人々を避けて、町はずれの安宿に閉じこもった。そこは、仕事帰りの召使いや従僕が賭けに興じたり、高官たちの噂話を取り交わす居酒屋でもあった。一度だけ、先般の旅の連れの姿を見かけたが、向こうが気を遣って、知らないふりをしてくれた。ただし、好色をいささかも恥じるそぶりのない豪気な紳士の腕を取ったまま、通りしなに大胆な目くばせを送ってきたが。

従僕たちの話から、わたしはじきに、わが後見人ウィリアム・コンプトン卿に会うという目的に関しては、無駄足だったことを知った。先方が不在なのだ。ウィリアム卿は、ウィッチウッドフォレストの狩猟権を巡って、大法官クラレンドン伯と争ったがために昇進の道を絶たれ、クラレンドンが政府を意のままに操っているかぎりは、栄達を見込めない境遇にある。本人もそれを重々承知しているらしく、財を守って領地にとどまることに決め、参内《さんだい》することさえやめてしまったようだった。

けれど、魔法の円を形作るあとのふたりは、しかと逗留していた。ただし、ほどなく判明したところによると、忠義で結ばれ艱難辛苦をともにしたエドワード・ヴィラーズとジョン・ラッセル卿は、成功という恵みによって、サーロウの謀略も及ばぬほど深い溝で隔てられていた。ヴィラーズが、モーダント卿の引きでクラレンドン伯の一派に名を連ねたのに対して、強大なベッドフォード公爵家の一員であるラッセル卿は、クラレンドンへの私怨のみを絆とする敵対派に属した。権力とは異なもので、戦場では忠誠、寛容、果敢な善き男たちが、宮中に入ったとたん、児戯にも等しい諍《いさか》いに血道をあげる。

ともあれ、話を聞きに行く先がふたつはあるというわけで、その晩、噂話を耳で拾って過ごした酒場での時間は、けっして無駄ではなかった。わたしの気持ちは、権勢において明らかに優位のヴィラーズを訪ねるほうに傾いていたが、しばらく考えた末に、御しやすいほうから攻めようと決め、翌朝、ジョン・ラッセル卿のもとへ伺候《しこう》した。あとで、どれほど悔やんだことか。その経緯をつまびらかにするのは、紳士として生まれた身をみずから辱《はずかし》める行為であり、口を緘《かん》するのが筋というものだろうが、今のわたしは、クロムウェルの言を借りれば〝粗《あら》から何から〟さらけ出したい心境にある。ありていに言うなら、ジョン・ラッセル卿はわたしに会うことを拒んだ。それればかりか、卿本人にもその縁者にもなんら害をなした覚えのないわたしに対し、故意に恥をかかせるようなやりかたで門を閉ざしたのだ。わたしの名前がなぜ卿をそういう対応に駆りたてたのか、理由がわかったのは数か月後のことだった。

事の顛末《てんまつ》は、こうだ。わたしは朝七時にジョン・ラッセル卿の宿所《しゆくしよ》の階下に入っていき、主《あるじ》に、下男をやって謁見の希望を伝えてくれるよう頼んだ。これはむろん、しきたりに反した訪《おとな》いかただったが、移動中の宮廷では、そういう手順はえてして軽んじられがちなものだ。わたしのほかにも、表敬に訪れた者、よそへ伺候する前に腹ごしらえをする者など、数十人が周りに群れ集っていた。そこは、言ってみれば、出世や恩顧に至る長く滑りやすい梯子の最下段に足をかけに来た下級の廷臣たちのたまり場だった。ある意味では、わたしもその同類なので、同じように坐して、辛抱強く待った。この孤独な状況下――部屋いっぱいの嘆願者に囲まれた嘆願者ほど孤独な人間はいない――で、返答を待つこと半時間。そして一時間、さらにまた半時間。十時を回ったころ、ふたりの男が階段を降りて、わたしに近づいてきた。室内のざわめきがぴたりとやむ。わたしが嘆願の第一段階をうまく突破したと見て、全員が好奇と羨望《せんぼう》の目でこちらをうかがっている。

しんと静まりかえった部屋の中で、伝えられた言葉は誰の耳にも届いた。いや、必ず届くようにと、従僕があえて朗々たる声を出した。

「ジャック・プレストコットか？」

わたしはうなずき、腰を上げかけた。

「人殺しにして変節漢、かのジェイムズ・プレストコットの倅《せがれ》だな？」

胃が固く引き絞られるのを感じて、思わず椅子に腰を戻したわたしは、衝撃に息が詰まり、さらなる強打を予期しながら、それをかわすことができなかった。

「ジョン・ラッセル卿より、お会いできない旨のごあいさつと、犬の子は犬なりとの言を、お伝えするよう申しつかった。この館から不忠に染まった身を引き揚げ、向後《こうご》ふたたび謁見を申し込むなどという無礼を働かれぬよう、謹んでお願いせよとの仰せだ。次にもし訪われるときは、鞭打《むちう》ちに処されることをお覚悟いただきたい。つまりは、さっさと立ち去れ、さもなくばどぶに放り込んでやるということだ。きさまの薄汚い親父をそうしてやれなかった代わりにな」

場を静寂が支配した。三十対《つい》の目から放たれる視線に体を射抜かれながら、わたしは帽子を握り締め、よろめきつつ戸口へ向かった。何も考えられず、ただいくつもの心象が意識をよぎるばかりだった。従僕のひとりの、悲しげな、哀れみすら感じられる顔。もうひとりの、わたしを辱めることを楽しむ酷薄な顔。嘆願者たちの意地の悪い、勝ち誇ったような顔。これから数週間、このみやげ話をどうしゃべりまくろうかと思案を巡らす顔また顔。やがて、怒りと憎しみがわたしの心に充満し、血が音をたてて全身を駆け巡った。悪《あ》しき情動が、頭蓋を中から突き破るのではないかと思えた。扉にたどり着くころには、胸に渦巻くどす黒い奔流《ほんりゅう》のほか、何も知覚できなくなっており、そのあとどうやって、居酒屋の厩《うまや》の階上にしつらえられたみじめな簡易寝台まで戻ったのか、今になっても思い出せない。

どれだけのあいだ、そこに横たわっていたのだろう。定かではないが、かなりの時間だったに違いない。相部屋で、ほかに五、六人の泊まり客がいたが、そのうち何人かが入れ替わったことに、わたしはまったく気づかなかった。わかっているのは、意識が正常に復したとき、無精ひげが生え、手足が萎えていて、まず顔を当たらなくては人前に出られぬ状態だったということだけだ。井戸の水はしびれるほど冷たかったが、中庭を横切って宿の母屋へ向かうころには、なんとか見られる風体《ふうてい》になっていた。あの出来事については、半ば忘れていたのだが、戸口をくぐったとたん、一瞬のうちに記憶がよみがえった。凍りつくような沈黙が訪れ、誰かの忍び笑いが続く。店の奥まで足を運んでビールを注文すると、隣りの男が、野卑《やひ》なたちの人間に似つかわしい非情さで背を向けた。こういう者たちに対して、上位のお歴々が示している手本を考えれば、さして驚くには当たるまいが。

あれだけの屈辱は、心安く再現できるものではなく、今もペン先をインクに浸し、記憶の中の光景を書き記していると手が震えてくる。神の恩寵《おんちょう》と徳行に満ちた幾星霜《いくせいそう》を隔ててもなお、あの場で被《こうむ》った傷は深くうずき、憤怒《ふんぬ》は生々しくよみがえる。紳士は常人より大きな名誉を背負い、その分こうした傷も受けやすいというが、確かにそのとおりかもしれない。あのあと、旅の目的を少しでも果たせる見込みがあれば、かの地にとどまっていたことだろうが、もはや探訪の意図がすっかり損なわれたことは明らかだった。エドワード・ヴィラーズを訪ねても歓待される望みはなく、こちらとしても、もう一度すげない拒絶に身をさらすつもりはなかった。可能なかぎり速やかに帰途につくのが唯一最善の策だと思われたが、わたしはそれでも、出立《しゅったつ》の前にジョン・ラッセル卿の顔をじかに見て、ブランディ夫人の碗に映し出された像と一致するかどうかを確かめようと心を決めていた。モーダント卿の容貌は一致しておらず、それについては大いに胸を撫で下ろしていたし、ヴィラーズの顔立ちが異なることは、会わずとも知っていた。打ち明けてしまえば、わたしは、すでにして生涯の恨みをこの胸に植えつけたラッセル卿が、さらに罪状を重ねて、わたしの探究をもっと単純なものにしてくれることを願っていたのだった。

無念ながら、そうはならなかった。わたしは、居酒屋の外や、（見とがめられないよう極力人目につくのを避けて）盛り場の陰に何時間も身をひそめて、室内から聞こえる宴楽の声に暗然と耳を傾け、その秋初めての雨にしとどに濡れながら、堅忍不抜《けんにんふばつ》の意志で立っていた。その労苦は、どうにか報われた。ひとりの露天商に心付けを渡して、ラッセル卿が現われたら知らせてくれるよう頼んでおいたのだが、ほとんどあきらめかけたころ、その露天商がわたしの脇腹をつついて耳打ちしたのだ。「ほら、お出ましですぜ。すっかりめかし込んで」

脳裡《のうり》に焼き付いた顔が階段を降りてくるものと半分決め込んで、わたしは目を上げた。「どこだ?」

「あそこでさ。あのおかた」露天商が指差したのは、まるまると肥えた体、ほんのり赤らんだ顔に不ぞろいの昔風の口ひげを蓄えた男だった。わたしは立ち直れないほどの落胆とともに、その(人をだますようには見えず、いささかのなじみもない)人物が待たせていた馬車に乗り込むのを見ていた。ブランディ夫人が見せてくれた男ではなかった。

「行きなせえ。行って、旦那の書状をお出しなせえ」露天商が言う。

「なんだって?」

顔を教えてもらうために自分でこしらえた口実を、わたしは忘れてしまっていた。「ああ、その件か。あとでいいだろう」

「びくつきなすったかい? そうだろうさ。だがね、旦那、思いきって計画を進めねえことにゃ、あの連中のことだ、どうにもなりませんぜ」

請うて得たわけではない忠告だが、どうやら的を射ているようで、わたしはありがたく受け入れ、荷造りをして、町を出た。この町に、もう用はなかった。

第六章

今は午後も半ばを過ぎたところで、わたしは明朝、田舎の屋敷に向けて出立《しゅったつ》するよう仰せつかっている（昨今は、何やかやと仰せつかるばかりだ）。物語の続きをしたためる時間はあまりない。不粋《ぶすい》な鬘《かつら》をかぶるため、すでに剃髪をすませ、仕立屋も待機していて、周りじゅうがあわただしく動き回っている。用意すべきもの、備えおくべきことが山のようにあるが、いずれもわたしの関心を引かない。こういうくだくだしい些事は話の本筋にほとんど関わりがないのだが、あえて書き付けているのは、気になる傾向があって、近年とみにそれが顕著になってきたからだ。老耄《ろうもう》の気《け》とでも言おうか。おととい自分がしたことよりも、はるか昔に起こったことのほうが楽に思い出せる。

ここで物語に戻ると、わたしは胸に深く怨念を抱き、見えざる仇敵《きゅうてき》を討たんとの決意をいっそう固くして、オックスフォードへ帰り着いた。一年を通じて、ひなびた静かなたたずまいを見せることの多いこの町が、二週間あまりの留守のあいだに、学生たちであふれかえっていた。幸い、それはまた、わたしが助力を仰ぎたい面々が構内に居住していることを意味した。そのひとりはむろんトマスで、理屈をこねる彼の技量は、日ごろ驚くべき巧みさで生徒に施《ほどこ》している神学や論理学の講義によって磨かれ、わたしの探究には欠くべからざるものとなっていた。情報の山を切り崩して意味を見出す速さにかけて、わたしの知るかぎり、トマスの右に出る者はいなかった。そして、もうひとり。トマスが引き合わせてくれた風変わりな小男を登場させなくてはなるまい。名をアントニー・ウッドという。

「これで、きみの問題はすべてかたづくよ」トマスがそう言って、自室でウッドを紹介した。

「偉大なる学者ウッド氏が、喜んできみの捜し物を手伝ってくださるそうだ」

コーラもウッドについて簡単に記しているが、そのくだりは珍しく、文にわずかな瑕疵《かし》しか認められない。アントニー・ウッドは、わたしが今まで会った中で最も怪異な人物だった。歳はわたしよりだいぶ上で、三十前後だったと思うが、いかにも書淫《しょいん》らしく、すでに腰が曲がり、頬もこけていた。衣服は醜悪そのもの——古いうえに継ぎはぎだらけで、どれほど時代遅れかを判定することさえむずかしい——で、長靴下には穴をかがったあとがあり、笑うときには首を後ろに反《そ》らして、馬のようにいなないた。この不快で気味の悪い感情表現は、同席した者をしゃちこばらせる。うっかり気のきいたせりふでも吐いて、あの笑いを誘ってはたまらないと、誰もが身構えてしまうのだ。それに加えて、全体に優雅とは言いがたい所作——唐突に動いたり、筋肉を引きつらせたりで、数秒とはじっとしていない——が、会った瞬間からわたしをいらつかせ、非常な忍耐を強《し》いた。

それでも、有用な人物だとトマスが言うから、わたしは揶揄《やゆ》したくなるのをこらえたのだった。あいにくなことに、こうして結ばれたよしみは、容易に断ち切れぬものとなった。学者の常で、ウッドも台所が苦しく、絶えず後援者を探し求めている。ああいう手合いは、気慰みの費用を他人に払ってもらうのが当然と考えているらしい。わたしは一度もウッドに援助を与えたことがないが、相手はいっこうにあきらめる気配がない。いまだに機嫌を取りにやってきては、インクの染みついたその手に、わたしのポケットから硬貨の一枚もこぼれ落ちないかと、何十年も前にわたしに便宜を図った事実を必ず思い出させようとする。つい二、三日前にも来訪して、だからその姿が記憶に生々しいのだが、役に立つことは何ひとつ口にしなかった。目下、本を執筆中だというが、それにどれほどの意味があるのか。知り合って以来ずっと、ウッドは同じ一冊の本を書いていて、少しでも結語に近づいたふうには見えない。おまけに、この短身痩軀《たんしんそうく》の男は、老け込むということを知らず、腰の曲がり具合がわずかに深くなり、顔に数本の皺《しわ》が刻まれたほかは、昔とまったく変わらない。部屋に入ってくるのを見ると、あれからのわたしの半生はただの夢であり、何も起こらなかったかのような錯覚を抱かされる。おのれの肉体のきしみによってのみ、現実に引き戻されるのだ。

「懇意にしてもらっていてね」ウッドを見つめるわたしの顔に嫌悪の色を認めて、トマスが弁明した。「毎週、器楽の演奏で顔を合わせるんだ。ウッド氏は歴史学の鬼才で、ここ数年、内乱に関するおびただしい数の資料を集めてこられた」

「そいつはすばらしい」わたしはそっけなく言った。「だが、どう手伝っていただけるのかな?」

ここでウッドが口を開き、あの甲高い、フルートのような声を出した。一語一句おろそかにしない、気取った発音。言い回しは備忘録さながらに整然として、おもしろみにおいても備忘録並みだ。「わたしは、戦功や公務の手腕で名を成した多くの人々に出会う栄誉に浴してきた。この国がたどった悲壮な道について、該博な知識を持ち合わせている。それを、貴君のお父上に降りかかった難事を解き明かすための参考に供しようと思う」

誇張ではなく、ウッドは一貫してこういうしゃべりかたをした。非の打ち所のない文の成形が、非の打ち所のない外見の異形さに符合している。その申し出にどう対応したものか迷っていると、トマスが横から、ウッド氏は判断の的確さと知識の厖大さでつとに知られるかたなのだから、すべからく受け入れるべきだと説いた。なんらかの事柄や人物について知る必要が生じた折には、まずウッドに問い合わせることで、かなりの時間が節約できるだろう、と。

「たいへん結構」わたしは答えた。「ただ、最初にはっきりさせておきますが、わたしの調査活動に関しては、他言なさらぬようお願いしたい。知れれば、多くの人間を敵に回すことになります。隠密裡に事を進めたいのです」

不承不承、ウッドが同意を示したので、わたしはそれまでの発見事項を彼の資料で補完してもらえるよう、後日、手もとにあるすべての事実と情報を提示すると伝えた。そこで、気をきかせたトマスが、追い立てるようにウッドを退出させ、わたしは非難を込めた渋面《じゅうめん》を友に向けた。

「トマス、得られる助力はすべて当て込むべきだということは承知しているが……」

「了見が狭すぎるよ。ウッド氏の知識は、いつの日か必ず、きみにとって欠かせないものとなる。外見からの印象で、切り捨てたりしてはいけない。ああ、それから、もうひとり、きみの役に立つ人間を思いついた」

わたしはうめき声を洩らした。「今度は誰なんだ?」

「ジョン・ウォリス博士」

「何者だ?」

「サヴィル講座の幾何学《きかがく》の教授で、暗号解読の腕を買われて共和国政府の信任厚かった人だ。王の密書の多くを読み解いて、サーロウの官房に注進したと言われている」

「それなら、とっくに絞首刑に処されて……」

「今は、同じ仕事を、国王陛下の政府の側でやっているという噂だ。モーダント卿の話だと、きみのお父上の有罪の証《あかし》となった文書は暗号で書かれていたんだろう？　だったら、ウォリス博士が何か知っているかもしれない。協力を取り付けられれば……」

わたしはうなずいた。今回ばかりは、トマスの思いつきが実を結びそうに思えた。


ウッド氏からもウォリス博士からもたいした助勢を受けないうちに、わたしはトマスへの借りをいくらか返す機会を得た。浅慮のきわみともいうべき愚行から、この友を救い出したのだ。やや気を揉ませられたものの、すこぶる欣快な出来事ではあった。クエーカー教徒のティドマーシュ老人が、川沿いの小さな自宅で奇怪な秘密集会を開いていたのは周知の事実。むろん違法であり、すでに面倒を引き起こしていることを考慮に入れれば、この常軌を逸した変人たちは容赦なく壊滅させられるべきだった。ところが、現実には、ときどき何人かの信者が収監されたかと思うと、すぐに縄目を解かれ、堂々と忌《い》むべき活動を再開するというありさまだ。本人たちはそれを誇りにしているらしく、不敬にも、自分らの苦しみをイエス・キリストのなめた辛酸になぞらえていた。（聞くところによると）みずから主《しゅ》を名乗る不届き千万な輩《やから》までいて、頭を振りたくりながら駆け回っては、癒しを施《ほどこ》すかのごとくふるまっているという。あの時代、奇天烈な連中が世にあふれていた。そういう狂信者たちを投獄しても始まらない。半端な罰しかたでは、かえって自尊心をくすぐるばかりだ。黙認するか、絞首台に吊すしかないだろう。あるいは、まとめてアメリカ大陸へ送り出し、飢え死にさせるのが上策かもしれない。ともあれ、数日後のある晩、城の近くを歩いていると、騒々しい人声とあわただしい足音が聞こえてきた。とうとう治安判事が腰を上げたのかと思われた。どちらを向いても非国教徒ばかりで、窓から飛び降りる者、てんでに走り去る者、さながら巣の中の蟻のようだ。日ごろ、逮捕されるときも静座して、堂々と賛美歌を歌うなどと粋がっている連中が、常人となんら変わりない脅えっぷりを見せていた。

わたしは足を止めて、ひょんな成り行きをおもしろがりつつ眺めていたが、なんとそのとき、わが友トマスがティドマーシュ邸の窓から半ば転げ落ちるように飛び出してきて、路地を駆け出すではないか。

友人たる者の務めとして、わたしはただちにあとを追った。愚か者たちの群れの中にあって、トマスこそはいちばんの愚か者だ。よりによって絶対かつ全面的な国教遵奉《こっきょうじゅんぽう》が求められている時節に、ばかげた信心にふけり、おのれの将来を危険にさらすとは。

運動の苦手なトマスに、わたしは苦もなく追いついた。肩をつかんで立ち止まらせると、かわいそうに、あやうく失神しそうになった。

「いったい、どういうつもりだ？」

「ジャック！」心底ほっとした声で、トマスが言う。「ああ、よかった。夜警かと思ったよ」

「夜警であっても、なんの不思議もないところだぞ。気でも違ったのか？」

「いや、ぼくは……」

弁解の言葉は、しかし、視界に入ってきたふたりの夜警の姿にさえぎられた。われわれがいるのは路地なので、走って難を逃れるというわけにもいかなかった。「黙るんだ。おれの肩に体を預けて、あとは任せておけ」そうささやくあいだにも、夜警が近づいてくる。

「いやあ、今晩は」実際よりうんとろれつを怪しくして、わたしはあいさつした。

「おまえたち、何をしている？」

「ああ、また門限に遅れちまいましたかね」

「学生か？　どこのカレッジだ？」夜警のひとりが、お粗末なほど醺然《くんぜん》の相を欠いているトマスをのぞき込む。泥酔した経験が少しでもあれば、いくらかは格好がついただろうに。

「そちらのおまえは、この二時間、どこにいた？」

「おれといっしょに、居酒屋ですよ」わたしは言った。

「うそをつけ」

「よくもまあ、人の言葉を疑えますね」わたしはふてぶてしく応じた。「じゃあ、どこにいたというんです？」

「違法の集会に出席してたんじゃないのか」

「ご冗談でしょう」突拍子もない言いがかりを楽しむような口調で言う。「おれが狂信者に見えますか？　ご機嫌になっちゃあいますが、神の言葉に酔ってるわけじゃない。ありがたいことにね」

「そっちのやつだ」夜警が顔面蒼白になっているトマスのほうを指した。

「こいつ?」わたしは大声をあげた。「とんでもない。今夜のこいつはすっかり忘我の境に行っちまってますが、神の国にはほど遠い。聖者っぽい風貌にだまされないでくださいよ」

その言葉にトマスが顔を赤らめ、あつらえむきに羞恥のしるしと受け取られた。

「おれのほうは、トランプをやってて、これがなんと、つきまくりでしてね」

「ほう」

「ええ、すこぶる気分がいい。わが幸運を、満天下の皆々様と分かち合いたいぐらいですよ。さあ、このシリングで、おれの健康に祝杯を挙げてください」

夜警が硬貨を手に取り、束の間それを眺めたが、すぐに欲が本分を打ち負かした。「クエーカーの連中を追ってるんだったら」と、硬貨がポケットにしまわれるのを見届けてから、わたしは気楽な調子で付け加えた。「陰気な感じのやつがふたり、あっちへ走っていきましたよ。まだ三分と経っていない」

夜警がわたしの顔を見てにやりと笑い、あいた口から歯茎をのぞかせる。「ありがとうよ、学生さん。だが、もう外出禁止時間だからな。戻ってきたときに、まだここをうろついてるようだったら……」

「ご心配なく。ほら、さっさと行かないと、取り逃がしちまいますよ」

ふたりが走り去ったとき、わたしは大きく安堵《あんど》の息をつき、それからトマスのほうを向いた。

見るからに具合が悪そうだ。

「一シリング、貸しだぞ。さあ、ここを引き揚げよう」

押し黙ったまま、ニュー・カレッジまで歩いた。どうしても話をしなくてはならなかったが、わたしは指導教授の部屋に押し込まれている身であり、教授はすでに寝ていると思われたので、わたしの下宿では無理だった。それに引き換え、今や裕福なカレッジの序列上位に座を占めるトマスは、わたしの人生を束縛している門限など、毫《ごう》も気にせず、自由に動くことができた。狭苦しいながらも個室をあてがわれ、担当の学生たちと起居をともにする必要もない。導入時に多くの議論を呼んだ贅沢な新制度の恩恵に浴していた。

「頭がどうかしているようだな」ドアが閉まるなり、わたしは噛みつくように言った。「なんのつもりなんだ？　妙な考えは、せめて胸の内に秘めておけ。聖職禄と妻をものにしようというときに、わざわざ世間の耳目《じもく》を集めて、投獄の危険を冒すなど、狂気の沙汰だ」

「違うよ、ぼくは……」

「もちろん、違うだろうさ。きみはたまたま、正体を知らずにクエーカーの信徒の群れに紛れ込んだ。そこで手入れにあって、窓から這い出し、尻に帆かけて逃げた」

「いや、ぼくは行こうと思ってあそこに出かけた。でも、真っ当な理由あってのことだ」

「あんなところへ行くのに、真っ当な理由などあるものか」

「ある人と話をしに行ったんだ。みんなの信任を得るために」

「なぜ、そんなことを？」

「どうも、例の小教区が手に入らないんじゃないかという気がしてきてね」

「ああいうことをしていては、手に入るものも入らないだろうさ」

「頼むから、話を聞いてくれないか。グローヴが言い分を押し通して、こちらの支持者だと踏んでいた数人の評議員を、味方につけてしまいそうなんだ。そのうえ、今度は学寮長を抱き込もうとしている」

「抱き込めるような材料があるのか？」

「単純なことだよ。博士は高齢で、妻帯していない。ぼくのほうは、いずれ必ず結婚するし、家族も増えるだろう。比べてみれば、グローヴの入り用は慎ましやかなもので、だから、毎年の聖職禄の三分の一をカレッジに譲ると言い出したんだ」

「そんなことができるのか？」

「手に入れれば、それは自分の金だから、好きなようにできる。何もないよりは、年俸八十ポンドの三分の二を受け取るほうがましという計算だろう。マイケル・ウッドワードは、カレッジの財源のことをとても気にかけているしね」

「きみも同じ申し出をすればいいではないか」

「それは無理だ」苦々しい口調。「ぼくは結婚したいんだよ。相手の父親は、ぼくが聖職禄の全額を手にすることを条件に、かろうじて縁組みに賛成してくれている。今さら、収入の三分の一を手放しましたなどと言ったら、どんな顔をされることか」

「ほかの嫁さんを探したらどうだ」

「ジャック、ぼくはあの娘に惚れている。申し分のない相手だし、聖職禄だって本来ぼくのものだ」

「きみの悩みはわかった。わからないのは、それがどうして、窓から這い出てくることになったかだ」

「グローヴは、信徒たちを率いる役には適していない。必ずや醜聞をもたらして、国教会の面目に泥を塗ることだろう。それは前々からわかっていたが、あの男が聖職禄に手を伸ばさずにいるあいだは、ぼくのあずかり知らぬことだった」

「まだ話がつながらないな」

「好色漢なんだよ。まったくの話。自分のところの女中と、許されざる交合にふけっている。カレッジの、そして国教会の恥だ。その忌むべき背徳行為が立証されれば、カレッジ側だって、みすみす小教区を与えて、自分たちの評判をあやうくすることはしないだろう。ぼくは、真相を究明しようとしていたんだ」

「クエーカーの会合で？」わたしは声に不審な思いを込めた。話がどんどんとてつもない方向へ転がっていく。

「その女中がときどき顔を出していて、聞くところによると、重大な役割を担っているらしい。理由はわからないが、会衆のあいだでとても評判が高い。ぼくも会合に出れば、彼女の信頼を勝ち取れるかと思って……」

わたしは心ならずも大声で笑った。「おい、おい、トマス。ひざまずきながら女を誘惑しようなどと考えるのは、きみぐらいのものだよ」

トマスが顔を真っ赤にする。「そういう目的で行ったわけじゃない」

「そうだろうとも。ところで、その女は何者だ？」

「ブランディという名の娘だよ。サラ・ブランディ」

「知っている。気立てのよさそうな娘だという印象があるが」

「それは単に、きみの観察力の限界を示す意見でしかないね。父親は反逆罪か何かで銃殺されているし、母親は魔女だ。すこぶる賤《いや》しい世界で暮らして、十歳のころから、欲しがる者には見境なく体を与えてきた女だよ。ああいう輩のことや、その所業について、ぼくはいろいろと耳にしている。あの女と話をするなんて、考えるだけで身の毛がよだつね」

「いっしょに賛美歌を歌ったり、救済の祈りを捧げたりしていれば、きっと奇跡が起こって、きみもご相伴にあずかれるだろうよ。きみの言っていることは、確かなのか？ おれはあの娘にも、母親にも会った。魔女の子にしてはずいぶん美形だし、淫奔《いんぽん》な小悪魔にしては礼節を心得ているようだが」

「ぼくの目に誤りはない」

「話はできたのか？」

「機会がなかった。なにしろ、奇妙な会合でね。全員が車座《くるまざ》になって、中央にブランディの娘がいる」

「それで？」

「それで、何も起こらない。娘が口を開くのをみんなで待っているふうだったけど、娘はただ坐っているだけだ。そうやって、一時間ほど過ぎた。と、外でわめき声がして、全員、あわてふためいて逃げ出した」

「なるほど。だが、もしグローヴに関するきみの推断が正しかったとしても、女のほうから話を聞き出すのはむずかしいと思うぞ。向こうにしてみれば、なぜ話す必要がある？　今の境遇に不満があるわけではなさそうだし、金だって要るだろう。自分の立場をあやうくしてまで、きみに便宜を図る義理はない」

「あの娘が、胸の内ではグローヴを軽蔑しているように思えてならないんだ。累が及ばないよう計らうと約束すれば、果たすべき務めをわかってくれるんじゃないだろうか」

「硬貨の二、三枚も握らせたほうが、よほど効果は高いと思うがな。トマス、ほんとうにきみの目に誤りはないのか？　以前話したように、グローヴ博士はおれの教育係だったが、教えを受けた四年間を通して、好色めいたところは少しも見られなかったぞ」

　トマスが自分の行動を無私の精神から出たものと確信していたことは間違いない。純粋に、イーストン・パーヴァの教区民が最高の聖職者を迎えることを望み、自分こそがその聖職者であることをつゆ疑わなかった。もちろん、俸給や妻や持参金をも手に入れたいと願っていたが、それはあくまで、よりよき僕《しもべ》として小教区の信徒たちに仕えるためだった。欲得ではなく、仁義に突き動かされていた。それがゆえに、結局、事態は収拾のつかないものになってしまった。素朴な独善のほうが、まなじり決した徳行より、えてして害は小さい。

引き比べて、わたしの行動が独善に根ざしていたことは、認めるにやぶさかではない。資金を調達する必要に迫られていて、トマスには、なんとしてもいくばくかの収入を得てほしかった。それに加えて、当時ただひとりの友だったトマスに、わたしは恩義を感じていた。互いのために、わたしは自分にしかできない支援を友に与えるべきだと判断した。

「いいか、きみは学業に戻って、こういう軽率なふるまいとは縁を切るんだ。まったく向いていない。代わりにおれが、ブランディの娘と交渉して、遠からずカナリアのようにさえずらせてやるよ」

「どうやって?」

「言えないな。ただ、おれの犯す罪が赦《ゆる》されるよう祈ってくれる気があるなら、これから何週間か、きみは祈り漬けの毎日を送ることになるだろう」

いつもながら、わたしの不敬な言に、トマスは狼狽《ろうばい》の表情を浮かべた。狙い、過《あやま》たず。この手を使えば、友は他愛なく動じてくれる。わたしは上機嫌で笑いながら、トマスの安眠のために部屋を辞し、カレッジに戻って、こっそり塀をよじ登ると、指導教授が高いびきで寝ている部屋に忍び込んだ。

第七章

トマスの助言を容れて、わたしは、数学者であり聖職者でもあるジョン・ウォリスに会いに出かけた。この高徳の泰斗《たいと》について、わたしの知識ははなはだ乏しく、ただ世評のかんばしくないことを知るのみだったが、それはクロムウェルがオックスフォードに押しつけた人材であるという立場から来ているのだろうと見ていた。その不人気はおおむね、国王復位で清教徒が大々的に粛清《しゅくせい》された際、ウォリスが高位にとどまったばかりか、恩寵《おんちょう》のしるしまで賜ったという事実に由来していた。王に尽くして辛酸をなめながら、しかるべく報いられなかった者たちの、激しい恨みを買ったのだ。

厚かましくはあったが、わたしはウォリスを私邸に訪ねた。博士は裕福で、カレッジ内に幾部屋かを占め、マートン通りに大邸宅を構えたうえに、ロンドンにも地所を所有しているらしかった。館の下男はわたしを見るなり、指導を請う学生だと決めてかかったので、さしたる苦労もなく面会を取り付けることができた。

ウォリスがすぐ会ってくれたことに、わたしは感銘を受けた。過去に、学内のもっと地位の低い教授や職員たちに、理由もなく何時間も待たされた経験があったからだ。ウォリスの面前に進み出るわたしの胸には、おのずから希望が芽吹いていた。

こういうお歴々について、誰もが心に描く像というものがあるのではなかろうか。贅沢三昧のせいで薔薇《ばら》色の頬をした聖職者。生まれながらの賢人にして、世事にうとく、上着の釦《ぼたん》は掛け違えられ、鬘《かつら》はかしいで、服装は乱れ気味。とまあ、そんな御仁《ごじん》が実在するとして、尊師ジョン・ウォリス博士はその範疇《はんちゅう》には属さなかった。博士は生涯を通じて、何ひとつ見落としたり失念したりしたことのない人物だと思われる。わたしがまかり出るのを、微動だにせず坐して見守り、かすかにうなずいて、腰掛けるよう勧めた。今改めて考えるに、沈着さはじつに多くを語るものだ。例えばサーロウは、これもまた坐して動かぬ人物だが、両者のあいだには天地の開きがある。よりによってわたしがこう言うのは珍妙かもしれないが、サーロウの不動には謙譲の徳がうかがえた。比してウォリスは、獲物をねめつける毒蛇の静止だ。

「それで？」ややあって、ウォリスが低い冷ややかな声で言った。心なしか舌がもつれたようなしゃべりかたで、蛇の印象がいっそう強まる。「きみのほうが面会を希望したんだよ。わたしではなく」

「お願いがあって参上しました。個人的なことで」

「師事したいというんではなかろうな」

「いいえ、神かけて」

「わたしの前で、みだりに主《しゅ》の名を口にしないように」

「申し訳ありません。どこから始めたものかと、迷っておりまして。あなたなら力になってくださるだろうと、聞いてきたのです」

「誰から？」

「ケン氏です。この大学の文学修士で――」

「ケン氏なら知っている。国教に異を唱えている司祭ではなかったか？」

「従順であろうと懸命に努めています」

「努力が実ることを祈るよ。当節、われわれが完全なる遵守を求めていることは、氏も承知していようから」

「はい」〝われわれ〟という言いかたが引っかかった。ウォリス自身、ついこのあいだまで国教に異を唱える司祭で、そこからぬけぬけと寝返ったばかりではないか。

ウォリスは泰然《たいぜん》と構えたまま、救いの手を伸べてはくれない。

「わたしの父は、ジェイムズ・プレストコット卿といって……」

「名は耳にしたことがある」

「それなら、父がおぞましい所業の咎《とが》を負わされたこともご存じでしょう。父は無実です。父の転落は、ジョン・サーロウがまことの叛徒《はんと》の正体を隠すために仕組んだ企《たくら》みに違いありません。わたしはそれを証明するつもりです」

依然として、ウォリスにはなんの動きも見られなかった。話の先を促すでも、疑念を示すでもない。ただ坐って、瞬《まばた》きもせずにじっとこちらを見ている。そのうちわたしは、自分の愚かさに押しひしがれ、赤面して、決まりの悪さに汗をかき、口ごもった。

「どうやって証明するつもりだ?」しばらくして、ウォリスが問う。

「誰かが真実を知っているはずです。じつを言うと、あなたはサーロウ氏の官房とつながりを持っておられたので……」

ウォリスがここで、片手を上げて制した。「それ以上は言わずともよい。わたしが重い役割を担っていたと考えるのは、買いかぶりだ。共和国のために手紙の解読をしたのは、やむを得ぬ状況ゆえであって、それも、国王陛下の大義に対する生来の忠誠心はいささかも損なわれぬと確信してのこと」

「もちろんです」そうつぶやきながらも、わたしは、ウォリスの薄い唇から臆面もないうそがよどみなく流れ出るさまに舌を巻いていた。「では、わたしの得た情報は誤りで、力を貸してはいただけないのでしょうか？」

「そうは言っていない。知らないに等しくとも、その気になれば、多くのことを突き止められるだろう。そのころのご父君《ふくん》に関するどんな書類を持っているんだ？」

「そういうものはありません。母の手もとにも、ないと思います。なぜ、書類が必要なのでしょう？」

「文箱も？　蔵書も？　書簡もないのか？　問題の時期にご父君がどこにいたかを、まずは知っておくべきだろう。もしも、ロンドンでサーロウと通じていたという嫌疑を受けたのなら、実際にはよそにいたことをきみが証明できれば、きみの言い分は俄然信憑性を帯びてくるはずだ。そういうことは考えなかったのか？」

強情を張っていた学童のように、わたしはうなだれ、考えなかったと白状した。ウォリスは畳みかけるように、何冊かの本についてじつにばかげた質問をしてきたが、その子細まではもう覚えていない。わたしの選んだ道はもっと直接的な対決であって、書類や文献をつつき回すことではなかった。これなら、ウッド氏の技量のほうが、よほど役に立ちそうに思えた。

ウォリス博士が満足げにうなずく。「家族に手紙を書いて、手もとにあるものを掻《か》き集《あつ》めてみるんだな。それを全部持ってきたら、検分して進ぜよう。うまくすれば、わたしの知っていることと結びつけられるかもしれない」

「ご親切、痛み入ります」

ウォリスは首を振った。「親切とは違う。宮廷内に叛徒がいるのなら、知っておくに越したことはない。恐縮することはないよ、プレストコット君。きみが自説の正しさを裏づける証拠を示さないかぎり、わたしが手を貸すことはないのだから」

すでに本格的な冬に入っていた。時間にせかれる中、みずから課した務めが日々心に重くのしかかり、父の思い出がしきりに、わたしを行動へと駆りたてた。そこで、わたしは旅支度を始め、すべてにけりがつくまで、以後数か月の大半を旅の空で過ごした。使命感と真相究明への熱望に突き動かされて、生涯で最もきびしい冬のひとつを客地《かくち》で越し、春を迎えることになる。外套《がいとう》と背に負った荷物だけというでたちで、ほぼ自分の足だけを頼りに、街道や小道をとぼとぼとたどり、時節柄、路地という路地に出現する巨大な水たまりを迂回し、村なり町なりに宿を見つけては身を休め、それがかなわなければ、大樹の下や灌木の陰で眠った。あれほど不安と恐怖にさいなまれた時期はなかった。最後に至るまで、成功を危ぶむ思いにしばしば襲われ、また、多くの仇敵《きゅうてき》を結局は討ち損じるのではないかという危惧に心を乱された。それでも、当時を思い起こすと、愛惜の念を禁じ得ない。それは単に、若き日の記憶に対して、年齢とともに付け加えられていく薔薇色の輝きのせいかもしれないが。

その旅立ちの前に、トマスを助けるという約束を果たさなくてはならなかった。サラ・ブランディを捕まえるのはたやすかったが、会話に引き入れるのにやや手間取った。サラは朝六時に、間借りしている住まいを出て、マートン通りのウッド邸に向かう。グローヴ博士の世話をする月曜日を除いて、毎日、ウッド家で女中を務めているのだ。拘束時間は夜七時まで。休みは、毎日曜日の日中四時間と、六週間ごとにまる一日。とりわけ大きな仕事として、水曜日に、町はずれのグロスターという荒れ地まで、一家のための買い出しに出かける。そこで、許可を受けた農夫たちが作物を直売しているのだ。要るだけものを買い込むと、サラは、それを自分で持ち帰らなくてはならなかった（吝嗇家《りんしょくか》として有名なウッド夫人は、人夫を雇う金を渡さなかった）。

そこが狙い目だと、わたしは判断した。慎重に距離を置きながら、直売場まであとをつけていき、買物が終わるのを待つ。そして、ずっしりと品物の詰まった重そうな籠をふたつ手にしたサラが、息も荒く通りかかったちょうどそのとき、行く手に立ちはだかった。

「ブランディさんだね？」喜びの表情を繕《つくろ》って言う。「覚えていないだろうな。何か月か前、運よくあんたのお母さんに相談に乗ってもらった者だ」

サラは顔から髪を振り払うと、いぶかるような目を向け、おもむろにうなずいた。「ええ、そうでした。払ったお金は、むだではなかったでしょう？」

「とても助かったよ。ほんとうに。ただ、こちらの態度はぶしつけだったようだ。気が動転していたもんで、明らかに礼を欠いてしまった」

「ええ、そうでした」

「どうか、ささやかな償《つぐな》いをさせてほしい。その籠を運ばせてもらえないか。とてもじゃないが、あんたには重すぎる」

遠慮する気色もなく、サラはあっさりと両方の籠を差し出した。「ご親切に」ほっと息をつきながら言う。「一週間でいちばん、うんざりする日なんです。でも、あなたに遠回りさせることにならないかしら」

「ちっとも」

「どうしてわかるんですか?」

「あ、いや、行き先はどこでもいいんだ」あわてて失言を取り繕う。「用事があるわけじゃないし、あんたが道連れなら、ヘディントン・ヒルまでだって、喜んで荷物を運んでいくよ」

サラはぐいと頭を反《そ》らして笑った。「じゃあ、かえって拍子抜けさせてしまうかしら。そこまでご厚意に付け入らなくてもすみそうです。マートン通りへ戻るだけですから」

籠はとんでもない重さで、ためらいなく両方とも渡してよこした娘の厚かましさが、少々恨めしかった。一方だけでも、ずっしりと腕にこたえる。おまけに、サラはといえば、自分が平然と運んでいた荷物に大の男が悪戦苦闘するようすをおもしろがり、それを隠そうともしなかった。

「そこでは、よくしてもらっているのか?」道すがら、尋ねてみた。こちらはあえぎながら、あちらは軽快な足取りで、並んで歩いていた。

「ウッド夫人はよいご主人です。なんの不満もありません。どうして？　わたしを雇ってくれるおつもりだったの？」

「あ、いや。おれは人を雇えるような身分じゃない」

「学生さんでしょう？」

わたしはうなずいた。寒風にはためくガウンと、今にも吹き飛ばされて溝に落ちそうな角帽を見れば、推測するのにさほどの洞察力も要るまい。

「国教会の聖職をめざしてるんですか？」

わたしは笑った。「とんでもない」

「あら、国教会がお嫌い？　ひょっとして、わたしは今、隠れたカトリック教徒とお話ししてるのかしら？」

怒りに顔が熱くなったが、すんでのところで、けさはおのれの楽しみのために行動しているのではないことを思い出した。

「お門違いだ。おれは罪深い人間かもしれないけど、そこまで落ちてはいない。おれの非国教主義は、まったく別の筋から来ている。といっても、頭で考えているだけで、とがめられるようなことは何もしていない」

「それはめでたいことです」

わたしはため息を洩らした。「めでたくなんかない。神を崇拝する一団があって、その仲間に加わりたいと思っているのに、候補として検討してももらえない状態でね。まあ、向こうの身になれば、無理もない話なんだが」

「どういう一団？」

「言わないほうがいいだろう」

「せめて、あなたがそんなにいやがられる理由ぐらいは、聞かせてもらえません？」

「おれみたいな人間は、いやがられて当然だ。ありとあらゆる非道な行ないにどっぷり浸かってきた。自分でもわかっているし、心から悔い改めているけど、過去を消し去ることはできない」

「罪人《つみびと》を喜んで迎え入れる団体は多いんじゃないかしら。無垢《むく》の人だけを仲間にするなんて、あまり意味がないでしょう？　そういう人たちは、すでに救われてるんだから」

「建前は、もちろんそうだよ」口調に苦々しさを込める。「現実には、みんな、ほんとうに救いを必要としている人間には背を向けるのさ」

「そう言われたんですか？」

「言われなくとも、わかる。おれだって、向こうの立場なら、自分みたいな人間を仲間にするのはご免だ。たとえ受け入れたとしても、和を乱されやしないかと、絶えず心配していなくちゃならない」

「そんなに悪いことばかりしてきたんですか？　ちょっと想像がつかない。わたしとたいして違わない歳でしょう？」

「あんたはどう見ても、折り目正しく信心深い家庭で育ってきている。おれは、残念ながら、

「あんたも仲間なのか？」
「自分のしてることを、あなたがきちんと承知していなくては」
「力になってくれないということか」
友だちやご家族に疎《うと》まれ、世間からは蔑《さげす》まれるでしょう」
を吐きかけられる。命を捧げることになるかもしれませんよ。たとえ生き延びたとしても、お
わったら、あなたの家柄もあなたを守ってくれません。牢に入れられ、暴行を受け、路上で唾
「神の民ではあっても、あの教徒たちは、神から格別の試練を与えられてます。もし仲間に加
「どういう意味だ？」
し殺した声。「自分のしてることが、わかってますか？」
サラが歩みを止め、わたしの顔をまじまじと見る。「でも、クエーカー教徒ですよ」と、押
フォードにごくわずか残った穢《けが》れなき人々が集まっているらしい」
る。ティドマーシュという人物だ。聖人のような伝道師だという評判で、周りには、オックス
わたしは感謝と喜びの表情を浮かべた。「ほんとうに？　そうしてもらえたら、とても助か
入会できないかどうか、わたしが確かめてあげてもいい」
事情を聞き出せるかもしれない。もしあなたが、自分で尋ねるのは気が引けるというんなら、
ざわざ入るほどの値打ちはないんじゃないかしら。ねえ、どこの団体か、教えてくださいな。
「確かに、わたしはすばらしい両親に恵まれました。でも、あなたを拒むような団体なら、わ
そういう幸運に恵まれなかった」

一瞬、猜疑《さいぎ》の色を顔によぎらせて、サラが首を振った。「いいえ。違います。災いを差し招くような育ちかたはしていません。きれいなおべべを見せびらかす類の言いかたかしら」

わたしは首を振りながら言った。「あんたを理解したようなふりはしないよ。だけど、藁にもすがりたい気持ちなんだ」

「わたしにすがっても無駄です。神がお命じなら、従うべきでしょう。でも、その前に、神の思《おぼ》し召《め》しを読み違えないようにしなくては……。あなたは若くて家柄もよく、前途も洋々としています。そんな特権を、気まぐれで投げ捨ててはいけません。まずよく考えて、熱心に祈りなさい。救済への道は一本だけではないでしょう」

セント・オルデイツ通りからマートン通りへ折れ、主家の戸口の前まで来たところで、この最後の諫言《かんげん》が放たれたのだった。サラは単にわが身を守ろうとしていただけなのだろうが、それでも、その忠告は賢明なものと響いた。わたしがもし、深刻な過ちを犯そうとしている衝動的な若者だったとしたら、立ち止まって再考する気になっただろう。

今思えば、いくぶん気勢をそがれて、わたしはその場をあとにした。欺《あざむ》いていたつもりが、返礼に親切心を差し出された……。そのことに大いなるとまどいを覚えたが、あとになって、サラのほうがはるかに狡猾《こうかつ》に立ち回っていたことを知ったのだった。

第八章

続く数週間、わたしは難なく、偶然を装《よそお》って幾たびかこの娘に会い、少しずつよしみを結んでいった。折に触れて、先日の忠告に従うことにしたが、わたしの魂は依然としてさいなまれていると伝えた。この世のどんな説教をもってしても、わたしと国教会の教義を折り合わせることはできない、と……。一方で、わたしは、サラ・ブランディの父親がきわめつきの過激分子であったことをつかんだ。資産家たちの殺害や共和制の樹立を唱えることに忙しく、イエス・キリストに割《さ》く時間など毫《ごう》も持たぬ人物だったらしい。となると、作戦の手直しも必要になろうというもの。

「ほんの二、三年前までこの世に存在していた希望のことを思うと、悲嘆に堪《た》えないね」わたしはサラに言った。「みんなの願い求めていたものが捨てられ、蔑《さげす》まれて、この世は強欲さと利己主義の手に渡ってしまった」

深遠なる真理を聞いたかのように、サラがまじまじとわたしを見つめ、うなずく。わたしたちはセント・ジャイルズ通りを歩いていた。サラがウッド家の夕餉《ゆうげ》をかかえて、総菜屋から戻ってくるところを捕まえたのだ。温かくてうまそうな料理のかぐわしいにおいをかいで、腹がぐうぐう鳴った。相手も同様に空きっ腹らしかった。

「これを届けたあとは、どうするんだ?」

「きょうは、もうおしまい」すでに陽は落ち、空気も冷たくなっていた。

「いっしょに何か食べに行こう。お互い、腹ぺこみたいだし、食事に連れがいてくれるとありがたい」

サラが首を振る。「ご親切に、ありがとう、ジャック。でも、わたしといっしょにいるところを見られないほうがいいわ。お互いに評判を落とすことになる」

「あんたの評判って? 何も耳にしたことがないな。おれの目の前にいるのは、単に空腹をかかえたひとりの美女だけだ。でも、気になるなら、いい店がある。そこの客筋ときたら、おれたちふたりが聖人君子に見えるようなやつばかりさ」

「どうして、あなたがそんな店を知ってるの?」

「罪深き男だと言っただろう」

サラの口もとがゆるんだ。「わたし、外で食べるような余裕がないわ」

その言葉を手で払うようにして、「そういう話は後回し。あんたのおなかがくちくなってからだ」

サラはそれでもためらっていた。わたしは彼女が腕にかかえた料理の碗の上にかがみ込み、胸いっぱいににおいを吸い込んだ。「ああ、この分厚い肉にかかった肉汁のにおい……」と、喉を鳴らす。「想像してみろよ。目の前に皿が置かれて、隣りには焼きたてで皮のぱりっとしたパンとビールのジョッキ。皿にはこんもり料理が盛られ、湯気が立ちのぼって、そのソースがまた——」

「もうやめて！」サラが笑い声を絡めて叫んだ。「わかった。お供するから、食べ物の話はそこまでにして」

「いいだろう。さっさと料理を届けて、いっしょに行こう」

わたしたちは、町のはずれもはずれ、モードリン・カレッジを過ぎ、河を渡った向こう岸にある小さな店に向かった。遠すぎるうえ、評判があまりに悪くて、大学関係者は、たとえ学生といえども、けっして足を延ばさない場所だった。食べ物もひどかった。〝ロバーツおっ母〟の炊事の腕はその人間性と同じぐらい劣悪で、出てくる料理は作り手とよく似ていた。脂でこてこてして、むかつくようなにおいを放つ。その狭い店で粥を注文したサラは、落ち着かないように見えたが、めったにじゅうぶんな食べ物にありつけない者の食欲で匙《さじ》を口に運んだ。ロバーツおっ母の売り物は、なんといっても安くて強い酒だった。あの時代がふたたび帰ってこないことが、わたしには無念でならない。今、ビール醸造元の男たちの圧力で、女たちが自家製麦酒《エール》の販売をやめさせられようとしているのを見るにつけ、この国の輝かしい日々は終わったのだという思いを強くする。

安酒が最善の効果を発揮して、一クォートほども飲んだころにはサラの口もほぐれ、わたしの問いに答えてくれるようになった。そのときの会話を、思い出せるかぎりここに書き留めておこう。わたしが水を向けると、サラは、ウッド家のほかにグローヴ博士のところでも働いていることを打ち明けた。やる仕事といえば、部屋を掃除して、火を熾《おこ》し、極端にきれい好きな博士のために風呂の支度をするぐらいなのに、報酬はかなり弾んでもらえるのだという。ひとつだけ煩《わずら》わしいのは、国教会への入信をしきりに勧められること。

わたしは、グローヴがカトリック教徒だという風説があることを伝え、そういう言動はこの人物が偽君子たる証左ではないかと述べた。餌を撒いたつもりだったが、サラは食いつかず、眉をひそめて、強く首を横に振った。風説がどうであれ、博士の部屋にも、その物腰にも、邪教の影は微塵《みじん》もうかがえない、と。

「でも、口やかましい男なんだろう?」

とんでもない、とサラは反論した。来客中に博士がたいそう不機嫌な顔をしているのを目にしたことはあっても、自分に対してはこの上なく優しく接してくれるのだ、と。サラが何より気にしているのは、博士が間もなく田舎に聖職禄を手に入れることだった。ほんの数日前、それがほぼ確実になったと聞かされたらしい。

わたしは大いに動揺した。グローヴの忠誠心にけちのつけようがないこと――トマスよりよほど堅く国教を遵奉《じゅんぽう》していること――はすでに承知していたし、その品行に対するわが友の疑念にはまるで実体がないように思われた。それに、この娘が金に釣られて、偽りの証言でグローヴを告発してくれるという望みもなさそうだ。サラには正直者の観があった。

「あの男に小教区を治める才覚があるとは思えないな。なにせ、大学での生活が長すぎた。そうでなければ、若く美しい女性に自室の掃除をさせるなどという行動には、もっと慎重になるはずだ。きっと、周りからあれこれ言われるだろうよ」

「あれこれ言われる筋合いはないわ。誰がそんな余計な世話を焼くの?」
「さあね。でも、火がないからといって、それは煙が立たない理由にはならない。ところで、あんたは自分の評判とやらを気にしていたけど、その話を聞かせてくれないか」そう言いながら、わたしは、グローヴがわざわざ非国教徒に身の回りの世話をさせていることを証明できれば、事はトマスの有利に働くかもしれないと思案を巡らせていた。促されてサラは、戦時中の父親の経歴を少し語り、わたしの耳には、前代未聞の極悪人で謀反《むほん》の徒、心に神なき民衆扇動家としか聞こえない男の像を描き出した。その人物に称揚すべき点があるとすれば、疑いようのない勇敢さぐらいのものだろう。教会の墓所を与えられないほどに疎《うと》まれていたらしく、サラは父親の埋葬された場所さえ知らなかった。少なくともその不幸は、わたしと通じるものだった。

すでにこのとき、わたしはサラの使う妖術の影響下にあったに違いない。警告として受け止めるべきその奔放《ほんぽう》な話しぶりを意に介さず、妙にこの娘に惹かれるものを感じていた。わたしたちのあいだには、不思議な共通点があった。サラはグローヴのもとで働き、わたしはグローヴのもとで学んだ。ともに父親が汚名を着せられ、わたしの父の場合は不当な言いがかりではあるが、それでも、世間の悪罵《あくば》を浴びるのがどういうことか、ともに承知していた。そして、多くの非国教徒とは違って、サラには、狂信者の煮えたぎるような目つきや諧謔《かいぎゃく》を拒むような物腰がなかった。そういう女たちの大半は、現世で男たちに肉体を求められないがゆえに、魂をイエス・キリストに捧げるのだが、サラは醜くもなかった。その食事の作法には、目をみはらせるような、生得の慎み深さが感じられた。酔いが回っても、立ち居振る舞いが乱れることはなかった。わたしがそれまで遭遇した女性といえば、深窓の令嬢か端女《はしため》かの両極端で、親しく言葉を交わす機会はないに等しかった。タンブリッジウェルズ郊外で出会った例の娼婦との成り行きや、あのとき向けられた笑いを思い返して、わたしの心はうずき始めていた。

テーブルを離れるころには、サラを抱きたい欲求が頭をもたげていた。こんな店までふたりきりの食事についてきたこと、あけすけな会話が交わされたことを思い合わせれば、向こうも当然その気だろうとわたしは考えた。いずれにしろ、この手の女たちのことは心得ていたし、その放埒《ほうらつ》な暮らしぶりは話に聞いていた。さらにわたしの情欲をかき立てたのは、サラがもはや作戦の役に立たないという事実だ。グローヴに対するトマスの非難はどうやら的はずれのようだし、この娘に偽証を迫るのも賢明な策とは言えないだろう。顧みればずいぶん愚かな思考経路に陥ったもので、娘の仕掛けた罠は、今しも獲物をくわえ込もうとしていた。こちらとしては、身分の違う相手に恩恵を施《ほどこ》す気分で、サラを魅了し、誘惑しているつもりだった。ところが、向こうはわたしの若さと人の好さにつけ込み、おのれの悪辣《あくらつ》な目的に利用しようと、計算ずくでわたしを件《くだん》の罪へと導いていたのだ。過去幾人の男が同じ罠に掛かったことか。

店を出たのは八時をだいぶ過ぎたころで、すでに暗くなっていたから、わたしは、巡視の目を逃れるため、クライスト・チャーチの草地を抜けていくべきだと提案した。「二、三週間前、門限に引っかかったばかりなんだ。また捕まるわけにはいかない。おれといっしょに行こう。そのほうが、あんたも安全だ」

サラが黙って同意したので、植物園を横切って草地に入り、そこで娘の腰に手を回した。かすかに身をこわばらせたものの、いやがるそぶりはなかった。草地の中央まで進み、周りに人影がないのを確かめると、わたしは立ち止まり、サラを抱き寄せて、接吻しようとした。とたんに抗《あらが》い始めたので、その体を締めつけて、多少の生娘《おぼこ》ぶりには目をつぶるが、過ぎた演技はためにならないという警告の意を示す。ところが、サラはもがくのをやめず、顔を背《そむ》けたまま、わたしを平手で打ったり髪を引っ張ったりするので、とうとう堪忍袋の緒が切れた。脚を絡めて、地面に押し倒す。それでもまだじたばたする往生際の悪さに、わたしはすっかり自制心を失い、娘にびんたを食らわせた。

「なんと厚かましい」抵抗が一瞬やんだとき、わたしは憤然と叫んだ。「一回の食事では不足だというのか？　ただで馳走にあずかる気でいたんじゃないだろうな。自分を何様だと思っている？　ほかの方法で借りを返すあてでもあるのか？」

ふたたびサラがあがき始めたので、冷たく湿った土の上に押さえつけて動きを封じ、薄っぺらなスカートをまくり上げて、おのれも態勢を整えた。拒絶に怒りと興奮をかき立てられていて、相手のことを気づかう余裕などなかった。怪我をさせてしまったかもしれないが、それは向こうの落ち度だ。わたしが果て、満ち足りたとき、娘はおとなしくなっていた。転がるように身を離して、もはや不服も唱えず、冷たい草の上に横たわっている。

「やれやれ。さっきの大騒ぎはなんだ？　あんたみたいな女には、別に驚きでもないだろう。それとも、ただ話をするためにおれが食事をおごるとでも思っていたのか？　会話を楽しみたければ、学友の誰かと出かけるさ。いっしょにいるのが恥ずかしい女中風情《ふぜい》じゃなくてな」機嫌の直ったわたしは、ふざけ半分に娘の体を揺すった。「大げさに考えるなよ。ほら、おまけに二ペンスやろう。気を悪くしないでくれ。処女でもなし、大事なものを失ったわけじゃないだろう」

と、そのとき、不浄の化身たるこの娘がこちらへ向き直ったかと思うと、わたしの横面に平手打ちを食らわせて、わたしの顔を引《ひ》っ搔《か》き、髪が何本かむしれるほどぐいぐい引っ張った。そういう扱いを受けるのは生まれて初めてだったので、わたしは衝撃に息を呑んだ。当然ながら懲らしめなくてはならないと思い、実際そうしたが、それはほとんど快適さを伴わない行為だった。たとえ奉公人であろうと、どんなに厳罰がふさわしかろうと、わたしは今でも、人を殴ることが好きではない。そこがわたしの大いなる弱点であり、それゆえ奉公人たちに甘く見られ、しかるべき敬意を勝ち取れずにいるのだと思う。

「今度こういう騒ぎを起こしたら、承知しないぞ」両手で頭をかかえて草地にうずくまったサラに、わたしは言った。意図をきちんと伝えるため、相手の耳もとに身をかがめなくてはならなかった。「これからは、おれをあまり軽んじないことだな。さあ、恨んでいないというしるしに、この金を受け取ってくれ。そして、すべてを水に流そうじゃないか」

サラは立ち上がろうとせず、わたしは、そういう子どもだましの態度が通用しないという見せしめに、彼女をそこへ置き去りにした。グローヴ博士の問題に解決策が見出せなかったわけだから、その晩の首尾は上々とは言えなかったが、ある程度納得の行く終わりかたではあった。

去り際に、サラの口もとに笑みとも紛《まが》う不思議な表情が浮かんだことに気づいた。爾来《じらい》、その表情は永くわたしの心に居坐った。

第九章

この問題はもうそのまま捨て置くつもりが、まさに同じ晩、激しく胸かき乱される夢を見て、心算が狂った。夢の中で、わたしは階段を昇っていた。昇りきったところに、固く閉ざされた大きな樫の扉が立ちふさがっている。ひるむ気持ちを励まして、その扉を押しあけた。寝室かと思いきや、眼前に、じめじめした薄暗い穴蔵が現われる。

慄然《りつぜん》たる光景だった。寝台に、血に覆われた父の裸体が横たわっている。サラ・ブランディが白ずくめの服に身を包み、例の笑みを浮かべて、短刀を手に、父の上に身をかがめていた。わたしが入っていくと、悠然とした目を向けて、ささやく。「誉《ほま》れある者はかく死する」

わたしは首を振り、指差して告発した。「おまえが殺したんじゃないか」

「とんでもない」サラがそう言って、わたしのほうへ顎をしゃくる。その視線の先を見下ろすと、一瞬前には娘の手にあった短刀が、わたしの手に握られているではないか。振り落とそうにも手から離れない。「見よ、永久《とわ》に穢《けが》れしおのが身を」

夢はそこでとぎれた。続きがあったのかもしれないが、記憶はない。戦《おのの》きとともに、わたしは目を覚まし、少なからぬ努力を傾けて、滅入った気分を振り払った。それまでは夢見などさして気にかけず、むしろ騒ぎ立てる輩《やから》を笑っていたぐらいだから、なんとも解せない成り行きだった。

トマスに出会った折、居酒屋へ誘って、意見を求めてみた。トマスはむろん、あらゆる余事と同様、真摯《しんし》に向き合ってくれた。夢の持つ意味は、見る者の気質によって異なるのだという。詳しい内容を聞かれた。

当然ながら、わたしは背後の事情を省いて伝えた。姦淫にことのほか手きびしいトマスと、些事を巡って言い争いたくなかったからだ。

「それで、きみの気質は、癇癪《かんしゃく》を起こしやすい、つまり胆汁質《たんじゆうしつ》が勝《まさ》っているほうかい？」話を聞き終えたトマスが尋ねる。

「いや、どちらかというと憂鬱質《ゆううつしつ》だな」

「きみは夢について、あまり知らないんじゃないのか？」

わたしはその事実を認めた。

「学んでおいたほうがいいね。ぼく個人としては、ばかげた迷信ぐらいにしか思っていないけど、世間の人々が夢からあらゆることを読み取れると信じていることは確かだ。この風潮は、いずれ断罪されるだろう。真っ当な聖職者は夢判断などという戯《ざ》れ言《ごと》に耳を傾けるべきではない。しかし、時代がまだこうである以上、ぼくらも無視はできないんだよ。

そこでだ」と、トマスはみずから持ち出した話題に興をそそられたらしく、長談義を始めるときの常で、痩せた尻を椅子の上でもぞもぞ動かした。「夢というのは、さまざまな原因が絡み合ってできている。おおかたの場合、優勢な原因がひとつあり、それを抜き出して見きわめないことには、幻影の本質がつかめない。よくある原因のひとつが、胃から脳へ昇っていく気体で、これは脳を過度に興奮させる。暴飲や暴食をした際に起こる症状だよ。夢を見る前に、何か度を過ごさなかったかい？」

「まったく心当たりがない」〝ロバーツおっ母〟での飲食を思い返しながら言う。

「次に考えられるのは、気質の偏《かたよ》りだが、きみが憂鬱質に近いというのであれば、その可能性も排除しなくてはなるまい。その夢には、明らかに胆汁質の気味が感じられる。癇癪を起こすと、胆汁の色のせいで、暗く不吉な夢が生じやすいんだよ。

となると、残るは霊の影響。いわゆる幻視だね。精霊による警告か、悪霊による責め苦もしくは誘惑か。いずれにしろ、いい夢だとは思えない。若い娘が男の死と、それもきみのお父上の死と、強く結びついている。殺人の夢は恐ろしい前兆なんだ。辛苦と入獄を予言している。夢に何が出てきたか、もう一度聞かせてくれ」

「短刀、娘、寝台、父」

「その短刀がまた、不吉さをはらんでいるね。ぴかぴかの鋭い刃だった？」

「と思う」

「短刀が意味するのは、きみに悪感情を抱く人間が大勢いるということだ」

「そんなことなら、夢に教えてもらうまでもない」

「それから、訴訟が係争中なら、負ける公算が大きいということも意味している」

「寝台は？」トマスの並べ立てる見通しに意気阻喪しながら、わたしは尋ねた。

「寝台は、もちろん、きみの結婚の見込みだ。それがお父上の亡骸《なきがら》に占領されているとなると、これまた思わしくない兆《きざ》しだね。きみの婚姻は、その亡骸に阻まれる」

「つまり、やんごとなきご婦人がたは、おれのような逆賊の倅《せがれ》には指も触れないということだろう。先刻承知。わざわざ天《あま》つ御使《みつか》いのご託宣を賜るには及ばないよ」

トマスがビールのジョッキをのぞき込む。「そして、その娘だが、これがどうにも解せない。夢が告げているのは単純明快に、サラがきみの不幸の種であり、きみの審判役でもあるということだ。そんなことはありえないだろう？　きみはあの娘をろくに知らないんだし、きみの陥っている苦境に彼女が関わっているはずもない。これを説明できるかい？」

気安く打ち明けられないいくつかの事実を考えに入れても、そのときのわたしには説明などできなかった。長年の千思万考を経た今なら、説明できる。そもそも寡婦ブランディのもとを訪れたことから霊の力関係に不均衡が生じ、わたしは一種の従属の絆に巻き込まれたのだ。さらにはブランディの娘に快楽を求めた愚かさゆえに、みずから罠に足を踏み入れてしまった。むざむざと悪魔の誘いに乗って、娘の魔力に引き寄せられたその経緯までが、今となっては瞭然と見渡せる。

機転を働かしさえすれば、実際、夢の伝えるところは分明だった。サラの罠が、真理究明へのわたしの歩みを横道にそらさんとして仕掛けられたものであることが顕わにされ、その結果、父の汚名を雪《そそ》ぎえぬことも、殺人という形で示されている。ひとたびそれを得心すると、わたしは奮い立ち、いよいよ決意の臍《ほぞ》を固めた。

むろん、そうした方面での奸智《かんち》に生来恵まれぬわたしのこと、即座にその洞察へたどり着いたわけではない。万人と等しく、経験を重ね、良識を応用しつつ、疑問の余地ないただひとつの解釈を選り出《よだ》すに至ったのだ。当時のわたしの憂患は、ひとえに、娘が学生監につまらぬ苦情を言い立てるのではないかという点にあった。学生監たちは、学生が町の娼婦と交わることに批判的だった。取り調べなどという事態になれば、自由に町を離れられなくなる。どうにかして防戦する必要があり、その最良の形は攻撃だと思われた。

トマスと別れ、カーファックスの四つ辻に向かって歩き始めたとき、絶妙の策が頭に浮かんだ。わたしは、市場で働くメアリー・フラートンという名の、すこぶる下品で腹黒い野菜売りの娘に心付けを渡して、作り話を語らせた。すなわち、グローヴ博士に果物を届けに行ったら、サラと間違われた。部屋に入ったとたん（迫真の口上を、わたしは口移しで教えた）、すばやく後ろに回り込んだグローヴに胸を揉みしだかれた。抗議の声をあげると（ここで、実像とは似ても似つかない貞淑な娘を演じさせる）、グローヴに「どうした？　きのうはあれほどせがんだくせに」と言われた、というものだ。念には念を入れて、わたしはウッドを捜し当て、グローヴ博士と下女との淫楽の話を聞かせた。ウッドの噂を広める才をもってすれば、一両日中に方々《ほうぼう》へ話が伝わり、巡り巡って、ほどなくニュー・カレッジの評議員たちの耳にも入ることだろう。

訴えたければ、訴えるがいい。下女風情《ふぜい》の言うことなど誰も真に受けるはずがなく、かえって自分の身に醜聞と恥辱を招き寄せるだけだろう。わたしは心中そう嘯《うそぶ》いていた。振り返ってみると、よくもあそこまで楽観できたものだ。畢竟《ひっきょう》、わたしの狡知《こうち》など、トマスの手に聖職禄を握らせるには及ばず、また、この世でこそサラ・ブランディの復讐の刃を払いのけたものの、相手を憤《いきどお》らせ、さらなる悪意の高みへと押し上げる代物《しろもの》でしかなかったというのに。

そういう能天気な心持ちのまま、数日後、オックスフォードをあとにした。解放された気分だった。現在に至るまで、わたしはあの町を好いたことがなく、もう十年以上も再訪していない。あの夜の一件に関しては、むしろサラと愉快なひとときを過ごせたような、おのれを守ると同時に友を助ける務めを果たせたような、妙な自負が心を占めていた。州境を越えてウォリックシャーに入り、母の在所をめざし始めてほどなく、その慢心を打ち破る事態が起こったのだが、わたしはまたしても、不祥事の最初の兆候を軽んじてしまった。ウォリックまでは馬車代を奮発し、残り二十数キロは倹約のため徒路《かちじ》にしようと決めていたわたしは、勇躍歩き出して、一時間あまり行ったところで、腹を満たそうと足を止めた。街道沿いの物寂しい場所だった。路辺の草地に腰を下ろして、水を飲み、パンをかじる。しばらくして、茂みでかさこそと音がした。何かと思って、下生えに三、四歩踏み込んだとき、身の毛もよだつような甲高い鳴き声とともに、一匹の毛長鼬《けながいたち》が飛び出してきて、わたしの手を引《ひ》っ掻《か》き、多量の出血を伴う深い裂傷を負わせた。

わたしは驚いてあとずさり、木の根に足を取られたが、その劣勢を衝かれることはなかった。獣《けもの》は煙のように忽然と消えたので、手から血が滴《したた》っていなかったら、襲われた当のわたしでさえ、あれは幻覚だったと断言したことだろう。もちろん、非はおのれにあると、わたしは胸に言い聞かせた。おそらく鼬の子どもらに近づきすぎて、その代償を支払わされたのだ、と。だいぶあとになって、かの地についての見聞を深めてから、この一帯に鼬が棲息するなどという話を聞いたことがないのに気がついた。

後年、さすがのわたしも、このけだものの素性を察するだけの見識を身につけたが、そのときはただ自分の迂闊《うかつ》さを責めただけで、傷に手当を施《ほどこ》すとそのまま旅を続け、三日の道程の末に、母の生家に到着した。わが家の貧窮ゆえやむなく郷《さと》に戻った母だが、係累として遇されているわけではなかった。結婚の際、母が親族の意向を顧みず、わが意を押し通したせいで、一族の者はみんな、母の不幸がその罰当たりな不従順に起因していることを、片時も当人に忘れさせまいとしていた。

従って、母の扱いは下女とほとんど変わりなかった。主家の人たちと同じ食卓につくことは許された——一同揃っての飲食という、今ではほとんど忘れ去られた古いしきたりを守る家だった——が、母には必ず末席があてがわれ、毎日のように侮辱の言葉が投げつけられた。母の身内は、今で言う日和見《ひよりみ》主義者のまさに典型だった。もしもウォリス博士と相識《そうしき》の仲であったら、さぞかし馬が合ったことだろう。クロムウェル執政下、この一統は賛美歌を詠唱し、主《しゅ》を称え、チャールズ王の治下では、おかかえ司祭に礼服を買い与えて、毎夕、祈禱書《きとうしょ》を読んだ。

一貫して自分たちより下位に見ていたのはカトリックだけで、ローマに対して憎悪の炎を燃やし、かの地の聖職者の悪《あ》しき策謀に目を光らせていた。

わたしは小さいころから伯父の館がとても好きだったが、どうやらセントポール大聖堂の設計者クリストファー卿の数知れぬ亜流のひとりの手で、近代風に改築、改造されてしまったようだ。部屋はどれも同じ造りで、ほどよい広さに設計され、なるほど近代的な吊り紐式の上げ窓からふんだんに光が差し込んで、煙突はすべらかに煙を通し、すきま風は最小限に封じられている。わたしに言わせれば、欧州大陸の名流人士の趣味に一も二もなく迎合する当節の風潮は、嘆かわしいかぎりだ。左右対称の美など、いかにも不自然ではないか。昔から郷紳《ジェントルマン》の屋敷といえば家門の歴史そのもので、館を形作る線のそこここに、潤沢《じゅんたく》な資金を得て増築のかなった時代なり、苦境にあえいだ時代なりの名残《なごり》がとどめられている。ねじれた組み合わせ煙突やら、突き出た回廊や軒やらが渾然と融け合うたたずまいは、なだらかな乱調の快を与えてくれる。クロムウェルが武力に任せて国民すべてに画一を強《し》いたあとだけに、さらなる均質化は疎《うと》んじられてしかるべきだろう。ところが、例によって、わたしの考えは時流に沿わぬものらしい。昔ながらの家々が一軒また一軒と取り壊され、その跡を襲って、おそらくは強欲驕《きょう》慢《まん》な新しい施主一家と同じほどの寿命しか持たない見かけ倒しの易《やす》き建造物が次々築かれつつある。建つのも速ければ、そこに住まう人間たち同様、消え去るのも瞬時のうちだ。

「よくこんな屈辱を我慢できますね」ある夜、母の居室を訪れて、わたしは言った。すでに数週間を館で過ごして、一門のさもしい信仰心や傲岸な自尊の念に辟易《へきえき》していた。「あの人たちの権高《けんだか》なあしらいに日々耐えていくのは、聖人の業《わざ》です。許しがたい誹謗《ひぼう》や棘《とげ》だらけの親切ごかしは言うまでもなく」

母は肩をすくめて、手にした刺繡《ししゅう》から目を上げた。宵の時間は針仕事に費やすのが習いで、縫い取りの施された掛け布の類は、いずれわたしが伴侶と生計《たつき》を見出した折に、わたしの所有に帰《き》するのだと常々聞かされていた。「あの人たちの心根を曲げて取ってはなりません。この身に余る雅量を示してくれているのです。向こうにはなんの義理もないのに」

「実のお兄さんでしょう？　義理がないということはない。立場が逆なら、父上はきちんと義理を果たしたはずです」

母はすぐには答えず、黙々と針を動かし、わたしはふたたび、暖炉で燃える火に見入った。

「あなたは思い違いをしていますよ、ジャック。あなたのお父様は、わたしの兄にたいへん失礼なふるまいをしたのです」

「だとしたら、きっと伯父上に非があったのでしょう」

「いいえ。あなたも知っているように、わたしはあなたのお父様を心から敬《うやま》っていましたが、お父様には短気で直情径行なところがありました。兄に対しても、そうふるまったのです。どう見てもお父様のほうに非があったのに、それを認めることも、償《つぐな》うこともしなかった」

「信じられません」

「あなたの知らないことがあるのです」母は辛抱強く言葉を継いだ。「ささやかな例を挙げましょう。戦時中の、お父様が国外へ戦いに出る前のこと、国王は各地の豪族に収税人を送って、税を取り立てました。兄への要求は、たいそうきびしく、公平を欠くものでした。兄は思い余って、お父様に手紙をしたため、税額を下げてもらえるよう取りなしを頼みました。お父様からの返事はけんもほろろで、多くの民が命を捧げているご時世に、懐の銀貨を出し惜しむ輩に手を貸すつもりはないとの内容でした。わずかな口添えで、兄の一家を助けることができたのにです。そののち、議会からも税を課されて、あなたの伯父様は土地の多くを売らざるを得なくなり、すっかり財力を失ってしまいました。お父様を許す気になどならないでしょう」

「わたしみずから騎兵中隊を率いて、取り立てに来たかったくらいです。国王の大義は何ものにも代えられぬはず。もっと多くの者にその気構えがあれば、議会派は打ち負かされていたでしょう」

「国王の戦いは、単に玉座にとどまるだけではなく、法を守るためのものでもありました。たとえ勝利を得ても、戦って守ろうとしたものが戦いゆえに崩れ去るのでは、何にもなりません。豪族がいなければ、王は無力です。わたしたちが富と勢力を保持することは、王のために武器を取るのと同じぐらい、国王の大義に資する行為だったのです」

「なんとも都合のいい」わたしは冷笑した。

「実際にそうなんですもの。のちに国王が復位したとき、あなたの伯父様は治安判事の地位に就き、秩序を回復させました。兄以外の誰に、この地方を平和に治め、住民に王を歓迎させることができたでしょう。お父様は無一文で、なんの力も及ぼせませんでした」

「無一文の英雄のほうが、金満家の臆病者よりどれだけましかしれない」

「残念ながら、今のあなたは無一文の逆賊の世継ぎとして、金満家の臆病者の厚意にすがって生きているのですよ」

「逆賊などではありません。それは誰より、母上がご存じでしょうに」

「わたしが知っているのは、お父様が一家を破滅に追いやり、妻を物乞いにしたということだけです」

「父上は国王から命と名誉を授かったのです。一身を捧げるほか、何ができたでしょう？」

「子どもじみたことを言うのはおやめなさい。戦争は騎士道物語ではありません。王は与える以上に奪いました。王も愚かなら、それを支えようとしたあなたのお父様も、輪をかけた愚か者です。何年ものあいだ、わたしが債権者たちをかわし、兵士たちに賄賂《わいろ》を贈り、土地を切り売りしなければならなかったのは、ひとえにお父様の名誉を保つためでした。資産がみるみる底を突くのを眺めているしかなかったのも、十倍の収入のある貴族たちと同等に見られようと背伸びしたお父様のせいでした。議会派との和議にしても、交渉役として遣わされた相手が郷紳ではなくロンドンの商人だからという理由で、お父様は申し出をはねつけました。そういう見栄のために、家族が大きな代償を支払わされたのです。そして、とうとう貧苦きわまったわたしは、着の身着のまま、兄の慈悲にすがらざるを得なくなりました。お父様が、わずかに残っていたわが家の財産を消散させてしまうその一方で、兄はわたしを迎え入れ、食事を与え、同じ屋根の下に住まわせてくれました。そのうえ、あなたが身を立てられるよう教育費を負担し、ロンドンで事業を始める手はずまで整えようと言ってくれている。なのに、あなたは蔑《さげす》みと幼稚な批判を返すばかりではありませんか。伯父様の心馳《こころば》せとお父様の名誉を比べてごらんなさい。貧民墓地のどこに名誉があります?」

母の語気の強さに、わたしは啞然とし、痛いほどの失望に襲われて、椅子に沈み込んだ。哀れな父は、絶対的な服従を受けてしかるべき相手からも裏切られていた。母までが伯父に籠絡《ろうらく》されていたのだ。母を責めるわけにはいくまい。絶え間ない重圧にさらされて、女の身でどれほどの抵抗ができるだろう。責めるべきは伯父だ。父の不在に付け入り、その人格を汚すような讒言《ざんげん》を、本来父の名を守り抜く立場にある人間の耳に吹き込んだのだから。

「父上がやはり逆賊だったと言わんばかりの口ぶりですね」ようやくめまいが治まってから、わたしは言った。「妻の言葉とも思えません」

「わからないのですよ。だから、最善の可能性を信じようとしているのです。逃亡に先立つ一、二年、お父様と会う機会はほとんどありませんでした。お父様が何をしていたかも、わたしにはわかりません」

「父上を陥れた犯人を突き止めたくないのですか? 罪を犯したジョン・サーロウが自由の身でいるのに、自分の夫が裏切りで命を落としたことに、心が騒がないのですか? 恨みを晴らしたくないのですか?」

「そういう気持ちはありません。もう過ぎたことで、それは変えようがないのですから」

「たとえわずかでも、母上の知っていることを話してください。最後に父上に会ったのは、いつですか?」

火床《ひどこ》の上で弱まりつつある炎を、母は長らく見つめていた。冷たい空気がわたしたちの体にまとわりついてくる。いつも底冷えのする家で、夏でさえ、主立ったいくつかの部屋を出るときには厚手の外套《がいとう》を羽織った。折しも冬の到来で、木々の葉は枯れ落ち、朔風吹き立って、寒気が屋内の隅々までを支配していた。

促されて、母はしだいに重い口を開き、当時の経緯が記されているかもしれない書類や書簡、文書などについて、問われるままに話し始めた。わたしの心にはまだウォリスの言葉が引っかかっており、どうにかしてその求めに応えたいものだと思っていた。二度、三度と、母は返答を拒み、話を替えてはぐらかそうとしたが、その都度、わたしが押し戻した。やがて、母も抵抗するより話すほうが楽だと観念したようだ。しかし、それが本意でないことはありありとわかったので、わたしは心から母を許す気になれなかった。わたしは母に、一六六〇年一月ごろの出来事を細大洩らさず知りたいのだと告げた。それはちょうど父の亡命直前で、父を陥れようとする策略が大詰めを迎えた時期だった。父はどこにいたのか？　何をして、何をしゃべったのか。その時期、母は父に会ったのか。

会った、と母は答えた。それが最後だったという。「信頼の置ける友人を通して、わたしの助けが必要だという言づてを受け取りました。それからしばらくして、前触れもなく、ある晩ここへ訪ねてきたのです。伯父様とは言葉も交わさず、ひと晩だけここで過ごして、また出ていきました」

「どんなようすでした？」

「とても深刻な面持ちで、心配事をかかえているようだったけれど、お元気でした」

「部隊を率いてきたのですか？」

母はかぶりを振った。「男のかたをひとりだけ」

「誰です？」わたしの問いを、母は片手で払いのけた。

「泊まりはしたものの、お父様は眠りませんでした。連れのかたと食事を取り、それからわたしのところへ来ました。何やらひどく警戒していて、誰にも話を聞かれないよう気を配り、わたしにもけっして兄に洩らさぬよう念押ししました。あなたがきく前に言いますが、わたしはその約束を守りましたよ」

心の奥深くで、わたしは、何にも増して重要な伝言が今なされようとしているのを感じ取った。これは、父がわたしに伝えたかったことに違いない。そうでなかったら、父は絶対の緘黙《かんもく》を母に誓わせたはずだ。「それで？」

「とても熱のこもった話しぶりでした。考えも及ばないほど悪辣《あくらつ》な背信行為を発見して、その衝撃のあまり、最初は自分の目を疑ったそうです。けれど、得心が行ったので、これから行動に出るつもりだ、と」

もどかしさが募って、わたしは叫び出したい気持ちだった。「背信行為とは？　どんな行動に出るのです？　どういう発見でしょう？」

母が首を振る。「女に打ち明けるには、事が重大すぎると言っていました。お父様はどんな秘密もわたしには洩らさなかったし、妻を少しも信頼していませんでした。わずかにせよ、あのとき話してくれたことだけで驚きだったのです」

「ほかには？」

「極悪人どもの化けの皮を剝《は》ぎ、滅ぼしてやる、と。危険は伴うけれど、自信があるようでした。それから、話のあいだずっと隅に坐っていた同志のかたを指差しました」

「その人の名は？　覚えていますか？」少なくとも、何かがつかめそうだった。ところが、母はまたしても首を振った。名前は知らされなかったという。

「ネッドと呼ばれていたようだけど、定かではありません。戦争前にも、会った記憶があります。お父様の話では、いずれほんとうの同志しか信用できなくなるときが来るはずで、そのかたはそういう仲間のひとりだということでした。もし不測の事態が起こったら、そのかたが来て、わたしに包みを託す。その中には、お父様が突き止めた事柄のすべてが収められているから、わたしはそれをしっかりと守り、安全が確かめられないかぎり人目に触れさせてはならぬ、と」

「それだけですか？」

「ええ。ふたりはほどなく出立《しゅったつ》し、それ以後、わたしはお父様の姿を見ていません。何週間かあとに、国を離れることになったが、すぐに戻ってくるからという伝言が、ディールから届きました。あなたも知っているとおり、お父様は戻りませんでした」

「連れの人は？　その、ネッドとかいう」

母は首を横に振った。「二度と来なかったし、包みらしきものも受け取りませんでした」

ウォリス博士に差し出すべき証《あかし》を何ひとつ得られなかったことには失望したが、母が与えてくれた情報は望外の成果と言えた。母がそこまで事情に通じていようとは思ってもおらず、ついでに尋ねてみただけだったのだ。子として心苦しいことだが、母に礼を尽くすのがしだいに億劫になっていた。母が実家に取り込まれつつあったからだ。母方の一族にとって、父は、広大な領地を所有していたあいだだけ、婿たりうる存在だったらしい。

そもそも、わたしがウォリックシャーに赴いた目的は、まったく別のところにあった。リンカンシャーのわたしの領地に関する書類を調べて、所有権がいつからわたしに帰するのかを知っておきたかったのだ。事が複雑であることはわかっていた。父からも、再三そう聞かされた。戦況がきびしさを加え、王党派のあいだで王に対する信頼が揺らぎ始めるころ、父は、自身の一命どころか、家名の存続が危機にさらされていることに気づいた。それならばと、家を守るために作成したのが、継承的不動産処分の契約書だ。

要するに、父はこの国の最新の慣行にならって、不動産を委託の形で遺贈し、みずからが、そして父が死去した場合にはわたしが、受益者の収益を得られるよう算段したのだ。同時に作成した遺書によって、遺言の執行者には伯父が、また、わたしの後見人にはウィリアム・コンプトン卿が指名され、動産と不動産をしかるべく管理処分する責務を担った。込み入った制度のようだが、今日では資産家なら誰もが趣旨を十全に理解し、家族を危険から守るため、ごくあたりまえに用いている。しかし、当時としては、こういう煩瑣《はんさ》な仕組みは前代未聞に近かったろう。人を創意に富ませ、弁護士を潤わせる手立てとして、まこと、内戦に勝るものはない。

書類は伯父の管理下にあり、閲覧を求めても同意が得られるとは思えなかったので、面と向かって頼むことは差し控えた。こちらの関心の所在をあらかじめ知らせることもしたくなかった。書類を破棄されたり、向こうに有利なように改竄《かいざん》されたりする恐れがあったからだ。人をだますのは、伯父にとって第二の天性。むざむざとその罠にはまるつもりはない。

そこで、その晩、全員が寝静まったのを確かめてから、わたしはみずから捜し物に取りかかった。伯父の書斎は、不動産の取引にも代理人たちとの会合にも使われる場所で、わたしもかつて、そこで信仰心に発する善行について何度か説教をされたことがあるが、そのころとまったく変わっていなかった。扉をあけるとき、家じゅうをたたき起こしかねないきしみ音がすることを体で覚えていたので、意識するまでもなく、動作には特段の慎重を期した。掲げた蠟燭《ろうそく》の炎が、頑丈な樫のテーブルを照らし出す。ミカエル祭の四季支払日には、毎年決まって、この上に収支計算書が広げられていたものだ。鉄の帯金を巡らした収納箱がいくつも目に入った。取引の証拠書類や勘定書、計算書の類を保管する箱だ。

「えらくむずかしいだろう？　心配せずともよい。これがおまえの務めとなるころには、知識も身についているはずだ。今は、財産に関する黄金律だけを心に留めておきなさい。けっして管財人を信用しないこと。けっして小作人に重すぎる荷を与えないこと。背《そむ》けば、最後に負けることになる」父がそう話してくれたのを覚えている。わたしが五歳にも満たなかったころだ。

ハーランド館の父の執務室の扉が開いていたので、禁じられていることを知りつつ、中に入ってしまったのだった。父はひとりで、所狭しと並べられた書類に囲まれていた。肘のそばに滲《にじ》み止めの砂皿が置かれ、文書に押印するための蠟が熱せられて、蠟燭が風に煙をくゆらせている。わたしは仕置きを半ば覚悟していたが、顔を上げた父は笑みを浮かべ、わたしを膝に抱き上げて、書類を見せてくれた。もっと時間が割《さ》けるようになったら、わたしの教育を始めるつもりだと父は言った。郷紳として栄華を得たければ、学ぶべきことがたくさんあるのだから、と。

そういう日が訪れることはなかった。そのことを思い、生家のあの部屋を胸に浮かべて、わたしは目頭を熱くした。もう十年以上も目にしたことがなく、もしかすると永遠にこの手に戻らないかもしれない家……。なのに、わが家のにおいが、皮革と獣脂の入り交じったあのにおいが、鼻腔《びこう》に鮮烈によみがえってきて、しばしのあいだ、わたしは悲しみに胸をふさがれ、立ち尽くした。やがて、はっとわれに返って、自分の使命を、そして一刻の猶予も許されぬ状況を思い出した。

伯父は昔、剣を並べた戸棚の金庫に鍵などをしまっていたので、平静を取り戻したわたしは、まずそこを調べた。ありがたいことに、伯父の習慣は変わっておらず、大きな鉄製の鍵が目当ての場所に収まっていた。収納箱はあっけなく開き、わたしは大きな机の前に坐ると、蠟燭の位置をずらして、文書を一枚一枚取り出しては目を走らせた。

蠟燭が尽きるまで、数時間そこにいた。根気の要る仕事だった。束ねられた書類のおおかたは関係のないもので、開くはじからわきへ取りのけた。それでもようやく、継承的不動産処分の詳細が記された文書に行き当たった。いっしょに二十ポンドの金子《きんす》も見つかり、これはやや躊躇《ちゅうちょ》したのち、懐に入れた。そういう穢れた金に頼ろうというつもりはなかったが、元来それはわたしのものなのだから、使うのに良心を痛める必要もあるまいと判断してのことだった。

そこで目《ま》の当たりにした真相の恐ろしさは、言葉では到底言い尽くせない。その文書には、最も愚劣にして完璧な詐欺行為の全容が冷ややかに書き記されていた。簡潔に述べておこう。どれだけ修辞を凝らしても、事実の重みには比すべくもない。わたしの不動産はことごとく、ウィリアム・コンプトン卿の手で、すなわちわたしの権益を守るべく指名された人物の手で、わたしの伯父へ、すなわち土地を保全すべく指名された人物へ売却されていたのだ。この悪逆非道な謀《はかりごと》は、哀れな父の亡骸《なきがら》が貧民墓地に横たえられると同時に完結していた。売却手続きの最後の証文に日付と署名が書き込まれたのは、父の死後二か月も経たぬときだった。

早い話が、わたしはすっかり、文字どおり、身ぐるみ剝がれていたのだ。

伯父に好意を寄せたことはついぞなかったし、その自信家ぶりや不遜《ふそん》な態度にはかねがね忌避感を抱いていた。しかし、これほど手ひどい背信に走る人物だとは、思ってもみなかった。身内の混乱に乗じて私腹を肥やそうと図り、父の死とわたしの弱齢を食い物にしたうえ、母にはわが子の権益が踏みにじられるのを黙認するよう強いる。わたしの想像力の遠く及ばない悪行だった。年若く財力に乏しい甥が反撃に出ることはあるまいと、高をくくったのだろう。わたしはその場でただちに、伯父の目算が大きな間違いであることを近々思い知らせてやろうと決意した。

それにしても不可解なのは、わたしの後見人であり、常にこの上なく温かく遇してくれたウィリアム・コンプトン卿その人のふるまいだった。ウィリアム卿までがこの策謀に荷担しているのだとすると、わたしはまったくの孤立無援ということになる。しかし、歴然たる証拠を目にしてもなお、わたしは、父がいつも褒めちぎり、跡取り息子を委ねるつもりでいた人物が、二心《ふたごころ》を抱いて行動していたなどとは信じられなかった。廉直《れんちょく》かつ温和な心の持ち主、かたくなに誠《まこと》を貫いた国家の中心人物であり、クロムウェルをして〝かの篤信の騎士〟と呼ばしめた高潔の士だけに、卿自身も謀《たばか》られて、非道な行ないに手を貸したと考えるほうが妥当だろう。謀られたその経緯を明らかにできれば、わたしの探求も大きく前進する。遠からずウィリアム卿に会って、直接問いたださなくてはなるまい。それはわかっていたが、指し示せる証拠がまだ貧弱な気がして、腰が引けた。というのも、わたしは、父が亡命したのを潮に、コンプトン・ウィニエイツ館への寄留を終えたからだ。今訪ねていって、どう迎えられるか見当もつかず、正直なところ、卿に軽侮の表情を向けられるのが怖かった。

箱を閉じて鍵をかけ、そっと書斎を抜け出して寝室へ向かいながら、わたしは、俄然複雑の度を増したわが使命を思うとともに、夢にも描けなかったほど深い孤独を噛み締めた。誰からも、身近な人間からさえも、さまざまな形で裏切られ、もう自分の決意しか頼るものがなくなったのだ。一歩踏み入るごとに、任は重みと困難さを加えていくようだった。今や、父を裏切った男を捜し出すだけではなく、父の背負った汚名につけ込み、敏捷《はしこ》く私利を得ようとした者どもを成敗しなくてはならなかった。

わたしはまだ、そのふたつの探求がじつは軌を同じくしていることにも、いわんや、ほどなく怒濤《どとう》のごとく押し寄せてくる艱難《かんなん》に比べれば、当面の問題など些事に過ぎないことにも、思いが及ばなかった。

夜明けまでの二時間ほどを寝てしまったがために、早くも、行く手に待ち受けるものの徴《しるし》を受け取るはめになった。睡魔に屈したことが悔やまれる。即刻館をあとにして、出立すべきだったのだ。そうしていれば、すでに憂悶《ゆうもん》の情の募っていた夜に、かつてないほど肝を冷やしたあのおぞましい体験が付け加わることもなかったろう。どれほど眠っていたものか定かではないが、人声で目を覚ましたとき、あたりはまだ闇に包まれていた。寝台の帷《とばり》を引き寄せて、室内をうかがうと、窓枠の向こうにくっきりと女の姿が見えた。二階の窓だというのに、外からのぞき込むように立っている。顔を見分けることはできなかったが、風になびく黒髪が、わたしの懸念をたちどころに裏づけた。ブランディの娘だ。「坊や」と、嘲《あざけ》るように何度もささやく。「あなたはしくじります。わたしが請け合いましょう」そして、呼気というより風音に近いため息をついて、消え失せた。

寝床で上体を起こして、寒さに震えながら、わたしは一時間以上呆然としていたが、どうにか気を取り直し、今しがたの出来事は心労による錯乱が引き起こした単なる神経的興奮に過ぎないのだと自分に言い聞かせた。なんでもない、ただの夢だ。前に見たときもそうだった。わたしは一心に、こういう想像の産物に信を置くことは不遜なふるまいであると公言した高位の聖職者たちを頭に浮かべた。しかし、聖職者たちは間違っていた。もちろん、世間で預言者と呼ばれ、夢を神のお告げと解釈する輩の多くが無知無能の徒であることは確かだ。煙霧を天使と、奇行を主の御業《みわざ》と取り違えている。とはいえ、霊の力に発する夢も明らかに存在するのだ。そして、そのすべてが神の思し召し《おぼしめ》によるものとはかぎらない。その明けがた、わたしはふたたび眠ろうとして臥したものの、風に煽《あお》られてばたつく窓の音が気になって寝つけなかった。ふと、床に入る前に窓をあけた覚えがないことに思い至った。なのに、窓はあけられ、開いたまま固定されている。わたしの手によってではなく……。

わたしは予定を変更し、朝になって階下へ降りると、不審を抱かせない程度にそそくさと館を離れた。母にも、むろん伯父にも、暇乞《いとまご》いはしなかった。ふたりの姿を目にすることに耐えられなかったし、それに、うっかり口を滑らせて、こちらが策謀を見破ったことを悟られるのが怖かったからだ。

第十章

ウォリックシャーとオックスフォードシャーの州境をめざすあいだ、わたしの胸をかき乱していた情動について、言葉を費やすことはすまい。復讐に燃えていたことは語るまでもないし、同じ立場にあれば誰でも味わうはずの機微など、詳しく述べるには値しない。わたしの任は、おのれの行動を書き残すことであって、当時の心境を吐露することではないのだ。移ろいやすい情動をくだくだとなぞるのは、無益な時間の浪費というものだろう。人類の歴史において、意義を認められ、末永く語り継がれるのは、行為そのものの放つ光芒だと相場が決まっている。アクティウムの海戦の報告を受け、おのが領地が地球全土に及んだことを知ったアウグストゥスの、脳裡《のうり》を去来した思いなど知る必要があるだろうか。ローマの政治家小カトーが自分の胸に短剣を突き立てたときの心境が書誌に記されたとして、それで彼の栄光が増すだろうか。情動とは、われわれを懐疑や逡巡に誘い込もうと悪魔が仕掛ける罠にほかならず、善行であれ悪行であれ人の営みをくすませる。私見だが、分別ある者は情動に惑わされることが少ない。情動は注意力の散漫であり、もし抑制かなわず湧きいでたなら胸底に隠すべき女々《めめ》しい感傷に、屈してしまったことを意味するからだ。たびたび訪れるその精神の熱発に打ち克つことこそ人の務めであり、ゆめゆめ熱の強さに負けて、正道を踏みはずしてはならない。

それゆえ、ここでは単に、一面では進展を見ながら一面では行く手を阻まれるという状況が、わたしを苦しめていたと述べるにとどめておこう。ジョン・サーロウに躙《にじ》り寄れば寄るほど、悪鬼どもに躙り寄られた。夢やら霊の出現やらで引き起こされた懸念を振り払えずにいたせいだが、傍目《はため》に明らかなその原因も、頭にかかった靄《もや》に隠れて見えなかった。自分の中の撞着にむなしく思いを巡らしながら、わたしは南へと重い足を運び、かつての内乱の中心地帯を突っ切った。ほぼ一、二キロごとに、破壊の爪痕が連接している。あまたの建造物が、あまたの豪壮な住居が、いまだ乱雑に打ち捨てられ、主《あるじ》たちはわたしの父と同様、もはや建て直す財力を持たなかった。焼き払われ、あるいは石材を持ち去られた領主館、今なお放擲《ほうてき》され、雑草の生い茂った耕地……。小作人たちは、誰か本分をわきまえさせる人間がいなければ、けっして働こうとはしないものだ。わたしは、かねがね取り憑かれていた気鬱《きうつ》の発作に見舞われ、サウサムで足を止めると、沈着さと精気を取り戻すべく、瀉血《しやけつ》にいくばくかの金を投じた。その結果、体力を消耗して、一夜の宿りを得るため、さらなる金を費やすはめになった。

それがもっけの幸いで、宿屋の食卓についていたとき、霊治療や霊に関する万事に通じた著名な占星術師が、奇《く》しくもその日、町を通過していったという話を耳にした。語ってくれた男は、冗談めかしながらも内心は脅えたようすで、その占星術師はアイルランド人だから守護天使に守られていて、けっして災厄を被《こうむ》ることがないのだと言った。奥義を得し者《アデプトゥス》の域に達して、患部を両手で撫でるだけで傷病を癒す力を持ち、常にあらゆる形態の霊と交信していて、凡人同士が互いの姿を見るように霊を見ることができるという。

さらには、その占星術師が南へ向かい、ロンドンで国王陛下に術を施《ほどこ》す意向だという話も聞いた。この大胆きわまりない企図は、結局、水泡に帰したようだ。触れるだけで癒すその霊力(まやかしではなく、わたしもこの目で確かめたし、ほかにも証人は多い)が、不遜《ふそん》なものと断じられたらしい。それもそのはず、古来、手で触れて瘰癧《るいれき》を治すのは王の天与の権能とされているのを百も承知で、この男はわれにその力ありと豪語したのだ。アイルランド人であることも手伝って、当然のように危険人物と見なされ、短期の滞在ののち、ロンドンから強制的に出立《しゆつたつ》させられる仕儀となった。

さて、翌朝、若い健脚をもってすれば、しかも早暁《そうぎよう》に発てば、ほどなくそのヴァレンタイン・グレイトレックスなる占星術師に追いつき、施術を依頼することができるという成算を胸に、わたしは宿を出た。少なくとも、情けを請わずにすむことだけは確かだ。伯父の戸棚で見つけた金がまだ懐にあったので、今回にかぎっては、どれだけの料金を課されようと支払いには困らない。

数時間のうちに、州境のオックスフォードシャー側にある小さな村で、わたしはグレイトレックスに追いついた。そこに投宿していることを突き止め、自分も部屋を取って、面会の希望を伝えてもらった。ただちに、向こうから部屋に呼ばれた。

呪術師になら、以前どこかで遭遇していたはずだが、アイルランド人に会うのは初めてだったので、わたしはいくぶんびくつきながら対面に臨んだ。かの民族が野蛮かつ不従順で、恐るべき残忍さを具《ぐ》していることは、むろん承知していた。先ごろ哀れな新教徒たちに対してなされた大虐殺はまだ記憶に新しかったし、クロムウェルによるドロイダの制裁にも抗し続けたその執拗な戦いぶりは、血に飢えた凶暴性といい、とても人間業《にんげんわざ》とは思えなかった。信望薄いクロムウェルも、この獰猛《どうもう》な民族の征伐に乗り出したときばかりは、英国全国民の惜しみない支援を背中に浴びたことだろう。

グレイトレックス氏は、しかし、わたしの頭にあった呪術師の、そしてアイルランド人の像とは相容れない人物だった。会う前に思い描いていたのは、腰の曲がった老齢の、燃えるような赤毛と人を射る鋭い眼光の持ち主だ。ところが、実際には、歳のころ、わたしよりせいぜい十歳上で、紳士然とした物腰、挙止《きょし》端正《たんせい》にしてむだがなく、謹厳実直そうな顔つきは、主教ご自慢の信徒といった趣《おもむき》だった。口を開かなければ、イングランドの小さな町で見かける羽振りのよい商人で通っただろう。

ただし、声は尋常ではなかった。今のわたしなら、温和な表情と奏《かな》でるような声音で蜜のごとき言葉を操り、本性を覆い隠すのがこの手の者たちの常套手段であることを心得ているが、当時はまだ、そういう類の声など聞いたことがなかった。次々と質問を浴びせられ、言葉で全身を優しく撫でられるうちに、わたしの緊張はほぐれ、氏の声と、その目にたたえられた優しさ以外のすべてのものが、意識から遠のいていった。蛇ににらまれて身をすくめる兎の心境だろうか。イヴが毒蛇からさらなる甘い慰めの言葉を得ようと、相手の言いなりになった気持ちもわかるような気がした。

わたしの身分は？　出身地は？　どこで氏のことを聞き知ったのか？　何を相談したいのか？　いずれも欠かせない質問事項であり、かつて寡婦ブランディが、わたしの来訪が罠でないことを確かめるため突きつけた問いと似通っていた。詳しく答えるうちに、話はサラ・ブランディとの出会いに及んだ。グレイトレックスが膝を乗り出す。

「申し上げておきますが」と、静かな声。「うそをおっしゃるのは大きな間違いです。欺瞞《ぎまん》に対する寛恕《かんじょ》の情を、わたくしは持ち合わせません。あなたはどうやら、その娘を辱《はずかし》められたようですが、あなたの手口がいかに愚劣なものであろうと、それはわたくしのあずかり知らぬことです」

「辱めてなどいない」わたしは反論した。「向こうも乗り気だった。あとになって、もっと金を搾り取ろうと芝居をしたのだ」

「請われたお金を、あなたはお渡しにならなかった」

「すでにじゅうぶん渡してあった」

「それで、今になって、呪いをかけられたと恐れておられる。その夢のことをお話しください」

わたしは夢の内容を、そして毛長鼬《けながいたち》のことを語った。証拠をひとつひとつ数えあげるのを、グレイトレックスは黙って聞いていた。

「奸智《かんち》にたけた女の娘であれば、その手の攻撃を仕掛ける力があるとお考えにならなかったのですか？」わたしは考えなかったと答えたが、サラ・ブランディ本人による呪いだという可能性を指し示されたとたん、火を見るより明らかなその事実に気づき、そもそもそれに思い至らなかったのも、娘に呪縛されていたからだと悟った。

「その後、娘とお話しになりましたか？　沽券《こけん》に関わるとお思いかもしれませんが、往々にして、こういう出来事への最も確かな対応は、償《つぐな》うことです。娘があなたの謝罪を受け入れれば、どのような呪いであれ解いてくれるでしょう」

「もし受け入れなければ？」

「その場合、別の手立てを講じなくてはなりません。だが、何よりまず、謝罪なさることです」

「あんたはどうも、サラを怖がっているようだ。かなわぬ相手と見ているのか」

「わたくしには、なんとも言えません。その娘が真にそういう力の持ち主なら、確かに手ごわい相手でしょう。そう認めるのにやぶさかではありません。闇の力は強大です。だが、邪《よこしま》な者たちとは何度も対したことがありますし、五分《ごぶ》以上の戦果はあげてきました。ところで、その娘は何か、あなたの一部を所有していますか？」

質問の意味がわからず問い返したが、説明を受けて、サラに爪で顔を引《ひ》っ掻《か》かれ髪を引き抜かれたときの模様を詳述した。話が終わるか終わらないかのうちに、グレイトレックスがつかつかと歩み寄ってきた。こちらが身構えるより早く、短刀を抜き、わたしの髪をつかんで、すばやい動作でわたしの手の甲に刃を走らせる。それから、前髪をむしり取った。

わたしは跳び上がり、占星術師の声の魔力から一瞬にして醒めて、あらん限りの激しさと語《ご》彙《い》で罵倒を浴びせた。しかし、グレイトレックスは何事もなかったように、元の椅子に腰を下ろし、わたしが自制を取り戻すのを待っていた。

「お詫びいたします」興奮が静まったのを見て、言う。「娘が奪ったのと同じ状況で血液と髪を採取する必要があったのです。伴う痛みが大きければ大きいほど、奪われた小片の威力が増します。聖遺物に偉大な力があると言われるのも、苦しみ抜いて息絶えた殉教者の形見に最も強い霊力が宿るとされるのも、この原理に基づくものだとわたくしは考えます」

血のにじんだ手で前頭部をつかんで、わたしはグレイトレックスをにらみつけた。「カトリックの戯《ざ》れ言《ごと》だ。さあ、次は？」

「次ですか？　次は、何時間かよそで過ごしていただきます。単なる思い込みではなく、あなたがほんとうに魔法をかけられていることを確認し、あなたに敵対する力の正体を見きわめるため、占星術を行なわなくてはなりません。闇の世界を見透かすのに、最も確実な、というより唯一の方法なのです。法廷がわたくしのような能力の持ち主をもっと重用すれば、その分だけ審理は精密なものとなるでしょう。だが、理に暗いこの時代にあっては、占星術というと眉をひそめられる。時代にとっても不幸なことです」

「いまだかつて、法の網にかかった魔女などいないと聞く。それはほんとうだろうか？」

「偶然に処刑された魔女が、何人かはいるでしょう。だが、そういう者たちが意志を働かせた場合、法の網で捕らえることができるでしょうか？　できるとは思えませんね」

「では、最近火あぶりにされている女たちは？　誤って告発されたのか？」

「おおむねは。むろん、意図的にではないでしょう。われわれの周りには、悪魔の存在を否定しきれないほど多くの証拠があふれています。良識ある者なら必ず、邪悪な力がクリスチャンの女を誘惑し、男たちの魂をかき乱すような災いを引き起こしてきたという結論に導かれるでしょう。権威が崩壊すれば、悪魔はそこに好機を見出します。そのうえ、妖術に対する唯一のまともな反論といえば、女には魂がないから悪魔との取引が成り立たないというものです。しかし、この説はあらゆる権威によって頭から否定されています」

「なすすべがないということか？　そういう輩《やから》を止める手立てはない、と？」

「あなたの志しておられる法曹界には、ありません」

「おれが法律を学んでいることを、どうして知っている？」

顔に笑みが浮かんだが、質問は無視された。「万物は光と闇の戦いです。人類にとって重要な戦闘はすべて、おおかたの者の気づかぬうちに行なわれてきました。魔術師や善魔女、奥義《アデ》を得し者《プトゥス》など、地上にいる神の僕《しもべ》たちは、特別な力を神から与えられています。すなわち、秘密の知識を授けられ、代々、悪魔と戦う任務を負うているのです」

「錬金術師とか、そういう者たちもか？」

グレイトレックスの表情に蔑《さげす》みの色が差す。「かつては、そういう者たちも含まれていたでしょう。だが、錬金術師の技能と力は衰退しつつあります。彼らの目下の関心事は、物の成り立ちを説明することであって、その力の可能性を探ることではありません。現在の錬金術は絡《から》繰《く》りの技芸として、物質の生成を解き明かすさまざまな混合物や薬物を創り出しましたが、より高邁な問いかけ、すなわち、それらがどういう意義を持ちうるのかという視点を見失っています」

「あんたは錬金術師ではないのか？」

首が左右に振られた。「いいえ。わたくしは占星術師、お好みによっては降霊術師と呼んでいただいても構いません。悪魔について研究を重ねてきましたから、その力は知っています。わたくしの技能は十全とは言えませんが、おのれのなしえることはわきまえているつもりです。あなたのお役に立てるのなら、そういたしましょう。無理ならば、そのように申し上げます」

グレイトレックスが立ち上がる。「さて、わたくしの必要とする事柄をお話しいただかなくてはなりません。そのあと数時間、わたくしをそっとしておいてください。お聞きするのは、あなたのお生まれになった正確な日時と場所、その娘との交わりがあった日時と場所、そして、夢をご覧になった日時、その獣《けもの》と遭遇された日時です」

求められた情報をすべて与えると、部屋を出て村内をぶらついてくるように言われたので、喜んで指示に従った。なにしろ、その村は内乱の激戦地のひとつであり、かつて父が王の参謀として、栄《は》えある役目にめざましい働きを示した場所だった。戦いの一日が暮れたとき、王の軍は敵方の大砲をすべて獲得し、多数の敵兵を死亡させるという快挙を成し遂げていた。もしも国王が、生まれは父に勝っても経験では劣る家臣たちに頼らず、父をそば近く仕えさせていたなら、内乱の結果は異なるものとなっていただろう。しかし王は、戦わずして手もなく降伏したがるクラレンドンのごとき小胆《しょうたん》な文官どもの助言を、しだいに重んじるようになったのだった。

村は、オックスフォードシャー北部を取り巻く緑豊かな低地にある。作物の栽培にも騎兵の逗留にも適した田園地帯で、何もかも死に絶えていたそのときでさえ、ひっそりした枯れ野や冬に向かって葉を落とした木々ばかりの風景なのに、土地の肥沃さはうかがえた。なだらかな斜面は、軍勢の動きを大きく妨げずして、ほどよい遮蔽の役割を果たし、森は小さいので造作なく迂回できる。わたしは村を抜け、川上のほうへ歩きながら、かたや国王軍、かたやウォーラー将軍率いる叛徒《はんと》の軍が、敵のつまずきに乗じようと、軍鶏《しゃも》さながら互いに機をうかがいつつ、じわじわと上流へ進軍するさまを思い描いた。国王に、その日の形勢を変えることになる作戦を進言したのは、父だった。前衛を先行させ、後衛を遅い速度で進ませて、隊列の中ほどに手薄な部分を生じさせれば、ウォーラーのような男には抗しがたい誘惑になることを見抜いたのだ。案にたがわず、ウォーラーは騎兵の多くと大砲のすべてをクロップレディの小さな橋へ送り込んだが、川を渡ろうと隊列を崩した混乱のさなかに、戦術を心得たクリーヴランド伯爵の襲撃を受けて、粉砕された。

目をみはるような場景だったことだろう。昨今の堕落した香水漬けの連中とは天と地ほども違う騎兵隊が、一糸乱れぬ攻撃を仕掛け、サーベルを陽光にきらめかせるようすが目に浮かぶ。戦闘の日は夏の半ばで、雲ひとつなく暑かったと、父が話してくれたのを覚えていた。

「ちょっと尋ねるが」と、通りかかった人夫に声をかけると、村人たちが外来の者に対して必ず示す、怪しむような伏し目がちの仏頂面《ぶっちょうづら》が返ってきた。「戦いの日に、国王陛下が食事を召し上がったのは、どの木の下だ?」

人夫は険しいまなざしを投げ、わきをすり抜けようとしたが、わたしはその腕をつかんで食い下がった。人夫が一本の細い道のほうへ顎をしゃくる。「突き当たりにある畑に、樫の木が立ってる。あの暴君がうめえものを食らったのは、そこだ」

不敬の代償に、わたしは男の顔をしたたかに殴りつけた。「口を慎め。わたしの前で、そういう物言いは許さん」

叱責など屁でもないというように、人夫が肩をすくめる。「ほんとのことを言ったまでだ。それがおらの義務で、権利だからな」

「おまえに権利などないし、おまえの義務は服従することだけだ。国王陛下は、すべての臣民を救うために戦っておられたのだぞ」

「その戦いのせいで、あの日、おらんとこの作物はやつの軍隊に踏みつぶされ、息子は殺され、家も荒らされた。あんな王様に尻尾を振るいわれはねえ」
もう一発殴ってやろうとしたが、その意図を読み取った人夫が、始終折檻《せっかん》を加えられている犬のように縮みあがったので、手で追い払うようにして立ち去らせた。しかし、気分はすっかり害されていた。王のお立ちになった場所に自分も立って、往事の空気を呼吸しようという当初の計画は、もはや精彩を失ってしまった。しばし立ち尽くしたのち、グレイトレックスが仕事を終えていることを願いつつ、わたしは宿へ引き返した。

仕事は終わっておらず、たっぷり一時間も待たされてから、グレイトレックスが階段を降りてきた。手にした数枚の紙に、ちまちました字で、どうやらわたしの過去と未来のすべてが記されているらしい。態度と機嫌が一変しており、わたしを脅しつけて料金を吊り上げる魂胆《こんたん》であることがはっきりうかがえた。先刻は所作に緊張感を欠き、わたしの話をやや上の空で聞いていたのに、今は重々しく顔を曇らせ、深い憂慮の気配を漂わせている。

わたしは、それまでまったく、それ以後もほとんど、占星術に悩まされたことがない。未来に何が待ち構えていようが知りたいとは思わないし、だいたいのことはすでに知っている。この世には自分の居場所があり、時が至れば、それがあしたであろうと三十年後であろうと、神の御心に従って死ぬまでのこと。占星術を必要とするのは、おのれの身の程や行き着くところを知らない者だけだ。その隆盛ぶりは、民が困窮にあえぎ、社会が病んでいることの証《あかし》にほかならない。グレイトレックスのような輩が、内乱のあいだもてはやされたのも、当時は貴顕の列に名を連ねる士が、あっという間に虫けら同然になりうる時勢だったからだ。もしも平等主義が巷《ちまた》に広まって、たかが手柄を立てたくらいで出世を求める者が増えれば、占い師の懐がさらに潤うのは必定だろう。現に、わたしがあのときグレイトレックスを必要としたのはそのためだったし、あとで、そういう手合いが不要となればすぐに退《しりぞ》けたのもまたそのためだった。今のわたしは、神の思《おぼ》し召《め》しを心から受け入れる人間が占星術に関心を持つはずなどないと考えている。何が起ころうと、すべては神の摂理によるものだ。そのことを受け入れるのなら、それ以上知りたいと願ってはなるまい。

「それで？」わたしは、グレイトレックスが整然と並べ終えた紙片を前にして尋ねた。「どういう答えが出た？」

「とまどいと不安を禁じ得ません。どう解釈したものか、ほとんど思案が尽きているしだいです」芝居がかったため息とともに、グレイトレックスが言う。「今は奇妙きわまりない時代で、天みずからが数々の椿事《ちんじ》の立会人を務めています。わたくしにわかっているのは、どこかに偉大な師がいて、わたくしなど足もとにも及ばないその偉大な師を見つけることができれば、そのあたりの理《ことわり》をつまびらかにしてもらえるかもしれないということです。まさにそれを願って、アイルランドから旅してきたのですが、いまだ報われません」

「きびしい時代であることは確かだ」わたしはそっけなく言った。「だが、おれの占星図はどうなった？」

「これには、たいへん当惑しております」まるで初めて見るかのように、グレイトレックスがわたしの顔をのぞき込む。「どうご助言申し上げたものか、見当もつきかねる状態です。あなたはどうやら、重大な目的のためにお生まれになったらしい」

占い師の常套句のようなものだろうが、そのときのわたしは、相手が真情を語っていると感じ、なおかつ相手の言うとおりだと感じた。わたしの負った責務以上に重大な目的などあるだろうか？　グレイトレックスの言に裏づけを得て、わたしは大いに勇み立った。

「あなたはエッジヒルの戦いの日にお生まれです。奇妙な、恐ろしい日でした。空は荒れに荒れ、前兆に満ちあふれて」

心霊の達人でなくともそれぐらいのことは言えるという指摘を、わたしは呑み下した。

「そして、ご生誕の場所は戦場からさほど遠くありません。それはつまり、あなたの天宮図が、周囲の出来事に影響を受けたことを意味します。個々人の天宮図が、生まれた国のそれと相交わっていることは、もちろんご存じですね」

わたしはうなずいた。

「あなたは天蠍宮《てんかつきゆう》のお生まれで、生誕時の上昇点は天秤宮にありました。次に、あなたのご質問自体について申し上げると、お尋ねになったのが二時ちょうどであり、その時刻に基づいて天宮図を作成しています。妖術の最も顕著なしるしとして、第十二室を支配する星が第六室にある場合、もしくは上昇宮の支配星と第十二室の星座宮の支配星が同一の惑星である場合、すなわち本来の星位が妨害を受けたとき、これは術が施されていることを示します。しかし、その逆、すなわち上昇宮の支配星が第十二室もしくは第六室にある場合には、お尋ねの件がご自身の狷介《けんかい》さによって引き起こされたと考えられます」

わたしは重いため息をつき、いかがわしい呪い師《まじな》のご託に身を委ねたことを後悔し始めた。向こうもどうやら、それを察したらしい。

「どうか笑殺なさいませぬように。奇術とお思いになるかもしれませんが、そうではありません。これは最も純粋なる科学であって、人間が霊魂へ、そして時代の秘密そのものへ到達するただひとつの手段なのです。森羅万象は緻密この上ない計算によって営まれており、すべてのキリスト教徒が信じるとおり、最も賤《いや》しいものが最も崇高《すうこう》なものに結びついているのであれば、当然、一方の探究はもう一方の真実を明らかにするはずです。主はこうおっしゃらなかったでしょうか？『光るものは天の大空にあって、昼と夜とを区別せよ。しるしのため、季節のため、日のため、年のために、役立て』――創世記第一章十四節。これこそ、占星術の真髄です。神が摂理によって、われわれをお導きになるべく与えてくださった、そのしるしを読むわけですから。われわれが気づきさえすれば、しるしは顕《あらわ》れているのです。理論は簡明で、実践がむずかしいところではありますが」

「占星術の真実性は、微塵《みじん》も疑うものではない。ただ、細かな説明にはうんざりさせられる。おれが何より気にしているのは、答えだ。呪いをかけられているのか、いないのか」

「一部だけお聞かせしても用をなさない答えですので、完全な形でご説明させていただきます。わたくしのいちばん気にかかるのは、あなたの出生天宮図と現在の天宮図とのつながりです。とにかく、このような例は今まで目にしたことがありません」

「というと？」

「現在の天宮図には、なんらかの呪術の存在がはっきりと示されています。あなたの第十二室を占める星座宮の支配星である金星が、第六室に確たる座を占めているのです」

「では、呪われているということか」

「どうか逸《はや》らずにお聞きください。出生天宮図でも上昇宮の支配星が第十二室にあり、これは、あなたがご自身で不運の種を蒔《ま》かれる傾向にあることを意味します。木星と金星が相対する衝《しょう》の位置にあることで、あなたは理由もなく身の苦難を増大させやすくなっており、また、月が第九室と双魚宮にあって合《ごう》の現象を呈しているのは、突飛《とっぴ》な考えに取り憑かれて性急な行動に走りがちであることを示します。

すなわち、この件は特段の慎重さを要するわけで、あなたにとって最も慎重な策は、ご自身の過失をお認めになることでしょう。なぜなら、あなたに落ち度があれば、相手が何者であれ、向こうの怒りが正当性という後押しを得るからです。いちばんたやすい解決法は、戦うことではなく、許しを請うことです」

「相手が拒んだら？」

「あなたの改悛の情が本物なら、拒まれることはありません。もっと噛み砕いてご説明しましょう。呪術のしるしは、第二室の火星に起因する災厄の度重なる発生と、正反対の位置に顕れています」

「それは、どういう意味だ？」

「つまり、あなたの人生におけるこのふたつの側面は、互いに別物ではないということです。

呪文をかけられたという恐れと、お話しいただいたほかの災厄とは、密接につながり合っていて、その密接さゆえに、切り離しがたい関係にあります」

わたしは愕然として、占星術師を見つめた。この男がわたしの天宮図について述べたことは、トマスがわたしの夢について語ったことと同じだったからだ。「しかし、なぜそういうことが起こりうるんだ？ あの娘はおれの父を知らない。風評を聞いていたはずもない。あれだけの重大な出来事に影を落とせるような力が、あの小娘にあるわけがなかろう」

グレイトレックスはかぶりを振った。「わたくしは状況を申し述べるだけで、注釈を加えることはできません。だが、この助言を受け入れてくださるよう、強くお勧めします。あなたが魔女と呼んでおられるその娘は、今までわたくしが遭遇した何者にも増して、強い魔力を持っているようです」

「あんたよりもか？」

「わたくしなどより、はるかに」重々しい口調だった。「恥じ入ることなく、そう申し上げましょう。その娘に逆らうことは、そそり立つ絶壁から飛び降りるのと同じです。勝利を得たと思えても、それは幻であり、敗北を喫すれば、もはや地にまみれるのみ。一時的に呪いを退ける術《じゅつ》ならお教えできるでしょうが、永続的な効果はとても望めません」

「それでも、教えてくれ。備えなしというわけにはいくまい」

にわかに勢いづいたわたしの口調をいぶかるように、グレイトレックスはしばし考え込んだ。

「わたくしの助言を容れて、まず娘にお会いになることを確約していただけますか？」

「どういう呪文だ？」

「なんでもする。さあ、教えてくれ。どういう呪文だ？」

「もちろんだ。なんでもする。さあ、教えてくれ。どういう呪文だ？」

「あなたが手ずからなさらなくてはなりません」そう言って、先刻はなはだ手荒にわたしから採取した頭髪と血液の入った小壜を差し出す。「これは銀。月の金属です。中に、娘が手に入れたあなたの一部と、見た目には同じものが入っています。あなたが本物のほうを取り戻して、それを破壊することで呪文の対象を取り除ければ問題はありませんが、首尾よく行かなかった場合、この壜を娘の小水もしくは血液で満たしてください。そして、月が新月に向かう折に、壜を土中に埋めます。それを掘り返されないかぎり、娘はもう、あなたに魔力を及ぼすことができません」

わたしは小壜を受け取り、慎重に背嚢《はいのう》へ収めた。「世話になった。感謝している。代はいくらだ？」

「まだ終わりではありません。はるかに重大なお話が残っております」

「話は、もうじゅうぶんに聞いた。薬壜ももらったし、これ以上用はない」

「いいえ、お聞きください。あなたは性急で、短慮で、ご自分より分別のある人間の言に耳を傾けようとなさらない。今は多大な危険を目の前にしておられるのだから、謙虚におなりになるべきです」

「まあ、よかろう。言ってくれ」

「くり返し申しますが、あなたの意識の中心に居坐るその娘がもし魔女だとしたら、並大抵の魔女ではありません。あなたは先ほど、わたくしが魔女を怖がっているのかとお尋ねになりましたが、答えは否《いな》です。普通の魔女なら、怖くはありません。ただ、今回はたいへん脅えております。お願いですから、この魔物と関わり合うのはおやめください。それから、もうひとつ」

「なんだ？」

「他人《ひと》はあなたの富や生業《なりわい》を、ときには命を奪うことがあります。けれど、最大の敵はあなたご自身です。あなたのみが、ご自分の魂を滅ぼす力をお持ちなのです。慎重にお進みください。宿命を背負って生まれてくる人間もおりますが、変えようのない定めなどありはしません。意思さえあれば、別の道を選ぶこともできるというのが、わたくしの考えです。わたくしがお伝えするのは、蓋然であって必然ではありません」

「今になって辻褄《つじつま》の合わぬことを言い出したのは、おれを脅えさせて、見料《けんりよう》を吊り上げようという魂胆か」

「よくお聞きください」グレイトレックスは身を乗り出し、じっとわたしを見据えて、あらん限りの力で自分の意に従わせようとした。「あなたの出生時に見られる合《ごう》の現象は、奇妙であると同時に驚愕に堪《た》えないものです。そのことを肝に銘じておかれるべきでしょう。こういう相《そう》を、わたくしは過去に一例しか見たことがありません。そして、二度と見たいとは思いません」

「その一例というのは……？」

「一度だけ閲覧を許された書物の中にありました。プラチドゥス・デ・ティートの蔵書で、史上最も有名な占星術師であるユリウス・マテルヌスその人から譲られたものです。この本には、さまざまな時代から引かれた天宮図が収められていました。アウグストゥスやコンスタンティヌス、聖アウグスティヌス、そして、おびただしい数の教皇の出生天宮図。そのほかに、兵士、聖職者、政治家、医師、聖人……。しかし、あなたの天宮図に似たものは、ただひとつしか目にしませんでした。ですから、あなたに意志があり、力が備わっているのなら、そこから警告をお受け取りになるべきです。重ねて申し上げますが、わたくしの警告をないがしろになされば、あなたの一命よりはるかに大きなものが危険にさらされます」

「で、それは誰の天宮図だったんだ？」

グレイトレックスは、口を開くことを恐れるように、真剣な面持ちでわたしを見つめ、低い声で言った。「キリストの使徒、ユダのものでした」

グレイトレックスのもとを辞したとき、わたしが心底震えあがっていたことは、認めるにやぶさかではない。聞かされた話に怖《お》じ気《け》立《だ》ち、霊力にすっかり縛られていた。心の均衡を取り戻して、話のおおかたを駄句の羅列として笑殺し去るまでに、かなりの時間を要したことも、あえて隠し立てすまい。グレイトレックスの商才は感服に値する。ささやかな知識に大いなる厚顔さを調合して、強力無比な武器に仕立てあげ、人の好い客たちから思うさま大金を巻き上げるのだ。だいぶあとになって、わたしは自分が手もなく取り込まれたその過程を笑って振り返れる心境に至ったが、ことほどさように、当時はあの占い師の言葉を信じ切っていた。グレイトレックスはわたしの恐怖と痛心を嗅ぎ取り、わたしの杞憂《きゆう》につけ込んで、まんまと私腹を肥やしたわけだ。

ああいう手合いのやり口というものは、少し頭を働かせれば察しがつく。問診の形で必要な情報を聞き出し、それを奇術めいた言葉でくるみ込んで、世の母親が与えそうなありきたりの助言を適度にまぶす。何やらおどろおどろしい文献からの曖昧な引用をそこへ付け加えれば、完璧な騙《かた》りのできあがりで、よほどの気骨の持ち主でなくては抗《あらが》えるものではない。

しかし、わたしは抗い通した。もっとも、いかがわしい駄句の中にいくつか有意義な情報もなかったわけではない。第一に、サラの許しを請えという不愉快きわまりない忠言だが、これについては、困憊《こんぱい》の足取りでオックスフォードへの帰路をたどるうち、より賢明な判断力が働いて、こちらが一歩譲ることにした。詰まるところ、わたしの目的は、わが一族の汚名を雪《そそ》ぎ、本来の所有物をこの手に取り戻すことだ。もしサラがなんらかの形でそれに関わっているのなら、あの女のもたらす悪影響を一刻も早く排除するに如《し》くはない。じつのところ、わたしはグレイトレックスの霊力にほとんど信を置いていなかった。託宣に非凡なところなどないに等しかったし、明らかな誤りも多かった。教わった呪《まじな》いに絶対頼らないとは言い切れないが、効果のほどはかなり疑わしく思っていたので、不本意ながら結局、サラと直接会うのが問題解決の最も妥当な方法であり、いちばんの近道だという判断を下したのだ。

ともあれ、探求の経過についてトマスと話し合うのが先決と、わたしは町に戻ったその足で訪ねていき、友の猟官運動の状況を質《ただ》した。わたしのほうの問題になかなか水が向けられないほど、トマスは悲嘆にかきくれていた。どうやら、友を救済するために巡らせたわたしの計略が、期待どおりの実を結ばなかったらしい。グローヴ博士の品行に関する噂が広まり始めたとき、博士はサラ・ブランディに暇をやったのだが、世間はそれを有罪の証拠としてより、潔《いさぎよ》い犠牲的行為と見なしたのだという。

「すでに、博士が聖職禄を手中にしたようなものだというささやきが飛び交っているよ」トマスが沈んだ声で言った。「上級評議員十三人のうち五人がグローヴ支持を表明しているし、こちらで当て込んでいた中の何人かは、もうぼくと目を合わそうともしない。どうして、こんなことになったんだろう、ジャック？　きみは博士の人柄について、たいていの人よりよく知っているはずだ。けさも、学寮長のウッドワードに意思の確認をしてみたけど、態度が冷たくてよそよそしかった」

「変転の時代だからな。グローヴの昔なじみの多くが、影響力を持つ政府の要職に就いている。ウッドワードだって、このご時世では、権力者たちの不興を買わないよう気を遣うさ。議会に推されて今の地位を得た人間だから、王への恭順の旗を常に掲げておかないと、いつ任を解かれないともかぎらない。

だが、絶望はするな」友の浮かぬ顔と重いため息にいらだちが募り始めて、わたしは語気を強めた。「まだ負けと決まったわけではない。あと何週間かある。明るくふるまうんだ。食事のたびごとに非難がましい顔を向けられたら、誰だっていやになる。ますます気持ちが離れてしまうよ」

この世知の言葉も、またまた重いため息で迎えられた。「ああ、きみの言うとおりだね。貧乏など少しも苦ではなく、力の劣る相手に勝ちを譲ることがうれしくてならないような顔を、精いっぱい繕《つくろ》うとしよう」

「そう、その意気だ」

「じゃあ、話題を替えて、きみの調査の進み具合を聞かせてくれ。お母上に、ぼくからよろしくと伝えてくれただろうね」

「伝えたよ」ほんとうはすっかり忘れていた。「母に会って無上の喜びを得られたわけではないが、今回の旅ではいろいろおもしろい話を仕入れた。例えば、おれの後見人のウィリアム・コンプトン卿が、伯父に丸め込まれて、おれの財産が横領されるのを見て見ぬふりをしている、とか」

できるだけ軽い調子で話したのだが、状況説明をしているうちに、心はやはり苦い思いにふさがれた。いつもながら、トマスが善意の解釈を試みようとする。

「きっと、それが最善の策だと思ったんだろう。領地が借金のかたになっているのだとすると、きみは成人したとたん負債者監獄に放り込まれてしまう。コンプトン氏は親切心で、そういう事態を避けようとしたんじゃないのかな」

わたしは激しくかぶりを振った。「これには裏があるはずだ。なぜ、父のいちばんの親友であるコンプトン氏が、父があれほどの大罪を犯したという話を鵜呑《うの》みにしてしまったのか。何を聞かされたのだろう? 誰から聞かされたのだろう?」

「本人に尋ねるべきだね」

「そうするつもりだ。準備が整いしだいね。だが、先にすまさなくてはならない用事がある」

その日の夜更け、長く待った末に、サラ・ブランディを捕まえた。住まいを訪ねる手もあったのだが、母娘いっしょに相手にするのはとても無理だと思い、路地の突き当たりに立って、サラが現われるのを一時間以上待っていた。

歩み寄っていったとき、わたしの鼓動が速くなっていたことも、待たされたせいでわたしが機嫌を損なっていたことも、あえて否定はしない。「ブランディさん」わたしは背後から呼びかけた。

サラはすばやく振り向くと、凶暴きわまりない憎しみの光を目に宿して、二、三歩あとずさった。「近づかないで」唇がまくれ上がり、歯が剝《む》き出《だ》される。

「話がある」

「あなたに言いたいことは何もないし、あなたから聞きたいこともない。わたしには構わないで」

「そう言わないでくれ。ぜひとも話さないといけないんだ。頼むから、聞いてほしい」

サラが首を振り、くるりと背中を向けて、歩き去ろうとした。わたしはやむなく、前に回り込んで行く手をふさぎ、哀願に満ちた表情を浮かべてみせた。

「ブランディさん、お願いだ。聞いてくれ」

わたしの表情は、内心の思いをもしのぐ説得力を持っていたようだ。サラが立ち止まり、挑むような目つきで――うれしいことに、恐怖の色も交じっていた――待つ。

「何？　早く言ってちょうだい。言ったら、そのあとはもう、わたしに近づかないで」

わたしは大きく息をつき、やっとのことで言葉を押し出した。「あんたに許しを請いに来たんだ」

「なんですって？」

「許しを請いに来た。詫びを言うよ」

それでもまだ、サラは何も言わない。

「詫びを聞き入れてくれるか？」

「聞き入れなくちゃいけないの？」

「なんとしてでも、聞き入れてもらいたい」

「いやだと言ったら？」

「あんたはいやだとは言わない。言えないはずだ」

「いくらでも言えるわ」

「なぜだ？」わたしは声を荒らげた。「よくもそんな口がきけるな。郷紳であるおれがわざわざ出向いてきて、下げなくてもいい頭を下げ、自分の落ち度を認めているのに、それを拒むというのか？」

「郷紳の生まれかもしれないけど、それはあなたにとって不幸なことね。あなたのふるまいは、わたしの知ってるどんな人間に比べても、はるかに下劣です。あなたはなんのいわれもなく、わたしを手込めにした。それから、根も葉もない、底意地の悪い噂を流した。おかげでわたしは、勤め口をなくすし、外を歩けば嘲《あざけ》られ、尻軽女とやじられる。わたしの評判をそこまで傷つけておいて、あなたが償いに差し出すのは、形ばかりの、まるで心のこもらない詫びの言葉だけ。心底からの謝罪なら、わたしも快く受け入れるでしょうけど、あなたのはそうじゃない」

「なぜ、そうじゃないとわかる？」

「あなたの魂が見えるから」急に声を落とし、血の凍るようなささやきを洩らす。「どういうもので、どういう形をしてるかがわかるの。夜にはそのうめきが聞こえるし、昼にはその冷たさを舌に感じる。あなたの魂の燃える音が鼓膜を震わせ、憎しみの炎が肌を焦がす」

わたしばかりでなく誰にとっても、これ以上赤裸々な告白が必要だろうか。泰然《たいぜん》とおのれの力を認めたその物言いにすくみあがったわたしは、相手の求める深い悔悟の情を呼び起こそうと懸命に努めた。しかし、サラはひとつの点で図星を突いていた。わたしにはそういう情の持ち合わせがないのだ。悪魔の目はときとして真実を見抜く。

「あんたはおれを苦しめている。呪いを解いてくれ」

「改心しないかぎり、どれだけ苦しんでもまだ足りないわ」

サラの口もとがほころび、わたしは恐れていたことすべての裏づけをその顔に見て、思わず息を呑んだ。それは、どんな法廷でもなされたことのないあからさまな自白の証言であり、わたしはただ、その瞬間に立ち会った人間が自分ひとりしかいないことを無念に思った。サラはわたしの心中を察したらしく、身をのけぞらせて高らかに笑った。

「もうわたしに近づかないことね、ジャック・プレストコット。でないと、もっと悪いことがその身に降りかかる。すんでしまったことは取り消せないわ。今さら何を言ってもしかたない。でも、主《しゅ》が罰するのは、罪を犯して悔い改めない者たちよ」

「その口から、主の話が出てくるとはな。ぬけぬけと、よく言えたものだ」恐るべき冒瀆《ぼうとく》に、わたしは大声をあげた。「おまえに、神の御業の何がわかる？　淫売の魔女が仕える主《あるじ》は、ほかにいるだろう」

たちまち目に奸悪《かんあく》な怒りをたぎらせたサラは、前に進み出るなりわたしの顔を殴りつけ、手首をつかんで、わたしの顔を自分のほうへ引き寄せた。「二度と」毒気を帯びた濁声《だみごえ》は、下級の魔女を思わせる。「二度とわたしにそんな口をきかないようになさい」

そう言って、わたしを突き放した。感情の高ぶりに胸を大きく上下させていたが、わたしのほうも、襲われた衝撃で呼吸が荒くなった。ややあって、サラは警告のしるしに人差し指を突き出してみせ、震えるわたしを人影のない通りにひとり置いて、歩き去った。

それから一時間も経たないうちに、わたしは内臓をわしづかみにされるような疝痛《せんつう》に見舞われた。体を丸めて床に転がり、激しく嘔吐して、うめきをあげることすらできない。サラ・ブランディの攻撃が再開されたのだ。

この件をトマスに相談するわけにはいかなかった。トマスからはなんの助けも得られないだろう。霊魂を信じているかどうかさえ疑わしい。期待できるのはせいぜい、しかるべき対処法は祈ることだけだという意見ぐらいのものだ。しかし、わたしは、祈るだけでは足りないことを知っていた。呪術を制する強力な呪術を手早く身につける必要があったが、その手立てがわからない。サラのあとを追いかけ回して、グレイトレックスにもらった小壜に小水を入れてくれるよう頼めというのか？　到底無理だろう。だからといって、ブランディ母娘の小屋に押し入って、呪詛《じゅそ》の対象になっているという品を捜し回る気にもなれなかった。

ここでひとつ、特筆しておきたいのは、わたしが書き記しているサラとの対話は細部に至るまで正確そのものだということだ。サラの一言一句がそのあと何十年も胸に焼き付いていたのだから、記憶違いなどありえない。わざわざこう書くのも、わたしが知り得たことすべての裏づけと、爾後《じご》に起こった出来事すべての根拠が、対話の中の言葉に含まれているからだ。疑いを差しはさむ余地も、誤解の生ずる余地もない。サラはさらなる災いをにおわせてわたしを威《い》嚇《かく》したが、その災いを引き起こすのに魔術以外のすべを持たなかった。この点について、傍証や推論を持ち出す必要はない。サラは強《し》いられもせず、みずから進んで意思を明らかにしたのであり、その約束を果たそうとするのは時間の問題だった。あの瞬間以来、わたしは、破滅させるかさせられるかの戦いに否応なく巻き込まれていたのだ。その後の行動にほかの選択肢がなかったことをわかっていただくために、率直に言おう。わたしは捨て身の態勢にあった。

トマスと会う代わりに、わたしはグローヴ博士のもとに赴いた。博士がいまだに悪魔《あくま》祓《ばら》いの効力を信じていることを知っていたからだ。わたしが十五、六歳のころ、博士は一度、キネトンの近郊で起こった妖術絡みの事件の報に接して、わたしたち生徒に訓戒を垂れたことがあった。悪魔と関わり合うことを厳に戒めたのち、はなはだ意外かつ寛容なことに、晩の祈禱《きとう》ではわれわれを導いて、闇の世界と盟約を結んだと疑われている者たちの魂のために祈らせた。主の御胸《おんむね》に進んで身を委ねる者たちが切に願うなら、主は無敵であるがゆえに、主の力をもって難なく悪魔の業を阻むことができる、と博士は教え諭した。博士には、清教徒について堅固な持論があり、そのひとつが、清教徒は悪魔祓いの儀式を否定したことで、（聖職者の言葉を素直に受け入れて精霊の存在を信じ続けた）人々の目に、聖職者の地位をおとしめてみせたばかりではなく、果てしない戦いに用いるべき強力な武器を取り除いてしまったというものだった。

数か月前、本通りを歩いていて遠目に見かけたのを別にすれば、もう三年近くも博士の姿を目にしていなかったので、今また面前に進み出て、わたしは意外の念に駆られた。運命はグローヴ博士を優しく遇したようだ。記憶の中の博士は、どうにか糊口《ここう》をしのいでいるという風体《ふうてい》の男で、体よりひと回り大きい粗末な服に身を包み、顔には憂《うれ》いを貼り付けていたのだが、目の前の人物は、こと酒食に関しては、失った歳月の埋め合わせに精を出しすぎたらしく、むっくりした体つきをしている。わたしはトマスが好きだったし、友の安寧《あんねい》を願わずにいられなかったが、そのとき受けた印象では、イーストン・パーヴァの牧師職にグローヴは不適任だというトマスの決めつけには無理があるように思えた。わたしの目にはすでに、美味な食事とワインで腹を満たしたグローヴが、教区民たちに節制の美徳を説くべく、意気揚々と教会へ向かう光景が生々しく浮かんでいた。教区民たちのほうも、どんなにかグローヴをもてはやすことだろう。人はみな、現世で与えられた役柄にぴたりとはまる人物を好むものだ。イーストン・パーヴァの小教区は、トマスよりグローヴを指導者に迎えたほうが、住み心地のよい場所になるのではないだろうか。たとえ主の下される懲罰への畏敬《いけい》の念が軽んじられがちではあっても。

「お元気そうで何よりです、先生」部屋に通されたわたしは、コンプトン・ウィニエイツ館でグローヴが使っていた部屋を思い起こしながら言った。本があふれかえり、書類が散乱しているところは、昔と変わらない。

「そうだとも、ジャック、すこぶる元気だよ。もうきみみたいな洟垂《はなた》れ小僧どもを教えなくてすむわけだからな。そのうえ、もし神の御心《みこころ》にかなうなら、じきに、もう誰も教えなくていい身分になる」

「苦役からの解放、おめでとうございます」グローヴに手ぶりで示されるまま、わたしは積み重なった本をどけて、腰を下ろした。「ここでの暮らしを堪能なさっていることと存じます。領主館付きの副牧師からニュー・カレッジの評議員とは、大いなる名誉の回復です。もっとも、先生がかつて不遇をかこっておられたことは、わたしたちにとって願ってもない幸運でした。そうでなければ、あれほど博学な教育係の薫陶を受けることもなかったわけですから」

世辞に気をよくして、グローヴはうなるような声を洩らしたが、頭の半分では、からかわれることへの警戒心を働かせているようだった。

「確かに、地位は大いに上がった。ただ、ウィリアム卿の心遣いはありがたかったよ。館で雇ってもらえなかったら、飢え死にしていたろうからな。きみも知っているように、心弾む日々とは言いがたかった。だが、きみにとっても、どうやら暗澹《あんたん》たる時期だったようだな。今の学生生活がそれを埋め合わせるものであってくれればよいが」

「おかげさまで、憂いなく過ごしております。いえ、過ごしておりました。じつは、深刻な厄介事をしょい込みまして、それでお力添えをお願いに上がったんです」

この直截《ちょくせつ》な申し入れにグローヴは興味を引かれたようで、何があったのかと真摯に尋ねてきた。わたしは一部始終を話した。

「その魔女というのは、何者だ？」

「サラ・ブランディという女です。先生もご存じの」

名を挙げただけでグローヴの表情が暗く怒気を帯びたので、口にしたことを後悔しかけたが、結果的にはそれでよかった。

「あの娘には、最近、大きな苦痛を味わわされた。たいへん大きな苦痛をな」

「それはどうも」わたしは言葉を濁した。「そういえば、よからぬ噂を耳にしました」

「噂だと？　誰から聞いたのだ？」

「居酒屋での他愛ないおしゃべりですよ。ウッドという男から聞きました。すぐさま、愚劣な話をするなと言ってやったんですが、あやうく張り飛ばしてしまうところでした」

グローヴがふたたびうなるような声を出し、わたしの俠気に礼を言う。「そういう称賛すべき対応ができる人間は、あまり多くはいない」口調はそっけなかった。

「しかし、おわかりでしょう」わたしは好機に乗じて話を進めた。「あの女は、さまざまな意味で危険な存在です。やることなすこと、すべて災いにつながる」

「占星術で、呪いが確認されたのか?」

わたしはうなずいた。「グレイトレックスという男を信用しているわけではありませんが、わたしが魔法をかけられていること、そしてサラが恐るべき力の持ち主であることは、終始力説していました。それに、ほかの原因は考えられません。人の恨みを買うような覚えがないんです」

「頭と胃を襲われたんだったな? 獣が現われ、夢でも苦しめられた、と」

「一度や二度の攻撃ではありません」

「だが、きみは確か、子どものころにもそういう頭痛に苦しんでいなかったか? わたしの記憶違いだろうか」

「人間は誰だって頭痛持ちです。人より程度がはなはだしいという意識はありませんでした」

グローヴがうなずく。「胸が痛む。「きみの魂がかき乱されているのを感じるよ、ジャック」情味にあふれた口調だった。昔のきみは、きかん気の暴れん坊ではあったが、屈託のない子どもだった。何を悩んで、そういう怒りにゆがんだ顔をしているのだ?」

「呪いを受けています」

「そのほかにだよ。それだけではなかろう」

「お話しするまでもないでしょう。わたしの家族に降りかかった災厄のことは、ご存じのはずです。ウィリアム・コンプトン卿のもとに長年身を寄せていらしたんですから」

「お父上のことか?」

「もちろん。何より嘆かわしいのは、身内が、特に母が、あの事件を忘れ去りたいと願っていることです。父の名誉がおとしめられたというのに、汚辱を晴らそうと考えているのは、どうやらわたしひとりだけらしいのです」

わたしはグローヴを過小評価していたようだ。再会に際して、子どもじみた危惧を抱き、互いにもう教育係と生徒という関係ではないのに、なぜか、博士が折檻用の鞭《むち》を取り出すのを半ば待ち受けていたのだ。実際には、わたしが自分を大人と認識する以上に、博士はわたしを大人として扱ってくれた。あれこれ指図するでも、説教するでも、余計な助言をするでもなく、それどころか、ほとんど途中で口をはさむことなく、わたしの話に熱心に耳を傾け、夕闇の濃くなる部屋の中に坐ったまま、完全に暗くなっても蠟燭《ろうそく》を灯すために立ち上がりさえしなかった。ニュー・カレッジでのその一夕、みずからの悩みを吐露してみて初めて、わたしは問題が山積していることに気づかされたのだった。

そういう静聴の態度は、グローヴの信仰のありかたから生まれたものだろう。カトリック教徒でもないのに、グローヴは告解の効用を信じており、真に赦罪を求める者に対しては、けっして口外しないと誓わせたうえで、秘密裏にこれを行なっていた。わたしは、ふとそのとき、自分が望みさえすれば、この場でグローヴの好機の芽を永遠に摘み取り、トマスの立場を確かなものにすることができるのだと思った。頼み込んで懺悔《ざんげ》を聞いてもらい、あとで博士を隠れカトリックとして告発すればいい。それだけで、聖職にふさわしくない危険人物と見なされるだろう。

わたしはそうしなかった。そして、それが間違いのもとだった。わたしとしては、若いトマスなら、いずれ別の小教区が見つかると思ったのだ。先を急ぎたがるのが若い人間の常だが(今ではわたしもそう承知している)、野望は諦念によって、熱中は恭敬《きょうけい》によって、勢いをそがれてしかるべきだろう。当時のわたしは、もちろんそう考えたわけではないが、いとも簡単にグローヴの体面を傷つけられる立場にありながら、あえて挙に出るのを慎んだ裏には、単なる私利以上の何かが存在していたと信じたい。

正直なところ、私利は確かにあった。後日、わたしは、自分をグローヴのもとへ赴かせた神意の不思議に思いを巡らせたものだ。なにしろ、わたしの危難がわたしを救済へと導き、わたしに対する呪詛を成功への因子に変えてしまったのだから。悪を善に転換し、サラのような生き物を使って、企《たくら》まれていた害毒とは正反対の秘めやかな目的を具現する主の御業には、ただただ目をみはらされる。放蕩《ほうとう》の時代が過ぎた今、そういう事象にこそ、この世の真の奇蹟が宿っているのだろう。

わたしはその場で、ふたたびグローヴ博士の教えを、それも討論演習という最良の形で受けることになり、またとない修学の機会を得た。正規の指導教授たちにグローヴほどの力量があったなら、わたしは法学の勉強にもっと打ち込めただろう。グローヴはわたしに、討論のもたらす陶酔境《とうすいきょう》を垣間見させてくれた。子ども時代に受けた教授法は、あくまで事実に即しており、わたしたち生徒はひたすら文法その他の練習問題に励んだものだ。成人した今、わたしも論理的な思考(すなわち、神の御心により、女子どもや動物には与えられず、男のみが賜った崇高なる心的状態）を実践できる年齢に達していたので、グローヴはそれに見合う教育方針で遇してくれたのだった。さすがと言うべきは、論議を検証するのに古代ギリシャの修辞学教師の弁証法を用いたことだ。わたしにとって腫《は》れ物のような事実には目もくれず、わたしの提示する言辞に専心して、新たな思考を導き出した。

グローヴは、わたしの論証が三部から成っていると指摘した（博士の立論は緻密すぎて、その筋道を精確に思い起こすことがむずかしいので、ここでは大まかな輪郭のみを記しておく）。形式的には正しいが、必須の分析手順を欠いていて、ゆえに展開が、ひいては論理が不完全に終わっているという（書いていて気づいたが、わたしは自覚した以上に気を入れてこの臨時授業に臨んでいたらしく、学術用語が驚くほどやすやすと、今、頭によみがえってくる）。すなわち、第一部は、父の名誉の失墜。第二部は、相続財産の剝奪によるわたしの貧窮。第三部は、わたしにかけられた呪詛。グローヴ曰《いわ》く、論法家の務めは、問題の解法を見出して三部をひとつの懸案にまとめ、それを止揚させて、さらなる検証に付することだ。

「だから、もう一度最初から考えてみたまえ。まず、きみの論証の第一部と第二部を取りあげる。このふたつを結ぶ共通の糸はなんだ？」

「父でしょうか。告発され、領地を失っています」

グローヴがうなずいた。わたしが少なくとも論理学の基礎を覚えていたこと、要素を正しく並べられる態勢にあることを喜んでいるようだ。

「わたし自身もそうですね。息子として苦しんでいる。それから、ウィリアム・コンプトン卿。

領地に関する遺言執行者であり、〝封印されし絆《シールド・ノット》〟では父の同志でした。今思いつくのは、これだけです」

グローヴが小首をかしげた。「とりあえず、よかろう。しかし、それをさらに推し進める必要がある。なぜなら、きみは、第一部、すなわち告発がなければ、第二部、すなわち領地の喪失はなかったと主張しているからだ。違うか？」

「いえ、そのとおりです」

「では、それは間接的な因果関係だろうか？　それとも、直接的か？」

「よく呑み込めませんが」

「きみは下級の偶発的事象を捕らえて、第二部が第一部の間接的な帰結であると断じ、逆のつながりが可能かどうかの検証を怠っている。むろん、領地の喪失がお父上の不名誉を招いたという命題は成り立たない。時間的に不可能であり、よって合理性を欠いているからだ。しかし、領地喪失の予測が告発を招き、ひいては実際の喪失を招いたという命題なら、掲げられるだろう。不動産譲渡という観念が告発という媒介を経て現実を生じせしめたということだ」

その言説が図星を指していることに、わたしは驚き、まじまじと博士を見つめた。伯父の書斎で過ごしたあの夜以来、わたしの脳裡を去らなかった執拗な疑念が、今まさに口にされたからだ。果たして、それが真相なのだろうか？　父を破滅へと追いやった告発は、単なる利欲に促されたものだったのだろうか？

「先生がおっしゃりたいのは……」

「わたしは何も言っていないよ。ただ、論を張るにあたっては、もっと慎重を期するべきだと注意しているだけだ」

「はぐらかさないでください。この件について、先生は何かわたしの知らないことをご存じなんでしょう。確たる理由もなしに、視点をこういう方向に変えるようお導きにはならないはずです。わたしは先生をよく存じあげています。それに、この論法の流れは、もうひとつの明らかな事象の形相《けいそう》について、考察すべきであることを示しているようです」

「その形相とは？」

「告発と不動産譲渡というふたつの状況をつなぐのは、父がほんとうに有罪だという事実であることです」

　グローヴが相好を崩した。「すばらしい。うれしく思うよ。きみは真の論法家らしく、私心のない態度で思考している。さて、ほかに何か、気づかないかな？　成り行きで遭遇した災いについては、度外視しよう。そういうものは、無神論者の論法だ」

　師を喜ばせたことに気をよくしたわたしは、さらに嘉《よみ》されようと、懸命に頭を絞った。授業でそこまで考えることはめったになかったので、珍奇で心躍る体験となった。

「いいえ」しばらくして答える。「考慮すべき主要な項目は、そのふたつです。ほかの事柄はすべて、そのふたつの選言的命題の下位に位置するように思えます」わたしは、ひと呼吸置いた。「この問答を軽んじるつもりはありませんが、最高度の論証といえども、安定を得るためにはなにがしかの事実が必要でしょう。わたしは、この問答の決定的な領域に欠落しているその事実を、先生がどこかで必ず示してくださるものと信じております」

「法律家のような口をきき始めたな。哲学者ではなく」

「これは明らかに、法の適用さるべき問題です。論理学の手法で到達できるのは、ここまででしょう。父が有罪であるか、無罪であるか、ふたつの命題を弁別する手立てを、どうにかして見出さなくてはなりません。そして、それは形而上学《けいじじょうがく》のみにては不可能なのです。どうかお聞かせください。当時の状況を、先生はご存じでしょう」

「いや、いや、きみの思い違いを、ここで根底から正しておかなくてはなるまいな。わたしがきみのお父上と相まみえたのは一度きりで、端整にして勇猛な御仁《ごじん》であったという印象はあるものの、判定もしくは評価を下せる立場にはない。それに、お父上の不名誉についても、ほんとうにたまたま、ウィリアム卿が奥方に向かって、知ったからには伏せてはおけないと話しているのを洩れ聞いただけだ」

「なんですって？」相手を脅えさせるほどの勢いで、わたしは坐ったまま身を乗り出した。「何をお聞きになったんです？」

グローヴが心底とまどったようすで問い返す。「しかし、きみだって知っているはずだろう？　公に告発をしたのがウィリアム卿であることは……。あのとき、きみも屋敷にいた。何か、耳に入ってきたのではないのか？」

「いいえ、まったく。いつのことです？」

グローヴは首を振った。「一六六〇年の初めだったと思う。ぼんやりした記憶だが」

「何があったんですか？」

「わたしは書庫で文献を探していた。滞在中、蔵書を自由に閲覧してよいとのお墨付きを、ウィリアム卿から頂戴したのでな。第一級の書庫ではなかったが、わたしにとっては砂漠の中のささやかな泉で、よく渇きを癒させてもらった。きみも、間取りは覚えているはずだ。おおかた東向きで、奥のほうが回廊状になり、突き当たりに、領内の実務全般を執り行なう執務室があった。ウィリアム卿がそこにこもっているときは、けっして邪魔をせぬよう気をつけていたよ。こと金銭に関わる仕事となると、すさまじい癇癪《かんしゃく》を起こすのが常だったからな。零落《れいらく》の身を、いやがうえにも思い知らされたのだろう。いったん癇癪が起こると、そのあと数時間、誰もが近くに行くことを避けたものだ。

　ところが、その日、奥方はそうしなかった。だから、今、わたしがきみに話せるのだ。ほとんど何も見えなかったし、全部が聞こえたわけではないが、わずかに開いた扉のすきまから、あの貞淑な令夫人がご主人の前にひざまずいて、熟慮を請うているのが見えた。

『心はもう決まっておる』自身の言動に口出しされることに慣れていないあのウィリアム卿が、けっして険しくはない口調でそう言った。『わたしは信頼を裏切られ、命を売り渡されたのだ。男子たる者がかような行為に走り、友人たる者がかくも陋劣《ろうれつ》にふるまうとは、想像するだに汚らわしい。罰を受けさせずにはおけんだろう』

『でも、確かなのですか？』奥方が尋ねた。『ジェイムズ卿は二十年来のご友人で、あなたはそのご子息をわが子同様にお育てになっているのですよ。そういうかたを指弾なさろうというのですから、間違いがあってはなりません。それに、あちら様はきっとあなたに決闘を申し込まれるでしょう。そうなったら、あなたに勝ち目はありません』

『刃を交えることにはならんよ』妻の懸念を慮《おもんぱか》ってか、ウィリアム卿はさらに声音を和らげた。『武芸で劣ることは自覚しておる。それから、告発が絶対的に真であることにも確信を持っておる。ジョン・ラッセル卿からの通告には、疑いを容れる余地がない。モーランドから入手した書簡、文書、会合の覚書。その多くが、わたしの知識とも符合する。ジェイムズ卿の筆跡も、使っておった暗号も、わたしは知っておるのだ』

そのとき、扉が閉ざされて、わたしには何も聞こえなくなった。しかし、それから数日間というもの、奥方は悲嘆に暮れ、ウィリアム卿は常にも増してうつろなようすだった。その週末、人目をはばかるようにロンドンへ発ったところを見ると、おそらく、向こうで国王の側近たちに、ジェイムズ卿の容疑とその証拠について語ったのだろう」

当時の鮮明な記憶がよみがえって、わたしは思わず笑い出しそうになった。ウィリアム・コンプトン卿は、確かにある朝、大急ぎで馬を駆り、館をあとにした。確かに、それに先立つ数日間、まるで頭に生じた病が全身へ広がったかのように、家じゅうに陰鬱《いんうつ》な空気が漂っていた。そして、コンプトン卿は出立《しゅったつ》の前に、そろそろこの家を出ていくようにとわたしに告げたのだった。務めを果たせる年齢になったのだから、自分の身内のもとへ戻るべきだ、と。わたしの子ども時代は終了したのだ、と。

それから三日後、ウィリアム卿が明けがたに旅立った次の日に、わたしは所持品のすべてとともに荷車に乗せられ、伯父のもとへ送られた。目の前で起こりつつあった嵐のことなどつゆ知らぬままに。

しかし、わたしがコンプトン・ウィニエイツ館を去ったいきさつについて、これ以上くだくだしく書くのはよそう。この手記のそもそもの趣旨に沿うなら、むしろグローヴ博士とのやり取りに今少し紙幅を割《さ》くべきだろう。わたしの訪問の主目的だった悪魔払いに、博士の助力は得られなかった。頑として儀式を執り行なおうとしなかったのは、サラが先回りして博士の魂に働きかけ、利己心《りこしん》を呼び起こして、目前の栄達をふいにしかねない行為にふけることを控えさせたからに違いない。言葉を尽くして説得を試みても、グローヴは首を縦に振らず、もっと明白な呪いの証拠が示せるようならそのときは考え直そうと言うばかりだった。それまでは、ともに祈ってやることしかできない、と。せっかくの好意を無にしたくはなかったが、ひざまずいて一夜を過ごそうという気にはとてもなれなかった。それに、博士から得た新情報で気力がよみがえっていたので、当面のあいだ、霊的な事象には心を煩《わずら》わせないことにした。

肝心なのは、追い求める謀略の鎖に、新たな環《わ》がひとつ加わったことだ。わたしは博士を問い詰めた。〝ジョン・ラッセル卿を介してモーランドから入手した書類〟ということは、ジョン卿がほかの誰かからそれを託されて、単に仲立ちを務めただけだったということかもしれない。嬉々として風説を広めたにしても、風説の作者ではなかったということかも……。これは妥当な推論だろうか？　グローヴ博士は妥当だと答え、ただし、ラッセルに悪意はなかったと請け合った。けれど、風説の出所《でどころ》について、博士はそれ以上わたしの助けになってはくれなかった。なんともいらだたしい。ラッセルがひと言明かしてくれさえすれば、わたしの手間は大いに省けたはずだが、タンブリッジウェルズで受けたあのあしらいを考えると、そのひと言が聞ける望みはないに等しかった。ニュー・カレッジのグローヴの部屋を辞去するとき、わたしはその足でウッド氏を訪ねようと肚《はら》を決めた。

気がはやり、高ぶっていたせいで、わたしは重大な事実を失念しており、マートン通りに建つウッド家の、飾り鋲《びょう》付きの重い扉が引きあけられたときになって、サラ・ブランディがこの家に雇われていたことを思い出した。しかし、ありがたいことに、応対に出てきたのはサラではなく、ウッドの母親だった。さして遅い時間でもなかったのに、母親はいかにも迷惑そうな顔をした。

「ジャック・プレストコットがお目通りを請うていると、ウッドさんにお伝えください」と、わたしは言った。ウッド夫人は半分、わたしに門前払いを食らわせ、約束を取り付けてから出直すよう告げる気持ちになっていたようだが、やがて態度を和らげ、中へ請じ入れてくれた。あまり待たせずに姿を現わしたウッドも、やはりうれしそうな顔ではなかった。「プレストコット君、いかにも唐突だね。ご来臨の栄に浴する心の準備を整える時間を、もう少しいただきたかったところだ」

わたしはそのいやみを受け流し、緊急の用件である旨を告げた。あと少ししか町にいられないのだ、と。ウッドはいかにも口うるさい男らしく、不興のうめきをあげ、大事な仕事が山積しているふうを装《よそお》ってから、あきらめたようにわたしを自室へ案内した。

「ブランディの娘の姿が見えないようですが」階段を昇りながら、わたしは言ってみた。「たしか、こちらで女中をしていましたよね」

ウッドの表情が曇る。「話し合って、暇を出すのがいちばんだということになったのだ。それが良識的な判断というものだろうし、わが家の体面を考えると最善の策だ。といっても、あとくされがないわけではないよ。母があの娘にひどく執心していてね。それも、度を超して、理屈では説明がつかないほどだった」

「魔力で縛られていたのかもしれませんよ」できるかぎりさりげなく言った。ウッドが返したまなざしは、同じ考えがその胸を一度はよぎったことを告白していた。「そうかもしれない」ウッドがおもむろに言う。「人を使うつもりが、結局は使われているというわけだ」

「使われる側が悪いのか、使う側が悪いのか」

そっとこちらをうかがうような目つきから、ウッドが非難の棘《とげ》を感じ取り、話題をそらしたがっているのがわかった。「貴君は、信頼の置ける女中を雇うことのむずかしさを語りに来たわけではあるまいね」

わたしは、自分のかかえる問題を、そして、グローヴ博士とのやり取りの一部を、ウッドに話した。「その証拠書類、たぶんモーダント卿が話していたのと同じものだと思うんですが、それがウィリアム卿によって広く世に知られるようになったわけです。そして、ウィリアム卿はジョン・ラッセル卿を介して、モーランドという人物からそれを手に入れた。さて、モーランドとは何者でしょう？」

「ちょっと待ちたまえ」ウッドが迷子の土竜《もぐら》よろしく、せかせかと室内を歩き回り、いくつもの書類の山を調べて、ようやく目当ての山にたどり着く。「そのことなら、たいした謎ではなかろう。それはきっと、サミュエル・モーランドだ」

「で、その男は……？」

「今はサミュエル卿になっていると思う。そのこと自体、たいへんな驚きであると同時に、大いなる考察の種だ。あの男の過去に鑑《かんが》みても、ここまで引き立てられるには、よほどの功があったに違いない。例えば、国王軍にいた内通者の正体を暴くとか」

「あるいは、そういう趣旨の文書を偽造して流すとか」

「ああ、ありうるね」鼻を鳴らしながら、ウッドがうなずいた。「なにせ、モーランドは、俗にいう筆法で一目置かれていた。サーロウに仕えたこともあるはずだし、わたしの記憶が確かなら、共和制末期にサーロウが追放されたとき、その後釜に坐ろうとまでした。それから、王党派に転じたのだろう。機を見るに敏というか」

「では、文書偽造という筋書きは、あなたから見て突飛なものではないわけですね」

ウッドが首を振る。「貴君のお父上が罪を犯したか否かの問題だ。犯していないのならば、世間に有罪と思わせるべく、なんらかの策が巡らされたと考えるのが妥当だろう。だが、真相を突き止める唯一の手立ては、モーランド本人にぶつかってみることだ。ロンドンのどこかに住んでいると思う。ボイル氏から聞いた話では、下水網整備のための水力機関の開発に携わっているようだ。なんでも、たいへん画期的な機械らしい」

わたしは、情報を与えてくれた愚鈍な小男に、ひざまずいて感謝を捧げたくなった。この男に会うよう勧めたトマスの助言は正しかったわけだ。礼を失さぬ程度に手早くいとまを告げ、ウッド邸を出る。興奮冷めやらず、まんじりともせずにその夜を明かしたわたしは、翌朝、ロンドン行きの馬車に乗った。

第十一章

わたしはそれまで、大都会へ出たことがなかった。足を踏み入れた場所としては、オックスフォードが飛び抜けて大きな町だった。人生のおおかたを、最大の集落でもたかだか数百人が住まうだけの田舎の領地か、ボストンやウォーリックのような、人口わずか数千の市場町で過ごしてきた。ロンドンには(正確な数など誰にも知りようがないはずだが、聞いた話では)五十万の人間が暮らしているという。地球の顔にできた巨大な腫《は》れ物さながら、この都は膿汁《のうじゅう》を流しつつ野放図に広がり、土地を痩せさせ、そこに住むあらゆる生き物を蝕《むしば》んでいた。初めのうちこそ、わたしも馬車の窓の覆いを引き上げ、沿道の光景に目を奪われたが、やがて、このような陋巷《ろうこう》で営まれる生活の忌《い》むべき賤《いや》しさに思い至ると、驚嘆は嫌悪に変わった。わたしは

（すでに明らかにしたとおり）読書人という柄ではないが、若いころグローヴ博士に読まされた詩の中に、琴線に触れた一行がある。作者の名は失念したが、賢明かつ謹直な詩人であったことは確かで、〝街に住む能わず、詐術学ばざりせば〟と吟じていた。いつの世も同じだろう。二枚舌が称揚され、真率さが見下され、誰もがおのれの益のみ考え、雅量《がりょう》が嗤《わら》いの種となるような都会では、田舎者の誠実は大いなる瑕瑾《かきん》でしかない。

サミュエル・モーランド卿の所在を尋ね回る前に、まず落ち着いて考えをまとめ、きたるべき対面に備える必要があった。そこで、荷物を背負うと、ロンドンとウェストミンスターを結ぶ大道（昨今の旺盛な建設事情から見て、このふたつの都市の境界線は早晩まったくわからなくなるだろう）を渡って、北へ歩き、飲食物を購《あがな》える場所を探した。ほどなく、広場《ピアッツァ》（わざわざイタリア語で呼ばずとも、英国人には広場《スクエア》で用が足りるだろうに）に出た。ここは、ヨーロッパ各国のそれと比べても、引けを取らない規模の空間なのだという。わたしの目には、さほど壮大な一景とは映らなかった。軒を並べる建物の威容も、青果を売る女たちやらほこりやら踏み散らされた野菜くずやらのきたなさのせいで台なしだ。飲食店もいくつかあったが、その法外な料金を見て、わたしは店主たちの厚かましさに怖気《おぞけ》立《だ》ち、すぐに身を遠ざけた。角を曲がると別の通りがあり、ずいぶん静かそうに見えたが、それがまたまやかしで、このドルーリー小路は市内指折りのいかがわしい危険地帯、娼婦とならず者の巣窟だった。もっとも、わたしが目にしたのは開場間際の劇場だけで、仕着せを身にまとった役者の一団と遭遇した。法から身を守るために揃いの服を着ているのだが、滑稽《こっけい》なことおびただしかった。

コヴェント・ガーデンからロンドンの方角へ歩き、セントポール大聖堂付近まで来たところで、一本のむさ苦しい路地へ折れた。安くて良心的だと聞いた薄汚い小さな宿屋に、まずは荷物を置くためだ。確かに安くて良心的だったが、静かさと清潔さという、さらなるふたつの美徳までは兼ね備えていなかった。毛布は虱《しらみ》の宝庫で、下見のようすから察するに、この今宵の同衾者《どうきんしゃ》たちの行儀は、けっして褒められたものではなさそうだ。しかし、どのみちわたしはすでに頭に虱を飼っていたので、高い金を払ってまでもっとましな宿に泊まる意味はないと思えた。そのあと、サミュエル・モーランド卿捜しに取りかかった。住所を突き止めるのに、さほど時間はかからなかった。

ボウ教会近くの古めかしい通りに建つその家は、それから数年後に一帯を襲った火事で、おそらく全焼を免れなかったことだろう。草葺《くさぶ》きの屋根をいただく古い木造家屋で、いくらかでも手をかけていれば、まだ風情《ふぜい》があったろうと思われた。むろん、それもまた都会生活につきものの問題であり、家主と居住者が異なるがために、建物がまったく顧みられず、やがて傾き、朽ち果て、街に毒気を振りまいて、害虫の温床となるのだ。小路は道幅が狭いうえ、頭上にかぶさるように上階がせり出した家並みのせいで薄暗く、行き交う商人たちの売り声がそこに氾濫していた。教えられたとおり雄牛の看板をめざして歩いたが、それがすっかり色あせていたので、道の端から端まで二度行き来した末、ようやく一軒の扉の上に掛かった疵《きず》だらけの破れ板に、それらしい絵の描かれていた跡を見出した。

扉が開くと、作法どおりのあいさつどころか、用向きすら問われることなく、いきなり請じ入れられた。

「ご主人はご在宅か？」わたしは戸口に立った男にきいた。垢まみれの体といい、不潔をきわめた衣服といい、これほど見苦しい外貌の使用人にはお目にかかったことがない。

「わたしには主人などいない」意表をつかれた顔で、その男が言った。

「これは失礼。家を間違えたらしい。サミュエル・モーランド卿を捜しているんだが」

「わたしがお捜しの当人だ。おたくは？」その答えに、今度はこちらが驚く番だった。

「わたしは……その……グローヴといいます」

「お近づきになれてうれしいですな、グローヴさん」

「こちらこそ。父の言いつけでうかがいました。ドーセットに若干の沼沢地を所有しているのですが、人づてに、あなたの発明なさった排水装置が――」

用意してきたうそさえ言い終えることができなかった。モーランドがわたしの手をつかんで、ポンプの把手《とって》みたいに上げ下げしたからだ。「結構、じつに結構。わたしの発動機を見たいとおっしゃるんですな？　土地を干拓するのに使いたい、と？」

「まあ……」

「実用に堪えるものであれば、ですな？　お考えは手に取るようにわかりますぞ。この発明家とやらが食わせ物だったら、どうする？　資金をつぎ込む前に、まずは敵情を視察するに如《し》くはない、と。食指を動かしたのは、オランダ人の発明の才をご存じで、かの国の収穫量が百倍に増えた話やら、沼地が肥沃な牧草地に変わった話やらを聞き及んだからだが、今ひとつ絶対の信頼は置きがたい。沼沢地の干拓や、そこで使われている揚水機のことも耳にしたものの、それがご領地にふさわしいかどうかは量りかねる、とまあ、そういうご事情ではありませんかな？　気を遣って、否定なさるには及びません。幸い、わたしは疑《うたぐ》り深いたちではないし、お望みならどなたにも分け隔てなく作品をお見せしています。さあ、どうぞ」声を弾ませて、ふたたびわたしの腕をつかみ、別の戸口へ引っ張っていく。「こちらです」

このふるまいにいささか当惑を覚えつつも、わたしは小さな玄関広間から奥の大きな部屋へと導かれた。おそらく以前は毛織物商人が住んでいて、ここに梱《こり》がしまってあったのだろう。間口から想像するよりはるかに広い部屋で（貧しさを装《よそお》って富を人目から隠すのが、あの手の商人たちの常だ）、突き当たりの扉がいっぱいにあけ放たれているおかげで空気は甘くすがすがしく、この季節にしては燦々《さんさん》と陽が降り注いで、束の間、目がくらんだほどだった。

「どうです？　なかなかのもんでしょう」わたしのめまいを驚愕と取り違えて、モーランドが言った。ただし、視界が戻った目に映った光景には、確かに驚愕させられた。一堂に集められた物、物、物……。これほどかまびすしい蒐集は見たことがなかった。十数脚の机のそれぞれに、見慣れない装置や壜や樽や道具が、所狭しと載っている。三方の壁際には、木切れや金属の小片が積み上げられ、床は削りくずとぬらぬらした液体と革の端切《はぎ》れで覆われていた。二、三人の使用人、おそらくは設計どおりに発動機をこしらえる腕を持つ職工たちが、作業台で金属にやすりをかけたり木を鉋《かんな》で削ったりしている。

「これはすごい」相手のあからさまな期待に応えて、わたしは賛辞を口にした。

「ほら」と、またもや論評を述べる務めからわたしを解いて、モーランドが熱っぽい口調で言う。「どうですかな、これは？」

わたしたちは、きれいな彫り模様のある樫のテーブルの前に立っていた。上に置かれているのは、せいぜい成人男子のてのひらほどしかない真鍮《しんちゆう》製のごく小さな装置ひとつきりで、精巧な彫刻が施《ほどこ》されている。上部に十一個の回転盤があり、それぞれにいくつかの数字が刻まれている。その下の、器械本体には、細長い金属板が渡され、表面にうがたれた小さな穴から数字がのぞいているところをみると、その下にも目盛盤があるらしい。

「みごとだ。でも、何をするものですか？」

モーダントは、わたしの無知をうれしがるように笑った。「計算器ですよ」得意げに言う。「世界随一のね。惜しむらくは、唯一ではない。あるフランス人がひとつ所有しているんです。ただし」と声をひそめて、「先方の器械は、あまり実用の役には立ちません。わたしのと違って」

「実用とは、どういう……？」

「むろん、計算です。原理は、棒を使ったネーピアの計算器と同じですが、精度がはるかに高い。ふた組の歯車に、一から一万までの数字が登録されています。財務計算に使うなら、半ペニー単位ですな。この把手と歯車の歯が嚙み合っていて、動かすと正しい分量だけ回転するようになっている。時計回りが足し算、反時計回りが引き算です。目下製作中の次なる器械では、平方根や立方はもとより、三角法の計算までこなすことができます」

「とても有用だ」

「そのとおり。ほどなく、すべての会計係の机に常備されることになるでしょう。この装置の存在を、世に知らしむるすべが見つかればの話ですがね。そうしたら、わたしは金持ちになれるし、実験に基づく科学は、もはや数理計算の達人たちの独壇場ではなくなって、飛躍的な進歩を遂げます。せんだって、オックスフォードのウォリス博士に一台お送りしたんですよ。その方面では、わが国の第一人者ですからね」

「ウォリス博士をご存じなんですか。わたしも知り合いです」

「ほう。わたしはこのところお会いしていませんが」言葉を切って、にんまりする。「かつて同じような仕事に携わっていたと言っていいかもしれない」

「何かお言付けがあれば、お伝えしますよ」

「わたしからの言付けでは、喜ばれるかどうか、怪しいもんですな。お心遣いだけ、ありがたく頂戴します。しかし、きょうのご用向きは、そんなことではありますまい。庭のほうへおいでください」

ここでようやく、算術器械を離れて、戸外へ出た。先に立って歩いていたモーランドが、大樽のような土台に長細い円筒を突き立てた物体の前で足を止めた。憂《うれ》いを帯びた口惜しげな顔でそれを見やって、重々しく首を振り、ため息をつく。

「わたしに見せたかったのは、これですか?」

「いいや。これはわたしがやむなく断念したものです」

「どうしてまた？　作動しないのですか？」

「とんでもない。作動しすぎるんです。火薬を利用して、揚水の問題を解決しようと試みたんですがね。つまり、鉱山ではそれが大きな課題なわけです。近ごろの坑道の深さ——地下百数十メートルに及ぶこともあります——を考えると、揚水作業の苦労は、その深さの分だけ水を汲み上げるんですから、並たいていのもんじゃありません。水の詰まった長さ百数十メートルの管の重さを、ご存じですかな？　いや、お答えには及びません。ご存じなら、そんなものを汲み上げようなどと考える人間の無謀さに、あきれかえるばかりでしょうから。で、わたしが考案したのは、空気を満たした密閉容器を地上に置いて、中の空気を地下まで降下させ、それとつないだ別の管を通して、地上の開口部へ抜けさせるという仕組みです」

わたしはうなずいたが、すでに説明のおおかたは理解不能だった。「容器内で少量の火薬を爆発させると、それによって内部の圧力が高まります。この圧力が一本目の管を下って、水をもう一本の管へと押し上げる。何度もくり返せば、常に地下水を上方向に送ることができるわけです」

「壮大な仕掛けですね」

「そうでしょう。残念ながら、適正な規模の爆発を継続的に生じさせる方法を、いまだ編み出すに至っていません。爆発で管が破裂して危険を招くか、十五メートルほどの水の柱が一本上がったきりで終わるか、どちらかなんですよ。特許は取得済みなので、商売敵《しょうばいがたき》に手柄を横取りされる心配はありませんが、解決策を見出さないかぎり、妙案が水泡に帰してしまいます。

熱湯を使うことは考えてるんです。水は蒸気になると体積がうんと増えて――二千倍にもなるんですよ、驚きでしょう？――その過程で、圧倒的な力を獲得します。もしなんらかの方法で、蒸気を下方へ噴射できれば、あるいは上下動の仕組みの中へ送り込めれば、それが水を押し上げるのに必要な力になるんです」

「で、そこに至るための課題は？」

「課題は、熱い蒸気をいかにして、よそへそらさず、目当ての方向へ送るかです」

わたしにはまるでわからなかったが、モーランドの精気と熱弁を前にすると、その口からほとばしる言葉をさえぎるすべがあるとは到底思えない。それに、聞き役に徹したほうが心証がよくなり、こちらの求める情報を得られる可能性も増すというものだ。そこで、わたしはモーランドを質問攻めにし、平素なら蔑《さげす》みの感情しか覚えない事柄に、ことさらの関心を寄せているようにふるまった。

「つまりは、使える揚水機がないということですか？」

「揚水機？　そう、そう。揚水機はいくらでもあるんです。ありとあらゆる種類のものが。鎖式、吸引式、円筒型……。ないのは、〝効率的〟な揚水機、〝気品〟ある揚水機、要するに、与えられた務めを簡便かつ優雅に果たす揚水機です」

「では、沼沢地は？　ああいうところでは、何が使われているんです？」

「ああ、沼沢地ね」見下すような口調。「あれはまったく別物ですよ。技術的に、ほとんど興味をそそられない代物《しろもの》で」ちらりとこちらを見て、ふたたびわたしの用向きを思い出したようだった。「まあ、だからこそ、投資の対象としては格好と言えるでしょうな。干拓の作業に斬新な機能など必要ありませんから。問題は単純です。そして、単純な問題には単純な解決策を用いるのがいちばん。違いますか?」

わたしは首肯した。

「沼沢地のかなりの部分は海面下に位置していますが、低地帯諸国《ロー・カントリーズ》と同様、それは海面下にあってしかるべきなんです。そうでなければ、名前を変えなくちゃならない」

モーランドが自分のささやかな冗談にくつくつ笑い、わたしもそれに付き合った。「ご存じでしょうが、今では、堤防を築くことによって、水の侵入を容易に防げます。オランダ人がもう何世紀も前から実践していることですから、さほどむずかしいはずがない。問題は、すでにある海水の排出です。どう処理したらいいでしょう?」

わたしは自分の無知を認め、相手を満足させた。

「いちばん素朴なのは、水路です。新しい道筋を作ってやれば、水はそっちへ流れていく。排水管という手もあります。地中に木の管を埋め、水を集めて、よそへ流すわけです。その場合の問題は、費用も時間もかかるということでしょう。おまけに、周りの土地のほうが、あるいは海面のほうが上にあるわけですから、集めた水はどこへ行きます?」

わたしはまた首を振った。「どこへも行きません」モーランドがさらに勢いづく。「行き場がないんです。水は高いほうへは流れませんからね。誰でも知っていることです。沼沢地の多くがいまだ完全に干拓されていないのは、そういう事情によります。わたしの揚水機を使えば、この問題が克服され、人間の願望と大自然の欲求との戦いにおいて、大自然は勝ちを譲らざるを得なくなるでしょう。水がなんと高いほうへ流れ、完全に排出されて、土地が有効に使えるようになるんですから」

「すばらしい。そして、得られる利益も大きいと」

「まあ、そうです。領地の干拓のために会社を設立したあの紳士のかたがたは、裕福になることでしょう。わたし自身も、おこぼれにあずかりたいところです。ハーランド・ワイトにいくばくかの土地を所有しておりますんで……おや、どうなさいました?」

重い鉄拳をみぞおちに食らったようだった。わが一族の土地、父の所領の中心をなすかの地の名が飛び出そうとは予期もしていなかったので、思わず息を呑み、青ざめて、あえぎ声を洩らした。正体を知られてしまったのではないかという不安が湧き起こる。

「失礼しました、サミュエル卿。瞬間的にめまいを起こす癖がありまして。すぐに治ります」笑みをこしらえ、回復したふうを装った。「ハーランド・ワイトですか? 初めて耳にしました。長年ご所有の土地ですか?」

狡猾《こうかつ》な笑みに口もとがほころぶ。「ほんの数年前からですよ。じつに買い得でした。安く出ていたし、わたしはその土地の値打ちを売り手よりよく知っていましたから」

「それはそうでしょう。その売り手というのは……?」

しかし、モーランドは誘いに乗らず、質問を聞き流して、おのれの愚劣さより賢さを披瀝しようとした。「で、まず干拓を完了させ、そのうえで売りに出して、たんまりと潤わせてもらおうというしだいです。ベッドフォード公爵閣下がはやばやと、ご購入の意思を示してくださっています。すでに周りの土地のおおかたを所有していらっしゃいますから」

「先見の明が報われましたね」わたしは用意してきた一連の質問を引っ込めて、別の角度から切り込むことにした。「ところで、ウォリス博士とはどういうお知り合いですか？　わたしも時折、博士に教えを請うているのでお尋ねするのですが……。実験法や数学のことで、助言を求めているとか……」

「とんでもない」急に謙遜《けんそん》の口ぶりになる。「わたしも数学の徒ではありますが、どこから見ても博士のほうが優等であることを認めるにやぶさかではありません。つながりといっても、うんと世俗的なものでしてね。ふたりとも、一時期、ジョン・サーロウに雇われていたことがあるんです。わたしはむろん、ひそかに国王陛下の大義を支持していましたが、ウォリス博士は当時、クロムウェルの重鎮でした」

「意外ですね。今の博士は、忠実な臣民と見受けられます。それに、聖職にある数学者が、サーロウのような人物にとってなんの役に立つというんです？」

「それはもう、いろいろと」わたしの世間知らずな言葉に、モーランドは苦笑した。「暗号作りと解読の分野で、ウォリス博士はこの国の第一人者でした。技術的に、右に出る者はいませんでしたね。長年、サーロウに重宝がられていました。暗号で書かれた書簡の束が、オックスフォードの博士のもとに届けられ、それを解読したものが次の馬車で送り返されるという具合です。みごとなもんだった。王党派の連中に、いくら暗号を使っても時間のむだだと教えてやりたいぐらいでしたよ。だって、こちらの手に落ちれば、どんなものでもウォリスが解読してしまうんですから。あなたも博士の生徒なら、何通か見せてもらうといい。今でも、手もとに置いておられるはずです。まあ、そういう経歴を示すものを、ご自分から見せびらかすことはしないでしょうが」

「あなたもサーロウと知己《ちき》だったのですか？　当時としては、たいへんなことでしょう」

追従《ついしょう》に気をよくしたのか、モーランドは口が軽くなり、わたしにさらなる感銘を与えようとした。「まあ、そうですね。三年のあいだ、わたしはサーロウの右腕ともいうべき存在でした」

「縁続きだったのですか？」

「めっそうもない。わたしはそもそも、外交使節として、迫害された清教徒を代表して嘆願するため、サヴォイアへ送られたんです。数年あちらにとどまって、亡命者たちを見守っていました。その貢献が認められ、信頼を勝ち得て、こちらへ戻ってきたときに、役職を差し出されました。以来、ずっとその職に就いていたんです。国王陛下に情報を流していることが発覚して、追われる身になるまでは」

「陛下は家臣に恵まれていたわけですね」モーランドのしたり顔に、わたしはにわかに嫌悪を覚えて言った。

「みんながみんな、そうだったわけではありません。わたしのような忠義者がいる一方で、金貨ひと袋のために陛下を売り飛ばそうという者もいた。わたしは、中でもいちばん非道なやつの正体を暴き出してやりましたよ。ウォリスの解読した文書の一部が間違いなく国王陛下のお目に触れるようにしてね」

かなり核心に近づいたことがわかった。冷静さを保ち、相手が疑心を抱かないよう努めさえすれば、未曾有の宝物を掘り出せるだろう。

「ウォリス博士とは、もう親しくしておられないようなお口ぶりですね。当時の何かが原因なのですか？」

モーランドが肩をすくめる。「今ではどうでもいいことです。過去の話ですから」

「聞かせてください」と思わず食い下がり、そのとたん、踏み込みすぎたことに自分で気づいた。モーランドの目がすぼまり、奇矯《ききょう》なまでの上機嫌が、気の抜けたワインを地にこぼすようにみるみる消えていく。

「どうやらオックスフォードで、学業以外のことに余分な関心をお寄せになったようですな。ドーセットへ戻って、ご領地のことに専念なさったほうがよろしいでしょう。そのご領地がほんとうに存在すればの話ですが。誰しも、おのれに関係のないことに首を突っ込むと、ろくな結果にはなりません」

モーランドがわたしの肘をつかみ、玄関へ引っ張っていこうとした。わたしは侮蔑を込めて手を振りほどき、正面から向き合った。膂力《りょりょく》では負けない自信がある。その気になれば、腕ずくで情報を絞り出せるはずだ。「いいや、ぜひともお話を……」

言い終えることはできなかった。モーランドが手を叩くと、即座に扉が開き、屈強そうな男がひとり、これ見よがしに腰帯に短剣を差して現われた。何も言わず、指令を待っている。

戦って勝てる相手だったかどうかは、今もわからない。勝つ可能性はあったが、倒される可能性も同じぐらいあった。古兵《ふるつわもの》の雰囲気を漂わせた男で、剣術ではわたしよりはるかに場数《ばかず》を踏んでいるようだ。

「無礼なふるまいをお許しください、サミュエル卿」わたしは懸命に自制を働かせた。「あなたのお話に魅了されてしまったのです。確かに、オックスフォードではいろいろな話を耳にしていて、大いに関心をかき立てられました。若輩には無理からぬことでしょう。どうか、年少ゆえの熱狂と好奇心を大目に見ていただきたい」

なだめる言葉は功を奏さなかった。ひとたび目覚めさせた猜疑心《さいぎしん》を、また寝かしつけるのは容易ではない。欺瞞《ぎまん》と二枚舌に生きた歳月の中で沈黙の価値を学んだモーランドは、わが身を焦がしかねない火種にけっして近づこうとはしなかった。「この紳士を、出口へご案内しろ」召使いに言いつける。それから、わたしに向かって慇懃《いんぎん》に頭を下げ、奥へ姿を消した。数瞬ののち、わたしは騒々しい通りに立って、おのれのあさはかさを呪っていた。

事ここに至って、オックスフォードへ戻らなければならないことは明白だった。わが探求は終決に近づきつつあり、残された疑問への答えはかの地にある。しかし、出立《しゅったつ》するには遅い時間で、次の馬車が出るのは翌日だ。これほど疲労困憊《ひろうこんぱい》していなかったなら、藁布団に同衾した蚤《のみ》どもの間断ない攻撃にいらだち、同室者たちのたてる音に閉口していたことだろう。実際には、財布をしっかりと腰に結わえつけ、寝込みを襲おうとする輩《やから》の意気をくじくため、あからさまに短刀を枕の下に収めたあと、なんの妨げも感じることなく熟睡した。翌朝、わたしは本物の有閑紳士《ゆうかんしんし》よろしく、パンとともに一杯の麦酒《エール》をゆっくりと味わいながら過ごし、陽がだいぶ高くなってから宿を出た。

ほかに妙案もなかったので、名所を巡ることにし、セントポール大聖堂を訪れた。清教徒の掠奪によって昔日《せきじつ》の栄光を失ったこの巨大な石積みも、これに取って代わるべく今建設中の奇抜な造形物に比べれば、まだ威風をとどめているというものだ。わたしは、構内に店を出している書籍商や小冊子売りを一軒ずつ見て歩き、触れ役や巡査たちが、前夜刈り取った悪徳の収穫物である犯罪や欺瞞《ぎまん》の数々を並べ立てるのに耳を傾けた。これほど多くの窃盗、暴行、騒乱が起こったとすれば、ロンドンじゅうが夜《よ》っぴて眠らず、加害者あるいは被害者あるいは目撃者として罪業《ざいごう》に携わっていなくてはいけないことになる。わたしはそのあと、ウェストミンスターに足を向け、バッキンガム宮殿に立ち寄って、国王チャールズが流血の殉教へと歩を踏み出したまさにその窓、今は悪行を後世に伝えるべく黒い絹布で覆われた窓を、畏怖《いふ》の念をもって見つめながら、王の罪深きふるまいゆえ国家が堪《た》え忍ばされた罰に、しばし思いを致した。

そういう気晴らしに、しかし、わたしはすぐに飽きてしまい、露天商からまた少量のパンを買い求めると、コヴェント・ガーデンへ足を向けて、繁華街を突っ切った。きのうと同様、どうもわたしの肌にはなじまない一郭だ。空腹だったので、ここでワイン一杯を贖《あがな》うため、法外な出費をしたものかどうか迷っていると、わたしの腕に軽く手をかける者がいた。

いくら田舎者でも、この状況で起こりうる事態を察知できないほど愚鈍ではなかった。とっさに身を翻《ひるがえ》し、短刀に手を伸ばしたまではよかったが、そのあと、立派な身なりの若い婦人を間近に認めて、うろたえた。美貌の持ち主だが、鬘《かつら》やら付けぼくろやら口紅やら白粉《おしろい》やらで覆われて、造化《ぞうか》の神に授かった器量をほとんど見分けることができない。麗々《れいれい》しさのきわみは、今も忘れぬ香水のにおいで、本人の発する自然の香気を紛らし、わたしを花屋にいるような気分にさせた。

「ご用でしょうか?」冷たく言い放ったわたしのとまどいを揶揄《やゆ》するように、相手は片眉を上げ、口もとをほころばせた。

「ジャック! あたしを忘れたわけじゃないでしょうね」

「失礼ながら、お顔を存じあげません」

「まあ、覚えてなくてもしかたないけど、タンブリッジウェルズの近くで野宿したとき、あたしを守ってくれた人の勇ましさを、あたしは忘れられないわ」

そう言われて思い出した。あのときの若い娼婦だ。しかし、この変わりよう。運は大いに上向いたようだが、わたしにはこの娘がいいほうに変わったとは思えなかった。

「キティ」記憶の底から名前をすくい上げた。「どこから見ても淑女じゃないか。すぐにわからなくて悪かったけど、この化けっぷりじゃ、おれを責めるわけにもいくまい」

「それはそうね」気取ったしぐさで、顔の前で扇を揺らしながら言う。「素性を知る人は、あたしを淑女なんて呼ばないけど……。娼婦から身を起こして、妾になったのよ」

「めでたいことだ」相手に合わせて、わたしはそれを理にかなった出世と見なすことにした。

「ありがとう。旦那は立派な人で、方々《ほうぼう》に顔が利いて、それはもう気前がいいの。なのに、むかつくような醜男でもないのよ。あたし、ほんとに運がいいわ。うまくいけば、飽きられてしまう前にたんまりお金をもらって、自前の亭主を買うことだってできるかもしれない。それはそうと、あんた、道の真ん中でおのぼりさんみたいにぽかんと口をあけて、ここで何してるの？　あんたみたいな人が来るとこじゃないよ」

「食べ物を探していたんだ」

「それなら、いくらでもあるじゃない」

「いや……財布の中身との相談で……」

キティが愉快そうに笑った。「じゃあ、あたしの財布と相談しなさいよ」

そう言うと、悪びれたようすもなく腕を絡ませるなり、あっけにとられるわたしを広場まで引っ張っていって、〈ウィル亭〉という軽食堂に入り、個室を所望して、飲み物と料理を運んでくるよう言いつけた。驕慢《きょうまん》さに眉をひそめられるどころか、まさに貴婦人の上客という扱いで、数分後には、わたしたちは雑踏を見下ろす広々とした二階の部屋に腰を落ち着けていた。

「誰かにとがめられないか？」嫉妬深い旦那が荒くれ者を二、三人、見張りにつけているのではないかと、わたしは気が気でなかった。その問いの意味を、キティはしばらく量りかねていたようだが、やがてまた笑い声をあげた。

「あら、いやだ。御前はあたしをよくご存じだから、あたしが不謹慎な行ないで将来を棒に振るなんてこと、考えもしないでしょうよ」

「きみのその恩人の名前を、聞かせてもらえるかな?」

「ええ。みんな知ってる人よ。ブリストル卿よ。歳は食ってるけど、気さくで、国王の覚えもめでたいの。あたしが見初《みそ》められたのは、タンブリッジウェルズでね。だから、あんたにはますます恩を感じてるってわけ。あそこに着いて一日も経たないうちに、お呼びがかかったのよ。あたし、精いっぱい御前を喜ばせて、愛想もよくして、われながらうまくやった。案の定、ロンドンへついてこいと言われて、お手当もたくさんもらえることになったの」

「惚れられたわけか」

「そんなんじゃない。でも、とても血気盛んなかたなのに、奥様が萎《しな》びたおばあちゃんでね。それに、御前は病気を死ぬほど怖がってるの。じつを言うと、これは奥様の考えよ。奥様がタンブリッジウェルズの通りであたしに目を留めて、御前に耳打ちしたの」

キティは警告を与えるように、人差し指を左右に振った。「お説教を始めようとしてるみたいね、ジャック・プレストコット。おやめなさい。あたしの機嫌を損ねるだけだから。あんたみたいな堅物《かたぶつ》はついあれこれ言いたくなるんでしょうけど、あたしにどうしろっていうの?あたしは体を売って、ちっぽけな富と慰みを手に入れてる。周りを見れば、教会の偉い人たちも、富と慰みのために魂を売ってるじゃない。いいお仲間よ。そんな群れに罪人がひとり加わったって、誰も気づきやしないわ。ねえ、ジャック、このご時世で徳を守るなんて、偏屈というもんよ」

こうあからさまに堕落をひけらかされると、返す言葉に窮する。肯定するわけにはいかないが、かといって難じるのも気が引けたのは、それで友好関係が壊れる恐れがあったからで、何はともあれ、キティといっしょにいられるのはうれしいことだった。そのうえ、羽振りのいいところを見せようと、キティが極上の料理とワインをふるまい、腹がはち切れて頭が朦朧《もうろう》とするまで飲み食いを強《し》いるのだから、なおさらだ。わたしが酒食をむさぼるあいだ、キティは町の噂話を聞かせ、旦那が宮廷での出世を約束されていること、それゆえ王の信任を巡ってクラレンドン伯と深刻な敵対関係にあることを話してくれた。

「もちろん、クラレンドンは実力者よ」まるで隠密理に行なわれる国政の駆け引きをすべて見通しているかのような口ぶりだ。「でも、国王陛下は、まじめ一方で陰気なクラレンドンを煙たがってらして、ブリストル卿の朗らかさにはご満悦だって、もっぱらの噂なの。おまけに、陛下は興をあがめるおかたでしょう。クラレンドン伯の地位はあやういもんだわ。ちょっとした不手際で更迭されかねない。そうなったら、あたしは陛下の愛人のカースルメイン伯爵夫人に次いで、王国第二の淫婦になるのよ。御前がカトリック教徒だというのが大きな障害ではあるけど、それだってきっと乗り越えてしまうでしょう」

「ほんとうにそうなると思うか？」わたしは思わず引き込まれて尋ねた。権力者たちの風聞にこれほど興味をそそられるとは、われながら意外だった。

「ええ、思うわ。そうなってほしい。何より、クラレンドン伯本人のために」

「クラレンドン伯がきみのその気づかいをありがたがるとは思えないな」

「ありがたがるべきよ」瞬間、キティの声音がまじめになる。「ほんとの話。あたし、気になる噂を耳にしてるの。宮中にはクラレンドン伯を快く思ってない人が多くて、誰もがうちの御前みたいに穏やかで太っ腹なわけじゃないでしょう。もし失脚でもしなかったら、あの人はもっとひどい目にあいかねない」

「どうかな。そのうち失脚はするだろうが、それは老齢だからで、自然の成り行きというものだ。ただし、そうなっても、クラレンドン伯は従来どおり、金も権力も失わず、いい目を見続けるだろう。剣を取って戦うことも、胆力を試されることもなく、したたかに生き延びて、栄華を手にする輩のひとりだからな。その一方で、もっと優れた人間は追い落とされていく」

「はっはあ、本音が出たわね。それでロンドンに出てきたわけ?」

すっかり忘れていたが、探求の旅についてはキティに話してあったのだ。わたしはうなずいた。「サミュエル・モーランド卿のことを調べに来た。名前を聞いたことがあるか?」

「あると思う。機械仕掛けに熱中してる人じゃない? 自分の企《くわだ》てに後押しを得ようとして、宮中の誰彼となく声をかけてるらしい」

「強力なひいき筋がいるのかな?」何事においても、敵を知るに如くはなし。いざ攻めようとした相手に、強い後ろ盾があることがわかって、すごすご引き下がるのは不面目だ。

「いないんじゃないかしら。沼沢地の干拓事業に関わってるみたいだから、ベッドフォード公爵とはつながりがあるんでしょうけど、それ以上のことはなんとも言えない。調べてあげましょうか? たいした手間じゃないし、役に立てればうれしいわ」

「そうしてもらえたら、こんなにありがたいことはない」

「その言葉だけで、あたしにはじゅうぶんよ。今晩、あたしの部屋へ来てくれない？　朝はカースルメイン夫人、昼は御前にお付き合いしなきゃならないけど、夜は自分の時間だから、誰でも自由に招き入れていいの。それが三人のあいだの決まりで、むしろあたしがどんどん客を招いたほうが、奥様もご安心ってわけ」

「喜んで好意に甘えよう」

「さてと、あたしはもうおいとまするから、うんとくつろいで、英気を養いなさいな」

わたしは立ち上がり、心遣いに感謝して深く頭を下げたばかりか、大胆にも手に口づけをした。キティがけらけら笑う。「やめてよ。あんたは見かけにだまされてる」

「そんなことはない。今まで会った多くの女たちより、きみのほうがよっぽど淑女だ」

キティは顔を赤らめ、褒め言葉に気をよくしたことを隠そうと、わたしをからかうしぐさをした。それから、お供の小さな黒人を従えて、さっそうと部屋を出ていく。ブリストル卿から下賜されたらしいこの召使いは、わたしたちの会見のあいだもずっとそばに控えていたのだ。気さくで鷹揚な旦那だとはいうが、わざわざその伯爵の機嫌を損ねるような危険を冒す必要はなかった。

すでに陽が暮れかけ、肌寒くなっていたので、セントポール大聖堂近くの軽食堂で時間をつぶすことにして、新聞に目を通しながら周りの会話に耳を傾けた。話されている内容はといえば、この街と住人たちに対するわたしの嫌悪感をさらに強くさせるものばかりだった。大言壮語に大風呂敷。仲間を感じ入らせたり、目上の者におもねったりするためだけの空疎な馬鹿話に、多くの時間が濫費されていた。風聞というものは商品と同じで、売り買いされる。正当な所有者がいなければ、それは、贋金作りが金屎《かなくそ》から正貨を生み出すように、捏造《ねつぞう》されたということだ。ともあれ、わたしに話しかけようとする人間はいなかったから、心の平安を乱されずにすみ、少なくともそれだけはありがたかった。近年、そういう店に足繁く通って、気の置けぬ仲間とやらとの親交でおのれの価値をおとしめる向きが多いが、わたしは努めて卑俗な場所へは近づかないようにしている。

遅々たる歩みではあったが時は過ぎ、ようやく約束の刻限が訪れた。格式からいうなら、こちらが優位に立ってしかるべきところなのに、わたしはキティと会うことに緊張を覚えていた。ロンドンは礼節の観念を蝕む街だ。実体より見た目が重んじられる。名もない家から出た詐欺師も、立派な風采と人の気を惹く物腰さえ備えていれば、古い家柄の紳士で通ってしまう。わたしとしては、かの偉大なる女王の唱道されし規範を復活させて、商人に紳士の身なりを許さず、不埒《ふらち》な模倣には高い代価が伴うようにしてほしいところだ。上位の者を装う行為は、娼婦がその本性を偽るのと同様、紛れもない詐称の罪であり、罰を免れるようなことがあってはなるまい。

キティの場合は、悪徳が大いなる報奨をもたらしたわけで、邪《よこしま》なるものから善なるものが生じうることを認めるのは業腹《ごうはら》だが、その暮らしぶりはフランス語で言う雅趣《グー》に富んでいた。こういう気取った語彙《ごい》を外つ国《とくに》から借用せざるを得ない分だけ、われわれ英国人の精神はまだ壮健だと言えようか。愛の女神ヴィーナスに仕えるほかの娼婦たちなら、これ見よがしに戦利品で部屋を飾り立てたところだろうが、キティは質素に、金めっきを施した舶来の家具ではなく、どっしりした樫材の調度に囲まれ、壁には、けばけばしい綴《つづ》れ織《お》りではなく、寒気を和らげるための素朴なアラス織りを飾っていた。ただひとつ、あられもない虚栄心を感じさせたのは、壁に掛かったキティ本人の肖像画で、これは向かい側の壁にある伯爵の肖像画と対《つい》を成し、あたかも夫婦を気取っているかに映った。わたしのその不興の表情を見て、キティが、これは贈り物だから飾らないわけにはいかないのだと説明した。

「ジャック、最初にちょっと、まじめな話をしておきたいんだけど」あいさつを交わして、腰を下ろすなり、キティがそう切り出した。

「なんなりと」

「好意にすがらせてほしいの。あんたの欲しがってる情報を与える代わりに」

「好意なら、いくらでも差し出すよ。別に、見返りとしてではなく」

「ありがとう。あの……あたしたちがどこで出会ったかを、誰にも言わないでほしいの」

「おやすいご用だ」

「ああいうことは起こらなかった。ケント州の路上であなたが出会った娼婦は、あたしじゃなかった。今のあたしは、ヘレフォードシャーの貧しいけど堅い家の出で、伯爵夫人の遠縁にあたる娘として、ロンドンへ連れてこられたことになってるの。あたしが誰で、何をしてたか、まだ知られてないし、これからも知られたら困る」

「そのことが今の暮らしの足枷《あしかせ》になっているとも思えないが」

「ええ。でも、いずれそうなる。御前という後ろ盾が取り払われたら」

「伯爵がきみに暇を出すということか?」

「それはそうよ。冷たい仕打ちはなさらないでしょうけどね。年金をいただけるだろうし、あたし、自分でもかなり貯め込んでる。大年増になるころには、自分の身を養っていけるぐらいの財産は持ってるでしょうよ。でも、ひとりでどうするわけ? あたし、結婚するべきだと思うの。そうなったとき、昔のことが知れたら、いい話が逃げていくでしょ」

わたしは眉をひそめた。「結婚だって? 求婚者はいるのか?」

「あら、たくさんいるわよ」艶《つや》っぽい声で笑う。「名乗り出てくるようなくそ度胸のある人はまだいないけどね。でも、あたしの未来像はどう? ちょっとした財産家で、王国屈指の有力者とつながりのある女……。引く手あまたよ。誰かさんがうっかり口を滑らせて、機会を台なしにしてしまわないかぎりはね。ただ、結婚はやっぱり気が重い」

「女はたいてい、結婚を夢に見るものだ」

「苦労して貯め込んだお金を旦那に渡さなきゃいけないのに? 旦那の許しなしでは、何にもできなくなるのに? 旦那が死んでも、自分の財産を相続できないかもしれないのに? ええ、ほんと、すてきな夢だわ」

「おれをからかって、楽しんでいるんだな」むっつりと言った。

キティがまた笑い声をあげる。「そうみたい。でも、未来の旦那との生活を考えたら、あたしがヘレフォードの郷士ジョン・ハネイの娘キャサリーンであるほうが、元娼婦キティであるより、強い立場に立てるでしょ」

わたしは気が滅入ったような顔をしたに違いない。容易には受け入れがたい要求だった。仮に、わたしの知り合いではないにしろ、どこかの紳士がキティと結婚するという話を耳に入れたとしよう。その紳士に警告を与えるのが、わたしの務めとは言えまいか？　地位のある男が家名を危険にさらし、死ぬまで暴露の脅威のもとで過ごすのを、黙って見ていることができるだろうか？

「あんたの承認を求めてるわけでも、後押しを頼んでるわけでもない。ただ口をつぐんでてほしいだけ」静かな口調でキティが言う。

「やれやれ、どうやらおれたちは、娼婦が貴婦人になりすまし、貴婦人が娼婦を演じる時代に生きているらしい。家柄などなんの足しにもならなくて、見かけがすべてか。まあ、本物の淑女の多くと比べても、きみが妻として遜色《そんしょく》があるとは思えない。だから、口をつぐむことを約束するよ、ヘレフォードのハネイ嬢」

節を大いに枉《ま》げたこの約束に、キティは相応の謝意を示した。それゆえ、わたしは後年、キティとハムステッドの資産家ジョン・マーシャル卿という紳士とのあいだに縁談が持ち上がったと聞いて、やむなくこの約束を反古《ほご》にしたとき、重苦しい思いを味わうことになる。どうすべきか悶々《もんもん》と悩み、最後の最後まで逡巡したあげく、身分ある者としての責務を避けては通れないという結論に達して、件《くだん》の紳士に、一族へ潜り込もうとしている女の素性を告げる書状をしたためたのだった。

幸い、そういう事態に陥ったのはずっとのちのことであり、約束を交わした時点ではキティも深く恩に着て、だからわたしの探求の手助けをしてくれた。

「あたしの小さな発見が、あんたの二度目の親切へのお返しになればいいんだけど、とてもそこまではいかないわね。でも、まずはあたしの調べたことを話して、それから、ジョージ・コロップさんを紹介する。ここでいっしょに、軽い食事を取ることになってるの」

「何者だ？」

「ベッドフォード公爵の収税官。力のある人よ。この国でも指折りの資産を管理してきたんだから」

「だとしたら、正直者であってほしいな」

「正直者よ。おまけに、あきれるほど忠実。そして、有能でもある。だから、年に百ポンド近い給金をもらってるの。経費と生活費のほかに」

驚きだった。父は常々ひとりで自分の資産を管理していたし、いずれにしろ、それだけの俸給を使用人に払う余裕はなかっただろう。

「それでも、倍の給金を払って引き抜きたいという人が大勢いるのよ。なにせコロップさんは、公爵を以前よりお金持ちにしてしまったんだもの。閣下は今、靴下一足買うにも、まずコロップさんの意見をきくんだって」

「サミュエル・モーランド卿とは、どうつながっているんだ？」

「沼沢地よ。コロップさんは、公爵が関わってる沼沢地の干拓を指揮してるの。その件については誰より詳しいし、サミュエル卿のこともよく知ってるみたい」

「なるほど。ほかに、どんなことがわかった？」

「ほかにはあんまり……。そのモーランドという男は、国王陛下が復位してから、いくらかの恩給と無任所の聖職禄にありついたんだけど、もっとたくさんの、もらい損なった分について自慢してるの。どんな褒美でも足りないくらいの大手柄を立てた気でいるらしい。でも、うちの御前はそんなに高く買ってないわ」

「もっとはっきり言ってくれないかな、キティ。これは法律上の、いや、少なくとも法に絡む可能性のある問題なんだよ。細部に至るまで、曖昧模糊《あいまいもこ》とした言葉でくるみ込むことは許されない」

「きょうの午後、御前から聞いたばかりなの。御前は、王のかかえる家臣の中でもとりわけ忠誠心が強くて、王のために流浪と赤貧の年月を重ねてきたかたでしょ。だから、土壇場でこちらに寝返った人たちを快く思ってない。モーランドは、サヴォイアにいたときにモーダント男爵と知り合ったらしいの。それで、男爵をはじめとする王党派陰謀団の逮捕に関わり、裁判でも証人台に立った。男爵は結局、無罪放免されるんだけど……。ところが、御前の話では、モーランドの受け取った報奨や恩給のほとんどが、モーダント男爵の特別の口利きによるものなんだって。自分を絞首台に送ろうとした人物への返礼にしては、気前がよすぎるわよね。まるで長年の友情で結ばれた相手への贈り物みたい。御前はそうおっしゃるの」

じっと目を離さずに聞いていたわたしに、キティが真顔でうなずく。「結論は、あんた自身が出してね。あたしがいろいろ尋ねても、御前は言葉を濁して、ただ、目に明らかなものはたいてい真実だとおっしゃるだけ」

「どういう意味だろう?」

「それ以上詳しく言うわけにはいかないんですって。モーダント男爵を非難すると、クラレンドンを攻撃してるように受け取られるから……。あのふたりの結びつきはとても強くて、どちかへの悪口はもう一方への批判になってしまうらしいの。でも、御前はあんたの健闘を祈って、助言をくださったわ。しっかり目を凝らしさえすれば、必ず証拠は見つかるだろうって。あら、ジャック、いったいどうしたの?」

安堵《あんど》感《かん》があまりに大きすぎて、わたしは坐ったまま前にのめり、わが身をかきいだいていた。純然たる喜びに、内から弾けんばかりだった。ついに、わたしが確信してやまなかった真実を認めてくれる人物が現われ、ついに、求めていた標《しるべ》が見つかったのだ。それにしても奇態なのは、僥倖《ぎょうこう》がこういう手づるからもたらされたこと、すなわち、待望の解決策が、あるいはその糸口が、売春婦の口を介して手に入ったことだった。だが、さもありなん。主《しゅ》に仕える天使は、悪魔の僕《しもべ》たちと同様、いくらでも意表をつく姿を示せるのだから。

さて、父を冤罪《えんざい》に陥れた犯人の正体はつかめた。ほんとうの国賊が誰かが知れた今、焦眉《しょうび》の課題は、数ある家臣の中でなぜ父が選ばれて、ああいう仕打ちを受けたのかを突き止めることだ。卑劣な行為の証《あかし》をサーロウ本人に突きつけ、一命をもって償《つぐな》わせるときが、いよいよ迫ってきていた。わたしは片膝をつくと、キティの手に幾度も幾度も口づけをした。キティがとう とう吹き出し、手を引っ込める。

「やめてよ。こんなに大げさにへつらわれるようなことを、あたし、何かしたかしら?」

「苦悶《くもん》の歳月に終止符を打ち、わが家名を復権させてくれたんだ。運の助けがあれば、そのうえ、おれの財産と将来も取り戻せる。これがへつらわれずにいられるものか」

「じゃあ、ありがたく受けておくわ。でも、それほどの手柄を立てたわけじゃない。御前の言葉をそっくりあんたに伝えただけだもの」

「それなら、きみを通じて、伯爵にも感謝の気持ちを申し述べよう。心遣いと言い、人物と言い、ブリストル卿は男が――あるいは女が――仕えうる最高のご主人だ。差し出がましい願いかもしれないが、もしお気を煩《わずら》わせずに伝えられる機会があれば、おれがいつでも伯爵のために一身をなげうつ覚悟であることをお耳に入れてほしい」

「必ず伝えるわ。しばらくロンドンにいられるの?」

「あした、発たなくてはならない」

「残念。御前に引き合わせたかったのに……。今度来るときは、前もって手紙をちょうだい。あんたが公に御前の友人として迎えられるよう、手はずを整えておくから」

「友人は過分だよ。だけど、恩義を賜った者として覚えていただけるとありがたい」

「それはだいじょうぶ。ああ、ほら」階段を昇ってくる重い靴音を聞きつけて、「きっと、ジョージ・コロップさんよ」

素性の賤しいことは、入ってくるなり知れた。出迎えた女を貴婦人と信じて、深々と頭《こうべ》を垂れる。立ち居振る舞いはぎこちなく、がさつな物言いには重ったるいドーセット訛《なま》りがあった。小作農の息子だったのが、技量を売り物に公爵の引き立てを得たものらしい。それは結構なことだが、このがらがら声を日々聞かされる厭《いと》わしさは、公爵にとってなまなかな代価ではないだろう。逆に言えば、ただひとつの取り柄である財務監査の腕前が、それだけ際立っているということだ。

上流人士たちと長年交わってきたはずなのに、身ごなしがなめらかになったり話しぶりが洗練されたりした痕跡はないに等しい。剛健なることを誇りとする下賤《げせん》の徒の典型だった。都会や宮中にはびこる柔弱な男子どもを蔑むのは、まだ気骨《きこつ》のうちと言えなくもないが、行儀作法の基本的な美点に背を向けるとなると、それは粗暴というものだろう。膝をかかえんばかりに勢いよく椅子に体を沈めたその坐りかたにも、階段昇りで噴き出た汗を拭おうと布きれを引っ張り出すそのしぐさにも、礼儀には頓着しないという主張がみなぎっていた。大柄で太りじし、赤ら顔の鼻にしみが浮いている。

「こちらの紳士は、その……グローヴさんとおっしゃって、沼沢地の干拓にたいへん興味をお持ちなの」キティがわたしのほうに笑みを向けて言った。「それで、あなたにご足労願ったわけ。誰よりあの事業にお詳しいから。公爵閣下のあそこでのお仕事を監督なさってるんでしょう?」

「んでがす」会話への貢献はそれでじゅうぶんとばかりに、コロップは口を閉じた。

「グローヴさんのお父上のご領地は沼がとても多いので、サミュエル・モーランド卿の発動機が使えないものかとお考えなの。話にはよく聞くけれど、どこまでが真実で、どこからが尾ひれなのか、わからない、と」

「はあて」と言いさしたまま、ふたたび口を閉じて、とっくり考え込む。

「父が心配しているのは」キティを苦役から解放しようと、わたしは会話に割り込んだ。「機械を導入するための多大な費用が、結局むだづかいになりはしないかということです。どうにかして実情を探りたいのですが、サミュエル卿ご本人の説明も歯切れが悪くて……」

コロップが内心おもしろがるように、小さく体を揺する。「そういうお人でがす。わしじゃ、お役に立てませんな。あの機械は使っとらんで」

「サミュエル卿が干拓事業の中心人物なのかと思っていました」

「もったいをつけるのが好きなおかたで……。じつんところは、投資専門でがす。ハーランド・ワイトに百二十ヘクタールばかしの土地をお持ちで、干拓がなされた暁《あかつき》にゃあ、地価が購入時の十倍にはなりましょうな。むろん、うちの公爵の権益にゃ及びもつきやせん。ベッドフォード公は三万六千ヘクタール所有しとられますで」

わたしが驚愕に息を呑むのを、コロップは得意げな目で見た。

「はい、大事業でがすよ。全部で十四万と五、六千ヘクタール。そんだけの痩せ地が、人間の創意と神様の恩寵《おんちょう》でうんと肥えた土地になる。いんや、もうなりつつあるでがす」

「ほんとうに、痩せ地ではなくなるんですか？　以前から住んでいる人たちはどうなるんです？　かなりの数の住民がいるはずですが」

　コロップが肩をすくめる。「食うや食わずの連中が、いくらか住んどりやすな。けんど、いざとなりゃあ立《た》ち退《の》かされます」

「それには莫大な費用がかかるでしょう」

「んでがす。そいで多くのかたが資金を投じられたですが、見返りの確かさに比べりゃあ、何ほどの掛かりでもありやせん。まあ、村人や地主が作業を遅らせてる地区は別で……」

「そういう地区では、見返りは確かとは言えないわけですね？」

「解決できん問題などないでがすよ。干拓に反対して居坐る連中は、追い出しゃいい。協力を拒む地主は、その拒む理由をなくしてやるまでだ。正面から説得する場合もありゃあ――」ここでコロップの目がいたずらっぽく光る。「――搦《から》め手から行く場合もありやす」

「でも、協力を拒む地主なんて、いないでしょう」

「それが、驚きでがす。ここ三十年あまり、さもしい根性の、頭の悪い連中が、なんだかんだとわしらの事業に横槍を入れてきやした。けんど、プレストコットの問題がかたづいたんで、あらかたの障害は消えてなくなりやしたな」

　その言葉にわたしは鼓動が速まるのを覚え、喉をついて出そうな叫びを懸命に押し戻した。幸い、コロップは敏感なたちではなく、それに、わたしの動揺ぶりを見て取ったキティが、たわいもない宮廷の噂話を始めて、たっぷり十分ほど相手の注意をそらしてくれた。

「まあ、あたしったら、すっかり話の腰を折ってしまって」しばらくしてから、キティが陽気な声で言う。「事業の邪魔をする地主の話をしてたのよね。プレストウィックとかいう人でしたっけ？」

「プレストコットでがす」コロップが訂正した。「ジェイムズ・プレストコット卿。長いこと、わしらを悩ませてくれやしてな」

「そのかたには、お金持ちになることのよさがわからなかったのかしら？　そんなことまで説いて聞かせなくちゃいけないなんてね」

コロップが喉の奥で笑う。「いんや、銭のうまみはよくご存じでやした。問題は、ご本人の妬《ねた》みでがす」

キティから先を促すような視線を投げられて、コロップは大喜びでそれに応えた。自分の発する汚らわしい一語一語が、自分と周りの同類を断罪しつつあることなどつゆ知らず。

「土地の分割から甘い汁を吸えんかったもんで、代々プレストコット家が支配してきた地域に、もっと身分の高いかたがたがやってくるのを恐れたんでがすな。そいで、地元の連中を焚きつけて、わしらの工事を妨害させせた。せっかく築いた堤防に、夜、蛮人どもが押し寄せ、穴をあけて、土地をまた水浸しにしちまいやした。わしらは訴訟を起こしやしたが、なんせそのジェイムズ卿が治安判事なんで、全員無罪でがす。何年もそれが続きやした。

そいから、ひと悶着《もんちゃく》あって、ジェイムズ卿が一時亡命したでがす。内乱のせいで、資金も干あがっちまって、どのみち、わしらが掘ろうとしとった水路の道筋がプレストコット家の地所を突っ切ることになるんだが、帰国したジェイムズ卿がどうしても土地を売ってくださらん。

そこを通れんとなると、道筋をまるごと変えるか、数千ヘクタールの干拓をあきらめるかだ」

「買収金額を上乗せすればよかったのではありませんか？」

「頑として、売ろうとしなさらんでがす」にんまりと笑って、人差し指を振る。「けんど、主のお恵みというのは、やっぱしあるもんでがすな。望みを捨てかけとったときに、なんと、ジェイムズ卿がじつは国賊だったことがわかりやした。こちらの御前の従弟《いとこ》にあたるジョン・ラッセル卿が、サミュエル・モーランド卿からじきじきに話を聞きなすって、必要な情報を全部揃え、プレストコットをもう一度、国外追放の身にしてくだすった。あとを任された管財人は、破産を避けるため、全財産を処分するほかなくなって、おかげでわしらは、計画どおりに水路を造れたというわけでがす」

この収税官の下卑《げび》たしたり顔を、わたしはもう見るのも耐えられず、これ以上聞いていたら、この場で相手を刺し殺してしまうのではないかと真剣に脅えた。窓辺にたどり着かぬうちから、目の前に赤い霞《かすみ》がかかり、めまいがして、天井がぐるぐる回る。万力で締めつけられたような頭の痛みに、ほとんどものを考えることができず、額に厚く浮かんだ汗を衣服に滴《したた》らせながらあえいだ。この愚劣な、名もない男が私欲を満たさんがためにまんまと父を破滅に追い込んだ話を聞かされて、胸をえぐられるようだった。暴き出された動機のあまりの陰険さ、陋劣《ろうれつ》さに、わたしは悲嘆のわななきを覚え、探求の目標に大きく近づいたという事実を喜ぶ気力さえ失っていた。少なくとも、今なら、ジョン・ラッセル卿がなぜ、タンブリッジウェルズでわたしに会うことすら拒んだかが理解できる。これほどの恥辱と向き合うことに耐えられなかったのだろう。

「ご気分がすぐれないの？」遠くで、心配そうに尋ねるキティの声がした。窓辺に立って懸命に気を鎮めようとしていたわたしの蒼白な顔色を見たのに違いない。はるか彼方にいるようで、何度かくり返されてようやく問いが聞き取れた。

「だいじょうぶだ。ありがとう。偏頭痛でね。ときどきあるんだ。都の空気のせいだろう。それと、この部屋の暖房と……。慣れていないもんだから」

コロップも、早々にこの場を辞するほどの礼儀はわきまえていた。キティが改まった口調で慇懃に来訪の礼を述べる声がして、コロップを案内するために召使いが呼ばれた。わたしが窓辺を離れたのは、かなりの時間——数分かもしれないが、数時間だったとしても不思議はない——が経過してからだった。すでに用意されていた冷たい湿布を、キティが額に載せてくれ、気付け用の冷えたワインを差し出した。優しい心根の女だ。今に至るまで、これほどの優しさに触れた経験は数えるほどしかない。

「謝罪しなくてはいけないな」わたしはやっとのことで口を開いた。「とても気まずい思いをさせてしまった」

「いいえ、ちっとも。めまいが治まるまで、横になってればいいわ。さっきの話、全部はわからなかったけど、あんたにとってはたいへんな内容だったみたいね」

「いかにも。想像した以上だった。もちろん、すべての裏にはこれぐらい賤しい事情があると知っていたつもりだが、あまりに長いこと追い求めていたせいで、いざそれを見せられたら、すっかり度肝を抜かれてしまった。おれはどうも、危急の大事に向かない人間らしい」

「詳しく話してくれる?」わたしの顔にふたたび冷たい布を当てながら、キティが言う。ぴったりと身を寄せてくるその香水のにおいに、わたしはもはや不快を覚えず、それどころか正反対の効能を見出した。腕に感じる柔らかな胸のぬくもりもまた、心の奥深くにひそんでいた感情を呼び起こす。わたしは自分の胸に置かれていたキティの手を取り、引き寄せたが、欲求をもっとあからさまに告げ知らせるその前に、キティが立ち上がり、腰掛けていた椅子に戻って、悲しげな、そして今思うと悔やむような笑みを投げてきた。

「あんたは衝撃で気持ちを乱された。その上に過《あやま》ちを積み重ねるのは、利口なことじゃないわ。手ごわい敵がたくさんいるんだから、わざわざ新しい敵を作ることはない」

むろんそのとおりだったが、わたしとしては、これだけ敵がいればひとりぐらい増えても変わりないと返すこともできた。しかし、キティは気が進まないようだった。知り合ったころの駆け出しの娼婦なら、それでも口説《くど》き倒せただろうが、当時のわたしは、世のすべての人と同様、時代の呪縛のもとにあった。何より、キティを身分ある女性として扱わないわけにはいかず、それゆえ、意思を貫けば切なる解放が得られる状況でありながら、わたしは進むのを思いとどまった。

「それで? あんなに顔色が変わった理由を、話してくれるの?」

ためらったのち、わたしは首を横に振った。「いや。事が深刻すぎる。きみに打ち明けたくないんじゃなくて、おれがどこまで真相に近づいたかを、敵に知られるのが怖いんだ。誰にも警告など送らないようにしたい。でも、伯爵閣下には、おれの感謝の念と、ご忠告を速やかに実行に移すつもりでいる旨を、どうか伝えてくれないか」

キティは同意し、高潔さで好奇心を抑え込んだ。用件をすませたわたしは、帰り支度を始めた。くり返し何度も、キティの厚意と助力に礼を述べて、心から幸運を祈る。別れのあいさつに、キティはわたしの頬に軽く口づけをした。女性にそういうことをされるのは、生まれて初めてだった。母は一度もわたしに触れたことがなかったのだ。

第十二章

オックスフォードへの帰路は、自分の見聞きしたすべての事柄について千思万考の猶予を与えてくれたが、ずいぶん前からわたしにつきまとっている悪の力は依然として暴威をふるい続けた。馬が牽き具を逃れて御者に取り抑えられるひと幕があるかと思えば、説明のつかない驟雨に見舞われて泥の海の中を進むはめに陥るといった具合で、とりわけ心胆寒《しんたんさむ》からしめたのは、同乗の客のひとりが日覆いを上げたとたん馬車の中に飛び込んできた一羽の巨大な鳥だった。半狂乱で飛び回ったあげく絞め殺されて窓外へ放り出されるまで、乗客たちを――なかんずくわたしを――嘴《くちばし》でつついたり翼で殴りつけたりと大暴れした。打ち続く異変を単なる偶然とかたづけなかった人間がわたしのほかにもいて、やはりオックスフォードへ赴こうとしていたひとりの司祭が、同様に顔を曇らせたばかりか、古代の民がこのような鳥を凶事の前触れ、悪霊の使いと見ていた事実にまで言い及んだ。わたしはあえて告げなかったが、この司祭は自分で知る以上に真理に近づいていたのだった。

こうして邪《よこしま》なるものへと引き戻されつつあることを思い知らされ、心は重くふさいだが、わたしは暗雲を払いのけて、頭の中に、ここまでの調査で明らかになった悪行の数々を何度も何度も巡らせた。オックスフォードに着くころには、すっかり整理がついて、法廷でのいかなる申し立てにも引けを取らないほど明晰かつ精緻な陳述ができあがっていた。さぞかしみごとな弁舌がふるえたことだろうに、いかんせん、わたしには訴訟を起こす力がなかった。馬車に揺られてのオックスフォードへの道中、同乗の客たちはわたしを奇異な目で見ていたに違いない。思考に没頭するあまり陳述の文言をつい声に出してしまったり、胸の内にある論点を強調しようと両腕を派手に振り動かしたりしたはずだからだ。

しかし、どれほど心がはやろうと、備えがまだ万全ではないことはわかっていた。完璧な論法、つまり生成にも展開にも非の打ち所がなく、筋道をたどれば必ずひとつの結末に行き着くような論法は、構成力がすべてに優先する演習討論の場ではきわめて有効だろう。だが、法廷においては、修辞学者がどんなに弁論術の肩を持っても、その効力は知れている。そう、わたしには証言が必要だったし、しかもそれを、告発の対象となる紳士たちと対等の地位にある証人から得なくてはならなかった。モーランド卿やモーダント男爵に真実を語らせるのはしょせん無理な話だろうし、ジョン・ラッセル卿がどちらの側に与《くみ》しているかは、すでに火を見るより明らかだ。サーロウがわたしのために口を開くはずはなく、グローヴ博士ではほとんど助けにならない。

つまりは、ウィリアム・コンプトン卿に頼らざるを得ないということだ。わたしはなおも、卿が廉潔《れんけつ》にして篤実な比類なき人物であることを確信していたので、卿に対する疑念がどう見ても的はずれだったという事実に大いなる安堵《あんど》を見出した。あれほどの人物を名誉に背《そむ》く行ないへ導くことは誰にもできようはずがないし、わたし名義の土地の売却にしたところで、父の罪状の大きさゆえ、もはやその家族に斟酌が加えられる望みはないと見て、卿は同意を与えたのに違いない。朋友と信じた男に裏切られたという思いは、さぞや手痛い打撃だったろう。そして、あのコンプトン卿が最も近しい同志である父を逆臣と断ずるのなら、ほかの者たちもゆめ疑いはすまい。だからこそ、情報の喧伝役《けんでんやく》として、コンプトン卿に白羽の矢が立てられたのだ。

悪天候で道路がほぼ通行不能になったため、まっすぐ訪ねていくことはかなわなかったし、どのみち、学業をおろそかにしたつけがたまっていた。学期の欠席数がかさんでいたので、しばらくは町にとどまり、洟《はな》っ垂《た》らしの学童さながら、せっせと穴埋めに励むしかなかった。出席すればすむことで、ほかに何を求められるというのではないが、これぱかりは他人の力を借りるわけにもいかない。それに、今思えば、一、二週間ばかり頭を冷やして考えるのも悪いことではなかったはずだが、当時は、わたしの激しい気性からして当然ながら、可及的速やかな決着を求める気持ちが強かった。

数少ない友人たちは、そのころもう遠ざかっていく一方で、おのおのが自分のちっぽけな関心事に没頭していた。そのことはわたしを大いに嘆かせたが、何よりも情けなかったのはトマスのうつけぶりで、わたしが訪ねていっても、こちらの体調を問うでも、調査の進み具合を気にするでもない。わたしの顔を見るか見ないかのうちに、毒気を含んだ不満の言葉を並べ立て、内心にひそむ暴力的な一面をさらけ出した。あの姿を思い起こすなら、やがて訪れる結末も、わたしにとって意想外なものではなかったはずだ。

要するに、トマスの聖職禄獲得への運動は、グローヴ博士優勢のもとに退《しりぞ》けられそうな状況で、本人の目にもそれが明らかになりつつあったのだ。時代は、トマスの読み以上の速さで移り変わっていた。新たに導入された国教遵奉《こっきょうじゅんぽう》の法規は、英国国教会の正統信仰からのいかなる逸脱も、ほぼ例外なく処罰の対象としている。組合教会支持者も、長老派教会員も、(わが友の意見によれば)実質的なカトリック教徒は言うまでもなくすべての信徒が、弾圧され、飢えさせられ、栄達を阻まれる運命にあった。

わたし個人としては、とうの昔に行なわれているべき措置として、これを歓迎した。そもそも、クロムウェルの下で羽振りをきかせていた非国教徒どもが、なぜ今もって隆盛を許されているのか。二十有余年のあいだ、掌中《しょうちゅう》にした権力にものを言わせて、異を唱える者を締め出し、いたぶったあのやつばらの驕慢《きょうまん》で僭越《せんえつ》なふるまいに、われわれは耐えてきた。その権力が単なる意趣返しで覆されたとしても、不平を鳴らす筋合いが連中にあるだろうか。

むろん、トマスはそういう見かたをしなかった。トマスからすれば、この国の健全さは、自分が手にする年八十ポンドの収入とそれによって得られる至福の結婚生活にかかっていた。みずからが招く危険には目が届かず、どうやら野心を拒まれれば拒まれるほど、グローヴ博士への敵愾心《てきがいしん》を募らせ、不和を嫌悪へ、そして身を灼くほどの憎しみへと徐々に変貌せしめているらしい。

「カレッジの側が、とりわけ学寮長が問題なんだ。みんな、とても小心でね。誰かの機嫌を損じたり、どんなに小さな批判だろうと受けたりしたくないもんだから、小教区の利害はそっちのけで、グローヴのような人物を就任させる気でいるんだよ」

「それは確かな話か？　学寮長からじかにそう聞いたのか？」

「聞くまでもないさ」苦々しい口調。「それに、あの狡猾《こうかつ》な男が、じかに何かを言ったりするはずがない」

「学寮長の権限を超えているんじゃないのか。聖職禄をどうこうできる立場ではあるまい」

「決定を左右しうる力を持っている。メイナード男爵は、小教区を誰かに授ける前に、カレッジの意向を聞きたいとのご所望で、学寮長の口からそれが伝えられることになっているんだ。もうじき男爵がカレッジを訪れて、ぼくら全員と正餐《せいさん》をともにする。その席で、上級評議員たちが評決を下すらしい。ねえ、ジャック」声に絶望がにじむ。「どうしたらいいんだろう？　ぼくにはほかに、後ろ盾がいない。グローヴのほうは、頼みさえすればいくらでも、名家の支援を得られるというのに」

「おい、おい」元気づけるような声を出してみたものの、その身勝手な言い分に、わたしはいらだちを覚え始めていた。「そこまで悲観することはない。きみはまだこのカレッジの評議員なんだし、廉直なる学究の徒には必ず居場所が見つかるものだ。きみに必要なのは、学問に振り向けるのと同じぐらいの情熱で、有力者たちの知遇を得るよう努めることだな。どちらを欠いても、世は渡れない。きみも承知しているはずだが、有為《ゆうい》の人材がそれなりの地位を手に入れるには、引き立ててくれる力を持つ人物と渡りをつけるしかないんだ。きみはどうも、世離れが過ぎて、俗事をないがしろにしているように見える」

　批判するつもりはなかったが、そういう意味合いがにじんでしまったのだろう。トマスは明らかに気分を害した。繊細な神経の持ち主なので、真っ当な非難にも傷つくのだ。

「こんなふうに割を食うのは、ぼく自身のせいだと言うのかい？　学寮長がぼくを見捨てて、他人を昇進させるのも、ぼくが悪いからなのか？」

「いいや、そんなことは言っていない。ただ、もっと如才《じょさい》なく説得に努めていたら、きみを推す評議員の数ももっと多かったはずだ。おれが言いたいのは、他人と親交を深める努力がまったく足りないということだよ。誰がどの聖職の権能を握っているというような噂は、しょっちゅう聞こえてくるだろう？　そういう人たちに手紙を書いたことがあるか？　そういう人たちの子弟がこの町に来たとき、個人授業のひとつも申し出たことがあるか？　自分の説法を印刷して、有力者たちに献呈したことがあるか？　進物をして、相手に貸しを作ろうとしたことがあるか？　ないだろう。きみは得々として勉学に励み、それでじゅうぶんだと考えてきた」

「じゅうぶんのはずだ。人に頭を下げたり、世辞を振りまいたりする必要はない。ぼくは神に仕える聖職者であって、宮廷人ではないんだから」

「ほら、そこがきみの尊大でうぬぼれているところだ。なぜ、きみが人とそんなに違っていなくてはならないんだ？　ずば抜けた才能と、並はずれた人徳と、該博な知識を備えているから、凡人のようにへりくだってはいられないというのか？　きみのその純真さ、高尚さが、しかるべき自尊心から発しているのだとしても、世間の目には必ずしもそう映るまい」

手きびしくはあるが、必要な心添えだったし、たとえ辱《はずかし》める意識があったとしても、友を思う気持ちから出た言葉だった。トマスは善人だが、世事にはうとく、それゆえ国教会と反《そ》りの合うはずもなかった。これは、からかいで言っているのではない。英国国教会とは、神意を地上に反映させる仕組みであり、神の思《おぼ》し召《め》しに従って人間界に序列を設けたのは、神自身なのだ。他者に支援を求めるのがトマスの務めで、下位の者たちもまた、同じ要求をトマスに返さなくてはならない。人から人への、高位から下位への、絶えざる施《ほどこ》し物の流れなしに、どうやって市民社会が機能し続けられるだろう？　人への働きかけを拒むトマスの姿勢は、謙譲の心の欠如を示すばかりではなかった。それが真に意味するところは、不信心だったのだ。

わたしは、言ってはならないことを言ったのかもしれない。少なくとも、正論を畳みかけたのは間違いだった。それがトマスを、コーラ氏の手記で大きな役割を演じたあの破局へと押しやってしまった。しかし、友人同士の会話ではえてして、いったんほころびが生じると、それを繕《つくろ》おうとする心馳《こころば》せがほころびを大きくしてしまいがちなものだ。

「トマス」口調を和らげたのは、早く真実に目覚めてくれればそれに越したことはないと思ったからだった。「グローヴはきみより年長で、資格の点で優位に立っている。このカレッジを運営する十三人の男たちとも、古くからの知り合いだ。それに比べると、きみは新参者だろう。博士のほうはメイナード男爵に対して如才なくふるまってきたが、きみはそうではない。そして、向こうは聖職禄の一部をカレッジに寄付すると申し出ているのに、きみにはそれができない。形勢が逆なら、おれだってどんなにうれしいか。でも、現実は直視するべきだ。グローヴが存命で、その小教区を望んでいるかぎり、きみに勝ち目はない」

どういう結果を生むか知っていたなら、わたしはむろん、言葉を呑み込んだところだが、トマスの態度は穏健そのもので、実情を悟ったことがよもやあれだけの凶行につながろうとは、まったく予測もつかなかった。さらに言うなら、わたしがもしあのままの緊密さで友と接触を保っていれば、グローヴ博士が命を落とすことはなかったろう。口にされぬ怨恨が胸の内で増殖するものであることはよく知られている。そういう心の病弊を、わたしも身をもって体験していた。わたしが相談に乗り、歯止めをかけていたら、トマスの胸もあそこまで放埒《ほうらつ》な憎しみに覆い尽くされることはなく、暴挙には至らなかったはずだ。少なくとも、わたしが友の心中を察して、いさめることはできたと思う。

ところが、その肝心なとき、わたしは獄中にあって、トマスを思いとどまらせるすべを持たなかった。

ウォリス博士について、わたしは、マートン通りの屋敷を訪ねたときのようすを詳述したきり、ほとんど語っていないが、ここでやはり、この不実な人物の行ないを手短に記しておかなくてはなるまい。モーランドによれば、少なくとも父を陥れる計略の一端をウォリスは知っていたわけで、つまりは、わたしに平然とうそをついていたことになる。父の所持品の中から文献を捜し出すようわたしに頼みながら、すでに必要な文書をすべて自分の机に隠し持っていたのだ。直接会ってこの虚言を暴こうと、わたしは丁寧な書状をしたため、世辞を連ねて、面会を願い出たところ、嵩高《かさだか》な承諾の返事を受け取ったので、数日後、意を決して出向いた。

この時期、ウォリスは屋敷を普請中だったが、所属するカレッジには身分に見合う仮住まいが見つからず、ニュー・カレッジに寄宿していた。夫人はひと足先にロンドンに赴いており、学期が終わりしだい、博士も合流する予定だった。部屋がグローヴ博士の居室のごく近くにあることに気づいて、わたしはひそかに興を催した。ふたりの博士が親しく言葉を交わす場面など想像もつかなかったからだ。

ウォリスは、どう見ても不便な暮らしを楽しめるようなたちではなく、表情は憮然としていた。自宅から締め出されたような形で、召使いを連れてくることもかなわず、そのうえ、厨房から料理を運んでもらえないときには、カレッジで食事をすることになり、不得手な人付き合いを強《し》いられるとあっては、気分の引き立つはずもない。わたしは、部屋に入るなりそれを感じ取ったので、手ひどくあしらわれるものと覚悟を決めた。ウォリスの物腰は、獰猛《どうもう》なまでに辛辣《しんらつ》で、あるいは攻撃的で、あるいは威嚇《いかく》的で、そもそもこういう人物に近づいたこと自体が悔やまれた。

早い話が、ウォリスはわたしが手紙を書いたことをなじり、催促など受ける筋合いはないと息巻いた。わたしのほうが必要な材料を提供するという条件付きで、しぶしぶ手を貸すことに同意しただけなのに、返事をせかすとは何事か、と。

「こちらに材料がないことは、前に申し上げました」わたしは言った。「父の所有物は、紛失してしまっています。むしろ、あなたのほうが資料となる文献をたくさんお持ちのようだし、父を罪に陥れた文書は、あなたが解読なさったそうじゃないですか」

「わたしが？」さも驚いたような顔をする。「どうして、そう思うんだ？」

「サミュエル・モーランド卿は、あなたの手がけた書簡を何通か預かって、王に手渡しました。その書簡に、父の背信行為が詳しく記されていたようです。わたしは、それらの暗号文がサーロウの指示で偽造されたものと考えています。実物を見せていただければ、そのことが立証できるのです」

「そういうことを、サミュエルがきみに話したのか？」

「サミュエル卿が話してくれたのは、空言《そらごと》ばかりです。真実は自分の手で突き止めました」

「それならば、祝いの言葉をきみに進呈しよう」にわかに友好的な口調に変わった。「きみはわたしより頭がよさそうだ。サーロウやサミュエルがわたしをだますなどとは、つゆほども考えなかったよ」

「文書を拝借できますか？」

「残念ながら、それは無理だな。わたしは持っていない」

「お持ちのはずです。サミュエル卿の話では――」

「サミュエルは大いなる夢想家でな。わたしに荷物を押しつけようとして、そういうことを言ったのかもしれない。だが、元の文書は、わたしの手もとにはない」

「では、どこにあるのでしょう?」

肩をすくめ、目をそらしたそのそぶりから、ウォリスがうそをついていることがわかった。

「もし現存するとすれば、サーロウ氏が持っているんじゃないかな。きみが辛抱強く待てるのなら、それとなく尋ねてみてもいいが……」

わたしが仰々しく礼を述べると、負けず劣らずそらぞらしい賛辞が返ってきた。その時点で、ウォリス博士が問題の書簡をごく身近に隠し持っていることを確信し、わたしはただちに部屋を辞した。


この会見のあと、数日床に臥せるはめになり、気が焦った。しかし、病の原因はわかっていたし、わざわざ医者を呼んで寒い懐をさらに寒くすることもなかろうと、痛みが峠を越えて、ふたたび動けるほど意識が鮮明になるまで、じっと横たわってこらえた。多くの時間を祈りに費やすうちに、その殊勝な励行が大いなる安らぎをもたらすことを知った。祈りによって心は静められ、身の内に不可思議な力がみなぎって、父から託された使命を完遂する自信が湧いてくるのだった。

三月二日、コンプトン・ウィニエイツ館へ出立《しゅったつ》する日の未明、わたしは、指導教授の寝所で寝入るほかの学生たちを起こさぬよう、そっと抜け出して、階段の踊り場で身支度を整えた。手持ちの衣類の中で暖かいものを選んで、重ね着する。長靴は、二、三日前にこっそり試し履きしておいた同宿の学生のものを借用した。致しかたなかった。何年ぶりかに訪れた寒さのきびしい冬で、長くて堅牢な革靴がなかったら、とても耐えしのげなかっただろう。外へ出ると、手袋などの託送品をヨークシャーへ運ぶという小売商人を見つけて、交渉し、バンベリーまで荷馬車の後ろに乗せてもらう代わりに、馬車がぬかるみにはまると後ろから押したり、商人が疲れると代わりに馬を御したりした。

バンベリーからは徒歩で行き、夕闇がだいぶ濃くなったころ、コンプトン・ウィニエイツ館に到着した。壮大な正面扉をくぐるなり、手を叩いて従僕を呼び、取り次ぎを請う。肩をそびやかしながらも、歓待されるかどうか見当もつかなかったので、内心ひどくおののいていた。心の奥底にずっとあったのは、先般ジョン・ラッセル卿から受けたあしらいで、もしウィリアム卿からもはねつけられたら、立ち直れぬ深手となりそうだった。

しかし、その不安はたちどころに解消した。卿みずから、すばやい足取りで下りてきて、たいそうな喜びようで迎え入れてくれたのだ。わが家名に対する悪感情は、少なくとも外見からはうかがえなかった。

「びっくりさせてくれるね、ジャック」温かな口調。「どういう風の吹き回しだ？　大学はまだ学期の途中のはずだし、おまえはまだ学生なのだろう？　町を離れる許可を、よくもらえたものだ。わたしの時代には、そういう勝手は許されなかったぞ」

「特別に許可をいただいたんです。うちの指導教授は、学生に甘いので」

「何はともあれ、訪ねてきてくれてうれしいよ。ほんとうに久しぶりだ。応接間に心地よい火を熾《おこ》してあるから、早く入って温まりなさい。ここは寒すぎる」

歓待に胸を撫で下ろすとともに、毒気を抜かれたわたしは、この人物の度量をちらとでも疑った自分を恥じた。温良さはウィリアム卿の持って生まれた美質であり、その点において、卿は根っからの郷紳と言えた。がっしりした体軀に、血色のいい顔。おのれがこれと信じた目的や人間に対して、とことん忠誠を尽くす純朴さを備えている。

あまりに寒く、またくたびれてもいたので、その場で大事な問いを口にする気にはなれず、わたしは導かれるままに、大きな炉火の近くまで歩き、その暖気に身を浸せるところに腰を下ろした。同じ室内でも、火から遠いところは冷え冷えとしている。従僕が温かいワインと食べ物を運んできて、わたしは誰にも邪魔されず、ゆっくりと食事をした。ウィリアム卿は、三十分ほどで戻るからと、急ぎの小用をかたづけに行った。

卿が戻ってきたとき、わたしはまどろみかけていた。長く待たされたからではなく、暖気とワインに体が弛緩《しかん》してしまったせいで、それくらい疲労困憊《ひろうこんぱい》していたわけだ。と同時に、自分がこの家でぬくぬくとくつろいでいることが、せつなくも思えた。さほど遠くない昔、ここはわたしの住まいであり、そのあといろいろあったにせよ、今でもわが家だという感覚が残っている。ウィリアム卿の家族と過ごした時間のほうが、実の家族と過ごした時間より長かったし、この館のほうが、もう名義さえ失った生家より目になじんでいた。朦朧《もうろう》とした意識下でいくつもの情動がせめぎ合う中、暖炉のそばで静かにワインを飲みながら、そういう奇妙な巡り合わせに思いを馳せているところへ、ウィリアム卿が戻ってきて、わたしを一種の覚醒状態へ引き戻したのだった。

ここで、わたしは改めて、この手記を綴《つづ》るそもそもの目的を、いや少なくとも、わたしをペンと紙に向かわせた機縁を語っておくべきだろう。つまり、マルコ・ダ・コーラ氏とのやり取りについて、そして、彼の手記の値打ちについて論じなくてはならない。初めのほうで述べたように、わたしは、コーラの記憶をじつに奇怪なものだと感じている。瑣末《さまつ》な事柄を綿々と記す一方で、はるかに重大な要件を努めて避けているように見受けられるのだ。なぜそうなのかは知らないし、今は異郷にいる人物のことだから、あまり興味もない。ただ、わたしが直接関わっている部分についての誤りだけは、正しておきたいと思う。

第一に、コンプトン・ウィニエイツ館で過ごしたその夜のこと。なにしろ、応接間に戻ってきたウィリアム卿がかたわらに従えていたのが、マルコ・ダ・コーラだった。

コーラがみずからの英国到着時の行動をゆがめて語ったのは、それなりの理由があってのことだろう。虚偽の記述であることは、わたしが確言できる。本人の言うとおり、ロンドンにまず上陸して、ほぼその足でオックスフォードに来たということはありえない。入国してから、優に十日は経っていたはずだ。初対面でのわたしの印象は、珍妙な小男だというものだった。藤色と紫ずくめの衣装は奇抜この上ない型に仕立てられ、いやでも人目を引いたし、ご当人の登場に先立ってはやばやと部屋に届いた香料のにおいは、はなはだ忘れがたかった。のちにローワーと連れだって、獄中のわたしに面会に来たときなど、その香気があまりに強烈なので、牢番が房の扉をあけるずっと前に、面会者が誰か察しがついたほどだった。

しかし、わたしはこの異様な風体《ふうてい》の男に親しみを覚えた。見た目では量れない人物であることを感得したのは、だいぶあとになってからだ。初めて会ったコーラは、ずんぐりした短軀《たんく》で、目をきらきら輝かせ、よく笑った。何を聞いてもおもしろがり、何を見ても興味を示す。口数は少なく、英語もすこぶる流暢《りゅうちょう》とは言えなかったが（それでも、当初思い描いていたよりははるかに堪能だった）、じっと坐って、頭をしきりに上下させたり、喉の奥でくつくつ笑ったり、まるで世界一うまい冗談やこの上なく機知に富む論議を聞いてでもいるかのように、会話を楽しんでいた。

あとから考えれば、この最初の対面で一度だけ、コーラの底知れない資質がわずかに顔をのぞかせた場面があった。ウィリアム卿とわたしが話しているときに、瞬時、コーラの瞳に閃光《せんこう》が宿り、いかにも邪気のなさそうな丸顔を狡猾な表情がよぎったのだ。しかし、ほかに何ひとつ、そういう性向をほのめかす要素がないのに、束の間の小さな変化に注意を払う者がいるだろうか。あれは単なる光のいたずらで、薄暗い部屋の中、炎が虹彩に映じただけだと、わたしは簡単にかたづけた。

しゃべりたくないのか、しゃべれないのか、コーラが積極的に談論に加わろうとはしないので、しぜん、ウィリアム卿とわたしばかりがしゃべることになり、異人が同席しているという意識がしだいに薄れてきた。ウィリアム卿はコーラを引き合わせるにあたって、職務上の取引相手だと紹介した。兵站長（王に対する忠義のささやかな見返りとして得た地位）を拝命した卿は、多くの外国商人と折衝する立場に置かれており、中でも、コーラの父親はその分野の大物であるらしい。そのうえ、一族をあげて、長年、王党派への支援を惜しまず、当然の成り行きとして、今も国王陛下の必需物資の供給を望んでいるという。

わたしは両者の幸運を祈り、その協力関係が双方に利益をもたらすことを願った。功績に比べてあまりにも低いウィリアム卿の地位だが、その代わり、少なからぬ役得を生む可能性も秘めていたからだ。兵站部の仕事熱心な長として、軍関係の物資の受給を一手に仕切り、差し出される賄賂《わいろ》や利潤を懐に収めていけば、短期のうちに巨富を築くこともできるわけだから、ウィリアム卿とて、この役職にあながち不満足とばかりは言えなかったろう。当時のコンプトン家が、名誉より金銭を必要としていたことは言い添えておかなくてはなるまい。

コーラのような人物の存在が慎重に秘されなくてはならなかった理由は、わたしにも推測がつく。ただ、あの事件のあとも、コーラ本人がこういう事柄を長く胸の内に収めていたという、過剰なまでの細心さには恐れ入るほかない。ウィリアム卿は（すでに述べたように）クラレンドン伯と反りが合わず、当時、かの大法官閣下の怒りに触れた者は誰であれ、職務の遂行にあたって、用心の上にも用心を重ねなくてはならなかった。クラレンドン自身が、王政復古このかた、国庫の金を欲しいがままに着服してきた事実は、誰にも追及されることはないが、伯爵に敵する者が同じ所業に及ぼうものなら、指弾の材料となり、容赦なく叩きつぶされる。クラレンドンが宮廷内で孤立すればするほど、この大法官を追い落とそうとする者たちへの攻撃は暴虐の度を増した。クラレンドンは伊達《だて》に法律を学んだわけではなく、敵対者のありきたりの行動を自分の側の武器とするすべを心得ていた。職務から得た正当な報酬ですら、たちまち収賄や職権濫用に相貌を変え、あまたの実直な官吏が汚名を背に職場を追われた。

「さて、ジャック」しばらく話したあとで、ウィリアム卿が言った。「これから、ごく深刻な話をしなくてはならん。どうか、最後まで聞いてほしい」

わたしはうなずいた。

「おまえの父親とわたしのあいだに起こった一大事については、おまえも重々承知していることだろう。はっきり言っておくが、おまえがジェイムズの息子だからといって、あの一連の出来事とおまえを結びつける気は毛頭ない。おまえはいつでも、この館を訪ねてきていいし、わたしを頼っていいんだぞ」

父と切り離されるのは本意ではなかったが、真摯《しんし》な思いから出た言葉であれば、その深い善意は受け入れるしかなかった。相手の思いを信じるほうへ、わたしの気持ちは傾いていた。ウィリアム卿には、じょうずにとぼけられるほどの狡猾さもなければ、人心をもてあそぶほどの冷酷さもない。友としては義理堅く、共謀者としては心許ない人物なのだ。その純真な心根ゆえに、ウィリアム卿は他人のさもしい動機を疑うことがなく、だから、目的達成のために真実をねじ曲げたい連中にとって、格好の道具となる。

「ありがたいお言葉です」わたしは言った。「これほど温かく迎えていただけるとは、思いもしませんでした。状況がわたしたちのあいだにきしみを生じさせたのではないかと、恐れていたのです」

「きしみは生じたよ」しみじみとした口調。「だが、それはわたしの過ちだった。おまえを見ていると、思い出したくないことが思い出されて、だから、目の届かないところへおまえを追い払った。むごいことをしたものだ。おまえはわたしを傷つけたわけではないし、誰より苦しんでいたというのに」

これほど思いやりのこもった言葉をかけられたのは、じつに久しぶりのことで、わたしの目には感謝の涙が込み上げた。父の有罪を信じ切っているウィリアム卿だけに、その寛大さにはかぎりがあるはずで、おかしな話だが、それゆえなおさら、敬慕の念をかき立てられた。自分に深手を負わせた相手の息子に優しく接するのは、なまやさしいことではない。

「確かにそうです。わたしに課された苦しみは、すこぶる穏当を欠くものでした。そのことで、こちらへうかがったんです。あなたがわたしの相続財産の受託者であったはずなのに、わたしには何も受け継ぐものがない。土地は人手に渡り、身分は消失しています。あなたは、父とのあいだの忠誠の絆がすべて断ち切られたとお思いかもしれませんが、受託義務は継続していました。それなら、なぜ、今のわたしは一文なしなのでしょう？　この問いがお心をかき乱しているこことは、お顔からわかりますし、わたしも非難のつもりで申し上げているのではありませんが、これが当然質《ただ》されるべき問いであることはお認めください」

ウィリアム卿が重々しくうなずいた。「認めよう。ただ、おまえが答えを知りたがっていることより、まだ知らないということのほうが、驚きだね」

「わたしには相続財産がまったくないと理解しています。間違いではありませんね？」

「おまえの財産がたいそう目減りしてしまったことは確かだが、完全になくなってしまったわけではない。まじめに働きさえすれば、ふたたび身上を築けるだけの元手はある。それに、名を挙げようとするなら、法曹界に勝るところはないし、とにかく法に携わるのが、蓄財への近道でもある。あれこれ言わずとも、クラレンドンを見ればわかるだろう」蔑《さげす》みの笑みとともに言う。

「しかし、嫡子が継ぐと決められていた土地が、どうして売られてしまったのでしょう？」

「それは、おまえの父親が、借金の担保にすると言い張ったからだ」

「父にそういう権限はなかったはずです」

「ああ、だが、わたしにはあった」

はっと見つめ返すわたしの視線を、ウィリアム卿は気まずそうに受け止めた。

「致しかたなかったのだ。おまえの父親に拝み倒された。友人として、同志として、助ける義務があるはずだ、とね。万一のときに所有地を差し押さえられないよう、遺贈の取り決めをしておいたのだが、そのせいで資金調達のかたに使えなくなってしまった。だから、わたしの名前で借り入れをしてくれというのが、ジェイムズのたっての願いだった。書類も用意してきていて、わたしはただ署名をすればよかった」

「そして、あなたは署名した」

「ああ、署名した。あとになってから、ジェイムズがわたしに対して必ずしも誠《まこと》を尽くしてはいなかったことがわかった。わたしのみならず、ほかの債権者たちに対してもだ。つまり、ジェイムズは同時期に複数の借り入れを行なって、あの土地を何重にも抵当に入れていた。共和国瓦解のあと、わたしは受託者として、その債務の責任を負うはめに陥った。もし金に不自由せぬ身であったなら、肩代わりもできたろうが、わたしの懐具合は、おまえもたぶん察しているとおりだ。それに、正直なところ、寛大にふるまえるような心境ではなかった」

「それで、領地はばらばらばらになったというわけですね」

「いいや。われわれはそれでも、なんとかジェイムズの妻子に資産を残そうと手を尽くした。おまえの伯父さんが土地を買ったとき、わたしは契約書に、将来おまえが現金を支払えるような身分になったら、買い戻すことができるという条項を付け加えたのだ。債権者たちとも話をつけた。本来支払われるべき額よりずっと少なめで手を打ってもらえたから、ありがたかったよ。一族以外の者の手に渡った土地は、ほんの一部だ」

「ハーランド・ワイトもそうですね？　干拓が終われば、領地の中でもいちばん値の上がる一郭だ。なぜ、そういう土地が、父を告発した男に売られることになったんです？」

わたしがそこまで知っていることに驚いて、ウィリアム卿は言葉をとぎらせた。「それは違う」しばらくしてから言う。「モーランドは確かに、雅量を示してくれたわけではないが、こちらには選択の余地がなかった。おまえの父親の不祥事は、当初、ほんのひと握りの人間にしか知らされなかったし、ぜひともそうしておく必要があった。債権者たちの耳に入ろうものなら、たいへんな騒ぎが起こったろうからね。われわれは時間を稼いで、なおかつモーランドを黙らせておかなくてはならなかった。口止め料は高くついたよ。ハーランド・ワイトを割安な値段でモーランドに売り渡すことで、われわれは八週間の猶予を手に入れた」

わたしは悲嘆に胸ふさがれて、うなだれた。ウィリアム卿が自分の目に映った真実をありのままに語ってくれていることは、疑いようがない。それは心底うれしかった。この数か月というもの、あまりに多くの虚偽や誣言《ふげん》に接してきたので、正直な人間に会うことなどもう望めないのではないかという思いに襲われ、何かにつけて猜疑《さいぎ》心《しん》が頭をもたげるようになっていたのだ。ウィリアム卿とて、その善良さを悪辣《あくらつ》な目的に利用されたのだから、父と同等に、裏切りの被害を受けていたことになる。わたしはいずれ、そのことを卿に告げ、醜悪な歴史的謀略の全貌を示して、曇りなき善意から発した行為がどういう役割を果たしたかを、本人に突きつけなくてはならなかった。それがウィリアム卿の心に及ぼす衝撃を思うと、気が重かった。そのうえ、卿が自分の荷担した不正義を正すべく立ち上がってくれるよう、あの悪党どもに劣らぬ手際で、卿の義憤をかき立てなくてはならないのだ。

その晩のうちにそれ以上話を進めるのは、得策ではなかった。過度なこだわりを見せたくなかったし、なにぶんにも疲弊しきっていた。ほどなく、袖なし外套《がいとう》を羽織ったわたしは、蠟燭《ろうそく》を手に、暖炉のぬくもりをあとにして、昔使っていた部屋へ退いた。わたしが到着したときにウィリアム卿が従僕に命じておいたらしく、部屋はきちんと整えられ、火床《ひどこ》に小さな火が燃えていた。暖を取るには頼りない火勢だが、心は慰められた。狭苦しい部屋は震えるほど寒かったが、それでもひざまずいて祈りの言葉を唱えながら、もっと上位の賓客にあてがわれるだだっ広い寝室ではなかったことを感謝した。先刻のイタリア紳士は、さぞ寒くてつらい夜を過ごすことになるだろう。わたしは祈禱《きとう》を終えて、信心深い人間なら敬虔《けいけん》な営みのあとに必ず味わうあの安らかな気分に浸り、よほどこのまま、ありったけの衣類にくるまって、寝台に潜り込もうかと思った。しかし、旅の垢にまみれた顔が気になって、その前に手水《ちょうず》を使うことにした。大窓のわきに置かれた衣装箱の上に、水をたたえた碗が用意されていたので、窓をしっかり閉ざしたあと、表面に張っていた薄い氷を割って、しびれるような冷水に顔をつけた。

その刹那、わたしは、身に取り憑いた厄災の執拗な性《さが》を荒々しく思い知らされた。長い歳月を経た今でさえ、あの暗がりの中、衣装箱の上で揺らめく蠟燭の炎に照らされて、碗の水に浮かび出た淫靡《いんび》な幻影のことを記そうとすると、筆が滞るほどだ。責め具のようにわたしの前に差し出された映像の卑猥で厭《いと》わしいさまは、魔王の最も忠実な奴隷でなくては思い描けないものだった。祈り終えたあとのキリスト教徒の魂をさいなむために、あのような幻を送り込む行為は、まさに邪悪のきわみと呼ぶべきだろう。碗の上にかがみ込んだまま、必死に目を背けんとする努力もむなしく、筋肉の一本すら動かせずにいたわたしは、頭の中でどよめき渡る不穏な風音に恐怖と戦慄の叫びをあげた。それでいて（白状すると）、目にした場面に魅入られていた。純真無垢《じゅんしんむく》なる者の魂までが、凶暴な堕落の力に屈し、非道の営みを享受させられるのだ。わたしが見たのは、仰向けに横たわった父――本物の父ではなく、父の姿を借りた悪魔――を、サラ・ブランディが想像を絶する愚劣な方法で悦ばせている光景だった。ありとあらゆる種類の悪霊が、次々現われては淫らに跳梁《ちょうりょう》した。そう、わたしは、おのれに課された責め苦を見据え、楽しんでいた。口を開くことも、動いて拷問を逃れることもできなかった。襲われる前から、心身がもう臨戦態勢になかったからだ。知らないあいだに柔弱な境地に陥り、攻撃は収まったものと、ブランディの娘は怒りを解いたものと、あるいは復讐をあきらめたものと、勝手に決め込んでいた。じつは、娘が単に、今まで以上にあくどい襲撃の手はずを整えていただけだということが、こうして如実《にょじつ》に告げられたのだ。そればかりか、サラが仕える魔性の主たちの霊力が、罪業《ざいごう》と縁のない人間、痛みを免れるべき人間にも及ぶのだとすれば、襲われるのはわたしだけではなさそうだった。

渾身の力を振り絞って、わたしはおぞましい図絵から身を引き剝《は》がし、碗を床に放り投げると、部屋の隅へ飛びすさって、あえぎながらそこに横たわった。ひとまず襲撃にけりがついたことを、なかなか信じ切れなかった。また始まるのではないかという恐れに動きを封じられ、そのままじっと横たわっているうちに、四肢はこわばり、体は寒気に凍《こご》えた。ついに耐えられなくなり、苦痛が恐怖を凌駕したとき、わたしは隠れ場所から立ち上がって、窓が固く閉まっていることを入念に確かめると、衣装箱を戸口まで引っ張っていき、たとえ悪魔がやってきても簡単には押し入れないよう、戸の前をふさいだ。それから、蠟燭が燃え尽きる瞬間を見るのがいやで、懸命に眠ろうと努めた。暗闇を怖いと思ったことなど、一度もなかったのに、その夜は無性に怖かった。

第十三章

翌朝、恐怖の名残《なごり》と寝不足でまだ朦朧《もうろう》としているわたしを、マルコ・ダ・コーラがしきりに会話へ引き入れようとした。襲撃のことで頭がいっぱいだったので、こちらはあまり身が入らなかったが、臆せず熱心に話しかけてくるその姿勢には、できるかぎり礼儀正しく応じざるを得なかった。目を輝かせ、人の好さそうな笑みを浮かべて、コーラは、わたしの父がジェイムズ・プレストコット卿であることを知っていると切り出した。

わたしは、父の転落についてあれこれ穿鑿《せんさく》されるものと思って、すこぶるそっけない受け答えをした。ところが、コーラの顔に浮かんだのは、見下すような同情ごかしの憂《うれ》いの色ではなく、弾けんばかりに明るい表情だった。

「すばらしくございます」かろうじて意味が取れるほどの強い訛《なま》りで言う。「まことにすばらしくございます」

喜色を満面にたたえてわたしを見た。

「そうおっしゃる理由を、お尋ねしていいですか？　そういう評価を受けることに慣れていないものですから。ことに近年は」

「なぜなら、あなたのたいへん立派なお父さん、わたくし数年前に存じてました。ご不幸を聞いたとき、まことに悲しいでした。非の打ち所ないお父さん亡くされて、心からお悔やみ申します」

「はい、立派な父でした。ありがとうございます」このめかし込んだ小柄な異人を、わたしはそれまで気疎《けうと》く思っていた。こういう手合いには、いつも辟易《へきえき》させられるのだ。しかし、今回ばかりは、認識を改めなくてはなるまい。父と知り合いだったことを進んで話す人間はごく少なく、増して、父を褒める人間など皆無に等しかった。

「父とどういうお知り合いだったのか、ぜひお聞かせください。父が国外にいたときの事情は、やむなく傭兵になったこと以外、何も知らないのです」

「ヴェネツィアでお勤めでした。勇ましく、誰にも感謝されました。お父さんみたいなかた、もっと多くいたら、ヨーロッパの心臓部、オスマン・トルコに脅かされないでしょう」

「では、父はあなたの国で高く買われていたわけですね。それを聞いて、うれしく思います」

「たいへん高く買われていたです。将校にも、兵隊にも、同じくらい人気ありました。勇敢ですが、無茶はけっしてなさりませんでした。帰国を決心なされたとき、わたくしども、お国の王様のご幸運を祈る者たちは、ヴェネツィアの損がお国の益になるのだと、慰め合ったです。わたくしの存じたあのかたが王様に背《そむ》くとは、とても信じにくくございます」

「お耳に入った情報を鵜《う》呑みにしてはなりません。父は憎むべき犯罪の犠牲者だったと、わたしは確信しています。うまく運べば、ほどなくその証拠が手に入るでしょう」

「うれしくございます。まことにうれしくございます。それに勝る喜びはありません」

「あなたも兵士だったのですか?」

コーラはしばしためらってから、質問に答えた。「ここ数年は、何より医術の修得に努めました。軍人からいちばん遠い仕事でございます。それに、好奇心の導きが、わたくしにはいちばん大事です。あなたのお父さんをたいへん尊敬しますけれど、お父さんのご職業に心を引かれたこと、一度もありません」

そう言って、小男がその場を去り、残されたわたしは、父がその人柄ゆえ、噂の毒に侵されていない相手には必ず好印象を与えたことをありがたく思った。

ウィリアム卿はすでに外出していた。領地の管理をおのれの義務だと固く信じ、孜々《しし》としてこれにいそしむ人だった。しかも、領主としての仕事を常に楽しんでいたから、地元での業務に専心できる身なら、もっと幸せに暮らしていたことだろう。宮中にいることの実利も、しかし、抗しがたいものがあるらしく、年に少なくとも四回、ロンドンへ赴いて役職を務めていた。けれど、それ以外のときはウォリックシャーに腰を据えて、天候に関わりなくほぼ毎日、気に入りの猟犬を一、二頭選んでは、早暁《そうぎょう》に館をあとにし、領地内を回って、方々《ほうぼう》で助言を与えたり指示を出したりする。昼ごろ、運動で赤らんだ顔に安堵《あんど》と満足の表情を浮かべて帰宅し、食事をしてから午睡。夜は、ある程度の規模の領地につきものの文書事務にいそしみ、奥方の家計の切り盛りに目を配る。これが常に変わらぬウィリアム卿の日課であり、卿はおそらく、毎夜の就寝時、数多い義務をつつがなくこなしたことに心満たされて、健やかな眠りにつくのだろう。わたしから見ると、ウィリアム卿の暮らしは、招かざる闖入者《ちんにゅうしゃ》にその静穏な律動を乱されないかぎり、完全な自足と調和の中にあった。

そういう日課のせいで、ウィリアム卿をさらなる会話へ誘い込めたのは、宵に入ってからだった。仕事を終えた領主が、ふたたび如才《じょさい》ない主人役を務めた。奥方が退席したあと、父の冤《えん》罪《ざい》の話題を持ち出したのはコーラだった。たちまち、ウィリアム卿の顔に苦渋の表情が浮かぶ。

「ジャック、頼むから、この件はもう水に流してくれ。知っているだろうが、おまえの父親が犯した罪の証拠を受け取ったのは、このわたしだ。あのときもし、完全に得心が行っていなかったら、わたしはけっして告発に踏み切らなかったろう。あれは人生最悪の日だった。あの秘密を知る前に天に召されていたら、どんなに幸せだったか」

ここでもまた、それ以前の多くの場合とは違って、わたしの胸に怒りは込み上げなかった。この温厚な人物の言葉が、深い誠意から発していることはわかっていた。人の好さにつけ込まれ、父と同じように欺《あざむ》かれて、いちばん親しい同志の背中に短刀を突き立てた人物なのだ。だから、わたしは大いなる心苦しさを押して言葉を返した。

「遺憾ながら、お嘆きの種をさらに増やすような話をお聞かせしなくてはなりません。じつは、自分の説の正しさを立証する一歩手前まで来ているんです。あなたを得心させた証拠の品は偽造されたもので、サミュエル・モーランドが真の逆賊をかばって、話をでっちあげたのだと、わたしは確信しています。その証拠品があなたに渡されたのは、廉直《れんちょく》をもって鳴るあなたを告発者に仕立てれば、話の信憑性が増すからです」

ウィリアム卿がにわかに顔を曇らせ、部屋を完全な沈黙が支配した。

「証拠はあるのか？　わたしには信じられんよ。そこまで冷酷な策略を巡らす人間がいるなどとは、想像も及ばん」

「今のところ、わたしの証拠は不完全です。しかし、この件をしかるべく申し立てた暁《あかつき》には、必ずやジョン・サーロウに事実を認めさせてみせます。そうなれば、モーランドは身を守るために、共謀者を売り渡すでしょう。ただ、あなたの裏づけ証言が必要な部分もあります。父が人身御供《ひとみごくう》にされた背景には、私利をむさぼるラッセル家による、なにかとたてつく父を排除したいという思惑があったに違いありません。件《くだん》の情報がそもそもジョン・ラッセル卿からもたらされたものであり、さらに元をたどるとモーランドに行き着くということを、言明できるのはあなただけなのです。証言してくださいますか？」

「力の及ぶかぎり、協力しよう」熱のこもった声。「もしもおまえの言うとおりなら、この手でふたりを地獄へ送り込んでやる。だが、よくよくのことがないかぎり、ジョン卿を悪者と決めつけんほうがいい。あの知らせをくれたとき、卿の顔には明らかに心痛がうかがえた」

「たいした役者だということでしょう」

「ジョン卿はさらに、いっとき家名を背負って、おまえの父親の債権者たちとのあいだに入り、領地ができるだけ高く売れるよう尽力してくれた。それがなかったら、おまえは今ごろ、路頭に迷っていたことだろう」

　何にも増して、これには憤慨《ふんがい》した。ああいう男に感謝しろと言われるのは業腹《ごうはら》だし、無私の美徳と鷹揚さという見せかけで策謀を覆い隠したラッセルの奸智《かんち》には、ただもう胸が悪くなるばかりだった。わたしは突き上げる衝動を懸命に抑えつけた。抑えつけなければ、その場で猛然と立ち上がり、ラッセル一族の全員を罵倒するだけではすまず、やすやすとだまされたウィリアム卿の蒙昧《もうまい》ぶりをなじっていたことだろう。

しかし、どうにかこらえきった。とはいえ、ふたたび口を開いてもだいじょうぶと判断できるまで、たっぷり三十分は、卿の相手役をコーラに任せてのことだった。それからわたしは、自分の話に間違いがないこと、絶対に間違いがないこと、ただそれだけを訴えた。そして、時至れば、それを証明してみせるつもりであることを。

「これまでに、どんな証拠を手に入れたんだ？」

「いくつかあります」事細かに語って、まだ立件の目途が立たない現状を悟られ、幻滅されたくはなかった。「でも、じゅうぶんではありません。偽造された書簡が手もとにないのです。手に入れれば、サーロウの鼻面《はなづら》に突きつけてやるんですが」

「それは、どこにあるんだ？」

わたしはかぶりを振った。

「わたしを信用できんのか？」

「心から信用していますよ。父を亡くしたわたしにとって、あなたはこの世で、父と呼ぶに最もふさわしいかたです。今までかけてくださった情けに対して、あなたを慕い、敬《うやま》わずにはいられません。だから、わたしの持つ知識のせいで、あなたに重荷を負わせることだけはできないのです。敵はわたしの動きに気づいていますから、いつ襲いかかってくるかわかりません。

わたしは喜んで迎え撃ちますが、よほどの理由がないかぎり、ほかの人たちの身を危険にさらすわけにはいきません」

ウィリアム卿はこの言葉に喜び、もしわたしの言うとおり父が潔白なら、あっぱれな息子を持ったものだと言った。そのあと、イタリア人の水向けで、会話は別の道筋へと流れた。外国に関する知識の修得に余念のないこの男は、英国とその統治の仕組みについて、ウィリアム卿とわたしを質問攻めにした。答えたのはもっぱらウィリアム卿で、聞いているわたしにも大いに得るところがあった。卿のクラレンドン伯嫌いは承知していたが、両者の反目はあくまで個人的なものだと思っていた。ところが、わたしは図らずも、この国の政治について初めて本格的な教えを受け、たいした家柄の出ではないクラレンドンが、どうやってこの近隣にある領地から内陸部へ勢力を広げ、かつてコンプトン家の管理下にあった土地をはじめ、オックスフォードシャーからウォリックシャーにかけての全域の利権を握るに至ったのか、その経緯を学ぶことになった。

「前回の選挙の際、クラレンドンは厚かましくも、ウォリック郡の議席のひとつをおのれの一族が占めるべきだと、強硬に、それはもう強硬に言い張った。国王の政務を遂行するためには、下院に支持者を持つことが肝要だというのだ。まるで、わが一族がこれまでずっと、政務のなんたるかを心得ていなかったかのようにな。やつはオックスフォードシャーの州総監の協調を取り付け、目下ウォリックシャーの紳士たちに鼻薬をかがせているところだ」

「あのかたは、体調がすぐれないと聞いてございます」コーラが口をはさむ。「それなら、今の地位に長くいることできないでしょう」

「そう願いたいものだ。わが一族を滅ぼそうとしているのだからな」

「驚くにはあたりません」わたしは暗然たる思いで言った。「あの一味はすでにプレストコット家を滅ぼしています」

ウィリアム卿の顔が憂わしく曇ったので、それ以上は追及せず、コーラが気を利かせて、近年の戦《いくさ》のことに話題を振り向けた。ウィリアム卿はかつて目にした戦闘や武勲を懐かしみ、マルコ・ダ・コーラはクレタ島における祖国の戦争のことを、また残虐なオスマン帝国軍に対するその勇猛な抗戦ぶりを語った。吐露するほどの体験を持たないわたしは、ふたりの話に耳を傾けながら、自分の存在が受け入れられることのありがたみを味わい、同等の人物たちのあいだにいる実感に浸った。いつもこうなら、どんなにうれしいだろう。それなら、わたしは安寧《あんねい》を得て、なんの不足も感じないはずだ。暖炉の火と一杯の酒と気の置けない話し相手があれば、男の心は満たされる。そのすべてを手にした宵に、わたしは胸に描いたそのままの未来を垣間見た。

望めば長逗留もかなったはずで、とどまりたい気持ちはとても強かった。行く手に待ち受ける責務はあまりに重く、再開される戦いを思うと気力が萎えそうになる。しかし、始めるなら早いほうがいいと肚《はら》を決めて、コーラが寝室に辞し、ウィリアム卿が仕事をかたづけに執務室へ戻ると、わたしは静かに階段を降りて、大きな扉から外へ出た。

月のない闇夜で、星すら見えなかった。街道までの道筋をどうにかたどれたのは、ひとえにわたしが屋敷の地理に通じていたからだ。炉から持ち出した小さな松明《たいまつ》では、せいぜい数歩先までしか照らせなかった。おまけに寒い晩で、凍土を厚く覆った霜柱が、足の下でざくざくと音をたてた。周りじゅうで夜行性の鳥が羽ばたき、獣《けもの》たちは夜の縄張りを徘徊《はいかい》して、餌食《えじき》を求め、あるいは死の運命から逃れようとしていた。

わたしは怖くなかったし、神経をとがらせてさえいなかった。迫り来る危険を察知して、首筋が粟立ったり、頭皮に痒《かゆ》みが走ったりするのが人の常だとすれば、わたしは規格をはずれているらしい。ただひたすら地所の門を、そしてバンベリーへの街道をめざして歩いた。それに、細い道を踏みはずしたり、両側に走っているはずの排水溝へ落ちたりしないよう、足もとに意識を集中する必要があったので、ほかのことは考えていられなかった。

物音がして初めて、注意がよそにそれた。それでもとっさには反応せず、松明の明かりの届かぬ前方を狐か穴熊が横切ったのだろうと、考えるともなく考えた。土壇場になってようやく、全神経がわが身の危難を叫びたて、大地から湧き出て目の前に立ちはだかった醜悪な魔物から肉体を飛びすさらせた。

それは人間のなりをしていたが、完璧に化ける力を持つ妖怪などいるはずがなく、聡《さと》い目で見れば必ずほころびが見つかるものだ。この魔物の場合、ぎくしゃくとして変則的な所作が、人間ならざるものであることを露呈していた。年輩の紳士に化けようとしたらしいが、悪臭を放つ膿疱《のうほう》で覆われたその体は醜く変形して、背は曲がり、歩くと腰がぐらつく。そして、摩訶《まか》不思議《ふしぎ》なことに、黒炭のような目が闇の中で爛々《らんらん》と輝き、瞳の底に燃えさかる煉獄《れんごく》の炎が見て取れた。何より厭《いと》わしいのは、わたしをおだて、すかし、たぶらかそうとするその濁声《だみごえ》だ。いや、それは声ではなかった。蛇の威嚇《いかく》の音か蝙蝠《こうもり》のきしるような叫びに似た哀訴が、わたしの耳ではなく、頭の中で鳴り響く。「だめだ、ジャック。まだ去ってはいかん。わたしのもとにいなさい。いっしょに来なさい」

わたしは前夜の幻を思い出して、その言葉の含む意味におののき、意志の力で執拗な誘いを遠ざけた。指で十字を作り、相手の顔の前に突き出してみたが、イエス・キリストのこの受難の象徴も鼻であしらわれた。主《しゅ》の祈りを唱え始めたものの、乾いた口腔《こうこう》と干からびた唇からは声が出てこない。

底知れぬ恐怖に、わたしは、じりじり近づいてくるけだものから目を離せないまま、小道をあとずさりながら、今にも飛びかかられ、体を裂かれて魂をもぎ取られるのではないかと脅えた。

構わないでくれと頼んでも、返ってくるのはおぞましい笑い声と、底なし沼が羊を呑み込むような不気味な音だけだった。と、腕に冷たくぬるりとした感触が走り、魔物の筋張った手がわたしをつかんだ。わたしは後方へ飛びのき、防御の態勢をとるというより、とにかく抵抗の意思を示そうと、短刀を抜き、弧を描くように振った。その向こう意気と、甘言にも籠絡《ろうらく》されぬ剛健さが、なにがしかの影響を相手に与えたらしい。みずから屈する者は悪魔の格好の餌食だが、甘言を頑とはねつける者は難敵となる。わたしのひるまぬ動きに虚を突かれた魔物は、喉を鳴らしながらのけぞり、隙を作った。わたしはさらに敵を突き放そうと、短刀を持った手で押して――これは失策で、腐肉のような悪臭が手にこびりつき、あとから洗い流すのに苦労した――わきを駆け抜け、門へと一目散に逃げた。

どこをどう走ったのか、わからない。ただあの醜悪な化け物から少しでも遠ざかることしか頭になかった。やがて、近くを流れる川へたどり着き、水際まで下りて、手を水に浸すと、鼻《び》腔《こう》にたまっていたにおいのもとをぬぐい取った。恐怖と疾駆のせいで息が切れ、わたしは岸に引き揚げられていた小舟にもたれたまま、たっぷりと一時間は川面を眺めていたに違いない。そのあと、やっとのことで、危険はもう去ったと確信し、自分を奮い立たせて、落ち着いた足取りで、ただしさらなる奇襲を警戒しながら、ふたたび歩き始めた。

半時間ほどすると、犬の声が聞こえた。ほどなく人の群れがわたしに追いついて、手荒くわたしを地面に押し倒し、足蹴にして罵《ば》詈《げん》を浴びせたうえで、なんとも荒唐無稽な、仰天すべき報をもたらした。ウィリアム・コンプトン卿が残忍な襲撃を受け、しかも、わたしがその加害者と目されているというのだ。

第十四章

その後の出来事について、くだくだしく述べる必要はないだろう。わたしは非道な扱いを受け、告訴によって名誉を叩きつぶされた。罪人《つみびと》ならそう扱われるのが筋というものだが、紳士をああいう粗暴なやりかたで投獄し、辱《はずかし》めるなど、理解しがたい蛮行と言わざるを得ない。裁判を待って過ごした日々は、一生のどの時期にも増して苦渋に満ち、その弱り目をブランディの娘につけ込まれて、わたしは、夜昼なく送りつけられる疼痛《とうつう》や幻影に気も狂わんばかりだった。

いずれまた攻撃を仕掛けてくると予期していたものの、あの魔性の女にあれほどの強い力と邪《よこしま》な狙いがあるとは思いもしなかった。すでに起こったことの狡猾《こうかつ》な成り立ちを知るには、しばしの熟考を要したが、知ってしまうと難なく説明がつく。すなわち、ウィリアム卿はわたしが館を離れる物音を聞きつけ、ようすを見に出て、そこで悪霊に乗り移られた。あまりに巧みな変化《へんげ》だったので、わたしにはそれがウィリアム卿だとは見破れず、短刀で突き刺したのちに、魔力が解け、悪鬼のごとき装《よそお》いが蒸散したというしだいだ。なんとも陋劣《ろうれつ》な攻め手で、かの魔女はもう自力でわたしを滅ぼすことはできないと観念していたのだろう。そこで、他者の手を借りようと図った。わたしが絞首刑に処されれば、目的は完全に遂げられることになるからだ。

監房に放り込まれ、鎖で壁につながれるとすぐに、わたしは、格別の運にでも恵まれないかぎり、サラの奸計《かんけい》の餌食《えじき》になることを悟った。ウィリアム卿がわたしに刺されて瀕死の重傷を負ったのは事実だし、そのうえ、一命を取り留めれば、わたしが不意打ちを食わせたことをみずから証言するのも必定だろう。わたしの弁護は、弁護になりえない。たとえ真実を話しても、誰が信じてくれるというのか。

何日ものあいだ、貧寒とした房に坐して待つよりほか、できることはほとんどなかった。面会人や伝言がなかったわけではないが、慰めにはならなかった。親愛なる伯父上からは、わたしと完全に絶縁すること、訴訟に手を貸さないことを告げる書状が届いた。トマスは、顔にありありと非難の色を浮かべながらも、精いっぱいのことをしてくれた。少なくとも、聖職禄を巡るグローヴ博士との最終的な論戦が間近に迫り、来訪するメイナード男爵を囲んでのニュー・カレッジの正餐会《せいさんかい》で決着がつくという事実を、頭の隅に追いやっていられるあいだは。

それからやってきたのがローワーで、マルコ・ダ・コーラを伴っていた。

ここで、わたしの遺骸に関するローワーの臆面もない(そして時期尚早の)要求について、委細をくり返すつもりはない。コーラの記述はじゅうぶんに事実を伝えている。最初に面会に訪れたとき、このイタリア人はわたしと面識がないかのようにふるまったから、こちらも明らかなその要望に応じて、知らないふりを通した。ところが、同じ日の午後、コーラはひとりで、ワインの差し入れを口実に再訪してきて、あのおぞましい夜に何が起こったのかを話してくれた。

コーラ自身は、何ひとつ大事な場面を見聞きしたわけではなく、すべて人づてに知ったのだという。にわかに周囲が騒がしくなり、わめき声や女の泣き叫ぶ声や犬の吠える声がしたので、目が覚め、寝床を抜け出して、何事かと見に行った。そのあとはウィリアム卿の介抱にかかりきりで、夜を徹して、かいがいしく働いた。けが人が持ちこたえたのも、ひとえにコーラの尽力によるもののようだ。そのコーラが、ウィリアム卿は必ず全癒すると請け合い、すでに回復ぶりがめざましいので、安心して奥方の手に委ねてきたのだと言った。

それは喜ばしい、とわたしは答えた。反面、うれしくない気持ちもあるのだが、それでもわたしはコーラに、わたしが卿の無事を喜んでいること、こちらに害意はまったくなかったことを伝えてくれるように、そして、卿が自身の体の変化に気づいていたかどうかをきいてくれるように頼んだ。コーラが快諾し、わたしはさらに(脱獄計画を練りあげていたので)、グローヴ博士とできるだけ早く面会したい旨を、くり返し伝えた。

翌晩、グローヴではなくウォリスが現われたのには驚いたが、すばやく考えを巡らせて、これがむしろ、計画の可能性を広げる好機であることを見て取った。ウォリスはウィリアム卿のことをあれこれきいたあと、マルコ・ダ・コーラについて、愚にもつかない的はずれな質問を次々と浴びせてきたが、あまりにばかげた内容で、ここに記すには及ぶまい。わたしはむろん、極力言葉少なに応じ、申し訳程度の相槌や意思表示で細々と話をつなぎながら、牢番が酔いつぶれて、こちらに注意を払わなくなるのを待った。頃合いと見るや、ウォリスに飛びかかり、組み敷いて縛りあげ――相手がグローヴなら、縛《いまし》めはもっとゆるかっただろう――その場を離れた。ウォリスのたいそうな仰天ぶり、憤慨《ふんがい》ぶりに、わたしは高笑いしそうになった。拍子抜けするほど簡単に脱獄がかなって、おのれの幸運が信じられなかった。

ウォリスの身柄を拘束したことで、その居室を自由に捜索できる願ってもない機会が得られた。わたしは町を突っ切ってニュー・カレッジへ赴き、ウォリスの鍵を使って正門から入った。

ここでもまた、造作なく事が運んで、自分が特別な加護を受けていることを信じずにはいられなかった。居室は施錠されておらず、机もあっさり開いて、二番目の抽斗《ひきだし》に束ねた書類が――ご丁寧に〝J卿〟という仕分け札がついた状態で――見つかった。七、八枚ある文書の文面がいずれも解読不能のものだったので、目当ての暗号書簡であることに間違いはない。これを肌着の下にしまい込むと、わたしは上首尾に気をよくしながら、早々に立ち去ろうとした。

階段を降りかけたちょうどそのとき、低いながら不気味な叫び声がした。わたしはたちまち身をこわばらせ、最初、悪霊どもがふたたび襲いかかってきたのかと思ったが、そうではなさそうだとわかると、今度は、いよいよ運も尽きて、今の叫びが周りの注意を引きつけ、誰かに見つかってしまうのではないかと不安になった。進退きわまり、息を詰めて、じっと待つ。しかし、中庭は相変わらず深閑として、人けのないままだった。

不安と同時に、当惑も覚えた。あれは痛苦の叫びであり、明らかに、真向かいのグローヴ博士の部屋から聞こえてきた。おそるおそる、わたしは内扉を小さく叩いてから――外の扉は閉まっていなかった――静かに押しあけ、中をのぞいた。

グローヴはまだ意識があったが、かろうじて息をしている状態で、わたしはその光景に衝撃を受け、思わず苦悶《くもん》のうめきを洩らした。断末魔の苦しみに顔をゆがめたグローヴが、痙攣《けいれん》する四肢をばたつかせ、発作に見舞われた癲狂病みさながら、床を叩いてのたうち回る。わたしは火床《ひどこ》で蠟燭《ろうそく》を灯し、博士の上に掲げたが、向こうはおそらく、わたしを認識できなかったろう。わななくその手で、隅にある卓の上の何かを指し、それから、喉を絞るような音とともに、大きく開いた口から泡と唾を垂れ流しながら、仰向けに倒れて、事切れた。

人がこれほど苦しみもがくさまを見たのは初めてだったので、二度とそういう光景を目撃することがないよう、わたしは真剣に祈った。体がすくみ、動く気力が湧いてこない。心の半分はグローヴが死んだことを恐れ、もう半分は生き返ることを恐れていた。どうにか自分を奮い立たせ、勇を鼓して、グローヴが最後に悲痛なしぐさで指し示したものが何だったかを確かめる。卓上の壜と硝子の杯には、まだかなりの量の液体が残っていた。用心深く鼻を利かせてみたところ、生命を脅かすようなにおいは嗅ぎ取れなかったが、今しがた目にした惨事の裏には、毒物が介在している疑いが濃かった。

そのとき、階段を昇ってくる足音がして、わたしは恐怖が心臓を締めつけるのと同じぐらい強く、グローヴの机にあった短刀を握り締めた。

足音はしだいに大きくなり、踊り場でひと休みしてから、残りの半分を昇ってくる。ウォリスであるはずはない。まだ縛めを逃れてはいないだろう。誰であったとしても、この部屋に入ってくるようなら、殺すしかない。

さらに大きくなった足音が、階段を昇りきったところで止まり、長い空白ののち、グローヴの部屋の扉が破れんばかりに叩かれた。いや、実際は指を軽く打ち当てただけだったかもしれないが、わたしには墓の中の死人が目を覚ますほどの轟音《ごうおん》に聞こえた。火床にちろちろ揺れる炎のほかに明かりのない部屋で、わたしはじっと立ち尽くし、訪問者がグローヴは留守だと考えて立ち去ってくれるよう必死に祈った。ところが、音をたてまいと神経をとがらすあまり、体が逆の動きを示して、卓上にあった本に触れ、床に落としてしまった。

祈りも願いも、そこですべて無に帰した。ためらいの間があって、それから扉の掛け金の動く音が、そして、聞き違えようのない戸板のきしみが聞こえ、片足がたわんだ樫の床板の一枚を踏む。

訪問者が角灯を携えていて、じきにグローヴの遺体とわたしに目を留めるだろうと思えたので、わたしはもう逃げも隠れもできないと観念し、前に進み出るなり、相手の首をつかんで、部屋の外へと押し出した。

敵は膂力《りょりょく》に乏しく、おまけに虚を突かれて恐れおののいているようで、抵抗らしい抵抗も見せなかった。ものの数秒で、わたしは相手をねじ伏せ、火が建物に燃え移らないよう角灯を立てたうえで、訪問者の顔を見た。

「トマス！」淡い光が脅えた蒼白な顔をよぎったとき、わたしは驚愕の声をあげた。

「ジャックか？」勝るとも劣らない驚きに、トマスの声がかすれる。「ここで、何をしているんだ？」

わたしはすぐにトマスを放し、塵を払ってやって、乱暴を詫びた。「おれのしていることは、ごく単純さ。逃げているんだよ。きみのほうこそ、弁明しないといけないことがあるんじゃないのか」

わたしの言葉に、トマスは頭《こうべ》を垂れ、今にも泣きそうな表情を見せた。なんとも珍妙なやり取りだった。聖職者と脱獄囚が廊下にしゃがみ込んで身を寄せ合い、ひそひそ声で話しているその数メートル先に、まだ生暖かい死体が転がっていたのだから。

そのときのトマスの顔つきがもし法廷にさらされたなら、陪審員たちは、事ここに至るまでの長くつらい顛末《てんまつ》を知らずとも、死罪の評決を下すに違いない。「ああ、神よ、お助けください」トマスが叫んだ。「どうしたらいいんだい？　ぼくが何をしたと思う？」

「声が高い」わたしは邪険に制した。「手間をかけて牢を抜け出してきたのに、きみのわめき声のせいで捕まったんじゃ、元も子もない。すんだことはすんだことだ。きみはとんでもなく愚かなことをしてしまったが、後戻りはできない。取り消しはきかないんだよ」

「なぜ、やってしまったんだろう。学寮長の姿を見つけたから、つい歩み寄っていって、自分でも知らないうちにうそ八百を並べ立ててたんだ。博士のあの下働きの女のことで」

「なんだって、トマス？　なんの話だ？」

「ブランディだよ。あの娘のこと。学寮長に、グローヴが聖職の誓いを破ったと言ってしまったんだ。今晩、あの娘が部屋に忍び込むのを見た、と。それから、はっと気づいて……」

「わかった、わかった。その先は話さなくていい。でも、ここへ何をしに来たんだ？」

「手遅れになる前に、会っておこうと思って」

「もう手遅れだ」

「だけど、何かできることがあるはずだろう？」

「子どもみたいなことを言うな。何もできるわけがない。おれたちふたりとも、ほかに道はないんだ。おれは逃げる。きみは自分の部屋に戻って、寝ていろ」

それでも、トマスは膝をかかえて、じっと坐っていた。「トマス、言うとおりにしろ。あとはおれに任せればいい」

「向こうが悪いんだ。ぼくはもう我慢できなかった。あんなふうにあしらわれて……」

「もうどんなふうにもあしらわれることはないさ。それに、きみが黙っていさえすれば、お互いこれを乗り切って、きみの頭に主教冠《ミトラ》が載るのを見られる日が来る。ただし、きみがうろたえたり、うっかり口を滑らせたりしたら、そこでおしまいだ」

それ以上とどまっていることに耐えられなかったので、わたしはトマスを立たせ、背中を押した。階段を降りたところで、トマスの部屋のある方角を指差す。

「部屋に戻って、とにかく眠れるだけ眠るんだ。何を言うにも、何をするにも、まずおれに相談すると約束してくれ」

ここでもまた、哀れな聖職者は学童のようにうなだれるばかりだった。

「トマス？　聞いているのか？」

「うん」そう言って、ようやく目を上げる。

「今夜のことは絶対に口外しないと誓ってくれ。さもないと、ふたり揃って絞首台行きだ」

「誓うよ」覇気のない声。「だけど、ジャック……」

「もういい。おれに全部任せろ。どう動けばいいかは、ちゃんと心得ている。おれを信じるか？」

トマスがうなずいた。

「言うとおりにするか？」

もう一度うなずく。

「よし。じゃあ、行くんだ。あばよ、親友」

わたしはトマスの背中を押して歩かせ、中庭を半分突っ切るまで見守った。それから、グローヴの部屋へ戻ると、扉に施錠するために鍵を取り、ついでに認め印付きの指輪を頂戴した。

そのとき、ある策がひらめき、たちまち頭の中で形を整えた。ごく単純にして非の打ち所のないその策は、だからこそ、ひとつの啓示だったとしか考えられない。あれだけの妙計を自力で練りあげる力などないことを、わたしは謙虚に認めよう。そこまでの事の経緯はきわめて明白であり、コーラの手記がそれを裏づけている。つまり、あの日、メイナード男爵を招いての正餐会が催され、席上、グローヴとトマスが主賓の引き立てを得ようと大いなる論戦を繰り広げることになっていた。予期されたとおり、トマスは出し抜かれ、もてあそばれ、辱められた。公の場での論争を苦手とするトマスは、周到な準備を重ねて臨んだのだが、意識過剰で、結局、ほとんどしゃべれなかった。それに対し、老獪《ろうかい》なグローヴは、コーラと引き合わされた折に、一計を案じ、自分の信仰の正統性と国教会への貢献ぶりを満座に示すための格好の敵役《かたきやく》として、このイタリア人を利用する肚《はら》を固めた。

だから、コーラも正餐会に同席し、本人は哲学談義に興じているつもりだったろうが、グローヴのほうは、イタリア人の言にことごとく異を唱えることで、小教区へのおのれの適性を証《あか》し立てようとした。もくろみはやすやすと達せられた。なにしろ、対立候補のトマスが、グローヴに無視され、愚弄《ぐろう》されて、論陣を張ることもかなわず、意図を打ち砕かれる形で退席したのだ。おそらく、誰にも涙を見られたくなかったのだろう。絶望のあまり、トマスは正気を失したらしく、そのすぐあと、学寮長にグローヴの背徳を訴えるという短慮な愚行に走った。そして、そのうそが、しかも悪意に満ちたうそが、じきに白日のもとにさらされると気づいて、さらなる愚行への致命的な一歩を踏み出したのだ。

神に仕える者にふさわしい有徳の挙とは言いがたかったが、トマスには多くの善が備わっていて、わたしは過去に幾たびも、その恩恵にあずかってきた。それに、たとえそういう恩がなくとも、わたしはトマスと契《ちぎ》りを結んでおり、救いの手を差しのべる義務を負っていた。友だからというだけではなく、トマスが自分の面倒を自分で見られない男だからだ。それが、前にも書いた〝リンカンシャーの忠義〟というもの。

と同時に、わたし自身が救われる可能性もあった。それはつまり、守護天使が近くにいて、わたしの心にささやきかけているということだ。

さて、手記の本筋に戻ろう。わたしが認め印付きの指輪を懐中に入れてグローヴの部屋を出たのは、セント・メアリー教会の鐘によると九時だったから、牢番がわたしの監房に来て脱獄を知るまで、八時間の猶予があった。なんの拘束もなく、望みのままに動ける自由の身だ。そのときの望みは、サラ・ブランディを殺すことだった。わたしとあの女、いずれか一方の死によってしか、この邪悪な戦いに終止符が打たれないことは、かなり前からはっきりとわかっていた。

これは、言うまでもなく、かなわぬ望みだった。サラがわたしを殺せないのと同様、わたしにも、自分の手であの娘を殺すことは不可能なのだ。他人の力を借りるほかない。向こうが罠を仕掛けて、わたしを絞首台へ送ろうとしたように、わたしも何か策を講じなくてはならなかった。

間もなく日付が替わろうというころ、わたしは夜警を避けるために、今も町を囲んでいる城壁を抜けた。ヘディントンの村を過ぎるまではロンドン街道を歩きたくなかったので、急ぎ足で野原を道沿いにたどっているとき、街なかの鐘がいっせいにうら悲しい音を鳴り響かせるのを、確かに聞いた。曙光《しょこう》が地平を染め始める時分には、グレイト・ミルトンの村に近づいていた。

第十五章

陽が高くなるのを待つあいだ、ひそかに家のようすをうかがって、中にいる人数や、いざという場合の脱出の手立てを探った。それから、胸を高鳴らせつつ、身構えを整えて、扉を叩く。玄関の間はほどよく暖められていたが、意外なことに、豪奢《ごうしゃ》さは微塵《みじん》も感じられなかった。クロムウェルの右腕として権力をほしいままにしていた年月に、サーロウが巨万の富を築いたことは、わたしもむろん知っていたから、この住まいの慎ましさには当惑させられた。辞去するまでに目にした従僕はひとりだけだったし、居心地のよい家ではあったが、思ったほど大きくも華やかでもなかった。しかし、それもまた、敬虔《けいけん》さを誇示し、世俗的な所有物をことさらに卑《いや》しめる清教徒の、謙徳という名の倨傲《きょごう》の表われだと考えれば得心がいく。片手で祈りながら、もう一方の手で金品をつかんで離さぬその心性を、わたしは常々軽侮してきた。たとえ贅《ぜい》を好まなくとも、身分なりの暮らしを営むのが、高位の者の務めだろう。

年老いた従僕が、いきなり明るいところに出された梟《ふくろう》のように目をしばたたきながら、主人は読書に忙しいので、応接間で待つようにと告げた。サーロウ様は気晴らしになるとおっしゃって、来客をお喜びになります、と。わたしは胸の内で、この来客は違うぞとつぶやきながら、指示されたとおり、家屋の東奥に位置する広々として暖かい部屋に足を踏み入れた。この来客は違うぞ……。

数分後に、サーロウが現われた。痩せこけた男で、細く長い頭髪が広い額を縁取っている。血の気のない肌は、透明なほどに青白く、目の周りの深い皺《しわ》を別にすれば、思いのほか若く見えた。わたしとしては、過去に何が起こったかも、いかにしてサーロウが善人悪人を問わず男たちを意のままに操ってきたかも、すでにつかんでいたので、これ以上時間をむだにすることなく、その場で駆け寄って、本懐を遂げる心づもりだった。サーロウもほどなく、業火の舌に魂を嘗《な》められながら、刺客の正体に思い当たることだろう。

肚《はら》はそう決まっていたのに、標的が一歩近づくごとに覚悟が揺らぐような気がした。この数か月というもの、夜、寝床に横たわると、父の剣を引き抜いてサーロウの心臓をひと突きにする自分の姿を思い描いてきた。恐れおののく仇敵《きゅうてき》に向かって、何かその場にふさわしい言葉を、歌うようにささやく。サーロウは恐怖によだれを垂らし、命乞いをするが、わたしは眉ひとつ動かさず……。実際には剣を持っていなかったが、グローヴの短刀で用は足りるはずだった。

描くは易く、遂げるは難い。戦場で血潮をたぎらせて敵を倒すのと、のどかな応接間で、ぱちぱちと薪のはぜる快い音と、林檎の木が燃える芳ばしいにおいに包まれて人をあの世に送るのとは、大いに事情が異なる。わたしは初めて疑念に襲われた。身を守るすべを持たない相手を殺《あや》めれば、自分もたちまち、殺められる者と同列にまで身を落とすのではないか。わがあっぱれなる美挙も、穏当を欠いた形で果たされれば、名誉を失するのではないか。

今なら、あれほど悩みはしないだろう。もっとも、(主《しゅ》が微笑みかけてくださった以上は)二度と同じような状況に陥ることはあるまいし、言葉で言うほど単純なものでもない。むしろ、迷いとためらいがあったからこそ、あそこで神から寛恕《かんじょ》の念を授かることができたに違いないのだ。

「おはよう。よくおいでくださった」サーロウは物珍しそうにわたしをじっと見ながら、穏やかな声で言った。「体が冷えきっておられるようだ。何か飲み物を持ってこさせよう」

唾を吐きかけて、おまえのような男といっしょに飲めるかと言ってやりたかった。しかし、言葉は喉に引っかかり、わたしが優柔不断と困惑にとらわれて、黙って立ち尽くしていると、サーロウは手を叩いて従僕を呼び、麦酒《エール》を持ってくるよう言いつけた。

「さあ、お掛けなさい」サーロウが口を開いたのは、またしてもたっぷり間を取って、わたしを頭のてっぺんから爪先までじろじろ見終えたあとだった。サーロウが入室したとき、わたしは生来の礼儀正しさから、立ち上がって頭を下げたのだ。「それから、お坐りになるときに、どうか短剣でご自身を突いたりなさらぬように」

微苦笑とともにそう言われて、わたしは、授業中の悪ふざけを見とがめられた子どものように、顔を赤らめ、口ごもった。

「名はなんとおっしゃる？　顔を存じあげている気がするが、このところ人に会う機会がめっきり減ったものだから、初対面のおかたでも、勝手にそう思い込むことがある」棘《とげ》がなく穏やかで、教養の感じられる声は、想像していたのとは大違いだ。

「初めてお目にかかります。名はプレストコットです」

「ああ。それなら、わたしを殺しにいらした。そうだね？」

「そうです」ますますうろたえて、わたしは身をこわばらせた。

三たび長い中断が訪れ、サーロウが読みさしの本にしおりをはさむと、それを閉じて、きちんと卓上に置く。おもむろに両手を膝に重ねて、わたしのほうへ視線を戻した。

「どうしたね？　どうぞ、ご随意に。いたずらに手間を取らせては、心が痛む」

「わけを知りたくないのですか？」

いぶかるような表情を見せて、サーロウが首を振る。「ぜひ話したいとおっしゃるなら、どうぞ。わたしには、主にまみえることと主の下される審判こそが大事で、それに比すれば、人の営為や動機など何ほどのものでもない。さあ、麦酒をお飲みなさい」と、従僕が運んできた陶器の甕《かめ》から、わたしの杯に麦酒を注いだ。

わたしは肩をすくめて、杯を無視した。「きわめて大事です」いきりたった自分の声音に、事態がますます思惑とかけ離れつつあることを知る。

「それなら、拝聴しよう。わたしがきみにどのような無礼を働いたのか、見当もつかないがね。わたしを敵とするには、きみはいささか若年に過ぎるのではなかろうか」

「あなたは父を殺した」

サーロウが眉をひそめた。「わたしが？　とんと覚えがないが」

ついに、その口ぶりがわたしの怒りに火をつけた。目的を果たすために、それは欠くべからざる熱源だった。

「大うそつきめ。覚えていないはずがない。父は、ジェイムズ・プレストコット卿だ」

「ああ」ぽつりと言う。「そうだ。もちろん、お父上のことは覚えている。きみが誰か別の人を指しておられるのかと思ったのだ。お父上に害をなしたことなど、一度もないからね。ある時期、確かに試みたことはあった。お父上は、国王臣下のうちでも珍しく、頭の働くかただった」

「だから、あなたは父を葬った。捕らえることも、刃を交えることもかなわないから、周りの人間たちの心をうそで毒して、父に刃向かわせ、まんまと父を失脚させた」

「それがわたしのしわざだとおっしゃる」

「そのとおり」

「では、結構。きみがそうおっしゃるなら」静かに言い、そのまま黙り込む。

ここでまた、わたしは調子を狂わされた。自分が何を予期していたのかはわからない。猛烈な否認か、厚かましい自己正当化か。いずれにせよ、無関心なそぶりを示されるとは思ってもいなかった。

「身を守ったらどうだ？」わたしは語気を荒らげた。

「どうやってだね？　わたしには短刀もなければ、きみのような腕力もない。だから、わたしを殺すおつもりなら、さして手間もかからぬと思う」

「おのれの行ないを釈明しろという意味だ」

「なぜだね？　きみはもうわたしを有罪と決めておられるのだから、心許ない釈明をしたところで、それが翻《ひるがえ》るものでもあるまい」

「ずるいぞ」叫んでしまってから、それがあまりに子どもじみた反発で、父のような男なら断じて口にしないだろうということに気づいた。

「世の中に、公正なことなどめったにない」

「父は国賊ではなかった」

「そういう見かたも成り立つかもしれない」

「父を陥れなかったというのか？　そんな言い草を信じろと？」

「わたしは何も言っていない。だが、きかれたからには、否とお答えしよう。わたしはやっていない。もちろん、わたしが何を言おうと、きみの気持ちを動かすことなどできまいが」

後年になってから——遅すぎて、処世の役には立たなかったが——わたしは、ジョン・サーロウがいかにしてあれだけの高位へ昇り詰め、この国でただひとり、クロムウェルに異を唱えることができる存在になったのかを理解した。拳で打たれて倒されても、サーロウは何食わぬ顔で立ち上がり、柔和な声で理を説く。倒されても、倒されても、必ず立ち上がり、常に穏やかで平静さを失わないので、ついには相手のほうが恥じ入り、話に耳を傾ける気にさせられる。そこで相手の隙をついて、やすやすとおのれのほうへなびかせるというわけだ。けっして強要せず、意見を押しつけることもないのに、その粘り強い懐柔の前に、いつしか相手の怒りや反発心は萎えてしまう。

「あなたはほかの人間たちを陥れた。父に対してはそうしなかったと言い張るつもりか？」

「ほかの人間たちとは？」

「あなたは、父が無実であることを言わなかった。言える立場にあったにもかかわらず」

「敵の力と団結が保たれるよう心を砕くことは、わたしの務めではなかった。それに、誰がわたしの言葉を信じたろう？　お父上が廉直《れんちょく》の士であるとわたしが請け合ったら、お父上の嫌疑が晴れたとお思いか？　王党派が内輪揉めと幽霊捜しに精を出しているのを、わたしが横からとやかく言うことはない。それで弱体化してくれれば、ありがたいぐらいのものだ」

「弱体化した結果、王は今玉座にあり、あなたはこうして侘び暮らしというわけか」鼻先でせせら笑いながらも、わたしは、相手の言が至極真っ当であるばかりか、自分が今までそういう可能性にまったく思い至らなかったことに気づかされた。サーロウが首謀者であることは自明の理だと考えていたのだ。

「今の境遇は、あくまで護国卿が逝去された結果に過ぎず、国王は単に……ああ、いや」声を落として、「真空が生じたのだ。そして、自然の摂理は真空を忌《い》み嫌う。チャールズは玉座を奪還したのではなく、自分では到底掻《か》き集《あつ》められない巨大な力によって吸い戻された。あとは、その座を保持するだけの力があるかどうか、お手並み拝見というところだ」

「あなたにとっては、さぞ喜ばしいことだったろう」わたしはたっぷりといやみを込めた。

「喜ばしい？　いや、もちろん、そういうことはない。わたしは十年という歳月を費やして、英国を圧政とは無縁の安泰《あんたい》な国家にするべく骨を折ってきたのだから、その成果が風に吹き飛ばされるのを見て、喜びなど感じるはずがない。ただし、きみのご想像ほどにはうろたえもしなかった。兵はまだ行軍を続けていて、クロムウェルでなければ束ねられない派閥が、ふたたび形成されつつあった。王を取るか、戦争を取るかだ。わたしは、チャールズの邪魔立てはしなかった。そうすることもできたのだよ。わたしがそう望めば、チャールズは何年も前に墓石の下に眠っていた」

淡々と落ち着き払ったその口調に欺《あざむ》かれて、わたしはすぐには、事のおぞましい全貌をつかむことができなかった。つかめたときには、唖然とした。この小男は、ゆゆしくも、神に選ばれし正統なる君主の生死を、政策の問題としてかたづけたのだ。英国王チャールズが、サーロウの情けのたまものだとは……。そして、わたしには、サーロウが紛れもない真実を語っていることがわかった。この男と護国卿は、確かにそういう筋書きを考慮に入れていたのだろう。

共和国側がもし王政復古を拒んでいたとしたら、それは、大罪にひるんでのことではなく——すでにあまたの罪を犯している——そこから便益を得ることができなかったからだ。

「しかし、あなたは望まなかった」

「望まなかった。共和国は法の枠内で運営されていた。結果的に、そのせいで辛酸をなめた。仮に父親のほうのチャールズが、奇《く》しき病にでも倒れて身罷っていたら、たとえわが同志らが陰で不敬を働いたにせよ、どんなにか容易に、手を汚すことなく革命が運んだことだろう。ところが、われわれは王を裁判にかけ、処刑しなくてはならなかった」

「処刑ではなく、殺害でしょう」

「処刑だよ。全国民に公開された。われわれは行ないを何ひとつ隠し立てしなかった。捕らえた叛徒《はんと》たち——今では尽忠報国の士と呼ばれているのだろうが——にしても同様だ。公判にかけられず、隠密裡に殺害された者の名を挙げてみたまえ」

その数何千人にものぼることは、周知の事実だ。しかし、隠密裡に行なわれた以上、わたしがその人たちの名を知るはずもない。わたしはそう告げた。

「なるほど。わたしは無数の人命を奪い、なのにきみは、殺された人の名をひとつも挙げることができない、と。きみは法律家を志望しておられるのかね、プレストコット君？」

一家を襲った不幸ゆえに、この道を選ばざるを得なかったのだと、わたしは答えた。

「そういうことか。わたしも、国政に携わる前は法律家だった。ご家運が上向くことを切に願うよ。きみが法曹界で華々しく活躍されるとは思えないからね。論拠の提示がお得意ではないようだ」

「ここは法廷ではない」

「しかり。ここはわたしの家の応接間だ。だが、きみにその気があるなら、ここを法廷に見立てて、冒頭陳述をやっていただいても構わない。尋問にはお答えするから、それで気持ちを決めたまえ。なかなかの好条件だと思うがね。きみは検察官であり、判事であり、陪審員であり、勝訴した場合は刑の執行人となる。きみの年代の人間にとって、めったに得られる機会ではない」

わたしはなぜか、それ以上詰問する気がなくなった。かねて心に温めていた計画を敢然と実行するには、もはや時機を失していた。今の望みは、サーロウにわたしの主張の正当性を認めさせ、罰を受けるに値するという言質を取ることだ。それゆえ、わたしはサーロウの提案に同意した。また、それゆえ、彼のわたしに対する評価は誤りだったと今も思っている。もし法律の道に進んでいたら、わたしはそれなりの成功を収めただろう。とてもありがたいことに、そういう境涯には堕ちずにすんだのだが。

「さて」わたしは陳述を始めた。「詮ずるところ……」

「いけない、いけない」サーロウがやんわりとさえぎる。「ここは法廷ですぞ。それでは恥をさらしているようなものだ。『さて、詮ずるところ』などという始めかたは、まったくいただけない。近ごろの大学では、雄弁術を教えないのかね？　陳述には、正しい作法というものがある。まず最初に、必ず判事に敬意を表する。たとえ相手が老いぼれの薄のろであってもだ。

それから、陪審団に対しては、あたかも全員をソロモンばりの賢人だと信じているかのごとくふるまいたまえ。きみがもし、その日の朝、彼らに賄賂《わいろ》を配り歩いたとしてもね。さあ、やり直しだ。恥ずかしがらないこと。縮こまっていては、勝訴はおぼつかない」

「判事閣下、ならびに陪審員の皆様」わたしはふたたび始めた。これだけの歳月を経た今でも、唯々《いい》として指示に従った自分に驚きを禁じ得ない。

「だいぶよくなった。続けたまえ。ただし、もう少し声を張ったほうが効果的だね」

「判事閣下、ならびに陪審員の皆様」わたしは大儀そうに、皮肉をまぶした声で言った。なんの屈託もなくこの法廷ごっこを受け入れたと思われるのは癪《しゃく》だったからだ。「あなたがたは、人類史上稀に見る非道な犯罪を裁くべくここに集われました。あなたがたの前にいるこの被告人は、単純な窃盗や激情による殺人で告発されたのではありません。ある紳士を、きわめて善良で誉《ほま》れ高い、害を受けるいわれのまったくない紳士を、冷酷かつ計算高く破滅に追い込んだ罪で告発されました。

その紳士、ジェイムズ・プレストコット卿は、自身が被《こうむ》った不当な扱いについて、ここで語ることができません。冷たい土の下から正義を求める彼の悲痛な叫びを和らげ、その魂が安らかに眠れるよう、しきたりに従って、親族がジェイムズ卿を代弁しなくてはなりません」

「たいへん結構。立派な出だしだ」

「判事として、被告人に静粛を請います。ここが法廷であるなら、正規の手順を守っていただきたい」

「お詫びいたします」

「有罪の判決を求めるにあたって、わたしはまず、本件に関する事実を残らず申し述べます。それだけで、一片の疑いもなく、被告人が罪を犯したことを得心していただけるでしょう。わたしはわたしの申し立てを行なうだけです。説得のための修辞など、必要としません。ジェイムズ・プレストコット卿は、その善良さ、忠誠心、勇猛なる魂をもって、王の大義のためにすべてをなげうってきました。そして、なおもなげうつ覚悟でいました。おおかたの同志があきらめたころに、亡命先から帰国したジェイムズ卿は、現在われわれが享受している王政復古の実現に尽力しました。ともに戦った同志もいましたが、彼ほどに全霊を傾けた者は少なく、また、一部の者たちは単に私利に駆られての参戦でした。目先の栄達のために仲間や信条を売り渡す同志もあって、ジョン・サーロウはそういう手合いに目を留めると、抜け目なく利用し、さらには、その者たちが生じさせた損害の咎《とが》を、別の人間にかぶせることで内通者を守りました。その隠れた賊臣の最たる者、すなわち、わたしの父を破滅させたかどで罰せられるべき人物は、ジョン・モーダントです」

わたしはここで少し間を置き、こちらの知識の深さをいきなり見せつけられたサーロウの、衝撃の度合を表情から量ろうとした。微塵もうかがえなかった。まったく身じろぎせず、関心を持ったそぶりすらなく、ただじっと坐っている。

「ご説明いたしましょう。モーダントは名門の末息子でした。その生家は、内戦でいずれの陣営にもつかず、勝った側に取り入ろうと図りました。モーダント自身は心情的に王党派に傾いていたようですが、戦地へ赴く年齢には達していなかったので、一族のほかの子弟たちと同様、安全な国外へ送り出されました。サヴォイアを訪れた折に知り合ったのが、すでに共和国側で働いていたサミュエル・モーランドという男です。

その時点では、モーダントは国王の大義を、モーランドはクロムウェルの大義を奉じていました。ふたりがいつ、互いの立身のために手を組んだのか、厳密なところはわかりませんが、一六五六年のモーランド帰国のころにはすでに気脈を通じていたと考えて、ほぼ間違いないでしょう。追って帰国したモーダントは、生来の技量と知性に加え、おそらくはモーランドから切れ目なく流される情報の助けもあって、王党派のあいだで活眼《かつがん》の士と評判を集めました。しかし、その評判と引き換えに、王党派はとてつもない代価を支払うことになりました。それは、国王軍参謀の巡らしたすべての策を敵に引き渡すことによって贖《あがな》われたものだったからです。

ある時点で、内通者たちは大きな失策を犯し、一六五八年に、モーダントは国王支持者の一斉検挙で逮捕されました。冷酷非情なジョン・サーロウが、国王の大義に深く関わる重要人物を取り逃がすはずがありません。しかしながら、モーダントは同志たちのように絞首台へ送られたでしょうか？　椅子に縛られ、機密を吐き出させるべく拷問を受けたでしょうか？　百歩譲って、厳重な拘禁状態に置かれたでしょうか？　まったくそういうことはありませんでした。六週間足らずで釈放されたのです。夫人が陪審員たちを買収したからだと噂されました。

英国一の危険人物を無罪放免にし、なおかつサーロウの逆鱗《げきりん》に触れる評決を出させようというのですから、陪審員ひとりを抱き込むのにも巨額の賄賂が必要だったと想像されます。ところが、実際には、賄賂は要りませんでした。陪審団は票の投じかたについて指図を受け、報酬もなしに指図に従ったのです。晴れて戦線に復帰したモーダントは、堅忍不抜《けんにんふばつ》の勇士としてさらに名を高め、揺るぎない地位を築きました。

このころには、王党派の中でも情報漏洩が打ち消しようのない事実となり、内通者捜しが急務とされていました。サーロウとしては当然、掌中《しょうちゅう》の情報源を守るため、ほかの人間に注意が向くよう策を練らなくてはなりません。彼らはにせの文書をでっちあげ、父の使っている暗号を使って、父の知っていそうな情報を盛り込みました。しかし、あまたいる廷臣の中で、なぜ父が狙われたのでしょう?

この点に関しては、サーロウ氏を赦免するにやぶさかではありません。責めを負うべきは、父の体面を汚すことで暴利をむさぼったサミュエル・モーランドの我欲だと考えるからです。モーランドは、沼沢地の干拓案に対する障害を一掃する手助けをすれば、それに頭を悩ませていたラッセル家から多額の報奨金を引き出せると踏みました。そこで、ラッセル家に近づいて、手間に見合うだけのものが得られるなら、ジェイムズ・プレストコット卿を排除する手立てがあると持ちかけました。ジョン・ラッセル卿がこの話に飛びつき、父を陥れる情報を触れ回り始めたところ、ウィリアム・コンプトン卿までがその熱弁に欺かれて、いちばんの親友を告発し、失脚させるに至ったのです。

こうして、謀略に第二の側面、すなわち父の名声の失墜を領土の消失につなげるという側面が加わりました。果たして父は、自分がこれほど多くの有力者たちから、滅亡を願われて、というより強《し》いられていることに、思いを致したことがあったでしょうか。共和国政府を守ろうとするサーロウ、父に罪を背負わせることにおのれの行く末を賭けたモーダントとモーランド、そして、沼沢地から思う存分利益を吸い上げようと図るラッセル家。誰もが大儲けできる取り決めであり、代償は小さくてすんだ。たったひとりの男の命と名誉を犠牲にするだけでよかったわけです。

こういう形でなされた告発に、反撃するすべはありません。起訴されもしない罪状を、どうやって否認できるでしょう？ 提示されない証拠を、どうやって捏造《ねつぞう》だと言い立てることができるでしょう？ 父は威厳をもって身を引き、世間はそれを怯懦《きょうだ》な態度と曲解しました。誹謗《ひぼう》や不法な投獄、もしかしたら暗殺者の刃——そういうものから逃れようと亡命し、世間はそれをやましさゆえと曲解しました。そして、そのあいだずっと、父の不運という劇の作者であり、父の汚名を雪《そそ》ぎえた唯一の人物であるサーロウは、ただのひと言も発しませんでした。ほかの誰に、これだけの策を巡らすことができたでしょう？ ほかの誰に、その策を実践する手立てがあったでしょう？ すべてを知り、すべてを見通し、すべての淫靡《いんび》な活動を陰で操っていたのは、ジョン・サーロウただひとりです。

そして、陪審員の皆様、ご覧のとおり、わたしは今、みじめな境遇に甘んじています。富もなければ、縁故もなく、頼みにできるのは、論証の力と、申し立ての正当性に対する揺るぎなき自信と、この健全なる法廷だけです。それで事足りるものと、わたしは信じます」

一字一句、このとおりだったのだろうか？ いや、むろん、そんなことはない。若さゆえに言いよどんだだろうし、わたしが記憶にとどめたいと願うような自信に満ちた態度の半分にも足りなかっただろう。書物を読む友人たちは、歴史とはそういうものだと口を揃える。著名な歴史家たちでさえ、事件の当事者が何を言ったかではなく、何を言うべきだったかを書き記すものだ、と。わたしもそのひそみにならって、歳月が記憶を書き換え、美化しているとしても、それを謝することはすまい。とはいえ、脳裡《のうり》に刻まれた場面の中では、わたしは確かに、このように感情を抑えつつ熱意を込め、ひたむきながら慎みを忘れぬ態度で語ったのだ。仇敵の前に立ち、その顔から目を離せぬまま、主張の正しさを相手に納得させようと心砕きながら、一方で自分自身を説き伏せようとしていることにも気づかされた。

サーロウが即座に答えなかったことは、鮮明に覚えている。手を膝に置いて、平然と坐し、黙ってうなずいていた。火床《ひどこ》で薪がはぜたりくすぶったりするほか、なんの音も聞こえない時間をしばし過ごしたのち、おもむろに口を開き、裁判劇の虚構を崩すことなく答弁を始める。

「有識の検察官殿の、実の子なればこその真摯《しんし》にして精緻な弁論に、小生は心得顔で賛辞を送ることはいたしません。語られた言葉に虚偽はないだろうし、正義を求めるその勇気と熱意にも疑問の余地はなく、若年にしてこれほどの重責を一身に担う使命感は、まさに見上げるべきものです。

しかしながら、法廷は感傷を許さない場であります。小生としては、被告人の罪に対する検察官の陳述は説得力を欠くものであり、提示された証拠は貧弱に過ぎると指摘せざるを得ません。父親の言は息子にとって重きをなすものでしょうが、法廷においてはそのかぎりではない。

検察官ご自身の確信を客観的事実として受け入れさせるおつもりなら、申し立ての土台を、告発された人物の私的な異議よりはるか上に置くべきでしょう。小生が無実の人間を破滅に追い込んだというご主張は、重大な嫌疑に関わるものであり、個人の言い分だけでそれが成立するようなことがあってはなりません。

ジェイムズ・プレストコット卿は利敵行為で告発され、身分を失いました。その過程に小生が関与したと疑われるのは、立場上、当然と言えましょう。長年、共和国政府の安泰を図る責務を負っていた小生が、あまたの方策を用いたことは認めるにやぶさかではありません。反政府の謀略が至るところに渦巻いていて、今となってはすべてを思い起こせないほどですから、それは対策としてやむを得ないものでした。叛徒たちは執拗に何度も、この国を戦争や内紛の恐怖の中へ引き戻そうと試みました。それを阻止するのが小生の務めであり、小生は持てる力のすべてを注いで任をまっとうしました。

国王の臣下の中に、情報提供者、つまり内通者がいたのでしょうか？　もちろん、いました。ひとりならず、多数の内通者が……。いつの世にも、金で友を売る人間は存在します。しかし、たいていの場合、そういう輩《やから》の売りつける商品を、小生は必要としませんでした。王党派は昔から、こと共同謀議に関しては、最も愚昧《ぐまい》な集団です。いかなる暴動を企《くわだ》てようと、そこには口軽《くちがる》の徒が大勢交じっていて、こちらが耳をふさがないかぎり、情報はほとんど筒抜けでした。検察官は小生の中に悪魔のごとき諜報の才《き》を認めておいでのようですが、小生が収めた成功は、おおむね、敵対する者たちの軽挙妄動に帰するものです。

サミュエル・モーランドは無能な男ではなかったものの、貪欲《どんよく》さと不実さが大いなる減点材料で、かねてより放逐したいと考えていました。そうできなかったのは、モーランドがその手に、王党派の動向を探るうえで最も有用な、バレット氏という情報提供者を押さえていたからです。

共和国政府の情報源の中で、このバレット氏は群を抜いて優秀でした。こちらが質問を発するだけで、サミュエルを通じてなんでも答えてくれるのです。そして、サミュエルはその人物の正体を明かすことを拒みました。サミュエルの首を切れば、バレット氏とのつながりも切れてしまうわけで、サミュエル自身、首がつながっているのはひとえにそのおかげだと心得ていました。小生はしばしば、サミュエルが情報を受け取るだけでなく洩らしもしているのではないかと疑っていたので、内部の活動については、極力知らせないよう気をつけました。この取引でこちらが大きな不利を被らないかぎり、あえて水を差すこともあるまいという姿勢でした。

さて、バレット氏とは何者でしょう？　検察官のご指摘のとおり、小生もそれはジョン・モーダントだろうと推断し、じかに問いただすとともにサミュエルの介在しない直接の関係を築こうと、モーダントを逮捕させました。ところが、モーダントは、罠を警戒したのか、ほんとうにいわれのない容疑だったのか、それともサミュエルへの忠義が立ち勝《まさ》ったのか、一切を否定したのです。何も聞き出すことはできませんでした。

小生の失態でした。この挙で、サミュエルに対する悪感情が明らかにされてしまったので、サミュエルは機を見て、小生の失脚を図り、一時的に免職に追い込みました。そして、小生が職位に復帰すると、報復を恐れて王党派に身を寄せ、手みやげ代わりに、検察官のご父君《ふくん》を糾弾したというわけです。

そのような事のしだいなので、小生はここで、内通者がジョン・モーダントであり、ご父君はモーダントをかばうために犠牲にされたという検察官の主張に、抗弁するつもりはありませんが、時間をいただけるなら、いくつかの細部について異論を呈したく存じます。

と申しましても、論駁《ろんばく》したいのはひとつの点のみで、なぜなら、検察官の掲げられた訴因はことごとくその一点を拠り所としており、小生はそれが誤りであることを立証できるからです。検察官は、小生がご父君の名誉を失墜させ、文書の偽造と流布を指揮したと申し立てておられますが、小生は簡明直截《かんめいちょくせつ》に、そのようなことはなさなかったばかりか、なすべくもなかったと申し上げます。本件の発生した時期、小生は政府に職位を持たず、もはやなんの影響力も行使できない立場だったからです。

一六五九年後半、リチャード・クロムウェルが護国卿としての暗い先行きに見切りをつけ、戦いを放棄したときに、小生は共和国での任を解かれました。リチャードは能力のない人物ではなかったのに、無念なことです。小生もともに失脚し、その後何か月も、権力と無縁の生活を送りました。ご父君に関わる文書が作成され、それがジョン・ラッセル卿へ、さらにウィリアム・コンプトン卿へと渡ったのは、ちょうどその時期でしょう。単純素朴なる事実。検察官の推論には重大な瑕疵《かし》があると申し上げましたが、これがその瑕疵です。総論がいかに真実を突いていようと、小生が本件の責めを負うことはありえません」

単純素朴なる誤りが、鉄槌《てっつい》の一撃となってわたしを襲った。全精力を傾けて調査に邁進する中で、わたしは一瞬たりとも立ち止まって、共和国の末期を見舞った混乱状態に思いを致すことがなかった。地位を巡るとめどない争いや、保身のための、そして腐敗した政権を破滅から救うための、古い同志のだまし合い、だまし合い……。クロムウェルが他界し、跡を継いだ息子は失脚したのち、議会の狂信者たちのにかつぎ上げられる。この間、サーロウは暫時《ざんじ》、支配力を失った。わたしはそれを知っていながら、事の重要性を見落として、事実や時期の確認を怠った。そして、わたしが陳述を始めた瞬間から、サーロウは泰然自若《たいぜんじじゃく》として、熱弁が終わるのを待っていたのだ。ほんのひとひらの反証で、訴因のすべてを覆すことができると承知のうえで。

「あなたは、モーランドが独力で、父の失脚を図ったとおっしゃるんですか？」

「それもひとつの解釈だろう」重々しい声で言う。「いや、実際のところ、きみの提示した証拠に鑑《かんが》みれば、それはもう明白だと言っていい」

「わたしはどうしたらいいでしょう？」

「きみが欲しがっておられたのは、わたしの助言ではなく、わたしの命だと思っていたが」

危機を脱したことを、この小男は知っていた。その沈着な答弁の中で、サーローウは、真に咎を受けるべきふたりを指し示してくれたのだ。まずモーダントに会い、次にモーランドに会ったとき、わたしは罪人をこの手の中に捕らえていた。ひとりに対しては、謝意を述べ、幸運を祈って別れた。もうひとりに対しては、単なる道具だと見なし、陋劣《ろうれつ》で欲深そうな男ではあっても、要するに情報源に過ぎないと軽く扱った。自分の愚かさをつくづく思い知るとともに、目の前の小男にその間抜けぶりを見通され、じつに冷徹に解き明かされてしまったことを、わたしは恥じた。

「そろそろ幕を引くとしよう」サーロウが言う。「わたしは有罪かね？　無罪かね？　申し上げたとおり、決定権はきみにある。きみの評決に従うよ」

敗北感と含羞《がんしゅう》の涙が込み上げるのを感じながら、わたしはかぶりを振った。

「それではよくわからない」と、サーロウ。「言葉で申し渡していただかなくては」

「無罪だ」わたしは口ごもった。

「なんとおっしゃった？　よく聞こえない」

「無罪です」わたしはどなった。「無罪、無罪、無罪、無罪。聞こえましたか？」

「しかと承《うけたまわ》った。ありがとう。さて、きみの正義に対する熱意は見せていただいたし、きみが高い代価を支払ってそうしたことも承知しているから、今度はわたしの熱意をお目にかけるとしよう。助言をお望みなら、受け取られるがいい。まず、きみがしたこと、読んだこと、思ったこと、見たことを全部お話しなさい。そのうえで、お力になれることがあるかどうか、考えてみよう」

サーロウがまた手を叩いて従僕を呼び、今度は食べ物と、火にくべる薪を持ってくるよう言いつけた。そして、わたしは、そもそもの始まりから、ここまでの経緯を語った。ただし、ブリストル卿に賜った助力と支援の部分だけは省いた。サラ・ブランディの魔術にかかっていることや、その戦いにきっぱり終止符を打つつもりでいることまで話した。しかし、その話題はすぐに打ち切った。サーロウには関わりのないことだったし、顔の表情から、そういう事象を信じていないことがうかがえたからだ。

「モーダントを告発できるきみの立場は、あの男を嫌う多くの人に対して、きみが差し出せる進物になる。しかも、あの男はクラレンドン伯とごく近しい。手持ちの商品をしかるべき客に売れれば、きみの懐は潤うだろう」

「誰にです?」

「わたしの想像だが、ウィリアム・コンプトン卿は、襲撃を受けたことで、きみを告訴したがっているはずだ。ウィリアム卿はクラレンドン伯と仲が悪いから、きみがあの強敵を失墜させるのに手を貸せば、きみへの訴訟を取り下げてくれるかもしれない。それに、クラレンドンの友人であるモーダントの力が弱まれば、クラレンドン自身もかなりの影響を被る。大喜びする人間は、ウィリアム卿だけではあるまい。きみはそういう人たちに近づいて、相手がどれだけの見返りを差し出してくれるか、確かめてみるべきだね」

「たいへんありがたい話ばかりですが」あまりに多くの挫折を味わってきたので、わたしはとても、希望に身を任せる気にはなれなかった。「わたしは逃亡中の身です。ロンドンはおろか、オックスフォードにだって、のこのこ出かけていったら逮捕されてしまいます。どうやって、人に近づくんです?」

王権に守られた司法制度の威厳を、しかし、サーロウは肩をすくめてやり過ごした。こういう人物は、法を格別のものとは考えないらしい。周りじゅうの敵から破滅を願われている状況下では、法を知らずに身を守ることはできないが、ひとたびじゅうぶんな権力を手にすれば、どんなに罪を重ねようと危険にさらされることはない。法は権力をふるう道具でしかないのだ。そして、サーロウはわたしに、危険な取引を、恐るべき選択肢を差し出した。正義を求めるわたしに対して、サーロウは、正義などは存在せず、すべては力のぶつかり合いによって動くのだと説いた。わたしがもし、自分を立て直したいのなら、連中が父を引きずり下ろしたのと同じ方法で、連中の敵を引きずり下ろさなくてはならない。わたしの悲願は、目的を放棄することによってのみ達成されるのだ、と……。わたしは、何日も何日も、思索と祈りに時間を費やしたのち、ようやく取引に応じた。

わたしの返事を聞くと、サーロウはオックスフォードに出かけ、芝居の席でウォリス博士と落ち合って、そのあとこの一件を話し合った。わたしは強い懸念を覚えたが、サーロウによると、現政権内で力を貸してくれそうな面々に渡りをつける仲介役として、ウォリスは誰よりはるかに簡便な存在なのだという。脱獄の際、わたしはウォリスを手ひどく遇してしまったわけだが、サーロウはそのせいで協力を取り付けるのがむずかしくなるとは思っていないようだった。なぜなのか、説明はしてくれなかった。

「どうでした?」帰ってきたサーロウからようやくお呼びがかかったとき、わたしは待ちきれない思いで尋ねた。「ウォリスは協力してくれるんですか?」

サーロウが口もとをゆるめる。「情報の交換がなされれば、おそらくね。きみはウィリアム・コンプトン卿の館で、イタリアの紳士にお会いになったということだったが」

「ダ・コーラですね。はい。とても礼儀正しい男でした。外国人にしては」

「そう、コーラだ。ウォリス博士は、きみがその人物をどう見ておられるかに大きな関心を寄せている」

「知っています。前にも尋ねられたことがあるのですが、なぜあんなに躍起になるのか、見当もつきません」

「きみがそういうことに頭を悩ませる必要は、微塵もない。宣誓のうえで、その男に関して知っていることをお話し願えるだろうか？　そして、ほかにもウォリス博士が尋ねることについて、腹蔵のないところをお答え願えるだろうか？」

「博士の協力が得られるのなら、もちろんお話しします。わが身が傷むわけでもないですし。見返りに、わたしは何をいただけるのでしょう？」

「わたしの理解するかぎりでは、ウォリス博士は、きみのお父上がご妻女に送ろうとしておられた包みに関して、貴重な情報をお渡しできる。その包みには、モーダントとその活動についてお父上がご存じだったことがすべて含まれている。モーダントが誰に会い、何をしゃべり、その結果どうなったかが、ことごとく……。それだけの情報を手中に収めれば、きみは難なく訴訟に勝てるだろう」

「ウォリスはずっと、このことを知っていたんですね？　なのに、そう言わなかった」

「手もとに包みがあるわけではないらしい。それに、狷介孤高《けんかいここう》の人物だ。けっして無償で人にものを与えたりはしない。今のきみは、幸い、引き換えになるものを持っている。博士は、誰のところへ行けば包みを手に入れられるかを教えてくれるだろう。そういう条件で、話に乗る気がおありか?」

「はい」わたしは勢い込んで言った。「もちろんです。異存はありません。情報を差し出すだけですむのなら、ありがたいぐらいです。命と引き換えでも惜しくないほどのものをいただけるのですから」

「よろしい」サーロウが満足げに顔をほころばせる。「取引は成立だ。となると、次は、法の脅威を取り除いて、きみがふたたび自由に動き回れるようにする手立てを講じなくてはなるまい。わたしは博士に、きみがサラ・ブランディという婦人に悩まされているという話と、グローヴ博士の遺品である指輪を持っているという話をしておいた。その婦人は、現在、グローヴ博士殺害の容疑で勾留されている」

「それはよかった」さらなる歓喜の波が、わたしの胸に押し寄せた。「あの娘が博士を殺したことを知ったいきさつは、申し上げたとおりです」

「きみが証人台に立って、彼女に不利な証言を行なえば、その正義感が認められ、きみへの告訴は取り下げられるだろう。その娘がみずからの手でグローヴを殺したというきみの話は、確かなものだろうね?」

「確かです」うそだった。そして、そのうそをわざわざ口にしなくてはいけない状況を恨めしく思った。

「そういうことなら、万事首尾よく運ぶだろう。ただし、くり返すが、きみがウォリス博士の質問すべてに答えるという条件付きだ」

あらゆる面で勝利が近づきつつあるという高揚感で、胸がはち切れそうだった。これほど速やかに多くの成果がもたらされるとは、神の祝福だろうか。しばし熱に浮かされたようになり、ふいにその気持ちがしぼんだ。「これは罠だ」思わず声に出す。「ウォリスが助けてくれるはずがない。おれをオックスフォードへ引き寄せる餌なんだ。また牢獄に放り込まれて、絞首台へ送られる」

「そういう恐れもないではないが、ウォリスが狙っているのは、きみの命よりもっと大きい獲物だという気がする」

わたしは鼻を鳴らした。縄を掛けられるのが他人の首なら、涼しい顔でどっしり構えるのもたやすいというものだ。自分が吊される木まで歩いていく自分の姿を頭に浮かべるとき、サーロウがどういう顔をするのか、ぜひ見てみたかった。


次の動きが生じたのは、数日後だった。わたしはしぶしぶ、危険を覚悟でウォリスの手にわが身を委ねるしかないと肚を決めたものの、なかなか度胸が据わらず、部屋で無為の時間を過ごしていた。そこへサーロウが顔を出し、来客を告げた。

「シニョール・マルコ・ダ・コーラと名乗っておられる」かすかに口もとをほころばせる。

「あちらこちらと、思いも寄らない場所によく現われるおかただ」

「コーラがここに?」わたしはびっくりして立ち上がった。「なぜ?」

「わたしがお招きしたんだよ。近くに滞在していると知って、やはりこの紳士にお会いしておくべきだと考えた。ずいぶんと愛嬌者でいらっしゃる」

コーラの口から一部始終を聞いておきたかったので、わたしはぜひ取り次いでくれるよう頼んだ。サーロウもまた、口ほどにはウォリスに信頼を置いていなかったのか、コーラならオックスフォードの治安判事との仲立ちに適任ではないかと言い出した。

わたしがコーラに話した内容については、今さら正当性を言い立てるまでもないだろう。ここまで、じゅうぶんな証拠を挙げて、わたしが呪いから逃れようといかに奮闘したか、頼みにできる手段がいかにかぎられていたかを書き記してきた。わたしはサラ・ブランディに、呪いを解いてくれるよう懇願したが、拒絶された。サラの霊力に操られて、自分の後見人を襲うことまでした。魔術師に、聖職者に、賢者に仰いだ力添えもすべて効なく、この手記では逐一述べなかったが、ほぼ毎日、奇異な出来事にさいなまれ、夜は夜で、躁狂かまびすしい夢にうなされて、安眠を阻まれた。その容赦ない攻撃は、わたしを狂気へ追い込むことを狙ったものだろう。わたしは今、千載一遇《せんざいいちぐう》、とどめの大反攻のかなう立場にあった。その好機を、むざむざと、つかんだ指のあいだから逃すことなど許されない。それにまた、トマスへの忠義も果たさなくてはならなかった。

そこで、わたしはコーラに、脱獄した折、ブランディの小屋に立ち寄ったところ、ちょうど娘が興奮し取り乱したようすで帰ってきたのに出くわしたと話した。そして、服に隠し持っていた指輪を見つけ、すぐにグローヴのものだと気づいて、サラから取りあげた。なぜそれを持っているのかと問い詰めたら、サラの顔から血の気が引いた、と……。わたしはこれを、裁判で証言するつもりだと言った。語り終えたときには、自分で自分の話を信じそうになっていた。

コーラはこれを治安判事に伝えることを承諾したうえ、わたしを励ましてくれた。自分の身を危険にさらしてまで、正義のために証人として名乗り出ようという公徳心は、将来必ずわたしの役に立つだろう、と。

礼を述べるわたしの胸の中で、コーラに対する温かな感情がふくらんでいき、握っている情報を明かさずにはいられなくなった。

「ねえ、ウォリス博士は、どうしてあなたのことを気にしているんでしょう？　ご友人同士ですか？」

「そんなこと、ござりません。一度だけお会いしたですが、たいへん無礼なかたでした」

「博士は、あなたのことをわたしから聞きたがっています。なぜなんでしょう？」

コーラは見当もつかないとくり返すと、さっさとその話題をわきへ追いやり、わたしがいつオックスフォードへ行くのかを尋ねた。

「裁判の直前まで待つべきだと思うんです。治安判事が保釈を認めてくれるといいんですが、あまり多くを期待する心境ではありません」

「そのとき、ウォリス博士にお会いになるですか？」

「そういうことになると思います」

「結構。これが無事終わったら、一席設けまして、あなたのご幸運、わたくしもいっしょに祝福いたしたいです」

そして、コーラは去った。わたしがここにこのやり取りを記したのは、ひとえに、コーラの手記には、会話を書き留めたくだりですら、抜け落ちている部分が多いということを例証するためだ。ただし、それ以外は、おおむね正しいことが書かれている。治安判事は憤激抑えきれぬ体《てい》で現われ、サーロウもろともわたしを拘引しかねない勢いだったが、ブランディに対するわたしの証言を聞くに至ってそれも収まり、一転して優しく度量の広いところを見せた。おそらくはウォリス博士があいだに入って、ウィリアム卿の告訴取り下げの可能性を耳打ちしておいたのだろう。実際、その数日後に告訴は取り下げられた。わたしは審理開始の通知を待って、オックスフォードへ戻った。

ふたをあけてみると、わたしが証人台に立つ前に、被告人があっさりと罪を認めた。わたしの知るかぎり、サラは無実のはずなので、これは意外な展開だった。とはいえ、強力な証拠が出揃っていたから、抗弁かなわずと観念するのも無理はない。わたしには、どうでもよかった。単に、サラがこの世からいなくなることと、自分が偽証せずにすんだことが、うれしいだけだった。

翌日、刑が執行され、わたしはたちまち、魂の上に重く垂れ込めていた魔女の毒気が霧散していくのを感じた。まるで、よどんだ空気を一掃した嵐が去ったあと、澄み渡ったさわやかな風が胸を満たすように……。そのとき初めて、わたしは自分がどれほど執拗に魔力にさいなまれ、日々英気を蝕《むしば》まれてきたかを知ったのだった。

これでほぼ、わたしの物語も幕を下ろすことになる。この先はコーラの手記の範囲をはずれてしまうし、わたしの華々しい立身ぶりについては、すでにじゅうぶん世に知られている。ほどなくオックスフォードをあとにしたコーラには、爾後《じご》、相まみえることはなかったが、ウォリスのほうは、わたしの提供した答えにいたく満足し、こちらが求めていた情報をすべて渡してくれた。それからひと月足らずのうちに、わたしの名誉は回復し、モーダントに関しても、公の場で直接対決するのは不得策だと判断して提訴は見送ったものの、かの御仁《ごじん》の栄達の道は永遠に断たれた。一時は国政の最高権力の座を約束されていた人物も、晩年は、真相を知るいくばくかの人間を含めて、旧友たちからも煙たがられ、塵芥《じんかい》に埋もれつつ、不遇のうちに生涯を閉じた。それに引き換え、あまたの高位高官の力添えを得て、生まれと身分にふさわしい報酬を手にしたわたしは、財をそつなく運用し、時を経ずして領地の再建に着手した。やがて、ロンドンのはずれに邸宅を構えるに至り、ここへは、かの疎《うと》ましき伯父が、なにがしかの善意の施《ほどこ》しを受けんと表敬に訪れて、言うまでもなく、空手《からて》で帰っていくことになる。

半生、悔いの残る行ないも多々あれば、踏み惑った道も少なくない。しかし、わが使命は何にも増して重いものであったし、今、なんら大きい罪に問われることなく暮らしていることに、わたしは安堵《あんど》を覚える。主《しゅ》は常に公正であられた。その思し召《おぼめ》しにふさわしい人間などひとりもいないだろうが、わたしの魂は不当な扱いを受けることなく救済にあずかった。慈悲深い神の摂理という祝福なしには、わたしは今、これほど多くを所有することも、これほどの心の平安を得ることもかなわなかったろう。神にこそ、わたしは全幅の信頼を置き、全身全霊を傾けてお仕えしてきた。わたしの雪冤《せつえん》の証《あかし》しは、神の寵愛を信ずるわが心の内にある。

訳者紹介

池　央耿（いけ・ひろあき）
1940年生まれ。国際基督教大学卒。アイザック・アシモフ《黒後家蜘蛛の会》シリーズ、ジェイムズ・P・ホーガン『星を継ぐもの』、ジェイムズ・ヒルトン『失われた地平線』、チャールズ・ディケンズ『二都物語』など訳書多数。著書に『翻訳万華鏡』がある。

東江一紀（あがりえ・かずき）
1951年生まれ。北海道大学卒。ドン・ウィンズロウ『ストリート・キッズ』、フィリップ・カー『砕かれた夜』、ジョン・ウィリアムズ『ストーナー』、マイケル・ルイス『世紀の空売り』など訳書多数。著書に『ねみみにみみず』がある。2014年逝去。

宮脇孝雄（みやわき・たかお）
1954年生まれ。早稲田大学卒。ヘレン・マクロイ『ひとりで歩く女』、ジョン・ダニング『死の蔵書』、グラディス・ミッチェル『ソルトマーシュの殺人』など訳書多数。著書に『洋書天国へようこそ』『英和翻訳基本辞典』などがある。

日暮雅通（ひぐらし・まさみち）
1954年生まれ。青山学院大学卒。アーサー・コナン・ドイル《シャーロック・ホームズ》シリーズ、S・S・ヴァン・ダイン『僧正殺人事件』、ケイト・サマースケイル『最初の刑事』など訳書多数。著書に『シャーロッキアン翻訳家 最初の挨拶』がある。

検印
廃止

指差す標識の事例 上

2020年8月28日 初版
2020年12月11日 3版

著 者 イーアン・ペアーズ

訳 者 池《いけ》 央《ひろ》 耿《あき》ほか

発行所 (株)東京創元社
代表者 渋谷健太郎

162-0814/東京都新宿区新小川町1-5
電 話 03・3268・8231-営業部
03・3268・8204-編集部
URL http://www.tsogen.co.jp
DTP キャップス
暁印刷・本間製本

乱丁・落丁本は、ご面倒ですが小社までご送付ください。送料小社負担にてお取替えいたします。

ISBN978-4-488-26706-3 C0197

警察捜査小説の伝説的傑作!

LAST SEEN WEARING…◆Hillary Waugh

失踪当時の服装は

新訳版

ヒラリー・ウォー

法村里絵 訳　創元推理文庫

◆

1950年3月。

カレッジの一年生、ローウェルが失踪した。

彼女は成績優秀な学生でうわついた噂もなかった。

地元の警察署長フォードが捜索にあたるが、

姿を消さねばならない理由もわからない。

事故か？　他殺か？　自殺か？

雲をつかむような事件を、

地道な聞き込みと推理・尋問で

見事に解き明かしていく。

巨匠がこの上なくリアルに描いた

捜査の実態と謎解きの妙味。

新訳で贈るヒラリー・ウォーの代表作！

世代を越えて愛される名探偵の珠玉の短編集

Miss Marple And The Thirteen Problems◆Agatha Christie

ミス・マープルと13の謎 新訳版

アガサ・クリスティ
深町眞理子 訳　創元推理文庫

◆

「未解決の謎か」
ある夜、ミス・マープルの家に集《つど》った
客が口にした言葉をきっかけにして、
〈火曜の夜〉クラブが結成された。
毎週火曜日の夜、ひとりが謎を提示し、
ほかの人々が推理を披露するのだ。
凶器なき不可解な殺人「アシュタルテの祠《ほこら》」など、
粒ぞろいの13編を収録。

収録作品＝〈火曜の夜〉クラブ，アシュタルテの祠《ほこら》，消えた金塊，舗道の血痕，動機対機会，聖ペテロの指の跡，青いゼラニウム，コンパニオンの女，四人の容疑者，クリスマスの悲劇，死のハーブ，バンガローの事件，水死した娘

H·M卿、敗色濃厚の裁判に挑む

THE JUDAS WINDOW◆Carter Dickson

ユダの窓

カーター・ディクスン
高沢 治 訳　創元推理文庫

◆

ジェームズ・アンズウェルは結婚の許しを乞うため
恋人メアリの父親を訪ね、書斎に通された。
話の途中で気を失ったアンズウェルが目を覚ましたとき、
密室内にいたのは胸に矢を突き立てられて事切れた
未来の義父と自分だけだった――。
殺人の被疑者となったアンズウェルは
中央刑事裁判所で裁かれることとなり、
ヘンリ・メリヴェール卿が弁護に当たる。
被告人の立場は圧倒的に不利、十数年ぶりの
法廷に立つH・M卿に勝算はあるのか。
不可能状況と巧みなストーリー展開、
法廷ものとして謎解きとして
間然するところのない本格ミステリの絶品。